Das Buch

1969: Das Teenagermädchen Leigh verbringt den Sommer in Lake Wahconda. In einem verlassenen Haus trifft sie sich heimlich mit dem jungen Charlie, in den sie sich verliebt hat. Doch dann passiert etwas Schreckliches: Bei einem Unfall stirbt Charlie. Leigh wird angeklagt, aber freigesprochen. Viele Jahre später: Ein Serienkiller sucht das beschauliche Städtchen Tiburon heim, in dem Leigh mittlerweile lebt. Als sie bei dem sadistischen Cop Mace Fotos von den Mordopfern sowie einen Brief ihrer Mutter findet, beginnt Leigh zu ahnen, dass der Schlüssel zu dem Grauen von Tiburon in ihrer Vergangenheit liegt ...

Mit einem ausführlichen Verzeichnis aller im Wilhelm Heyne Verlag erschienenen Werke von Richard Laymon.

Der Autor

Richard Laymon wurde 1947 in Chicago geboren und studierte in Kalifornien englische Literatur. Er arbeitete als Lehrer, Bibliothekar und Zeitschriftenredakteur, bevor er sich ganz dem Schreiben widmete und zu einem der bestverkauften Spannungsautoren aller Zeiten wurde. 2001 gestorben, gilt Laymon heute in den USA und Großbritannien als Horror-Kultautor, der von Schriftstellerkollegen wie Stephen King und Dean Koontz hoch geschätzt wird.

Besuchen Sie auch die offizielle Website über Richard Laymon unter www.rlk.stevegerlach.com

RICHARD LAYMON

DAS UFER

Roman

Aus dem Amerikanischen
von Kristof Hahn

WILHELM HEYNE VERLAG
MÜNCHEN

Die Originalausgabe
THE LAKE
erschien 2009 bei Leisure Books, New York

Unter www.heyne-hardcore.de finden Sie das komplette Hardcore-
Programm, den monatlichen Newsletter sowie alles rund um das
Hardcore-Universum.

Weitere News unter www.heyne-hardcore.de/facebook

*Der Verlag weist ausdrücklich daraufhin, dass im Text enthaltene externe
Links vom Verlag nur bis zum Zeitpunkt der Buchveröffentlichung
eingesehen werden konnten. Auf spätere Veränderungen hat der Verlag
keinerlei Einfluss. Eine Haftung des Verlags ist daher ausgeschlossen.*

MIX
Papier aus verantwor-
tungsvollen Quellen
FSC
www.fsc.org   FSC® C014496

Verlagsgruppe Random House FSC® N001967

2. Auflage
Vollständige deutsche Erstausgabe 10/2016
Copyright © 2004 by Richard Laymon
Copyright © 2016 der deutschsprachigen Ausgabe
by Wilhelm Heyne Verlag, München,
in der Verlagsgruppe Random House GmbH,
Neumarkter Straße 28, 81673 München
Published in arrangement with Lennart Sane Agency AB
Redaktion: Catherine Beck
Printed in Germany
Umschlagillustration: Hauptmann & Kompanie Werbeagentur, Zürich
Satz: Schaber Datentechnik, Austria
Druck und Bindung: GGP Media GmbH, Pößneck

ISBN: 978-3-453-67647-3

www.heyne-hardcore.de

1

Dienstag, 27. April

Verna Lavette klatschte in die Hände.

»Meine *Lieblingssüßigkeiten*!«, quiekte sie.

Mandelmarzipan, Walnuss-Nougat und dazu noch die superleckeren Butterkaramellbonbons ...

»*Tausend Dank*«, sagte sie, und ihr pausbackiges Gesicht strahlte bis über beide Ohren.

»Keine Ursache, Süße«, sagte der Mann. »Ist mir wie immer ein Vergnügen.«

Verna schaute ihn mit großen Augen an. »Kann ich jetzt schon mal eins haben? Bevor wir ...«

»Klar doch, greif zu. Nimm dir ruhig zwei oder drei, aber ...« Er schaute auf seine Armbanduhr. »Mach halt schnell. Wir sollten keine Zeit verlieren.«

Sie nahm ein Butterkaramelltoffee, nuckelte daran und betrachtete ihren Wohltäter. Na ja, überlegte sie, so ein großer Wohltäter ist er auch wieder nicht. Schließlich bekommt er von mir einiges für sein Geld – und die Süßigkeiten. Nicht zu vergessen die Süßigkeiten.

Sie verzog das Gesicht.

Dafür musste sie ganz schön rackern.

Und trug dabei jede Menge Schrammen davon.

Genau. Wenn man es so betrachtete, kam der Candyman bei der Sache ganz gut weg.

Anscheinend gefällt es ihm, was ich mache. Und wie ich es mache, dachte sie. Schließlich kommt er immer wieder.

Wie zum Beispiel jetzt.

Der Raum war dunkel. Das einzige Licht kam von dem Scheinwerfer auf einem Stativ neben ihrem Bett. Er sagte, sie solle ihren Slip ausziehen, ganz langsam und sexy, so wie Marilyn Monroe.

So fing es jedes Mal an.

Dann ging es weiter mit ... anderen Sachen ...

Manche Typen hatten merkwürdige Vorlieben. Und Mr. Candyman war da keine Ausnahme. Manchmal fragte sie sich, ob es das Ganze wirklich wert war. All die Sachen, die er von ihr verlangte.

Sie seufzte. In ihrem Job und vor allem bei ihrem Aussehen konnte man nicht groß wählerisch sein. Da musste man für jeden Cent hart rackern.

Wobei der Candyman gut zahlte.

Sie schaute zu, wie er den Scheinwerfer so ausrichtete, dass er ihre linke Seite beleuchtete. Dann tastete er in seiner Reisetasche herum und brachte eine Polaroidkamera zum Vorschein.

Er kniff ein Auge zu, schaute durch den Sucher und drückte zweimal auf den Auslöser. Probeaufnahmen, um die Lichtverhältnisse zu testen. Verna kannte die Prozedur in- und auswendig.

Er wartete einen Augenblick, während der Kameramechanismus sirrend die Polaroids ausspuckte.

Dann nahm er eines der Bilder zur Hand und schaute zu, wie die Farben zum Vorschein kamen.

»Scheiße«, murmelte er und verzog das Gesicht. Er warf das Foto auf das Bett.

Anscheinend gefiel ihm das Ergebnis nicht.

Das zweite Foto war offensichtlich besser gelungen.

Auf seinem Gesicht zeichnete sich ein zufriedenes Lächeln ab. Seine Zähne schimmerten im Scheinwerferlicht.

Das ist mein Baby.

Dann also ran an die Arbeit.

Schweißperlen sammelten sich auf seiner Oberlippe.

Er legte die Polaroidkamera auf Vernas Nachttisch und nahm eine kleine silberfarbene Kamera aus seiner Tasche.

Verna lächelte. *Einer von diesen kleinen japanischen Apparaten – der Kerl spart jedenfalls nicht am falschen Ende.*

Vor ihren Augen begannen Dollarzeichen zu tanzen.

Der Candyman war nackt.

Verna betrachtete seine Erektion. Sein Schwanz war leicht zur Seite geneigt, ansonsten aber hart und kräftig und eingerahmt von dichten, gekräuselten schwarzen Haaren.

Nicht übel, dachte sie, und ein heftiges Kribbeln der Begierde durchzuckte ihren Körper.

Mach beim ersten Mal alles richtig, und vielleicht, aber nur *vielleicht,* kann Verna ja mal davon kosten.

Sie seufzte. Der Candyman war an Sex nicht interessiert. Das Einzige, was ihn interessierte, waren seine verdammten Fotos. Dabei hatte sie sich alle Mühe gegeben, ihn zum Sex zu bewegen. Aber er war nur sauer geworden und hatte ihr einen ordentlichen Satz Backpfeifen verpasst.

Wenn er nicht so gut aussehen würde, wäre er einfach nur ein Perversling wie all die anderen. Allerdings ein mächtig gut aussehender Perversling. Das musste man ihm lassen. Einer von der stillen Sorte, die nicht viel redet.

Mit der Kamera umgehen kann er allerdings.

Verna fröstelte. Irgendwann ging's mit jeder Frau bergab – alles nur eine Frage der Zeit. Eingehend betrachtete sie sein Gesicht. Es wirkte völlig ausdruckslos und konzentriert.

Vielleicht ist er aus der Pornobranche, dachte sie. Verdient sich dumm und dusselig mit dem Verkauf von schweinischen Fotos. Sie hatte früher mal in ein paar Pornos mitgespielt, sie kannte sich aus in dem Geschäft und wusste, dass da massenhaft Kohle rauszuholen war.

Andererseits konnte es auch sein, dass der Typ die Bilder einfach nur zu Hause in seinem Kabuff betrachtete und sich einen drauf runterholte ...

Wen kümmert's! Ich mach meine Arbeit und lass mich ordentlich dafür bezahlen ...

Sie schob ihre blonde Mähne in den Nacken und legte los.

Fertig für die Nahaufnahmen, Mr. DeMille.

Sie warf sich in Pose. Machte einen Schmollmund. Zog ihre Schulter hoch, schaute in die Kamera und lächelte kokett. Sie verschränkte die Arme vor der Brust und zog spielerisch einen Träger ihres BH herunter.

Der Candyman stellte die Entfernung scharf.

»Lass ihn langsam runterrutschen. Leg deine Hände auf deine Brüste, Süße. Spiel an ihnen rum ... als ob du es dir selbst besorgst ... genau so. Und jetzt für die nächste Aufnahme ...«

Verna wusste Bescheid. Es war nicht ihr erstes Mal. Ganz im Gegenteil. Wie oft hatte sie schon ausgestreckt auf dem Bett gelegen wie eine von diesen Jungfrauen, die in irgendwelchen Zeremonien geopfert werden, von denen man immer in irgendwelchen Geschichtsbüchern las.

»Ja?«

Beinahe hätte sie laut gelacht.

Mit dem einen Unterschied, dass die gute Verna garantiert keine Jungfrau war.

Der Candyman machte ein paar Aufnahmen. Dann erhob er sich und legte die Kamera auf den Nachttisch, griff nach seiner Reisetasche und steckte die Polaroids hinein. Seine Hose und sein T-Shirt hatte er schon vorher dort hineingepackt.

Nachdem er sie ordentlich zusammengefaltet hatte.

So waren sie aus dem Weg.

Er brachte ein Messer zum Vorschein.

Verna zuckte zusammen. Eine falsche Bewegung mit dem Ding, und ich kann mir die Toffees in die Haare schmieren.

Er beugte sich über das Bett. Sein Körper verdeckte den Scheinwerfer.

Ihr Herz schlug schneller.

Sie betrachtete die Klinge und spürte ein stechendes Kribbeln der Erregung zwischen ihren Beinen, das sie ziemlich scharf machte. Aber irgendwie war es auch gruselig.

Eigentlich zu gruselig für ihren Geschmack. Nicht zu wissen, was der Typ als Nächstes anstellen würde.

Er strich mit der Kuppe eines seiner Finger von ihrer Kehle hinunter zu ihrem Schambein. Seine Berührung war sanft, sanft wie eine Feder, ganz anders, als man es bei einem Mann seiner Größe erwartet hätte.

Sie zuckte ein wenig hin und her.

»Ohh, das kitzelt ...«

»Psst. Ganz ruhig, Süße. Sei ganz still. Mr. Candyman wird hier gleich ein Meisterwerk kreieren.«

Verna schloss die Augen.

Soll der doch seinen Spaß haben, wenn er so drauf steht. Schließlich zahlt er ja dafür. Da hat er auch das Sagen ...

»Heyyyyy, wassolldas ...? Aaaahhhgggg ...«

Blut spritzte über das Gesicht des Candyman.

Er stieß ein Grunzen aus, öffnete den Mund und leckte sich die Lippen.

Sein Messer glitt über Vernas Oberkörper und zuckte ein wenig am Ende des Brustbeins. Er wurde etwas langsamer, stieß es dann tief in ihren Unterleib und brach die Bauchhöhle auf wie bei einem Schaf im Schlachthaus.

Vernas roter Mund klappte auf. Sie sah aus, als sei sie völlig überrascht.

Ihre blauen Augen waren weit aufgerissen und wurden allmählich glasig.

Fasziniert betrachte der Candyman das Schauspiel. Er mochte die Art, wie Verna ihre Augen schminkte. Schwarzer Kajalstift. Und diese langen schwarzen Wimpern. Sie hatte ihm irgendwann erzählt, dass sie früher mal als Nachtclubsängerin in einem Laden in Frisco gearbeitet hatte. Gut möglich, dachte er. In dem Geschäft verstanden sie was von Make-up.

Er stand auf und neigte den Kopf ein wenig zur Seite.

Ein Künstler, der sein Werk betrachtete.

Was er sah, gefiel ihm. Verna war ein richtiges Kunstwerk.

Picassos »Rote Periode«.

Er starrte auf seine Schöpfung.

Durch den Längsschnitt waren ihre Brüste seitlich nach außen weggekippt wie zwei Felsen beiderseits eines blutigen Abgrunds. Groß und weiß und rot gesprenkelt lagen sie vor ihm.

Ganz ausgezeichnet.

Die »Rote Periode« von Candyman.

Seine Lippen verzogen sich zu einem verkniffenen Lächeln.

Das ganze Blut ...

Es wirkte wie eine exotische Blume, eine seltene Orchidee.

Eine schwarze Strähne schaute unter ihrer blonden Perücke hervor. Er zog ihr die Perücke vom Kopf und betrachtete, wie ihr Schädel dabei hin und her wackelte. Ganz locker, wie bei einer Stoffpuppe. Ihre Lider schlossen sich. Sie hätte auch lebendig sein können. Eingeschlafen.

Er schleuderte die Perücke auf den Boden.

Dann strich er ihr sacht die langen schwarzen Haare zurecht und drapierte sie über ihre Schultern.

Er arrangierte ihre Arme so, dass sie ausgestreckt neben ihrem Körper abstanden, und war so in seine Arbeit vertieft, dass er gar nicht merkte, dass sein Mund leicht offen stand.

Vernas Beine waren gespreizt.

In pumpendem Rhythmus quoll das Blut nach wie vor aus ihrem Bauch.

Könnte allmählich mal aufhören ...

Hmm. Sie sah aus wie ein fünfzackiger Stern.

Interessant.

»Eigentlich tu ich der Schlampe noch einen Gefallen«, murmelte er, »indem ich sie so auf dem Bett drapiere. Jetzt ist sie wenigstens einmal ein ›Star‹ – anders hätte sie das nie geschafft!«

Hübsch, oder?

Er rammte Verna das Messer in den Bauch. Ihr Körper wurde von einem Zittern geschüttelt, ihre Brüste wackelten hin und her.

In seinem Kopf erhob sich ein Rauschen und Summen wie von einem Bienenschwarm.

Er wurde von Zorn gepackt und konnte nicht aufhören, auf sie einzustechen ...

»Du elende Dreckschlampe. Du Hexe! In der HÖLLE sollst du verrotten. Hörst du mich?!«

Schweißperlen bildeten sich auf seinen Augenbrauen und kullerten ihm in die Augen, dass sie brannten. Sein Atem war ein röchelndes Keuchen.

Doch nach ein paar Sekunden hatte er sich wieder beruhigt.

Er wischte seine Hände an Vernas Bettlaken ab, nahm seine Kamera zur Hand und schoss ein Foto nach dem anderen.

2

Mittwoch, 30 Juni

Die Schritte kamen näher.

Er, *es*, hatte sie fast erreicht.

Ihre Beine leisteten Schwerstarbeit. Ihre Lunge japste nach Luft.

Dieses Wesen folgte ihr mit einer Geschwindigkeit, die übermenschlich war.

Herrgott. Ich bin nicht schnell genug! Ich komme einfach nicht weg!

Ächzend und keuchend blieb sie stehen ...

Eine knochige Hand krallte sich in ihre Schulter.

Umklammerte ihre Kehle.

NEIN. Mein Gott. NEIN ... BITTE!

Ruckartig wachte Deana auf. Ihr Herz pochte, ihr Nachthemd war nach oben gerutscht und klebte an ihrer schweißnassen Haut wie eine lebendige Kreatur.

Allmählich ließ ihr Keuchen nach, und ihr Atem wurde ruhiger.

Sie stöhnte laut auf und entspannte sich ein wenig.

Es war nur ein Traum.

Ein Traum?

Ein verdammter, beschissener *Albtraum* war das!

Sie stöhnte erneut, diesmal vor Erleichterung, und drehte den Kopf auf dem schweißgetränkten Kissen herum. Als

13

sie die Umrisse vertrauter Gegenstände in dem merkwürdigen Halbdunkel um sie herum erkannte, wurde sie etwas
ruhiger.

Dann ...

Was war das?

Ihr Herz begann erneut zu rasen.

Sie hörte *Geräusche* da draußen.

Schritte.

Leise knirschende Geräusche auf dem Kies vor dem Haus.

Aufgeschreckt starrte sie in Richtung Fenster. Die dünnen Gardinen wehten im Wind ... Fahles Mondlicht drang
herein und warf graue Streifen auf ihr Bett.

Sie betrachtete das Fenster. Sah eine groß gewachsene,
zusammengekrümmte Gestalt, die daran vorbeistrich, und
struppige schwarze Haare, die unter einem großen Schlapp-
hut hervorlugten.

Das hier ist echt.

Das ist kein Traum.

Der Schatten verharrte einen Augenblick, richtete sich
auf und drehte sich um, wobei er über die Schulter schaute,
als wollte er sichergehen, dass ihm niemand gefolgt war.

Dann wandte sich die große Hakennase wieder nach vorn.

Wie ein riesiger Raubvogel ...

Er hielt ein Beil in der Hand, das auf seiner Schulter ruhte.

O mein Gott!

Ist das hier wirklich echt?

Mein Albtraum wird wahr!

Deana presste sich eine Hand auf den Mund, um den Schrei
zu ersticken, der in ihrer Kehle aufstieg. Ihr Atem ging stoßweise und schmerzte bei jedem Zug.

»Isch komm und schnapp mir disch, Baby ...«

Eine raue, keuchende Stimme. Sie konnte es nicht fassen!

Wenn das hier WIRKLICH ein Albtraum ist, sollte ich mich mit dem Aufwachen besser beeilen.

Sie ließ eine Hand unter das Laken gleiten und kniff sich ins Bein.

Aua! *Scheiße!* Also gut. Anscheinend ist das kein Traum. Ich bin wach.

Großer Gott. Wenn ich also *wach* bin ... wer ist diese Gestalt da vor meinem Fenster?

Ein Einbrecher?

Der ein Beil mit sich rumschleppt?

Nur Mörder tragen Beile oder Äxte mit sich herum ...

Irre, geisteskranke Axtmörder!

Aber weshalb hat er es auf mich abgesehen?

Wer würde mich umbringen wollen?

Mir fällt niemand ein, der mir ans Leben wollen könnte.

Außer vielleicht Nancy Guildenschwartz, die Schlampe. Sie hasst mich, weil Allan sie abgesägt hat, um mit mir zu gehen ... Aber selbst wenn, überlegte Deana. Nancy ist eher klein und pummelig – *und* sie ist ein Mädchen.

Und kein großer, dürrer *Mann.*

Kann natürlich sein, dass Nancys Familie jemanden angeheuert hat.

Das wäre eine Möglichkeit.

Dieser Mistkröte ist alles zuzutrauen. Schließlich gibt sie immer damit an, dass ihr Vater irgendwelche Verbindungen hat ...

Mit einem Namen wie Guildenschwartz auch kein Wunder. Da braucht man Verbindungen.

Wie eine Maus in einem Labyrinth hasteten Deanas Gedanken durch ihre Vergangenheit auf der Suche nach einem hochgewachsenen dürren Mann, der aussah wie eine Vogelscheuche und sie so sehr hasste, dass er mitten in der Nacht vor ihrem Fenster herumschlich.

Mit einem Beil im Gepäck ...

Nee. Niemand hasst mich *so* sehr. Oder etwa doch?

Herrgott, ich hoffe nicht.

Wenn sie nach ihrer Mutter schrie, konnte es sein, dass er das Fenster einschlug und sie in Stücke hackte, bevor ihre Mutter auch nur im Zimmer war.

Am besten ist es, sich ruhig zu verhalten, dachte sie. Einfach so tun, als wäre ich gar nicht da.

Deana schloss die Augen, hielt die Luft an und glitt unter die Bettdecke. Sie zog sich das Laken über den Kopf, lag mit pochendem Herzen da und hielt die Luft an, bis sie fast erstickte.

Schließlich wagte sie es, unter dem Laken hervorzulinsen, und warf einen Blick in Richtung Fenster.

Niemand da. Nur der Mond, der ihr Bett in leichenblasses Licht tauchte.

Vielleicht war die Gestalt mit dem Beil nur Einbildung gewesen?

Ach ja?

Deana wischte sich das Gesicht mit einer Ecke des Lakens ab.

Es war schrecklich heiß.

Heiß und schwül und eklig drückend.

Eine ganz normale Sommernacht in Marin County.

Nur dass es eben keine »ganz normale Sommernacht« war.

Da draußen ist ein irrer Axtmörder, der an meinem Fenster vorbeischleicht.

Und mich beobachtet.

Der hinter mir her ist, weil er mich in Stücke hacken will.

Deana lauschte. Es kostete sie Mühe, ihren Herzschlag zu beruhigen.

Irgendwo kam eine warme Brise auf. Es war wie ein Flüstern in der Nacht, die Blätter des Zitronenbaums vor ihrem Fenster raschelten im Wind – ein Geräusch, das unter normalen Umständen freundlich und friedlich gewirkt hätte.

Doch heute Nacht war alles anders.

Früher hatte sie diesen alten Baum gemocht.

Als sie zehn Jahre alt war und sie und ihre Mutter frisch in dieses Haus eingezogen waren, hatte sie sich vorgestellt, wie dieser alte Baum kleinen pelzigen Tieren Schutz und Zuflucht bot. Wie Vögel in seinen Ästen ihre Nester bauten und brüteten. Morgens lag sie in ihrem Bett und betrachtete ihn, und nachts schlief sie ein, während sie den sanft raschelnden Geräuschen lauschte.

Doch nun zitterte und raschelte dieser Baum wie in einem Horrorfilm.

Es war wirklich gruselig.

Sie ließ den Blick zu der Stelle schweifen, wo sie den Eindringling zum letzten Mal gesehen hatte – in der Hoffnung, ihn nicht noch einmal zu sehen.

Sie versuchte sich einzureden, dass die schattenhafte Gestalt gar nicht existierte – nie existiert hatte.

Sie wartete …

Doch draußen war kein Mister Axtmörder. Nur ihr Baum, dessen Blätter leise im Nachtwind raschelten …

… und der lange, schwarze Schatten an ihre Zimmerdecke warf.

Sie hob den Kopf vom Kissen und schaute mit zusammengekniffenen Augen auf den Wecker auf ihrem Nachttisch.

00:10

Kurz nach Mitternacht.

Genau die richtige Zeit für Albträume.

Und sonstige wirre Träume.

Sie rekelte sich. Streckte ihre Glieder, die Sekunden zuvor noch verkrampft und verknäult gewesen waren, und leckte sich mit der Zunge über die trockenen Lippen.

Nervös warf sie einen weiteren Blick Richtung Fenster.

Nur um sicherzugehen.

Erfüllt von der Furcht, dass sich die gruselige Szene von eben wiederholen würde.

Mit weit aufgerissenen Augen wartete sie und zählte ... zuerst bis dreißig, dann bis vierzig ... fünfzig ... sechzig.

Keine Spur von Mr. Axtmörder.

Sie schwang sich aus dem Bett und streifte ihr Nachthemd ab. Es war klatschnass von ihrem Schweiß. Sie hängte es über die Lehne ihres Betts, schnappte sich den Morgenmantel und zog ihn über.

Weich und kuschelig schmiegte er sich an ihre feuchte, kalte Haut.

Sie band den Gürtel fest zu.

Die Vorstellung, dass Mr. Axtmörder sie nackt zu sehen bekam, behagte ihr gar nicht.

Mr. *Wer?*

Das Ganze war ein Albtraum, Kleines. Vergiss das nicht.

Sie keuchte immer noch.

Reg dich ab, sagte sie sich.

Du bist in Sicherheit.

Die Türen sind alle verschlossen.

Mom ist im Zimmer nebenan ...

Alles ist in Ordnung. Ehrlich.

In den zitternden Schatten erkannte sie nun vertraute Gegenstände, die sie beinahe wie gute alte Freunde zu begrüßen schienen.

Sie machte sich auf den Weg zur Küche, öffnete die Kühlschranktür und nahm eine Karaffe Limonade heraus.

Das eiskalte Gefäß fühlte sich gut an.

Mom hatte die Limonade erst gestern frisch gemacht. Es war ihr Spezialrezept mit frischen Zitronen. Deana kannte den bittersüßen, herben Geschmack mit einem Hauch Honig nur zu gut.

Genau so, wie ich es mag.

Die Karaffe beschlug. Eiskalt und verheißungsvoll wartete sie in Deanas Händen. Sie leckte sich über die Lippen und betrachtete die trübe Flüssigkeit, die in dem Glasgefäß hin und her schwappte. Sie konnte förmlich spüren, wie der erste Schluck ihre Kehle hinabglitt.

Doch zuerst stellte sie die Karaffe auf den Tisch und ging noch mal zum Spülbecken. Sie drehte das kalte Wasser auf, ließ es in ihre Hände rinnen und benetzte sich das Gesicht.

Dann nahm sie ein Handtuch und trocknete sich ab.

Mit jeder Sekunde fühlte sie sich besser. In Sicherheit.

Es war nur ein Albtraum, sagte sie sich erneut.

Deana hatte bereits zwei Gläser Limonade heruntergekippt, als ihr einfiel, dass sie vermutlich den Rest der Nacht damit beschäftigt sein würde, aufs Klo zu rennen.

Was soll's? Ich bin wach. Ich bin am Leben. Und ich bin an einem Stück.

Als sie wieder in ihr Schlafzimmer kam, sah sie die gleiche seltsame Gestalt wie zuvor an ihrem Fenster vorbeistreifen.

Schon wieder?

Nein!

Stirnrunzelnd schaute sie genauer hin, doch sie konnte nichts erkennen.

Nur den Vorhang, der sich sanft hin und her bewegte.

Wunderbar. Ich drehe durch. Mein Verstand spielt mir üble Streiche ...

Sie stellte das volle Glas Limonade auf ihren Nachttisch, zog den Morgenmantel aus und stieg ins Bett.

Sie gähnte – froh darüber, dass der Albtraum zu Ende war. Sie fühlte sich wieder in Sicherheit.

Und schläfrig.

Auf ihren Lippen zeichnete sich ein Lächeln ab.

Als sich ihre Lider schlossen, dachte sie an die Party morgen Abend ...

Morgen Abend?

Heute Abend, erinnerte sie sich.

Deana gähnte ein weiteres Mal und ging im Geiste noch einmal durch, wie sie Mom erklären würde, dass sie und Allan nach dem Abendessen ins Kino gehen würden. Mom würde sich erst schrecklich aufregen und dann wieder beruhigen. Sie wusste, wie der Hase lief. Schließlich war sie ja selbst mal jung gewesen, oder?

Irgendwann einmal.

Jedenfalls sagte sie das immer.

Deana lächelte schläfrig. Es war ein schönes Gefühl, sich unter dem Laken selbst zu berühren, während eine sanfte Brise vom Fenster her über sie hinwegwehte.

Sie dachte an das Abendessen – und daran, was danach kam. Wenn Allan und sie sich gemeinsam aus dem Staub machen würden.

»Hmm ...«, flüsterte sie. »Heute Nacht werden wir so viel Spaß haben wie noch nie!«

3

»Wenn ich ein misstrauischer Mensch wäre«, sagte Deana, »dann würde ich denken, dass uns der Wagen da verfolgt.«

»Bist du aber nicht«, sagte Allan.

»Ein bisschen vielleicht doch.« Sie warf einen Blick über die Schulter. Der andere Wagen hatte die letzte Kurve noch nicht passiert, sein Scheinwerferlicht war nur blass und undeutlich durch das schmale Heckfenster von Allans Mustang zu erkennen. Doch schon Sekunden später tauchten die Scheinwerfer wieder hinter ihnen auf. Einer der beiden war anscheinend verbogen, denn er strahlte in einem merkwürdigen Winkel nach schräg oben. Deana gefiel dieses Schielen überhaupt nicht. Es sah aus, als wäre der Wagen ein bisschen bescheuert.

»Soll ich umdrehen?«, fragte Allan. »Du machst mich ein wenig nervös.«

»Das Auto macht mich nervös.«

»Vermutlich nur irgend so ein Typ, der nach Stinson Beach will. Wenn man erst mal auf dieser Straße ist, kommt so schnell keine Abfahrt.«

Deana sah nach vorne. Ihre Hände waren schweißnass. Sie wischte sie an ihrem Rock ab. »Vielleicht solltest du ein bisschen langsamer machen und ihn vorbeilassen.«

»Du hast zu viele *Freitag-der-13.*-Filme gesehen.«

»Weil *du* mich reingeschleppt hast.«

»Weil ich es liebe, wie du kreischst und dir die Augen zu-
hältst ... und dann zwischen den Fingern hindurchlinst,
was passiert.«

»Vielleicht hätten wir doch lieber ins Kino gehen sollen«,
sagte Deana.

»Hast du auf einmal Schiss?«

»Es ist furchtbar dunkel da draußen.«

»Das ist ja der Sinn der Sache.«

»Wie lange dauert es noch bis zu der Abzweigung?«

»Wir sind gleich da.«

»Na gut. Aber wenn er auch abbiegt, würde ich sagen,
wir vergessen die Angelegenheit.«

Allan drehte den Kopf zu ihr. Wegen der Dunkelheit konnte
sie seinen Gesichtsausdruck nicht erkennen, aber er war
ganz offensichtlich nicht davon begeistert, die Sache zu
vergessen. Sie machte ihm keinen Vorwurf deswegen. Er
hatte während des Abendessens mit Deanas Mutter und
ihren Großeltern tapfer durchgehalten. Er musste sich zu
Tode gelangweilt haben, und das Einzige, was ihn bei Laune
gehalten hatte, war vermutlich der Gedanke an das, was sie
hinterher noch vorhatten.

»Eine Sache muss ich dir noch sagen«, hatte sie ihm vor
der Party am Telefon erklärt.

»Aha«, hatte er gesagt.

»Aha ist hier nicht die richtige Antwort, Kumpel. Oho
wäre wesentlich angemessener. Sobald das Essen vorüber
ist, können du und ich uns aus dem Staub machen. Ich
habe dabei an einen sehr dunklen und sehr abgeschiedenen Ort gedacht, vielleicht in der Gegend von Mount Ta-
malpias. Du solltest überlegen, eine Decke mitzubringen.«

Vielleicht war das Abendessen doch nicht so eine Qual
für ihn gewesen, dachte Deana. Man konnte seine nervösen,

aufgeregten Blicke, die er ihr immer wieder zuwarf, auch so deuten, dass er weniger gelangweilt, sondern viel zu sehr damit beschäftigt war, sich auszumalen, was sie hinterher im Wald treiben würden. Es hatte sie selbst einige Mühe gekostet, sich auf die Feierlichkeiten zu konzentrieren. Als es schließlich daran ging, den Tisch abzuräumen, war sie so neben der Spur gewesen, dass ihre Mutter sie fragte, ob alles mit ihr in Ordnung sei.

Nun ja, Mom, die Sache ist die: Allan und ich haben eigentlich gar nicht vor, ins Kino zu gehen. Wir dachten eher, dass wir rüberfahren zum Mount Tam und uns da ein schönes abgeschiedenes Plätzchen suchen. Wir haben das schon mal gemacht, aber nur kurz, und wir waren beide ein bisschen betrunken, sodass es heute eigentlich das erste Mal ist, und deswegen bin ich etwas aufgeregt.

Nur etwas aufgeregt, nichts weiter.

Das klickende Geräusch von Allans Blinker katapultierte sie wieder zurück in die Gegenwart. Sie bemerkte, wie sich ihre Finger in ihre Schenkel krampften und sie am ganzen Leib zitterte. Beruhige dich, sagte sie sich. Es gibt hier nichts, wovor du Angst haben brauchst.

»Er ist geradeaus gefahren«, sagte Allan, nachdem er abgebogen war.

Einen Augenblick lang wusste Deana gar nicht, was er meinte. Dann fiel es ihr wieder ein. Der Wagen, der ihnen gefolgt war.

»Na ja«, sagte sie, und ihre Stimme zitterte ein wenig. »Da haben wir wohl noch mal Glück gehabt.«

Allan schaltete einen Gang runter. Der Wagen kroch knurrend wie ein entschlossenes Tier die steile Straße hinauf. Der Lichtkegel der Scheinwerfer schob sich durch die

Dunkelheit. Deana hatte das Gefühl, in ihrem Sitz zu versinken.

»Wäre das nicht komisch, wenn jetzt der Wagen den Geist aufgeben würde?«, fragte Allan.

»Saukomisch. Zum Totlachen.«

Vielleicht ist diese Gegend ein bisschen *zu* abgeschieden, dachte sie. Und zu dunkel – und unheimlich. Sie musste wieder an die letzte Nacht denken. *Nightmare on Del Mar*, in der Hauptrolle, tada ... der Irre mit dem Hackebeil. Ahhh ...

Sie zwang sich, auf das grünlich schimmernde Armaturenbrett zu starren, um sich ein wenig zu beruhigen.

»Wir hätten doch ins Holiday Inn gehen sollen«, murmelte sie.

»Ich dachte, du hättest was gegen Motels.«

»Klar, schon, aber ich glaube, ich habe meine Meinung geändert.«

»Hättest du das nicht schon vor einer halben Stunde tun können? Aber wenn du willst, drehe ich um. Soll ich?«

»Nee, schon in Ordnung. Wir sind ja fast da.«

»Macht mir nichts aus. Im Gegenteil. Ein Bett. Eine Dusche. Hey!«

»Vielleicht ein anderes Mal.«

»Ist das ein Versprechen?«

»Eher so ein Gedanke. Wir können es uns ja mal überlegen. Es kommt mir halt irgendwie ... verlottert vor.«

»Verlottert?«

»Sieh im Wörterbuch nach, was das heißt.«

»Du bist echt merkwürdig, weißt du das? Im Auto oder im Wald rumzumachen ist in Ordnung. Aber das Gleiche in einem Motelzimmer zu veranstalten ist verlottert. Passt das irgendwie zusammen?«

»Muss es wohl«, sagte Deana. »Sonst würde ich es ja nicht so empfinden.«

»Kann es sein, dass du ein bisschen durchgeknallt bist?«, fragte Allan.

Sie kamen zum Ende des Anstiegs, und die Straße wurde wieder ebener. Vor ihnen lag eine weite, vom Mondlicht erhellte Lichtung – der Parkplatz einer Freilichtbühne. Als Deana und Allan vor einem Monat hier gewesen waren, um sich eine Aufführung von *Othello* anzuschauen, hatten hier überall Autos herumgestanden.

Nun lag er verlassen da.

»Sieht so aus, als wären wir ganz unter uns«, sagte Allan.

»Damit hatte ich fast gerechnet.«

Allan fuhr zum gegenüberliegenden Ende des Parkplatzes und hielt an der Stelle an, wo ein Fußweg zwischen den Bäumen hindurch zur Freilichtbühne führte. Er schaltete den Motor aus. »Okay, da sind wir«, sagte er und klang selbst ein bisschen nervös. Er schaltete die Scheinwerfer aus, und mit einem Mal war um sie herum alles dunkel. Er zog den Schlüssel ab, steckte den Schlüsselbund in die Vordertasche seiner Cordhosen und rieb seine Hände an den Hosenbeinen. Dann rutschte er auf dem Sitz herum und griff nach der Decke auf der Rückbank.

Deana stieg aus und begann augenblicklich zu frösteln. Die kalte Nachtluft strich über ihre Beine und kroch ihr unter den Pullover. Mit klappernden Zähnen schlang sie ihre Arme um den Oberkörper. Allan kam um den Wagen herum. »Ist dir kalt?«, fragt er.

»Ein bisschen.«

Er faltete die Decke auseinander und legte sie ihr um die Schultern.

»Hier ist Platz genug für zwei«, sagte Deana und hielt einen Zipfel der Decke hoch.

Er nahm den Zipfel, zog ihn über seine Schultern und legte ihr den Arm um die Hüften. Langsam gingen sie den Fußweg entlang. Die Decke hüllte sie in wohlige Wärme. Es war ein angenehmes Gefühl, das durch seine Hand an ihrer Seite noch verstärkt wurde. Sie waren gerade ein paar Schritte den Pfad entlanggelaufen, da glitt seine Hand unter ihren Pullover. Deana stöhnte, als sie ihr über die nackte Haut strich und sich weiter nach oben vortastete.

»Hmm?« Allan klang überrascht.

»Reingelegt«, sagte sie.

»Beim Abendessen hattest du noch einen an.«

»Danach war ich aber noch mal auf dem Klo, bevor wir los sind. Und dabei ist das Ding im Wäschekorb gelandet.«

Er stöhnte kurz auf und ließ seine Hand zärtlich über ihre Brust gleiten.

»Mein Gott«, flüsterte er. Er zog sie zu sich herum, sodass sie vor ihm stand. Die Decke rutschte von ihren Schultern und fiel zu Boden, doch sie kümmerte sich nicht darum, während Allan sie fest an sich drückte und beide Hände unter ihren Pullover gleiten ließ. Er strich ihr über den Rücken und presste seine Lippen auf ihren Mund. Atemlos zerrte Deana ihm das Hemd aus der Hose. Sie saugte an seiner Zunge und strich ihm durch die Haare. Er hatte eine harte Beule in der Hose, die gegen ihren Bauch drückte und ein wohlig warmes Kribbeln in ihrem Unterleib auslöste.

Sacht schob er Deana von sich weg und zog ihren Pullover hoch. Von der kalten Nachtluft bekam sie augenblicklich eine Gänsehaut. Ihre Brustwarzen wurden so hart, dass es wehtat, doch dann glitten seine Hände über ihre Brüste, und sie wurden von wohliger Wärme durchströmt. Er drückte und knetete ihren Busen, und die Wärme wandelte sich zu einer fast schon schmerzhaften Hitze. Sie warf den Kopf in den Nacken und wand sich.

Er löste seinen Griff, als hätte er Angst, ihr wehzutun.

»Ist sonst noch was im Wäschekorb gelandet?«, fragte er keuchend.

»Gut möglich.«

Er tastete nach Deanas Taille, doch sie machte ein paar tänzelnde Schritte rückwärts. »Nicht hier«, sagte sie.

»Wo dann?«

Sie zuckte die Achseln. »Wir sind noch zu nah beim Parkplatz.« Sie deutete in die Richtung, aus der sie gekommen waren. Man konnte sehen, wie sich das Mondlicht in der Windschutzscheibe von Allans Mustang spiegelte. »Gehen wir ein Stück weiter.«

»Zur Freilichtbühne?«

»Genau.«

»Auf die Bühne?«

Sie streckte die Arme von sich. »Die ganze Welt ist eine Bühne, und sämtliche Männer und Frauen sind nichts weiter als ...«

»Statisten«, warf Allan ein.

»An dir ist ein Dichter verloren gegangen.«

»Siehst du's nicht? Hier sind wir, mitten im Theater, zu allen Seiten umgeben von ...«

»Es wird nicht besser.«

»Umgeben von Sitzreihen, Reihen leerer Sitze, während wir ...«

»Das Ungetüm mit den zwei Rücken zum Besten geben.«

»Uns das Hirn aus dem Schädel rammeln«, erwiderte er und kraulte Deanas Nacken.

»Genau«, stöhnte Deana.

»Und während wir hier liegen«, flüsterte er ihr ins Ohr, »unsere nackten Körper schweißnass und eng umschlungen ...«

»... und im Mondlicht glänzend ...«

»... ertönt aus der Ferne, von ganz oben in den Reihen ...«

Er ließ ihren Nacken los und klatschte langsam in die Hände.

Sie starrte ihn durch die Dunkelheit an.

Er klatschte weiter.

»Herrgott«, flüsterte sie.

Er klatschte munter weiter.

»Hör auf damit. Du machst mir Angst.«

Er hörte auf zu klatschen und lachte leise.

»Gehen wir zurück zum Auto«, sagte Deana.

»Du machst Witze.«

»Nein.«

»Deana. Es war nur ein Scherz.«

Sie drehte sich von ihm weg. Er machte einen Schritt vorwärts und schlang seine Arme um ihren Bauch. Sie lehnte sich zurück und genoss die Wärme, die er ausstrahlte.

»Ich will weg von hier, Allan. Es war sowieso eine bescheuerte Idee.«

»Mann, das ist das letzte Mal, dass ich dir eine Geschichte erzähle.«

»Schon gut. Aber es könnte sich wirklich jemand hier oben herumtreiben. Woher sollen wir das wissen?«

»Können wir nicht.« Seine Hände glitten wieder hinauf zu ihren Brüsten.

Zärtlich strich sie über seine Hände, die auf ihrem Pullover lagen und sacht ihre Brüste kneteten. »Wir gehen woanders hin, okay?«

»Und wohin genau?«

»Irgendwohin, wo es nicht so ...« Allan kniff ihr in eine Brustwarze, und sie japste nach Luft. »Irgendwohin, wo es nicht so dunkel ist«, sagte sie mit einem Zittern in der Stimme. »Irgendeine Straße in der Nähe von zu Hause.«

»Auf dem Rücksitz?«

Sie nickte.

»Wäre es nicht besser ...« Allan verstummte. Seine Hände ruhten noch immer auf ihren Brüsten, doch er spreizte die Finger und regte sich nicht.

»Allan?«

»Psst.«

»Was ist los?«

Dann hörte Deana es ebenfalls. »Das ist nur der Wind«, flüsterte sie.

»Das ist ein Auto.«

Deana wurde flau im Magen. Sie richtete sich auf.

Wenn es ein Auto war, wieso war dann nirgendwo ein Lichtschein zu sehen? Allan nahm eine Hand von ihrer Brust. Augenblicklich verflüchtigte sich die Wärme. Er deutete in die Ferne. Zuerst konnte Deana zwischen den Bäumen hindurch nur schmale Streifen des Parkplatzes erkennen, doch dann glitt ein dunkler Schatten durch einen der Streifen hindurch. Es sah gar nicht aus wie ein Auto, sondern war eher eine schwarze Silhouette.

»Vielleicht jemand, der die gleiche Idee hatte wie wir«, flüsterte Allan.

»Was meinst du damit?«

»Ein Pärchen. Du weißt schon. Die auch einen abgelegenen Ort suchen, um rumzumachen.«

»Mein Gott. Ich hoffe, du hast recht.«

»Gehen wir zurück zum Auto.« Er hob die Decke auf. Deana hielt sich dicht neben ihm, während sie den Fußweg entlanggingen. Sie konnte das Auto immer noch hören, doch es war nirgendwo zu sehen. Als sie fast am Ende des Fußwegs waren, scherte Allan zu einem Baum aus. Sie folgte ihm. Hinter den Baumstamm geduckt, schauten sie auf den Parkplatz.

Allans Mustang stand nur ein paar Meter entfernt. Das andere Auto stand in einigem Abstand dahinter in der Mitte des Parkplatzes. Die Scheinwerfer waren ausgeschaltet, der Motor lief im Leerlauf. In seiner Windschutzscheibe spiegelte sich das Mondlicht, sodass Deana nicht erkennen konnte, ob jemand darin saß.

»Was meinst du?«, flüsterte sie.

»Mir gefällt nicht, wie er einfach nur da steht.«

»Glaubst du, er kann uns sehen?«

»Keine Ahnung, aber ich glaube es eher nicht.«

Eine Weile kauerten sie einfach nur schweigend da und beobachteten den anderen Wagen.

»Das ist doch bescheuert«, sagte Deana schließlich. »Warum fährt er nicht weg?«

»Vielleicht ist da ja wirklich jemand am Rummachen.«

»Bei laufendem Motor?«

»Es wirkt fast so, als würde er auf irgendwas warten«, sagte Allan.

»Allerdings. Und zwar auf uns.«

»Mach dir keine Sorgen. Solange er im Wagen bleibt und wir hier, kann nichts passieren.«

»Und was ist, wenn er aussteigt?«

»Und sich auf die Suche nach uns macht?«

»Genau.«

»Dann wäre es kein Problem, sich zu verstecken. Er weiß ja gar nicht, wo er anfangen soll zu suchen. Vielleicht könnten wir uns ganz einfach zum Wagen zurückschleichen.«

»Vielleicht sollten wir jetzt gleich zum Wagen zurückgehen.«

»Meinst du?«, fragte Allan.

Ihr Herz pochte so heftig, dass es wehtat.

»Dann hätten wir es wenigstens hinter uns. Wir können nicht die ganze Nacht hier warten. Und wir wissen nicht, was er da drin anstellt.«

»Vielleicht genießt er einfach nur die Landschaft«, flüsterte Allan nervös. »Sollen wir's probieren?«

»Ich weiß nicht.«

»Es war deine Idee.«

»Klar. Aber ich bin mir nicht mehr so sicher.«

»Entweder das, oder wir warten, bis er verschwindet.« Allan schaute über eine Schulter zu Deana. »Vielleicht sollten wir einfach wieder zu unserem ursprünglichen Plan übergehen.«

»Ich bin froh, dass du deinen Sinn für Humor nicht verloren hast.«

»Kann ja sein, dass er sich wieder aus dem Staub gemacht hat, bis wir zurückkommen.«

»Und falls nicht und er uns abmurkst«, sagte Deana, »haben wir zumindest ein paar Augenblicke höchster Wonnen und Glückseligkeit genossen.«

»Wonnen und Glückseligkeit?«

»*Scheiß drauf*«, flüsterte sie.

»Gleichfalls.«

»Wir werden uns vorkommen wie die letzten Idioten, wenn wir aus dem Wald spaziert kommen und er immer noch da steht.«

»Heißt das, du willst es wirklich durchziehen?«, fragte Allan.

»Nein, will ich nicht, verdammt noch mal. Ich mach mir fast in die Hosen vor Angst, aber wir haben ja keine Wahl.«

»Wir wären nur für ein paar Sekunden zu sehen.«

»Klar. Und was soll er schon groß anstellen? Uns mit Blei vollpumpen?«

Allan stieß sich von dem Baumstamm ab, streckte sich und atmete tief durch. Er hatte die zusammengeknüllte Decke unter seinem linken Arm und kramte mit der rechten Hand in seiner Hosentasche nach seinem Schlüssel. Schließlich zog er den Schlüsselbund heraus und fingerte daran herum, bis er den Wagenschlüssel gefunden hatte.

»Hast du deine Tür verriegelt?«, flüsterte er.

»Ja, mache ich immer.«

»Okay, du nimmst die Schlüssel, und sobald du im Wagen bist, machst du meine Tür auf.«

»Komm mir jetzt nicht mit diesem Ladies-first-Quatsch. Du bist schneller als ich.«

»Deana.« Er klang, als wollte er anfangen zu diskutieren, doch er ließ es bleiben und schwieg stattdessen für ein paar Sekunden. »Ich weiß, was wir machen«, sagte er. »Du wartest hier. Ich gehe zum Wagen, komme hierher und halte seitlich, sodass du gar nicht zu sehen bist. Dann springst du rein, und wir rauschen los.«

»Allan, spiel nicht den ...« Sie schüttelte den Kopf. Jetzt mach ihn nicht noch dafür an, dass er das ganze Risiko auf sich nehmen will. Sie beugte sich zu ihm rüber und küsste ihn sanft auf den Mund. »Du bist echt toll«, flüsterte sie.

Sie strich ihm über die Wange. Beinahe hätte sie ihm gesagt, dass sie ihn liebt, doch dann kam ihr das doch zu schmalzig und melodramatisch vor. Das war's dann. Hier ist Endstation. Ich liebe dich. Geigenklänge. Hand in Hand schreiten die Liebenden zu ihrem Rendezvous mit dem Tod.

In einer Stunde werden wir über die ganze Geschichte lachen.

Von wegen. Eher in einer Woche.

»Wir gehen zusammen raus«, sagte sie.

»Ich finde wirklich ...«

»Du und ich, Partner. Butch und Sundance.«

»Bitte! Nicht Butch und Sundance.«

»Bringen wir's hinter uns.« Sie nahm ihm die Decke ab.

Er wehrte sich nicht, offensichtlich war auch ihm klar, dass es auf seine Schnelligkeit ankam, falls irgendetwas schiefgehen würde. Sie drückte seine Hand. Sie fühlte sich feucht und kalt an.

Gemeinsam traten beide aus der Deckung hinter dem Baum und gingen durch das hohe Gras auf die Motorhaube des Mustang zu.

Die Scheinwerfer des anderen Wagens leuchteten auf. Deana wurde flau im Magen. Einer der Scheinwerfer strahlte nach schräg oben, so als ob der Wagen schielte. Deana stöhnte auf.

»Tu so, als wäre alles ganz normal«, sagte Allan.

Als sie knapp einen halben Meter von dem Mustang entfernt waren, ließen sie ihre Hände los und trennten sich. Deana ging zur Beifahrertür, während Allan zur Fahrerseite lief. Deana packte den Türgriff und presste den Daumen auf den Drücker. Sie war bereit und zwang sich, nicht in die Richtung des anderen Wagens zu schauen sondern blickte über das Dach des Mustang hinweg zu Allan, der vornübergebeugt war. Sie hörte, wie der Schlüssel leise knirschend in das Schloss glitt und der Knopf der Türverriegelung aufsprang. Allan zog die Tür auf.

Der andere Wagen heulte laut auf und schoss vorwärts. Allans Kopf zuckte in seine Richtung. Er war in grelles Scheinwerferlicht getaucht. Mit weit aufgerissenem Mund stand er vorgebeugt da.

»Steig ein!«, schrie Deana. Sie ließ die Decke fallen und starrte durch das Wagenfenster. Die Innenbeleuchtung war an.

Allan hechtete auf den Fahrersitz, doch der andere Wagen erwischte ihn an den Beinen und zerrte ihn nach draußen. Starr vor Entsetzen, sackte Deana nach hinten, während der andere Wagen in einem Höllentempo vorbeirauschte und die Fahrertür des Mustang abriss.

Es war wie in Zeitlupe.

Es war unfassbar.

Die Tür wurde in die Luft geschleudert, drehte sich im Flug und krachte auf die Motorhaube des Mustang. Funken flogen durch die Luft, während der andere Wagen mit Allan, der irgendwie in der Stoßstange eingeklemmt zu sein schien, vorbeirauschte. Sein Unterkörper war nicht zu sehen, der Rest seines Körpers zappelte seitlich am Wagen, seine Arme flatterten über seinem Kopf.

Bremsen quietschten, doch der Wagen war zu schnell, um noch auf dem Parkplatz zum Stehen zu kommen. Er rumpelte durch das Gras und krachte in einen Baum. Allans Rumpf wurde gegen den Baum gedrückt. Sein Oberkörper wurde nach hinten geschleudert, seine Haare flatterten in der Luft, die Arme ruderten hilflos hin und her.

Die Rückfahrscheinwerfer des Wagens leuchteten auf. Das Auto schoss nach hinten. Allans Körper kam frei, schwebte im Lichtkegel des funktionierenden Scheinwerfers für einen Augenblick in der Luft und sackte dann zu Boden.

Deana war gelähmt vor Schreck, doch irgendwo in ihrem Hirn war etwas, das die Kontrolle übernahm. Sie schaute durch das Seitenfenster, während das andere Auto im Rückwärtsgang auf sie zugerauscht kam. Allans Schlüssel lag auf dem Sitz, wo er ihn hatte fallen lassen, als er von dem Wagen gerammt wurde. Sie wusste, dass die Tür verriegelt war, doch sie drückte dennoch voller Verzweiflung den Türknopf und zerrte am Griff. Die Tür blieb zu. Der andere Wagen hatte mittlerweile kurz vor dem Mustang angehalten. Die Tür ging auf.

Deana rannte los.

Ohne sich noch einmal umzublicken, rannte sie in den Wald.

4

Leighs Vater saß in der Küche, trank Kaffee und paffte an seiner Zigarre, während ihre Mutter ihr mit dem Abwasch nach dem Abendessen half. Die Teller wurden nur kurz abgespült und wanderten dann in die Spülmaschine, die Kristallgläser spülte Leigh lieber von Hand. Ihre Mutter hatte das übernommen, und Leigh trocknete sie nun ab.

Das Ganze dauerte nicht lange, denn um Töpfe und Pfannen brauchten sie sich nicht zu kümmern. Das Essen war vom Koch des Bayside zubereitet und von zwei von Leighs besten Kellnern geliefert und aufgetischt worden, die danach wieder ins Restaurant zurückgekehrt waren.

Als das letzte Kristallglas abgetrocknet war, schlug Leigh einen Verdauungsdrink vor. Ihr Vater drückte seine Zigarre aus und nahm einen Scotch mit Soda, ihre Mutter wollte einen Bailey's. Also blieb Leigh in der Küche und bereitete die Drinks zu, während ihre Eltern sich ins Wohnzimmer begaben.

Der Abend war ziemlich gut gelaufen, dachte Leigh. Mom und Dad wirkten beide gut gelaunt und völlig unaufgeregt angesichts der Furcht einflößenden Tatsache, dass Dad im nächsten Jahr seinen sechzigsten Geburtstag feierte.

Zum Teufel, die beiden sind ja noch jung. Verdammt jung, wenn man bedenkt, dass sie eine sechsunddreißigjährige Tochter haben und eine Enkelin, die im Herbst aufs

College geht. Sie sind beide gesund und haben eine Menge, worüber sie glücklich sein können.

Ich übrigens auch.

Sie ließ sich Zeit mit dem Zubereiten der Drinks.

Ich habe tolle Eltern, eine wunderschöne, intelligente Tochter, ein gut gehendes Restaurant, das in ganz Tiburon als die erste Adresse betrachtet wird. Und darüber hinaus noch dieses fantastische Haus.

Woher kommt also dieses kribbelige Gefühl in meinem Magen, als würde irgendwas nicht stimmen? Alles ist bestens. Liegt vermutlich daran, dass Deana ausgegangen ist. Ich kann mich einfach nicht richtig entspannen, wenn sie spätnachts noch unterwegs ist. Es kann so viel passieren. Eine Panne mit dem Wagen ...

Allan machte allerdings einen vertrauenswürdigen Eindruck. Er würde gut auf sie aufpassen.

Bei diesem Gedanken musste Leigh lächeln.

Es war genau andersherum: Deana wäre diejenige, die die Dinge in die Hand nehmen würde, falls etwas schiefging. Aber es würde nichts schiefgehen. Sie würde um ein Uhr zur Tür hereinspaziert kommen, wenn der Film zu Ende war.

Falls sie überhaupt ins Kino gegangen waren.

Leigh stellte die Gläser auf ein Tablett. Sie merkte, dass sie einen kleinen Schwips hatte, und konzentrierte sich darauf, das Tablett gerade zu halten, während sie es am Esstisch vorbei durch den Flur zum Wohnzimmer balancierte. Ihre Mutter saß auf dem Sessel, während ihr Vater an der Glasfront des Zimmers stand und die Aussicht genoss. Er drehte sich um, als Leigh das Tablett auf den niedrigen Tisch vor der Couch stellte.

»Die Aussicht von hier ist fantastisch. Ich kann mich kaum davon losreißen«, sagte er.

»Geht mir genauso«, sagte Leigh. Sie wohnte nun schon seit acht Jahren hier, und es verging kein Tag, an dem sie nicht an der Fensterfront stand und hinausblickte.

»Das war ein wundervolles Abendessen«, sagte ihre Mutter.

Leigh reichte ihr das Glas mit dem Bailey's. »Beef Willington ist Nelsons Spezialität.«

»Schade nur, dass Deana so früh losmusste.«

Leigh lächelte und kämpfte gegen das Verlangen an, mit den Augen zu rollen. Es war ja klar, dass sie sich daran aufhängen würde. Andererseits gab es immer *irgendwas*, worüber sie sich irgendwann aufregte – vor allem, wenn sie schon ein paar Drinks intus hatte. »Mom, Deana und Allan hatten extra eine andere Einladung zum Essen abgesagt, nur um heute Abend hier zu sein.«

»Warum mussten sie ausgerechnet für *heute* eine andere Einladung annehmen? Hattest du ihnen nicht Bescheid gesagt, dass ...«

»Wie du dich vielleicht erinnerst, hatten wir euch für gestern eingeladen. Aber da mussten du und Dad ja zum Bankett von eurem Club.«

»Es hätte sie auch nicht umgebracht, wenn sie geblieben wäre.«

»Sie hat ein eigenes Leben«, sagte Leighs Vater. Er nahm seinen Scotch mit Wasser vom Tablett und setzte sich aufs Sofa. Leigh nahm ihr Glas Chablis. Sie hielt es vorsichtig in der Hand, während sie sich neben ihren Vater setzte. »Ich bin sicher, sie hat Besseres zu tun«, fuhr ihr Vater fort, »als den Freitagabend mit einem Haufen alter Knacker zu verbringen.«

»Wir sind ja wohl keine alten Knacker«, protestierte Leighs Mutter. »Es hätte sie wohl kaum umgebracht, wenn sie den Abend mit ihrer Familie verbracht hätte.«

»Sie kann euch doch jederzeit sehen«, sagte Leigh. »Ihr wohnt ja schließlich nicht in Timbuktu.«

»Wo immer das auch sein mag«, antwortete ihr Vater und lächelte, während er einen weiteren Schluck von seinem Drink nahm.

»Was weißt du überhaupt über diesen Allan?«, fragte Mom.

»Die beiden sind seit zwei Monaten zusammen. Sie hat ihn im Schauspielkurs kennengelernt.«

»Er ist *Schauspieler*?«

»Soweit ich weiß, hat er vor, Anwalt zu werden.«

»Ausgezeichnet«, sagte Leighs Vater, »ein Anwalt in der Familie wäre prima. Du kennst ja das alte Sprichwort – jede Familie braucht einen Anwalt, einen Arzt und einen Klempner.« Er grinste. »Und einen Restaurantbesitzer natürlich.«

»Noch gehört er nicht zur Familie.«

»Ich weiß nicht, Helen. Ich hatte den Eindruck, dass es zwischen den beiden was Ernsthaftes ist.«

»Mach dich nicht lächerlich.«

»Und außerdem ist es möglicherweise kein Zufall, dass sie beide vorhaben, ab Herbst in Berkeley zu studieren.«

»Berkeley«, murmelte Leighs Mutter und rollte mit den Augen. »Lass mich bloß mit Berkeley in Ruhe.«

»Ich glaube, da ist es auch nicht mehr so wie damals, als ich dort war«, sagte Leigh.

»Na, Gott sei Dank.«

Leighs Vater lehnte sich zurück und schlug die Beine übereinander. Er schaute zu Leigh herüber. »Du hast dich ja ziemlich gut gemacht, wenn man bedenkt, dass du mal ein Hippie-Radikalinski warst.«

»Können wir dieses Thema *bitte* beenden«, sagte Leighs Mutter. »O Gooott. Du hast uns die Hölle auf Erden bereitet.

Hast du dir jemals eine Vorstellung davon gemacht, was wir deinetwegen durchgestanden haben?«

Leigh seufzte. Das war das Letzte, was sie jetzt brauchte. »Das ist schon lange her«, sagte sie.

»Alles fing mit deinem letzten Jahr an der Highschool an. Du warst damals so alt wie Deana jetzt. Sie ist so eine wohlgeratene junge Dame. Du weißt gar nicht, wie viel Glück du hast.«

»Wir haben alle reichlich Glück gehabt«, sagte Leighs Vater und tätschelte ihr das Knie, wobei er ihr einen Blick zuwarf, der besagte: *Tut mir leid, aber du weißt ja, wie Mom sich manchmal aufführt.*

»Wie wäre dir wohl zumute, wenn Deana eines Tages nach Hause käme und würde so aussehen wie diese *Punks*, die man in der Stadt an den Straßenecken herumlungern sieht? Wie würde es dir gehen, wenn sie ihre wunderschönen Haare abschneiden und sie stattdessen in alle Richtungen abstehen lassen würde wie ein Nagelbrett – und dazu noch *grün* gefärbt? Oder orange! Oder wenn sie eine Irokesenfrisur hätte und aussehen würde wie Mr. T?«

Leigh konnte sich ein Lächeln nicht verkneifen.

»Dein Grinsen würde dir schnell vergehen, mein Frollein. Stell dir vor, sie hätte auch noch eine Sicherheitsnadel in der Wange.«

»So was habe ich nie gemacht«, erklärte Leigh.

»Aber auch nur, weil es damals gerade nicht ›in‹ war.«

»Was für einen Film wollten die beiden sich denn anschauen?«, fragte Leighs Vater.

»Ich weiß nicht genau. Ein Doppelprogramm in San Anselmo, glaube ich.«

»Wir waren vor Kurzem in ...«

»Du hättest dich mal sehen sollen«, unterbrach ihre Mutter. »Du hast ausgesehen wie eins von den Manson-Mädels.«

»Mom.«

»Helen.«

»Gott allein weiß, was aus dir geworden wäre, wenn wir dich damals nicht zu Onkel Mike geschickt hätten.« Sie schwieg für einen Augenblick. »Und selbst da ist noch genug passiert.«

Leigh hatte das Gefühl, als würde ihr ein Eiszapfen in die Eingeweide gerammt.

»Helen! Verdammt noch mal!«, blaffte ihr Vater.

»Es ist aber nun mal die Wahrheit. Das weißt du nur zu gut.« Tränen stiegen ihr in die Augen, und ihre Lippen bebten. »Und du schrei mich nicht an!«

»Du legst es ja förmlich drauf an. Kannst du die Sache nicht mal ruhen lassen? Wir sind hier, weil wir uns einen netten Abend machen wollten, und das Letzte, was Leigh braucht, ist, dass du diese alten Kamellen von damals wieder aufwärmst.«

Leighs Mutter nahm einen Schluck von ihrem Bailey's. Sie starrte in ihr Glas und schluchzte leise. »Ich wollte das nur mal gesagt haben.«

Leigh erhob sich von dem Sofa und kniete sich neben ihre Mutter. »Hey. Ist schon alles wieder gut.« Sie hatte einen Kloß im Hals und Tränen in den Augen und strich ihrer Mutter über die Haare. »Das ist alles lange her, und jetzt ist ja alles in Ordnung, oder?«

»Du hast uns damals so viel Kummer gemacht. Es war die Hölle.«

»Ich war damals ein ziemlicher Wirrkopf, ich weiß. Aber was zählt, ist doch die Gegenwart, oder? Und in der Zwischenzeit habe ich mich doch ganz gut gemacht?«

»Ach, Schätzchen«, sagte ihre Mutter. »Ich hab dich so lieb.« Sie zog Leighs Kopf zu sich heran und gab ihr einen Kuss.

Leigh blieb neben ihr sitzen, während sie ein Kleenex aus der Tasche zog und sich Augen und Nase abwischte. Ihr Make-up war verschmiert, was ihr ein derangiertes Aussehen verlieh, und Leigh musste an Bette Davis als Charlotte in dem Film *Wiegenlied für eine Leiche* denken, obwohl ihre Mutter weder so alt noch so fertig aussah. »Das Beef Wilington war jedenfalls ausgezeichnet«, erklärte sie schließlich, um zu signalisieren, dass sie sich wieder gefangen hatte.

»Das ist Nelsons Spezialität«, erklärte Leigh. Hatten sie das nicht schon zuvor abgehandelt? Egal. »Ihr beide solltet öfter ins Bayview kommen«, sagte sie, während sie sich wieder auf das Sofa setzte und ihr Weinglas in die Hand nahm.

»Wir wollen dich nicht ausnutzen«, sagte Leighs Vater. Er wirkte erleichtert, doch auch seine Augen waren gerötet. Anscheinend hatte auch er geweint.

»Ihr nutzt mich doch nicht aus«, erwiderte Leigh.

»Wir würden jedenfalls öfter vorbeikommen, wenn du uns wenigstens ab und zu bezahlen lassen würdest.«

»Wenn es nur das ist«, sagte Leigh.

Trotz allem blieb die Atmosphäre angespannt, und es dauerte nicht lange, bis sich ihre Eltern verabschiedeten.

»Ich wollte, wir könnten bleiben, bis Deana zurückkommt«, sagte ihr Vater, »aber das kann bestimmt noch eine Weile dauern, und ich habe morgen früh eine Verabredung zum Golfen.«

Sie gingen zur Tür.

»Warum kommst du nicht mit Deana zusammen nächste Woche mal vorbei?«, schlug ihre Mutter vor. »Wir werfen den Grill an, und der Pool ist nach der ganzen Hitze in den letzten Wochen auch schön warm.«

»Klingt gut.«

»Und sag Deana, sie soll ihren Freund mitbringen.«

»Wird gemacht.«

»Wir haben ja heute Abend kaum etwas von ihr gehabt.«

»Ich weiß, tut mir ja auch leid.«

»Und du kannst ja auch einen Bekannten mitbringen.«

Fang jetzt nicht noch damit an, dachte Leigh, die glücklich gewesen war, dass dieses empfindliche Thema bisher ausgespart geblieben war.

»Wirklich, Liebes. Du bist mittlerweile sechsunddreißig, und du ...«

»Wir sollten uns auf den Weg machen«, schaltete sich Leighs Vater ein. Er nahm sie in die Arme und gab ihr einen Kuss auf die Wange. »Ich fand es ganz toll, Liebes. Danke für das wunderbare Essen und die Geschenke. Und grüß Deana ganz lieb.«

»Mach ich. Alles Gute zum Geburtstag, Dad.«

Er tätschelte ihr den Rücken und wandte sich zur Tür.

»Dann also nächsten Samstag, okay?«, fragte ihre Mutter.

»Abgemacht.«

Sie umarmten und küssten sich zum Abschied.

Leigh ging ihnen bis zur Auffahrt hinterher und wartete, bis ihre Eltern in ihren Mercedes eingestiegen waren, um ihnen dann, während ihr Vater rückwärts die steil ansteigende Zufahrt zur Straße hinaufsteuerte, zum Abschied zuzuwinken.

Wieder zurück im Haus, schloss sie die Tür hinter sich, lehnte sich mit dem Rücken dagegen und stieß einen tiefen Seufzer aus.

Überstanden.

Wenigstens hatte Deana den Wutausbruch von Leighs Mutter nicht miterlebt.

Sie sammelte die Gläser ein, trug sie in die Küche und spülte sie nur kurz aus. Sie konnten bis morgen warten.

Jetzt hatte sie das ganze Haus für sich allein. Es war ein gutes Gefühl. Wenn nur diese merkwürdige Unruhe wegen Deana nicht wäre. Doch aus jahrelanger Erfahrung wusste sie, dass die erst vergehen würde, wenn Deana wieder da war.

Sie schaute auf die Uhr. Nicht mal halb elf. Der erste Film war vermutlich gerade erst vorbei. Deana würde nicht vor ein Uhr zurück sein. Eine lange Wartezeit.

Also würde sie das Beste daraus machen.

Sie zitterte leicht, als eine frische Brise aufkam und sie in ihrem Abendkleid die Heizung des Whirlpools auf der Terrasse einschaltete. Eilig ging sie zurück ins Haus und den langen Flur entlang zu ihrem Schlafzimmer am anderen Ende. Dort zog sie sich aus und schlüpfte in einen dicken, weichen Bademantel.

Sie bemerkte einen Fettfleck auf dem Oberteil ihres Kleids, vermutlich Sauce Hollandaise, die von einer Spargelstange getropft war. Sie trug das Kleid ins Badezimmer, spülte die Stelle unter heißem Wasser aus und warf es über die Lehne des Stuhls in ihrem Schlafzimmer. Das Kleid musste in die Reinigung. Sie warf ihre Unterwäsche in den Wäschekorb und sortierte ihre Schuhe im untersten Fach ihres Kleiderschranks. Sie hatte keine Eile. Das Wasser im Whirlpool sollte schön heiß sein, bevor sie sich noch mal in die Kälte hinauswagte.

Sie ließ sich aufs Bett fallen und blätterte das Fernsehprogramm durch. Auf einem lokalen Sender lief um elf die Wiederholung einer alten Ausgabe von *Saturday Night Live*. Leigh musste daran denken, wie sie und Deana vor ein paar

Wochen eine aktuelle Ausgabe der Show gesehen und Deana einige Stellen lustig gefunden hatte, die ihrer Mutter eher merkwürdig vorgekommen waren.

Die Kluft zwischen den Generationen.

Dann dachte sie über ihre eigene Mutter nach.

Mom hat recht. Ich kann wirklich von Glück sagen, dass Deana nicht so abgedreht und ausgeflippt ist wie ich in ihrem Alter.

Wobei auch das noch eher harmlos war.

Abgesehen von dem Sit-in. Das war damals ein echter Tiefschlag für sie, die Vorstellung, dass ihre wundervolle Tochter es beinahe geschafft hatte, im Knast zu landen. Da war dann das Maß voll. Danach haben sie dich zu Onkel Mike geschickt ...

Mit einem Mal krampfte sich ihr Magen zusammen.

Sie rollte sich hastig vom Bett, nahm ein Handtuch aus dem Schrank und eilte den Korridor entlang.

Nicht daran denken!

Schluss!

Fernsehen kann ich nachher noch. Ein bisschen herumzappen, *Cagney & Lacey*-Wiederholungen, oder *Titanic*. Zum x-ten Mal ... Oder irgendwas, dass mich von dem ablenkt, was Deana jetzt gerade anstellen könnte.

Leigh ließ das Licht im Eingangsbereich brennen, machte einen Rundgang durch Küche, Wohn- und Esszimmer und schaltete überall die Lampen aus. Sie trat durch die Glastür nach draußen und schob sie hinter sich zu. Dann schaltete sie die Unterwasserdüsen ein und stieg die drei Stufen zum Rand des Whirlpools hinauf. Sie ließ ihr Handtuch auf die Holzplanken fallen und zog den Bademantel aus. Zähneklappernd stand sie einen Augenblick im kalten Nachtwind.

Dann stieg sie rasch in die Wanne. Das Wasser hüllte sie bis zum Knie in wohlige Wärme. Nicht schlecht, aber es würde noch besser werden, je heißer es wurde. Sie hob auch das andere Bein über den Rand, blieb einen Augenblick auf der Sitzfläche des Whirlpools stehen und ließ sich dann bis über die Schultern ins Wasser hinabgleiten. Als sich ihre frierenden Glieder allmählich aufwärmten, stieß sie einen Seufzer der Erleichterung aus. Eine Weile lag sie ganz ruhig da. Das sprudelnde Wasser umspülte sie sacht und fühlte sich an wie sanfte Hände, die zärtlich ihren Körper entlangtasteten.

Dann drehte sie sich auf den Bauch, glitt vorwärts und blickte über den vorderen Rand des Whirlpools, der höher gelegen war als das Geländer des Sonnendecks, sodass sie eine unverstellte Sicht auf die Umgebung hatte.

In den meisten Häusern, die unterhalb von ihr am Hang standen, brannte Licht. Ein einzelnes Auto fuhr zum Wendezirkel am Ende der Sackgasse und bog dann in die Einfahrt zu den Stevensons ein. Weiter links quälte sich ein Wagen die Avenida Mira Flores hinauf, kam dann eine Weile auf Leigh zugefahren und bog schließlich talabwärts ab. Es war sowieso noch viel zu früh, es konnte nicht Allans Auto sein. Hinter den Gipfeln der Hügel konnte sie einen Zipfel von Belvedere Island sehen, das aus der Bay herausragte. Abgesehen von einzelnen Lichtpunkten – Straßenlaternen, Häuser und Autos –, lag die Insel in völliger Dunkelheit.

Jenseits von Belvedere war ganz weit in der Ferne das nördliche Ende der Golden Gate Bridge zu erkennen mit seinen roten Lichtern an den Türmen und den Trossen, die sich nach unten schwangen. Anders als so oft, wenn die Brücke vom Nebel verhüllt war, konnte man sie heute Nacht deutlich sehen. Auch von den Hügeln jenseits von

Sausalito kroch anders als sonst kein Nebel herunter. Schade. Der Nebel im Mondschein war so ein schöner Anblick – er leuchtete dann wie eine dicke Schneedecke, die immer in Bewegung war und sich stetig veränderte. Sie betrachtete die Lichter der Autos auf dem Waldo Grade Highway und ließ den Blick schließlich zu den Lichtern von Sausalito schweifen.

Leigh fuhr kaum noch nach Sausalito, denn die Stadt war inzwischen ein einziger Verkehrsstau. Kopfschüttelnd erinnerte sie sich an die tollen Zeiten, die sie dort verbracht hatte. Damals, als sie noch zur Highschool ging. Vor Ewigkeiten. Gott, wie viele Stunden hatte sie damit zugebracht, einfach nur herumzuspazieren. Damals waren auf den Straßen noch normale Leute unterwegs gewesen und nicht nur Touristen. Es gab das Charles Van Damm, einen alten Raddampfer, den man an den Strand geschleppt und in ein Café umgewandelt hatte. Wie oft hatte Leigh bis spät in die Nacht in den rauchgeschwängerten, dunklen Räumen gesessen und den Musikern zugehört. Da war dieser eine Typ mit der zwölfsaitigen Gitarre und seinem Song »Wheel of Necessity«. Leigh seufzte. Zwanzig Jahre war es her, seit sie dieses Lied zum letzten Mal gehört hatte.

Während sie auf das Lichtergewirr von Sausalito hinausstarrte, hörte sie es in ihrem Kopf – die treibenden Gitarrenakkorde, die heisere, klagende Stimme des Sängers. Wie hieß er noch mal? Ron? Kann das sein? Er war der Beste. »The Wheel of Necessity«. Das Lied hatte sie ganz vergessen. Vermutlich hatten die Tiraden ihrer Mutter die Erinnerungen wieder nach oben gespült.

Ah, das Wasser war eine Wohltat. Sie ließ den Beckenrand los und glitt wieder zurück ans andere Ende auf die Unterwasserbank. Die Lehne drückte am Rücken. Sie ließ sich tiefer hinabgleiten, streckte die Beine aus und ließ sie von dem Unterwasserstrahl nach oben drücken. Sie hielt sich an der Sitzfläche fest, um nicht aus dem Wasser aufzutauchen, das mittlerweile so heiß wurde, dass kleine Dampfschwaden von seiner Oberfläche aufstiegen.

Sie schloss die Augen.

»House of the Rising Sun« – das war noch so ein Song, den dieser Kerl im Programm gehabt hatte. Manchmal hatte sie sich einfach nicht losreißen können und war ein paarmal sogar bis fast um zwei Uhr morgens geblieben. Kein Wunder, dass ihre Eltern ausgerastet waren. Wenn Deana jemals so lange ausbleiben würde ...

Sie überlegte, was Deana und Allan wohl gerade anstellten. Wenn sie wirklich beide Vorstellungen anschauten, müssten sie gleich danach losfahren, wenn sie gegen ein Uhr wieder zurück sein wollten. Deana hatte gesagt, sie wären um eins zu Hause, und gewöhnlich konnte man sich auf sie verlassen.

Wahrscheinlicher war allerdings, dass sie sich nach dem ersten Film abseilten, um noch irgendwo anzuhalten und rumzumachen. Deana war Leigh gegenüber in den meisten Belangen völlig aufrichtig, aber was solche Sachen anging, konnte es vorkommen, dass sie nicht mit der ganzen Wahrheit herausrückte. Das war ganz natürlich, dachte Leigh. Vermutlich hatte sie keine Lust, ihr Treiben an die große Glocke zu hängen.

Sei bloß vorsichtig, Kleines.

Genau. So wie ich.

Schwanger mit achtzehn. War nicht gerade ein Zuckerschlecken. Hat trotzdem hingehauen. Und zwar auf ganzer Linie.

Charlie.

Nein.

Ihre Augen sprangen förmlich auf. Ihr Herz raste. Sie atmete schwer.

Nein. Diesen Teil der Reise in die Vergangenheit lassen wir lieber aus.

Du dreckige Hure!, schrie es ihr ins Gesicht.

Leigh stöhnte. Ruckartig richtete sie sich auf.

Ich werde mich nicht erinnern, sagte sie sich.

Die kalte Luft traf auf ihre warme, nasse Haut und kühlte sie schmerzhaft schnell herunter. Sie begann zu zittern und klapperte mit den Zähnen. Rasch verschränkte sie die Arme vor der Brust. Wassertropfen kullerten ihr an der Seite und den Rücken herunter.

Die Schocktherapie wirkte, indem sie ihre Gedanken in die unmittelbare Gegenwart zurückkatapultierte.

Sie wurde nicht oft von Erinnerungen an diese Zeit heimgesucht, doch wenn sie plötzlich auftauchten, konnten sie ihr wirklich an die Nieren gehen – sie förmlich zerreißen, wenn sie sich nicht dagegen wehrte. Glücklicherweise gab es ein paar Tricks, die sie im Laufe der Zeit gelernt hatte und die ihr halfen, diese Attacken schon im Ansatz zu ersticken. Das hier war ein neuer Trick, und er war weniger schmerzhaft, als mit der Faust gegen die Wand zu dreschen oder sich die Fingernägeln in die Oberschenkel zu bohren.

Wenn sie sich jetzt allerdings wieder im warmen Wasser zurücklehnte und entspannte, würden die Erinnerungen zurückkehren. Sobald diese unselige Tür in ihrem Geist erst einmal aufgestoßen war, blieb sie eine Weile offen. Also musste sie sich mit anderen Dingen beschäftigen.

Sie sang »Waltzing Mathilda«, leise und mit zitternder Stimme, während sie aus dem Whirlpool stieg, sich abtrocknete und in ihren Bademantel schlüpfte. Sie sang es, während sie die Unterwasserdüsen und die Heizung ausschaltete.

Als sie in die Küche kam, sah sie auf die Uhr.

Viertel nach elf.

Sie wünschte, Deana wäre zu Hause.

Vermutlich parkten sie irgendwo – vielleicht sogar ganz in der Nähe. Wenn sie früher aus dem Kino abgehauen waren, mussten sie allerdings vermeiden, allzu früh wieder aufzutauchen, weil sie sich dadurch verraten würden.

Leigh musste lächeln.

Die Kleine war nicht auf den Kopf gefallen.

Ich hoffe, sie ist schlau genug, um zu verhüten. Falls sie in dieser Richtung irgendwelche Maßnahmen ergriffen hatte, hatte sie es jedenfalls für sich behalten.

Verlass dich bloß nicht auf den Kerl. Um Gottes willen.

Vielleicht sollte ich mich noch mal mit ihr unterhalten.

Zum Teufel. Wenn sie bis jetzt noch nicht darauf gekommen war, war es vermutlich ohnehin schon zu spät.

Leigh ging ins Schlafzimmer, zog ihren Bademantel aus und ein leichtes, seidenes Nachthemd über.

Aus der Art, wie Deana und Allan miteinander umgingen, schloss Leigh, dass die beiden schon miteinander geschlafen hatten. Der Gedanke hatte sie anfangs schockiert, doch mittlerweile hatte sie sich damit abgefunden. Zum Teufel, das Mädel war achtzehn. Welches Mädchen hatte es mit achtzehn *nicht* schon mal getan? Und Allan schien ein netter Bursche zu sein.

Schieb ihr nur keinen Braten in die Röhre, das ist alles, worum ich bitte.

Spart euch die Bambinos auf bis nach dem College.

Sie ging ins Wohnzimmer und schob *The Way We Were* in den Player. Bevor sie den Film startete, ging sie noch mal in die Küche, um sich ein Glas Wein zu holen. Dann drückte sie auf Play und setzte sich aufs Sofa.

Als ihr Glas leer war, machte sie es sich auf dem Sofa gemütlich. Sie streckte sich aus, packte sich ein Kissen in den Nacken und schaute den Film. Sie hatte ihn schon viele Male gesehen. Nach dem Whirlpool und dem Wein fühlte sie sich entspannt, und es dauerte nicht lange, bis ihre Augen immer schwerer wurden.

Das Klingeln des Telefons rüttelte sie aus dem Schlaf. Sie schreckte hoch und griff nach dem Telefon auf dem Tisch neben der Couch. »Hallo?«

Deana.

Es war nicht Deana.

»Leigh, ich bin's, Dad. Wir müssen das Treffen nächsten Samstag leider absagen. Wir hatten eine Nachricht auf dem Anrufbeantworter, dass deine Tante Abby einen Herzanfall hatte und jetzt auf der Intensivstation liegt. Mom und ich fliegen so bald wie möglich nach Boulder.«

»Oh, Dad ...«

»Schon gut, Leigh. Mach dir um Tante Abby keine Sorgen. Sie ist in guten Händen, und wir werden uns um sie kümmern, wenn sie aus dem Krankenhaus kommt. Es tut mir leid, dass ich dich damit so überfalle, Liebes – gerade nach so einem wunderbaren Abend. Wir haben es beide so genossen. Und dann das. Deine Mutter ist schon am Packen, während wir hier reden, deswegen ...«

»Klar, Dad. Ich wünsche euch einen guten Flug. Und sagt Tante Abby alles Liebe und Gute von uns.«

»Wo wir gerade davon reden ... Deana, ist sie ...«

»Deana geht's prima, Dad. Liegt brav in ihrem Bettchen ...«

Eine glatte Lüge. Aber verständlich um diese Uhrzeit. Mom und Dad sollen sich jetzt nicht auch noch um Deana Sorgen machen. Abgesehen davon, wird sie sowieso bald auftauchen ...

»Du solltest dir ihretwegen nicht solche Sorgen machen müssen. Sprich mal ein klares Wort mit ihr, bevor ...«

»Bevor es ihr so ergeht wie mir, als ich in ihrem Alter war?«

»Du weißt, was ich meine, junge Dame. Aber jetzt klingt es so, als würde meine Anwesenheit woanders gebraucht ...«

»Okay, Dad. Gute Reise. Und schöne Grüße an Mom.«

»Klar. Wir melden uns demnächst, Schatz.«

Leigh spürte, wie sich ihr Magen zusammenkrampfte. Irgendwas *stimmte* heute Abend nicht, das spürte sie ganz deutlich. Und es lag nicht an den Neuigkeiten über Tante Abby. Es hatte mit Deana zu tun.

Um Gottes willen, Deana. *Wo bist du?*

Das Telefon klingelte erneut. Leigh schnappte hastig nach Luft.

Deana. Irgendwas ist passiert ...

Sie griff nach dem Hörer.

Eine Männerstimme sagte: »Kann ich bitte mit Leigh West sprechen?«

»Ich bin Leigh West.« Ihr Herz pochte. Schwindel erfasste sie.

»Hier ist Detective Harrison vom Mill Valley Police Department. Ich rufe wegen Ihrer Tochter an ...«

5

Deana rannte auf den Wald zu. Im Laufen warf sie einen hastigen Blick über die Schulter und sah, wie der Fahrer aus dem Wagen sprang. Er war groß und klapperdürr, und seine Arme wirkten unnatürlich lang. Er hetzte ihr hinterher und schwang dabei ein Fleischerbeil. Er war ganz in Weiß gekleidet und trug eine Kochmütze auf dem Kopf, die bei jedem Schritt hin und her wackelte.

Sie wandte sich wieder ab und sprintete den Pfad entlang. Sie hatte einen ordentlichen Vorsprung und war gut in Form, denn schließlich joggte sie jeden Morgen vor der Schule. Wenn er nicht schnell genug war, würde sie es vielleicht schaffen, ihn abzuhängen.

Ich werde ihn abhängen, dachte sie. *Ich muss es schaffen. Wenn er mich erwischt, bringt er mich um.*

Sie konnte ihn nicht hören. Er musste weit zurückliegen, aber sie wagte es nicht, langsamer zu werden.

Sie pumpte mit den Armen und lief mit großen Schritten. Der Wind blies ihr ins Gesicht.

Ich bin gut unterwegs. Er wird mich nie erwischen.

Sie warf einen kurzen Blick nach hinten.

Er war gerade mal drei Schritte hinter ihr. Sein Phantomgrinsen schimmerte im Mondlicht.

Nein!

Deana verließ den Fußweg und bog scharf nach rechts in den Wald ab. Ihre einzige Hoffnung bestand darin, ihn im Gewirr der Bäume abzuhängen. Beinahe hätte sie sich im Gestrüpp am Boden verfangen – doch das wird auch ihm Probleme machen, sagte sie sich. Sie sprang über einen abgestorbenen Ast, flutschte zwischen zwei Baumstämmen hindurch, schlug einen schnellen Haken und hetzte einen Abhang hinauf. Zum Ende hin ging es immer steiler bergauf, und sie klammerte sich an einzelnen Gras- und Pflanzenbüscheln fest, um voranzukommen. Ihre Füße glitten auf dem taunassen Boden aus.

Sie spürte ein Zupfen in der Hüftgegend. Immer noch ein Pflanzenbüschel in der Hand, drehte sie den Kopf. Er war unterhalb von ihr und hatte eine Hand in ihren Rocksaum gekrallt.

»Ho ho ho«, sagte er und zerrte daran.

Deana hielt sich krampfhaft an dem Pflanzenbüschel fest. Sie hörte ein ratschendes Geräusch, der Rock zerriss. Er rutschte an ihren Beinen herunter, ihre Füße verloren den Bodenkontakt. Der Mann stieß einen Schrei aus. Den Rock in der Hand wie ein dunkles Banner, taumelte er rückwärts und kullerte zum Fuß des Abhangs.

Deana robbte weiter hinauf bis zum Ende der Steigung. Schwer keuchend drehte sie sich um und schaute über den Rand hinweg nach unten. Der Mann machte sich erneut an den Aufstieg. Sie trat einen Schritt zurück. Der Waldboden schimmerte im Mondlicht. Sie fand einen abgebrochenen Ast und hob ihn auf. Energisch hielt sie ihn sich über den Kopf und wartete kurz hinter dem Rand des Abhangs.

Sekunden vergingen. Sie lauschte auf das Rascheln der Blätter, dann tauchte ein Kopf auf. Er hatte seine Kochmütze verloren.

Das Fleischerbeil hielt er zwischen den Zähnen.

Deana holte aus und schlug mit aller Kraft zu. Der Ast brach an der Stelle, wo er auf den Schädel traf. Sein Griff um die Pflanzenbüschel erschlaffte, und er kippte mit rudernden Armen nach hinten. Er prallte mit dem Rücken am Boden auf, und seine Beine ragten in die Dunkelheit. Auf seinem Weg nach unten überschlug er sich mehrfach.

Deana wartete nicht, bis er unten angekommen war, sondern schleuderte den Ast weg und rannte weiter. Noch im Laufen überlegte sie, ob es nicht besser gewesen wäre, ihm nachzusteigen und weiter auf ihn einzudreschen, bis er nicht mehr aufstehen konnte – bis er tot war. Doch dafür war es jetzt zu spät. Aber vielleicht hatte der eine Schlag ja schon gereicht.

Allerdings konnte sie sich darauf nicht verlassen.

Wenigstens hatte sie sich einen Vorsprung herausgearbeitet. Wenn sie nur ein Versteck finden könnte ...

Klettere auf einen Baum, dachte sie.

Sie wurde langsamer und betrachtete die Bäume in der Umgebung. Einer von ihnen hatte eine Astgabel, die halbwegs in Griffweite zu sein schien. Sie rannte auf den Baum zu, sprang in die Höhe und bekam den Ast zu fassen. Sie zog sich hoch und schlang ihre nackten Beine um den dicken Ast. Keuchend hielt sie ihn umklammert. Sie drehte und wand sich und strampelte, bis sie es endlich schaffte, einen Fuß in den Scheitel der Astgabel zu stecken und sich hinaufzuhieven. Oben setzte sie sich rittlings auf den Ast und ließ die Beine in der Luft baumeln, während ihr Blick über den Wald schweifte.

Ihr Verfolger war nirgendwo zu sehen. Vielleicht lag er immer noch am Fuß des Hügels – bewusstlos oder tot. Wenn der Schlag mit dem Stock nicht gereicht hatte, konnte er sich immer noch bei seinem Sturz das Genick gebrochen oder mit dem Kopf auf einen Felsbrocken geknallt sein.

Deana legte den Kopf in den Nacken und betrachtete die Äste oberhalb von ihr. Wenn sie es da hinauf schaffte, war sie in Sicherheit. Da oben würde er sie nie im Leben sehen können ...

Kalte Finger schlossen sich um ihre Fußgelenke.

Sie schnappte nach Luft.

Er war unterhalb von ihr und grinste zu ihr herauf.

»Jetz habbich dich«, knurrte er mit tiefer Stimme.

Das war unmöglich! Wo kam er so plötzlich her?

»Nein! Bitte!«, keuchte sie.

Er zog an ihren Beinen, sodass ihr Unterleib gegen den Ast gedrückt wurde. Sie stemmte sich mit beiden Händen gegen den Ast, um dem schmerzhaften Druck entgegenzuwirken.

Er hielt ihre Knöchel umklammert und schaukelte hin und her. Sein Gewicht verstärkte ihre Qualen, die Baumrinde scheuerte bei jedem Schwung zwischen ihren Schenkeln. Blut troff aus ihrem Unterleib und spritzte ihm ins Gesicht. Sie schaute an sich hinunter und sah zu ihrem Entsetzen, wie sich in ihrem Schamhaar ein Riss auftat, der immer breiter wurde, je weiter er nach oben in Richtung Bauchnabel wanderte. Sie war nackt, ihr Pullover war plötzlich verschwunden, und die klaffende Wunde wanderte immer weiter hinauf zu ihrem Brustkorb. Sie spürte, wie der Ast durch ihre Eingeweide drang und sich weiter hindurchbohrte wie ein Keil. Ihr Brustkorb brach auseinander, während er immer weiter schaukelte ...

Voller Entsetzen sah sie, wie ihre Brüste beiderseits des Asts herunterhingen. *Wenn der Ast noch ein bisschen höher wandert, reißt es mir den Kopf vom Leib.* Sie schrie: »Aufhören, bitte!« Dann wachte sie atemlos auf.

Deana lag in ihrem Bett. Sie wischte sich den Schweiß von der Stirn und schaute auf den Wecker. Kurz vor drei Uhr morgens. Sie war verheddert in klammer Bettwäsche.

Sie befreite sich aus dem Gewirr von Laken und Decken und richtete sich auf. Ihr Nachthemd war schweißgetränkt und klebte ihr am Körper. Sie zog es aus und warf es auf den Boden.

Dann zog sie die Beine an, hielt ihre Knie umklammert und atmete tief durch. Allmählich verlangsamte sich ihr Herzschlag. Die Erinnerung an ihren Albtraum war noch immer quicklebendig. Ein merkwürdiger Traum – eine schreckliche, übersteigerte Version der Ereignisse der vergangenen Nacht.

Wenn die Wirklichkeit doch auch bloß ein Albtraum gewesen wäre.

Allan.

Wieder sah sie vor sich, wie er von dem Auto mitgeschleift wurde und gegen den Baum krachte. Ein heftiges Zittern schüttelte sie, und sie schlang die Arme um ihren Oberkörper.

Der Polizei zufolge war Allan innerhalb von Sekunden an seinen schweren Verletzungen gestorben. Doch das hatte Deana erst später erfahren, als sie auf dem Polizeirevier saß und auf ihre Mutter wartete.

Während ihrer Flucht durch den Wald hatte sie sich verzweifelt überlegt, zum Wagen zurückzukehren, Allan einzuladen und ihn zu einem Krankenhaus zu fahren, doch da war der Kerl hinter ihr her gewesen. Also war sie weitergerannt und hatte sich eine halbe Ewigkeit auf einem Baum versteckt. Danach war sie zur Straße gelaufen, wo ein junges Pärchen, das auf dem Nachhauseweg von Stinson Beach war, sie aufgelesen und nach Mill Valley gebracht hatte.

Deana hatte die beiden gar nicht erst gefragt, ob sie mit ihr noch einmal zum Parkplatz der Freilichtbühne fahren konnten.

Immerhin, so sagte sie sich, konnte es ja sein, dass Allan noch am Leben war. Doch es war ebenso gut möglich, dass sich der Fremde noch dort herumtrieb, und sie wollte nicht von Leuten, die sie überhaupt nicht kannte, verlangen, ihr Leben zu riskieren. Zumal sie um ihr eigenes fürchtete. Sie hatte es geschafft zu entkommen, und der Gedanke daran, an diesen Ort zurückzukehren, erfüllte sie mit Schrecken.

Es hätte ohnehin nichts genützt, das wusste sie mittlerweile, aber dennoch wurde sie von Schuldgefühlen geplagt, und vermutlich würden die sie noch eine ganze Weile quälen. Ebenso wie die Angst.

Die einzige Erlösung brachte der Schlaf. Sie hatte fast den ganzen Tag geschlafen, nachdem sie endlich wieder zu Hause war, und war gestern Abend früh ins Bett gegangen. Sie wünschte sich nichts sehnlicher, als einfach wieder einschlafen zu können, doch sie war hellwach und hatte Angst, dass der Albtraum wiederkommen würde.

Würde das jetzt jede Nacht so gehen?

Und vielleicht war ja der *andere* Albtraum ein Ausblick auf das gewesen, was noch kommen sollte. Allein der Gedanke daran versetzte sie in Angst und Schrecken.

Sie schwang die Beine aus dem Bett und schaltete die Nachttischlampe ein. Dann ging sie zu ihrem Kleiderschrank, nahm ein Nachthemd aus Jersey heraus und zog es über. Der Stoff schmiegte sich an ihre Haut und fühlte sich gut an. Durch den dunklen Flur tapste sie zur Toilette, dann kehrte sie zurück in ihr Schlafzimmer.

Sie stapelte ein paar Kissen übereinander, lehnte sich dagegen und schlug ein Buch auf. Gerade als sie anfangen wollte zu lesen, hörte sie ein leises Geräusch aus dem Flur und zuckte zusammen. Sie starrte zur Tür. Einen Augenblick später stand ihre Mutter im Zimmer.

»Wie geht's dir?«, fragte Leigh.

Deana zuckte mit den Achseln.

»Sollen wir ein bisschen reden?«

»Gern.«

Leigh setzte sich ans Fußende des Betts, klemmte einen Fuß unter sich und schaute Deana an. »Du kannst nicht schlafen, oder?«

»Ich hatte diesen ekligen Albtraum.«

»Bestimmt übel, oder?«

»Es war überhaupt nicht komisch. Er hatte mich erwischt … und mich der Länge nach auseinandergerissen.« Mit einem gequälten Lächeln beschrieb sie mit dem Finger auf ihrem Nachthemd eine Linie von unten nach oben. »Das Gehirn spielt einem komische Streiche.«

»Richtig zum Totlachen«, sagte ihre Mutter.

»Legt sich das irgendwann?«

Ihre Mutter zuckte mit den Achseln.

»Wie bist du … damals darüber hinweggekommen, als mein Vater gestorben ist?«

»Nun ja, zum Teil habe ich es dir zu verdanken, dass ich darüber hinweggekommen bin. Sobald ich festgestellt habe, dass ich schwanger war, hatte ich andere Dinge, um die ich mich kümmern musste, und dann habe ich einfach aufgehört, über die Vergangenheit nachzugrübeln.«

»Vielleicht sollte ich mich auch schleunigst schwängern lassen.«

»Würde ich dir nicht empfehlen.« Ihre Mutter senkte den Blick und runzelte die Stirn. »Die Sache war insgesamt ein bisschen anders … Dein Vater – es fällt mir immer noch schwer, von ihm als deinem Vater zu reden ... Der junge Mann, von dem ich schwanger war ...«

»Charlie Payne«, sagte Deana.

»Ich kannte ihn kaum. Und eigentlich habe ich ihn auch nicht richtig geliebt. Vermutlich hat es daran gelegen. Ich meine, natürlich ist mir Charlies Tod nahegegangen. Irgendwie war es ja auch meine Schuld, dass es passiert ist, und ich hatte jede Menge Schuldgefühle deswegen, aber ich weiß, dass es viel schlimmer gewesen wäre, wenn ich ihn wirklich geliebt hätte.«

»Kann es sein, dass ein Fluch auf unserer Familie liegt? Schau uns doch an. Wir haben beide unseren Freund verloren. Du warst achtzehn. Ich bin achtzehn. Kommt dir das nicht auch merkwürdig vor?«

»So was wie einen Fluch gibt es nicht«, sagte Leigh, doch der Ton ihrer Mutter machte Deana nachdenklich.

»Du meinst, es war einfach nur Pech?«

»Wir haben uns beide auf gewisse Risiken eingelassen und uns an Orten herumgetrieben, an denen wir uns vielleicht besser nicht hätten herumtreiben sollen. Da braucht es keinen Fluch.« Leigh tätschelte Deanas Bein unter der Bettdecke und stand auf. »Das Wichtigste ist, sich nicht selbst die Schuld zu geben.«

»Das ist aber nicht so leicht.«

»Ich weiß. Ich weiß es nur zu gut, glaub mir.« Sie beugte sich vor und gab Deana einen Kuss. »Bis morgen früh, Liebes.«

Sie war schon auf dem Weg zur Tür, als Deana sagte: »Du kommst mit mir zur Beerdigung, oder?«

»Aber natürlich. Wir fahren gleich morgen los und kaufen dir was Passendes zum Anziehen.«

6

Sie stand auf dem Friedhof.

Das Gesicht der Mutter war hinter einem schwarzen Schleier verborgen, doch ihre hasserfüllten Blicke waren geradezu körperlich wahrnehmbar. Der Priester stand neben dem Grab und sprach in ruhigen Worten von der Gewissheit der Auferstehung, während die Mutter lautlose Verwünschungen in ihre Richtung ausspie.

Es ist nicht meine Schuld. *Bitte.*

»Und so nehmen wir«, sagte der Priester, »während sich der Sarg langsam in die Erde senkt, Abschied von ...«

Die Mutter setzte sich in Bewegung. Langsam ging sie zum Rand des Grabs.

Komm mir nicht zu nahe.

Nein, zeig nicht mit dem Finger auf mich. O mein Gott!

Sie machte einen Schritt rückwärts, während die Mutter immer näher kam, und stieß mit jemandem zusammen, der hinter ihr stand.

»Du! Du hast ihm das angetan. Du dreckige Hure!« Die Hand mit dem ausgestreckten Zeigefinger öffnete sich und klatschte ihr ins Gesicht. »Du hast ihn ermordet mit deiner Triebhaftigkeit und Lust. Du Hure! Du Bestie!« Dann wandte sie sich an den Rest der Trauergemeinde und verkündete lauthals: »Schaut sie euch an! Schaut euch diese Bestie an! Sie hat meinen Jungen ermordet!« Ihre Hände

krallten sich in ihre Bluse, rissen sie ihr vom Leib und bohrten sich in ihre nackten Brüste.

Laut schreiend vor Schmerz wand sie sich hin und her
und versuchte, sich aus dem Griff zu befreien.

»*Du* solltest tot da unten liegen. Nicht er! Nicht mein
Junge!«

»Nein, lassen Sie los!«

»Du hast ihn umgebracht, du Hure!«

Sie wimmerte vor Schmerz, während die Mutter sie an
den Brüsten in Richtung Grab zerrte. Dann machte sie eine
ruckartige Bewegung und schleuderte sie zu Boden. Ihre
Knie landeten hart auf dem Rand des Grabs, und sie ruderte heftig mit den Armen, doch dann versetzte ihr jemand
von hinten einen Stoß, und sie fiel in die Tiefe.

Es war ein Sturz, der nicht zu enden schien.

Sie wollte laut aufschreien vor Entsetzen, doch sie bekam
keine Luft.

Warum war es so tief?

So ist es jedes Mal.

Sie war schon oft hier gewesen. Das bemerkte sie nun.
Dieses bodenlose Grab war ihr vertraut.

Nur, dass es eben nicht bodenlos war.

Sie wusste das. Und sie erinnerte sich daran, was sie
unten erwartete. Wimmernd flatterte sie mit den Armen
und trat mit den Beinen um sich, in der verzweifelten Hoffnung, den Fall zu bremsen, einfach loszufliegen und hier
wegzukommen.

Es war rabenschwarz um sie herum. Finster wie in einem
Grab.

Doch sie konnte in der Dunkelheit sehen.

Der Sarg hatte keinen Deckel. Er war verschlossen gewesen, als er ins Grab gesenkt wurde, doch nun war er offen.

Er trug eine Krawatte und einen braunen Anzug. Seine Füße waren nackt. Unter ihr schimmerte kalkweiß sein Gesicht.

Bitte nicht, dachte sie, während sie weiter auf ihn zustürzte. Diesmal bitte nicht.

O Mann, es wird doch passieren.

Scheiße. Es passiert auch diesmal wieder. Es passiert jedes Mal. Auch wenn es bisher immer nur ein Traum war, dieses Mal ist es Realität. Er ist wirklich tot, und er wird die Augen nicht öffnen. Nicht dieses Mal. Und er wird auch nicht seine Hände ausstrecken wie ein verdammter Zombie, um mich zu packen. Dieses Mal nicht.

Die leeren Höhlen, in denen einmal seine Augen gesteckt hatten, wurden weit aufgerissen.

Er streckte die Hände aus.

»Nein!«

Leigh hörte ihre eigene Stimme, schlug die Augen auf und stieß ihn weg. Unter ihr lag ihr himmelblaues Kissen. Sie kauerte auf Händen und Knien und atmete schwer.

Es *war* ein Traum. Natürlich war es ein Traum.

Gott sei Dank.

Und Gott sei Dank war es Morgen.

Immer noch auf dem Bett kniend, senkte sie den Kopf.

Wieder ein Nachthemd hinüber, dachte sie.

Früher kamen solche Momente häufiger vor, doch das letzte Mal lag schon lange zurück. Deana war damals vier gewesen.

Es lag an der Unterhaltung über Allans Beerdigung, kurz bevor sie zu Bett gegangen war.

Leigh wälzte sich aus dem Bett. Als sie aufstand, rutschte ihr Nachthemd zu Boden. Sie machte einen Schritt zur Seite, hob es auf und betrachtete den Schaden. Der Gazestoff wies einen länglichen Riss auf, von der Brust bis zum Bauch. Außerdem war ein Träger abgerissen. Es war allenfalls noch als Putzlappen zu gebrauchen.

Nein, besser in den Müll damit. Deana brauchte das nicht zu sehen. Sie wusste nichts von Leighs Träumen. Oder von Charlie Paynes Beerdigung. Und davon zu erfahren würde ihr nicht guttun.

Leigh blickte an sich hinab.

Sie stöhnte.

Es war nicht Edith Payne, von der sie im Traum begrapscht worden war. Es war sie selbst gewesen.

Das hier war eine neue Variante.

Nicht mal früher, als sie noch regelmäßig von diesem Traum heimgesucht worden war, hatte sie beim Aufwachen Schrammen von Fingernägeln auf ihren Brüsten gehabt.

Kleine Halbmonde, die aussahen wie die Schrammen, die Edith Payne ihr am Tag der Beerdigung zugefügt hatte.

7

Als Deana aufwachte, hörte sie, wie Badewasser in die Wanne eingelassen wurde. Das war ungewöhnlich. Normalerweise badete ihre Mutter nicht so frühmorgens.

Ihr fiel wieder ein, dass Leigh und sie ein schwarzes Kleid kaufen gehen wollten. Für die Beerdigung am nächsten Tag.

Ihre morgendliche Energie verebbte jäh. Ihr wurde flau im Magen, und sie begriff, dass sie schnell aufstehen musste, wenn sie nicht den Rest des Tages, wie gelähmt und von düsteren Gedanken niedergedrückt, darin zubringen wollte.

Sie schwang die Beine aus dem Bett, blieb eine kurze Weile auf der Bettkante sitzen und überlegte, ob sie es wohl über sich bringen würde zu joggen. Das war normalerweise das Erste, was sie nach dem Aufstehen tat. Sie liebte es. Die leeren, friedlichen Straßen. Die Morgenluft, und wie sie roch und sich anfühlte. Das Gefühl der Selbstüberwindung beim Anstieg den Hügel hinauf und danach, wenn die Straße eben wurde, richtig aufzudrehen.

Nacht. Der Wald.

Deana sackte in sich zusammen.

Sie sah sich selbst, wie sie durch die Dunkelheit rannte und Bäumen auswich. Wieder fühlte sie die panische Angst.

Darüber wolltest du nicht nachdenken.

Das Laufen hat dich gerettet.

Sie rieb sich die Schenkel, um die Gänsehaut zu vertreiben. Dabei vermied sie die blauen und zerschrammten Stellen, die sie sich zugezogen hatte, als sie den Baum hinaufgeklettert war.

Ich *werde* eine Runde joggen, beschloss sie. Irgendwas musste sie tun, und vielleicht würde das Laufen ja ihren Geist leer fegen – wenn auch nur für eine Weile.

Sie zog sich das Nachthemd über den Kopf und trat an die Kommode, legte das Nachthemd hinein und zog die Schublade mit ihren Sportsachen auf. Die ausgewaschene rote Shorts, die sorgsam gefaltet ganz oben lag, hatte Allan gehört. Es war seine Sporthose aus der Redwood Highschool. Deana nahm sie aus der Schublade.

Er hatte sie bei ihrem Ausflug auf dem Dipsey Trail getragen. Sie waren ihm zu klein gewesen, und die Naht am Po war aufgerissen, als er sich vorgebeugt hatte, um nach dem Anstieg über die nicht enden wollende Treppe wieder zu Atem zu kommen. Sie hatten noch nicht mal das Tal von Mill Valley hinter sich gelassen und bis Stinson Beach noch etliche Meilen vor sich – einschließlich der Passage durch den Wald von Muir Woods, auf dem es vor Touristen garantiert nur so wimmeln würde. Als er das Ratschen hörte, hatte er seinen Hosenboden betastet. »Oh-oh«, sagte er. »Ich glaube, wir gehen besser wieder zurück.«

»Das können wir nicht.« Sie erinnerte ihn daran, dass sie am Nachmittag mit Sally und Murray am Strand verabredet waren, um mit ihnen zusammen zurück nach Tiburon zu fahren.

»Wir können das Auto nehmen und einfach hinfahren.«

»Ach, komm schon. Sollen wir uns von einem kleinen Riss in der Hose die Tour vermasseln lassen?«

»So klein ist der Riss nicht.«

»Lass mich mal sehen.«

»Du machst wohl Witze.«

»So schlimm kann es doch nicht sein.«

»Ich hab ... nichts drunter ... außer meinem Suspensorium.«

»Du Schlampe.«

»Haha.«

»Zieh einfach dein T-Shirt aus und klemm es dir in den Hosenbund, sozusagen zur Verhüllung der nackten Tatsachen.«

»Ich hab sehr empfindliche Haut«, erklärte er. »Ich kriege einen Sonnenbrand. Wie wär's, wenn du mir dein T-Shirt leihst?«

»Unter normalen Umständen würde ich mir deinetwegen jederzeit die Kleider vom Leib reißen«, sagte sie und fügte, seinen Tonfall imitierend, hinzu: »Ich hab ... nichts ... ähm.«

»Ich weiß, ich weiß.«

Schließlich zog Allan sein T-Shirt aus und lief den Rest des Tages mit einem Schweif im Hosenbund herum. Ein paar Tage später hatte er Deana die zerrissenen Shorts in Geschenkpapier eingewickelt überreicht, als Erinnerung an ihren Ausflug.

Und nun stand sie da, die Ellbogen auf die Kommode gestützt, die Shorts an ihr Gesicht gepresst, und wischte sich damit die Tränen ab, die bei der Erinnerung an diesen Tag unaufhaltsam gekommen waren.

Sie hatte die geplatzte Naht mit der Nähmaschine ausgebessert, und sie sah noch immer aus wie neu.

Vielleicht wäre es am besten, wenn ich die Shorts erst mal außer Sichtweite packe. Ganz nach hinten in eine der unteren Schubladen. Um nicht dauernd an Allan erinnert zu werden.

Zum Teufel, ich will ihn gar nicht vergessen. Wenn die Erinnerung an ihn wehtut, dann deshalb, weil es *schöne* Erinnerungen sind. Ich werde diese Shorts tragen, bis sie auseinanderfällt. Und selbst dann werde ich sie weiter aufheben.

Schniefend zog Deana die Shorts an. Der feuchte Hosenboden klebte an ihrer Haut.

Dann zog sie ihren BH an. Wenigstens hatte sie *den* nicht von Allan. Es war ein Sport-BH aus elastischem Material – das weibliche Gegenstück zum Suspensorium. Allan mochte diese durchsichtigen, raffinierten Dinger, die man vorne aufmachen konnte. Oder überhaupt keinen. Was hatte er für ein Gesicht gemacht, als sie zum ersten Mal keinen BH getragen hatte und er es erst merkte, als seine Hand unter ihren Pullover wanderte und dort auf nackte Haut statt Stoff getroffen war.

Sie warf einen Blick in den Spiegel und sah sich selbst lächeln, aber nur schwach. Abgesehen davon, sah sie furchtbar aus mit ihren aufgequollenen, verheulten Augen.

Allan hatte kein Wort gesagt, sondern nur gestöhnt.

Deana zog ein T-Shirt über den Kopf, nahm Socken aus der Schublade und setzte sich auf die Bettkante, um sie anzuziehen.

Seit jenem Abend hatte sie ein Spiel daraus gemacht. Manchmal trug sie einen BH, dann wieder nicht. Allan war jedes Mal durchgedreht, wenn sie zusammen waren und er herauszufinden versuchte, wie es denn nun heute war. Er kam nie auf die Idee, einfach zu fragen, sondern stellte akribische Beobachtungen an oder vollführte merkwürdige kleine Manöver, wie zum Beispiel, ihr langsam die Hand über den Rücken gleiten zu lassen. Wenn er zu dem Ergebnis gekommen war, dass sie an diesem Tag keinen BH trug, starrte er den ganzen Abend auf ihre Bluse und beobachtete, wie ihre Brüste leicht hin und her wippten oder sich ihre Brustwarzen unter dem Stoff abzeichneten. Wenn sie ein weites Oberteil trug, versuchte er immer wieder, einen Blick in ihren Ausschnitt zu werfen, und Deana zeigte sich entgegenkommend, indem sie sich immer wieder mal vorbeugte. Er war richtig besessen von dem Spiel.

War.

Scheiße, Scheiße, Scheiße!

Deana sprang vom Bett auf. Es ist in Ordnung, an ihn zu denken, sagte sie sich. Bloß nicht die ganze Zeit.

Sie nahm ihre Schuhe aus dem Schrank, zog sie rasch an, griff nach dem Hausschlüssel auf ihrer Kommode und streifte sich die Schlüsselkette über den Kopf, während sie den Flur entlangeilte. Sie bugsierte den Schlüssel in ihren Ausschnitt; er lag kalt auf ihrer Haut.

»Bin gleich wieder da«, rief sie in die Stille.

»Hey«, ertönte die Stimme ihrer Mutter. »Ich muss mit dir reden.«

»*Mom.*«

»Komm her.«

Deana ging wieder zurück zum Schlafzimmer ihrer Mutter. Sie kam an der Badezimmertür vorbei. Sie stand einen Spalt offen. »Ja?«

»Du gehst doch nicht etwa joggen, oder?«

»Genau das hatte ich vor.«

»Mir wäre es lieber, du würdest es bleiben lassen.«

Immer ruhig und gelassen bleiben. »Fitness schadet nicht, Mom.«

»Aber nicht heute. Okay?«

»Warum nicht?« Sie wusste genau, warum.

»Darum.«

»Mom.«

»Ich halte es für keine gute Idee.«

»Soll ich deinetwegen zur Einsiedlerin werden?«

»Du weißt, was Mace gesagt hat.«

»Mace? Du meinst Detective Harrison?«

»Ja. Detective Harrison.«

»Ich weiß genau, was er gesagt hat. Er hat gesagt, ich soll vorsichtig sein. Und ich werde vorsichtig sein.«

»Ich will nicht, dass du allein unterwegs bist. Jedenfalls nicht in den nächsten paar Tagen.«

»Aber ohne das Laufen fehlt mir was. Ich brauche es einfach.«

Sie hörte leises Plätschern hinter der Badezimmertür, dann sagte ihre Mutter: »Okay. Aber ich komme mit.«

Deana hatte keine Lust zu warten, und sie wollte auch keine Gesellschaft. Es wäre einfach nicht dasselbe. »Du kannst sowieso nicht mit mir mithalten.«

»Das sagst du zu der Frau, die dich beim Tennis vom Platz fegt.«

»Du willst doch nicht schon wieder schwitzen, nachdem du gerade erst gebadet hast.«

»Ich mache keine Witze. Ich will nicht, dass du allein rausgehst. Das ist mein Ernst.«

Deana seufzte. »Ist es in Ordnung, wenn ich draußen auf dich warte?«

»Wo draußen?«

»In der Einfahrt. Ich will mich nur schon mal aufwärmen.«

»Wo in der Einfahrt?«

»Unten vorm Haus.«

»Okay. Aber halt die Augen offen.«

»Jawoll.«

»Ich bin gleich da.«

Deana machte sich auf den Weg. Gott im Himmel, Mom denkt wohl, dass der Kerl sich da draußen herumtreibt und nur darauf wartet, mich anzufallen. Oder zu überfahren.

Was ist, wenn sie recht hat?

Das hat mir zu meinem Glück gerade noch gefehlt – eine fette Ladung Paranoia.

»Ich will dir keine Angst einjagen«, hatte Harrison gesagt. *Mace.* »Gut möglich, dass du und der junge Powers nur zufällige Opfer wart. Andererseits ist es auch denkbar, dass der Angreifer sein Ziel bewusst ausgesucht hat und genau wusste, hinter wem er her war. Wenn er hinter *dir* her war, Deana, wird er eventuell einen weiteren Versuch unternehmen. Auf jeden Fall müsst deine Mutter und du diese Möglichkeit in Betracht ziehen und entsprechende Vorsichtsmaßnahmen ergreifen. Verstehst du das?«

»Er war nicht hinter mir her. Ich habe keine Ex-Freunde, die ich irgendwann mal abgesägt habe. Ich habe keine Feinde. Ich ...«

»Es könnte jemand sein, dem du im Supermarkt aufgefallen bist und der dir nach Hause gefolgt ist. Es könnte jemand sein, der an einer Ampel neben dir gestanden oder im Kino in deiner Nähe gesessen hat. Und dein Anblick hat bei ihm irgendetwas ausgelöst. Vielleicht hast du die gleiche Frisur wie die Freundin, die ihn in die Wüste geschickt hat. Vielleicht hast du die gleichen blauen Augen wie seine Mutter, die ihn immer verprügelt hat. Es könnte alles Mögliche sein. Verstehst du, was ich meine? Es ist gut möglich, dass es wirklich nur Zufall war, aber du musst dich so verhalten, als hätte er es auf dich abgesehen. Zumindest so lange, bis wir den Kerl erwischt haben. Ich will nicht, dass dir ... was zustößt.«

Er hatte geklungen, als sei es ihm wirklich ernst – als würde er sich aufrichtig Sorgen machen. Und irgendwie auch so, als seien seine Worte, obwohl sie an Deana gerichtet waren, in erster Linie dazu gedacht, Mom den Rücken zu stärken. Irgendeine subtile unterschwellige Botschaft.

Er musste jedenfalls mächtig Eindruck auf Mom gemacht haben, dass sie ihn schon *Mace* nannte.

Deana öffnete die Haustür, zog sie hinter sich zu und machte einen großen Schritt, um nicht auf die Sonntagsausgabe des *San Francisco Examiner and Chronicle* zu treten. Sie warf einen kurzen Blick auf die Zeitung. Normalerweise bestand ihre tägliche Routine darin, nach dem Joggen die Zeitung vom oberen Ende der Zufahrt mit ins Haus zu nehmen. Sie lag immer am oberen Ende der Zufahrt – manchmal sogar versteckt zwischen den Geranien. Das hier war merkwürdig. Selbst wenn der Zeitungsbote in Topform war, konnte er es unmöglich schaffen, den Chronicle bis auf die Veranda zu schleudern. Er war entweder die steile Auffahrt hinuntergefahren oder zu Fuß gegangen. Offenbar sammelte er jetzt schon Punkte fürs Weihnachtstrinkgeld, aber Weihnachten war erst in sechs Monaten. Vielleicht war es auch ein neuer Zusteller.

Könnte aber auch sein, dass *er* es gewesen war.

Deana spürte, wie es ihr eiskalt den Rücken hinunterlief.

Paranoia ist anscheinend ansteckend. Wie Grippe.

Sie ließ den Blick über den mit Mittagsblumen bepflanzten Hang gegenüber der Veranda gleiten, musterte die Hecke am oberen Rand und den mit Gras überwucherten Abhang hinter dem Haus der Matsons. Alles wirkte ganz normal, und die Hecke war zu mickrig, als dass sich jemand dahinter hätte verstecken können.

Wenigstens wurde sie dadurch von den Gedanken an Allan abgelenkt.

Sie ging an den Küchenfenstern vorbei und blieb in der breiten Garagenzufahrt stehen.

Der Zeitungsbote hatte sich einfach mal besondere Mühe gegeben. Das war's.

Die Auffahrt war allerdings mächtig steil. Und auch ziemlich schmal.

Sie schüttelte den Kopf.

Die Geranien zu beiden Seiten der Auffahrt standen alle aufrecht da.

Reg dich ab.

Deana trat näher an die Garage heran. Die Auffahrt im Blick, holte sie tief Luft. Die Morgenluft roch süß und sauber. Sie hüpfte ein paarmal auf der Stelle und ließ die Arme kreisen. Dann ging sie zu Rumpfbeugen über und berührte ihre Zehen mit den Fingern. Dabei scheuerte sie mit dem Rücken gegen das Garagentor.

Immer mit dem Rücken zur Wand. Da sollte doch mal einer versuchen, sich von hinten anzuschleichen.

Schisshase.

Sie machte fünf Schritte vorwärts – fünf Stück, nachzählen.

So ist es besser.

Doch es war nicht besser. Sie fühlte sich wie auf dem Präsentierteller.

Wofür braucht Mom so lange?

Du wolltest sowieso allein laufen gehen, weiß du noch?

Sie setzte sich auf den Boden. Die Garagenzufahrt lag im Schatten, und sie spürte den kalten Beton durch ihre Shorts und, schlimmer noch, an den Rückseiten ihrer Oberschenkel. Sie beugte sich vor und machte ein paar Stretching-Übungen.

Alles wäre wunderbar gewesen, wenn Mom mir nicht diesen Vortrag gehalten und mir die Worte von Harrison in Erinnerung gerufen hätte.

Vielleicht lag es an deiner Frisur.

Ausgemachter Quatsch.

Sie berührte ihre Knie mit der Stirn.

Und sah einen Irren mit einer Kochmütze auf dem Kopf, der mit einem Fleischerbeil in der Hand die Zufahrt heruntergerannt kam. Blitzschnell hob sie den Kopf, doch es war niemand zu sehen.

Woher hast du diesen Quatsch mit der Kochmütze?

Ach so, der Traum.

Was für ein süßer kleiner Traum – und dazu noch der ganze wirre Scheiß in der Nacht zuvor.

Sie spreizte die Beine und beugte sich vor. Dann berührte sie mit der linken Hand die Zehen am rechten Fuß und umgekehrt. Es tat gut, die Muskeln zu dehnen.

Sie zuckte zusammen, als sie ein dumpfes Geräusch hörte, um gleich darauf festzustellen, dass es nur die Haustür war, die zugezogen wurde. Mom. Sie hatte gar nicht *so* lange gebraucht. Deana stand auf und zupfte ihre Shorts zurecht, die während der Dehnübungen nach unten gerutscht waren.

»Wofür hast du so lange gebraucht?«, fragte Deana.

»Machst du Witze? Ich bin immer noch nicht ganz trocken.«

Deana schaute ihre Mutter an. Sie sah so normal aus. So *gut.* Als sei dies ein ganz normaler Tag in Marin County. Bis auf eine blaue Baseballmütze, die sie auf ihren hochgesteckten Haaren trug, war sie ganz in Weiß – Strickbluse, Shorts und Socken, alles weiß. Es verlieh ihrer hellen Haut einen leichten Bronzeton.

Mit hochgesteckten Haaren bekam Deana sie allerdings selten zu sehen.

»Meine Güte, Mom. Du hast ja Ohren.«

»Ist daran irgendwas verkehrt?«

»Na ja, sie sind halt ziemlich groß.«

Ihre Mutter lächelte. »Hast du in letzter Zeit mal in den Spiegel geschaut?«

Daran konnte sich Deana sehr gut erinnern. Sie hatte ein weinendes Mädchen gesehen, das Shorts umklammert hielt.

»Ich will ja nicht vom Thema ablenken, aber du hattest versprochen, dass du hier unten bleibst.«

»Hab ich auch getan.«

Ihre Mutter zog eine Augenbraue in die Höhe, dann beugte sie sich ruckartig vor und berührte mit den Fingerspitzen ihre Zehen, wobei sie schnell die Mütze auffing, die ihr vom Kopf gerutscht war.

»Oh, du meinst wegen der Zeitung.«

»Genau, Watson. Hier, halt mal.«

Deana nahm ihr die Mütze ab.

Ihre Mutter machte weiter mit ihren Dehnübungen. Ein paar Wassertropfen kullerten ihre Schenkel herunter. Keine Spur von Zellulitis. Sie sah top aus, wie immer. Genau deshalb hatte Deana im letzten Jahr mit dem Joggen angefangen. Sie hatte ein wenig Speck angesetzt, und es war ihr unglaublich peinlich gewesen, eine Mutter zu haben, die im Bikini besser aussah als sie selbst. Einige ihrer Freunde – Herb Klein zum Beispiel – hatten mehr Zeit damit verbracht, ihre Mutter in Augenschein zu nehmen, als …

»Wenigstens bist du nicht ohne mich losgelaufen«, sagte Leigh.

»Ich hab die Zeitung nicht geholt. Ich hab sie nicht mal angefasst.«

»Wie kommt sie dann hierher?«

»Ich nehme an, der Zusteller musste überschüssige Energie loswerden.«

»Meine Güte«, sagte Leigh. »Es ist doch noch ein halbes Jahr bis Weihnachten.«

»Vielleicht spekuliert er ja auf ein Trinkgeld zum 4. Juli.«

»Seltsam.« Leigh ruderte kurz mit den Armen, nahm dann wieder die Mütze und setzte sie auf, wobei sie den Schirm nach oben drückte. Blinzelnd schaute sie die Auffahrt hinauf und warf Deana einen Blick zu, gleichzeitig zog sie Oberlippe schräg nach oben, um ihr zu bedeuten, dass sie keine große Lust auf die bevorstehende Plackerei hatte. »Ich bin fertig. Sollen wir?«

Deana lief die Auffahrt hinauf. Sie lehnte sich gegen die Steigung, allerdings ohne ihre letzten Kräfte zu mobilisieren. Leigh blieb an ihrer Seite.

Es war wie Treppensteigen, nur dass sie zwei Stufen auf einmal nahmen.

Sie dachte an die Treppe am Beginn des Dipsey-Trail-Wanderwegs. Deren Stufen hatten Allan schwer zu schaffen gemacht. Lieber nicht an Allan denken. Wenigstens für eine Weile. Am besten aufs Laufen konzentrieren, das gute Gefühl, die Muskeln wieder in Schwung zu bringen. Und endlich oben anzukommen.

Die Hälfte hatten sie geschafft.

Drei Viertel. Kein Problem.

Der Briefkasten oben am Ende der Zufahrt war schon in Sichtweite.

Und dann der Wagen.

Leigh sagte: »Das ist ja mal ein super Platz, um ein Auto zu parken.«

Die Zufahrt zum Haus wurde durch den Wagen nicht blockiert. Er stand auf der anderen Straßenseite, doch dort parkte nie jemand, weil die Kurven links und rechts so unübersichtlich waren.

Deana sah niemanden im Wagen sitzen.

Sie blieb am Straßenrand stehen.

»Was ist los? Hast du dir in die Hose gemacht?«

»Mom.«

Deanas Ton irritierte Leigh. Sie verzog das Gesicht.

Deana ließ den Blick über die Straße und den Hügel schweifen, während sie mit wackligen Knien auf den alten, roten Pontiac Firebird zuging. Sie trat vor die Motorhaube. Der Kühlergrill und der rechte Scheinwerfer waren verbeult. »Mein Gott«, murmelte sie.

Leigh packte sie am Arm. »Schnell«, sagte sie, »zurück ins Haus.«

Sie rannten los.

8

»Irgendwas stimmt noch nicht.«

»Ja, und zwar mit *dir*«, sagte sie. »Ein guter Hirnchirurg kann das aber wieder hinkriegen.«

»So redet man nicht mit dem Mann, der einen unsterblich macht.«

»Meinen Fuß«, sagte sie.

»Haargenau.«

»Du solltest dich besser beeilen. Wenn ich reinfalle, reiße ich dir den Kopf ab.«

»Brav.« Er kauerte am Flussufer, hob die Nikon vors Gesicht und betrachtete die Szene erneut. »Nee, nicht so gut.«

»Herrgott noch mal.«

Er erhob sich. »Ich hab's. Du kannst wieder herkommen.«

Mattie streckte die Hand aus. Er ergriff sie und zog sie zu sich, als sie über das fließende Wasser sprang. Ihre nackten Füße landeten auf ein paar trockenen Zweigen, und sie zuckte zusammen.

»Gleich wieder da.«

»Wo gehst du hin?«, fragte sie.

»Mein Erste-Hilfe-Kasten ist im Auto.«

»Gute Idee, Charlie. Den wirst du gleich brauchen.«

»Kopf hoch. Wir sind bald fertig.«

Mattie rollte mit den Augen und stemmte ihre Fäuste in die Hüften. »Du weißt schon, dass richtige Models haufenweise Kohle kriegen für so 'n Scheiß wie das hier.«

»Ich weiß das durchaus zu würdigen.«

»Quatsch. Du doch nicht.«

Er stieg das bewaldete Ufer hinauf, passierte im Laufschritt einen verlassenen Picknicktisch und gelangte zum Parkplatz. Dann öffnete er den Kofferraum seines Trans Am, ließ den Blick in alle Richtungen schweifen, um sicherzugehen, dass ihn niemand beobachtete, und hob dann die Ithica Pumpgun an, die auf einer Wolldecke ruhte, um den Verbandskasten unter der Decke hervorzuholen.

Dann rannte er zurück zu Mattie.

»Wie sieht der große Plan nun aus?«, fragte sie.

»Ein Pflaster auf deinem Zeh.«

»Du machst Witze.«

»Keineswegs. Glaub mir, es ist nur eine Nuance, die den entscheidenden Unterschied macht. Es verleiht einem ansonsten perfekten Fuß die Aura der Verwundbarkeit.« Er öffnete eine Plastikdose, nahm ein Pflaster heraus und reichte es ihr.

»Du solltest es ankleben. Schließlich bist du ja der *Maestro*.«

»Okay. Setz dich hin.«

»Wo?«

»Auf den Boden.«

»Der ist nass.« Sie verzog das Gesicht, setzte sich dann aber seufzend hin. »Dafür hab ich echt was bei dir gut, Charlie.«

»Wenn du erst mal im De Young Museum hängst, wirst du ganz andere Töne spucken.« Er zerriss das Einwickelpapier, kniete sich zu Matties Füßen und fummelte das Papier vom Klebestreifen ab.

»Warum kannst du nicht wie ein ganz normaler Mensch einfach nur Nacktfotos machen?«, fragte sie.

»Da bleibt kein Raum für Fantasie, meine Liebe.«

Sie wackelte mit den Zehen. »Macht dich das an?«

Er nickte. Ein Pflaster auf dem großen Zeh wäre zu offensichtlich. Der dritte Zeh schien am besten geeignet, auch wenn das Pflaster eigentlich zu groß dafür war.

Mattie lehnte sich zurück und stützte sich auf ihre ausgestreckten Arme.

Genau, der dritte Zeh. Er streckte die Hand danach aus.

Mattie hob das Knie des anderen Beins und schwang es weit zur Seite. »Macht *das hier* dich an?«

Er schaute kurz rüber. Ihre abgeschnittenen Jeans waren sehr knapp abgeschnitten – im Schritt war kaum mehr übrig als der ausgefranste Saum. »Wie unelegant«, sagte er.

Mattie kicherte. Sie hielt ihren linken Fuß still, während er das Pflaster anbrachte, schwenkte aber gleichzeitig das angewinkelte rechte Bein hin und her und flüsterte: »Jetzt kannst du's sehen, und jetzt wieder nicht ... jetzt kannst du's sehen, und jetzt wieder nicht.«

»Wir sind so weit«, sagte er und tätschelte ihr die Fußsohle. »Stell dich in Positur.«

»Ich wette, du hast Probleme, dich aufzurichten.«

»Teilweise ist das schon passiert.«

Er reichte ihr die Hand, und sie zogen sich gegenseitig hoch. Mattie beugte sich vor, um ihn genauer zu inspizieren. »Heiliger Strohsack! Soll ich mich um den Burschen mal kümmern?« Sie wartete seine Antwort nicht ab. »Ich weiß, ich weiß.« Sie wandte sich ab und streckte ihr Bein aus, bis ihr Fuß auf einem flachen Felsen etwa einen Meter vom Ufer entfernt Halt fand. Die Arme seitlich ausgestreckt, stieß sie sich mit dem anderen Fuß vom Ufer ab und zog das Bein nach. Sobald sie einigermaßen sicheren Stand hatte, drehte sie sich langsam auf der Stelle, bis sie wieder in seine Richtung schaute. Dann streckte sie den Fuß mit dem Pflaster aus und stellte ihn auf einen Stein, der in der Nähe im Wasser lag. Sie holte tief Luft und sagte: »Feuer frei.«

Er ging in die Knie und fokussierte das Objektiv auf den Fuß und das glitzernde Wasser, das den Stein umspülte. »Ausgezeichnet«, murmelte er und drückte auf den Auslöser. Der automatische Filmtransport der Kamera surrte. Er drückte den Auslöser erneut, richtete sich ein wenig auf, um einen anderen Blickwinkel einzunehmen, und machte eine weitere Aufnahme. Dann trat er einen Schritt nach links und schoss noch mehr Fotos, um schließlich mit seinen Turnschuhen in den Fluss zu steigen, sich hinunterzubeugen und ein paar extreme Nahaufnahmen zu machen.

»Welche Hingabe«, sagte Mattie.

Er watete zum Ufer, stellte die Entfernung am Objektiv auf zwei Meter, nahm einen Stein in die Hand und warf ihn locker in Richtung von Matties Bauch.

»Hey!«, japste sie.

Sie fing den Stein auf, doch durch die abrupte Bewegung verlor sie das ohnehin schon wacklige Gleichgewicht und kippte mit wild rudernden Armen nach hinten.

Er bannte alles auf Zelluloid – Matties verblüfften Gesichtsausdruck, als sie den Stein auffing, ihre rudernden Arme, das spritzende Wasser, als sie, die Füße in der Luft, rücklings im Fluss landete. Danach ihr wutentbranntes, nasses Gesicht, als sie dasaß und ihn finster anfunkelte. Er drückte auch dann noch immer wieder den Auslöser, als sie sich aufrappelte und auf ihn zugewatet kam. »Du hältst dich wohl für putzig.«

Er senkte die Kamera, sodass sie am Trageriemen sicher zwischen Arm und Brustkorb eingeklemmt war. »Mach keine Dummheiten«, warnte er sie, während sie auf ihn zukam.

Mattie hatte einen braunen Gürtel in Judo. Sie konnte ihn kopfüber in den Fluss werfen, und seine einzige Verteidigungsmöglichkeit bestand darin, sie mit einem Faustschlag auf die Bretter zu schicken, doch das kam für ihn nicht infrage.

Die Art, wie sie ihn angrinste, gefiel ihm gar nicht. »Mattie, meine Kamera.«

»Ach weh.«

»Mein Beeper.«

»Ach ja, dein kostbarer Beeper.«

»Mein Revolver.«

»Ein bisschen Wasser wird dem nichts anhaben.«

»Aber das *Holster* wird davon ruiniert.«

»Ganz abgesehen von deinem Ego, großer Mann.« Sie packte sein Hemd, doch anstatt sich nach hinten fallen zu lassen, ihm den Fuß in den Bauch zu stemmen und ihn durch die Luft segeln zu lassen, zog Mattie ihn an sich und küsste ihn. Er schlang die Arme um sie. Die Nässe drang durch sein Hemd.

»Ich werde warten«, murmelte sie, ihre Lippen an seinen Mund gepresst. »Und wenn du am wenigsten damit rechnest, *zack bumm.*«

»Hört sich gut an.«

»Wie wär's, wenn wir jetzt zu mir fahren, damit ich aus diesen Klamotten rauskomme?«

»Das kannst du auch bei mir erledigen, wenn's genehm ist.«

»He.«

»Wir packen sie in den Trockner, und nach einer Runde sind sie wieder wie neu. Was nicht viel heißen mag.«

Sie klatschte ihm auf den Rumpf. »Dann auf im Galopp, Charlie.« Sie schlüpfte in ihre Sandalen.

Gemeinsam stiegen sie den Hang hinauf. Als sie fast oben angelangt waren, ertönte sein Beeper.

»Es ist nicht zu fassen«, murmelte Mattie. »Das war's dann mit unserem gemeinsamen Sonntag.«

Am Auto angelangt, machte er den Kofferraum auf und zog die Decke unter der Pumpgun heraus. Mattie wickelte sich darin ein und setzte sich auf den Beifahrersitz. »Vielleicht hat sich ja jemand verwählt.«

»Wahrscheinlich.« Er nahm sein Handy und rief beim Hauptrevier an. »Harrison«, meldete er sich.

»Mace. Eine Leigh West hat gerade für dich angerufen. Sie sagte, es hätte mit dem Fall Powers zu tun.«

Mace notierte sich die Nummer, legte auf und wählte.

»Hallo?« Die Stimme am anderen Ende klang nervös und angespannt.

»Miss West, hier ist Mace Harrison.«

»Es tut mir leid, dass ich Sie belästige, aber Sie haben gesagt, dass ich Sie anrufen soll, falls mir irgendwas Verdächtiges auffällt, und draußen auf der Straße, genau gegenüber von meinem Haus, steht der Wagen.«

Er brauchte nicht zu fragen, welcher Wagen. »Irgendein Anzeichen vom Fahrer?«

»Wir haben niemanden gesehen.«

»Ist das Haus verschlossen?«

»Ja.«

»Sie wohnen an der Del Mar, Mark Terrace, richtig?«

»Korrekt.« Sie gab ihm die genaue Adresse durch.

»Ich bin in zehn Minuten da.«

»Wir sind nicht hundertprozentig sicher, dass es dasselbe Auto ist, aber ...«

»Ich bin gleich da.« Er legte das Telefon zur Seite. »Der Fall Powers«, sagte er zu Mattie, während er den Trans Am wendete. »Das war die Mutter des Mädchens. Vor ihrem Haus steht ein Auto. Sie glaubt, es ist der Wagen, mit dem der Junge überfahren wurde. Willst du mitkommen?«

»So?« Sie zupfte das nasse T-Shirt von ihren Brüsten.

»Ich kann dich zu Hause absetzen.«

»Zum Teufel, nein. Ich hab keine Lust, was zu verpassen.«

»Dachte ich mir.«

Sie beugte sich nach vorn, griff unter die Decke und zog ihren Rucksack unter dem Sitz hervor. Sie nahm einen Kamm und eine Bürste heraus und drehte den Rückspiegel in ihre Richtung. Mace hatte damit keine Sicht mehr nach hinten, doch er protestierte nicht.

»Die Steinigung hätte ich mir wohl besser gespart«, sagte er.

»Diese Fotos kommen beim Appell besser *nicht* zum Vorschein.«

»Bei meiner Ehre.« Er trat aufs Gas und rauschte bei Orange über eine Ampel auf der Throckmorton Avenue im Mill Valley. Im Zentrum herrschte nicht viel Verkehr, und er wusste, dass er gut in der Zeit lag.

»Sollten wir die Polizei von Tiburon verständigen?«, fragte Mattie.

»Zuerst sehen wir uns das Ganze mal an.«

»Du glaubst, *er* ist da oben?«

»Falls ja, dann hat er noch nicht zugeschlagen. Sie sind in Sicherheit, im Haus.«

»Außer, wenn er auch drin ist.«

Das war eine beunruhigende Variante, über die sich Mace auch schon Gedanken gemacht hatte.

Leigh legte das Telefon weg und drehte sich genau in dem Augenblick um, als Deana behutsam ein Fleischermesser aus dem Nussbaum-Messerblock zog. »Was machst du ...«

Das Mädchen hielt sich den Zeigefinger vor die Lippen. Leise ging sie durch die Küche auf Leigh zu und flüsterte: »Mir nach.«

»Was ist los?«

»Pssst. Komm schon.«

Irritiert und alarmiert zugleich, folgte Leigh ihrer Tochter durch das Esszimmer. Was war los? Hatte Deana irgendwas gesehen oder ein Geräusch gehört? O Gott! Denkt sie vielleicht, dass der Killer hier im Haus ist? Unmöglich, die Türen ...

Mach dir nichts vor. Wenn hier jemand wirklich reinkommen wollte ... vielleicht durch eins der Fenster im Gästezimmer.

Sie ließ den Blick durch das Wohnzimmer schweifen. Deana war ein paar Schritte voraus, ihre Schuhe quietschten auf den Fliesen des Eingangsbereichs. Leigh beeilte sich, um den Anschluss nicht zu verlieren. Über die Schulter ihrer Tochter hinweg sah sie den schmalen, in Schatten getauchten Flur, der sich vor ihnen erstreckte.

Deana hatte doch nicht etwa vor, das ganze Haus abzusuchen?

Leigh wollte sie gerade an der Schulter packen, als Deana einen schnellen Ausfallschritt ins Badezimmer machte, Leighs Hand ergriff und sie zur Tür hereinzerrte. Sie schwang die Tür zu, schloss sie ab und stürmte zur Badewanne, um hinter den Mattglastüren der Dusche nachzuschauen. Dann drehte sie sich zu Leigh herum und stöhnte laut auf. »Reine Vorsicht.«

»Glaubst du, er ist im *Haus*?«

»Möglich wäre es. Ich meine, ich glaube es eigentlich nicht, aber man kann ja nie wissen, oder? Ich dachte mir nur, dass das hier ein guter Platz ist, um zu warten, bis dein Polizist auftaucht.«

»Er ist nicht *mein* Polizist.«

»Und weshalb hast du dann ihn angerufen und nicht die Polizei von Tiburon?«

»Weil das sein Fall ist. Und er weiß, worum es geht.«

»Aha.«

Leigh schüttelte den Kopf. Deana richtete sich auf und setzte sich dann auf die Kommode neben dem Waschbecken. »Weißt du, was manche Leute haben?«, fragte Deana. »Einen Panikraum. Irgendeine Schauspielerin hat so einen – Victoria Principal? Und zwar im Badezimmer. Man lässt eine verstärkte Metalltür mit Spezialriegeln einbauen und einen Telefonanschluss reinlegen. So kann man sich immer in Sicherheit bringen, falls es mal Ärger gibt. Man kann die Polizei anrufen, und niemand kommt an einen ran. Das Schloss von *dieser* Tür würde ein Vierjähriger aufkriegen.«

»Ich würde so nicht leben wollen«, sagte Leigh.

»Man muss ja auch nicht auf dem Klo *leben*. Es ist nur dafür da, dass man irgendwo hinkann, wenn man muss ...«

»Unfreiwilliger Humor deinerseits?«

Deana lächelte. Sie beugte den Kopf und schabte mit dem Messer über ihr Bein. »Besonders scharf ist das Ding hier aber nicht.«

»Man soll sich ja auch nicht damit rasieren.«

Deana legte das Messer weg und strich sich mit der Handfläche vom Knie hinauf zu ihren Shorts. »Allmählich entwickele ich mich zum Werwolf. Du kannst von Glück sagen, dass du blond bist.«

»Du hast wundervolle Haare«, sagte Leigh und stand auf.

»Aber leider überall am Körper. Wie sah mein Vater denn aus? Wie King Kong oder so?«

Leigh wurde flau im Magen. Sie nahm ihre Mütze ab und löste ihr Haar.

»Du redest nicht viel über ihn«, sagte Deana nach einer Weile.

»Da ist nicht viel zu erzählen.« Leigh ging in die Knie und nahm Deanas Fön aus der Kommode unter dem Waschbecken. »Ist es in Ordnung, wenn ich den benutze?«

»Tu dir keinen Zwang an.« Deana zog eine Schublade in Kniehöhe auf und nahm eine Haarbürste heraus. »Hier.«

»Danke.«

»Du musst dich schließlich für deinen Polizisten aufbrezeln.«

Leigh stöpselte den Stecker des Föns in die Steckdose, schaltete ihn ein und machte sich daran, ihre Haare zu trocknen.

»Du hast nie darüber gesprochen, wie er gestorben ist«, sagte Deana laut.

»Doch, habe ich.«

»Ich meine, wie es *passiert* ist.«

»Das ist eine lange Geschichte.«

»Ja und?«

»Mace wird jeden Moment hier sein.«

»Na das ist ja mal ...« Deana verstummte und beugte sich stirnrunzelnd vor, den Blick auf die Badezimmertür gerichtet. »Mach das Ding aus, Mom.«

Leigh schaltete den Fön aus. »Hast du irgendwas gehört?«

»Keine Ahnung. Das Ding ist so laut.«

Leigh stand reglos da und hielt die Luft an. Plötzlich ertönte ein dumpfes Geräusch, und sie zuckte zusammen.

Eine Wagentür, die zugeschlagen wurde.

»Das ist vermutlich Mace«, sagte sie.

Deana stand auf und schaute zum Badezimmerfenster hinaus. Leigh brachte schnell mit ein paar finalen Bürstenstrichen ihre Frisur auf Vordermann. Draußen auf dem Fußweg waren Schritte zu hören, die sich der Veranda näherten.

»Er ist es«, sagte Deana. »Er hat eine Frau dabei.« Sie trat vom Fenster weg. »Vielleicht seine Frau? Was meinst du?«

»Keine Ahnung.«

»Mach dir keinen Kopf wegen deiner Haare. Ihre sind nasser als deine.«

Es klingelte an der Tür.

»Einen Moment«, rief Deana und ergriff das Messer.

»Warum lässt du es nicht hier?«

Deana zog eine Augenbraue in die Höhe und hielt es – die Klinge nach vorne gerichtet – dicht am Körper, während sie auf die Badezimmertür zuging. Den Daumen auf den Verriegelungsknopf gedrückt, drehte sie langsam den Türgriff und zog dann ruckartig die Tür auf. Niemand da. Sie lehnte sich vor und schaute nach links und rechts. »Keine Monster weit und breit«, sagte sie.

Keine Monster weit und breit, dachte Leigh. Das hatte Deana immer gesagt, als sie etwa vier Jahre alt war. Es schien gar nicht so lange her zu sein. Und jetzt ist sie achtzehn und passt auf *mich* auf.

Deana ging auf dem Weg zur Haustür voran und machte sie auf.

»Kommen Sie rein«, sagte sie und senkte das Messer.

Mace trat ein, die Frau folgte ihm. Ihre kurzen braunen Haare waren zurückgekämmt, ihre Bluse und die Jeansshorts sahen aus, als wären sie nass. »Irgendwelche Probleme?«, fragte Mace.

»Gesehen haben wir niemanden«, sagte Leigh. »Wir hatten allerdings die Befürchtung, dass er eventuell ins Haus gelangt sein könnte. Deshalb haben wir uns im Badezimmer verbarrikadiert.«

»Das ist der einzige Raum im ganzen Haus, den man abschließen kann«, fügte Deana hinzu.

»Gute Wahl«, sagte Mace. »Meine Damen, das ist Sergeant Blaylock. Sergeant, das sind Leigh und Deana West.«

Die drei nickten einander zu.

»Ich werde mich mal umschauen«, sagte er und ging los in Richtung Flur. Dort angekommen, griff er hinter sich unter den Saum seines Hemds und zog einen kurzläufigen Revolver aus dem Holster.

Sergeant Blaylock blieb an Ort und Stelle.

»Haben Sie auch eine Knarre?«, fragte Deana.

Sie tätschelte kurz ihre Umhängetasche, drehte den Kopf leicht zur Seite und ließ den Blick durch das Wohnzimmer schweifen. »Wie ich gehört habe, gehört Ihnen das Bayview«, sagte sie mit einem kurzen Blick auf Leigh, bevor sie sich wieder dem Zimmer hinter sich zuwandte. »Ganz hervorragendes Restaurant.«

»Danke.«

»Jedes Mal, wenn ein Typ Eindruck bei mir machen will, führt er mich dahin aus. Und es funktioniert sogar. Wäre es vielleicht möglich, dass Sie mir das Rezept für die Scaloppine al Marsala verraten? Oder ist das ein Betriebsgeheimnis?«

»Ich werde es Ihnen besorgen«, versicherte ihr Leigh. Das Rezept war in der Tat ein Betriebsgeheimnis, aber sie fand Sergeant Blaylock sympathisch. Sie empfand eine bestimmte Verbundenheit mit dieser schlanken, attraktiven Frau, die aussah, als käme sie gerade von einem Tauzieh-turnier, bei dem ihr Team untergegangen war. Weshalb sie diese Verbundenheit empfand, wusste sie selbst nicht. Viel-leicht lag es daran, dass Sergeant Blaylock sich an einem Sonntagmorgen auf den Weg zu ihrem Haus gemacht hatte, um eventuell ihr Leben für sie zu riskieren. »Das bleibt dann aber streng vertraulich«, sagte sie.

»Selbstredend.«

»Sind Sie Harrisons Partner?«, fragte Deana.

»War ich früher mal. Als wir noch Funkstreife gefahren sind.« Sie schaute stirnrunzelnd in Richtung Korridor und rief: »Mace!«

»Yo!«, kam zur Antwort.

»Kann sein, dass er den ganzen Morgen braucht, aber wenn er fertig ist, können Sie hundertpro sicher sein, dass sich hier niemand rumtreibt.«

»Sind Sie beide im Dienst?«, fragte Deana.

»Jetzt schon.«

»Wie kommt's, dass Sie ganz nass sind?«

»Oh, tut mir leid«, antwortete Blaylock und schaute an sich hinunter, ob sie auf den Boden tropfte. »Kennen Sie den Old Mill Stream in Mill Valley?« Sie zupfte am Vorder-teil ihrer Bluse. »Daher kommt das, Charlie.«

Charlie?

Was *ist* hier los, frage sich Leigh, eine Verschwörung, um Charlie Payne aus der Versenkung zu holen?

»Wir sind gleich von dort aus hergekommen, deshalb hatte ich keine Zeit zum Umziehen.«

»Wenn Sie lieber was Trockenes anziehen würden«, sagte Leigh, »können Sie gern was von mir haben.«

»Geht schon. Aber vielen Dank für das Angebot, Ms. West.«

»Leigh.«

»Dann Leigh. Ich bin Mattie.«

»Ich heiße Deana.«

»Das hab ich mitbekommen.«

»Sie haben mich Charlie genannt.«

»Mache ich immer so.«

»Mein Vater hieß Charlie.«

Jetzt geht das schon wieder los, dachte Leigh.

Doch sie sollte sich irren, denn in diesem Moment kam Mace den Korridor entlang. Er hielt seinen kurzläufigen Revolver in Schulterhöhe nach oben gerichtet. »Da hinten ist alles klar«, sagte er. Er machte einen Schwenk ins Wohnzimmer und verschwand hinter dem Kamin, der das Zimmer teilte.

Kurze Zeit darauf kam er wieder hinter dem Kamin hervor, drehte eine Runde durch den zur Fensterseite gelegenen Teil des Raums, inspizierte die Glastüren und schaute hinter dem Mobiliar nach. Dann entriegelte er eine der Türen, schob sie auf und trat hinaus auf die Veranda. Er verschwand für ein paar Sekunden und tauchte dann wieder auf dem Sonnendeck auf, das sich über die gesamte Rückwand des Hauses erstreckte.

Als er zurückkam, steuerte er auf die Küche zu. Leigh hörte seine Schritte auf dem Fußboden und dann das Quietschen der Tür zur Garage.

Schließlich kam er zurück. »Das Haus ist sauber«, sagte er und steckte seinen Revolver wieder in das Holster. »Was aber nur bedeutet, dass derzeit niemand hier drin ist außer uns. Es gibt keine Indizien für ein gewaltsames Eindringen. Die Schiebetüren haben Bolzenschlösser, das ist gut. Was die Fenster angeht, sollten Sie noch ein bisschen aufstocken. Besorgen Sie sich ein paar runde Holzprofile von einem Zentimeter Durchmesser und legen Sie sie in die Fensterrahmen. Sägen Sie die Dinger so zu, dass sich die Fenster gerade mal ein paar Zentimeter weit aufschieben lassen, damit noch Frischluft hereinkommt.«

»Darum werden wir uns schnellstens kümmern«, sagte Leigh.

»Wäre vielleicht auch keine schlechte Idee, eine Alarmanlage anzuschaffen, die mit einer privaten Sicherheitsfirma verbunden ist, die eigene Streifenwagen hat. Ach so, das Kiesbett vor den Fenstern ist eine gute Sache. Dadurch wird man auf eventuelle Eindringlinge in dem Bereich aufmerksam gemacht. Falls welche auftauchen sollten.«

Leigh nickte.

»Dann werfen wir mal einen Blick auf den Wagen.« Er öffnete die Haustür. »Haben Sie Ihre Schlüssel?«, fragte er.

»Ja«, sagte Deana und zog eine Kette aus ihrem T-Shirt, an der ein Hausschlüssel baumelte.

Sie traten hinaus ins Freie.

»Ach ja, und dann war da noch das hier«, sagte Deana und deutete auf die Zeitung auf dem Treppenabsatz. »Normalerweise liegt die Zeitung immer oben am Anfang der Auffahrt, aber als ich heute früh rauskam, lag sie genau hier.«

»Okay. Wir nehmen sie mit, damit das Labor mal einen Blick drauf wirft.«

Sie gingen hinüber zur Auffahrt. Ein glänzender schwarzer Trans Am stand vor der Garage. »Um welche Uhrzeit haben Sie den Wagen bemerkt?«, fragte Mace am Fuß der geschwungenen Auffahrt.

»Gegen halb neun«, sagte Leigh. »Kurz bevor wir angerufen haben.«

»Wir wollten eine Runde joggen«, fügte Deana hinzu.

»Und was haben Sie getan, als Sie den Wagen gesehen haben?«

»Uns so schnell wie möglich ins Haus verpisst.«

»Deana!«

»Entschuldige.«

»Haben Sie irgendwelche ungewöhnlichen Geräusche gehört? Entweder letzte Nacht oder heute Morgen?«

»Nein.«

»Nichts.«

Sie waren noch nicht ganz am Ende der Zufahrt angekommen, da erkannte Leigh bereits den roten Pontiac. Selbst im strahlenden Sonnenschein wirkte der Wagen bedrohlich. Er erinnerte sie an den Film *Christine*. Das Auto in dem Film war zwar kein Pontiac, aber es war ebenfalls rot – und es hatte ein Eigenleben. Leigh konnte sich gut vorstellen, wie der Motor des Pontiac plötzlich ansprang, obwohl niemand drinsaß. Das wird nicht passieren, redete sie sich ein. Jedenfalls hoffe ich das *schwerstens*.

Sie überquerten die Straße. Mace ging in die Knie und betastete den Auspuff, dann riskierte er einen Blick durch das offene Fenster auf der Fahrerseite. Mattie, die neben ihm stand, inspizierte die Rückbank. Sie öffnete ihre Umhängetasche und folgte Mace zur Frontpartie des Wagens, wo er sich herunterbeugte und die verbeulten Stellen der Karosserie untersuchte.

Mattie nahm einen Notizblock aus der Tasche und fing an zu schreiben.

»Auf den ersten Blick passen die Beschädigungen zu dem, was wir über den anderen Fall wissen«, sagte Mace. Dann nahm er ein Taschenmesser aus seiner Hosentasche, fummelte eine der Klingen heraus und kratzte an dem eingedrückten Kühlergrill herum. An der Messerspitze haftete ein kleines Klümpchen Staub, das aussah wie Rost. Er strich das Messer auf dem Finger ab, zerrieb das Klümpchen zwischen Zeigefinger und Daumen, roch und leckte daran.

Deana schaute Leigh an und verzog das Gesicht.

»Wir sollten ein Team der Spurensicherung kommen lassen«, sagte er.

»Dann ist das hier *der* Wagen?«, fragte Leigh.

»Das kann ich nicht mit Bestimmtheit sagen. Es ist allerdings sehr gut möglich.« Er schaute über die Schulter zu Mattie. »Wir werden das Revier in Tiburon verständigen. Die müssen unbedingt involviert sein, wobei sie vermutlich nichts dagegen haben, wenn unsere Leute die Kleinarbeit erledigen.«

»Das würde zumindest eine Menge Hin und Her ersparen«, stimmte Mattie ihm zu. Sie lief über die Straße und dann die Zufahrt zum Haus hinunter.

»Braucht sie nicht einen Schlüssel?«, fragte Deana.

»Sie kann vom Wagen aus anrufen.« Mace steckte sein Messer wieder ein. Er ließ sich auf alle viere sinken und senkte den Kopf bis beinahe auf die Fahrbahn, um unter den Wagen zu blicken. Dann stand er wieder auf und wischte den Kies von seinen Handflächen.

»Was jetzt?«, fragte Leigh.

»Wir lassen die Jungs von der Spurensicherung ihre Arbeit machen und warten ab, ob das Blut von da unten mit dem des jungen Powers übereinstimmt. Dafür brauchen die nicht allzu lange.«

»Sollte nicht jemand die Straße absuchen?«, fragte Leigh.

»Der Wagen steht hier schon seit Stunden. Der Mann ist lange woanders. Aber er hat den Wagen zurückgelassen, und das war ein großer Fehler. Denn damit kommen wir ihm auf die Spur.«

»Vermutlich ist das Ding gestohlen«, sagte Deana.

»Allerdings. Aber er wird uns trotzdem Hinweise auf ihn liefern. Möglicherweise Fingerabdrücke, Haare, Stoffpartikel. Wir können den Besitzer ermitteln. Vielleicht hat er den Diebstahl ja mitbekommen – falls es ein Diebstahl war. All das dauert seine Zeit. Und in der Zwischenzeit sollten Sie beide nicht hier im Haus bleiben.«

Leigh wurde ganz flau im Magen – gerade so, als würde sich der Boden unter ihr auftun.

Mace ließ den Blick von Leigh zu Deana und wieder zurück schweifen. Er blickte Leigh in die Augen. »Ich will Sie nicht beunruhigen, aber …«

»Sie werden es trotzdem tun.«

Er lächelte ein wenig. »Ich fürchte ja. Sie sind sich darüber im Klaren, was die Tatsache, dass der Wagen hier zurückgelassen wurde, zu bedeuten hat, oder?«

»Was *genau* hat es denn zu bedeuten?« Leigh merkte selbst, dass ihre Stimme zitterte.

»Es bedeutet erstens, dass der Killer weiß, wo Deana wohnt, und er ihr zweitens einen Besuch abgestattet hat.«

»Warum?«

»Unerledigte Angelegenheiten.«

»*Herrgott*«, murmelte Deana.

»Wenn er hier war«, sagte Leigh, »warum hat er dann nichts *getan*?«

»Wir wissen nicht, was er getan und was er nicht getan hat.«

»Mir fallen ein paar Sachen ein, die er *nicht* getan hat«, sagte Deana und versuchte zu lächeln. Ihre Mundwinkel zitterten. Sie leckte sich über die Lippen und wischte sie mit ihrem Handrücken ab.

»Kann sein, dass er den Wagen als eine Art Botschaft zurückgelassen hat«, spekulierte Mace. »Eine Warnung, dass er dich erwischen kann, wenn er will. Vielleicht betrachtet er das Ganze auch als eine Art Spiel.«

»Eine Art Spiel?«

»Der Typ ist offensichtlich nicht normal. Er unterscheidet sich ganz erheblich von allen Menschen, die dir bisher über den Weg gelaufen sind.«

»Sie meinen so eine Art Geisteskranker?«, fragte Deana.

»Genau das meine ich.«

»Norman Bates lässt grüßen, sozusagen.«

»Daher kann man nie sagen, was genau er tun wird.«

»Sie glauben, er hat den Wagen nur hiergelassen, um uns Angst einzujagen?«, fragte Leigh.

»Möglich ist alles. Aber ...«

»Sie sind auf dem Weg«, sagte Mattie, als sie die Straße überquerte.

»Was wollten Sie gerade sagen?«, fragte Leigh an Mace gewandt.

»Ich finde, Sie sollten für eine Weile in ein Motel ziehen oder vielleicht probieren, bei Freunden oder Verwandten unterzukommen.«

»Das war aber nicht das, was Sie sagen wollten«, widersprach Leigh. »Es ging dabei um den Wagen und warum er hier steht. Um uns Angst einzujagen oder irgendwas *anderes*?«

»Das wäre rein hypothetisch.«

»Ich will es trotzdem hören.«

»Na gut.« Er wirkte angespannt. Einen Moment lang senkte er den Blick und schaute dann Leigh in die Augen. »Die unerledigten Angelegenheiten, von denen ich gesprochen hatte, Sie erinnern sich? Ich vermute, dass er hergekommen ist, um die Angelegenheit abzuschließen. Und zwar letzte Nacht. Doch dann ist ihm irgendwas dazwischengekommen. Der Wagen ist noch hier. Ich vermute, der Grund dafür war, dass der Wagen den Geist aufgegeben hat. Der Kerl hat gemerkt, dass er als Fluchtauto nutzlos war, und hat deswegen seinen ganzen Plan sausen lassen.«

9

»Haben Sie eine Plastiktüte, die groß genug ist?«, fragte Mace und blickte auf die umfangreiche Sonntagsausgabe, die mit einer Schnur zusammengebunden auf dem Treppenabsatz vor der Haustür lag.

»Eine Mülltüte vielleicht?«, fragte Leigh.

»Das wäre perfekt.«

»Gehst du mal eine holen?«, fragte sie ihre Tochter. Deana ging zur Tür.

»Wozu brauchen Sie die Zeitung?«, fragte Leigh.

»Es wäre gut möglich, dass Ihr Besucher sie hier hingelegt hat.« Er trat hinaus auf den Rasen, und Leigh folgte ihm. Gemeinsam gingen sie die Vorderseite des Hauses ab. »Vielleicht war er ja so freundlich und hat ein paar Fingerabdrücke darauf hinterlassen.«

»Kann man auf einer Zeitung Fingerabdrücke feststellen?«

»Heutzutage kann man Fingerabdrücke auf nahezu allen Materialien nachweisen. Die Leute von der Spurensicherung haben Chemikalien, die mit den öligen Substanzen der Haut reagieren, und können so ... Schauen Sie mal hier.« Er blieb stehen und deutete auf das Blumenbeet. Auf dem weichen Boden waren Abdrücke von Schuhen zu sehen.

Ein kurzer Blick auf Leighs Füße sagte ihm, dass diese Abdrücke nicht von ihr stammen konnten. Ihre Füße waren zu klein. Und die Tochter, die nur ein wenig größer war als Leigh, hatte vermutlich ebenfalls keine so großen Füße.

Die Abdrücke führten vom Blumenbeet zum Fenster des Gästezimmers.

Mace schaute zu Leigh hinüber. Sie stand da wie angewurzelt und starrte auf den Boden, während sie mit den Fingerspitzen der einen Hand über ihre Unterlippe strich.

Sie tat ihm leid. Er konnte sich vorstellen, wie sie sich fühlen musste – verängstigt und verwundbar. Der Dreckskerl hatte sich also in der Tat letzte Nacht ans Haus herangeschlichen, während sie und ihre Tochter drinnen waren und vermutlich fest schliefen. Vielleicht hatte er sie sogar beobachtet.

Von da, wo Mace stand, konnte er keinerlei Beschädigung am Fenster oder dem Rahmen feststellen. »Es sieht nicht so aus, als hätte er versucht einzubrechen.«

»Aber er hätte es tun können, oder?«

»Allzu schwierig wäre es nicht gewesen.«

Leigh schüttelte nachdenklich den Kopf. »Das wird ja immer schlimmer. Was glauben Sie ... Glauben Sie, er will sie umbringen?«

»Entweder das, oder sie entführen. Ich glaube, ich habe Freitag Nacht schon gesagt, dass er unter Umständen an einer Obsession leidet. Vielleicht will er sie für sich.«

»Mein Gott«, murmelte Leigh.

»Seien Sie unbesorgt. Wir werden dafür sorgen, dass er keine Gelegenheit dazu bekommt.«

In diesem Moment kam Deana mit einer Plastiktüte aus dem Haus, und beide drehten sich zu ihr um. »Was ist los?«, fragte sie. »Habt ihr was gefunden?«

»Er war hier«, sagte Leigh und deutete auf den Boden.

Deana betrachtete die Fußabdrücke. »Na großartig«, murmelte sie.

»Durch die können wir eine ziemlich genaue Aussage über seine Größe und sein Gewicht treffen«, sagte Mace.

»Ganz zu schweigen von seiner Schuhgröße«, fügte Deana sachlich hinzu. Ihr war deutlich anzusehen, dass ihr überhaupt nicht gefiel, wie sich die ganze Sache entwickelte.

Mace ging voran zur Treppe am Hauseingang. Er nahm Deana die Plastiktüte ab, beugte sich herunter und schob vorsichtig einen Finger zwischen Schnur und Zeitung, wobei er sorgsam darauf bedacht war, den »Blondie« Comic auf der obersten Seite nicht zu berühren. Als er das Paket hochhob, kippte die Zeitung zur Seite.

Heraus fiel ein kleiner weißer Knopf, möglicherweise aus Knochen oder poliertem Stein, der an einer Ecke des Zeitungspakets an einem Lederbändchen baumelte, das nach wie vor zwischen den Seiten eingeklemmt war.

Mace zog einen Kugelschreiber aus seiner Brusttasche, führte ihn in die Schlaufe des Lederbändchens ein und zog es heraus.

Das Bändchen war an den Enden zusammengeknotet. Es baumelte an der Spitze seines Kugelschreibers wie eine merkwürdige primitive Halskette.

»Mom!«

Mace schaute auf und sah, wie Leigh die Augen verdrehte und ihre Knie nachgaben. Er machte einen Satz in ihre Richtung und schaffte es gerade noch rechtzeitig, sie aufzufangen, bevor sie bewusstlos auf den Treppenabsatz fiel.

10

Sie hatte sich eine komplette Geschichte zurechtgelegt, als sie an jenem Nachmittag nach Hause kam: Ein Taschendieb hatte sich ihre Umhängetasche gegriffen, als sie aus dem Kino auf der Market Street kam. Sie hatte ihn abgewehrt, aber im Zuge dessen war der Ärmel ihres Kleids zerrissen.

Ein Blick in die Gesichter ihrer Eltern hatte allerdings genügt, um zu wissen, dass sie mit dieser Geschichte nicht weit kommen würde. Die beiden standen im Wohnzimmer wie zwei Schaufensterpuppen, die jemand hastig aufgestellt hatte, um sich dann schleunigst aus dem Staub zu machen. Ihr Vater stand seitlich am Fenster, den Kopf geneigt und eine Hand im Nacken, und schaute zu ihr herüber. Ihre Mutter stand vor dem Kamin und knetete mit beiden Händen in ihrem Gesicht herum. Ihre Augen waren gerötet und blickten sie vorwurfsvoll an. Der Blick ihres Vaters war verhärmt und leer.

Offensichtlich wussten sie Bescheid.

Leigh rang sich ein Lächeln ab, doch sie fühlte sich nicht wohl dabei. »Da werde ich jetzt wohl was zu hören kriegen, oder?«

Der leere Ausdruck in den Augen ihres Vaters verschwand schlagartig. »Falls du dieser Situation eine lustige Seite abgewinnen kannst«, sagte er mit eisiger Stimme, »dann würde ich es sehr schätzen, wenn du uns daran teilhaben lassen könntest. Mir persönlich erschließt sich die Komik nämlich nicht.«

»Hast du auch nur die geringste Vorstellung, was wir deinetwegen durchgemacht haben?«, fragte ihre Mutter und ließ ihre Hände sinken, um sie gleich darauf vor dem Bauch zu verschränken.

»Es tut mir leid?«, murmelte Leigh.

»Es tut dir leid«, sagte ihr Vater. »Was glaubst du, was es uns tut?«

»Wie ... wie habt ihr es herausgefunden?«

»Sie haben die Übertragung des Spiels der Giants unterbrochen«, sagte ihr Vater.

»Mein Gott, wie konntest du nur so etwas tun?«, platzte es aus ihrer Mutter heraus.

»Und plötzlich warst du auf dem Bildschirm.«

»Deinem Vater ist richtig schlecht geworden deinetwegen.«

»Es tut mir leid, dass ich euch angelogen habe. Aber ihr hättet mich nie auf die Demo gehen lassen, wenn ich euch vorher was gesagt hätte.«

»Da hast du verdammt recht.«

Leigh zuckte zusammen. Dass ihr Vater fluchte, kam selten vor.

»Da drüben sterben unsere Jungs, verdammt noch mal, und du hast nichts Besseres zu tun, als aufgebrezelt wie eine Hippiebiene mit einem Haufen langhaariger Spinner Händchen zu halten, die nichts sehnlicher wollen, als alles kaputt zu machen, was unser Land ausmacht.«

»Niemand will irgendwas kaputt machen.«

»Gequirlte Scheiße.«

»Wir wollen nur, dass der Krieg aufhört.«

»Ich werde mit dir jetzt nicht über den Krieg diskutieren. Darum geht es überhaupt nicht.«

»Darum geht es eben doch.«

»Was glaubst du, wie sich Colonel Randolph wohl fühlen würde«, sagte ihre Mutter, »wenn er sehen könnte, wie du ...«

»Sein Sohn wäre vielleicht noch am Leben«, blaffte Leigh zurück, »wenn im Weißen Haus nicht so ein mordlustiger Drecksack sitzen würde.«

Ihr Vater wurde kreidebleich. Er durchquerte das Zimmer mit solcher Schnelligkeit, dass Leigh keine Zeit hatte, sich auch nur von der Stelle zu bewegen, und schlug ihr mit der flachen Hand ins Gesicht.

Sie war wie gelähmt vor Schreck. Ihr Vater hatte sie noch nie geschlagen.

Sie wirbelte herum, rannte in ihr Zimmer, knallte die Tür hinter sich zu und warf sich aufs Bett.

Als ihr Vater nach einer Weile hereinkam, hatte sie aufgehört zu weinen. Auch er hatte geweint. Er strich Leigh über die Stirn und wischte ihr sacht die Haare aus dem Gesicht. »Es tut mir leid«, sagte er.

»Ich weiß. Mir tut es auch leid.«

»Deine Mutter und ich ... wir versuchen es ja zu verstehen. Wenn wir dich nicht so lieben würden, wäre es uns vielleicht egal, was du da draußen anstellst. Aber das ist es nun mal nicht ... dir hätte wer weiß was passieren können.«

»Vielleicht ist mir ja auch was passiert. Habt ihr gefragt?«

»Nein. *Bist* du verletzt worden?«

Sie schüttelte den Kopf.

»Nun ja. Da haben wir noch mal Glück gehabt. Wieso ist dein Kleid zerrissen?«

»Einer von den ...« Beinahe hätte sie gesagt »Bullenschweinen«, aber sie wollte nicht schon wieder anfangen. »Ein Polizist hat mich gepackt, aber ich konnte mich losreißen. Und dann bin ich abgehauen. Eigentlich war der Plan, mich verhaften zu lassen, aber ich dachte mir, dass du und Mom ausrasten würdet, wenn ihr zum Revier kommen und eine Kaution für mich stellen müsstet.«

»Da hast du recht.«

»Ihr seid vermutlich auch so ausgerastet.«

»Liebes, ich habe vier Jahre meines Lebens für dieses Land gekämpft. Ich kann nun mal nicht anders – mein Blut fängt an zu kochen, wenn ich einen Haufen verwöhnter Kids sehe, die in ihrem ganzen Leben noch nie einen Tag gearbeitet haben und auf alles spucken, wofür ...«

»Fang nicht wieder damit an, bitte.«

»Die amerikanische Flagge verbrennen.«

»Dad!«

»Gegen das ›Establishment‹ wettern und große Töne spucken. Mein Gott, dabei ist es das schreckliche ›Establishment‹, das dafür sorgt, dass diese Leute was zu beißen haben ... Ich bin das Establishment. Ich und all die anderen Leute, die sich den Arsch abgerackert haben, damit unsere Kinder es einmal besser haben als wir. Und jetzt sollen *wir* der Feind sein? Bin *ich* ein Kriegstreiber? Oder Colonel Randolph? Glaubst du, ihm gefällt dieser Krieg? Mein Gott, der Mann ist am Boden zerstört wegen dieses Kriegs.«

»Dann sollte er mit uns mitmarschieren.«

Ihr Vater schüttelte seufzend den Kopf. »Liebes, ich wünsche dir nichts Böses. Ich hoffe aufrichtig, dass du es nicht auf die harte Tour lernen musst. Du bist voller Idealismus und glaubst fest daran, dass irgendwann Liebe und Frieden auf der Welt herrschen werden, wenn man nur lange genug auf Demonstrationen herummarschiert und ein paar Lieder singt. Aber ich fürchte, dass du irgendwann ein böses

Erwachen erleben wirst. In der Welt da draußen wimmelt es von bösen Menschen.«

»Das brauchst du mir nicht zu erzählen«, murmelte Leigh.

»Mache ich aber doch, ob es dir gefällt oder nicht. Da draußen gibt es Leute – und Regierungen –, die nichts lieber täten als dich und mich und deine Mutter oder unser Land auszulöschen, wenn sie nur die Gelegenheit dazu hätten. Typen wie deine Kumpel Fidel Castro und Ho Chi Min.«

»Das sind ebenso wenig meine Kumpels wie Lyndon B. Johnson.«

Er ignorierte die Bemerkung und fuhr fort: »Typen wie Charles Starkweather und Richard Speck.«

Von Richard Speck hatte sie schon gehört, der Name Charles Starkweather sagte ihr allerdings gar nichts.

»Glaubst du, bei denen kämst du mit deinem Pazifismus weiter? Wenn du denen die andere Wange hinhältst, dreschen sie drauf ein.«

»Ich hab's kapiert.«

»Wirklich. Ich glaube nicht. Ich glaube, deine langhaarigen Freunde haben dir den Verstand so verdreht, dass du nicht mehr weißt, wo unten und oben ist. Wir waren immer sehr tolerant, was deine merkwürdigen Klamotten angeht und deine Anti-alles-Anstecknadeln. Auch dass du bis spätnachts in diesem Laden in Sausalito herumhängst, haben wir dir durchgehen lassen. Aber wir haben die ganze Zeit darauf vertraut, dass du genug Verstand hast, dich nicht auf so eine Geschichte wie heute einzulassen. So, wie wir dich erzogen haben, hättest du das besser wissen können.«

»Ihr habt mich dazu erzogen, das zu tun, was ich für richtig halte«, sagte Leigh. »Und ich glaube, es ist richtig, gegen den Krieg zu protestieren.«

»Nun, da bist du im Irrtum. Und von jetzt an werden wir andere Saiten aufziehen.«

»Lass mich raten. Ich hab Hausarrest.«

»Das wäre noch das Mindeste, junge Dame.«

»Und was ist mit der Redefreiheit?«

»Du kannst *sagen*, was du willst. Aber ich werde dir nicht erlauben, mit einer Horde ungewaschener Gammler durch die Gegend zu marschieren und dich ins Gefängnis werfen zu lassen.«

»Ich bin nicht im Gefängnis gelandet.«

»Dieses Mal vielleicht nicht. Und du wirst auch so schnell keine Gelegenheit dazu bekommen, das kannst du mir glauben. Nicht, solange du unter diesem Dach lebst.«

Leigh zog sich das Kissen übers Gesicht. »Bist du fertig?«

»Wir wollen nur das Beste für dich, Schätzchen.«

»Aber klar doch.«

»Wenn du selbst einmal Kinder hast, wirst du das verstehen. Und jetzt wär's am besten, wenn du dich ein bisschen auf Vordermann bringst, damit wir zu Abend essen können. Und dann starten wir noch mal einen neuen Anlauf, okay?«

»In Ordnung«, murmelte sie.

Als er aus dem Zimmer war, ging sie ins Bad. Sie zog das Kleid über den Kopf, drehte es um und betrachtete die Anstecker auf der Vorderseite. Auf einem war Uncle Sam zu sehen, der statt mit dem Finger mit der Pistole auf den Betrachter deutete, ein anderer trug den Slogan »Make Love not War«, und wieder ein anderer besagte: »Die unheilige Dreifaltigkeit – Bomben, Kugeln, Lügen«. Auf einem weiteren Button stand zu lesen: »Krieg schädigt die Gesundheit von Kindern und anderen Lebewesen.« Ihr Vater hatte diese

Buttons als »Anti-alles-Anstecker« bezeichnet. Er war so vernagelt. Merkte er denn nicht, dass sie *für* Frieden und Liebe eintraten?

Leigh ließ ihr Kleid zu Boden fallen. Als sie sich hinunterbeugte, um das Lederbändchen von ihrem linken Fußgelenk aufzubinden, musste sie vor Schmerzen aufstöhnen. Das kleine Glöckchen an dem Lederband klingelte leise. Sie legte es auf die Wäschekommode.

Sie griff nach hinten über die Schulter und knotete das Lederbändchen um ihren Hals auf. Sie hielt es in die Höhe und betrachtete den Anhänger. Sie hatte ihn vor ein paar Monaten im Sand in der Nähe von Point Reyes Station gefunden, hatte aber keine Ahnung, um was es sich dabei handelte. Vielleicht war das der Grund, warum sie ihn behalten hatte. Der kleine rundliche Gegenstand, dessen eine Seite leicht nach innen gewölbt war, schien zu leicht für einen Stein. Er sah aus und fühlte sich an wie Elfenbein. Vermutlich war es eine Muschel oder ein Teil eines Fischskeletts, obwohl Leigh sich nicht vorstellen konnte, zu welchem Lebewesen das Ding einmal gehört haben konnte.

Es hatte ein Loch in der Mitte, und so hatte Leigh den ledernen Schnürsenkel eines ihrer alten Wanderstiefel hindurchgezogen und ihn zu einem Halsband umfunktioniert.

Sie bezeichnete es als ihr Meeresdingens-Halsband und betrachtete es als eine Art Glücksbringer.

Am heutigen Tag hatte es ihr allerdings nicht viel Glück gebracht.

Sie legte es neben das Lederband mit dem Glöckchen und betrachtete sich eingehend. Sie drückte ihre linke Brust zur Seite und nahm den bläulich roten Bluterguss in Augenschein, der sich quer über ihren Brustkorb zog. Sie verdankte ihn dem Schlagstock eines Bullenschweins, das ihr darüber hinaus noch einen kreisrunden blauen Fleck von der Größe einer 25-Cent-Münze auf dem Hüftknochen verpasst hatte.

Dieses verdammte Gestapo-Dreckschwein.

Leigh hatte die Geilheit in seinen Augen gesehen, als er auf sie zugestürmt kam und ausholte, um ihr den Schlagstock mit der Spitze voran zwischen die Beine zu rammen. Sie hatte es gerade noch so geschafft, sich wegzudrehen, sodass er sie nur seitlich an der Hüfte erwischte.

Leigh drehte sich um, schaute über die Schulter in den Spiegel und sah drei streifenförmige Blutergüsse, die quer über ihren Rücken verliefen. Das Hinterteil ihrer Strumpfhose war zerrissen und blutbefleckt. Sie hatten sie an den Füßen über den Boden geschleift. Leigh zog die Strumpfhose herunter und verzog das Gesicht beim Anblick ihrer zerschrammten Pobacken.

Mann, Dad, dachte sie, erzähl mir bloß nichts von bösen Menschen.

Drei Tage später saß Leigh in einem Flugzeug nach Milwaukee.

In den Augen ihrer Eltern war die Bay Area eine Brutstätte des Radikalismus, und da würde ein vierwöchiger Aufenthalt bei ihrer Tante Jenny und Onkel Mike – zweitausend Meilen entfernt von solcherlei schädlichen Einflüssen – ihr die Gelegenheit geben, aus nächster Nähe zu erfahren, wie die bodenständigen, soliden Leute im Herzen Amerikas über bestimmte Dinge dachten.

Natürlich *musste* sie nicht fahren. Niemand zwang sie. Falls sie sich jedoch weigerte, würde sie den ganzen Sommer über das Haus nicht verlassen dürfen.

Leigh entschied sich, dem Arsch der Welt eine Chance zu geben.

Von dem Augenblick an, als sie einwilligte, waren Mom und Dad wie ausgewechselt. Sie waren beinahe überschwänglich. Die verlorene Tochter war zurückgekehrt. Anstatt ein gemästetes Kalb zu schlachten, führten sie sie zum Abendessen aus ins White Whale am Ghirardelli Square. Und um ihnen die Laune nicht zu verderben, schlüpfte Leigh zumindest vorübergehend wieder in die Rolle der wohlerzogenen Tochter. Zumal es ihr hier auch schwergefallen wäre zu rebellieren, denn sie hatte eine Schwäche für edle Restaurants: das gedämpfte Licht, die leisen Geräusche der übrigen Gäste, die angenehmen Düfte und das delikate Essen. Sobald sie eins dieser Restaurants betrat, fühlte sie sich augenblicklich gut.

Ihre Eltern schienen vergessen zu haben, dass ihre Reise nach Wisconsin eigentlich dazu diente, sie von den schädlichen Einflüssen der Bay Area abzuschirmen. Sie betrachteten es als einen Urlaub der besonderen Art. Und es würde ihr gefallen – der Wald und der See, Schwimmen, Bootfahren, Angeln. Am liebsten wären sie mitgefahren, doch leider ließ sich das nicht mit dem Job ihres Vaters vereinen. Aber vielleicht ließ es sich ja einrichten, dass sie für eine Woche vorbeikamen. Das würde wundervoll werden.

Am nächsten Tag ging Leighs Mutter mit ihr auf Einkaufstour. Bei Macys am Union Square kauften sie ein konservativ geschnittenes Kleid und ein Paar Schuhe für den Flug sowie zwei Sommerkleider, eine orangefarbene Bluse, weiße Shorts, einen sittsamen einteiligen Badeanzug und ein Sortiment Unterwäsche. Bei der Auswahl ließ Leigh ihre Mutter gewähren, denn sie beabsichtigte ohnehin, die meiste Zeit in T-Shirts und ihren Jeansshorts herumzulaufen.

Bei Dunhill kauften sie einen weichen Tabaksbeutel und eine Dose Royal-Yachtsman-Tabak für Onkel Mike, der ein leidenschaftlicher Pfeifenraucher war, und bei Blum's eine Schachtel Pralinen für Tante Jenny. Dort aßen sie auch zu Mittag und krönten das Ganze mit einem Stück von Blum's berühmtem Zitronenkuchen zum Nachtisch.

Als sie nach dem Lunch zum Auto gingen, dachte Leigh, dass sie nun nach Hause fahren würden, doch stattdessen steuerte ihre Mutter den Wagen nach North Beach. »Du brauchst vermutlich ein bisschen Lesestoff«, sagte sie und fuhr zuerst zu City Lights und danach zu einem Antiquariat auf der gegenüberliegenden Straßenseite. Während ihre Mutter wartete, suchte sich Leigh einen Stapel Taschenbuchausgaben zusammen: *Franny and Zoe*, *Soldier in the Rain*, *Boys and Girls Together*, *The Ginger Man*, *In Cold Blood*, *Love Poems of Kenneth Patchen*, *Just You and Me* und *The Strange Case of Charles Dexter Ward* – eine Auswahl, die ihr skeptische Blicke seitens ihrer Mutter eintrug, die ansonsten aber keine Kommentare abgab und die Bücher anstandslos bezahlte.

Als Leigh am Dienstag aufwachte, war sie voller Vorfreude. Ihre Reise war zwar in gewisser Weise eine Verbannung, doch sie stellte fest, dass sie sich dennoch darauf freute. Es würde ein Abenteuer werden. Sie wäre während des Flugs allein, und wenn ihr Onkel und ihre Tante sie einigermaßen in Ruhe ließen, wäre sie vielleicht sogar in der Lage, sich zu amüsieren. Schließlich waren sie ja nicht ihre Eltern – vielleicht würden sie ihr ja gar nicht so viele Vorschriften machen, während sie bei ihnen war.

Bei der Verabschiedung am Flughafen weinte ihre Mutter, während ihr Vater Leigh fest in die Arme schloss.

»Benimm dich so, dass mir keine Klagen kommen«, sagte ihre Mutter.

»Lasst ein paar Fische für uns übrig«, sagte ihr Vater.

»Ihr kommt also wirklich nach?«

»Auf jeden Fall.«

Nach dem Abschied eilte sie leichtfüßig zur Gangway. Beinahe wäre sie gehüpft, so wunderbar frei fühlte sie sich.

Auf ihrem Sitz angekommen, machte sie ihre Handtasche auf und zog den Peace Button heraus. Sie heftete ihn an die Brust ihres sauberen, nagelneuen Kleids von Macy's, dann band sie sich das Lederbändchen um den Hals, öffnete den obersten Knopf ihres Kleids und ließ das Meeresdings in den Ausschnitt gleiten. Sanft und kühl lag es auf der Haut zwischen ihren Brüsten.

Mit dem Anstecker und dem Halsband fühlte sich Leigh wieder mehr wie sie selbst.

Sie können mir vielleicht Vorschriften machen, wo ich hinzugehen habe und mit wem ich mich treffe, aber sie können mir nicht vorschreiben, wer ich bin.

11

Leigh hatte ihre Tante und ihren Onkel nicht mehr gesehen, seit sie zwölf Jahre alt war und die beiden in Kalifornien zu Besuch gewesen waren, doch sie erkannte die beiden in dem Augenblick, als sie in die Ankunftshalle trat.

Onkel Mike hatte große Ähnlichkeit mit ihrem Vater, besonders die Augen, doch war er größer und hatte eine Statur wie ein Footballspieler. Außerdem trug er, anders als ihr Vater, breite Koteletten und einen buschigen Schnurrbart. Seine Haare waren ebenfalls ein gutes Stück länger. Bei ihrem Vater hätte das Erscheinungsbild seines Bruders vermutlich keinen Beifall gefunden. Leigh war erleichtert. Sie umarmte ihn innig. Seine Cordjacke roch nach Pfeifenrauch.

Sie gab Tante Jenny einen Kuss auf die Wange. Sie kam ihr merkwürdig klein gewachsen vor. Sie war einmal so groß gewesen wie Leigh, und nun reichte sie ihr gerade mal bis zum Kinn. Sie war nach wie vor sehr schlank und hatte immer noch einen unglaublichen Busen. Doch sie trug nicht mehr diese merkwürdige schräge Hornbrille wie vor sechs Jahren, sondern eine runde Großmutterbrille mit Metallgestell wie John Lennon. Ein gutes Zeichen.

»Du bist ja mal in die Höhe geschossen«, sagte Tante Jenny. »Ich hatte mir das auch eine Weile überlegt, mich dann aber dagegen entschieden. Ich unterhalte mich gern mit den Bauchnabeln von Leuten.«

Onkel Mike nahm Leighs Handgepäck. »Lass mich das tragen«, sagte er. Sie gingen los. »Wie war dein Flug?«

»Prima.«

»Gab's was zu essen?«, fragte Jenny. »Wir haben noch eine ziemlich lange Fahrt vor uns.«

»Wir haben Proviant dabei, aber wir können auch unterwegs mal anhalten«, sagte Mike lächelnd. »Bist du immer noch so wild auf McDonalds?«

»Nicht mehr so wie früher.«

»Ich kann mich gut daran erinnern, wie du mir meine Pommes Frites weggefuttert hast.«

Scheint ja alles halb so schlimm zu werden, dachte Leigh, während sie zusammen zum Gepäckband gingen. Doch dann korrigierte sie sich. Mach dir nichts vor, sie sind vielleicht nicht so verklemmt wie Mom und Dad, aber es ist die gleiche Generation. Sie haben garantiert die gleichen Macken, auch wenn sie für Leute ihres Alters noch ganz cool wirken. Also sei besser vorsichtig bei dem, was du sagst oder tust.

Ihr Auto war ein alter verbeulter Kombi. Mike lud Leighs Gepäck in den Kofferraum und warf sein Cordjackett darüber, in dem er höllisch geschwitzt haben musste bei der schwülen Hitze, die hier herrschte. Dann hielt er ihr die Beifahrertür auf. »Warum setzen wir uns nicht alle nach vorn?«

Leigh rutschte in die Mitte der vorderen Sitzbank.

»Also«, sagte Mike, als er losfuhr, »wie uns zu Ohren gekommen ist, sympathisierst du mit der Hippiebewegung.«

Da ging es schon los. »Ein bisschen«, gab sie zu.

»Auf dem Gebiet der Literatur hat diese Bewegung in meinen Augen bisher nichts Brauchbares hervorgebracht.«

»Das würde ich so nicht sagen«, wandte Jenny ein. »Denk nur an: ›Mister Präsident, gute Nacht. Wie viele Kinder hast du heute umgebracht?‹«

»Gut und schön, aber ich sehe nirgendwo einen Ginsberg oder Ferlinghetti, oder einen Kerouac oder einen Gary Snider.«

»Mike fehlen die Beatniks«, erklärte Jenny.

»Ich war gestern erst in der Buchhandlung von Ferlinghetti«, sagte Leigh.

»Im City Lights? Wirklich. Wir sind damals dort gewesen, als wir bei deinen Eltern zu Besuch waren. Haben wir zwischen zwei McDonalds-Besuchen eingeschoben, sozusagen. Erinnerst du dich noch daran?«

»Ich glaube nicht.«

»Für Mike war es der Höhepunkt der ganzen Reise«, sagte Jenny.

»Wen haben die Hippies hervorgebracht? Kesey? Der ist ganz in Ordnung. Zumindest *Einer flog über das Kuckucksnest* war ganz passabel. Aber wen gibt es denn sonst noch?«

»Ginsberg schreibt immer noch«, sagte Leigh. »Aber eigentlich ist er kein echter Hippie, sondern eher ein abgehalfterter Beatnik. Das ist schon ein Unterschied.«

»So groß ist der Unterschied aber nicht«, sagte Jenny, »oder tragen Hippies etwa keine Baskenmützen, spielen Bongos oder rezitieren Gedichte in Cafés?«

»Mike ist ein verkappter Beatnik.«

Er fing an, mit sonorer Stimme »Howl« zu rezitieren.

»O Gott, hab Erbarmen mit uns.«

Leigh musste lachen.

Nach ein paar Strophen beendet Mike seinen Vortrag. Danach stellten er und Jenny die üblichen Fragen, die Verwandte nun mal stellen, wenn sie jemanden jahrelang nicht gesehen haben. Wie ging es ihren Eltern? Wie lief es in der Schule? Hatte sie einen festen Freund? Was machte sie in ihrer Freizeit? Was hatte sie vor zu studieren? Welche beruflichen Pläne hatte sie?

Sie erzählten auch von sich selbst – von der Highschool, an der Mike als Englischlehrer und Jenny als Musiklehrerin arbeitete. Von ihrem Haus am Lake Wahconda und dem neuen Boot, das sie vor zwei Wochen gekauft hatten, und von dem Fischer, der letzten Sommer ertrunken war, als sein Boot in einem Sturm gekentert war – ein legendärer Einheimischer namens Old Duke, von dem es hieß, dass sein Geist nun im See herumspuke.

Als sie etwa eine Stunde unterwegs waren, fühlte sich Leigh total entspannt. Ihr Onkel und ihre Tante schienen ganz witzig und locker zu sein. Sie redeten nicht von oben herab mit ihr, sondern behandelten sie wie eine Erwachsene oder eine Freundin.

»Wirst du allmählich hungrig?«, fragte Mike.

»Es geht noch«, sagte Leigh.

»Ich dachte, ich hätte deinen Magen knurren gehört.«

»Nein, meiner war's nicht.«

»Ich bin sicher, dass nach der nächsten Kurve ein McDonalds kommt.«

Leigh hatte da ihre Zweifel. Sie waren auf einer zweispurigen Landstraße, die durch dichten Wald führte. Das letzte Geschäft, das Leigh gesehen hatte, war ein Laden für Angelbedarf, und das war schon zehn Minuten her.

Mike steuerte den Wagen um die Kurve. »Da hab ich mich wohl geirrt. Das ist mir schon mal passiert. Ich kann mich ganz genau erinnern.«

»Dein Gedächtnis reicht so weit zurück?«, fragte Jenny. »Bewundernswert.«

»Du packst besser den Proviant aus, Tinkerbell.«

Jenny drehte sich auf dem Sitz herum und griff nach hinten. Sie reichte Leigh drei kalte Flaschen Hamms-Bier.

Mike fing an, den Werbesong der Hamms-Brauerei zu singen, in dem es um Seen und abendliche Brisen ging. Leigh musste sofort an den Zeichentrick-Bären denken, der auf einem Baumstamm Bongos spielte.

»Wir dachten, du hast bestimmt Lust auf einen authentischen Imbiss nach Art der Eingeborenen«, sagte Jenny, drehte sich erneut und griff nach hinten. Sie brachte eine Schachtel Ritz Crackers und einen Steinguttopf zum Vorschein.

In dem Topf war Streichkäse, den sie auf die Cracker strich, während Leigh die Biere mit dem Flaschenöffner aus dem Handschuhfach öffnete.

»Wir sind uns klar darüber, dass wir einen schädlichen Einfluss auf dich darstellen«, sagte Mike, »aber wir verlassen uns auf deinen gesunden Menschenverstand, der dich hoffentlich daran hindert, deinen Eltern etwas davon zu erzählen.«

»Ich werde schweigen wie ein Grab.«

Das Bier war kalt und schmackhaft. Vielleicht lag es daran, dass Leigh doch Hunger hatte, denn sie hatte den Eindruck, noch nie so leckere Cracker mit Käse gegessen zu haben wie gerade. Sie trank Bier, aß Cracker und reichte sie von Jenny an Mike weiter. Irgendwann übernahm sie das Bestreichen mit Käse, als Jenny sich erneut nach hinten beugte, um drei weitere Flaschen Bier zu holen.

Es dauerte nicht lange, und sie fühlte sich ein bisschen aufgekratzt und hatte ein taubes Gefühl im Mund. Sie gab sich Mühe, ihre aufkeimende Albernheit im Zaum zu halten und auf eine saubere Aussprache zu achten, wenn sie redete. Es wäre nicht so prickelnd, wenn die beiden den Eindruck bekamen, dass das Bier ihr zusetzte. Und doch breitete sich das Taubheitsgefühl in ihrem Mund während der zweiten Flasche weiter aus. Und die Cracker mit Käse schmeckten ganz besonders gut.

»Mir reicht's, ich bin satt«, sagte Jenny schließlich.

»Umso besser, dann ist mehr für uns beide da«, sagte Mike, der die Bierflasche zwischen seine Schenkel geklemmt hatte und sich von Leigh einen weiteren mit Käse belegten Cracker geben ließ.

Doch es dauerte nicht lange, bis der Käse alle war.

»Du kannst den Topf ja mit dem Finger ausstreichen«, riet ihr Mike.

»Das wäre doch unappetitlich«, sagte Leigh.

»Wir sind ja unter uns.«

Also strich sie mit dem Finger durch den Topf und leckte ihn ab.

Als sie dann auch noch ihr Bier ausgetrunken hatte, faltete sie die Hände und legte sie in den Schoß. Sie machte es sich auf dem Sitz bequem und murmelte: »Das war genau das, was ich gebraucht habe.« Kurz darauf schlief sie ein.

Als sie aufwachte, passierten sie gerade einen See. Ein Junge stand in einem Motorboot und reichte einem Mann auf dem Pier eine Kiste mit Angelzubehör.

»Es dauert noch ein bisschen, bis wir da sind«, sagte Mike.

»Zwei Stunden, um genau zu sein«, fügte Jenny hinzu.

»Ihr wohnt aber wirklich am Ende der Welt.«

»Jedenfalls weit weg von den nervenden Massen«, erklärte Mike.

Nach einer Weile machten sie einen Tankstopp an einem Laden namens Jody's. Er hatte zwei Zapfsäulen und Neonreklamen mit den Logos von Biersorten im Fenster. Ein dürrer, rothaariger Mann in Latzhosen saß in einem Schaukelstuhl auf der Veranda und musterte die Ankömmlinge. Ohne die Stimme zu erheben, rief er: »Mary Jo.«

Die Tür schwang auf. Ein Mädchen kam heraus und schaute blinzelnd auf das Auto, gerade so, als könnte sie sich gar nicht erklären, wie es so plötzlich aufgetaucht sein mochte. »Du wirst noch Rost ansetzen, wenn du weiter so rumstehst.«

Sie zuckte mit den Achseln und trottete die Treppenstufen der Veranda hinunter. Dem Aussehen nach war sie allenfalls zwölf Jahre alt. Leigh war der Mann augenblicklich unsympathisch – wie er faul auf seinem Arsch saß und ein Kind herumkommandierte.

»Was soll's sein?«, fragte sie Mike durchs Fenster.

»Einmal volltanken.«

Das Mädchen ging zum Heck des Wagens. »Ich weiß nicht, wie's euch geht, aber wo wir schon mal da sind, werde ich einen Boxenstopp einlegen.«

Der Mann saß schweigend da und beobachtete sie, während sie aus dem Wagen kletterten und die Treppe zur Veranda hinaufstiegen. Leigh war froh, als sie im Inneren des Ladens außer Sichtweite von ihm waren.

»Ein wahrer Charmebolzen«, flüsterte Jenny ihr zu.

»Sein Kind ist auch nicht gerade das Hellste«, sagte Mike.

Sie gingen an dem verlassenen Tresen vorbei zur gegenüberliegenden Seite des Raums, wo es zwei Türen mit der Aufschrift »Hengste« und »Stuten« gab.

»Ich glaub, mich tritt ein Pferd«, sagte Mike und öffnete die Tür.

Jenny ließ Leigh den Vortritt. Sie ging hinein und verriegelte die Tür. Das Fenster stand offen, und Leigh schaute durch das Fliegengitter, ob der Mann vielleicht draußen herumlungerte, doch an der Rückseite des Gebäudes wuchsen nur Gestrüpp und Unkraut, und dahinter begann der Wald.

Der Toilettensitz machte einen sauberen Eindruck, aber sie setzte sich dennoch nicht hin, sondern kauerte sich darüber, bis sie fertig war. Anschließend wusch sie sich die Hände und entriegelte die Tür mit einem Papierhandtuch. Sie wollte in diesem Laden nichts berühren.

Jenny betrat die Toilette. Mike schlenderte schon durch den vorderen Teil des Ladens und begutachtete die Regale. Leigh schloss sich ihm an. Hier gab es Lebensmittel, Souvenirs und Sportartikel. »Für jeden etwas«, sagte Mike.

Der Mann kam zur Tür herein und starrte sie an. Leigh trat einen Schritt näher zu Mike.

»Soll's was sein?«

»Wir schauen uns nur um, danke.«

»Der Sprit macht acht fünfzig«, sagte er und trat hinter den kleinen Tresen neben dem Eingang.

Leigh ging zu einem Ständer mit Taschenbüchern, während Mike zur Kasse ging. Es waren in erster Linie Western- und Kriminalromane. Bei manchen waren die Umschläge gewellt und die Buchrücken von weißen Streifen durchsetzt. Offensichtlich waren sie gebraucht.

»Wo soll's denn hingehen?«, hörte sie den Mann fragen.

»Lake Wahconda.«

Leigh wäre es lieber gewesen, Mike hätte es ihm nicht gesagt. Doch dann kam sie sich dämlich vor. Wovor hatte sie Angst? Davor, dass dieser Spinner hier ihnen einen Besuch abstatten würde?

Nachdem er bezahlt hatte, ging Mike zu der Landkarte an der Wand neben der Tür.

Wofür brauchte Jenny so lange?

Leigh betrachtete wieder den Bücherständer. Der Mann blieb hinter dem Tresen stehen. Er schien sie zu beobachten, doch sie zwang sich, nicht in seine Richtung zu schauen. Nicht hinschauen. Nicht hinschauen. Schließlich wagte sie einen kurzen Blick. Er beobachtete sie tatsächlich. Allerdings hatte er nicht ihre Augen im Blick.

Sondern den Peace Button.

Sie wünschte, sie hätte ihn in ihrer Tasche gelassen.

Sie hörte leise Schritte und drehte den Kopf. Jenny ging zwischen dem Tresen und den Tischen hindurch. »Sind wir so weit?«

Mike nickte und öffnete die Tür.

»Beehren Sie uns mal wieder«, sagte der Mann mit einem Lächeln auf seinem geröteten Gesicht.

Leigh beeilte sich, um zu den anderen aufzuschließen. Jenny und Mike standen bereits auf der Veranda, und Leigh war allein mit dem Mann.

»Bis bald«, sagte er.

Sie schaute ihn an, als er hinter dem Kassentresen einen Schritt zurücktrat, rang sich ein Lächeln ab und hatte für einen Moment den Eindruck, dass dem Mann ein Arm fehlte. Warum war ihr das vorher nicht aufgefallen? Er fing an, ihr leidzutun, doch dann stellte sie fest, dass er keineswegs behindert war, sondern sein rechter Arm bis zum Ellbogen in seiner Latzhose steckte und sich der verblichene Jeansstoff bis zum Schritt wölbte. Der Hosenlatz selbst bebte unter den Bewegungen seiner Hand.

Leigh rauschte nach draußen und wäre beinahe mit Mary Jo zusammengerasselt. »Entschuldigung«, murmelte sie.

Das Mädchen verzog die Augen zu einem Blinzeln und ging an ihr vorbei in den Laden hinein.

»Alles in Ordnung?«, fragte Mike.

»Alles klar.«

»Du machst einen etwas wackligen Eindruck.«

Leigh zuckte mit den Achseln.

Sie warf noch einen kurzen Blick über die Schulter, bevor sie in den Wagen stieg. Im Laden war alles ruhig, niemand kam heraus. Sie schaute nicht noch einmal zurück, sondern setzte sich zwischen ihre Tante und ihren Onkel und starrte auf das Armaturenbrett. Der Wagen hoppelte über einige Baumwurzeln und glitt dann auf der ebenen Fahrbahn dahin. Kurz darauf machte die Straße eine Biegung.

Leigh fühlte sich beschmutzt und verängstigt.

Als Mike kurz darauf in den Rückspiegel schaute, drehte sich Leigh gerade auf ihrem Sitz um und blickte durch die Heckscheibe. Ein Pick-up war dicht hinter ihnen, doch wegen der Lichtreflexe auf der Windschutzscheibe konnte Leigh nicht erkennen, wer darin saß. Der Pick-up schwenkte auf die Überholspur und beschleunigte. Leigh krampfte sich der Magen zusammen. Als der Wagen auf gleicher Höhe war, sah sie eine junge Frau auf dem Beifahrersitz freundlich herübernicken. Vom Fahrer bekam Leigh kaum etwas zu sehen, außer dass er ein dicker Mann war, der eine Sonnenbrille und eine Baseballmütze mit hochgeklapptem Schirm trug. Sie ließ sich wieder auf ihren Sitz zurücksinken, während der Pick-up an ihnen vorbeizog und ein gutes Stück vor ihnen wieder auf ihre Spur einschwenkte.

»Irgendwas nicht in Ordnung?«, fragte Jenny.

»Ach, nur der Typ von der Tankstelle. Ich fand den echt gruselig.«

»Ging mir genauso«, sagte Jenny. »Obwohl er gar nichts Besonderes angestellt hat.«

Ach nein?, dachte Leigh.

»Das kommt von der Abgeschiedenheit«, erklärte Mike. »Die schlägt den Leuten auf die Birne.«

»Der Typ war ein Musterbeispiel dafür«, murmelte Leigh.

»Mir tut seine Tochter leid«, sagte Jenny.

»Wer?«, fragte Mike. »Mary Jo? Wie kommst du auf die Idee, dass das seine Tochter war? Ihre Eltern haben letzten Sommer dort einen Zwischenstopp eingelegt, und der gute alte Jody hat ihnen die Köpfe abgehackt und auf ein paar Stöcke aufgespießt. Das Mädchen hat er behalten.«

»Das ist nicht besonders komisch, Mike.«

»Du hast ja recht. Aber du musst auch zugeben, dass sich in dieser Ecke des Landes gelegentlich sehr bizarre Geschichten ereignen.« Er schaute herüber zu Leigh. »Vor ein paar Jahren gab es hier einen Typen namens Ed Gein ...«

»Spar dir die Details«, warnte ihn Jenny.

»Nun, ich will dir keine Angst einjagen, Leigh.«

»Dann lass es einfach«, erklärte Jenny.

»Aber ich möchte, dass du die Augen offen hältst, während du bei uns bist. Nur weil du nicht mehr in der Großstadt bist, heißt das nicht, dass man nicht aufpassen muss. Bei uns gibt's auch genügend Spinner.«

Mike war Dads Bruder, das merkte man. Sein Vortrag klang seltsam vertraut.

»Da hat Mike recht«, sagte Jenny. »Wir haben selbst nie Probleme gehabt, aber ...«

»Na, ganz so würde ich das aber nicht sagen.«

»Nichts Ernstes jedenfalls. Aber ich möchte, dass du vorsichtig bist – vor allem, wenn du allein unterwegs bist.«

»Mache ich«, versicherte Leigh.

Sie schaute nach vorn auf die baumgesäumte Straße, und ihre Gedanken schweiften zurück zu den Ereignissen im

Jody's. Der Typ hatte gewollt, dass sie sah, was er machte. Deswegen hatte er sie angesprochen, als sie auf dem Weg nach draußen war – damit sie ihn anschaute und sehen konnte, dass sich sein Overall wie ein Zelt wölbte. Mit seiner Hand drin. Die sich bewegte. Weil er sich einen runterholte, während er sie ansah.

Mikes Geschichte spukte ihr auch noch im Kopf herum. Sie wusch sich auf der Toilette die Hände, öffnete die Tür und stolperte über Mikes Leiche. Jenny lag rücklings auf dem Restauranttresen und schrie wie am Spieß, während der Typ ihr immer wieder ein Jagdmesser in den Bauch rammte. Dann hörte er auf. Er drehte sich zu Leigh herum. Sein Gesicht war so vollgespritzt mit Blut, dass es von ihm heruntertroff.

»Und jetzt gehörst du mir, du süßes Ding.«

Er leckte sich das Blut von den Lippen und ging auf sie zu. Das Messer in seiner linken Hand zeichnete langsame Kreise in die Luft. Seine rechte Hand glitt in seine Hose und zog seinen riesigen erigierten Penis heraus. Er ließ seine Hand daran heruntergleiten und schmierte den Schaft mit Blut ein.

Ich werde ihm das Ding abbeißen, dachte Leigh.

Nein, ich versuche abzuhauen.

Sie sah sich, wie sie herumwirbelte und sich wieder in der Toilette einschloss. Er trat gegen die Tür. Ihre einzige Fluchtmöglichkeit war das Fenster. Eine enge Angelegenheit ... aber vielleicht machbar. Sie hievte sich nach oben und fing an, sich hindurchzuquetschen. Und sah vor sich das Mädchen. Mary Jo. Sie stand mitten im Unkraut unterhalb des Fensters und hielt eine Axt in der Hand. »Das wirst du nicht tun«, sagte sie und grinste. »Sie sitzt in der Falle. Wir haben sie, Pa«, rief sie.

Leigh pochte das Herz. Ihr Mund war ganz trocken. Wie um Himmels willen würde sie da je rauskommen.

Mach dir keinen Kopf, sagte sie sich. Es ist nicht passiert, und es wird auch nicht passieren. Der Kerl ist ein verdammter Perverser, aber wir sind weit weg. Und unversehrt.

Wenn der Typ irgendwas versucht hätte, wäre er von Onkel Mike ordentlich abserviert worden.

Außer, wenn er Mike überrumpelt hätte.

Fang nicht schon wieder an.

Warum hat Mike ihm erzählt, wohin wir fahren?

Er *wird* uns nicht hinterherkommen.

Er könnte Mary Jo bei der Tankstelle lassen, damit sie sich um alles kümmert – tanken, Burger braten und auf den Laden aufpassen. Während er selbst sich eine Knarre und ein Messer schnappte und in seinen Pick-up lud.

»Du gehst auf die Jagd nach dem Mädel?«, würde Mary Jo fragen.

»Eins-a-Qualität, oder?«

»Bring mir den Magen mit, Pa. Du weißt, wie gern ich die Innereien mag.«

Gütiger Gott, dachte Leigh. Ich muss langsam durchdrehen, dass ich mir so einen Stuss zusammendenke. »Hey«, sagte sie in die Runde, »wie wär's, wenn wir was zusammen singen?«

»Prima Idee«, sagte Jenny.

»Kennst du ›Waltzing Mathilda‹?«, fragte Mike.

»Nur den Refrain.«

»Du bist mit einem Lehrerehepaar unterwegs.«

»Genau«, sagte Jenny. »Wir bringen dir den Text bei.«

»Vom Singen kriegt man eine trockene Kehle«, sagte Mike. »Mach am besten noch mal 'ne Runde Bier auf.«

12

Die Erinnerung an das Erlebnis bei Jody's war wie eine Spinne, die sich in einem Winkel an der Zimmerdecke eingerichtet hatte – ein schwarzer Fleck, stets präsent und leicht irritierend, aber nicht wirklich bedrohlich. Solange sie blieb, wo sie war.

Während der ersten Tage am Lake Wahconda hielt Leigh die Augen nach dem Mann offen und ging nirgendwo allein hin. Sie wusste, dass er nicht auftauchen würde. Aber möglich war es.

Und selbst wenn er nicht auftauchte, hieß das noch lange nicht, dass nicht irgendein anderer Typ mit einem ähnlichen Dachschaden in den Wäldern herumschlich.

Die Westseite des Sees war relativ dicht bevölkert: ein Feriencamp mit einem Blockhaus und einem Dutzend kleiner Hütten nahe dem Südufer und eine Reihe von acht oder zehn Holzhäusern und Spitzdachhütten, die in einigem Abstand zueinander zwischen den Bäumen bis hin zum Nordufer standen. Auf der nächstgelegenen Insel stand ein großes Haus aus Stein, die restlichen Inseln waren unbewohnt.

Er war, als wäre die Zivilisation nur bis zum westlichen Ufer und der einen Insel vorgedrungen und hätte dann einfach haltgemacht. Oder sich per Boot weiter vorangetastet. Auf ihren Angeltouren mit Mike und Jenny sah Leigh gelegentlich halb zerfallene Bootsstege, uralte Ruderboote und

Blockhäuser und Hütten, die zwischen den Bäumen standen. Manchmal hörte sie, wie irgendwo in der Nähe Holz gehackt wurde, oder entfernte Gewehrschüsse. Anscheinend lebten an diesen abgelegenen Ufern Leute. Jedenfalls ein paar. Doch Leigh bekam niemanden zu sehen. Sonderlich scharf darauf war sie ohnehin nicht.

Mit der Zeit verflüchtigte sich das Gespenst des Mannes aus Jody's Raststätte, und Leigh unternahm Kanufahrten auf eigene Faust. Sie genoss die friedliche Abgeschiedenheit, das Gefühl, ihre Muskeln zu beanspruchen und, so schnell es ging, mit dem Kanu über das Wasser zu gleiten. Aber da war auch noch etwas anderes – das Gefühl der Erwartung. Wenn sie auf dem See allein war und am westlichen Ufer entlangpaddelte, hatte sie das Gefühl, als müsste gleich irgendetwas Geheimnisvolles und Wunderbares passieren.

Es war ein unbestimmtes Gefühl, das sich nicht näher beschreiben ließ, doch das änderte sich am fünften Tag ihres Aufenthalts.

Sie waren vom frühen Morgen bis fast zum Mittag mit dem Motorboot unterwegs gewesen und hatten geangelt, sodass Leigh ihre morgendliche Ausfahrt mit dem Kanu hatte ausfallen lassen. Nach dem Essen war Jenny in die Stadt gefahren, um Einkäufe zu erledigen, während Mike sich ein Baseballspiel im Fernsehen anschaute. Jenny hatte Leigh angeboten mitzukommen, doch Leigh hatte das dringende Bedürfnis nach Bewegung und wollte unbedingt aufs Wasser.

»Ich glaube, ich drehe lieber eine Runde mit dem Kanu«, erklärte sie Mike.

»In Ordnung«, erwiderte er und schaute einen Augenblick lang vom Fernseher auf. »Viel Spaß dabei.«

Sie ging rasch zum Ufer hinunter. Der Außenborder war an der Anlegestelle festgemacht; das Kanu lag am Ufer, wo sie es am Tag zuvor zurückgelassen hatte. Sie warf ihr Handtuch ins Kanu, hob den Bug an und schob. Der Aluminiumrumpf scheuerte über den Sand, bevor er ins Wasser des Sees glitt, der sich ruhig vor ihr ausbreitete. Leigh hüpfte ins Boot, kletterte zum Heck und kniete sich auf eins der Rettungskissen. Sie ergriff das Paddel und steuerte das Kanu an der Anlegestelle vorbei. Das Gefühl, dass da draußen ein Abenteuer auf sie wartete, wurde immer stärker. Sie hatte richtiggehend Schmetterlinge im Bauch.

Nach etwa fünfzig Metern steuerte sie das Boot nach Süden. Die Sonne brannte auf sie herunter.

Es dauerte nicht lange, bis ihre Bluse ihr am Rücken klebte und sie spürte, wie der Schweiß seitlich an ihrem Körper herunterlief.

Bei ihren morgendlichen Ausfahrten waren Bluse und abgeschnittene Jeans das passende Outfit gewesen, doch sie hatte mit der Hitze am Nachmittag gerechnet und war dafür gerüstet.

Sie legte das Paddel auf dem Bootsrand ab und blinzelte zum Ufer hinüber. Sie war auf Höhe des Feriencamps und sah Leute auf dem schwimmenden Sonnendeck, andere, die im Wasser herumschwammen, und wieder andere, die am Pier lagen und sich sonnten. Über das Wasser hinweg hörte sie Kinder schreien und lachen und eine Mutter, die schimpfte. Sämtliche Kinder, die sie bei ihren bisherigen Ausfahrten gesehen hatte, waren noch recht jung gewesen. Zu jung. Von den Jungs war keiner älter als zwölf oder dreizehn.

Was ja nicht notwendigerweise bedeutete, dass es keinen gab, der ungefähr in ihrem Alter war.

Und sie vielleicht in diesem Augenblick beobachtete.

Ihre Finger zitterten, als sie ihre Bluse aufknöpfte. Sie zog die feuchte Bluse aus und ließ sie zwischen ihre Knie fallen. Dann wand sie sich aus ihren abgeschnittenen Jeans heraus.

Sie trug ihren weißen Bikini und nicht den einteiligen Badeanzug, den ihre Mutter bei Macy's für sie gekauft hatte. Die Sonne brannte auf ihrer nackten Haut, doch es herrschte eine leichte Brise, die das Ganze erträglich machte.

Voller Aufregung atmete sie einmal tief durch, beugte sich nach vorn und nahm eine Flasche Sonnenlotion aus ihrem zusammengerollten Handtuch. Sie zwang sich, nicht nach rechts oder links zu schauen, während sie die ölige Flüssigkeit auf ihren Armen und Schultern und ihrem Ausschnitt verteilte.

Sie fühlte, wie ihre Brustwarzen hart wurden, und wurde von einem leichten Zittern gepackt, während gleichzeitig eine Hitzewallung ihren Körper durchströmte.

Und mit einem Mal verstand sie.

Dieses Gefühl der Unruhe und Erwartung.

Sie hoffte insgeheim darauf, einem *Typen* zu begegnen, während sie hier draußen allein mit Kanu herumgondelte.

Ein Kerl, der Ferien machte – möglicherweise in Carson's Feriencamp. Schlank und sonnengebräunt und gut aussehend. Jemand, mit dem sie ihre Zeit verbringen konnte. Jemand, der sich in sie verlieben würde. Der See und der Wald waren so romantisch, besonders bei Nacht. Was sie brauchte, um das Ganze abzurunden, war ein Liebhaber.

Also gut. Und wo *bist* du?, fragte sie sich, während sie den Blick über das Ufer schweifen ließ.

Warum kommst du nicht rausgeschwommen zu mir?

Immerhin habe ich hier so was wie eine Strip-Nummer abgezogen, nur für dich.

Irgendwo da draußen musst du doch sein, oder? Aber wo?

Sie sah nur Kinder und ein paar ältere Typen, die aber garantiert Frau und Kinder im Schlepptau hatten. An älteren Typen war sie nicht interessiert. Vor denen hatte sie Angst. Außerdem wäre es nicht richtig. Sie wollte jemanden in ihrem Alter, oder zumindest annähernd.

Leigh schnappte sich das Paddel, tauchte es ins Wasser und ließ das Kanu vorwärtsgleiten.

Vielleicht war er ja *wirklich* da draußen irgendwo, *beobachtete* sie in diesem Moment und überlegte sich, wer sie wohl sein mochte und wie er sie kennenlernen konnte.

Sie konnte nicht darauf zählen, dass ein vollkommen Fremder zu ihr herausgeschwommen kam wie Tarzan. Obwohl das, wenn sie ehrlich war, genau die Sorte Abenteuer war, die sie sich erhoffte, auch wenn ihr das bis gerade eben noch nicht klar gewesen war.

Da war es schon eher wahrscheinlich, dass er ein »zufälliges« Zusammentreffen arrangierte. Sich morgens in ein Boot setzte und so tat, als würde er angeln, während er darauf wartete, dass sie wieder aufkreuzte.

Träum weiter, dachte sie. Wir sind hier am Arsch der Welt, und die Chancen, Frankie Avalon über den Weg zu laufen, sind gleich null.

Wobei Frankie Avalon gar nicht mal so sehr ihr Geschmack war, dann eher schon der Schauspieler Troy Donohue. Wenn schon träumen, dann aber auch richtig.

Lächelnd schüttelte sie den Kopf angesichts der Ironie, die in der Situation lag. Hey Mom und Dad, wie findet ihr das: Eure nunmehr auf die Seite der Reaktion übergewechselte Tochter schippert auf einem See herum und träumt von Troy Donohue.

Sie dümpelte auf das Südufer zu und wendete das Kanu, um sich auf den Rückweg zu machen. Wie kommt's, dass mir mit einem Mal Jungs durch den Kopf schwirren, dachte sie. Zu Hause ging ihr das überhaupt nicht so. Seit der zehnten Klasse, als sie mit Steve zusammen gewesen war, hatte sie keinen festen Freund mehr gehabt – und auch Steve war nicht die große Liebe gewesen.

Überhaupt wäre sie noch Jungfrau, wäre da nicht diese eine Nacht letzten November gewesen, als sie und Larry Bills im Anschluss an einen Abend im Charles Van Damm auf dem Rücksitz seines Wagens einen Joint geraucht hatten. Eigentlich stand sie gar nicht auf Larry Bills, doch an diesem Abend fühlte sie sich irgendwie einsam und ein bisschen geil. Und es war auch gar nicht mal so übel gewesen, aber sie hatte sich hinterher entschlossen, sich nur noch mit jemandem einzulassen, den sie wirklich mochte. Es gab jede Menge Typen, die sie sympathisch fand, und darunter waren etliche, die es gern mit ihr getrieben hätten und sie für verklemmt erklärten, weil sie sich nicht auf sie einließ. Doch sie fand nun mal keinen von ihnen so besonders, dass sie sich dazu hätte durchringen können. Was ihr aber ganz gut in den Kram passte, denn sie hatte einfach nicht so ein starkes Bedürfnis nach Sex.

Warum also ging es *jetzt* los, fragte sie sich. Wieso bin ich mit einem Mal so scharf drauf, dass ich das Seeufer nach einem gut aussehenden Prinzen absuche?

Die frische Luft. Die Hitze. Der Wald. Der See. Die lauen Sommernächte. Das Mondlicht, das sich im Wasser spiegelt. Es muss an *dieser Umgebung* liegen.

Ich sehe besser zu, dass ich mich wieder unter Kontrolle kriege.

Schweiß rann ihr in die Augen, und sie musste blinzeln. Sie hörte auf zu paddeln, und während das Kanu langsam in der Strömung dahinglitt, schöpfte sie Wasser aus dem See und spritzte es sich ins Gesicht. Es fühlte sich eiskalt an auf ihrer aufgeheizten Haut. Sie benetzte sich auch die Schultern und zuckte zusammen, als es ihr über Brust und Rücken lief.

Sie war schon wieder auf Höhe von Carson's Camp.

Schaut irgendwer in meine Richtung?

Wo bist du, Junge?

Sie drückte das Kreuz durch und dehnte ihre schmerzenden Muskeln. Dann nahm sie wieder das Paddel in die Hand und fuhr weiter.

Sie fuhr nicht zu Mike und Jennys Haus, sondern weiter in nördlicher Richtung an den benachbarten Häusern vorbei. Eine Frau in einem roten Kleid winkte ihr von ihrer Anlegestelle aus zu. Leigh winkte zurück. Ein Motorboot mit zwei Anglern mittleren Alters kreuzte ihren Weg. Leigh winkte auch ihnen zu und wünschte sich, sie hätte ihre Bluse an. Das Kanu schaukelte im Kielwasser des Boots.

Als sie an dem Bootshaus vorbeikam, das das Ende des besiedelten Bereichs am Westufer markierte, zog sie ihre Bluse über. Dann kehrte sie um und paddelte leicht enttäuscht zurück.

An diesem Abend machte sie nach dem Essen einen Spaziergang auf der unbefestigten Straße hinter dem Haus. Sie führte durch den Wald zur Rückseite von Carson's Camp. Eine Familie mit drei kleinen Kindern grillte neben einer der Hütten. Der Rauch und die Hamburger auf dem Grill rochen wunderbar. Leigh ging weiter und lächelte im Vorbeigehen der Frau zu, die kurz aufblickte, während sie den Picknicktisch deckte.

Deana war gut gelaunt, aber auch ein bisschen nervös. Sie hatte vor dem Abendessen gebadet und ihre Haare gewaschen. Sie trug die orangefarbene Bluse von Macy's und dazu ihre weißen Shorts und weiße Socken, was ihren Beinen einen bronzefarbenen Schimmer verlieh. Ihre Haut glühte ein wenig von dem leichten Sonnenbrand, den sie sich am Nachmittag eingefangen hatte.

Leigh hatte überlegt, Make-up aufzulegen, doch ein Blick in den Spiegel hatte genügt, um diese Idee wieder zu verwerfen. Zwei Spritzer Parfum, und sie war fertig.

Fertig und bereit für den großen Abend.

Bereit für die Suche nach dem Abenteuer.

Wenn das hier nichts wird, dachte sie, als sie an einer weiteren Hütte vorbeiging, bin ich abgeschrieben. Na ja, nicht wirklich. Die meisten Leute blieben nur ein oder zwei Wochen in Carson's Camp. Danach kamen neue Feriengäste. Es war ein Kommen und Gehen, deshalb gab es Grund zur Hoffnung.

Sie bog von der Straße ab auf einen Fußweg, der zum Hauptgebäude führte. Die Bäume lichteten sich, und sie schaute hinaus auf den See. Leigh stand im Schatten, doch der See lag noch immer im Schein der spätabendlichen Sonne, die den Bäumen auf der nächstgelegenen Insel einen goldenen Schimmer verlieh. Ein paar Boote waren auf dem See, Leute angelten in der Stille des Abends. Die friedliche Schönheit der Szenerie ließ Leigh innehalten. Sie stand da und fühlte sich mit einem Mal traurig. Sie wäre gern ein Teil von alldem gewesen und nicht nur Zuschauerin.

Na dann mal los, dachte sie.

Sie wandte sich von der Szenerie ab und ging die restliche Strecke zum Hauptgebäude entlang. Sie öffnete die schwere Tür. Bis auf einen einzelnen Jungen, der auf einem Korbsessel saß, lag die Eingangshalle verlassen da. Er warf ihr einen kurzen Blick zu und widmete sich dann wieder dem Fernseher. Leigh hörte Gesprächsfetzen und das Klappern von Besteck und ging zum Essenssaal.

Nur etwa die Hälfte der Tische war besetzt, vorwiegend die an den Fenstern mit Blick auf den See. Leigh betrachtete die verschiedenen Gruppen, bis sie alle Leute erfasst hatte.

Vielleicht hatte sie ihn übersehen?

Hatte sie nicht.

Ihre Sommerromanze konnte sie abhaken.

Sie biss sich auf die Unterlippe, machte kehrt und eilte nach draußen.

Sie hatte sich zu große Hoffnungen gemacht. Wie konnte man nur so dämlich sein.

Aber trotzdem tat es weh.

Ach, zum Teufel. Was hätte sie schon davon, hier mit jemandem anzubändeln? Selbst wenn sie jemanden traf, wäre es in drei Wochen wieder vorbei, und sie würde ihn nie wiedersehen. Wer brauchte so was?

Am nächsten Tag begegnete sie Charlie.

13

Leigh wurde durch ein leises Klopfen geweckt. Sie hob den Kopf und hörte Jenny sagen: »Wenn du ein paar dicke Fische fangen willst, musst du langsam aufstehen.«

»Ich weiß nicht«, antwortete Leigh. »Ich hab nicht besonders gut geschlafen.«

»Wenn du lieber noch eine Runde schlafen willst, ist das auch in Ordnung. Falls du dir's anders überlegst, wir sind noch so eine Viertelstunde, zwanzig Minuten hier. Mach einfach, wie du willst.«

»Danke«, sagte sie und ließ den Kopf wieder auf das Kissen sinken.

Sie hatte ein schlechtes Gewissen, weil sie Jenny angelogen hatte. Sie hatte gut geschlafen. Sie wollte nur nicht mir ihnen hinaus auf den See. Nicht an diesem Morgen. Sie hatte einfach zu nichts Lust.

Ich sollte doch mitfahren, dachte sie. Was ist mit mir los? Es wird bestimmt ganz toll auf dem Boot. Ich hab eigentlich keine Lust, allein hierzubleiben. Sobald sie weg sind, werde ich mir vermutlich wünschen, ich wäre mitgefahren.

Dann setz dich mal besser in Gang?

Wieso? Ich fahre ja doch nicht mit.

Sie rollte sich auf den Rücken. Das Fenster war offen, die Gardinen blähten sich im Wind. Die Brise wehte einen Duft herein, der Leigh an Weihnachtsbäume erinnerte. Die Sonne war noch nicht lange draußen, zumindest fühlte es sich so an, als sie das Laken zur Seite schob und das Licht auf ihr Nachthemd und ihre nackte Haut schien.

Sie hörte gedämpfte Stimmen vor ihrer Zimmertür. Durch das offene Fenster drangen der Gesang von Vögeln, das sanfte Rascheln von Blättern im Wind und das Motorengeräusch eines Boots, das sich anhörte wie ein Rasenmäher in der Ferne. Nach einer Weile hörte sie, wie die Fliegentür zufiel. Sie kletterte aus dem Bett und schaute zum Fenster hinaus. Mike und Jenny gingen beladen mit Angelzeug den Abhang herunter. Sie schaute ihnen nach, wie sie zur Anlegestelle gingen, Mike in das Boot stieg und seine Sachen abstellte, um dann Jennys Angelrute und die Kiste mit ihrer Ausrüstung in Empfang zu nehmen. Jenny machte die Leinen los, und Mike startete beide Motoren. Jenny sprang an Bord. Mike stand am Steuer und manövrierte das Boot rückwärts aus dem L-förmigen Pier heraus. Die Motorengeräusche wurden lauter, der Bug hob sich aus dem Wasser, und das Boot rauschte hinaus auf den See, wobei es eine schäumende Welle hinter sich herzog.

Leigh blieb noch am Fenster stehen, als das Boot schon lange außer Sicht war. Sie wusste nicht, was sie mit sich anstellen sollte. Sie hätte doch mitfahren sollen.

Ihr Blick fiel auf die Liegestühle und den Tisch am Ende des Piers. Nach dem Abendessen hatte sie schon ein paarmal mit Mike und Jenny da draußen gesessen und es richtig genossen. Also würde sie es auch jetzt genießen, während die Sonne noch tief stand.

Sie ging zur Kommode, zog ihr Nachthemd aus und öffnete die Schublade, in der ihr weißer Bikini lag. In einer Ecke der Schublade lag ihr Halsband – das Lederriemchen mit dem Meeresdings. Ihr Glücksbringer.

Leigh konnte ein bisschen Glück gut gebrauchen.

Sie knotete das Lederband im Nacken zusammen. Der knochenartige Anhänger schmiegte sich sanft und kühl zwischen ihre Brüste. Seit ihrer Ankunft hatte sie es nicht mehr getragen.

Der Mann bei Jody's.

Wie kommst du auf die Idee, dass dieses Ding dir Glück bringt?

Das Flugzeug ist nicht abgestürzt, oder?

Der Kerl hat dich nicht angepackt.

Fang jetzt bloß nicht an, über *diesen* Typen nachzudenken.

Sein ausgebeulter Overall mit der Hand in der Hose.

Mary Jo. Vermutlich hat er gleich, nachdem wir weg waren, den Laden abgeschlossen und dann ... Nein. Sie ist noch ein Kind. Wahrscheinlich sogar seine Tochter. Egal, was Mike da erzählt hat.

Aufhören.

Sie zog ihren Bikini an.

Das Mädchen war gleich darauf zur Tür hereingekommen. Sie musste gesehen haben, was der Typ machte.

Leigh krampfte sich der Magen zusammen. Sie fing an zu singen: »There is a house in New Orleans ...« Sie schnappte sich ihre Sonnenbrille und ein Taschenbuch und ging weitersingend aus dem Zimmer, um die Gedanken aus ihrem Kopf auszublenden.

Der Duft von Kaffee lag in der Luft. Leigh verbrachte ein paar Minuten im Badezimmer, band sich die Haare zu einem Pferdeschwanz und nahm ihr Badetuch vom Handtuchhalter. Sie rollte ihre Sonnenlotion darin ein und ging in die Küche. Dort goss sie sich eine Tasse Kaffee ein und spazierte den Abhang zum Pier hinunter.

Das Boot von Mike und Jenny war nirgendwo zu sehen – entweder verdeckt von einer der Inseln, oder es dümpelte in einer der kleinen Buchten, die das Ufer des Sees säumten. Die gestrichenen Planken des Piers fühlten sich kühl an unter ihren nackten Füßen und knarrten ein wenig, als sie darüberging. Eine warme Brise strich über ihre Haut. Es war ein wunderbares Gefühl. Sie stellte ihre Kaffeetasse und die Sonnenlotion auf den Tisch und breitete ihr Badehandtuch über einen der Liegestühle.

Leigh drehte sich um und nahm das Ufer in Augenschein. Am dritten Pier zu ihrer Rechten schwamm jemand mit langsamen, kontrollierten Zügen, die fast wie Wasserballett wirkten. Aller Wahrscheinlichkeit nach eine Frau. Weit jenseits der Schwimmerin kam tuckernd der Motor eines Boots zum Stehen und spuckte kleine blaue Wölkchen in die Luft. Leigh vermutete, dass es sich um die gleichen Männer handelte, die sie gestern von ihrem Kanu aus gesehen hatte. Auf dem nächstgelegenen Pier zu ihrer Linken saß ein Junge mit einer Angelrute. Dahinter, an der Anlegestelle von Carson's Camp, war eine Familie damit beschäftigt, eines der Boote zu beladen, die den Gästen zur Verfügung standen.

Am Ende des Piers hechteten ein Junge und ein Mädchen gleichzeitig ins Wasser. Leigh hörte das Klatschen, das sie beim Eintauchen machten. Die beiden lieferten sich ein Wettrennen zu der Schwimminsel, die auf leeren Tonnen etwa dreißig Meter vom Pier entfernt im See dümpelte. Leigh wartete, um zu sehen, wie das Rennen ausging. Das Mädchen gewann. »So geht's nun mal«, flüsterte sie.

Sie stieg über den Liegestuhl, setzte sich hin und lehnte sich zurück. In dieser Position Kaffee zu trinken sähe ganz schick aus, dachte sie. Also richtete sie sich ein wenig auf, schlug die Beine übereinander und nahm ihre Kaffeetasse zur Hand. Kleine Dampfschwaden wehten noch immer über die Oberfläche. Sie wurden vom Wind erfasst und hinweggeweht. Leigh trank einen Schluck. Er schmeckte ganz ausgezeichnet.

Die Schwimmerin war mittlerweile ein gutes Stück vom Ufer entfernt und machte wieder kehrt. Das Motorboot mit den beiden Anglern war kurz davor, hinter der nächstgelegenen Insel zu verschwinden. Weiter weg war in der Nähe des Nordufers ein Ruderboot zu sehen – anscheinend jemand beim Frühsport. Weil es so weit weg war, konnte Leigh nicht erkennen, ob es ein Mann oder eine Frau war.

Unweit von ihr begann ein Bootsmotor zu tuckern. Leigh machte sich nicht die Mühe nachzuschauen, wer es war. Aller Wahrscheinlichkeit die Familie aus Carson's Camp.

Sie trank einen weiteren Schluck Kaffee, stellte die Tasse auf dem Tisch ab und wollte schon nach der Plastikflasche mit dem Sonnenöl greifen, doch dann überlegte sie es sich doch anders. Das Zeug war klebrig und nicht von den Händen abzubekommen, selbst wenn man sich Mühe gab. Am Ende würde sie sich damit noch ihr Buch versauen. Also ließ sie die Flasche stehen und nahm stattdessen ihr Taschenbuch zur Hand.

Es war eins der Bücher, die sie bei City Lights gekauft hatte – *Boys and Girls Together* von William Goldman. Sie hatte gleich zwei Bücher von ihm mitgenommen, weil ihr sein allererstes Buch *Temple of Gold* so gut gefallen hatte.

Jetzt also Jungs und Mädels zusammen.

Schieres Wunschdenken.

Aber wenigstens lesen konnte man ja darüber.

Eine Fliege ließ sich auf ihrem Bein nieder. Sie verscheuchte sie und stellte dabei fest, dass aus dem Schritt ihres Bikinis ein kleines Büschel Haare hervorlugte. Wie putzig, dachte sie und ließ es verschwinden, wobei sie sich vornahm, beim nächsten Mal, wenn sie im Bad war, ihre Haare da unten ein wenig zu stutzen. Oder ganz abzurasieren.

Und was ist, wenn ich zu einer Untersuchung muss, bevor sie wieder nachwachsen?

Du hattest schon deine jährliche Untersuchung.

Und wenn ich einen Unfall habe?

Dann erklärst du einfach, dass du nicht wolltest, dass sie aus dem Höschen herausgucken, als ... Wieso überhaupt was erklären? Glaubst du, der Arzt wird dich verpetzen?

Sie trank noch einen Schluck Kaffee.

Das Ruderboot war in der Zwischenzeit näher gekommen. Wer immer darin saß, trug anscheinend kein Hemd oder T-Shirt. Also vermutlich ein Kerl, dachte sie.

Sie trank ihren Kaffee aus und stellte die Tasse auf den Tisch. Dann streckte sie die Beine aus und lehnte sich zurück. Durch ihre Sonnenbrille hatte der wolkenlose Himmel einen tiefen grünlich blauen Schimmer. Eine Wildente flatterte vorbei. Leigh schlug ihr Buch auf, hielt es so, dass ihre Augen im Schatten lagen, und fing an zu lesen.

Es dauerte nicht lange, bis sie völlig in die Geschichte eingetaucht war. Sie ging förmlich darin auf und schlüpfte in die verschiedenen Figuren. Sie genoss das Buch in vollen Zügen und fühlte sich pudelwohl auf dem weichen Polster im Schein der Sonne, die auf ihre Haut herunterbrannte, während eine milde Brise ihren Körper umspielte. Seite um Seite blätterte sie weiter, bis sie irgendwann merkte, dass ihre Arme, die noch von ihren Kanutouren der letzten Tage schmerzten, zunehmend schwerer wurden. Es machte immer mehr Mühe, das Buch in die Höhe zu halten, um ihre Augen gegen die Sonne abzuschirmen.

Vielleicht sollte ich reingehen und mir eine Mütze holen. Und bei der Gelegenheit auch noch eine Tasse Kaffee.

Erst noch dieses Kapitel zu Ende lesen.

»Weidenkörbe!«

Beim Klang der Stimme zuckte sie zusammen. Sie ließ das Buch sinken.

Das Ruderboot lag genau vor ihr, keine zwanzig Meter vom Pier entfernt. Es war beladen mit Weidenkörben in den verschiedensten Größen und Ausführungen – Wäschekörbe, Picknickkörbe, Brotkörbe, Körbe zum Angeln. Der junge Mann, der inmitten der Körbe auf der Bank saß, hielt das Boot längsseits, wobei er die Ruder kaum bewegte.

»Verkaufst du die?«

»Klar.«

Er trug einen schwarzen Hut mit einer breiten Krempe und einer hohen, abgerundeten Krone mit einem Hutband, in dem zu beiden Seiten jeweils eine rote Feder steckte, die aussahen wie Hörner.

»Alle handgemacht. Es gibt keine besseren«, sagte er.

Leigh richtete sich auf und nahm ihre Sonnenbrille ab, um ihn besser sehen zu können. Er hatte ein hübsches, schmales Gesicht mit einem kleinen Grübchen am Kinn. Sein nackter Oberkörper war schlank und muskulös, die straffe Haut glänzte vor Schweiß. Er trug Jeans, die so alt und ausgewaschen waren, dass sie fast weiß aussahen und an den Knien löchrig und zerfasert waren.

»Ich kann sie dir zeigen«, sagte er.

Leigh nickte. »Klar doch.«

»Ich bringe das Boot an Land.«

Sie schaute ihm zu, wie er den Bug zum Ufer drehte. Er beugte sich weit nach vorn und ruderte los. Die Muskeln auf seinem Rücken traten hervor und glänzten in der Sonne.

Seine Jeans saßen ziemlich tief. Leigh betrachtete die dunkle Spalte zwischen seinen Pobacken und überlegte, ob er wohl eine Unterhose trug.

Reiß dich zusammen, sagte sie sich.

Mit pochendem Herzen sah sie zu, wie er das Boot zum Ufer dirigierte. Ihr Mund war trocken wie Pergament. Sie erhob sich und legte das Buch und ihre Sonnenbrille auf den Tisch. Sie zupfte sich das feuchte Hinterteil ihres Bikinihöschens von der Haut und schaute an sich hinunter. Alles bestens – nichts zu sehen, was nicht zu sehen sein sollte.

Unter gelegentlichen Blicken über die Schulter steuerte der junge Mann das Boot um den Pier herum zu der Stelle am Ufer, wo Leighs Kanu lag.

Sie zwang sich, nicht zu ihm hinzuschauen, während sie den Pier hinunterging. Sie beeilte sich nicht, sondern schlenderte, den Kopf in die Höhe gereckt, das Kreuz durchgedrückt und den Bauch eingezogen, in seine Richtung. Wobei das Baucheinziehen gar nicht nötig war, denn sie wusste, dass es bei ihrer schlanken Figur ohnehin nicht auffiel.

Um Himmels willen, beruhige dich, dachte sie.

Er sieht toll aus.

Er ist einer von hier.

Na und?

Da gibt's jede Menge Na-unds. Jedenfalls möglicherweise.

Als sie am Ende des Piers angekommen war und auf das sandige Ufer trat, ließ er gerade die Ruder ins Boot sinken. Er sprang heraus, ergriff den Bootsrand und schob es seitlich nebenherwatend aufs Ufer zu. Er zog es an Land, ließ los und richtete sich auf. Dann drehte er sich um und schaute Leigh an.

Sie versuchte, sich nichts anmerken zu lassen, doch sie war schockiert.

Er hatte drei Brustwarzen.

Sie blickte ihm ins Gesicht und ging auf ihn zu. »Lass mal sehen, was du da hast«, sagte sie. Ihre Stimme zitterte ein wenig.

»Ich hab 1-a-Körbe«, erklärte er. »In allen Größen und für jeden Zweck. Handgemacht.« Er drehte sich um, nahm einen der großen Körbe heraus und stellte ihn vor Leigh auf den Boden. Darin steckten noch weitere kleinere Körbe. Er griff hinein und zog zwei davon heraus.

Es war keine dritte Brustwarze. Gott sei Dank. Es war eine rote herzförmige Tätowierung links oberhalb seiner linken Brustwarze. Die Tätowierung hatte eine kleine Aussparung in der Mitte, in der in geschwungenen roten Lettern das Wort *Mom* stand.

Leigh atmete tief durch. »Hast du die Körbe gemacht?«, fragte sie und spürte, wie sich der anfängliche Schrecken allmählich legte.

»Ich verkauf sie nur«, antwortete er. »Gemacht hat sie Mom.«

»Die sehen sehr hübsch aus.«

Er reichte ihr einen. »So feine Körbe kriegt man in keinem Laden. Meine Familie macht sie schon seit hundert Jahren. Wenn nicht sogar länger.«

Der Korb in Leighs Händen war schmal und länglich. Genau die richtige Größe für einen Laib Brot. Er war aus schilfähnlichen Holzstreifen geflochten, die im Gegensatz zu den hellen Körben, wie Leigh sie kannte, eine tiefbraune Farbe hatten. Der obere Rand war fein säuberlich mit stärkeren Streifen eingefasst, die mit winzig kleinen Nägeln befestigt waren. Leigh hatte keine große Ahnung von Körben, aber dieser hier sah um Längen hübscher aus als diejenigen, die ihre Eltern zu Hause hatten. Er wäre ein schönes Geschenk für ihre Mutter. »Wie viel kostet so einer?«

»Zwölf Dollar.«

Nicht gerade billig.

Andererseits musste sie ihm einfach einen Korb abkaufen. Wenigstens einen.

»Schau dir ruhig auch die anderen an, bevor du dich entscheidest. Die Kleineren hier, die kosten nicht so viel.« Er beugte sich über den Bootsrand und zog einen Korb mit einem geflochtenen Griff heraus. Er sah aus wie ein Osterkorb. »So einer ist prima für Nüsse oder Süßigkeiten.« Dann deutete er mit dem Kinn auf einen Picknickkorb in hinteren Teil des Boots. Er hatte einen Doppelgriff und einen zweiteiligen Deckel, der mit Scharnieren in der Mitte befestigt war. »Der Picknickkorb hier wird am meisten gekauft. Der liegt bei fünfundzwanzig Dollar.«

Genau so einen hatten Mike und Jenny.

»Hast du den Leuten hier schon Körbe verkauft?«, fragte sie und deutete auf das Haus.

»Klar doch. Mehr als einen. Hier am See gibt's kaum jemanden, dem ich nicht schon welche verkauft hätte.«

Er schaute Leigh in die Augen.

Sie spürte ein angenehmes Ziehen im Bauch.

»Bist du mit ihnen verwandt?«

»Ich bin ihre Nichte. Mein Name ist Leigh.«

»Du bist am Montag Wasserski gefahren.«

Sie nickte.

»Ich hab dich gesehen.«

Warme Röte stieg ihr ins Gesicht. »Ich hoffe, du hast nicht gesehen, wie ich gestürzt bin.«

»Du hattest einen weißen Badeanzug an.« Er betrachtete sie. »Nicht diesen hier, aber er war weiß, so wie der hier. Allerdings mit mehr Stoff.«

»Oh.«

»Der hier ist besser.«

»Danke.« Sie musste schwer schlucken. »Was die Körbe angeht: Ich würde gern den hier kaufen.«

»Ich bin Charlie. Charlie Payne. P-a-y-n-e, nicht wie der Schmerz.«

»Freut mich, Charlie.«

»Und du heißt also Leigh. Und wie mit Nachnamen?«

»West. Wie die Himmelsrichtung.«

Er nickte und lächelte. Er hatte extrem weiße Zähne.

»Ich hab mein Geld im Haus. Willst du nicht mitkommen, dann musst du nicht in der prallen Sonne herumstehen.«

Er nickte.

Leigh machte kehrt und ging los. Sie warf einen kurzen Blick über die Schulter. Er folgte ihr, blieb aber auf Abstand, gerade so, als hätte er Angst, ihr zu nahe zu kommen. »Wohnst du hier am See?« fragte sie.

»Drüben auf der anderen Seite.«

Am östlichen Ufer, wo nur diese unheimlich wirkenden Hütten standen, und auch davon nur eine Handvoll. Leigh hatte schon vermutet, dass er von dort kam. Doch nun, da sie ihre Vermutung bestätigt fand, wirkte er noch fremdartiger auf sie. Er kam aus einer anderen Welt. Aus einer Gegend, die ihr geheimnisvoll und düster zugleich erschien.

Doch sie empfand ihn nicht als Bedrohung. Sie war nervös und aufgeregt, aber sie hatte keine Angst.

Sie stieg den schattigen Pfad hinauf. Eine leichte Brise wehte über ihre feuchte Haut, und sie schaute sich zwar nicht um, war aber sicher, dass Charlie sie genau in Augenschein nahm. Sie spürte, wie der Stoff ihres Bikinis sich bei jedem Schritt über ihren Pobacken spannte, und begriff, dass sie fast nackt war.

Vielleicht machte es ihn ja an.

Vielleicht liefen die Leute hier aber auch nicht so herum, und er war dadurch irritiert und abgestoßen.

Nein. Er hatte gesagt, dass ihm der Bikini gefiel.

Als sie am oberen Ende des Abhangs angekommen war, bog sie auf den schmalen Trampelpfad zum Haus ab, öffnete die Fliegentür zur Veranda und hielt sie für ihn auf.

Charlie blieb stehen.

»Kommst du mit rein?«

»Ich warte besser hier.«

Ihr fiel wieder ein, dass ihre Eltern ihr streng verboten hatten, Jungs mit ins Haus zu bringen, wenn sie nicht zu Hause waren. Nun, dies war nicht das Haus ihrer Eltern, und Mike und Jenny hatten ihr gegenüber kein solches Verbot ausgesprochen.

»Ist schon in Ordnung«, sagte sie. »Es ist niemand zu Hause.«

»Mom sagt, sie will nicht, dass ich zu Leuten ins Haus gehe.«

»Was sie nicht weiß, macht sie nicht heiß.«

Seine Augen verengten sich.

Er traut mir nicht, dachte Leigh verärgert. »Ganz wie du willst.« Sie wandte sich zum Gehen.

»Ich denke, es ist in Ordnung, wenn ich auf der Veranda warte.«

Sie hielt ihm die Tür auf und schaute ihn an, während er näher kam. Von seinem Bauchnabel abwärts breiteten sich dichte krause Haare in einem Dreieck bis zu seinem tief sitzenden Hosenbund aus. Leigh stand im Türrahmen und hielt die Tür für ihn auf. Er schob sich seitwärts an ihr vorbei, um eine Berührung mit ihr zu vermeiden.

Er schaute sich auf der Veranda um.

Leigh deutete auf die Hollywoodschaukel, die mit zwei Ketten an der Decke angebracht war. Gehorsam ging er hinüber und setzte sich. Die Ketten quietschten leise.

»Gleich wieder da.«

Leigh trug den Korb in ihr Schlafzimmer und warf ihn aufs Bett. Mit zitternden Fingern kramte sie in ihrer Umhängetasche. Sie nahm einen Zehner und zwei Ein-Dollar-Scheine heraus, dann eilte sie zur Küche. In den unteren Fächern des Kühlschranks standen jede Menge Dosen mit Bier und Limonade. Sie zögerte einen Moment, faltete die Geldscheine zusammen und steckte sie in den Bund ihres Bikiniunterteils, dann nahm sie zwei Bierdosen aus dem Kühlschrank.

Sie gab der Kühlschranktür einen Schubs und eilte aus der Küche, bevor sie ihre Meinung ändern konnte. Mike und Jenny wären möglicherweise nicht damit einverstanden, dass sie Charlie ein Bier anbot. Außerdem wollte sie nicht, dass Charlie einen falschen Eindruck von ihr bekam. Also machte sie doch kehrt, stellte die Biere wieder zurück und nahm stattdessen zwei Dosen Kirschlimonade heraus.

Sie öffnete sie und trug sie hinaus auf die Veranda. Charlies Hut lag auf seinem Schoß. Sein braunes Haar klebte ihm oben platt am Kopf, während es an den Seiten in alle Richtungen abstand.

»Wie wär's mit was Kaltem zu trinken, bevor du dich wieder auf den Weg machst?«

»Nur wenn's keine Umstände macht.«

»Tut's nicht, im Gegenteil«, sagte sie. »Ich hab sie schon aufgemacht, und beide schaffe ich nicht.« Sie reichte ihm eine der Dosen.

»Danke sehr.«

Er saß in der Mitte der Schaukel und hatte einen Arm auf die Rückenlehne gelegt. Leigh überlegte ihn zu bitten, etwas zur Seite zu rutschen, aber das kam ihr dann doch zu dreist vor. Darüber hinaus wäre es unpraktisch, sich neben ihn auf die Schaukel zu setzen, weil es dann ziemlich auffällig gewesen wäre, wenn sie ihn anschaute. Also machte sie einen Schritt zurück und lehnte sich seitlich gegen den Türrahmen.

»Deine Mutter macht also die Körbe, und du verkaufst sie an die Leute rund um den See?«

Er trank einen Schluck und nickte.

»Gibt's hier denn genug Leute, damit sich das lohnt?«

»Wir brauchen nicht viel.« Nervös blickte er für einen kurzen Moment zu Boden, bevor er Leigh wieder ins Gesicht schaute. »Es gibt hier vier Seen. Hast du gewusst, dass es vier sind?«

»Nein.«

»Wahconda, Circle, Goon und Willow. Es gibt Kanäle. Durch die kommt man von einem See zum nächsten. Und überall gibt's Ferienlager wie Carson's, wo die Leute den ganzen Sommer über kommen und gehen. Da verkaufe ich am meisten. Andauernd neue Leute, und sie mögen Moms Körbe. Und Geld haben sie auch. Vorletzte Woche hab ich bei einer Dame fünfundsechzig Dollar verdient.«

Während er redete, wanderte sein Blick immer wieder an Leighs Körper auf und ab. Dann schaute er schnell irgendwo anders hin, als ob er Angst hatte, erwischt zu werden.

»Klingt ganz lohnend«, sagte Leigh.

Er senkte den Blick und schaute auf seine Limonaden-dose. »Diese Dame wollte nicht nur Körbe von mir.«

»Was wollte sie denn noch?«

»Nun ja, sie hat mich abgefüllt.«

Leigh war mit einem Mal sehr froh, dass sie von der Idee mit den Bieren wieder abgerückt war.

»Und dann hat sie angefangen, mir an die Wäsche zu gehen, aber ich hab ihr gesagt, sie soll aufhören. Mom hat mir hinterher eine ganz schöne Abreibung verpasst.«

»Wie hat deine Mutter das denn herausgefunden?«

Er zuckte mit den Achseln. »Sie hat den Schnaps ge-rochen. Ich hab ihr gesagt, ich hätte der Dame gesagt, sie soll aufhören, aber sie hat mich trotzdem versohlt. Dass ich fünf Körbe verkauft hab, hat keine Rolle gespielt. Ver-stehst du, ich bin zu ihr reingegangen, hab Schnaps ge-trunken und bin auf den Pfad der Sünde geraten.« Er klang nicht, als würde er seiner Mutter Vorwürfe machen, son-dern eher, als wäre er vom rechten Weg abgewichen und hätte seine Strafe verdient. »Sie würde mir vermutlich auch eine Abreibung verpassen«, fügte er hinzu, »wenn sie her-ausfindet, dass ich hier bin.«

»Nun ja, ich hoffe du hast nicht vor, ihr davon zu erzäh-len.«

»Ich glaube, das lasse ich besser«, sagte er und schaute Leigh mit besorgter Miene an.

»Mach dir keine Sorgen. Ich werde dich nicht mit Schnaps abfüllen und dir an die Wäsche gehen.«

Er wurde so rot, dass sie es trotz seiner Sonnenbräune sehen konnte.

»Hört sich an, als wäre deine Mutter ziemlich streng?« Hört sich an, als wäre sie ein ziemlicher Drachen, dachte Leigh.

»Sie will nur nicht, dass ich was Unrechtes anstelle.«

»Erlaubt sie, dass du mit Mädchen gehst?«

Charlie schaute verwirrt aus der Wäsche.

»Du weißt schon, dich mit ihnen triffst und abhängst.«

Er schüttelte den Kopf, schaute hinunter auf seine Getränkedose und nahm einen Schluck.

»Das heißt, du hattest noch nie eine Freundin?«

»Lassen wir das«, murmelte er.

»Okay. Tut mir leid.« Sie nippte an ihrer Limo. Als sie die Dose anhob, tropfte etwas Limonade herunter und lief in ihren Ausschnitt. Sie sah, wie Charlie zu ihr hinschaute und sie beobachtete, während sie die Flüssigkeit wegwischte. »Was ist mit deinem Vater?«, fragte sie.

»Er ist mit einer Herumtreiberin durchgebrannt. Ich war damals noch so klein, dass ich mich gar nicht an ihn erinnern kann.«

»Das ist hart«, sagte Leigh.

»Er war ein Nichtsnutz.«

»Vielleicht hat deine Mutter Angst, dass *du* mit einer Herumtreiberin durchbrennst.«

»Ich doch nicht. Nie im Leben.«

»Das würde erklären, warum sie nicht will, dass du dich mit Mädchen triffst.«

»Du solltest nicht so über sie reden.«

»Ich bin sicher, sie ist ein toller Mensch.«

»Ganz richtig.«

»Ich glaube halt, dass du einiges verpasst. Nichts weiter. Die meisten Jungs in deinem Alter – wie alt bist, neunzehn oder zwanzig?«

»Achtzehn«, sagte er.

»Okay, achtzehn. Jedenfalls haben Jungs in deinem Alter normalerweise nichts anderes im Kopf als Mädchen. Hast du nicht manchmal das Gefühl, dass du was verpasst?«

»Ich weiß, worauf du hinauswillst.«

»Ich will auf gar nichts hinaus«, protestierte sie.

»Ach ja? Und wie kommt's dann, dass du die ganze Zeit nur über mich und Mädchen redest?«

»Ich bin nur neugierig, nichts weiter.«

»Du willst, dass ich Sachen mit dir mache.«

In seinem Blick lag etwas Herausforderndes, und Leigh fühlte sich ertappt. Sie war versucht, einfach alles abzustreiten, aber Charlie hätte ihr ohnehin nicht geglaubt. Er wusste, was er wusste. »Ich hatte mit dem Gedanken gespielt«, gab sie zu. »Aber mach dir keine falschen Vorstellungen. Ich hatte nicht vor, mich auf irgendwas mit dir einzulassen. Was aber nicht heißt, dass ich dich nicht sympathisch finde. Ich bin froh, dass wir uns begegnet sind, und ich glaube, wir könnten Freunde sein, wenn wir uns ein bisschen besser kennenlernen würden, aber ich habe einen festen Freund. Er lebt in Kalifornien, und ich bin nicht die Sorte Mädchen, die sich hinter seinem Rücken auf irgendwas einlässt. Wir können also gern befreundet sein, du und ich, aber ohne Anfassen, und das meine ich ernst.«

»Na ja, und weshalb hast du mich dann hierhergeschleppt?«

»Weil ich das Geld für dich holen wollte, wie du dich vielleicht erinnerst.« Da sie mittlerweile ziemlich sicher war, dass er ihr die Geschichte abkaufte, blieb sie hartnäckig am Ball. »Charlie, nur weil du einmal eine schlechte Erfahrung gemacht hast, solltest du daraus keine voreiligen Schlüsse ziehen. Nicht jede Frau ist wie diese eine, die versucht hat, dir an die Wäsche zu gehen. Und du solltest ihr auch nicht allzu heftige Vorwürfe machen, denn wenn du sie so angeschaut hast, wie du mich angeschaut hast, ist es kein Wunder, dass sie auf krumme Gedanken gekommen ist.«

Charlie riss die Augen auf, und die Kinnlade klappte ihm herunter.

»Sie hat vermutlich gedacht, dass du es drauf anlegst.«

»Ich hab sie nicht *so* angeschaut.«

»Na ja, jedenfalls hast du *mich* so angeschaut.«

»Sie war nicht mal halb so …« Er verstummte und schaute missmutig hinunter auf seine Getränkedose.

»Nicht mal halb so was?«, fragte Leigh sanft.

»Na, du weißt schon.«

»Fies und hässlich?«

Er schüttelte den Kopf.

»Fett und stinkig?«

Er musste lächeln, verkniff es sich dann aber doch und hob den Kopf.

»Sie war nicht halb so hübsch«, sagte er.

»Vermutlich auch nicht halb so nackt.«

Das Lächeln brach sich erneut Bahn, und diesmal verkniff er es sich nicht. In seinen Augen lag dennoch etwas Nervöses. »Jedenfalls nicht am Anfang.«

»Oh?«

»Und was es dann zu sehen gab, war kein schöner Anblick. Das ist mir so auf den Magen geschlagen, dass ich eine Woche lang keinen Bissen runtergekriegt hab.«

Leigh musste lachen.

Charlie musste auch ein wenig lachen. Er schüttelte den Kopf.

»Ich hab schon Pferdeäpfel gesehen, die besser ausgesehen haben als die Titten von der Ollen. Und sie hatte ein Hinterteil …« Er verstummte und wurde mit einem Mal ernst. »Verzeihung«, sagte er.

»Du brauchst *mich* nicht um Verzeihung zu bitten.«

»Ich muss jetzt weiter.« Er stürzte den Rest seiner Limonade herunter, setzte seinen merkwürdigen Hut wieder auf und erhob sich. »Danke für die Limo.«

Leigh stieß sich vom Türrahmen ab und stellte sich gerade hin, als er auf sie zukam. »Ich bin froh, dass du vorbeigekommen bist, Charlie. Es war nett, sich mit dir zu unterhalten.« Er reichte ihr die leere Dose und zog seine Hand schnell weg, als hätte er Angst vor einer gegenseitigen Berührung. Leigh stellte beide Dosen auf dem Tisch ab. Sie griff nach der zufallenden Fliegentür. »Warte einen Moment, ich komme gleich mit runter.«

Er wartete, bis sie herauskam.

»Du verkaufst also den Rest des Tages weiter deine Körbe?«, fragte sie, während sie den Abhang hinuntergingen.

»Genau. Ich mache noch einen Stopp bei Carson's, und dann geht's weiter.«

»Fährst du immer sämtliche Seen an einem Tag ab?«

»Ich glaube, heute lass ich es mit dem Circle Lake gut sein. Für Goon und Willow braucht's einen ganzen Tag.«

»Die stehen also morgen auf dem Programm? Brauchst du nicht eine Assistentin?«

Er schüttelte den Kopf.

»Ich war noch nie an diesen Seen.«

»Du kannst nicht mitkommen.«

Sie erreichten das sandige Ufer, und Charlie ging mit langen, schnellen Schritten voran, als ob er sie abhängen wollte. Leigh eilte ihm nach. »Wovor hast du Angst?«

»Ich hab keine Angst.«

»Du willst mich nicht dabeihaben. Das ist echt nett von dir. Da fühle ich mich gleich ganz großartig.«

Er erreichte das Boot, drehte sich um und schaute sie an. »Es hat nichts mit dir zu tun.«

»Klar.«

»Es wäre einfach nicht richtig.«

»Was wäre denn so falsch daran? Ach so.« Sie deutete mit dem Kinn auf die Tätowierung auf seinem Brustkorb. »Deine Mutter hätte was dagegen«, sagte sie sanft. Sie berührte die Tätowierung mit der Fingerspitze.

Charlie zuckte zusammen, rührte sich aber nicht von der Stelle. »Ich will nicht, dass du Ärger mit deiner Mutter bekommst.«

Sie legte ihm die flache Hand auf die Brust, fühlte seine weiche Haut und das schnelle Pochen seines Herzens. Sie ließ sie über seine Muskeln gleiten und spürte, wie seine Brustwarze hart wurde. »Vielleicht kommst du ja mal wieder«, sagte sie und nahm ihre Hand weg. Sie zitterte. »Vielleicht kaufe ich dir ja noch einen Korb ab.«

»Ich muss los.«

Leigh stand auf dem warmen Sand, bis Charlie das Boot ins Wasser geschoben hatte. Dann ging sie zum Pier und schaute zu, wie er vorbeiruderte.

Sie hob eine Hand und winkte ihm zum Abschied.

Charlie sah zu ihr herüber, während er sich in die Riemen stemmte, sagte aber kein Wort.

14

Sein Boot lag bei Carsons Camp an Land. Leigh hatte ihn beobachtet, wie er seine Körbe ausgeladen und den Strand hinaufgetragen hatte.

Sie konnte einfach rübergehen, doch sie wollte nicht das Risiko eingehen, ihn dadurch zu vergraulen.

Sie hatte sich weiß Gott schon weit genug aus dem Fenster gelehnt. Gut möglich, dass er nun die Nase voll hatte von ihr.

Rückblickend war sie selbst erschrocken über ihr Benehmen und ihre Empfindungen. Was war nur los mit ihr? Sie hatte sich beinahe an ihn herangeschmissen. So was war ihr in ihrem ganzen Leben noch nie passiert.

Vermutlich ist es das Beste, wenn ich ihn nie wiedersehe, sagte sie sich.

Vergiss ihn einfach.

Sie drehte den Liegestuhl so, dass sie einen Blick auf Carsons Camp hatte. Dann lehnte sie sich zurück und rieb sich mit Sonnenlotion ein, doch in ihrer Fantasie waren es Charlies Hände, die die ölige Flüssigkeit auf ihrer Haut verteilten.

Nach einer Weile kehrte Charlie zu seinem Boot zurück. Er lud einige Körbe wieder ein, nahm zwei Picknickkörbe heraus und lief den Abhang hinauf. Kurze Zeit später tauchte er mit leeren Händen wieder auf.

Leigh freute sich für ihn.

Es schob das Boot ins Wasser.

Ihr fiel ein, dass sie das Kanu hatte.

Fahr ihm hinterher.

Nein.

Lass ihn in Ruhe und vergiss ihn einfach.

Den ganzen Tag dachte sie nur an ihn. Und nachts, als sie im Bett lag, starrte sie an die Decke und dachte an den nächsten Tag. Sie wusste, wo er sein würde: auf den beiden anderen Seen – Goon und Willow. Dank Mike wusste sie auch, wo der Kanal war. Wenn sie es wirklich darauf anlegte, konnte sie Charlie abpassen. Allein der Gedanke daran ließ sie zittern.

Auf keinen Fall werde ich da hinfahren, sagte sie sich.

Ach ja? Wollen wir wetten?

Sie stellte sich vor, wie er vor ihr stand – schlank und rank, seine Muskeln in der Sonne glänzend und die Jeans knapp über den Hüftknochen.

Was für ein Zufall, dich hier zu treffen, Charlie.

Natürlich würde er sofort wissen, dass es kein Zufall war.

Verpiss dich und lass mich in Ruhe.

Nein, so was würde er nie sagen. Vielmehr würde er verstohlen ihren Körper in Augenschein nehmen. Er wollte sie, doch er hatte Schiss.

Lass das, dachte Leigh.

Genervt strampelte sie das Laken beiseite. Vom Fenster wehte ein leichter Luftzug herein und strich kühl über ihr klammes Nachthemd. Die Luft roch wunderbar. Leigh richtete sich auf und schaute zum Fenster, durch das der Mond ins Zimmer schien. Sie hörte Vögel und Grillen, deren Gezirpe und Gezwitscher die Nacht erfüllte.

Warum nicht nach draußen gehen und das Ganze richtig genießen, dachte sie. Schlafen kannst du ohnehin nicht.

Vorsichtig stieg sie aus dem Bett, wobei sie darauf achtete, dass die Sprungfedern der Matratze nicht allzu sehr quietschten, und schlich dann zur Tür.

Warum bist du so aufgeregt? Du *brauchst* dich nicht auf leisen Sohlen aus dem Haus zu schleichen. Mike und Jenny hatten nichts dagegen, wenn sie nachts vor die Tür ging.

Doch sie merkte, dass es nicht der Gedanke an Mike und Jenny war, der ihre Unruhe verursachte. Es war die Situation als solche – um diese Uhrzeit allein vor die Tür zu gehen, mit nichts weiter an außer ihrem Nachthemd.

Es war keine Angst, sondern Erregung.

Was ist denn schon groß dabei?

Ach ja, und warum zitterst du dann wie Espenlaub?

Vom trüben Mondlicht abgesehen, das durch die Fenster drang, lag das Haus im Dunklen. Sie rieb sich über die Arme, um ihre Gänsehaut zu vertreiben, ging leise zur Haustür und zog sie Zentimeter für Zentimeter auf, bis der Spalt groß genug war, damit sie hindurchschlüpfen konnte. Sie stöhnte kurz auf, als sie mit der rechten Brustwarze an der Kante der Tür vorbeistrich. Zitternd zog sie die Tür hinter sich zu.

Der Boden der Veranda fühlte sich kühl und glatt an unter ihren Füßen. Die Fliegentür ächzte beim Aufmachen, aber Leigh machte sich deswegen keine Gedanken. Sie ging die Holztreppe hinunter.

Geschafft. Du bist draußen.

Als sie den Waldboden vor dem Haus unter den Füßen spürte, blieb sie stehen. Ein Glühwürmchen schwebte an ihr vorbei und verschwand in der Dunkelheit. Sie schloss die Augen und genoss es, wie der Nachtwind durch ihre Haare wehte und sanft über ihr Gesicht, ihre Arme und Beine strich und das Nachthemd auf ihrer Haut flattern ließ. Es war wie eine sinnlich-erotische Berührung.

Auf wackligen Beinen ging sie den steilen Pfad hinunter und zum See entlang. Am Pier angekommen, schaute sie sich nach links und rechts um. Nirgendwo am Ufer war jemand zu sehen. Das Wasser des Sees schwappte leise zwischen den Stelzen des Piers hin und her. Zu ihrer Rechten malte der Mond einen silbernen Pfad auf den See.

Sie ging bis zum Ende des Piers. Der Wind war hier stärker als am Ufer. Er ließ ihr Nachthemd flattern wie eine Fahne und umspielte ihre Haut wie die sanften Hände eines Geliebten, der vorsichtig und zärtlich ihren Körper erkundete.

Am liebsten hätte Leigh ihr Nachthemd ausgezogen und nackt im Mondlicht dagestanden, um so den Wind am ganzen Leib zu spüren.

Nicht hier, am Ende des Piers. Könnte ja sein, dass jemand zuschaut.

Über das Wasser drang ein leises Ächzen.

Es hörte sich nicht an wie ein Mensch.

Eher metallisch. Wie eine Rudergabel.

Das Geräusch riss Leigh aus ihren romantischen Träumereien. Sie erstarrte und blickte suchend in die Dunkelheit.

Das Boot war nur eine verschwommene Silhouette auf der schwarzen Oberfläche des Sees. In der Mitte saß aufrecht eine Gestalt. Leigh konnte kaum glauben, dass sie es nicht schon vorher bemerkt hatte, denn es war gerade mal zwanzig Meter vom Ende des Piers entfernt.

Und es bewegte sich nicht von der Stelle.

Charlie?

Einen Moment lang wollte sie seinen Namen rufen, ließ es dann aber doch lieber. Was, wenn er es nicht war?

Es könnte irgendwer sein.

Der Mann aus Jody's Raststätte.

Sie spürte, wie sie eine Gänsehaut bekam.

Fang nicht an zu spinnen.

Kann auch irgendein Angler sein.

Doch sie sah keine Angelrute.

Es ist Charlie. Es muss Charlie sein.

Mann, das hier ist seltsam. Zum Gruseln seltsam.

Was macht er hier?

»Charlie?«, fragte sie, ohne ihre Stimme zu erheben. Bei der Stille, die hier herrschte, war das nicht notwendig. Sie wusste, dass sie da draußen zu hören war.

Die Ruderdollen ächzten – dieses Mal lauter als zuvor. Sie hörte das leise Schmatzen der Ruder, die aus dem Wasser gehoben wurden, und sah, wie die verschwommene Silhouette sich vor und zurück beugte und anfing zu rudern. Das Boot drehte sich.

Er kommt hierher.

O Gott im Himmel.

Sie hatte das Gefühl, als würde ihr das Herz den Brustkorb zerbersten lassen.

Das hier passiert nicht wirklich. Es ist nur ein Traum. Ein sehr merkwürdiger Traum. Du wirst jeden Moment aufwachen.

Doch sie wusste genau, dass sie nicht träumte.

Sie presste die Knie zusammen, um aufrecht stehen zu bleiben.

Beruhige dich, dachte sie. Du hast dir so was wie das hier gewünscht, und jetzt passiert es eben.

Sie empfand eine Mischung aus Angst und Erregung. Sie konnte nicht aufhören zu zittern.

Dann bemerkte sie, dass das Boot nicht auf sie zukam, sondern sich von ihr wegbewegte.

Charlie hatte den Mut verloren.

Irgendetwas hatte ihn hierher gelockt. Mitten in der Nacht, während sie schlief. Um dann was zu machen? Das Haus anzustarren und sich seinen Fantasien hinzugeben?

Seinen Namen zu rufen würde rein gar nichts nützen.

Leigh hechtete vom Pier ins Wasser und schoss unter der Oberfläche dahin. Im ersten Moment ließ die Kälte sie zusammenzucken, doch gleich darauf breitete sich ein Wohlgefühl in ihrem Körper aus, und sie tauchte wieder auf, holte Luft und schaute sich um. Sie sah die Umrisse des Boots in einiger Entfernung und schwamm ihm hinterher.

Sie war sich sicher, dass Charlie sie gesehen haben musste, als sie ins Wasser sprang, denn er saß beim Rudern mit dem Gesicht zum Pier. Es konnte ihm gar nicht entgangen sein. Doch was würde er nun machen? Anhalten oder sich in die Riemen legen und versuchen, sie abzuhängen?

Leigh war eine gute Schwimmerin. In einem Kanu hätte Charlie sie leicht hinter sich lassen können, doch ein Ruderboot war schwer und träge. Sie war sicher, dass sie ihn einholen konnte, egal, wie sehr er sich anstrengte.

Ihre Beine schlugen gleichmäßig auf und ab, ihre Arme schossen einer nach dem anderen aus dem Wasser, und alle sechs Züge holte sie Luft.

Er denkt wahrscheinlich, ich habe nicht mehr alle Tassen im Schrank.

Stimmt ja auch.

Ich hätte auch das Kanu nehmen können.

Aber das hier ist einfach besser.

Ein Teil von Leighs Verstand, der das ganze Geschehen aus der Distanz zu betrachten schien, bewunderte sie mit leichtem Amüsement für ihre Unverfrorenheit. Du hast echt Nerven und Mumm, so was durchzuziehen.

Sie hob den Kopf aus dem Wasser.

Das Boot lag längsseits vor ihr und war nicht mehr weit entfernt. Also versuchte Charlie nicht länger, sich aus dem Staub zu machen.

Umso besser für ihn.

Allerdings trug er nicht seinen merkwürdigen Hut mit den Federn dran.

Sie senkte den Kopf wieder ins Wasser und schwamm weiter.

Was ist, wenn es doch nicht Charlie ist?

Sie überlegte sich, ob sie einen weiteren Blick riskieren sollte, doch das würde nichts nützen. Zu dunkel.

Hoffen wir mal, dass er es ist.

Und was, wenn nicht?

Sie verkrampfte innerlich, und eine Woge der Kälte durchströmte sie.

Sie redete sich Mut zu. Es musste Charlie sein.

Sie war schon ganz dicht beim Boot und kam ihm mit jedem Zug näher. Sie sah sich selbst, wie sie nach dem Bootsrand griff und sich hinaufzog. Vor ihr tauchte ein Gesicht auf. Ein Gesicht, das sie nicht kannte. Das Gesicht einer Frau. Charlies Mutter. Ihre Hand umklammerte Leighs Handgelenk. *Jetzt hab ich dich!*

Es war ein verrückter Gedanke, doch irgendwie wurde sie ihn nicht los. Sie schwamm auf der Stelle und wischte sich das Wasser aus den Augen.

Das Boot war noch zwei Meter entfernt.

Der Mann in dem Boot hatte Charlies Statur, doch das Gesicht war nur verschwommen zu sehen. Es hätte jeder X-Beliebige sein können.

»Charlie?«, fragte sie.

»Wie wär's, wenn du dich am Ruder festhältst?«, sagte er, doch er klang nicht sonderlich begeistert.

Leigh schwamm näher heran, griff nach dem glitschigen Ruderblatt und hangelte sich am Schaft entlang bis zum Boot. Mit beiden Händen ergriff sie den Bootsrand. »Danke, dass du angehalten hast.«

»Was hätte ich denn tun sollen, dich absaufen lassen?«

»Ich wäre nicht abgesoffen.«

»Willst du jetzt reinklettern, oder was?«

»Ich überlege noch.« Sie dachte an ihr Nachthemd. Nass wäre es fast durchsichtig. »Was machst du hier draußen, Charlie?«

»Nichts.«

Das Boot war leer. Lediglich ein Anker lag auf dem Deck vorne beim Bug. »Körbe verkaufst du jedenfalls nicht, soweit ich sehe.«

»Ich wollte nur mal frische Luft schnappen. Im Haus ist es zu stickig.«

»Du bist die ganze Strecke hier rübergerudert, um frische Luft zu schnappen?«

»Du denkst wohl, ich spioniere dir nach.«

»Irgendwie schon.«

»Totaler Quatsch.«

»Ist ja schon gut, Charlie. Macht mir nichts aus. Ich hab auch an dich denken müssen. Deswegen konnte ich nicht schlafen und bin runter zum See. Ich hab dich vermisst und dachte, wir würden uns nie wiedersehen.«

»Wie kommt's, dass du an mich denkst und nicht an deinen Freund?«

»Den gibt's gar nicht. Den habe ich mir nur ausgedacht. Ich komme jetzt an Bord.«

Charlie rückte ein Stück zur Seite, um das Boot in der Balance zu halten, und Leigh zog sich aus dem Wasser. Auf die Arme gestützt, wartete sie, bis das Boot aufgehört hatte zu schaukeln, schwang dann ein Bein über den Bootsrand und ließ sich an Bord fallen. Ächzend landete sie auf dem Rücken, ihre Knie ragten weit gespreizt in die Luft, und sie rollte sich rasch auf die Seite.

»Hast du dir wehgetan?«, fragte Charlie.

»Ich werd's überleben.« Sie strich sich mit der Hand über den Körper und ihr Bein. Der Stoff ihres Nachthemds klebte bis zu ihrem Knie an ihrer Haut. Sie setzte sich auf, rutschte rückwärts bis zur Kante der Sitzbank im Heck und hievte sich auf den Sitz. »Sehr eleganter Auftritt, oder?«

Charlie rückte wieder in die Mitte seiner Sitzbank und ergriff das Ruder. Er ließ beide Griffe auf seine Oberschenkel sinken, sodass die Ruder wie zwei merkwürdige Flügel in die Luft ragten.

Zitternd vor Kälte und Aufregung, schaute Leigh an sich hinunter. Wie erwartet klebte ihr Nachthemd an ihrer Haut und war so gut wie durchsichtig. Sie verschränkte die Arme vor ihrer Brust und beugte sich vor. »Du hast nicht zufällig ein Handtuch?«

»Du kannst mein Hemd haben«, sagte er.

»Danke.«

Er schwenkte die Ruder nach innen und legte die Ruderblätter links und rechts von ihr auf der Sitzbank ab. Dann zog er sein Hemd aus und warf es Leigh zu.

Sie legte es neben sich auf die Sitzbank. »Mach die Augen zu«, sagte sie.

»Weshalb?«

»Weil ich dich drum bitte.«

»Okay.«

»Sind sie zu?«

Er nickte.

Leigh konnte nicht erkennen, ob er die Augen wirklich geschlossen hatte. Hin- und hergerissen zwischen der Erwartung und dem Wunsch, dass er doch einen Blick riskieren würde, stand sie auf und zog sich ihr Nachthemd über den Kopf.

Sie wickelte es zusammen und wrang es über der Wasseroberfläche aus. Dann legte sie es auf den Sitz und senkte den Blick. Die von der Sonne gebräunten Stellen ihrer Haut schimmerten dunkel, während ihre Brüste ganz bleich aussahen und nur ihre Brustwarzen fast schwarz in die dunkle Nacht ragten. Sie atmete tief durch, hob Charlies Hemd auf und zog es über. Es klebte an ihrer nassen Haut, doch es vertrieb die Kälte. Sie machte die beiden unteren Knöpfe zu und zupfte die vorderen Zipfel über die Oberschenkel.

Selbst mit dem Hemd fühlte sie sich noch nackt. Das lag an der lackierten Sitzbank, die sich glatt und feucht unter ihren Pobacken anfühlte.

»Okay«, sagte sie. »Du kannst die Augen wieder aufmachen.«

Charlie nickte.

»Du hast nicht gelinst, oder?«

»Nein.« Er wand sich ein wenig. »Du hast gesagt, ich soll nicht.«

»Sehr gut. Danke für das Hemd. Es fühlt sich gut an. Mir war echt kalt. Ist dir nicht kalt ohne dein Hemd?«

»Nein. Ich bin ja nicht nass.«

»Wie lange warst du da draußen?«

Er zuckte mit den Schultern. »Nicht lange.«

»Weiß deine Mutter das?«

»Sie hat geschlafen.«

»Was ist, wenn sie aufwacht und merkt, dass du nicht da bist?«

»Na ja, ich denke, sie wird mir ganz schön die Ohren lang ziehen.«

»Aber du bist trotzdem hergekommen.«

»Bin ich nicht ... Ich bin einfach nur ins Boot gestiegen und irgendwann hier gelandet. Es war alles nur Zufall.«

»Es freut mich trotzdem.«

»Du hättest das nicht mitbekommen sollen.«

»Fahr mit mir irgendwo hin, Charlie.«

Er fuhr sich mit dem Handrücken über den Mund. »Ich sollte dich zurück zu eurem Pier bringen.«

»Das wirst du aber hoffentlich nicht machen, oder?«

Er schüttelte den Kopf, hob die Ruder aus dem Boot und ließ sie ins Wasser sinken. Er hielt ein Ruder fest und bewegte nur das andere, bis der Bug des Boots herumschwang und in die dem Pier entgegengesetzte Richtung zeigte. Dann ruderte er in nördlicher Richtung los. Die Riemendollen ächzten, die Ruderblätter machten schmatzende Geräusche, wenn sie aus dem Wasser auftauchten, und zeichneten eine gerade Linie Wassertropfen auf die Oberfläche des Sees, bis sie erneut eintauchten und geräuschlos wieder zurückglitten.

Leigh beobachtete Charlie. Er saß mit gebeugtem Rücken da, die Beine ausgestreckt, die Fersen in die Wanten des Bootsrumpfs gestemmt. Er beugte sich mit ausgestreckten Armen vor, tauchte die Ruder ein, lehnte sich zurück und zog sie durchs Wasser, um sich gleich wieder aufzurichten, wenn die Ruderblätter aus dem Wasser auftauchten.

»Rudern kannst du echt gut«, sagte Leigh.

»Danke.«

Sie streckte die Beine aus, bis ihre Füße die von Charlie berührten. Er zog seine nicht weg.

»Es ist wunderschön hier draußen in der Nacht«, sagte sie. »So friedlich. Wohnst du schon immer hier?«

»Ja.«

»Das muss schön sein.«

»Klar. Ganz okay.«

»Hast du Brüder oder Schwestern?«

»Nein.«

»Ich auch nicht.«

»Ich hatte einen Zwilling – ist aber tot auf die Welt gekommen.«

»Das tut mir leid.«

»Nun ja. Mir macht es nichts aus. Ich hab ihn nie gekannt, deshalb war es nicht so, als hätte ein lieber Verwandter ins Gras gebissen.« Er ruderte ein paar Schläge lang, ohne ein Wort zu sagen. »Es wär' schon komisch gewesen, einen Bruder zu haben, der genauso aussieht wie ich.«

»Ich kenne ein Zwillingspärchen. Die geben sich manchmal für den anderen aus. Sie haben schon etliche Leute damit ziemlich reingelegt.«

»Es ist im See.«

»Was?«, fragte Leigh, die nicht wusste, was Charlie meinte.

»Mein Alter ist damit auf den See rausgefahren, hat ihm einem Anker umgebunden und es ins Wasser geworfen. Ich vermute mal, es ist immer noch da unten irgendwo.«

Leigh runzelte die Stirn und versuchte, sich einen Reim darauf zu machen. Dann ging ihr ein Licht auf, und sie begriff, dass »es« sein tot geborener Zwilling war. Charlies Vater hatte den Leichnam mit einem Anker beschwert und im See versenkt ...

Und sie war in diesem See *geschwommen* ...

Nun ja, mittlerweile war vermutlich nicht mehr viel davon übrig, versuchte sie sich zu beruhigen. Immerhin war das Ganze ja schon wie viel ... achtzehn Jahre her?

Da unten war ein totes Baby.

Oder jedenfalls sein Skelett.

Mit einem Mal wirkte der See, auf dem der Mond sich silbern spiegelte, nicht mehr ganz so still und idyllisch wie noch einige Minuten zuvor.

»Schon komisch, sich vorzustellen, dass es irgendwo da unten ist.«

Unglaublich.

»Kennst du das, wenn manchmal ein Fisch aus dem Wasser springt und man ganz schnell hinguckt, und er ist schon wieder weg? Und man sieht nur noch die Wellen auf dem Wasser? Als ich noch klein war und so was passierte, da dachte ich immer, *es* würde aus dem Wasser auftauchen.«

»Mein Gott«, murmelte Leigh.

»Nicht dass ich deswegen Schiss gehabt hätte. Ich hab immer ganz schnell hingeguckt, in der Hoffnung, dass ich es zu sehen bekomme. Es war pure Neugier, nichts weiter. Einmal bin ich ins Wasser gesprungen.« Er schüttelte den Kopf.

Leigh sah seine weißen Zähne. War das ein Lächeln?

»Ich dachte, ich könnte runtertauchen und mir die Überreste schnappen, damit ich sie mir mal richtig ansehen kann.«

Leigh hatte genug von dem Thema. »Wie weit weg ist denn die Highschool?«, fragte sie.

»Ach, zwanzig Meilen.«

»Wie kommst du da hin? Mit dem Bus?«

»Ich bin nie da gewesen.«

»Du warst nie in der Schule?« Allzu überrascht war sie nicht.

»Wozu brauche ich eine Schule? Mom bringt mir alles bei, was ich wissen muss.«

»Deine Mom ist Lehrerin?«

»War sie mal, ist aber schon lange her.«

»Da würdest du andere Leute treffen.«

»Ich komme auch ohne gut klar.«

»Mädchen zum Beispiel.«

»Fängst du wieder mit Mädchen an?«

»Nicht, wenn du keine Lust drauf hast.«

»Ich verstehe nicht, was es soll. Du bist ein Mädchen. Und du bist hier. Weshalb soll ich mich über Mädchen unterhalten, die ich nicht mal kenne?«

»Da hast du nicht ganz unrecht.«

»Ich hab sowieso noch nie eins gesehen, das so hübsch war wie du.«

»Ach, ich wette, dass doch.«

»Nö. Und ich hab schon viele gesehen – auf meinen Verkaufstouren mit den Körben rund um die Seen. Und keine war so nett wie du. Die meisten von denen führen sich komisch auf. Als ob sie Angst vor mir hätten.«

»Warum sollten sie Angst vor dir haben?«

Eine kurze Weile sagte er nichts. Er zog die Ruder einmal durch und beugte sich dann wieder nach vorn. »Weil ich nicht so bin wie sie, nehme ich an. Kann's sein, dass es daran liegt? Du hast auch Angst vor mir, also müsstest du doch eigentlich wissen, warum.«

»Ich hab keine Angst vor dir.«

»Doch, hast du. Der einzige Unterschied zwischen dir und denen ist, dass du dich von deiner Angst nicht abhalten lässt.«

»Wenn ich Angst vor dir hätte, würde ich wohl kaum hier in deinem Boot sitzen, mitten in der Nacht.«

»Ach ja?«

»Allerdings. Ich bin ja wohl nicht bescheuert.«

»Du hast Angst. Aber du lässt dich nicht abschrecken. Vielleicht spielst du ja gern mit dem Feuer.«

»Vielleicht spiele ich auch gern mit was anderem, Charlie. Und vielleicht hat das was mit dir zu tun.« Sie zog ihre Füße zurück. »Rutsch rüber«, sagte sie und kraxelte zu der Sitzbank in der Mitte des Boots. Sie packte den Griff von einem der Ruder, schob ihn aus dem Weg und setzte sich neben Charlie. »Jetzt geben wir mal ein bisschen Gas«, sagte sie und begann zu rudern.

Leigh bewegte sich im Gleichtakt mit Charlie. Sie beugte sich nach vorne, wenn er es tat, tauchte gemeinsam mit ihm das Ruder ein und zog es parallel zu ihm nach hinten. Sie spürte seinen Körper – seinen Arm an ihrem, seine Hüften, sein Bein.

Es machte schneller. Sie zog mit.

Das Boot rauschte über den See, schneller und schneller auf ein Ziel zu, das nur Charlie kannte.

15

Knirschend glitt das Boot an Land. Leigh und Charlie holten die Ruder ein und legten sie auf der Sitzbank im Bootsheck ab.

»Nun«, sagte Charlie. »Da sind wir.«

Leigh nickte. Sie war noch ein wenig außer Atem vom Rudern.

»Gefällt's dir?«

»Ganz gut«, sagte sie. Mit Ausnahme von der Einfahrt, die kaum breiter war als das Boot, war die ganze Bucht von hohen Bäumen gesäumt. Sie machte einen unheimlich abgeschiedenen Eindruck. Viel besser, als Leigh es sich erhofft hatte. Sie lächelte zu Charlie hinüber. »Eigentlich sogar richtig toll.« Sie blickte über die Schulter und sah, dass sie auf einem schmalen Sandstreifen gelandet waren. »Es hat sogar einen Strand«, flüsterte sie.

»Das liegt daran, dass es hier mal ein Haus gab. Es steht immer noch, aber es lebt niemand mehr drin.« Er erhob sich von der Sitzbank und ging zum Bug. Dort hob er den Anker in die Höhe und warf ihn über Bord. Mit einem dumpfen Geräusch landete er auf dem Sand.

»Ich bin gleich da«, sagte Leigh im Flüsterton, denn irgendwie brachte dieser Ort sie dazu, die Stimme zu senken. Sie ging zum Heck des Boots. Als sie sich vorbeugte, spürte sie, wie der hintere Zipfel des Hemds über ihren Po rutschte und eine sanfte Brise über ihre Pobacken strich. Sie fragte sich, ob Charlie ihr wohl zuschaute.

Ihr Nachthemd war ein feuchtes Knäuel. Sie schüttelte es aus und breitete es auf der Rückbank zum Trocknen aus. Dann hüpfte sie von Bord. Der Sand fühlte sich weich und warm unter ihren Füßen an. Sie ging zu Charlie rüber. Sie atmete schwer, doch das lag mittlerweile nicht mehr an der Anstrengung vom Rudern.

Unmittelbar hinter dem schmalen Strand erhoben sich die Bäume. Dazwischen sah sie einige Glühwürmchen herumschweben. Ihr Blick wanderte den bewaldeten Abhang hinauf. Schemenhaft war ein Gebäude zwischen den Bäumen zu erkennen – eine Blockhütte oder ein Schuppen.

»Bist du sicher, dass niemand da drin wohnt?«

»Willst du hingehen und nachschauen?«

»Nicht unbedingt.«

Sie starrte Charlie an. Sie wünschte, es wäre heller, damit sie sein Gesicht sehen konnte. Seine tief liegenden Augen waren nur noch dunkle Schatten, seine Lippen nur verschwommen zu erkennen. Einen schrecklichen Augenblick lang wirkte er wie ein Fremder. Dann berührte sie sein Gesicht, und er war wieder Charlie. Ihre zitternden Finger wanderten seine Wangen hinunter zu seinem Kinn und den Schultern. Dort verharrten sie. Leigh trat näher an ihn heran, zog ihn an sich und küsste ihn auf den Mund.

Seine Lippen wirkten steif. Sie ließ ihre Zunge zwischen sie gleiten, und sie öffneten sich einen kleinen Spalt. Seine Zungenspitze berührte ihre. Sie umspielte sie und sog daran. Charlie stöhnte und schlang seine Arme um Leigh. Er drückte sie fest an sich, machte seinen Mund weit auf, presste die Lippen fest an ihre und schob ihr seine Zunge tief in den Mund.

Leigh schmiegte sich an ihn. Ihre Hände glitten zärtlich über seinen Rücken, von den Schultern bis zur Hüfte, und drückten ihn an sich. Dicht aneinandergepresst standen sie da, bei jedem Atemzug rieb sein Brustkorb über ihre Brustwarzen, drückte sich sein Bauch gegen ihren, während sich der Knopf seiner Jeans in ihre Haut grub.

Charlies Hände lagen knapp unter ihren Schulterblättern, sie fühlten sich an, als seien sie riesengroß, bewegten sich aber nicht von der Stelle. Leigh wünschte, sie würden hin und her wandern, ihren Körper erkunden, tastend unter das Hemd gleiten.

Macht nichts, sagte sie sich. Für ihn ist das alles noch neu. Er war noch nie mit einem Mädchen zusammen und weiß nicht, was er tun soll. Oder er weiß es doch und traut sich nur nicht.

Sie ließ eine Hand an Charlies Rücken heruntergleiten und schob ihre Finger in seinen Hosenbund. Er trug keine Unterhose. Seine Pobacken waren zart und fest zugleich.

»Wie wär's wenn wir … eine Runde schwimmen?«, fragte er.

»Toll.« Leigh zog ihre Hand aus seinem Hosenbund. »Ich hab aber keine Schwimmsachen dabei. Und du auch nicht.«

»Das ist okay«, sagte Charlie.

»Was soll ich denn anziehen?«

»Du kannst mein Hemd nehmen, wenn du willst.«

»Ich will das nicht auch noch nass machen.«

»Macht mir nichts aus«, sagte Charlie. Er ließ Leigh los.

Sie rückte ein wenig von ihm ab und dirigierte seine Hände auf ihre Taille. »Hast du Lust, mir beim Aufknöpfen zu helfen?«

Er fummelte die beiden Knöpfe auf, zog den Stoff auseinander wie eine Gardine und betrachtete Leigh. Sie schloss die Augen und spürte, wie das Hemd von ihren Schultern rutschte und die Arme herunterglitt. Nackt und zitternd stand sie vor Charlie und sehnte sich danach, dass er sie berührte.

»Ich wollte, es wäre ein bisschen heller«, sagte er mit heiserer Stimme. »Damit ich dich besser sehen kann.«

»Schon mal was von Blindenschrift gehört?«, flüsterte Leigh.

Doch Charlie stand nur reglos da.

Sie machte die Augen auf und griff nach dem Knopf seiner Hose.

Er schob ihre Hände weg. »Geh schon mal ins Wasser.« Er klang nicht verärgert, sondern vielmehr nervös.

»Du brauchst nicht so schüchtern zu sein«, sagte Leigh. »Ich komme gleich nach.«

»Okay.« Sie drehte sich um und ging über den Sand ins knöcheltiefe Wasser. Sie erinnerte sich daran, wie kalt es gewesen war, als sie vom Pier in den See gesprungen war. Nun fühlte es sich so warm an wie die laue Nachtluft.

»Nicht hinsehen«, sagte Charlie.

»Okay, du Mimose.« Sie ging weiter, und das Wasser stieg immer höher. Es schien sie zärtlich zu umspielen, und als es ihren Schritt erreichte, musste Leigh tief Luft holen. Sie beugte sich vor, stieß sich mit den Füßen ab und glitt vorwärts. Als ihre Füße nach dem Grund tasteten, stand ihr das Wasser bis zum Hals. Sie breitete die Arme aus und ließ sie an der Oberfläche treiben. Sie betrachtete die Bäume vor sich und die schmale, vom Mondlicht erhellte Lücke, durch die sie in die Bucht hineingerudert waren.

Hinter sich hörte sie Wasser spritzen. Sie wartete darauf, dass sich Charlies Arme um sie schlingen würden, seine Hände ihre Brüste berührten und sich sein Körper an ihren Rücken presste.

Doch er schwamm an ihr vorbei. Sein Kopf ragte aus dem Wasser und drehte sich dann zu ihr herum. Er war zwei Meter entfernt. »Ah, das fühlt sich gut an«, sagte er. »Geht doch nichts über eine Runde Schwimmen mitten in der Nacht.«

»Komm her, Charlie Payne.«

Er lachte leise. »Ich wette, du kriegst mich nicht.«

Leigh hatte keine Lust auf Spielchen. »Wovor hast du Angst?«

»Du kriegst mich nicht, du kriegst mich nicht.« Er wandte sich ab und schwamm davon.

»Verdammt noch mal, Charlie.«

»Fang mich doch, du kriegst mich nicht«, ertönte sein Singsang weiter.

»Ach ja, das glaubst aber nur du«, sagte Leigh und murmelte leise »Scheiße« vor sich hin. Dann stieß sie sich ab, tauchte unter und schwamm unter Wasser weiter. Sie passierte eine kalte Wasserschicht und tauchte noch tiefer. Ihre Lunge schmerzte, doch sie ließ sich nicht beirren.

Sie stellte sich Charlie vor, wie er auf der Stelle schwamm. Seine langen Beine. Seinen Penis.

Mittlerweile musste sie ihn fast erreicht haben.

Sie spürte eine Bewegung im Wasser und hörte gedämpftes Klatschen und Plantschen. Er versuchte, sich aus dem Staub zu machen.

Irgendwie versuchte er *andauernd*, sich aus dem Staub zu machen.

Leigh tauchte auf und schnappte nach Luft. Wasser spritzte ihr von Charlies strampelnden Füßen ins Gesicht. Sie streckte blitzschnell ihre Hand aus und bekam sein Fußgelenk zu fassen. »Ich hab dich!« Sie zog an seinem Fuß und packte sein Bein. Doch statt nackter Haut spürte sie Jeansstoff.

»Hey!« Sie griff in eine seiner Gesäßtaschen und zerrte daran. Charlie glitt rückwärts, drehte sich hin und her und machte sich los. »Was soll denn das schon wieder?«, fragte Leigh.

»Hä?«

»Du hast deine Jeans an.«

»Na und?«

»Also ... erstens ... wie kommst du auf die Idee, dass die bis morgen früh wieder trocken ist?«

»Keine Ahnung ... vermutlich ist sie's nicht.«

»Ach ja, und was wirst du deiner Mutter erzählen, wie sie nass geworden sind?«

Charlie gab keine Antwort. Das hatte er ganz offensichtlich nicht bedacht. Leigh ließ sich ein wenig in Richtung Ufer treiben, bis sie wieder felsigen Grund unter ihren Füßen spürte. Charlie kam ihr hinterher. Auch er stellte sich hin. Das Wasser reichte ihm bis knapp unterhalb der Schulter. »Jeans brauchen ziemlich lange, bis sie trocken sind«, sagte sie. »Wenn du sie mir jetzt gibst, kann ich sie auswringen und zum Trocknen aufhängen. Wenn wir Glück haben und der Wind ...«

»Aber dann hätte ich ja gar nichts an.«

»Da bist du nicht der Einzige.«

»Glaubst du, sie wird rechtzeitig trocken, wenn man sie aufhängt?«

»Kann sein.«

»In Ordnung, aber ...« Er sprach nicht zu Ende. Seine Schultern bewegten sich leicht, und einen Moment später tauchte er unter. Er blieb eine ganze Weile unsichtbar, doch Leigh spürte, wie sich das Wasser unter der Oberfläche bewegte. Schließlich tauchte sein Kopf wieder aus dem Wasser auf. Er warf Leigh die Jeans zu.

»Bleib, wo du bist«, sagte sie und watete mit der Jeans an Land.

Das hat ja schon mal ganz gut geklappt, dachte sie, obwohl sie noch immer sauer war, dass er seine Jeans überhaupt anbehalten hatte. So war das nicht abgemacht gewesen. Er hatte sie beschissen. Außerdem war es schon ziemlich merkwürdig. Wie viele Typen hätten an seiner Stelle ihre Hosen angelassen, wenn im Wasser ein nacktes Mädchen auf sie wartete? Null. Gar keiner.

Aber das war in Charlies Fall nichts Neues. Er war von Anfang an merkwürdig gewesen.

Weil er noch nie mit einem Mädchen zusammen gewesen war.

Seine Mutter hatte ihn ganz schön versaut ... Aber dieses Mal war der Schuss nach hinten losgegangen. Wenn Charlie nicht so viel Schiss gehabt hätte, dass die nassen Jeans ihn verraten würden, hätte er sie nie ausgezogen.

Leigh watete an Land und blieb mit dem Rücken zum Wasser am Strand stehen. Der Wind ließ sie frösteln. Kalte Wassertropfen perlten ihr den Rücken herunter, und sie biss die Zähne zusammen. Mit aller Kraft wrang sie so schnell wie möglich die Beine der Jeans aus. Dann schüttelte sie die Hose aus. Der Stoff war zwar immer noch nass, aber wenigstens tropfte er nicht mehr.

Um den nächsten Baum zu erreichen, musste sie den Strand verlassen. Zweige bohrten sich schmerzhaft in ihre Fußsohlen, und Gestrüpp scheuerte und kratzte an ihren Unterschenkeln. Sie schaute in Richtung der Blockhütte und fragte sich, ob sie wirklich verlassen war.

Was wäre, wenn jemand ...?

Fang jetzt bloß nicht damit an.

Er könnte sich zwischen den Bäumen verstecken und sie beobachten. Mit einer Hand in seinem Overall ...

Keine Angst. Charlie ist ja da.

Er ist nicht da, sondern im Wasser.

Ob er ihr wohl zu Hilfe kommen würde, wenn jemand aus dem Wald gestürmt kam?

Ein leises Knacken kam von weiter oben am Abhang. Leigh blieb stehen. Nur wenige Schritte entfernt stand ein Baum. Sie ließ den Blick durch den dunklen Wald schweifen, doch nichts bewegte sich. Sie wollte sich umschauen, um zu sehen, wie weit entfernt Charlie war, aber sie traute sich nicht. Wenn sie nur einen Augenblick wegsah ...

Was zum Teufel mache ich hier?

Du versuchst, Charlies Jeans zum Trocknen aufzuhängen.

Was mache ich *hier*? Mein Gott, ich bin mitten in der Nacht rausgeschwommen zu dem Boot von einem Typen, und jetzt stehe ich hier mit nacktem Arsch in der Landschaft herum wie die letzte Idiotin. Ich muss den Verstand verloren haben. Ich sollte zu Hause sein, in meinem Bett liegen und schlafen. Verdammter Gott im Himmel, was *mache* ich hier?

Du versuchst, dich von Charlie flachlegen zu lassen – das machst du hier.

Und er wiederum hat Schiss davor, weil das seiner lieben Mutter gar nicht gefallen würde.

Und selbst wenn er scharf drauf wäre, wäre es immer noch Schwachsinn, es auf diese Tour durchzuziehen. Du kennst ihn nicht mal richtig. Und er ist definitiv ein bisschen schräg drauf.

Mit einem Mal war die Furcht vor der unbestimmten Bedrohung aus dem Wald wie weggeblasen, und Leigh ging auf den Baum zu. Sie reckte die Arme in die Höhe und hing Charlies Jeans über den niedrigsten Ast in Reichweite.

Dann drehte sie sich um und machte sich auf den Weg zurück. Charlie war noch immer im Wasser. Sein Kopf sah aus, als hätte ihn jemand abgeschnitten und auf der Oberfläche des Sees drapiert.

Leighs Nachthemd lag blass schimmernd auf der Rückbank des Boots. Sie ging darauf zu.

Sie stellte sich vor, wie sie es anzog.

Das Spiel ist vorbei, Charlie. Bring mich bitte nach Hause.

Ohne seine Jeans würde er nicht aus dem Wasser kommen.

Du könntest sie wieder holen gehen.

Du könntest auch einfach ohne ihn losgehen und zu Fuß nach Hause laufen. Einfach nur am Ufer entlang und dann irgendwann rauf zu der Straße, die um den See führt.

Mach es einfach, sagte sie sich.

Sie beugte sich vor und hob ihr Nachthemd auf. Der Wind fing sich darin und blähte den verknitterten hauchdünnen Stoff auf wie einen Ballon.

»Was machst du da?«, fragte Charlie.

Ich weiß auch nicht, dachte Leigh. Mein Gott, ich hab nicht den blassesten Schimmer.

Sie hielt sich ihr Nachthemd vor Brust und Unterleib.

Willst du jetzt wirklich den Abgang machen?

Ich hätte es nie so weit kommen lassen sollen. Ich muss den Verstand verloren haben.

Sie hörte leise platschende Geräusche. »Leigh?« Charlie kam an Land gewatet. Sein Körper ragte immer höher aus dem Wasser heraus.

»Was machst du da?«, fragte er erneut.

»Ich glaube, ich möchte nach Hause«, sagte sie.

Du *glaubst*?

»Wieso? Gefällt's dir hier nicht?«

»Es ist schon so furchtbar spät.«

Spät. Geht es noch lahmarschiger?

Charlie blieb stehen. Er war nackt, doch das Wasser ging ihm bis zu Taille. Noch ein oder zwei Schritte, Charlie. »Was ist denn?«, fragte er.

»Nichts.«

»Bist du sauer auf mich?«

»Nein, an dir liegt's nicht.«

»Du bist sauer, weil ich meine Hose anbehalten habe.«

»Nein, das ist es nicht.«

»Jetzt habe ich sie jedenfalls nicht mehr an.«

»Das spielt keine Rolle«, sagte Leigh.

Sie starrte auf die Wasseroberfläche, die sich dunkel vor ihm ausbreitete. Natürlich spielt es keine Rolle, sagte sie sich. Klar.

»Ich hätte sie ausziehn sollen«, sagte er. »Ich weiß. Ich hätt's machen sollen. Aber ich hab mich nicht getraut. Weiter nichts. Es tut mir schrecklich leid. Aber ich wollte es wirklich machen, ich schwör's dir.«

»Charlie, wir sollten hier nicht so rumstehen.«

»Gut möglich. Aber ich will nicht, dass wir jetzt schon gehen.« Er watete aus dem Wasser und hielt die Hände vor den Hüften verschränkt. »Ist das kalt«, flüsterte er.

Du wolltest dich auf den Heimweg machen, erinnerte sie sich. Was machst du noch hier?

Ihr Herz pochte. Ihr Mund war wie ausgetrocknet. Sie ging auf Charlie zu und schlang die Arme um ihn. Seine Haut war kalt und nass. Er umarmte sie. Er presste seinen Mund auf ihren, und seine Zunge glitt zwischen ihre Lippen. Sie wand sich und spürte seinen harten Penis, der sich gegen ihren Unterleib drückte.

An den Stellen, wo sich ihre Körper berührten, verflog die Kälte. Die Haut auf seinem Rücken war noch immer nass und kalt, und Leighs Hände glitten hinab zu seinen Pobacken. Charlie folgte ihrem Beispiel und ließ seine großen, warmen Hände an ihren Seiten hinabgleiten. Es war ein schönes Gefühl.

Nach einiger Zeit legte Leigh den Kopf zur Seite und küsste seinen Hals. Sie griff hinter sich und umfasste seine Handgelenke. Dann machte sie vorsichtig einen Schritt zurück und legte die Hände auf ihre Brüste. Sie zitterte. Seine Hände waren schwielig, aber dennoch sanft. Leigh schloss die Augen. Sie hielt ihn an den Hüften fest, während er ihre Brüste streichelte. Seine Hände glitten über sie hinweg, umfassten sie, tasteten und drückten sie erneut.

»Küssen«, murmelte Leigh.

Er beugte sich vor. Sie hielt ihn bei den Schultern, und er küsste ihre linke Brustwarze. Seine Zunge stieß hervor, dann schlossen sich seine Lippen um sie, und er sog sie in seinen Mund. Seine Zunge umkreiste sie. Leigh stöhnte laut auf.

Sie grub ihre Finger in sein nasses Haar und presste seinen Kopf fester an sich. Sie hatte das Gefühl, als würde ihre ganze Brust von seinem Mund eingesaugt.

Er rieb über ihre Oberschenkel. Sein Mund wanderte zu ihrer anderen Brust, und er leckte auch diese Brustwarze, während seine Hände immer weiter an ihren Schenkeln hinaufglitten, bis seine Daumen gegen ihre Schamlippen drückten.

Leigh krallte sich fester in seine Haare. Charlie saugte schmatzend an ihrer Brustwarze. Seine Hände glitten über ihre Hüften, ihre Pobacken, die Rückseite ihrer Schenkel hinunter und wieder hinauf. Sie krallten sich fest und drückten sie an sich. Stöhnend presste Leigh die Knie zusammen, um zu verhindern, dass sie anfingen zu schlottern. Ihre Brust wurde tief in seinen Mund gesogen. Eine seiner Hände löste sich und drückte mit dem Handballen gegen ihre Scham. Leigh zitterte, als er die Handkante zwischen ihre Beine schob und sie hin und her bewegte, zwischen ihre Schamlippen gleiten ließ, die immer schlüpfriger und heißer wurden, bis schließlich sein Daumen in sie eindrang.

»*Charlie*«, keuchte sie.

Sein Mund löste sich von ihrer Brust. Sie war ganz feucht und kribbelte. »Tut das weh?«

»Wehtun? Um Gottes willen, nein.« Sie streichelte seinen Kopf, der zwischen ihren Brüsten ruhte. Kreisend drang sein Daumen tiefer in sie ein. Sie wand sich unter dem Druck seiner Hand zwischen ihren Beinen, die Knöchel rieben über ihre Klitoris.

Schließlich ließ sie den Kopf los und ging in die Knie. Charlie, den Finger immer noch in ihr, sank ebenfalls auf die Knie. Er legte ihr die freie Hand in den Nacken, um sie festzuhalten. Sie streckte ihre Hand aus und griff ihm zwischen die Beine. Sein Schwanz fühlte sich riesig an. Ihre Finger umschlossen ihn und glitten an ihm entlang. Sie drückte ihm sacht die Hoden, öffnete ihre Hand wieder und strich mit der Handfläche an seinem Schaft entlang. Dann ließ sie sich rückwärts in den Sand fallen.

Charlie kauerte über ihr. Er kniete zwischen ihren angewinkelten Beinen und stützte sich mit ausgestreckten Armen auf. Leigh streichelte seine Flanken. »Komm rein«, flüsterte sie. »Ich will dich in mir.«

»Bist du sicher?«

»Mein Gott.«

»Ich meine ... du wirst kein Kind kriegen?«

»Schon in Ordnung.« Aller Wahrscheinlichkeit nach. Sie hatte schon nachgerechnet. Ihre Periode war in vier Tagen fällig.

Charlie ließ sich auf sie hinuntersinken. Seine Hüften drückten ihre Schenkel noch weiter auseinander. Sie grub die Fersen in den Sand und hob ihr Becken, um es ihm leichter zu machen.

Sein Schwanz rieb sich an ihr. Er bewegte sich langsam, glitt zwischen ihren Schamlippen entlang und drang vorsichtig in sie ein. Leigh stieß ihre Hüften nach oben. Sein Schwanz glitt ganz in sie hinein.

Charlies Zunge schob sich in ihren Mund. Sie saugte sich daran fest. Seine Zunge war in ihr. Sein Schwanz war in ihr. Sie gehörten ihr. Und sie gehörte ihnen. Leigh krümmte sich. Seine Zunge schob sich im Gleichtakt mit seinem Penis vor und zurück. Keuchend atmete Leigh durch die Nase. Sie hörte die Geräusche von feuchter Haut und Charlies Stöhnen. Sie grub ihm die Fersen in die Pobacken, er stieß tiefer in sie hinein und erstarrte dann plötzlich. Leigh saugte fest an seiner Zunge. Ihr Unterleib bebte und zitterte, während er bis zum Anschlag in ihr steckte und zuckend seine heiße Flut in sie ergoss.

Sie schrie in seinen Mund.

16

Leigh wurde durch leises Klopfen an der Tür geweckt. Sie hob den Kopf vom Kissen und stöhnte.

»Wir gehen auf Fischzug«, rief Jenny durch die geschlossene Tür. »Hast du Lust mitzukommen?«

»Klar«, sagte Leigh. »Kann ich mich vorher noch kurz duschen?«

»Kein Problem.«

Angeln gehen war so ziemlich das Letzte, wonach ihr der Sinn stand, doch sie hatte sich am frühen Morgen überlegt, dass es das Beste wäre mitzukommen. Wenn sie zwei Tage hintereinander aussetzte, kamen die beiden unter Umständen auf die Idee, dass irgendwas nicht in Ordnung war.

Und in der Tat war einiges nicht in Ordnung. Als sie sich aus dem Bett erhob, taten ihr sämtliche Muskeln weh, und ihre Eingeweide fühlten sich an wie durch den Wolf gedreht.

Stöhnend humpelte sie zu dem Stuhl am Fenster, über den sie ihr Nachthemd gehängt hatte. Sie hob es in die Höhe und musterte es. Es war trocken, aber schmutzig. Sie knüllte es zusammen und schleppte sich zum Kleiderschrank, wo sie es in der untersten Schublade versteckte. Sie würde es später zusammen mit ihrer übrigen Wäsche in die Waschmaschine stecken, und niemand würde etwas merken.

Sie betrachtete sich im Spiegel. Ihre Haare waren völlig zerzaust. Sie kämmte die schlimmsten Knoten aus und bürstete sie kräftig durch. Sand rieselte auf ihre Schultern.

Sie ging zurück zum Bett und wischte Sand, Laubfetzen und anderen Schmutz von Kissen und Laken. Auf Letzterem bemerkte sie einen kleinen Fleck, der sich spröde anfühlte. Sie nahm an, dass es sich um eingetrocknetes Sperma handelte. Als sie an sich hinunterschaute, fand sie noch mehr davon in ihren Schamhaaren und an der Innenseite ihres Oberschenkels. Es spannte und sah aus wie ein Stück Haut, das sich nach einem Sonnenbrand löste. Sie ließ es unberührt und machte das Bett. Dann schnappte sie sich ihren Morgenmantel aus dem Schrank, zog ihn über und ging zur Tür.

Mike stand in der Küche und füllte Kaffee in eine Thermoskanne. »Na, wie geht's dir denn an diesem spitzenmäßigen Morgen?«, fragte er.

»Super«, sagte Leigh. »Ich hab ein bisschen Muskelkater vom Kanufahren gestern.« Sie gab sich alle Mühe, auf dem Weg ins Badezimmer nicht zu heftig zu humpeln.

Dort angekommen, hängte sie ihren Morgenmantel an den Türknauf und betrachtete sich in dem großen Spiegel. Ihre Brüste waren leicht gerötet, ansonsten aber unversehrt. Sie drehte sich um und sah über die Schulter. Ihr Rücken ebenfalls, bis auf die Stellen an ihrem Hintern, wo sich Schorf von den Wunden gelöst hatte, die sie sich bei der Demo zugezogen hatte.

Als der Bulle sie über den Boden gezerrt hatte.

Es kam ihr vor, als wären seitdem Jahre vergangen.

Sie drehte das Wasser so heiß auf, dass es gerade noch auszuhalten war, und trat unter die Dusche. Der Wasserstrahl prasselte auf sie herab. Es war ein wunderbares Gefühl.

Seufzend streckte sie die verspannten Muskeln. Dann seifte sie sich ein und schrubbte sich die Schenkel besonders gründlich ab, um sicherzugehen, dass kein Sperma mehr an ihr klebte.

Vermutlich habe ich noch jede Menge davon in mir, dachte sie.

Literweise. Was für eine Nacht.

Vier Mal.

Eigentlich drei. Wenn man die Nummer mit dem Mund nicht zählt.

Kein Wunder, dass mir alles wehtut.

Selbst ihre Wangen schmerzten.

Was für eine Nacht.

Die Erinnerung daran wurde mit einem Mal wieder lebendig und erregte sie von Neuem.

Sie konnte es nicht erwarten, ihn wiederzusehen.

Sie wusch sich die Haare.

Bevor sie sich voneinander verabschiedet hatten, hatten sie sich für um drei Uhr am Eingang des Kanals vom Goon zum Wahconda Lake verabredet. Er kannte eine geheime Stelle, sagte er, zu der er sie mitnehmen wollte. Eine Stelle, wo sie selbst bei Tag niemand sehen konnte. Es klang großartig. Leigh hoffte nur, dass ihre Muskeln nicht zu sehr schmerzten, um es in vollen Zügen genießen zu können. Ihre Gedanken drehten sich immer noch um Charlie, als sie längst mit dem Duschen fertig war, sich abtrocknete und in ihr Zimmer zurückkehrte. Sie überlegte, wann er wohl mit seinem Boot losfahren würde, um Körbe am Goon und dem Willow Lake zu verkaufen. Vielleicht würde sie ihn ja unterwegs zu sehen bekommen. Allein der Gedanke daran ließ ihr Herz schneller schlagen. Sie zog sich einen Mittelscheitel, bürstete ihren Pony in die Stirn und machte sich einen Pferdeschwanz. Sie spielte mit dem Gedanken, ihre guten weißen Shorts anzuziehen, entschied sich dann aber, sie bis zu ihrem Rendezvous aufzusparen. Stattdessen zog sie ihre abgeschnittenen Jeans und ein ausgebleichtes blaues T-Shirt an.

Als sie zusammen mit Mike und Jenny zum Pier ging, dachte sie, dass sie sich noch nie in ihrem Leben so wohl gefühlt hatte – auch wenn ihre Muskeln schmerzten. Die Morgenluft war erfüllt vom süßlichen Duft der Nadelbäume, eine Brise schien sie zärtlich zu umschmeicheln. Der stille blaue See schimmerte im Sonnenlicht.

»Du bist ja ganz aufgekratzt heute Morgen«, sagte Jenny.

Merkte man es ihr wirklich so stark an? »Das muss an der frischen Luft liegen«, sagte sie und stieg ins Boot.

Als alles verstaut war, manövrierte Mike das Boot um den Pier herum und fragte dann Leigh, ob sie Lust habe, das Steuer zu übernehmen. »Sicher«, antwortete sie und trat ans Ruder. »Wohin soll's denn gehen?«

»Wo immer du hinwillst.«

Sie gab Gas und steuerte das Boot nach Norden. Sie schaute in Richtung Ufer. Es dauerte nicht lange, da sah sie die schmale Einfahrt der Bucht, zu der Charlie sie mitgenommen hatte. Als das Boot daran vorbeifuhr, konnte sie kurz den Strand sehen.

Sie spürte den Sand in ihrem Rücken und Charlie, der in sie eindrang.

Noch ein paar Stunden.

Die Sonne würde scheinen, und sie würden einander richtig sehen können.

Als sie sich dem nördlichen Ufer näherte, drehte sie das Boot ostwärts. Das unheimliche Gefühl, das sie zuvor beim Anblick dieses Ufers überkommen hatte, war nun verflogen.

Sie steuerte auf ein altes Dock mit verrotteten Planken zu, die ins Wasser hingen, und sah eine Hütte, die versteckt zwischen den Bäumen lag. War dies das Haus, in dem Charlie wohnte? Wahrscheinlich nicht. Sie vermutete, dass er weiter unten am See wohnte – vielleicht sogar am Ostufer.

»Wo fahren wir hin?«, fragte Mike, der zu ihr ans Steuer kam.

»Wie wäre es da zwischen den beiden Inseln?«, fragte sie und deutete auf zwei Waldstücke in der Ferne.

»Sieht gut aus«, sagte Mike.

Gestern Morgen hatte Charlie gesagt, dass er sie beim Wasserskifahren gesehen hatte. Sie war zwar auf dem ganzen See Wasserski gefahren, doch dem Ostufer am nächsten gekommen war sie, als sie diese beiden Inseln umrundet hatte. Vielleicht hatte Charlie sie bei dieser Gelegenheit gesehen.

Trotzdem – lieber ein bisschen Zurückhaltung walten lassen, sagte sie sich. Du willst schließlich nicht bei ihm auf der Matte stehen.

Die Inseln lagen etwa hundert Meter auseinander. Als das Boot zwischen sie glitt, stellte Leigh den Motor ab. »Wenn ich ein Fisch wäre«, erklärte sie Mike und Jenny, »würde ich mich genau hier herumtreiben.«

Mike warf den Anker aus.

Jenny öffnete den Picknickkorb – es war einer von Charlies Körben. Sie schenkte Kaffee ein und reichte jedem ein in Zellophan eingewickeltes Eiersandwich. Sie hatten es sich zur Angewohnheit gemacht, immer zuerst zu essen und dann erst die Köder anzubringen.

Leighs Kiefermuskulatur schmerzte, als sie auf dem Sandwich herumkaute. Wieder musste sie an Charlie denken – ihre Lippen, die seinen Penis umschlossen. Er hatte ihren

Mund ausgefüllt und sich zart und hart gleichzeitig angefühlt, während sie an ihm saugte. Sie hatte über ihm gekauert, Charlies Kopf lag zwischen ihren Beinen, seine Zunge ... ihr Mund war zu trocken, um mit dem Sandwich fertigzuwerden. Mühsam versuchte sie zu schlucken und spülte den Bissen dann mit einem Schluck Kaffee herunter.

Hör auf zu träumen, sagte sie sich. Spar dir das für später auf, wenn Mike und Jenny nicht dabei sind.

Sie schloss sich der Unterhaltung an. Nach kurzer Zeit hatte sie sich so weit wieder im Griff, dass sie in der Lage war, das Sandwich aufzuessen.

Sie brachten die Köder an ihren Angelhaken an.

Die Strömung hatte das Boot seitlich abdriften lassen. Leigh warf ihre Angel auf der Backbordseite aus, sodass sie einen Blick nach Osten hatte, während sie angelte. Die bewaldeten Inseln wirkten wie eine Sonnenblende und verdeckten die Sicht auf den Großteil des Ufers. Leigh konnte auf dem sichtbaren Teil des Ufers weder einen Pier noch eine Behausung erkennen, sondern nur dichten Wald, der sich wie ein dichter grüner Vorhang zum Wasser hin herabsenkte. Hier und dort schlängelten sich Wurzeln über das Ufer. Leigh fragte sich, ob Charlies Haus in der Nähe lag – vielleicht jenseits der beiden Inseln.

Falls ja, dann bestand die Möglichkeit, dass sie ihn zu sehen bekam, wenn er mit seinem Boot voller Körbe herausruderte.

Der weiße Schwimmer ihrer Angel tanzte auf dem Wasser. Sie hielt ihn fest im Blick und beobachtete dabei den See.

Wieder drehten sich ihre Gedanken um vergangene Nacht. Sie ließ die Bilder vor ihrem geistigen Auge auftauchen und rief sich ihre Gefühle in Erinnerung. Fast war es so, als wäre sie wieder mit ihm zusammen.

Sie *würde* ihn wiedersehen. Heute Nachmittag. Und sie würden zu seinem Geheimversteck fahren, das außer ihm niemand kannte.

Ich werde das Sonnenöl mitnehmen, dachte sie.

Sie würde sich ausziehen, und Charlie würde sie am ganzen Körper damit einreiben, und dann würde sie das Gleiche mit ihm machen. Sie stellte sich vor, wie ihrer beider Haut glänzte, und spürte förmlich, wie sie sich ganz glitschig vom Öl aneinander rieben.

Nur noch ein paar Stunden.

Sie schaute auf ihren Schwimmer und ließ den Blick erneut über den See schweifen.

Von Charlie war nichts zu sehen.

Vielleicht hatte er früh angefangen und war schon auf einem der anderen Seen. Natürlich, das war's. Er wollte garantiert mit seinen Verkaufstouren so schnell wie möglich fertig werden, damit er sich endlich mit ihr treffen konnte.

Um drei Uhr.

Sie hatte arge Zweifel, dass sie es noch so lange aushalten würde.

Um halb drei verließ Leigh das Haus und sagte zu Jenny und Mike, dass sie »eine Erkundungstour« mit dem Kanu machen wolle.

Sie wünschten ihr viel Spaß.

Schon auf dem Weg zum Ufer pochte ihr Herz. Sie war angespannt und erregt zugleich. Wie geplant trug sie ihre frischen Shorts und eine rote ärmellose Bluse. In der Hand hatte sie ein Badetuch, in das eine Flasche mit Sonnenöl eingewickelt war.

Sie schob das Kanu in den See, watete ein paar Schritte durchs Wasser und kletterte dann an Bord. Sie nahm das Sonnenöl hervor, kniete sich auf das Handtuch und paddelte los.

Leigh hatte sich so sehr gewünscht, dass bei ihrem Rendezvous die Sonne schien, doch nun türmten sich hohe Wolken am Himmel auf, und der See lag im Schatten.

Wenn die Sonne nicht scheint, werden wir nicht so schön glänzen, dachte sie.

Es wehte nicht mal eine leichte Brise als Entschädigung. Schwül und drückend lag die Luft über dem See.

Leighs Bluse klebte an ihrem Rücken. Sie hatte sie in den Bund ihrer Shorts gesteckt, und sie spannte jedes Mal an den Schultern, wenn sie sich nach vorne beugte.

Nachdem sie Carson's Camp passiert hatte, drehte sie nach Osten ab. Schweiß lief ihr in die Augen, sie musste blinzeln.

Ist das elendig schwül.

Sie legte das Paddel quer über den Bootsrumpf und schaute sich um. Das nächste Boot war so weit weg, dass die Leute an Bord nur schemenhaft zu sehen waren. Sie zupfte die Bluse aus ihrem Hosenbund und wischte sich mit dem Vorderteil über das Gesicht. Sie wünschte, sie könnte es ausziehen, aber sie trug nichts darunter.

Jungs haben's gut, dachte sie. Die können bei so einem Wetter einfach das Hemd ausziehen.

Sie knöpfte ihre Bluse auf und knotete sie knapp unter dem Brustkorb zusammen.

Schon viel besser.

Sie nahm das Paddel und stieß es tief ins Wasser. Das Kanu setzte sich in Bewegung. Schon nach kurzer Zeit glitt es zügig über die glatte Oberfläche des Sees.

Sie behielt das südliche Ufer aufmerksam im Blick. Schließlich bemerkte sie ein Seerosenfeld, durch dessen Mitte eine schmale Passage unbedeckten Wassers verlief. Dies musste der Kanal zum Goon Lake sein. Sie steuerte das Kanu darauf zu.

Das Boot glitt in die Durchfahrt. Leigh hielt sich auf der linken Seite. Die Seelilienblätter strichen am Rumpf vorbei und raschelten wie Papier. Sie legte das Paddel quer über den Bootsrumpf und ließ das Kanu reiben, außer Atem und schweißüberströmt. Also zog sie das Handtuch unter ihren Knien hervor und wischte sich damit über Gesicht und Nacken. Sie war froh, dass sie einen Pferdeschwanz trug und ihr die Haare nicht im Nacken klebten. Noch immer außer Atem knöpfte sie den Knopf ihrer Bluse auf und rieb sich mit dem Handtuch Bauch und Brust ab.

Doch schon in dem Augenblick, als sie das Handtuch hinlegte, fühlte sich ihre Haut wieder feucht an.

Die Luft war schwül und drückend.

Und sie roch ganz leicht nach Regen.

Leigh wünschte, es würde *tatsächlich* regnen.

Das kannst du abhaken.

Sie paddelte weiter den Kanal entlang. Vom Goon Lake war nichts zu sehen. Sie drehte sich um. Auch der Wahconda Lake war außer Sicht.

Libellen schwebten über dem Teppich aus Seerosen. Sie sah, wie ein grüner Frosch klatschend ins Wasser sprang. Es regte sich zwar kein Lüftchen, aber dennoch war die Luft erfüllt von Zirpen, Summen, platschendem Wasser, Vogelstimmen – doch das waren keine von Menschen gemachten Geräusche, weshalb Leigh sie zunächst gar nicht wahrgenommen hatte.

Sie zog ihre Bluse aus und lehnte sich zur Seite, um sie ins Wasser zu tauchen. Das Kanu neigte sich leicht, und ihre Brust schmerzte, als sie den heißen Aluminiumrand des Boots berührte. Leigh zog die Bluse wieder aus dem Wasser. Tropfen fielen auf ihre Schenkel. Mit einem tiefen Seufzer presste sich Leigh den nassen Stoff gegen das Gesicht. Sie tauchte die Bluse noch mal ein, schüttelte sie aus und bedeckte ihren gesamten Oberkörper.

Dann pellte sie die Bluse wieder ab, machte sie noch einmal nass, zog sie mühsam wieder an und knotete sie vor dem Bauch zusammen.

Es hatte sich so gut angefühlt.

Nur schade, dass es nicht lange anhielt.

Sie musste *ins* Wasser. Sie wollte schwimmen. Mit Charlie zusammen.

Es dauerte ja nicht mehr lange bis dahin.

Langsam paddelte sie weiter.

Der Kanal machte eine Biegung und kurz danach noch eine, aber diesmal in die andere Richtung. Aus der Luft musste es aussehen wie ein S. Oder wie eine Schlange, dachte sie. Vermutlich war das hier eine gute Umgebung für Wasserschlangen, gesehen hatte sie allerdings noch keine.

Sie tauchte das Paddel ein und zog es langsam nach hinten, um nicht wieder zu sehr ins Schwitzen zu geraten, während sie den gewundenen Kanal entlangfuhr.

Schließlich hatte sie das Ende des Kanals erreicht. Sie legte das Paddel über den Bootsrumpf, faltete das Handtuch zusammen und setzte sich darauf. Dann sah sie sich um. Der Goon Lake war wesentlich kleiner als der Wahconda – allenfalls halb so groß. Doch wie am Wahconda lagen auch hier die meisten Piers und Häuser am Westufer. Leigh sah jemanden Wasserski fahren, der von einem

Motorboot gezogen wurde, während in der Ferne drei weitere Boote mit Anglern vor sich hin dümpelten, doch Charlie war nirgendwo zu sehen.

Vielleicht war er erst später losgefahren.

Oder er hatte Kunden für seine Körbe, die er nicht auf die Schnelle abfertigen wollte.

Es gab hier mehrere Inseln. Gut möglich, dass eine von ihnen die Sicht auf Charlie versperrte.

Sie wartete.

Kein Zeichen von Charlie. Vielleicht war er noch drüben auf dem Willow Lake.

Leigh überlegte, dorthin zu fahren, doch dann fiel ihr ein, dass sie keine Ahnung hatte, wo der Kanal dorthin anfing. Es war zwar durchaus möglich, dass sie ihn trotzdem fand, doch dann bestand die Gefahr, dass sie Charlie in der Zwischenzeit verpasste und er hier warten musste, während sie nach ihm suchte.

Wir haben uns an dieser Stelle verabredet, sagte sie sich. Also werde ich auch hier warten.

Das Kanu wurde mehrfach in das Seerosenfeld abgetrieben. Nachdem sie ein paarmal wieder herausgepaddelt war, fasste Leigh den Entschluss, das Ganze zu vereinfachen, indem sie das Kanu anlandete. Sie steuerte nach rechts zu einem umgekippten Baumstamm, klemmte sich ihr Handtuch unter den Arm und kletterte zum Bug des Kanus. Dort ergriff sie die Halteleine, band sie an einem der kahlen Äste des Baums fest und kletterte auf den Stamm. Dort balancierte sie bis zu den Wurzeln und sprang an Land.

Sie fand eine schattige Stelle am Ufer, rieb sich den Schweiß mit dem Handtuch ab und breitete es auf dem Boden aus, um sich daraufzusetzen.

Von hier aus hatte sie einen Blick über den gesamten See.

Doch Charlie war nirgendwo in Sicht.

Was konnte ihn aufgehalten haben?

Er wird schon noch kommen. Er hat sich einfach ein bisschen verspätet.

Etwa eine halbe Stunde bis jetzt. Und er ist noch nirgendwo zu sehen.

Hat er überhaupt eine Uhr? Leigh konnte sich nicht erinnern, eine an ihm gesehen zu haben.

Ich hätte mir ein Buch mitnehmen sollen.

Sie saß im Schneidersitz auf dem harten Boden. Nach einer Weile wurden ihre Beine taub und der Rücken steif. Sie lehnte sich zurück, stützte sich auf die Ellbogen und streckte die Beine aus. Den Kopf behielt sie oben, um den See im Blick zu haben. Das war schon besser, jedenfalls für eine kurze Weile. Doch es dauerte nicht lange, bis ihr der ohnehin schon verspannte Hals und die Schultern zu schmerzen begannen. Am liebsten hätte sie sich hingelegt.

Wenn du das machst, schläfst du garantiert ein.

Sie hatte sich nach dem Lunch für zwei Stunden hingelegt und geschlafen, doch das hatte nicht gereicht, um den entgangenen Schlaf der letzten Nacht nachzuholen.

Wenn sie jetzt einschlief, konnte es sein, dass sie Charlie verpasste. Es wäre möglich, dass er aufkreuzte und weder sie noch ihr Kanu bemerkte und dachte, sie sei entweder gar nicht aufgetaucht oder hätte das Warten aufgegeben.

Laut stöhnend vor Schmerz und Müdigkeit, stand sie auf. Sie kletterte auf den Baum, ging den breiten Stamm entlang bis hinter die Stelle, an der sie ihr Kanu festgemacht hatte. Dann setzte sie sich hin und ließ ihre Füße im

Wasser baumeln, das sich wunderbar sanft und kühl anfühlte.

Der Wasserskifahrer war verschwunden. In der Nähe
einer der Inseln bewegte sich langsam ein Boot. Sein Motor
brummte leise. Dann sah sie ein Ruderboot!

Ihr Herz schlug schneller.

Wird aber auch Zeit, dachte sie.

Sie starrte auf das Ruderboot. Es kam langsam näher
und drehte dann ab in Richtung eines der Piers. Die Sonne
brach einen Moment zwischen zwei Wolken hervor, und
das Ruderboot glänzte in ihrem Licht.

Es war aus Aluminium.

Charlies Boot war aus Holz und grün angestrichen.

Es ist nicht Charlie.

Enttäuscht stieß Leigh einen tiefen Seufzer aus.

Wo zum Teufel ist er?

Er wird schon auftauchen, sagte sie sich.

Vielleicht hat er Schiss bekommen.

Oder es war etwas dazwischengekommen. Vielleicht hatte
seine Mutter ihn gebeten, die heutige Tour aus irgendwelchen Gründen zu verschieben.

Bin *ich* überhaupt richtig? Woher weiß ich so genau, dass
das hier der Goon Lake ist? Vielleicht ist es der Circle, wo
Charlie gestern war, und er wartet am Kanal zum Goon
Lake auf mich und fragt sich, wo *ich* bleibe.

Mike hat mir gestern erklärt, wo der Kanal zum Goon
Lake ist.

Vielleicht hat er sich geirrt.

Irgendwas ist jedenfalls schiefgelaufen, das ist schon mal
klar.

Tropfen glitten ihre Wangen herunter. Ihr war zum Heulen zumute, aber es waren keine Tränen. Sie rieb sich mit

den Handrücken über das Gesicht, doch ihre Handrücken waren ebenfalls feucht und verschmierten den Schweiß nur auf ihrem Gesicht.

Kann vielleicht mal ein bisschen Wind wehen?

Wo ist Charlie?

Ich werde nicht aufgeben. Ich warte hier, bis die Hölle zufriert.

Schlechte Aussichten, dass hier *überhaupt* irgendwas zufriert.

Ein Schweißtropfen glitt ihr kitzelnd den Hals entlang und zwischen ihre Brüste. Sie wischte ihn weg.

Und musste mit einem Mal an ihr Halsband mit dem Meeresdingens denken.

Sie hatte es nicht an.

Vielleicht liegt es ja daran, dachte sie. Ich hätte meinen Glücksbringer anziehen sollen.

Gestern Nacht hatte ich ihn auch nicht an. Und Glück hatte ich in rauen Mengen, auch ohne Glücksbringer.

Das Halsband hat mit Glück nix zu tun.

Trotzdem wünschte sie, sie hätte es dabei.

Selbst wenn man nicht abergläubisch ist, kann es nicht schaden, sich nach allen Seiten abzusichern.

Von jetzt an ziehe ich es immer an.

Sie strampelte mit den Füßen und spritzte sich Wasser auf die Beine.

Zum Teufel mit dem Halsband. Ich hätte meinen Bikini anziehen sollen.

Sie hatte angenommen, dass sie ihn nicht brauchen würde, weil sie vorhatte, an Charlies geheimer Badestelle nackt zu baden. Aller Wahrscheinlichkeit nach wäre es ja eine abgelegene Bucht, so wie letzte Nacht, oder ein Bach oder Teich.

Hier war zwar auch niemand in der Nähe, aber es fehlte die Abgeschiedenheit. Nackt schwimmen war nicht drin.

Sie zuckte mit den Achseln und ließ sich von dem Baumstamm fallen. Fast geräuschlos glitt sie in das hüfthohe Wasser, machte ein paar Schritte über den glitschigen felsigen Grund weg von den Bäumen und stieß sich ab. Wohltuende Kühle hüllte sie ein. Es war ein wunderbares Gefühl. Sie glitt unter der Oberfläche dahin, bis sie Luft holen musste. Sie tauchte auf und drehte sich auf den Rücken. Auf dem Wasser treibend, knöpfte sie ihre Bluse über dem Busen zu. Dann schloss sie die Augen.

Es war, als läge sie mit ausgestreckten Armen und Beinen auf einer kühlen, flüssigen Matratze. Sie musste das Kreuz durchdrücken, um nicht unterzugehen, aber ansonsten war keine Anstrengung ihrerseits erforderlich. Das Wasser drehte sie langsam, spielte mit ihren Armen und Beinen.

Das hätte ich schon lange machen sollen, dachte sie.

Sie fühlte sich völlig entspannt, pudelwohl und schläfrig.

So könnte ich den ganzen Nachmittag auf Charlie warten.

Er wird schon kommen ...

... dauert nicht mehr lang.

Leigh schreckte aus dem Halbschlaf auf. Ihre Nase war voller Wasser. Prustend schlug sie um sich, strampelte mit den Beinen und war nach ein paar Zügen nah genug am Ufer, um wieder stehen zu können. Sie hustete und schnäuzte sich. Dann war alles wieder in Ordnung, außer dass ihre Augen in den Höhlen brannten.

Großartig, dachte sie. Jetzt auch noch absaufen, das fehlt gerade noch.

Sie wischte sich die Augen, drehte sich um und suchte den See ab.

Kein Charlie zu sehen.

Es muss schon vier Uhr sein.

Er kommt nicht.

Verdammt.

Sie watete an Land und ließ sich vornüber auf ihr Handtuch fallen.

Komm schon, Charlie.

Wo bist du?

Scheiße!

Leigh fing an zu schluchzen.

17

Leigh rollte sich herum, setzte sich hin und rieb sich mit den Knöcheln die Tränen aus den Augen. Wie ein kleines Schulmädchen. Trotz ihrer Enttäuschung darüber, dass Charlie nicht aufgetaucht war, hatte diese Vorstellung etwas Belustigendes. Erneut kamen ihr die Tränen, aber Leigh biss die Zähne zusammen. Mit roten, verquollenen Augen würde sie keinen guten Eindruck auf Charlie machen.

Falls er sich dazu herabließ, heute noch zu erscheinen.

Also gut. Haken wir's einfach als Erfahrung ab. Auf dieser Welt wimmelt es von Mädchen, die von irgendwelchen Typen verarscht worden sind – sogar in diesem Moment verarscht werden. Doch Leigh hätte *schwören* können, dass es Charlie gestern Nacht ernst gewesen war. Immerhin war er zu ihr herübergerudert und hatte Ausschau nach ihr gehalten.

Im Gegensatz zu heute.

Vermutlich hat er sich's noch mal anders überlegt.

Vielleicht hat seine Mutter ihn verprügelt, als sie seine nasse Jeans gesehen hat, und er ist zu Hause geblieben.

Ach Scheiße, wen kümmert's ...?

Sie gehörte jedenfalls nicht zu der Sorte Mädchen, die sich die Beine in den Bauch standen wegen eines Typen, der vor seiner Mutter kuscht.

Die Alte musste ein echter Drachen sein.

Ganz anders als *ihre* Mutter.

Leigh stellte sich ihre eigenen Eltern vor – wenn die sie jetzt sehen könnten. Wie sie auf einen Kerl wartete, der *Körbe* verkaufte, um seinen Lebensunterhalt zu verdienen. Wie würden *sie* reagieren? »Nicht auszudenken«, murmelte sie vor sich hin. »Sie würden die Nase rümpfen und wären völlig indigniert und selbstgerecht. Und Mom würde sich die Augen aus dem Kopf heulen.«

»Reiß dich zusammen, Frollein«, würde Dad sagen und dabei einen flehenden Blick in Richtung ihrer Mutter werfen, nach dem Motto: »Wir haben hier eine kritische Situation, Helen. Sie ist schließlich auch *deine* Tochter. Was sollen wir also mit ihr anstellen?« Und ihre Mutter würde nur den Kopf schütteln und händeringend mit den Tränen kämpfen.

»Was haben sich Mike und Jenny nur gedacht?«, würde sie jammern. »Sie mutterseelenallein herumstreunen zu lassen? Leigh ist gerade jetzt so empfindlich und verletzlich. Und das alles nach dem Ärger mit der Polizei. Dein Bruder sollte wirklich mehr Verstand haben, als sie zu ermutigen, sich mit diesem ... *Korbverkäufer* einzulassen!«

»Mein Bruder. Ausgezeichnet. Das musste ja kommen. *Mein* Bruder. Ich kann mich nicht erinnern, dass sich jemand aus deiner Familie aufgedrängt hätte, deiner auf Abwege geratenen Tochter wieder auf den rechten Weg zu ...«

»Du meinst *unserer* auf Abwege geratenen Tochter!«

Herrgott, was für ein Schlamassel!

Zum hunderttausendsten Mal (jedenfalls kam es ihr so vor) hob Leigh den Kopf und suchte den See nach Charlie ab. Sie hatte das Warten satt. Charlie hatte ihre Verabredung entweder vergessen, oder er wurde von diesem Drachen von einer Mutter zu Hause festgehalten.

»Das war's dann«, murmelte sie. »Mom hat alles herausgefunden, ihren kostbaren Jungen in den Schrank gesperrt und den Schlüssel runtergeschluckt. Herrgott! Was bin ich bescheuert. In den Selbstmord getrieben von einem Jungen, der sich von seiner Mutter unterbuttern lässt und nicht mal den Mumm hat, sich zu wehren?«

Ein Typ, der sich nach Sex verzehrt, aber keine Ahnung davon hat. Der eine Muschi nicht mal erkennen würde, wenn sie ihm ins Gesicht springt.

Nein, sagte sie sich. Das stimmt nicht. Sie erinnerte sich wieder an die letzte Nacht mit Charlie und wie er sich benommen hatte (wie sie sich *beide* benommen hatten), und sie wusste, dass das alles nicht stimmen konnte.

Setz deinen Arsch in Bewegung und mach dich auf den Weg nach Hause, Süße. Du hast dich lange genug zur Idiotin gemacht, jetzt ist es Zeit, Leine zu ziehen.

Sie schaute auf ihre Armbanduhr. 17:57. Mike und Jenny würden allmählich anfangen, sich Sorgen zu machen. Oder noch schlimmer: sich die Haare raufen vor Verzweiflung und überlegen, ob sie Leighs Eltern anrufen sollten.

Oder die Polizei ...

Nein, das würden sie nicht tun. Nicht Mike und Jenny. Sie waren in Ordnung. Verständnisvoll. Gelassen. Sie waren beide Lehrer, um Gottes willen. Leigh kamen die Tränen. Es tat ihr leid, was die beiden gerade ihretwegen durchmachten. Sie machten sich bestimmt Vorwürfe, dass sie Leighs Eltern enttäuscht hatten.

Dass sie sich nicht genug um *Leigh* gekümmert hatten. Mein Gott.

Sie schuldete ihnen zumindest so viel Respekt, dass sie auftauchte, bevor sie die Polizei riefen.

Sie stand auf. Ihr Rücken und ihre Beine taten höllisch weh. Sie fühlte sich wie nach einem Fünfzig-Meilen-Marsch. Aaahhh ...

Sie humpelte zu ihrem Kanu, kletterte hinein, setzte sich und nahm das Paddel in die Hand. Es war immer noch unerträglich schwül. Sie knöpfte ihre Bluse auf. Ihre *fast* neue Bluse, die sie erst zwei Mal getragen hatte. Sie mochte diese Bluse sehr. Die rote Farbe passte so gut zu ihren hellen Haaren und ihrem bronzefarbenen Teint.

Aber jetzt sah sie weder besonders neu noch besonders gut aus, sondern hing schlaff von ihren Schultern wie ein Lumpen.

Sie zupfte sie zurecht und knotete sie wieder zusammen. Als sie sich vornüberbeugte, um das Paddel einzutauchen, spürte sie das Gewicht ihrer Brüste unter dem Stoff. Sie ließ den Blick über die dunklen Bäume und die glänzende Oberfläche des Sees schweifen ... und sah Charlie, der mit kräftigen, muskulösen Armen auf das Ufer zuruderte. Sein Rücken glänzte in der Sonne, das Gesicht lag im Schatten.

Wie letzte Nacht trug er auch jetzt keinen Hut.

Und dann sah sie seine glänzenden weißen Zähne.

Denn er *lächelte*. Herrgott noch mal.

Sein Lächeln gab ihr den Rest.

Verdammt noch mal, Charlie. Das ist einfach unfassbar. Frohgelaunt und munter, während ich den ganzen Nachmittag auf dich gewartet habe. Scheiße, Charlie. *Was soll das?*

Er wendete das Boot und ruderte es an Land. Ganz gelassen ... und, verdammt noch mal, völlig unbekümmert. Er nahm den Anker und ließ ihn ins Wasser fallen.

Und dann sprang er mühelos wie ein Athlet aus dem Boot und kam auf sie zu. Mit Muskeln, die in der Sonne glänzten, schlanken Hüften und Jeans, die sich an den richtigen Stellen ausbeulten. Er machte einen mächtig selbstzufriedenen Eindruck, dachte sie wütend.

»Charlie, du nutzloser Arsch. Wo *warst* du die ganze Zeit?«

»Meine Mom wollte, dass ich eine extra Ladung Körbe mit zum Willow Lake nehme. In Carson's Camp ist eine Ladung neuer Gäste angekommen, und ...« Er sah ihr wütendes Gesicht, senkte den Blick und verstummte.

Jetzt wirkte er unsicher wie ein Schuljunge, der etwas ausgefressen hatte und ertappt worden war.

»Charlie«, insistierte Leigh. »Du hast genau gewusst, dass wir verabredet waren. Um drei Uhr. Darauf hatten wir uns geeinigt. Und jetzt ist es sechs. Was ist los mit dir? Kannst du keine Uhr lesen?«

Sein Gesicht errötete, seine Lippen zitterten leicht.

Entsetzt dachte Leigh, er würde gleich anfangen zu heulen. *O Gott.*

Tu mir das nicht an, Charlie.

Ich will einen Kavalier, keine Heulsuse.

Nimm mich in die Arme. Mach irgendwas, das mich umhaut.

Tu *irgendwas*, aber steh hier nicht rum wie ein Idiot.

Er machte einen verwirrten Eindruck – irgendwie unschuldig wie ein Kind, und ihr Zorn schmolz dahin wie ein Schneeball in der Sonne. Sie wünschte sich nichts sehnlicher, als ihn in ihren Armen zu halten. Ihn an ihren Busen zu drücken und mit sanften Händen zu streicheln.

Und dass er sie *durchrammelte.*

Und zwar gleich.

Es hätte sie nicht gekratzt, wenn er gerade einen Mord begangen hätte.

Vielleicht war das ja so.

Vielleicht lag seine Mutter zu Hause in ihrem eigenen Blut – ein verschmiertes Jagdmesser neben sich am Boden, während das Leben aus ihr heraussuppte.

Und all das nur, weil sie ihren Sohn nicht zu der fiesen Schlampe hatte gehen lassen, die scharf darauf war, mit ihrem tollen Charlie zu vögeln.

Gib's mir, Charlie. Hier. Jetzt. Vor allen Leuten, die Lust drauf haben, dabei zuzuschauen. Besorg's mir einfach.

Leigh machte ihre Bluse auf, ließ sie von ihren Schultern gleiten und ging auf ihn zu.

Ungläubig riss er die Augen auf und lächelte dann verlegen. Er starrte unentwegt auf ihre nackten Brüste. Sie waren schwer und wippten bei jedem Schritt, den sie auf ihn zumachte.

Er streckte die Arme aus, und mit einem Stöhnen zog sie ihn an sich, schlang einen Arm um seinen Nacken und presste ihren geöffneten Mund auf seinen. Ihre Zungen begegneten sich. Mit ihrer freien Hand versuchte sie, den Knopf an seinem Hosenbund aufzufummeln.

Mann, ist die *eng*.

Es ist ein Wunder, dass er nicht jedes Mal vergewaltigt wird, wenn er auf Verkaufstour ist, schwärmte sie innerlich und zog den Reißverschluss seiner Hose auf. Sie ließ ihre Finger hineingleiten und stieß auf die heiße, pulsierende Wölbung zwischen seinen Beinen, die nur auf sie zu warten schien. Sie schob beide Hände tiefer in seine Hose, umfasste Hoden und Penis und zog beides heraus. Er stöhnte und wand sich in ihrem Griff.

»Steck ihn rein, Charlie«, hauchte sie.

»Im Haus. Lass uns ins Haus gehen«, flüsterte er heiser.

»Warum nicht hier? Und außerdem, *was* für ein Haus?«

»Mein Geheimversteck. Das keiner kennt. Komm mit.«

Sie verzog den Mund – genervt, dass es nicht weiterging, während ihr Unterleib vor Begierde brannte. Wenn er wieder anfängt, Spielchen mit mir zu spielen, war's das, und ich mache mich aus dem Staub.

Immer noch missmutig dreinblickend, folgte sie ihm über den mit Ästen übersäten Strand zu einem Haus, das zwischen den Kiefern stand. Weil sie die ganze Zeit auf dem See nach ihm Ausschau gehalten hatte, war es ihr gar nicht aufgefallen. Er führte sie über eine baufällig wirkende Veranda durch die halb geöffnete Eingangstür ins Haus.

»Bist du schon mal hier gewesen?«, fragte sie ängstlich.

»Klar. Schon oft«, erwiderte er. »Aber nie mit wem anders. Ich komme immer nur allein her. Um nachzudenken.«

»Wem gehört das Haus?«

»Hat mal irgend so 'nem reichen Typen aus New York gehört. In den Dreißigern. Jedenfalls hat mir Mom das erzählt. Er hat seine Frau erschossen und sie hinter dem Haus im Wald vergraben. Anschließend hat er sich am Balkon aufgehängt. Da oben, siehst du?«

»Wie hat man herausgefunden, dass er seine Frau erschossen und vergraben hatte?«

»Er hat einen Zettel mit einem Geständnis auf dem Küchentisch zurückgelassen. Da stand, dass er seine Frau im Bett mit Jed Johnson erwischt hatte. Das war ein Ranger hier aus der Gegend. Danach hat niemand mehr hier im Haus gewohnt. Es wurde einfach sich selbst überlassen und ist immer mehr zerfallen. Man kann immer noch die Blutflecken auf dem Küchenboden sehen«, erklärte er voller Enthusiasmus – gerade so, als erfüllte ihn diese lokale Schauergeschichte mit Stolz.

Im Haus war es dunkel, und es roch nach feuchter Erde und vermodertem fauligen Holz. Leigh rümpfte die Nase.

Konnte es sein, dass dieser Geruch von *eingetrocknetem Blut* stammte?

Sie zitterte und wünschte sich, sie hätte ihre Bluse nicht am Strand liegen lassen.

Sie war ohnehin nass, aber mittlerweile wäre sie vielleicht wieder trocken.

Ein Frösteln überfiel sie und jagte ihr eine Gänsehaut über den Rücken. Sie klemmte den Kopf zwischen die Schultern und verschränkte die Arme vor der Brust.

Charlie schritt voran und ging die Treppe hinauf.

»Vorsicht bei der Stufe hier. Und bei der nächsten. Diese alten Treppen sind echt gefährlich, und wir wollen ja nicht, dass du dir ein Bein brichst, oder?«

»Mein Gott, Charlie. Muss das wirklich sein? Ich meine, dieser Laden hier kann's einem echt verleiden ...«

Sie streckte einen Arm aus, um nicht aus dem Gleichgewicht zu geraten, und griff nach dem Treppengeländer. Es war klebrig vor Feuchtigkeit und Schimmel. Augenblicklich ließ sie los und inspizierte ihre Finger.

»Bäh. Das ist echt eklig, Charlie. Das machst du doch mit Absicht. Sag mir einfach, dass du keine Lust hast, mit mir zu vögeln, und ich mache mich vom Acker, ohne groß rumzuzicken ... Das hier muss alles nicht sein.«

Tränen der Enttäuschung stiegen bei ihr auf, und Enttäuschung war noch untertrieben. *Bodenlose Frustration* traf es viel eher. Er spielt schon wieder Spielchen mit mir – genau wie letzte Nacht. Was glaubt er eigentlich, wer er ist?

»Charlie?«

Am Ende der Treppe kamen sie zu einer Galerie, auf deren rechter Seite diverse Türen zu verschiedenen Zimmern abgingen. Es musste einmal ein recht imposantes Haus gewesen sein, überlegte sie. Doch an ihrer beschissenen Laune änderte das nicht das Geringste.

»*Charlie ...!*«

Er drehte sich um, nahm sie in die Arme wie ein Kind und trug sie in eines der Zimmer, das dem Aussehen und der Größe nach einmal das Schlafzimmer des Hausherrn gewesen war. Eine dicke Matratze lag auf dem Boden.

Zersplitterte und zerbrochene Fenster boten einen Ausblick über die Wipfel der Bäume und den See. Es war eine wunderbare Aussicht, das musste sie zugeben.

Zu jedem anderen Zeitpunkt ...

Leere Bierdosen, Einwickelpapier von Lebensmitteln und anderer Müll lagen in den Ecken. Hinterlassenschaften von Trampern, Campern ...

Und möglicherweise von Mördern ... Sie stellte sich vor, wie dieser Typ aus New York noch einen letzten Blick auf den See unterhalb von ihm warf.

Charlie ließ sie runter und ging zu einer altmodischen Kommode. Er zog eine Schublade auf, nahm ein zusammengefaltetes Bettlaken und eine indianische Decke heraus.

Leigh richtete sich auf.

Sieht fast so aus, als wäre das seine Standardprozedur.

Sie fühlte sich verarscht. Billig und schmutzig. Sie hatte *wirklich* gehofft, die erste Frau in seinem Leben zu sein. Und jetzt machte es den Eindruck, als hätte er sie schamlos angelogen, als er ihr erzählte, er sei noch nie mit einem Mädchen zusammen gewesen.

Jungs! Was ist nur los mit euch?

Gespannt, was als Nächstes kommen würde, stemmte sie die Hände in die Hüften und schaute ihm stirnrunzelnd zu.

»Aha«, murmelte sie, als sie die Bettwäsche erblickte und sich fragte, wer die wohl benutzt hatte, bevor sie aufgetaucht war.

»Sehr praktisch.«

»Ich hab das alles letzte Nacht hier reingeschmuggelt, nachdem du gegangen warst.« Er schaute sie an, als erwartete er, dass sie ihm den Kopf tätschelte und sagte: »Mann, vielen Dank, Charlie.«

Doch das tat sie nicht.

Er breitete das Laken über die Matratze und legte die Decke darüber.

Wenigstens ist der Kram sauber.

Wenn die Bettwäsche schmutzig gewesen wäre, wäre sie abgerauscht. Doch schon einen Augenblick später bekam sie ein schlechtes Gewissen. Charlie hatte das alles nur für *sie* getan. Da war sie ganz sicher.

Er lächelte bis über beide Ohren, schlug die Decke zurück und bedeutete ihr, sich ins Bett zu legen.

Doch ihr Zynismus behielt die Oberhand.

»Romantischer geht's nicht, mein Bester ... ich kann kaum erwarten, was es zum Nachtisch gibt.«

Er neigte nachdenklich den Kopf und versuchte, sich einen Reim darauf zu machen, was sie gerade gesagt hatte oder weshalb sie so eine Laune hatte. Dann starrte er auf seine Füße.

»Ich ... ich dachte, dir würde mein Geheimversteck gefallen ...«, erklärte er leise und enttäuscht.

Leigh stieß ein kurzes schuldbewusstes »Aah« aus. Sie konnte es nicht *ertragen*, dass er so verletzt wirkte. Er starrte ihr fragend in die Augen und wirkte dabei so unschuldig wie ein kleiner Junge, der seiner Mutter ein ganz besonderes Geschenk gekauft hatte und als Dank die Erwiderung bekam, dass sie es scheußlich fand.

Sie hielt es nicht mehr aus, ihn so verunsichert zu sehen, und gab ihren Widerstand auf.

»Okay, Charlie. Ich geb's ja zu. Das ist eine echt abgefahrene Hütte.«

Sie ging zu dem behelfsmäßigen Bett, kletterte hinein, verschränkte die Arme vor den Knien und lächelte ihn an.

Charlie sah gleich viel glücklicher aus. Sie kam zu der Einsicht, dass er wohl auf seine ganz spezielle Art in sie verliebt war.

Sie breitete die Arme aus, und er kam zu ihr.

Eine Weile lagen sie nur da. Er streichelte ihre Brüste, ihren Bauch und ihre Beine. Er war ganz vorsichtig, so als wäre sie ein Stück kostbares Porzellan.

Aufgestützt auf seinen Ellbogen, das Kinn auf dem Handballen, lag er auf der Seite und schaute sie an. Sie lächelte zurück und sah ihm tief in die Augen.

Sein Arm kippte herunter.

Jetzt lagen sie nebeneinander. Ihre Körper berührten sich. Das quälende, schmerzhafte Ziehen zwischen ihren Beinen stellte sich wieder ein. Er streichelte ihr sanft den Rücken, küsste ihre Lippen, ihre Augenlider und die Wangen.

Und dann ganz zärtlich und unglaublich gefühlvoll wieder ihre Lippen.

Leigh spürte eine ganz andere Art Leidenschaft.

Das hier hatte nichts mit dem Blitzkrieg von gestern zu tun. Das hier war ein wunderbares, prickelndes Vorspiel vor dem Hauptakt.

Und Leigh sprang darauf an. Zunächst voller Zärtlichkeit, dann immer ungeduldiger und heißhungriger. Sie glitt rittlings auf ihn, drückte ihm den geöffneten Mund auf die Lippen, suchte nach seiner Zunge und saugte daran, saugte sie in ihren Mund, so weit sie konnte.

Und wünschte sich, sie hätte *ihn* im Mund.

So wie letzte Nacht.

Sie ließ von seinem Mund ab, glitt an ihm hinunter und strich mit ihrer Zunge über seine glatte, muskulöse Brust.

Sein Körper schmeckte gut. Er war behaart und salzig vom Schweiß.

Sie leckte zunehmend gieriger an ihm, ihr Atem verwandelte sich in ein stoßweises Keuchen, und ihre Zunge wanderte an seinem Nabel vorbei zwischen die dunklen, gelockten Haare auf seinem festen Bauch.

Hinunter zu seinem prächtig erigierten Schwanz.

Sie packte ihn und nahm ihn in den Mund, bis er kam und sich wand und stöhnte und in sie abspritzte. Unter Schluchzen und Würgen schluckte sie sein Sperma.

Völlig außer Atem lag sie keuchend da, den Kopf zwischen seinen Beinen. Tränen liefen ihr über die Wangen, während sie nach Luft schnappte. Er zog sie zu sich hinauf, drückte sie an seine Brust und massierte ihr zärtlich und bestimmt zugleich die Rückseiten ihrer Schenkel.

Er presste seine Lippen auf ihren Mund, saugte an ihrer Zunge. Hart und heftig. Er bewegte sich ein wenig, seine Schamhaare rieben sich an ihren, und dann stieß er völlig unvermittelt und kraftvoller, als sie je erwartet hätte, seine Hand in sie hinein.

Aaaaarrrrhhhhh ...

Vor Schreck und Schmerz schrie sie auf.

Geschmeidig wie eine Katze glitt Charlie auf sie und drang stoßweise tief in sie ein. Er schüttelte ihren Körper durch wie eine Dampframme. Sie erhob sich, reckte sich ihm entgegen. Wund und schmerzerfüllt klammerte sie sich an ihn und rutschte an seinem Schaft auf und ab, bis sie nicht mehr konnte.

Er kam in ihr. Immer noch keuchend ließ sie sich auf das zerwühlte, schweißgetränkte Laken sinken. Charlie legte sich neben sie und betrachtete sie mit hungrigen Blicken.

Er keuchte. Er wollte mehr.

Er spielte mit ihren Brustwarzen, die in der Zwischenzeit erschlafft waren.

Sie spürte das schmerzhafte Verlangen erneut aufsteigen.

»Charlie«, hauchte sie mit geschlossenen Augen und streckte die Arme aus, um ihn festzuhalten.

Doch Charlie sprang auf, schnappte sich sein Hemd und zog es hastig über. Er versuchte vergeblich, es zuzuknöpfen, also ließ er es offen und stieg hastig in seine Jeans.

So wie er dabei von einem Bein aufs andere hüpfte, sah er fast komisch aus.

Mit dem Unterschied, dass es nicht komisch war.

Leigh war wie gelähmt.

Sie konnte es nicht fassen. »Charlie?«, schrie sie.

Sie war wie vor den Kopf geschlagen.

»*Wo willst du hin?* Du kannst mich doch jetzt nicht einfach sitzen lassen ... doch nicht *so* ...«

»Ich muss, ich muss ...«, stammelte er voller Verzweiflung. »Ich hab Mom versprochen, dass ich zum Abendessen zu Hause bin. Sie denkt, ich bin unterwegs und sammle Holz für morgen ... ich muss los ... ich muss einfach ...«

Er schüttelte den Kopf und ließ den Blick in alle Richtungen schweifen.

Er war verzweifelt und wünschte sich sehnlichst, woanders zu sein.

Nächtliche Schatten breiteten sich überall aus. Leigh konnte sein Gesicht nicht erkennen und darum nicht sehen, ob er enttäuscht war.

Was war schiefgelaufen?

War sie zu direkt gewesen?

Was auch immer. Jedenfalls sah es so aus, als hätte sie ihn vergrault ...

Und jetzt verließ er sie.

Aber das *konnte er doch nicht machen.*

Nicht nach allem, was sie gemeinsam erlebt hatten.

Nichts und niemand wird uns auseinanderbringen.

Sie sprang auf und packte ihn. Er wich zurück und versuchte, sich aus dem Griff ihrer Hände zu befreien, die sich in sein Hemd krallten und versuchten, ihn festzuhalten.

»Mom wird nach mir suchen. Sie wartet auf mich ...«

Sie fielen zu Boden, rangen und rangelten miteinander, bis er von ihr wegrollte, sich auf die Arme stützte und aufstand.

Leigh konnte es nicht fassen, sie streckte eine Hand aus und versuchte, ihn festzuhalten.

Er verlor das Gleichgewicht und kippte nach hinten, rammte mit dem Ellbogen hart in die Bodendielen. Mit einem ohrenbetäubenden Knirschen tat sich der morsche Boden unter seinem Gewicht auf.

Er stürzte ein Stockwerk tiefer und krachte auf den Boden.

Sie starrte auf die schwarze Stelle, wo kurz zuvor noch der Fußboden gewesen war. Wo *Charlie* gestanden hatte.

Und hörte sein tiefes, Unheil verheißendes Stöhnen, als er auf den Boden prallte.

Das dumpfe Knacken, das wie ein *Rumms* und ein *Splitsch* zugleich klang.

Wie eine aufplatzende reife Melone.

Voller Entsetzen rappelte sie sich auf.

»*Charlie, o Gott, Charlie!* Warte, ich komme, ich bin gleich da.«

Nackt, wie sie war, rauschte sie über die Galerie und die Treppe hinunter, immer zwei oder drei Stufen auf einmal.

Autsch.

Scheiße!

Sie blieb mit dem Zeh an einer der kaputten Stufen hängen und geriet ins Stolpern.

Sie ruderte mit den Armen, bekam das Geländer zu fassen und vermied es gerade noch, kopfüber nach unten zu stürzen.

Sie brauchte nicht lange nach Charlie zu suchen.

Seine Beine waren in dem Zimmer ihr gegenüber zu sehen, sie waren seltsam abgewinkelt.

»Charlie. Ich bin hier. Beweg dich nicht ...«

Dann blieb ihr das Herz stehen.

Sie hatte Angst.

So schreckliche Angst wie noch nie in ihrem Leben.

Ihr Magen krampfte sich zusammen, doch sie ging weiter durch die Tür.

Um Charlie zu holen.

Der dort drüben lag.

Ganz still und reglos.

Sie stand in einer altmodischen Küche. Ein dunkler Raum mit Stellen, die im Schatten lagen. Schmale Strahlen vom Licht der untergehenden Sonne schnitten durch die Staubschwaden, die sich über der Stelle erhoben, wo Charlie in einem bizarren Nest aus Holz und geborstenem Putz gelandet war.

Sie starrte ihn an.

»O Gott! NEIN! NEIN NEIN NEEEEIIIINNNNN!«

Sie zwang sich hinzusehen – das, was einmal sein Kopf gewesen war, genau zu betrachten.

Büschel von rotem Haar klebten an Kopfhautfetzen, die aus einem Brei aus Hirnmasse und Schädelknochen herausragten.

Der Sockel des Küchenherds ragte aus der roten Masse, der einmal Charlies Gesicht gewesen war. Ein Auge, eine rot geäderte Kugel, die an einer Reihe von blutigen Fäden hing, war aus seiner Höhle geglitten.

Leigh starrte wie gebannt darauf. Das Auge rutschte ein Stück weiter.

Und richtete seine braune Iris auf sie.

Es weiß, dass ich es sehe. Es lächelt mir zu. Es schickt mir Charlies Lächeln ...

Leigh wurde übel. Sie wankte, krümmte sich und ging in die Knie.

Keuchend kauerte sie auf dem staubigen Boden.

Brennende, klumpige Kotze bahnte sich den Weg in ihre Kehle.

Das hier, das hier ... das war nicht Charlie ... *konnte* unmöglich Charlie sein.

Charlie ist schön und stark – und er liebt mich. Ich weiß es genau. *Er liebt mich ...*

Sie warf noch einen letzten Blick auf Charlie, der übersät mit Staub und Gipsbrocken dalag wie eine weggeworfene Schneiderpuppe, rannte dann durch den Flur und stolperte die Treppe zur Veranda hinunter.

Sie wimmerte und kämpfte gegen ihren Brechreiz an.

Schluchzend und stammelnd rannte sie weiter.

Und prallte mit einem kleinen, steifen Körper zusammen.

Charlies Mutter.

Dürr und irgendwie vogelartig.

Ihr Mund stand weit offen.

Erschrocken und entsetzt betrachtete sie Leighs nackten Körper mit strafenden Augen, die wie polierte Steine im Licht der Dämmerung funkelten.

Die Frau drängte sich an ihr vorbei in Richtung Haus. Leigh rannte weiter zu ihrem Kanu, ohne auf die Steine und herabgefallenen Äste am Boden zu achten, die ihr so tief ins Fleisch schnitten, dass sie blutete.

Der Schrei, der aus dem Haus drang, zerriss die Stille und zerschnitt die Luft wie ein Messer ein Stück Seide. Rein. Voll unbändiger Kraft. Schmerzerfüllt. Wie ein Tier, das in eine Falle geraten war. Und dann ... *»Du Hure. Lilith, verdorbene Schlampe, elende Mörderin!«*

Während sich der Himmel verdunkelte, schob Leigh ihr Kanu in den See und kletterte hinein. Sie packte das Paddel, paddelte aus Leibeskräften und pflügte durch das dunkle Wasser. Nach kurzer Zeit bildeten sich kleine, scharf gezeichnete weiße Wellen um den Bug. Der Wind hatte gedreht.

Sie zitterte in der kalten Brise, die über ihr tränenüberströmtes Gesicht und ihren frierenden, zuckenden Körper strich.

Keuchend und mit aller Kraft paddelnd, ließ sie den Goon Lake hinter sich.

Die Schreie von Edith Payne verfolgten sie wie Pfeile aus der Hölle.

18

»Hallo Erdling. Jemand zu Hause?«

Jenny musterte Leigh über den Frühstückstisch hinweg. Was sie sah, gefiel ihr nicht. Gestern noch war Leigh frohgelaunt und munter gewesen, und heute machte sie den Eindruck, als sei der Himmel über ihr eingestürzt.

»Entschuldige, Jenny. Ich … ich hab letzte Nacht nicht gut geschlafen.«

»Ich hab dich gar nicht nach Hause kommen gehört« sagte Jenny und schwieg einen Moment. »Wir haben mit dem Abendessen gewartet, nur für den Fall, dass du später kommst. Und als du dann nicht aufgetaucht bist, haben wir deine Portion mitgegessen und sind ins Bett.« Sie legte eine kurze Pause ein. Sie wollte nicht zu streng daherkommen, denn schließlich verbrachte Leigh ja wirklich ihre Ferien hier. Deswegen wählte sie die Besorgte-Tante-Masche, in der Hoffnung, nicht so autoritär zu wirken.

»Hast du dir nicht überlegt, dass Mike und ich uns deinetwegen Sorgen machen würden, wenn du so lange wegbleibst? Vor allem nachts … Was ist denn passiert, Leigh – oder ist das ein Staatsgeheimnis?« Jenny lächelte zwar, doch es war nicht zu übersehen, dass sie ernsthaft besorgt war.

Wenn das Zusammenleben mit einem Teenager so aussieht, haben Mike und ich eine Menge Spaß verpasst.

Sie bedauerten beide, dass sie keine Kinder hatten. Ihre Besuche bei Jack und Helen an der Westküste waren ein gewisser Ersatz dafür – ebenso wie der Umgang mit Jugend-lichen an der Highschool halfen sie ihnen zu verstehen, was in den Köpfen junger Leute vor sich ging.

Leigh ließ den Kopf hängen. Sie legte ihre Gabel auf den Tisch und schob den Teller mit den Rühreiern von sich, ohne auch nur einen Bissen davon gegessen zu haben. Ihre Unterlippe zitterte. Sie strich sich die Haare zurück, stand vom Tisch auf und rauschte aus der Küche.

Jenny folgte ihr ins Gästeschlafzimmer. Sie sah Mike aus dem Badezimmer kommen und hielt sich den Zeigefinger vor die Lippen. Stirnrunzelnd rubbelte er sich weiter mit einem Handtuch die Haare trocken und ging weiter.

So sind Kinder nun mal. Oder?

Jenny setzte sich auf das Bett und schlang die Arme um ihre schluchzende Nichte. »Komm schon, erzähl dei-ner Tante Jenny, was los ist«, sagte sie sanft und zog Leighs Kopf an ihre Schulter.

Bei Leigh brachen alle Dämme. Sie heulte sich die Seele aus dem Leib, als würde ihr Herz in Stücke gerissen. Nach und nach verebbten die Schluchzer, und sie erholte sich wieder so weit, dass sie überlegen konnte, wo sie mit ihrer Geschichte anfangen sollte und was sie besser ausließ. Die reine Wahrheit war einfach zu *schrecklich*, um laut ausge-sprochen zu werden.

»Es ist schlimm, Jenny. Echt schlimm ...« Erneut brach Leigh zusammen und drückte sich schluchzend und zu-ckend an den weichen, Trost spendenden Busen ihrer Tante. Ein kalter Schauer lief Jennys Rücken hinunter. Die Lage *war* schlimm. Sie wusste, dass ihr das, was Leigh zu erzäh-len hatte, nicht gefallen würde.

War das Mädchen vergewaltigt worden? O Gott. Wie sollen wir das Jack und Helen beibringen?

»Lass dir Zeit, und erzähl mir der Reihe nach, was passiert ist«, redete sie sanft auf ihre Nichte ein. »Du kannst deiner Tante Jenny alles erzählen.«

Voller Entsetzen hörten sich Leighs Eltern an, was Mike ihnen am Telefon berichtete. »Natürlich haben wir nicht das Geringste dagegen, dass sie noch eine Weile hier bei uns bleibt«, erklärte er mit ruhiger und gefasster Stimme. »Die Lage ist nur die, dass ich – wir – der Ansicht sind, dass Leigh in einer solchen Situation ihre Eltern braucht ... Und dann ist da natürlich noch die Tatsache, dass die Polizei sie verhören will ...«

Mike holte Jack und Helen am General Mitchell International Airport ab. Sie hatten nur einen Handkoffer mit Wechselwäsche für eine Nacht dabei, denn sie hatten nicht vor, viel länger zu bleiben, sondern lediglich Leigh einzusammeln und sie wieder nach Hause zu bringen.

Die Fahrt nach Wahconda war alles andere als angenehm. Den ganzen Weg über wechselten sich tränenreiche Vorwürfe von Seiten Helens mit wütenden Einlassungen von Jack ab, während Mike immer wieder geduldige Erklärungen einstreute. Diese Streitereien in halbwegs geordnete Bahnen zu lenken war nicht einfach, und Mike wünschte sich sehnlichst, Jenny wäre mitgekommen, um Schiedsrichter zu spielen.

Er seufzte. Er hatte damit gerechnet, dass die Fahrt ein einziger Albtraum würde, und seine Befürchtungen hatten sich mehr als bewahrheitet.

Es war schon nach Mitternacht, als sie in Wahconda ankamen. Sie waren müde und erschöpft und tranken dankbar den duftenden, frisch gebrühten Kaffee, doch weder Jack noch Helen hatten Appetit auf den Apfelkuchen und die Käsebrote, die Jenny auftischte. Jenny hatte ohnehin nicht damit gerechnet, dass sie großen Hunger haben würden, nachdem sie zuvor den Proviant für die Fahrt zubereitet hatte, und nun wurde sie in ihrer Vermutung bestätigt.

Jack und Helen verlangten, ihre Tochter zu sehen, die, nachdem sie die Beruhigungsmittel von Doc Barton genommen hatte, blass und flach atmend im Bett lag.

»Es ist besser, sie jetzt nicht zu wecken, Helen. Das arme Ding hat in den letzten vierundzwanzig Stunden eine Menge durchgemacht. Da ist es am besten, sie schlafen zu lassen, solange es geht.« Sorgenvoll betrachtete Jenny ihre Schwägerin. Das Letzte, was sie alle jetzt gebrauchen konnten, war einer von Helens hysterischen Ausbrüchen.

»Da hast du natürlich recht«, sagte Jack, der Helen einen Arm um die Schulter legte und sie den Flur entlangführte. »Komm, Liebes. Legen wir uns erst mal hin. Morgen gibt es jede Menge Sachen, über die wir reden müssen.«

»Allerdings«, erwiderte Helen und starrte ihn mit rot geränderten Augen an. »Ich hoffe, Leigh hatte einen guten Grund, so ganz allein in der Gegend herumzustreunen.« Sie warf einen vorwurfsvollen Blick in Richtung Jenny, und es war klar, dass sie ihrem Schwager und ihrer Schwägerin die Schuld an dem Schlamassel gab, in dem sie nun alle steckten.

Bei Tagesanbruch saßen sie schon wieder am Küchentisch und tranken Kaffee. Sie waren zwar immer noch müde, aber entschlossen, die Sache abzuhandeln wie vernünftige Menschen.

»Wenigstens«, sagte Leighs Vater, »ist Leigh noch am Leben. Das allein ist schon mal ein Segen.«

Leigh, die blass und noch immer schlaftrunken von den Medikamenten war, setzte sich zu ihnen an den Tisch. Schwach lächelte sie zu ihren Eltern hinüber und wich ihren fragenden Blicken aus – froh darüber, dass sie sich an dem Becher mit dampfendem Kaffee festhalten konnte, den Jenny vor sie hingestellt hatte.

»Guten Morgen, junge Dame«, fing ihr Vater an.

Leigh musste innerlich aufstöhnen.

Darauf kann ich gut verzichten.

Nach ... Charlie ...

Tränen stiegen in ihren Augen auf und liefen über ihr Gesicht. Ihre Mutter stand auf und nahm sie in den Arm. Beide heulten sich die Seele aus dem Leib. Dann sagte ihre Mutter: »Wir lieben dich über alles, Kleines. Wie konnte uns nur so eine *furchtbare* Sache passieren ...?«

»Also Helen«, warf Leighs Vater ein. »Wir können im Augenblick nur eins tun, und das ist, unserem kleinen Mädchen helfen, über dieses unglückliche Ereignis hinwegzukommen. Wir müssen stark sein. In ihrem Interesse.«

»Einverstanden«, murmelte Mike. »In der jetzigen Situation sind Vorwürfe und Schuldzuweisungen der falsche Weg. Leigh braucht jetzt von uns jede Hilfe und Unterstützung, die wir ihr geben können.«

Jenny nickte tapfer.

»Richtig«, sagte sie. »Wir müssen uns zusammenreißen und zusammenstehen, egal, was passiert.«

»Nun ja, vielleicht bist du so nett und erzählst uns in deinen eigenen Worten, was vorgestern passiert ist.« Leighs Vater bemerkte Mikes Stirnrunzeln und begriff, dass Konfrontation in dieser Situation nicht die angebrachte Haltung im Umgang mit seinem kleinen Mädchen war.

»Schon gut, Dad. Ich werde euch alles erzählen, so gut ich kann ... mir ist ja auch klar, dass ihr die Fakten wissen müsst, bevor die Polizei hier auftaucht.«

Leighs Eltern wechselten verwunderte Blicke. Da saß ihre missratene Tochter und machte mit einem Mal den Eindruck, als sei sie zur Vernunft gekommen und führte sich auf wie ein erwachsener Mensch.

Und so hörten sie schweigend zu, während ihre Tochter ihnen, immer wieder innehaltend, von ihrer kurzen Affäre mit Charlie Payne erzählte. Hinterher kämpfte ihre Mutter schniefend mit den Tränen, während ihre Wangen immer röter wurden und sie nervös das goldene Kreuz befummelte, dass sie an einer Kette um ihren Hals trug. Leighs Vater wirkte erschrocken und peinlich berührt zugleich. Zum ersten Mal seit Menschengedenken brachte er seiner Tochter gegenüber kein Wort hervor.

Leigh saß wie in Trance auf ihrem Stuhl, und vor ihren Augen tauchten immer wieder die albtraumhaften Bilder von Charlies Tod auf – wie er ausgesehen hatte, als er so dalag. Es war das Schrecklichste, was sie je durchgemacht hatte; etwas, das sie niemals in ihrem ganzen Leben würde vergessen können, und wenn sie hundert Jahre alt würde. Tränen rannten ihr über das Gesicht, und sie war außerstande, ihren Eltern in die gramgebeugten Gesichter zu schauen.

Als wäre das alles *ihnen* passiert.

Andererseits war ihr Entsetzen ja auch vollkommen verständlich.

Genauso verständlich wie das Entsetzen und die Abscheu von Charlies Mutter, sagte sich Leigh. Mehr als jeder andere hatte sie ein Recht darauf, sie zu hassen.

Nachdem sie ihren Sohn auf diese Art verloren hat.

Leighs Mutter war so erregt, dass Mike den Arzt anrief, der meinte, sie solle ein paar von den Pillen nehmen, die er Leigh zur Beruhigung verschrieben hatte. Sie seien nicht besonders stark, sondern ganz normale Schlaftabletten. Trotzdem sollte man sie nur so lange nehmen, bis der anfängliche Schock überstanden war.

Leighs Vater hatte seine Fassung wiedergefunden und machte einen ruhigen Eindruck. Geradezu stoisch. Wenigstens kamen von seiner Seite keine finsteren Blicke mehr. Leigh konnte es nicht ausstehen, wenn er sie anschaute wie eine Fremde und dann auch noch »Junge Dame« zu ihr sagte, statt sie ganz normal anzusprechen. Mittlerweile unterhielt er sich in gedämpftem Ton mit Mike, während Jenny damit beschäftigt war, eine weitere Kanne Kaffee zu kochen und die peinlichen Gesprächspausen zu überbrücken, um so die allgemeine Spannung halbwegs im Rahmen zu halten.

Als Officer Fallon und Henty schließlich vorbeikamen, um Leighs Aussage aufzunehmen, hatte die sich bereits wieder ins Bett gelegt.

Die beiden entschuldigten sich für die Störung und warteten, bis Leigh wieder aufgestanden war und herauskam. In der Zwischenzeit hatte Officer Fallon den anderen berichtet, dass Edith Payne wüste Anschuldigungen gegen die junge Dame erhoben hatte, die zum Zeitpunkt seines Todes mit ihrem Sohn ... ahem ... zusammen gewesen war.

»Es ist aber nicht so, dass wir diesen Anschuldigungen größere Bedeutung zumessen.« Er hielt es nicht für angebracht, in diesem Zusammenhang den originalen Wortlaut dessen zu wiederholen, was Edith Payne ihnen gegenüber schreiend vorgebracht hatte – zum Beispiel: »Finden Sie die Hure, die meinen Sohn ermordet hat. Oder ich tue es selbst.«

Nein, danke. Stattdessen lächelte er Leighs Mutter aufmunternd zu und erklärte, er habe selbst eine achtzehnjährige Tochter und sei insofern vertraut mit den Irrungen und Wirrungen, die sich in den Hirnen junger Damen abspielten ...

Leighs Mutter bedachte ihn mit einem säuerlichen Blick, und er verstummte.

Die Polizisten befragten Leigh etwa eine halbe Stunde lang und kamen schließlich zu dem Ergebnis, dass sie es hier offensichtlich mit einem tödlichen Unfall zu tun hatten und keinesfalls mit vorsätzlichem Mord.

Erleichtert, dass die Prozedur vorbei war, zog sich Leigh wieder in ihr Zimmer zurück.

»Herzlichen Dank, Ma'am«, sagte Henty nickend, als Jenny mit einer weiteren Kanne Kaffee in die Küche kam. Fallon wandte sich an Leighs Eltern. »Wir wussten schon seit einiger Zeit, dass von diesem alten Haus am Goon Lake eine potenzielle Gefahr für Leib und Leben ausgeht«, erklärte er. »Doch die Akten liegen noch immer beim Nachlassgericht, und wir konnten nicht das Geringste tun. Wobei wir jetzt im Licht der, äh, jüngsten Ereignisse versuchen werden, einen Gerichtsbeschluss zu erwirken, damit das Ding bis auf die Grundmauern abgerissen wird. Denn wenn man es so stehen lässt, kann man mit Sicherheit davon ausgehen, dass es zu weiteren Verletzten kommen wird.«

»Sie fragt wegen der Beerdigung«, sagte Leighs Mutter tonlos.

»Beerdigung?« Henty warf seinem Kollegen einen kurzen Blick zu und beschloss, Klartext zu reden.

Und das tat er dann auch, um keinen Zweifel daran zu lassen, dass er es für keine gute Idee hielt, ein junges Mädchen an diesem speziellen Begräbnis teilnehmen zu lassen.

»Das hier ist keine Beerdigung wie jede andere«, sagte er und warf Leighs Vater einen Blick »von Mann zu Mann« zu. »Hier geht es um eine persönliche Tragödie, mit jeder Menge unkontrollierten Gefühlen. Die alte Mutter Payne ist ein ziemlicher Spezialfall, mit der ist nicht gut Kirschen essen. Da kann man nie wissen, was unter diesen Umständen passieren wird ...«

»Genau. Am besten wird es sein, wenn Sie die junge Dame mit nach Hause nehmen.«

»Und so entbieten wir«, sagte der Priester, »während der Sarg in die Erde gleitet, dem Verstorbenen unseren letzten Abschied ...«

Leigh sackte das Herz in die Hose.

Hier herzukommen war nicht die schlaueste Idee, sagte sie sich. Sie schauderte.

Charlies Mutter kam näher und ging langsam um das Ende des Grabs herum. Leigh, die abseits der kleinen Gruppe von Trauergästen stand, hielt den Atem an und beobachtete die kleine, aufrechte Gestalt, die ganz in Schwarz gekleidet war.

Sie hatte gewusst, wo sie hingehen musste.

Sie hatte gehört, wie Mike ihrem Vater erzählt hatte, dass die Beerdigung auf dem Friedhof der Gemeinde der Sieben-Tage-Adventisten stattfinden würde.

Hier am Wahconda See.

Die kümmern sich um die Leute hier aus der Gegend, hatte Mike erklärt.

Die Mutter im Auge behaltend, stand Leigh da und zitterte. Kein Sonnenstrahl fiel auf diesen trostlosen Fleck, der versteckt zwischen Kiefern nördlich von Carson's Camp gelegen war. Leigh wünschte sich, sie hätte etwas Wärmeres angezogen.

Ich hätte nicht hierherkommen sollen, warf sie sich vor. Aber ich musste einfach kommen. Um Gottes willen. Ich musste bei Charlies Beerdigung dabei sein. Das schulde ich ihm einfach. Wenn ich nicht mit ihm in das alte Haus gegangen wäre, wäre immer noch alles in bester Ordnung. Es ist meine Schuld, dass Charlie tot ist.

Bleib mir vom Hals.

Nein, nicht mit dem Finger auf mich zeigen. O Gott!

Ihr Herz raste. Sie machte einen Schritt rückwärts, während Charlies Mutter auf sie zukam ...

Am nächsten Tag verabschiedeten sich Leigh und ihre Eltern von Mike und Jenny und flogen zurück an die Westküste. In den folgenden Tagen wartete Leigh nervös auf das Einsetzen ihrer Periode.

Sie blieb in diesem Monat aus.

Ebenso wie im nächsten.

Ihr Frauenarzt stellte fest, dass sie schwanger war.

19

»Mom.«

»Hm-hm?«

»Johnny Depp hat gerade angerufen und gefragt, ob ich mit ihm ausgehen will. Ist das okay für dich?«

»Äh ... was war?«

»Mom. Ich rede und rede mit dir, und du hörst überhaupt nicht zu. Ich könnte mir Flügel wachsen lassen und aus dem Zimmer flattern, und du würdest nicht das Geringste mitkriegen. Was ist mit dir los? Spukt dir der gute alte Mace im Kopf herum?«

»Entschuldige, Liebes. Ja, mir gehen Sachen im Kopf herum. Dieser Kerl mit seiner ›offenen Rechnung‹ und all dieser Kram ...«

»Okay. Also dieser Kerl mit seinen offenen Rechnungen. Wir bleiben einfach auf der Hut, und wenn uns irgendwas merkwürdig vorkommt, rufen wir Macie an – was bleibt uns sonst übrig? Detective Harrison scheint ja nicht auf den Kopf gefallen zu sein. Der wird diesen Irren in Nullkommanichts schnappen.«

Deana legte Leigh den Arm um die Taille. Ich komme mir richtig erwachsen vor, dachte sie. Wie es in den Wald hineinschallt oder so. Ich bin so froh, dass Mom für mich da war, als die Sache mit Allan passiert ist – und jetzt bin *ich* dran und kann *Mom* beistehen.

Angesichts dieser Situation empfand sie ein wohliges

Gefühl. Genauso sollte es sein. Außerdem weiß Mom, was ich durchmache. Sie hat es am eigenen Leib erfahren. Die Geschichte wiederholt sich.

Mit dem Unterschied, dass ich nicht schwanger bin.

Glaube ich jedenfalls.

Nee.

Wir hatten da draußen im Wald ja überhaupt keine Gelegenheit dazu.

Und das war nur diesem Irren zu verdanken.

Sie bemerkte, wie Leigh stöhnte, und runzelte die Stirn. »Komm schon, Mom. Erzähl's Deana. Was ist los?«

»Was los ist? Reicht es etwa noch nicht, junge Dame? Da draußen treibt sich ein Geisteskranker herum, im Restaurant probt Nelson den Aufstand, und Mace spielt die ganze Sache herunter, während ich genau spüre, dass er sich Sorgen macht. Mein Gott, Deana. Und du tust so, als wäre das alles völlig bedeutungslos. Wie schaffst du das?«

»Tut mir leid, Mom. Du hast ja recht. Wenn Allan und ich ins Kino gegangen wären, wie wir dir erzählt haben, wäre das alles nicht passiert.« Deana kamen die Tränen, und Leigh riss sich wieder zusammen.

»Kleines, mach dir keine Sorgen. Wir werden das hier überstehen, ich verspreche es dir.« Sie strich Deana über die Wange und rang sich ein Lächeln ab. »Alles kommt wieder in Ordnung. Versprochen.«

»Entschuldige, dass ich mich so kindisch aufführe«, lenkte Deana ein. Ihre Mutter konnte diesen ganzen Ärger weiß Gott nicht gebrauchen. »Ich bin nur ein bisschen überdreht, das ist alles ...

... außerdem solltest du dich jetzt um dein Restaurant kümmern. Ich komme hier schon zurecht. Ehrlich. Ich werde nirgendwo hingehen. Jedenfalls nicht, bis die Sache hier vollständig aufgeklärt ist. Worüber regt sich Nelson denn so auf?« Soweit sie wusste, hatte Mom Nelson damit beauftragt, das zu machen, was er am besten konnte – meisterliche Menüs zu kreieren.

Hmmm ... guter Name für ein Restaurant.

Meisterliche Menüs.

»Nelson? Ach, das Übliche. Er ist mal wieder sauer. Will raus aus den Kulissen auf die große Bühne und gelegentlich die Gäste persönlich begrüßen. Den großen Zampano spielen. Aber wenn ich ehrlich bin, habe ich Angst, dass er mir mit seinem Aussehen die Kundschaft vergrault.«

»Stimmt ja auch. Mit seiner Augenklappe und der riesigen Hakennase sieht er nicht gerade aus wie Paul Newman.«

»Hey, da ist jemand an der Tür. Wahrscheinlich Mace mit guten Nachrichten ...«

»Bestimmt«, sagte Deana.

Und dann ist wieder alles bestens.

Aber dann machte Leigh die Tür auf, wankte rückwärts und keuchte: »O mein Gott!«

Stolperte über die Fußmatte.

Mein Albtraum – schon wieder.

Nelson.

Mit seiner Kochmütze auf dem Kopf und einem Fleischerbeil in der Faust.

Die er hoch über den Kopf reckte.

Er wird Mom zerstückeln.

Und dann mich.

Am helllichten Tag.

Und nirgendwo ist jemand, der uns helfen oder die Polizei anrufen könnte.

Die Hecken zwischen den Häusern ragten hoch auf. So war man vor neugierigen Nachbarn sicher, aber Einbrecher hatten leichtes Spiel. »Hier haben wir unsere Ruhe«, hatte Leigh erklärt, als sie das Haus gekauft hatten. »Wir haben Kameras und Kies ums Haus, um potenzielle Einbrecher abzuschrecken, und wenn trotzdem was passieren könnte, reicht ein Anruf, und die Polizei ist im Nu da.«

»Wunderbar.« Hörte sich prima an. Aber irgendwie hatte Deana den Eindruck, dass all diese Vorkehrungen heute nichts nützen würden ...

Nelson überlegte es sich anders.

Er ließ das Fleischerbeil fallen. Scheppernd landete es auf dem Boden, sein Echo hallte durch den Flur.

Sein Arm schnellte nach vorne, er packte Mom an der Gurgel und drückte zu.

Mom röchelte. Ein halb erstickter Schrei drang aus ihrer Kehle und erstarb. Dann kam dieses furchtbare gurgelnde Geräusch.

Deana schnappte nach Luft. Ihr Herz raste. Das *kann* doch nicht wahr sein.

Das ist doch alles nicht wahr.

Ist es doch. Es ist mein Albtraum, und er wird gerade Wirklichkeit.

Darauf kannst du Gift nehmen.

Er wird Mom umbringen.

Und dann mich ...

Nelson mit einem Fleischerbeil. Draußen vor meinem Fenster. Um mir Angst zu machen. Mace hatte recht. Er ist hinter mir her. O mein Gott, das hier ist kein Traum.

»Ich komme und schnapp dich ...«

»LASS DEINE FINGER VON IHR«, schrie Deana.

Nelson rastete aus.

Er holte aus, und seine knochige Faust krachte gegen Deanas Kinn.

Sie hörte es knacken.

Spürte den stechenden Schmerz.

Sah Sterne vor ihren Augen tanzen.

Und glitt hinüber in die tiefe Dunkelheit ...

Bevor sie zu Boden ging, sah sie Nelsons schwarze Augenklappe und sein irre blickendes intaktes Auge, das aus der Höhle zu treten schien und blau und hasserfüllt in seinem knochigen, hageren Gesicht leuchtete.

Sein Mund war ein klaffendes schwarzes Loch, aus dem Speichel zu seinem stoppeligen Kinn troff und in dünnen Fäden daran hin und her schaukelte, um schließlich auf seiner Kochjacke zu landen.

Wie Paul Newman sieht er nicht gerade aus.

Benommen fasste sich Deana ans Kinn und zuckte vor Schmerz zusammen. Sie sah, wie sich ihre Mom aus Nelsons Griff befreien konnte, wieder auf die Beine kam und versuchte, zum Telefon zu rennen.

Nelsons streckte seine Pranke nach ihr aus, packte Mom an der Schulter und schleuderte sie erneut zu Boden.

Leigh ging in die Knie und landete mit einem hässlichen dumpfen Geräusch auf dem Fliesenboden. Sie rollte sich von ihm weg, stützte sich auf einen Ellbogen und schüttelte den Kopf. Sie bewegte sich wie in Zeitlupe, immer noch benommen und desorientiert.

»Mom«, schrie Deana. »Steh auf, oder er wird dich umbringen!«

Grunzend wie ein wütendes Wildschwein packte Nelson das Fleischerbeil und hob es über seinen Kopf.

Deana kreischte: »NEEEIIIIIIN!«

Leigh starrte Nelson an wie ein Kaninchen die Schlange. Sie sah, wie Nelsons Arm herabsauste ...

»KEINE BEWEGUNG! HÄNDE HOCH!«

Mace.

Und Mattie.

In der Tür.

Hinter Nelson.

Pistolenläufe bohrten sich in seinen Rücken.

Nelsons Hand öffnete sich und ließ das Fleischerbeil los. Scheppernd krachte es auf den Fliesenboden.

Er machte einen Satz vorwärts, sprang über Leigh hinweg, stieß Deana zur Seite und rannte keuchend den Flur entlang zur Rückseite des Hauses, wobei er Einrichtungsgegenstände und Möbelstücke, die ihm auf dem Weg in Griffweite kamen, packte und hinter sich schleudertc.

Mattie rannte ihm hinterher. Sie hielt den Kopf gebeugt, um vorbeifliegenden Gegenständen auszuweichen.

Scheiße!

Die Küchentür wurde genau vor ihr zugeschlagen. Sie spürte ein Knacken in ihrer Nase.

Scheiße. Scheiße. *SCHEISSE!*

Sie trat die Tür auf und fluchte lauthals, als sie die Außentür, die von der Küche ins Freie führte, zuschwingen sah.

Nelson war weg.

»Du Scheißkerl«, brüllte sie. »Diesmal bist du vielleicht noch davongekommen. Aber nur *dieses Mal.*«

Mace kauerte sich auf den Boden. »Leigh. Leigh. Ist mit Ihnen alles in Ordnung?«

»Ja. Gott sei Dank, dass Sie gekommen sind. Gerade noch rechtzeitig. Wie's aussieht, haben Sie uns das Leben gerettet. Bist du okay, Deana? *Deana!*«

Leigh robbte herüber zu Deana, die auf dem Boden lag. Auf ihrem Kinn zeichnete sich tiefrot ein schlimmer Bluterguss ab.

Keuchend kehrte Mattie zu den anderen zurück und hämmerte unter wüsten Verwünschungen eine Nummer in ihr Handy. »Der verfickte Drecksack hat sich verpisst. Wie *zum Teufel* er das angestellt hat, ist mir schleierhaft. Er ist einfach vom Erdboden verschwunden. Kennt sich offensichtlich mit dem Gelände aus.«

Am anderen Ende meldete sich das Polizeirevier von Mill Valley, wo man die letzten Sätze von Matties Ausführungen mithören konnte.

»Genau.« Sie war kurz angebunden. »Sie haben richtig verstanden. Ein Mann mit einem Fleischerbeil. Hat eine Frau und ihre Tochter attackiert. 104 Del Mar. Mark Terrace. Der Verdächtige ist entkommen, aber wir haben die Waffe. Leiten Sie eine Großfahndung ein, wenn möglich. Er ist zu Fuß unterwegs. Vermutlich. Möglicherweise ist er der Täter im Mordfall Powers – der Junge, der letzte Nacht am Mount Tam ermordet wurde. Ja. Wir haben zwei Verletzte hier. Schicken sie uns einen Krankenwagen.«

Deana stöhnte. Mace geleitete Leigh ins Wohnzimmer und setzte sie aufs Sofa. Mattie war in der Küche damit beschäftigt, ein nasses Handtuch auszuwringen, um es als kalte Kompresse auf Deanas Unterkiefer zu legen.

Mace ging zurück zum Flur. Er stieß das Fleischerbeil mit der Fußspitze an und rief in Richtung Wohnzimmer. »Wissen Sie, wer dieser Kerl ist, Ms. West?«

»Allerdings. Er heißt Nelson Willington und ist Chefkoch im Bayview.«

Mace und Mattie, die ins Wohnzimmer zurückgekehrt waren, wechselten fragende Blicke.

»Was haben Sie gemacht, Leigh?«, fragte Mattie. »Seinen Lohn gekürzt?«

»So könnte man es sagen. Ich hab ihn vor zwei Tagen gefeuert.«

Deana, die sich die kalte Kompresse an den Unterkiefer hielt, richtete sich auf. Deswegen also war ihre Mutter so ... grüblerisch gewesen wegen Nelson.

»Du hast ihn *gefeuert*?«

Auch Mace war mit einem Mal ganz aufmerksam. »Weshalb?«

»Er wollte einen Anteil am Geschäft. Teilhaber werden. Er sagte, der blendende Ruf, den das Restaurant genießt, sei nur sein Verdienst und das seiner Küche. Eins der besten Restaurants in Tiburon und so weiter und so fort ...«

»*Das* beste Restaurant in Tiburon«, warf Mattie ein.

»Danke.« Leigh lächelte ihr gequält zu.

Mattie zog eine Plastiktüte aus ihrer Schultertasche und schüttelte sie auf. Sie streifte sich ein Paar Handschuhe über, ging in den Flur und hob das Fleischerbeil auf.

Das Ding sah angsteinflößend aus. Akribisch geschliffen – vermutlich rasiermesserscharf. Wahrscheinlich glitt das Ding durch einen Knochen wie durch ein Stück Butter.

Vorsichtig betastete sie die Klinge mit einer Fingerspitze.

»Autsch«, murmelte sie und ließ das Ding in die Plastiktüte sinken.

»Vorsicht, Mattie. Schneid dir nicht noch einen Finger ab«, sagte Mace.

»Klappe, Charlie. Hat eine von den Damen das Ding hier schon mal gesehen?« Mattie trug das Fleischerbeil ins Wohnzimmer. Es hatte eine aufwendige Gravur eines Drachen am Griff, die sich bis zur Klinge wand.

Bevor Leigh antworten konnte, sagte Deana schon: »Ja. Es gibt zwei von der Sorte in der Küche des Bayview.«

»Allerdings«, pflichtete Leigh bei. »Nelson benutzt sie, um Rinderhälften zu zerteilen.«

Sirenen ertönten, und Blaulicht flackerte in der Einfahrt. Mattie ging zur Haustür.

»Hier drüben, Jungs«, rief sie.

»Ich glaube, ich muss nicht ins Krankenhaus«, sagte Leigh. »Ich bin okay. Aber was ist mit dir, Deana? Du siehst fast aus, als hättest du einen gebrochenen Kiefer. Es wird am besten sein, wenn wir das untersuchen lassen.«

»Sie *beide* sollten sich untersuchen lassen, Leigh«, wandte Mace ein. »Mattie, du begleitest die Damen. Ich werde mich hier noch ein bisschen umsehen.«

Deana verzog das Gesicht. Die Vorstellung, ins Krankenhaus zu fahren, gefiel ihr nicht. Wo hier doch gerade erst die Action losging. Doch dann zuckte ein stechender Schmerz durch ihren Schädel.

»Okay, okay«, murmelte sie. »Macie-Baby hat mal wieder recht. Wie immer.«

»Deana!«

»Entschuldige, Mom«, sagte sie träge. Ihr Kiefer pochte vor Schmerz, und ihr Mund fühlte sich beim Sprechen an, als wäre er voll Watte. »Wir verpassen aber den ganzen Spaß.«

»Was für einen Spaß, Deana? Willst du, dass dieser Irre sich wieder ins Haus schleicht, und sobald du im Bett liegst, macht es zack.« Er klatschte knallend in die Hände.

Deana zuckte zusammen. Leigh warf ihm einen kühlen Blick zu.

»Also los, Leute. Machen wir uns auf den Weg«, rief Mattie. Sie spürte die Spannung und schaute Mace scharf an. »Bist du sicher, dass du hier allein zurechtkommst?«, fragte sie.

»Klar doch. Über Geisteskranke rege ich mich schon seit zwanzig Jahren nicht mehr auf.«

»Das glaube ich dir glatt.« Mattie warf ihm über die Schulter hinweg ein verkniffenes Lächeln zu. Ihre Nasenspitze, mit der sie gegen die Küchentür gekracht war, tat höllisch weh.

»Macht euch wegen Mace kein Kopfzerbrechen«, sagte sie zu Leigh und Deana. »Sollte sich unser Axtmörder mit Mace anlegen wollen, wird er das schnell bereuen.«

Leigh stellte sich Mace und Nelson nebeneinander vor – da der eins achtzig große, muskelbepackte Polizist und dort der hagere, schlaksige Koch. Fast hätte sie Mitleid mit Nelson gehabt.

Im Krankenhaus wurde bei Leigh und Deana ein Schock diagnostiziert. Leigh hatte darüber hinaus Blutergüsse an Hals und Schulter sowie Prellungen an beiden Ellbogen. Ansonsten war sie weitgehend unverletzt. Deana hatte einen schweren Bluterguss am Unterkiefer, der jedoch glücklicherweise nicht gebrochen war. Beide bekamen Schmerzmittel und durften wieder nach Hause gehen.

Mattie kam am nächsten Tag vorbei.

»Hallo Leute. Wie geht's, wie steht's?« Sie folgte Leigh ins Wohnzimmer und lehnte das Angebot, sich zu setzen, dankend ab. Sie kam gleich zum Wesentlichen.

»Wie Sie wissen, haben wir das Fleischerbeil vom Tatort. Ich möchte, dass Sie mir zeigen, wo Nelson seine Messer aufbewahrt. Also diejenigen, die er in Gebrauch hat.« Achselzuckend fügte sie hinzu: »Könnte es sein, dass es zwei oder drei oder sogar mehr von der Sorte gibt? Damit wir das Ganze eher eingrenzen können.«

Deana fragte: »Ich dachte, Sie wären gar nicht offiziell mit dem Fall befasst. Weil Sie und Mace doch keine Partner mehr sind?«

»Stimmt«, antwortete Mattie. »Ich bin hier auf besondere Anforderung.«

»Besondere Anforderung?«

»Ganz richtig. Mace hat mich als Partner in diesem Fall angefordert, damit ich auf Sie, meine Damen, aufpasse. Und da bin ich jetzt. Ihr persönlicher Leibwächter – zu Ihren Diensten.«

Deana blickte Mattie an.

»Das war eine gute Idee von Mace. Schön, dass er so besorgt um uns ist.«

»Ja. Scheint so, als hätte er ein persönliches Interesse an dem Fall Powers.«

Leigh machte zwar einen ungerührten Eindruck, doch innerlich war sie hocherfreut. Es *war* gut, dass Mace sich all diese Mühe machte.

Schon allein, dass er Mattie zu ihrem Leibwächter machte – keine Frage, wer bei einem Zusammentreffen zwischen ihr und Nelson die Oberhand behalten würde.

Mattie fuhr die beiden zum Bayview. Sie war eine ausgezeichnete Fahrerin, stellte Deana fest. Kam wohl davon, dass sie ihre Brötchen mit Räuber-und-Gendarm-Spielen verdient, dachte sie, während Mattie auf den Privatparkplatz des Bayview rauschte.

Das Restaurant mit der geschmackvollen Fassade auf der Main Street war Leighs ganzer Stolz. Es war großzügig angelegt und hatte einen Blick auf den Hafen. Die Speisekarten am Eingang steckten in Messingrahmen und boten ein breites Sortiment an ethnischen und traditionellen Gerichten.

Frisch gefangener Fisch aus der Bay war eine Spezialität des Hauses.

Leigh ging durch den unbeleuchteten Gastraum voraus zur Küche. Der Duft von frischem Brot erfüllte die Luft, denn hausgebackenes Brot – Baguette und Ciabatta – waren das Markenzeichen von Leighs Restaurant.

Und nun stand sie da und zitterte.

Ohne Nelson wirkte alles irgendwie anders und merkwürdig.

Irgendwie fehlte seine hagere Gestalt, die in der Küche herumhuschte, Zutaten hackte, zusammenrührte und abschmeckte und seine hochgelobten Gerichte kreierte, während sein gutes Auge in seiner Höhle tanzte wie eine Billardkugel.

Stattdessen war Nelson jetzt auf der Flucht. Mit seinem Fleischerbeil.

Sie blickte sich in der Küche um. Leigh ging zu dem Metallregal, wo Nelsons Hackmesser, Fleischermesser und sonstiges Küchenwerkzeug aufgehängt waren.

Beide Fleischerbeile fehlten. Wie es aussah, hatte Mattie das Beweisstück A, das Nelson bei seiner Flucht hatte fallen lassen. Anscheinend war er danach wieder ins Restaurant zurückgeschlichen und hatte Beweisstück B an sich gebracht, sodass nun Nelson mit seinem zweiten Fleischerbeil irgendwo da draußen herumlungerte und auf Rache sann.

Die Frauen wechselten vielsagende Blicke.

»Wir müssen Nelson erwischen. Und zwar pronto«, sagte Mattie knapp.

Leigh und Deana schauten sich an. »Wunderbar zurückhaltend formuliert, Mattie.«

20

Drrrring … Drrrring …

Leighs Finger tasteten auf dem Nachttisch herum und streckten sich nach dem Telefon. Ihr aufgeschürfter Ellbogen brannte. Sie verzog das Gesicht und sah blinzelnd auf die roten Ziffern ihres Weckers.

23:22.

Herrgott? Wer kann das sein?

Um diese Uhrzeit.

Sie tastete sich weiter und schaltete die Nachttischlampe an.

Irgendwas ist passiert, dachte sie. *Sie haben Nelson erwischt. Sie haben …*

»Ja bitte.«

»Hallo Leigh. Hier ist Mace. Ich rufe nur an, um zu hören, ob alles in Ordnung ist.«

»Ohh … Ich hab schon geschlafen, falls Sie das meinten.«

»Entschuldigung. Ich dachte nur, weil sie eben einen ziemlich fertigen Eindruck gemacht haben.«

»Oh, vielen Dank, Mace. Und da rufen Sie mich an und wecken mich, um mir *das* zu sagen?«

»Nein, Leigh. Ich wollte nur noch mal sichergehen, dass Sie sich wegen diesem Irren keine Gedanken machen müssen. Das war alles.«

»Das ist nett, Mace. Aber ich bin – wir sind – okay. Wirklich. Ich glaube, ich brauche nichts weiter als ein bisschen Schlaf.

Ich habe vor einer Stunde eine von diesen Beruhigungs-dröhnungen eingeworfen, und mir fallen fast die Augen zu.«

»Klar. Sicher. Entschuldigen Sie die Störung. Rufen Sie mich einfach an, wenn es irgendwelche Probleme gibt. Oder wenn Sie jemanden zum Reden brauchen. Versprochen?«

»Versprochen, Mace. Sicher. Gute Nacht.«

Lächelnd legte sie den Hörer auf.

Was für ein Spinner! Allerdings ein ziemlich *netter* Spinner ...

Wieder musste sie lächeln. Dann knipste sie die Lampe aus, drehte sich um und schloss die Augen.

Und machte sie wieder auf.

Mein Gott. Ich mag den Typen ja echt, aber ich wünschte, er hätte nicht angerufen.

Denn jetzt bin ich *wirklich* wach.

Sie stieß einen Seufzer aus.

Nimm noch eine Schlaftablette.

Nein, lass es lieber.

Der Arzt hat gesagt, man soll nicht mehr als drei pro Tag nehmen. Und das eben war die dritte.

Sie drehte sich auf die Seite und stützte sich auf die Ell-bogen.

Sie atmete durch die Zähne. *Autsch! Tut das weh.*

Mit schmerzverzerrtem Gesicht schüttelte sie ihr Kissen auf und ließ sich dann wieder darauf herabsinken.

Mmmmmm ... So ist es viel besser.

Langsam wurden ihre Lider immer schwerer und ihr Atem immer flacher.

Drrring ... Drrrring ...

MEIN GOTT! MACE! *Was ist denn jetzt schon wieder?* Ich könnte dem Kerl den Hals umdrehen. Gibt er denn *nie* auf?

»Mace?«, schrie sie ins Telefon.

»Ms. West.«

Ihr Herz schlug so heftig, dass es ihr die Kehle zuschnürte. Es raste wie ein Güterzug.

»Nelson«, japste sie. »Was wollen Sie?«

»Wissen Sie, Sie hätten das nich machen solln.«

Er darf auf keinen Fall mitkriegen, dass ich Angst habe.

»Was hätte ich nicht machen sollen? Was hab ich denn getan, das nicht gerechtfertigt gewesen wäre? Jetzt sagen Sie schon!«

Mittlerweile saß sie aufrecht im Bett. Zitternd schaukelte sie vor Angst und Entsetzen hin und her – den freien Arm um die angewinkelten Knie geschlungen.

Deana kam zur Tür hereingestürzt.

»Mom!«

Leigh schüttelte den Kopf und hielt sich einen Zeigefinger vor die Lippen.

Pssst, Deana. Leise!

Sie deutete auf den drahtlosen Hörer, den sie in der Hand hielt, und dann auf die offene Tür.

Deana runzelte die Stirn.

Leigh rollte mit den Augen.

Überdeutlich bewegte sie die Lippen und sprach stumm die Worte: *»Deana, geh und schnapp dir das andere Telefon.«*

Deana rannte aus dem Zimmer.

»Meine Dame, was Besseres als mich hätten Sie nie kriegen können«, wimmerte Nelson. Er machte einen konfusen, verunsicherten Eindruck, und Leigh beruhigte sich ein wenig. Mit einem Nelson, der sich so lächerlich aufspielte, wurde sie allemal fertig. »Und Sie wussten's nicht mal«, fuhr er fort. »Sie ham mich 'nen Spinner genannt und einfach GE-FEUERT.« Er gewann wieder an Fahrt. »MICH! Den besten

Koch in der ganzen Gegend. Ich hätte in den besten Restaurants von Frisco arbeiten können. Das wissen Sie ganz genau.«

Lass ihn reden. Ich weiß, wie ich mit ihm umspringen muss. Vielleicht.

»Nelson, beruhigen Sie sich.«

Leigh hörte ein leises Klicken in der Leitung, als Deana das Telefon im Flur abhob.

»Was war'n das?«, fragte Nelson voller Misstrauen. Er klang gereizt und nervös. Seine Stimme war um zwei Oktaven höher geklettert.

»Das war nur die Telefonleitung. Ich sollte das mal reparieren lassen. Ich ärgere mich schon seit über einer Woche damit herum.«

»Klar. Machen Sie. Wo is denn Ihr Kind?«

»Deana? Die übernachtet bei einer Freundin ...«

»*Sie lügen!*«, kreischte er. »Vor 'ner halben Stunde war noch Licht in ihrem Zimmer. Lügen Sie mich nicht an, Leigh West. Oder Sie werden es *beide* bereuen.« Seine Stimme wurde leiser. Er redete langsam und betonte jedes Wort: »*Das hätten Sie nicht tun sollen. Das wird Ihnen beiden noch leidtun. Haben Sie das kapiert?*«

»Nelson, ich *bitte* Sie. Warum sollte ich Sie anlügen?« Leigh hasste sich dafür, dass sie sich so an ihn heranschleimte.

Aber es war am besten, wenn sie so tat, als würde sie sein Spielchen mitspielen.

Und wenn sie dafür bitten und betteln musste, dann war es eben so. Sie lächelte finster.

Das würde ihm gefallen.

Herrgott. Der Kerl war vor einer halben Stunde noch ums Haus herumgeschlichen, oder?

Wo zum Teufel war Mace?

Am Telefon. Um mich zu fragen, ob alles in Ordnung ist. Herrgott. Mace. Sie hätten hier draußen sein sollen und uns beschützen!

Nein. Das ist nicht fair. Mace muss auch irgendwann mal Feierabend machen. Das hier ist nicht seine Schuld.

»Sind Sie noch dran, Leigh?« Die Stimme klang nun tiefer und hatte einen spöttischen, hämischen Klang. Gerade so, als wüsste er, dass er sie in der Hand hatte. Und sie schlotterte vor Angst.

Ihr Herz fing wieder an zu rasen.

Sie geriet in Panik, ihre Atmung war nur noch ein hektisches Keuchen, über das sie so gut wie keine Kontrolle mehr hatte.

Sie hielt den Hörer von ihrem Gesicht weg, in der Hoffnung, dass er nicht mitbekam, wie unregelmäßig ihr Atem ging.

Bitte, lieber Gott. Mach, dass er mich nicht hört.

Für einen Sekundenbruchteil hielt sie inne und versuchte, sich zusammenzureißen.

»Klar. Sicher. Ich bin noch dran, Nelson.«

»Wissen Sie, Leigh, Sie ham 'ne Menge Sachen gesagt, die echt verletzend waren. Dabei wollte ich doch nichts weiter als ein bisschen *Anerkennung* für meine Arbeit. Ich hab's einfach verdient. Ich weiß, dass ich optisch nicht viel hermache, aber ich bin ein *Meister* meines Fachs. Ein Künstler. Meine Kreationen haben das Bayview zu dem gemacht, was es ist ... Und mein Beef Willington ist ein Meisterwerk.« Er stieß einen kurzen Schluchzer aus. »Das sagt jeder ...«

Leigh beruhigte sich ein wenig. Nelson wirkte nicht mehr zornig, rachsüchtig oder bedrohlich, sondern nur noch lächerlich und mitleiderregend.

»Sie wussten *genau*, was sie an mir haben«, fuhr er fort. »Sie wussten genau, wie gut ich war.«

Leigh hörte sich seine lächerlichen, pathetischen Tiraden an. Sie wusste nicht, wie sie damit umgehen sollte. Es konnte sein, dass diese Unterhaltung plötzlich kippte und einen üblen Verlauf nahm ...

Ich darf ihn nicht beleidigen, dachte sie.

Man muss mit ihm umgehen wie mit einem Fisch an der Angel.

Ihn einlullen.

Lass ihn sich abreagieren. Soll er nur ausspucken, was er auf dem Herzen hat.

»Ich wollt's Ihnen nur heimzahlen.« Seine Stimme zitterte. Leigh hatte Mühe, ihn zu verstehen.

»... und Ihnen ordentlich Angst einjagen. Und da dachte ich mir, am besten wär's, wenn ich mir Ihre kleine Tochter vorknöpfe und dafür sorge, dass sie ordentlich *Schiss* hat ...«

Seine stoßweisen Schluchzer wurden immer lauter und heftiger. Es schien fast, als würde die Leitung zittern.

Sie hielt das Telefon weg von ihrem Ohr. Aus einer gewissen Entfernung hörten sich Nelsons Stimme und die Geräusche, die er machte, wie ein leises Knistern an – sinnfreies Gestammel, das weit entfernt war.

Und jetzt heulte er auch noch.

»Nelson. Jetzt reißen Sie sich mal zusammen.«

Sie hörte Deana entsetzt aufstöhnen.

Herrgott. Leise, Kleines. Sei ein braves Mädchen ...

»Ich wollte nicht, dass der Freund von ihr stirbt. Das war ein schrecklicher Unfall, den ich nicht gewollt habe. Ich war so angepisst, dass ich die Kontrolle verloren habe. Es tut mir leid ...«

So wie er nun winselte, gewann Leigh neues Selbstvertrauen. »Nelson«, sagte sie. »Was Sie getan haben, war wirklich schlimm. Sie haben diesen jungen Mann umgebracht. Der Junge hätte eine wunderbare Zukunft haben können, und Sie haben das alles zerstört. Aber, wenn es Ihnen wirklich so leidtut, wie Sie sagen, müssen Sie sich stellen. Sie werden einen fairen Prozess bekommen, Nelson. Glauben Sie mir.«

Aber klar doch. Wenn man alles genau betrachtet.

Eine faire Gerichtsverhandlung.

Der Kerl hat einen Dachschaden. Aber er ist kein kaltblütiger Mörder.

Jedenfalls kein obsessiver Killer.

Er gehört in eine Gummizelle und nicht auf den elektrischen Stuhl.

Ihre Gedanken schweiften ab zu Deana.

Ich hoffe, sie hat genug Verstand, um Mace von meinem Handy aus anzurufen ...

»Nelson? Wo sind Sie? Ich meine, sind Sie in der Nähe?«

Mein Gott, ich hoffe nur, dass er nicht draußen vor dem Haus ist.

Könnte aber sein.

Sie hörte ein gurgelndes, verzweifeltes Schluchzen.

»Um Himmels willen, Nelson, wo sind Sie?«

Deana, nimm mein Telefon, verdammt noch mal. Ruf Mace an.

»Ich wollte das nur loswerden ... wie alles passiert ist. Damit Sie wissen, dass alles nur *Ihre* Schuld ist. Sie hätten mir einfach sagen können, dass Sie mich nicht als Geschäftspartner haben wollen, statt mich einfach zu *feuern* ...« Sein Jammern verebbte. Dann: »Ich hätte damit leben können, kein Teilhaber zu sein.«

Langes Schweigen.

»Ich hab mich in letzter Zeit völlig fertig gefühlt. Ich mach mir viel Gedanken um meine Arbeit ...« Nelson klang mittlerweile völlig erledigt. »Aber egal. Ich werd Ihnen nicht mehr auf die Nerven gehen, Ms. West. Sie sind mich ein für alle Mal los! Ich hoffe nur, dass Sie bis zu ihrem letzten Atemzug dran denken werden, dass Sie sich den ganzen verdammten Scheiß selbst eingebrockt haben ...«

»NELSON! Was soll denn das bedeuten? Dass ich Sie ein für alle Mal los bin?«

Schweigen. Dann: »Ich verpiss mich, Ms. West. Für immer. Sie werden nie mehr von mir hören.«

»Nelson.«

Sag was. Irgendwas. Mach, dass er weiterredet.

»Haben Sie mir mein Halsband zurückgebracht? Waren Sie das? Sie haben es geklaut, oder? Wo? Im Restaurant?«

Nelson hörte nicht zu.

Der Hörer fiel ihm aus der Hand und baumelte am Kabel hin und her. Gebannt von den Pendelbewegungen, starrte Nelson einen Moment lang darauf, und sein zahnloser Mund verzog sich zu einem kleinen schwarzen O.

Irgendwo weit hinten in seinem wirren Hirn formte sich ein Lächeln. Eine triumphierende Grimasse, die sich alle Mühe gab, es aber dennoch nicht schaffte, sich auf seinem tränenüberströmten Gesicht breitzumachen.

Er hatte es ihr jedenfalls gesagt.

Er hatte dieser eingebildeten Schlampe gesagt, weshalb.

Ein Speichelfaden baumelte von Nelsons Kinn. Rotz troff ihm über die Lippen. Seine Zunge glitt hervor und leckte sie ab. Schmeckte gar nicht mal so schlecht, der Kram. Irgend-wie angenehm süßlich.

Er verließ die Telefonzelle, schlurfte zum Rand des Gehsteigs und balancierte mit ausgestreckten Armen die Bordsteinkante entlang.

Wie aus dem Nichts kamen Autos auf ihn zugeschossen. Fledermäuse aus der Hölle.

Blinzelnd starrte er in das grelle Scheinwerferlicht und richtete den Kopf auf, um sich den nächtlichen Wind um die Nase wehen zu lassen.

Was für ein gutes Gefühl.

So sauber.

Mit einem Mal war er wieder ein kleiner Junge, draußen auf einem der Seen in der Umgebung von Point Reyes Station. Er war auf Angeltour mit seinem Pa und atmete die frische, saubere Luft in vollen Zügen ein. Er hörte die Ruder in den Dollen quietschen, das Wasser gegen den hölzernen Rumpf klatschen, sah kleine Wellen um ihr schickes neues Ruderboot herumtanzen.

Und dann den Fisch, den er nach Hause brachte.

Aber hallo! Wenn irgendwer Ahnung hatte, wie man einen Fisch zubereitet, den sein Junge einem bringt, dann Ma!

So zart wie das Lächeln eines Babys. Man musste nur draufschauen, und schon fiel er auseinander.

Nebel verhüllte das jenseitige Ende der Golden Gate Bridge.

Nelson grinste und ging darauf zu.

21

»Er hat sich aus dem Staub gemacht, Kleines.« Leigh zog sich ihren Bademantel über, knotete den Gürtel fest um ihre Taille und stieß einen tiefen Seufzer der Erleichterung darüber aus, dass der Ärger mit Nelson nun vorüber war.

Er hatte sich müde und schwach angehört. Am Ende seiner Kräfte.

Jedenfalls war er keine Bedrohung mehr.

Bitte, lieber Gott.

Sie hob den Blick, denn Deana tauchte in der Tür auf. Auch sie hatte sich in ihren Bademantel gehüllt und stand nun mit verschränkten Armen vor ihr. »Wow«, sagte sie atemlos. »Das war ja krass. Diesmal ist Nelson total ausgeflippt.«

Ich bete zu Gott, dass er nie wieder auftaucht.

Sie stöhnte kurz auf und fasste sich ans Kinn. »Aua. Das tut richtig weh, Mom.«

»Ich weiß, Liebes. Lass es ruhiger angehen.«

Leigh war sich darüber im Klaren, dass es für Deana ein Schock gewesen sein musste, ihre Mutter so am Telefon brüllen zu hören.

Das arme Ding. Das ist das Letzte, was sie braucht. Vor allem nicht, nachdem Allan ...

Und das alles nur wegen meinem Zoff mit Nelson.

Schuldgefühle mischten sich in ihre zunehmende Panik.

»Wir müssen Mace anrufen. Sag ihm, dass Nelson ...«

»Schon passiert. Alles erledigt.«

»Wirklich?« Leigh war erleichtert. Und stolz. *Natürlich* hatte Deana Mace angerufen. Ihre Tochter war schließlich nicht auf den Kopf gefallen.

Leigh beruhigte sich und sprang auf, als es an der Tür klingelte.

Es klang ohrenbetäubend laut.

Und dringlich.

So spät nachts.

»Das muss Mace sein.«

»Bist du dir da ganz sicher, Mom? Könnte es nicht sein, dass es Nelson ist, der zu Ende bringen will, was er angefangen hat ... Wie war das noch beim letzten Mal, als du die Tür aufgemacht hast?«

Leigh rannte in den Flur. »Mace?«, rief sie durch die Tür.

»Leigh, ich bin's. Mace. Machen Sie auf.«

Als er ins Haus trat, wäre Leigh ihm beinahe um den Hals gefallen.

Deana verzog das Gesicht.

Mom, dachte sie und wand sich vor Scham, *muss* das jetzt sein? Dich aufzuführen wie eine bescheuerte Highschooltussi?

»Es war Nelson ...«, sagte Leigh.

»Das hat mir Deana schon am Telefon erzählt. Gute Aktion, Frollein.«

Deana schaute missmutig zu Mace herüber. Sie hatte gerade nicht den geringsten Bedarf an gönnerhaftem Verhalten. Sie vergrub ihre Hände in den Taschen ihres Morgenmantels und musterte ihn. Er trug ein weißes T-Shirt, enge schwarze Jeans und eine schwarze Motorradlederjacke.

Abgesehen von seiner Waffe, die aus einem Holster am Gürtel ragte, deutete kaum etwas darauf hin, dass er Polizist war. Sie starrte ihn ein wenig länger an.

Mmmmm ... Du findest ihn wohl sexy, oder?

Ach ja?

Das wäre jetzt die Krönung. Mich an Moms Freund ranzuschmeißen und völlig zur Idiotin zu machen. Halt. Ich korrigiere: Moms Noch-nicht-aber-bald-Freund.

Wie kann ich nur so *arschig* sein? Allan ist erst ein paar Tage ... Ihr kamen die Tränen.

Doch Mace war nun mal wirklich attraktiv. Sonnengebräunter Teint. Helle Strähnen in seinem Haar. Der kalifornische Surferlook in Reinkultur.

Die Beach Boys.

Würg.

Er war nicht mal annähernd so alt wie diese Opas von den Beach Boys.

Mace ist vielleicht sechsunddreißig – oder allenfalls achtunddreißig.

Genauso alt wie Mom?

Er ist aber auch *wirklich* sexy ... wenn man auf harte Typen steht. So wie sein Körper aussieht, geht er jeden Tag ins Fitnessstudio.

Mace schaute ihr kurz in die Augen.

Ein verkniffenes Lächeln huschte über seine Lippen, bevor er sich wieder Leigh zuwandte.

»Es macht den Eindruck, als wären wir ihm dicht auf den Fersen, und er fühlt sich in die Ecke getrieben«, sagte er. »Es kommt nicht häufig vor, dass Täter ihre Opfer anrufen und sich für ihre Missetaten entschuldigen.«

»Vermutlich eher selten«, sagte Leigh. »Einen Kaffee?«

»Ich dachte schon, Sie würden nie fragen«, sagte Mace grinsend.

»Zucker?«, fragte Leigh, während der Kaffee durchlief.

»Nein, danke«, sagte Mace. »Man will ja schließlich in Form bleiben.«

»Mmmm, und was für eine Form«, murmelte Deana.

So kurz nach Allans ... Was bin ich nur für eine Kuh?

Verzeih mir, Allan. Bitte.

Leigh warf ihr einen warnenden Blick zu.

Deana schaute kurz zu Mace herüber. Hatte er ihre letzte Bemerkung gehört? Sie sah, wie er es sich auf dem Sofa bequem machte, und kam zu dem Ergebnis, dass er sich jedenfalls nichts anmerken ließ.

Sie hoffte *inständig*, dass er nichts mitbekommen hatte. Wenn doch, wäre es unbeschreiblich peinlich.

Wo ist Mattie überhaupt heute Nacht?

Oder ist das hier ein privater Besuch?

Leigh reichte Mace seinen Kaffee. Keine Milch. Keinen Zucker. Deana stellte sich seine Bauchmuskeln vor. Stramm und fest. Ein zweiter Rocky. Ein *blonder* Rocky.

Mit einem Mal war Mace wieder ganz und gar Polizist. »Nun, meine Damen«, sagte er, »erzählen Sie mir doch noch mal, was passiert ist, als Nelson anrief.«

Da hast du deine Antwort, Deana. Er ist dienstlich hier.

Deana und Leigh versuchten, die Unterhaltung, so gut sie konnten, zu rekonstruieren. Schließlich sagte Leigh: »Und ich bin mir ganz *sicher*, dass *er* das Halsband mit meinem Glücksbringer genommen hat. Es muss vor zwei Wochen passiert sein. Ich war anfangs ganz außer mir, denn ich dachte, ich hätte es unwiederbringlich verloren. Dann fiel mir ein, dass ich es im Restaurant vergessen hatte. Nelson hat alles abgestritten, aber irgendwie

wusste ich, das er es genommen hatte, um mir Angst einzujagen.«

»Und jetzt ist er verschwunden«, sagte Mace knapp. Er
war eher an Nelsons Zukunftsplänen interessiert als an
Leighs Muschelkette.

»Genau. Er klang ziemlich niedergeschlagen.« Leigh zögerte einen Moment. Mit einem Mal zog sie eine völlig neue
Möglichkeit in Betracht. »Glauben Sie, er wird sich *umbringen*?«

»Möglich wäre es. So, wie es bisher klingt, hat er ein Geständnis abgelegt – beziehungsweise um Verzeihung für
seine Tat gebeten, je nachdem, wie man es betrachtet. Er
hat massive Schuldgefühle bekommen und will Schluss machen. Sie sagten, er hat eventuell den Telefonhörer nicht
aufgelegt?«

»Nicht nur ›eventuell‹«, sagte Leigh. »Nelson sagte, er
hätte eine halbe Stunde vor seinem Anruf Licht in Deanas
Schlafzimmer gesehen. Ich schätze, dass das gelogen war.
Er ist überhaupt nicht hier gewesen.« Sie schüttelte den
Kopf. »Er hätte es zeitlich einfach nicht schaffen können.
Erst hierher zu kommen und dann kurze Zeit später von
der Golden Gate Bridge aus anzurufen.«

»Von der Golden Gate Bridge aus?«

»Ja. Ich habe weiter am Telefon gehorcht, als er schon nicht
mehr dran war. Und ich habe jede Menge Autos gehört, die
vorbeigerauscht sind. Und zwar unaufhörlich. Und außerdem könnte ich schwören, dass in der Ferne ein Nebelhorn
zu hören gewesen war.«

22

»Mace ist ein richtiges Prachtexemplar, findest du nicht auch?«

»Deana!«

»Keine Sorge, Mom. *Ich* will nichts von ihm. Außerdem muss ich nach der Sache mit ... du weißt schon ... ein bisschen Abstand gewinnen. Zumindest für eine Zeit. Abgesehen davon ist er zu alt für mich!«

»Meine liebe Tochter, denk einfach immer daran, dass Mace hier ist, weil er einen Job zu erledigen hat. Nämlich, Allans Mörder zu fassen.«

Leigh hatte ein Spezialmenü aus dem Restaurant kommen lassen. Die letzten Tage waren ein einziger Albtraum, dachte sie. Wir haben beide eine Erholungspause verdient.

Beef Willington stand zwar nicht mehr auf der Karte, aber dafür hatte Carl, der neue Koch des Bayview, den sie hastig angeheuert hatte, mit einem wunderbaren marinierten Schwertfisch in einer scharfen Soße mit Tomaten und Mango aufgewartet.

Zum Nachtisch gab es Mousse au Chocolat, Deanas Lieblingsdessert.

»Auf uns! Der eine geht, der andere kommt«, verkündete Leigh mit einem ironischen Lächeln. Sie nippte an ihrem Glas mit kalifornischem Sekt. »Mmmmm. Ganz hervorragend. Und Carl macht seine Sache wirklich gut.«

»Allerdings. Also kein Grund, du-weißt-schon-wem auch nur eine Träne nachzuweinen.«

»Na, ganz so ist es auch wieder nicht. Nelson *hatte* brillante Momente. Und er hatte einen guten Ruf. Zumindest in Tiburon. Davor hat er angeblich bei einem italienischen Meisterkoch in einem Top-Restaurant in New York gelernt. Jedenfalls hat er mir das erzählt.«

»Schade, dass er nicht dort geblieben ist.«

»Mmmmm ...« So entspannt wie jetzt hatte sich Leigh nicht mehr gefühlt, seit ihre Eltern sich im Anschluss an das Familientreffen verabschiedet hatten.

Das leider kein richtiges Familientreffen gewesen war.

Die ganzen Querelen mit ihrer Mutter ... Und Deana und Allan, die sich so kurz nach dem Essen abgesetzt hatten ...

Gott sei Dank hatten sich ihre Eltern auf den Weg nach Boulder zu Tante Abby gemacht, *bevor* alles passiert war.

Verstohlen sah Leigh zu Deana hinüber. Sie war noch so jung und hatte schon etwas so Schreckliches erleben müssen. Doch abgesehen von ihrem geschwollenen Unterkiefer und der Tatsache, dass sie von Zeit zu Zeit etwas abwesend in die Ferne blickte, wirkte Deana ganz gefasst.

Auch auf Allans Beerdigung herrschte eine düstere und angespannte Stimmung. Mary Powers, Allans – wie sich herausstellte, alleinerziehende – Mutter, war leichenblass, von Weinkrämpfen geschüttelt und wirkte, als stünde sie kurz vor einem Kollaps. Glücklicherweise war da noch ihre Schwester, Allans Tante Beth, die sie stützte und ihr während der gesamten Zeremonie beistand.

Beide hatten Abstand zu Leigh und Deana gehalten und sie lediglich zu Beginn mit kurzen Blicken bedacht.

Sonst war nichts passiert.

Ganz anders als in Leighs Albträumen von Charlies Be-
stattung ...

Charlie.

Nach achtzehn Jahren spukten noch immer Erinnerungen an seinen Tod in ihrem Kopf herum.

Vielleicht lastet wirklich ein Fluch auf uns ...

Leigh verscheuchte ihre trüben Gedanken und schaute
zu Deana hinüber. Sie stieß ein zufriedenes Seufzen aus.
Es tat gut, hier bei Kerzenschein zu sitzen, sich zu unterhalten und ein tolles Essen zu genießen.

*Trotz der düsteren Wolke, die seit Allans Tod über unseren
Köpfen schwebt ...*

Sie wollte weder sich noch Deana den Abend verderben,
und um sich aufzumuntern, rief sie sich ein weiteres Ereignis ins Gedächtnis.

Es war erst heute passiert.

Ein Zusammentreffen mit der Vergangenheit.

Cherry.

»Cherry. Cherry Dornay!«

Die rothaarige Frau hob den Kopf.

»Leigh West. Ich glaub's ja nicht!«

»Wie geht's, Cherry? Und ...« Leigh legte eine Pause ein.
»Wie geht's Ben?«

»Oh, Ben geht's gut. Hat natürlich nie geheiratet.«

Einen Moment lang herrschte peinliche Stille zwischen
ihnen, dann nahm die rothaarige Frau hastig den Faden
wieder auf. »Und du? Ich kann mich noch erinnern, dass
du damals fest entschlossen warst, dein eigenes Restaurant
aufzumachen.«

»Stimmt. Und ich hab's tatsächlich gemacht.«

»Hm? Du meinst ... *das* hier ist *dein* Laden?«

Leigh lächelte freudig, und Cherry sagte: »Wow!«

Dann plauderten sie noch über dies und jenes und über die alten Tage.

Wie sehr sich alles verändert hatte. Cherry war Kunstdozentin und wohnte im San Fernando Valley. Ben wohnte immer noch in San Diego und war in der IT-Branche.

Sie lachten viel, während sie Erinnerungen austauschten, und dennoch spürte Leigh eine gewisse Befangenheit, so als hätte die Zeit eine Barriere zwischen sie geschoben. Sie lächelte Cherry an und dachte zurück an die Siebziger. San Diego. Faule Tage am Mission Beach; mit Leuten in Pepe's Place auf der J Street abhängen. Die Fahrt nach Tijuana, auf der Ben seine kostbare Gitarre verloren hatte ...

So viel war seitdem passiert.

Eine Menge Wasser war eine Menge Flüsse runtergeflossen.

Sie dachte oft an Ben. Stark. Feinfühlig. Blonde, lockige Haare – hippiemäßig schulterlang. Und natürlich der Bart. Nicht zu vergessen der Bart!

Mann. Ben war schon ein super Typ gewesen.

Leigh und Cherry tauschten Telefonnummern aus und schworen sich, in Kontakt zu bleiben.

Mal sehen.

»Mom. Es ist jemand an der Tür. Ich mach auf.«

Deana erhob sich vom Tisch und ging den Flur entlang.

»Warte, Schätzchen. Mach nicht einfach auf.«

Deana schaute durch den Spion.

Mace.

Gibt dieser Kerl denn nie auf?

»Und?«, fragte Leigh.

»Es ist Mace.« Deana verzog den Mund. Normalerweise hätte sie das spannend gefunden, doch heute Abend war sie darüber wenig begeistert. Sie hatte Leigh ganz für sich allein gehabt – und sie hatten einige sehr intime Momente durchlebt, wie sie selten vorkamen.

Wertvolle Zeit zwischen Mutter und Tochter.

Bis vor etwa dreißig Sekunden.

Scheiß auf Mace.

Der Kerl war gerade so was von überflüssig.

Leigh machte die Tür auf.

»Na so was. Mace!« Sie hob den Kopf und strich sich lachend mit der Hand durchs Haar. »Das ist aber eine Überraschung.«

»Ja«, murmelte Deana. »Nett, Sie zu sehen.«

Mace trat ein und warf Deana einen freudigen Blick zu.

Er kramte in seiner Hosentasche, brachte eine Handvoll Sonnenblumenkerne zum Vorschein, steckte sie sich in den Mund und behielt Deana die ganze Zeit im Auge, während er auf den Kernen herumkaute.

Deana zog eine Grimasse.

Was glaubt der Kerl, wer er ist? Fox Mulder, oder was?

Immer noch grinsend, öffnete er die Lippen und zeigte ihr seine makellosen Reihen prächtig weißer Zähne.

Doch sein Blick war ganz cool. Wachsam.

Er wandte sich Leigh zu. »Ich bin vorbeigekommen, um zu sagen, dass wir Ihrer Vermutung nachgehen, dass Nelson gestern eventuell in der Nähe der Golden Gate Bridge gewesen sein könnte. Wir haben ein paar Streifenwagen, die in der Gegend unterwegs sind – für den unwahrscheinlichen Fall, dass seine Leiche gefunden wird.«

Mace und Leigh schlenderten gemeinsam in Richtung Wohnzimmer.

Deana folgte ihnen, doch sie fühlte sich mit einem Mal ausgeschlossen.

Es sah fast so aus, als wäre zwischen Mom und Mace schon alles klar.

Gott im Himmel!

Okay, vielleicht *brauchte* Mom ja mal wieder einen festen Freund.

Aber *Mace?*

Sie stellte sich vor, wie Mom und Mace es wild und leidenschaftlich miteinander trieben. Ihr Mund auf seinem. Seine Hände, die über ihren nackten Körper glitten ... Mom, wie sie leise keuchte und stöhnte und ihn in sich hineinschob ...

Deana schüttelte es bei der Vorstellung.

»Oh, das tut mir leid«, sagte Mace, als er den Tisch sah. »Waren Sie gerade beim Abendessen? Ich mache mich gleich wieder auf den Weg. Ich muss noch bei Mattie vorbei. Sie ist immer noch auf dem Revier, und das um diese Zeit. Sie verbringt mehr Zeit am Computer als in all den Jahren zuvor, in denen wir draußen auf Streife waren.«

»Ich dachte, Sie und Mattie wären nicht mehr zusammen? Also dienstlich.«

»Richtig. Mattie war es zu langweilig, den ganzen Tag im Auto herumzusitzen. Es schlug ihr auf die Laune, meinte sie. Stattdessen hat sie sich auf einen Schreibtischposten versetzen lassen.« Mace lachte einmal kurz und trocken.

Deana musterte Mace und hatte das Gefühl, dass zwischen ihm und Mattie mehr lief, als sich auf den ersten Blick erahnen ließ.

Vielleicht *waren* sie mal zusammen gewesen, und zwar auch nach Dienstschluss.

»Deana«, sagte Leigh nun plötzlich. »Wie wär's mit einem Kaffee?«

Du willst mich wohl loswerden, Mom? Okay, aber bitte mach dich nicht zum Affen. Ich bin nicht eifersüchtig. Ich will nur nicht, dass du enttäuscht wirst ...

»Heute war ich zum ersten Mal wieder im Restaurant«, erzählte Leigh.

»Tatsächlich? Sind Sie sicher, dass Sie sich nicht zu viel zumuten?«

»Ja. Irgendwann muss ich sowieso wieder antreten. Davon abgesehen kann ich ohnehin nichts weiter dazu beitragen, das Geheimnis um Nelsons Verschwinden zu lösen. Das ist jetzt Aufgabe der Polizei.«

Sie wechselte das Thema.

»Der neue Chefkoch macht einen sehr guten Eindruck. Gott sei's gedankt.« Sie deutete auf die Überbleibsel ihres Abendessens – und den Wein.

»Oh, entschuldigen Sie, Mace. Hätten Sie lieber ein Glas Wein gehabt statt Kaffee? Das tut mir leid. Entschuldigen Sie bitte, aber ich hatte natürlich angenommen, Sie wären noch im Dienst ...«

»Ausnahmsweise mal nicht. Aber Kaffee ist schon in Ordnung. Es freut mich zu sehen, dass Sie und Deana so gut klarkommen. Jedenfalls den Umständen entsprechend.«

»Nun ja, wir haben uns schon wohler gefühlt, aber wir kommen schon klar. Wenn Sie erst mal Nelson gefunden haben, wird sich alles wieder normalisieren. Er machte den Eindruck, als wäre er ziemlich am Ende – insofern ist er vielleicht auch für uns keine allzu große Bedrohung mehr.«

»Da kann man sich nie ganz sicher sein, Leigh.« Mace schaute ihr besorgt in die Augen.

Einen Moment lang wurde ihr warm ums Herz. Er war wirklich sehr aufmerksam und einfühlsam. Und sie war dankbar dafür.

Für einen kurzen Moment dachte sie an die klaffende Lücke in ihrem Leben. Das Vakuum, von dem sie hoffte, dass es eines Tages ein Partner füllen würde.

Gib's zu, Leigh, sagte sie sich. Ein Mann in deinem Leben würde dir schon Spaß machen.

Klar. Träum weiter!

Es *hatte* Typen gegeben.

Nach Charlie.

Eine Handvoll. Vielleicht sogar mehr. Aber sie war immer zu beschäftigt gewesen für eine dauerhafte Beziehung.

Wegen Deana, und dann nicht zu vergessen – das Restaurant. Plus die ganze Arbeit, die mit alldem zusammenhing. Arbeiten bis spät in die Nacht und morgens früh wieder weitermachen. Da war keine Zeit, kein Platz in ihrem Leben für eine feste Beziehung mit einem Mann.

Wenn sie zurückschaute, hatte es nur einen gegeben, der alldem auch nur ansatzweise gewachsen gewesen wäre. Er hätte sie vom Fleck weg geheiratet, wenn sie nicht so elend fixiert auf ihre Karriere gewesen wäre.

Ben.

Wie konnte ich damals nur so dämlich sein?

Er wäre der perfekte Partner gewesen.

Cherry heute über den Weg zu laufen hatte eine wahre Lawine an Erinnerungen ausgelöst ...

»Machen Sie sich über irgendwas Sorgen?« Mace legte seine Hand auf ihre. Seine war warm, im Gegensatz zu der von Leighs.

Sie schreckte auf. »Oh, entschuldigen Sie. Ich ... habe heute jemanden wiedergetroffen. Jemanden von früher. Das hat ein paar Erinnerungen ausgelöst, wie's aussieht. Ein Zusammenrasseln mit der Vergangenheit, sozusagen.«

Sie lächelte ihn an und schaute ihm in die Augen. Sie wirkten warm und besorgt – und hatten dennoch ein schlüpfriges Funkeln.

Er mag mich, dachte Leigh.

Mace steht auf mich.

Sie spürte ein Kribbeln der Erregung zwischen ihren Schenkeln. Es war schon viel zu lange her ...

»Wer Kaffee will, muss herkommen und ihn sich holen.« Deana schleppte geräuschvoll ein Tablett mit einer Kanne Kaffee, Tassen, Sahne und Zucker herein. Sie blieb einen Moment stehen, denn sie spürte, dass etwas in der Luft lag.

Scheint so, als wäre ich in einen ›besonderen‹ Moment hineingeplatzt.

Gut so.

»A-ha.« Sie machte vor den beiden Platz auf dem Tisch und stellte das Tablett ab.

»Ich werd mich mal der Glotze widmen. Nach den Nachrichten läuft *Sleepy Hollow*. Deswegen werde ich beim Kaffee leider passen, Leute.«

»Ach, wie schade«, sagte Mace, und er klang beinahe so, als würde er es aufrichtig bedauern. »Nun denn, dann lass dich nicht aufhalten. Ich werde mich noch ein bisschen mit deiner Mom unterhalten.«

Deana warf Leigh einen fragenden Blick zu.

Leigh schaute sie sanft an.

»Okay, Liebes. Ruh dich aus. Ich bleibe auch nicht mehr lange auf.« Mit nachdenklicher Miene schaute sie Deana hinterher, als die aus dem Zimmer ging.

»Hey. Das Mädchen wird drüber hinwegkommen. Das ist so bei jungen Leuten. Es war ein wirklich übles Erlebnis für sie – für Sie beide –, aber sie ist eine Kämpfernatur. Sie wird wieder.«

»Meinen Sie wirklich, Mace?« Leigh wirkte unsicher. Sie konzentrierte sich darauf, den Kaffee einzuschenken. Schwarz für Mace. Milch, aber keinen Zucker für sich selbst.

»Klar doch. In ein paar Wochen wird es sein, als wäre nie etwas passiert.«

Sie machte immer noch eine besorgte Miene, und er nahm ihre Hand.

»Ein schönes Haus haben Sie hier, Leigh. Tolle Aussicht auf die Bay. Von hier aus würde ich gern mal in Anschlag gehen. Diese Perspektive, wie sich das nach unten öffnet zur Golden Gate. Alles super im Blick. Besser geht's nicht.«

»In Anschlag gehen?«

Er lachte. »Mit der Kamera. Fotografieren.«

»Oh, Sie machen Fotos. Professionell?«

»Nö. Nur so als Hobby. Aber ab und zu denke ich mir schon, dass sie für eine Ausstellung taugen würden. Ich hatte ein, zwei Bilder letztes Jahr in einer Galerie in L. A. hängen. Die haben ganz gute Kritiken bekommen.«

»Das ist toll. Also machen Sie ruhig. Sie können von meinem Fenster aus in Anschlag gehen, wann immer sie wollen!«

Sie schauten einander an und lächelten über einen gemeinsamen Witz.

Sie verfielen in Schweigen, und es war einer jener seltenen Momente des Wohlbehagens, in denen sich Leigh mit der Welt versöhnt fühlte. Ein schönes Gefühl.

»Mace?«

»Hm?«

»Das hier ist toll. Das wollte ich nur sagen.«

»Hmmm ... Ja. Finde ich auch.«

»Haben Sie ... Sind Sie mit jemandem zusammen? Also jemand Besonderem, meine ich?«

»Ich. Nee. Die letzte, mit der ich *zusammen* war, war ein Mädchen, das ich am College kennengelernt hatte. Wanda Baker hieß sie. Ja. Sie war etwas ganz Besonderes. Bis sie sich hat abstechen lassen.«

»Mace! Was ist passiert?« Sie sah ihn an, er wirkte düster und verschlossen. Einen Moment lang saß sie fröstelnd da und sagte dann: »Sie brauchen es mir auch nicht zu erzählen, wenn Sie nicht wollen.«

»Das ist schon in Ordnung. Ich hab damit kein Problem. Nicht *mehr* jedenfalls.« Er beugte sich vor, betrachtete seine Nike-Turnschuhe, die Arme auf die Knie gestützt, die Hände locker zwischen den Schenkeln. »Sie war das hübscheste kleine Ding, das man sich vorstellen kann«, sagte er. »Blond. Knapp über eins fünfundfünfzig. Und einfach toll. Versteh'n Sie? Ihr Vater ist gestorben, als sie ein Jahr alt war. Ihre Mutter beging Selbstmord, sie wuchs bei einer Tante auf, die schon älter war. Wanda war ein altmodisches Mädchen. Still. Zurückhaltend.« Er lehnte sich auf dem Sofa zurück und starrte durch die bodentiefen Fenster hinaus in die Nacht.

»Oh, Mace. Was für eine furchtbare Geschichte. Und dass *sie* dann *auch* noch ermordet wurde ...«

»Da muss man dann einfach nach vorne schauen, sonst zerbricht man daran. Aber davon abgesehen, hatten *Sie* nicht gemeint, Sie hätten jemand aus Ihrer Vergangenheit wiedergetroffen? Erzählen Sie doch mal.«

»Wie wäre es mit einem Courvoisier?«, fragte Leigh.

»Oh, eine längere Geschichte?«

»Nein. Aber die richtige Uhrzeit.«

»Stimmt. Und ich bin ja nicht im Dienst. Also gern.«

Leigh ging hinüber zur Bar und schenkte fachmännisch zwei Ballongläser Cognac ein, reichte eines davon Mace und setzte sich seitlich auf das Sofa, das Gesicht Mace zugewandt. »Es ist schon achtzehn Jahre her. Ich war schwanger mit Deana. Mom und Dan hatten mich zu meiner Tante nach San Diego geschickt …« Sie bemerkte seinen fragenden Blick. »Ich war achtzehn, unverheiratet und ohne Partner«, fügte sie ein. »Ich musste irgendwo hin, wo ich mein Baby zur Welt bringen konnte.«

Mace runzelte die Stirn.

»Ich brachte mein Kind zur Welt. Ich habe mir selbst ein Leben aufgebaut. Ich war ja zu allem fähig. Wusste alles. War rebellisch. Anti-Alles, wie mein Dad immer sagte. Praktisch Mitglied der Großen Gammlerhorde …« Sie verzog das Gesicht. »Ich war allerdings auch auf Märschen, Demos und so weiter.«

Mace grinste. »Sie war'n mal 'n Hippie?«

»Von heute aus betrachtet kann man das schon sagen. Aber es ging nicht nur um Blumen im Haar, ›Peace, Bruder‹ und all diesen Quatsch. Sicher, ich war auf Demos. Hab Ärger mit der Polizei gehabt. Aber das spielt keine Rolle, weil es alles hier in Tiburon passiert ist, bevor ich schwanger wurde. Danach …« Sie verstummte und legte eine kurze Pause ein. »In San Diego habe ich eine junge Kunststudentin kennengelernt, Cherry Dornay. Sie war damals echt klasse. Frei wie der Wind, fröhlich und einfach eine tolle Freundin. Sie hatte einen Bruder namens Ben. *Der* Typ war ein Hippie wie aus dem Bilderbuch. Lange Haare, Bart, wild gemusterte Hemden, Jesuslatschen, Beatlesfan. Alles, was dazugehört.«

Sie brach ab. Es war ihr peinlich. Sie fühlte sich unwohl und hatte ein schlechtes Gewissen, diesen Teil ihrer per-

262

sönlichen Vergangenheit einem mehr oder weniger Fremden offenbart zu haben. Sie hatte nicht einmal Deana von ihrer Freundschaft zu Cherry und Ben erzählt.

Mace lächelte ihr zu, und Leigh entspannte sich wieder. Es stimmte einfach alles – die ganze Atmosphäre, freundlich und warm und mit mehr als nur einer Prise sexueller Schwingungen durchsetzt, die sie anscheinend beide wahrnahmen. Leighs Herz schlug schneller, und sie bekam rote Wangen.

»Klingt, als hätten Sie das Leben damals wirklich genossen«, sagte er.

»Ja, das kann ich sagen.«

»Und Sie haben dieses Mädchen heute wiedergetroffen?«

»Ja. Und es war … eine wundervolle Überraschung. Wir hatten uns eine Menge zu erzählen.«

»Hatten Sie zwischenzeitlich keinen Kontakt?«

»Nein.« Leigh lächelte wehmütig. »Ich war immer zu beschäftigt – mit irgendwelchen Plänen und so. Weil ich mir in den Kopf gesetzt hatte, irgendwann ein eigenes Restaurant aufzumachen – was nicht leicht ist mit einem Baby. Aber ich habe es hinbekommen; Mom und Dad haben mir finanziell geholfen und dafür gesorgt, dass wir immer was zu essen und so weiter hatten …«

»Sie sind aber nicht wieder zurückgegangen, oder? Nach Hause, meine ich.«

»Nicht gleich. Ich hatte meinen Stolz. Ich wollte mich beweisen. Mich aus eigener Kraft wieder hocharbeiten. Mom und Dad beweisen, dass ich etwas schaffen kann. Ihnen zeigen, dass ich erwachsen geworden und in der Lage war, mich um meine Tochter zu kümmern.«

»Das haben Sie allerdings geschafft, Leigh. Sie haben eine tolle Tochter, die im Herbst aufs College gehen wird, und dazu ein erfolgreiches Restaurant. Ihre Eltern müssen richtig stolz auf Sie sein.«

Leigh bemerkte einen Schatten, der kurz über sein Gesicht huschte.

Vielleicht habe ich mich auch getäuscht. Kann auch am Licht gelegen haben.

Seufzend schaute sie auf die Uhr.

Kurz vor Mitternacht. Deana schläft vermutlich schon.

»Ein freundlicher Wink mit dem Zaunpfahl? Schon gut. Ich muss sowieso los. Danke für den Cognac. Und für Ihre Gesellschaft«, fügte er flüsternd hinzu. »Das nächste Mal lade ich Sie ein. Sie sagen, wo – und wir machen ein Treffen aus.«

»Das würde mir sehr gefallen, Mace.«

»Wirklich?« Er lächelte sie freudig an.

»Wirklich. Sehr sogar.«

Er beugte sich vor und küsste sie sanft auf die Wange.

»Gute Nacht, Leigh. Und passen Sie gut auf sich auf.«

Wieder schlug ihr Herz schneller.

Sie brachte ihn zur Tür und schaute ihm nach, als sich die Heckleuchten seines schwarzen Trans Am die Einfahrt und hinauf in die Nacht schlängelten.

23

Deana lag im Bett.

Sie lauschte auf die Stimme von Mace und dann auf die ihrer Mutter. Sie klang fröhlich und beschwingt. Zwischendurch lachte sie ein wenig, dann war wieder die Stimme von Mace zu hören. Leise und vertraulich.

Sieht aus, als hätte er Mom an der Angel.

Der Drecksack!

Sie schob das Laken mit den Füßen weg und lag reglos auf ihrem Bett.

Sie spürte den Schweiß auf ihrem Körper, hob ihr Nachthemd und blies sich über den Brustkorb. Davon wurde ihr nur noch wärmer.

»Puhhh!«

Es war genau so eine Nacht, als ich meinen Albtraum hatte ...

Das war kein Traum, sondern bittere Realität.

Nelson mit seiner Axt.

Entschuldigung. Mit seinem Fleischerbeil.

Was macht das für einen Unterschied?

Das Ergebnis ist in beiden Fällen das Gleiche – eine zerstückelte Leiche.

Hätte *meine* zerstückelte Leiche sein können.

O Gott! Bitte mach, dass sie ihn schnell finden.

Mom glaubt, dass er sich von der Brücke gestürzt hat.

Hoffentlich.

Dann wären wir alle wieder in Sicherheit.

Aber er war tatsächlich schwer durch den Wind.

Das war deutlich zu merken.

Dieses irre Funkeln in seinen Augen. Falsch. Dieses irre Funkeln in *seinem* Auge. Und der sabbernde Mund.

Uuuh!

Sie schwang die Beine aus dem Bett und stand auf.

Ein wohltuender Windhauch wehte vom Fenster her durch das Zimmer. Sie zog sich das Nachthemd über den Kopf und ließ es zu Boden fallen, überlegte es sich dann aber anders und hob es auf, um es zusammenzuknüllen und in den Wäschekorb zu stecken.

Sie betrachtete ihren Körper, der in der Dunkelheit blass aussah und schweißüberströmt war – ihre vollen Brüste, den flachen Bauch und die langen, muskulösen Beine.

Alles glänzte in der Dunkelheit.

Wenigstens ist heute kein Vollmond.

Nicht so wie in der Nacht, als Nelson mir einen Besuch abgestattet hat.

Nelson. Dieser bescheuerte Irre.

Ohne ihn wäre Allan noch am Leben ...

Sie zog die Schublade ihres Nachttischs auf, nahm Allans Turnhose heraus und drückte die Nase in den Stoff.

Sie schnupperte – und war fassungslos.

Allans Geruch war verschwunden.

So schnell.

Wie konnte der *Geruch* eines Menschen sich so einfach verflüchtigen? Es war, als sei er mit ihm zusammen gestorben.

Stück für Stück, nach und nach verschwand Allan.

Und ließ sie zurück.

So wird das weitergehen. Als Nächstes werde ich vergessen, wie er aussah. Allerdings habe ich noch das Foto, das ich vor zwei Wochen am Stinson Beach von ihm gemacht habe.

Das, auf dem er aussah wie der junge Robert Redford. Die blonden Haare ganz zerzaust, breit lächelnd, mit strahlend weißen Zähnen und die Augen gegen die Sonne zusammengekniffen.

Da hatte er diese enge glänzende Badehose an ...

O Gott, Allan. Ich werde dich nie vergessen. Nie im Leben, das verspreche ich dir.

Die Erkenntnis, dass Allan für immer verschwunden war, traf sie wie ein Hammerschlag.

Wieder einmal.

Tränen traten ihr in die Augen und liefen über ihre Wangen. Sie wischte sie mit Allans Sporthose ab und seufzte, um nicht laut losschluchzen zu müssen. Liebevoll faltete sie die Shorts zusammen und legte sie wieder in die Nachttischschublade zurück.

Allans Geruch mochte verflogen sein, aber sie hatte immer noch seine Shorts, die sie für immer daran erinnerten, wie viel Spaß sie miteinander gehabt hatten.

Und immer noch haben könnten – wenn dieses kranke Arschloch Nelson nicht gewesen wäre.

Und nun musste sie doch laut losschluchzen.

Sie warf sich aufs Bett und weinte in ihr Kissen; die Knie bis zum Kinn hochgezogen, zuckte sie von einer Seite auf die andere, hin und her geschaukelt von einer Woge der Hoffnungslosigkeit.

Allan war weg.

Für immer und ewig.

Ich werde dich nie vergessen, mein Liebling ...

Nach und nach versiegten ihre Tränen. Sie beruhigte sich, legte sich auf den Rücken und starrte an die Decke.

Betrachtete die Schatten des Baums vor ihrem Fenster, die sich an der Zimmerdecke abzeichneten wie riesige Finger.

Wenn ich Nelson aufspüren könnte, würde ich ihn umbringen. Genau das würde ich machen. Wenn er mir heute Nacht über den Weg laufen würde und ich ihn umbringen würde, käme niemand auf die Idee, dass ich etwas damit zu tun hätte.

Ich würde ihm die verdammte Kehle durchschneiden. Ihn abstechen. Und dann seine Leiche verstecken.

Sie einfach in den Garten von irgendjemand kullern lassen. Oder in die Baumgruppe hinter dem Haus.

Niemand käme auf die Idee, dort nach ihm zu suchen.

Sie beugte sich über Nelsons Körper. Blut strömte aus der Wunde in seinem Bauch und aus seinem Mund. Unter Schluchzen und Keuchen flehte er sie an, aufzuhören und Hilfe zu holen.

Er hatte es doch nicht mit Absicht getan.

Ach wirklich?

Es tat ihm leid – er hatte niemanden umbringen wollen ...

Sie lachte ihm höhnisch ins Gesicht, schleuderte das Messer in die Büsche und spazierte seelenruhig nach Hause.

Sie richtete sich in ihrem Bett auf und überlegte sich ihre nächsten Schritte.

Ein Messer. Ich brauche ein Messer.

In Gedanken suchte sie die Küche ab.

Moms Gemüsemesser.

Eine tödliche Waffe. Kurz und stabil, mit einer spitzen, rasiermesserscharfen Klinge, an der man sich einen Finger abschneiden konnte, ohne es auch nur zu merken.

Ich könnte damit umgehen, wenn's sein muss.

Deana stellte sich ihre Mutter vor, wie sie das Messer in der Hand hielt und Karotten in Scheiben schnitt.

Schnell und präzise wie eine Maschine, die kleine orangefarbene Roulettechips produzierte.

Genau. Mit Moms Gemüsemesser wäre es kein Problem, Nelson abzumurksen.

Ratzfatz.

Deana schwang sich aus dem Bett. Sie zitterte vor Erregung. Die Vorstellung, Nelson umzubringen, hatte zwar etwas Furchteinflößendes, aber auch etwas Antörnendes.

Es würde ganz leicht gehen.

Und sie würde damit davonkommen.

Niemand würde sie verdächtigen.

Und wenn doch – nun, in dem Fall war sie eben ein Mädchen, das traumatisiert durch den Verlust ihres Freunds und daher unzurechnungsfähig war.

Mit anderen Worten: Sie wusste nicht, was sie tat.

Wahrscheinlich würde ohnehin niemand vermuten, dass ein junges Mädchen genug Mut und Kraft haben würde, einen erwachsenen Mann umzubringen …

Andererseits würde Nelson wohl kaum vor dem Haus warten, bis sie herauskam und ihn umbrachte.

Jedenfalls nicht, wenn er auch nur einen Funken Verstand im Kopf hatte.

Oder vielleicht doch?

Vielleicht übten Mom und sie ja tatsächlich eine tödliche Anziehungskraft auf ihn aus.

Sodass er es gar nicht fertigbrachte, sich von ihnen fernzuhalten.

Sie schlich zur Tür und lauschte, ob von ihrer Mutter irgendwas zu hören war.

Wie's scheint, ist sie schon ins Bett gegangen – hat das Geschirr abgeräumt, ihr Nachthemd angezogen und sich die Zähne geputzt ...

Und liegt jetzt im Bett und denkt an Mace.

Würg.

Überall herrschte Totenstille. Das Rascheln des Baums vor ihrem Fenster war das einzige Geräusch. Es erinnerte sie an Nelson und daran, wie er sie zu Tode erschreckt hatte ...

Der Kerl wird was erleben. Ich werde dem grottenhässlichen Arsch solche Angst einjagen, dass er sich in die Hose scheißt. Falls ich ihn finde.

Hastig zog sie sich an. Ihre Entschlossenheit, Nelson aufzuspüren, wuchs von Sekunde zu Sekunde. Sie zog sich einen schwarzen langärmeligen Pullover über und passende Leggings.

Dann band sie ihr volles Haar zu einem Knoten zusammen, zog eine schwarze Wollmütze darüber und achtete darauf, dass keine Haare hervorschauten.

Schwarze Turnschuhe wären nicht schlecht. Hab ich aber nicht.

Verdammt!

Aber dann kam ihr ein Geistesblitz.

Sie nahm ein Paar schwarze Kniestrümpfe aus ihrer Kommode und zog sie über ihre weißen Joggingschuhe.

Ich sehe aus wie ein Meisterdieb. Wie Cary Grant in *Über den Dächern von Nizza.*

Und als sie leise in die Küche schlich, um das Messer zu holen, fühlte sie sich auch so.

Sie hielt den Atem an und lauschte in die Stille.

Von ihrer Mutter war kein Geräusch zu hören.

Auf Zehenspitzen schlich sie zur Besteckschublade und zog sie vorsichtig auf.

Ein leises Klappern ertönte. Deana hielt den Atem an und verharrte einen Moment lang reglos vor dem Küchentresen. Dann nahm sie das Messer aus der Schublade und strich sacht mit einem Finger über die Stahlklinge.

Wow!

Das Ding war *höllisch* scharf.

Sie schob die Schublade wieder zu und zuckte zusammen, als sie erneut klapperte – dieses Mal sogar lauter als beim Aufmachen.

Hinter ihr ertönte ein gurgelndes Geräusch. Deana hielt den Atem an – und seufzte erleichtert auf.

Puh ...

Es war nur ein Abflussrohr, in dem noch Wasser herumgurgelte.

Hoffe ich jedenfalls ...

Sie tastete unter dem weichen Stoff ihres Sweatshirts nach dem Hausschlüssel, der an einer Kette zwischen ihren Brüsten baumelte.

Gut möglich, dass ich da schnell rankommen muss, falls irgendwas schiefgeht.

Zum Beispiel, wenn ich, über Nelsons blutüberströmte Leiche gebeugt, dastehe und jemand sieht mich mit einem bluttriefenden Messer in der Hand ... und ich muss rennen wie verrückt, um es bis nach Hause zu schaffen, bevor jemand die Polizei rufen kann.

Obwohl es ganz schön idiotisch ist zu glauben, dass Nelson sich hier in der Gegend herumtreibt.

Und darauf wartet, abgestochen zu werden.

Aber man weiß ja nie.

Irgendwie habe ich das Gefühl, dass ich heute Nacht Glück haben könnte.

Was immer man darunter verstehen mag.

Außerdem bin ich sowieso nur draußen, um eine Runde zu joggen, und habe nicht im Geringsten vor, jemanden umzubringen.

Das Messer habe ich nur dabei, falls Nelson zufälligerweise auftauchen sollte.

Und dann, das verspreche ich dir, Allan, werde ich diesen Drecksack kaltmachen.

Die Messerklinge vor sich haltend, glitt sie zur Haustür hinaus und lief leichtfüßig die Auffahrt hinauf.

Anfangs war es noch etwas merkwürdig, das Messer in der Hand zu halten, doch dann fand sie ihren Rhythmus und stieß es mit jedem zweiten Schritt nach vorn.

Die Idee mit den Socken erwies sich als ganz hervorragend. Sie machte so gut wie kein Geräusch beim Laufen, sodass niemand sie hören konnte.

Dazu kamen die Schatten, von denen sie kaum zu unterscheiden war. Sie verschmolz regelrecht mit der Umgebung.

Schwarze Klamotten waren die perfekte Tarnung bei Nacht, sagte sie sich.

Sie verliehen ihr ein Gefühl der Sicherheit.

Aber dennoch war es hier draußen ein wenig unheimlich.

Um nicht zu sagen gruselig.

Und heiß war es auch. Auf ihrer Stirn bildeten sich bereits erste Schweißperlen.

Die Mütze werde ich bald absetzen …

Sie erreichte das Ende der Einfahrt zum Haus und legte eine kurze Pause ein, um sich eine Strategie zu überlegen.

In welche Richtung soll's gehen? Bergauf oder bergab?

Falls Nelson in der Nähe ist, welchen Weg würde *er* nehmen?

Wenn er zum Haus will, würde er vermutlich von unten kommen.

Ob er sich in der Zwischenzeit ein neues Auto besorgt hat? Sein altes hat ja die Polizei.

Irgendwas raschelte in den Wacholderbüschen links von ihr.

Deana blieb wie angewurzelt stehen. Sie traute sich nicht zu atmen und drückte sich mit dem Rücken gegen die Büsche bei der Toreinfahrt.

Miiiaaauuuu ...

Eine Katze schoss vor ihr aus dem Gebüsch. Deana stieß ein lautes Stöhnen aus und lachte dann kurz vor Erleichterung. Scheiß-Katze!

Okay.

Dann mal los.

Bergab?

Besser erst mal bergauf; auf diese Art wäre der Rückweg weniger beschwerlich.

Nachdem ich Nelson ausgelöscht habe.

Mit leichten Schritten lief sie bergauf.

Beobachtet mich irgendwer und fragt sich, was zum Teufel dieses Mädchen um ein Uhr nachts noch draußen veranstaltet?

Sucht vermutlich Ärger ...

Ihr Magen krampfte sich zusammen vor Aufregung.

Es *war* unheimlich hier draußen, aber es war auch aufregend.

Sie konnte, wer-weiß-wem über den Weg laufen.

Oder *wer-weiß-was.*

Obwohl die Chancen ganz gut standen, dass sie in ihren schwarzen Klamotten überhaupt nicht bemerkt wurde.

Andererseits war es auch möglich, dass sich hier draußen ein Typ herumtrieb, der sich Gedanken machte, was er wohl mit ihr anstellen würde, wenn er es schaffte, sie zu schnappen ...

Sie beschleunigte das Tempo.

Sollte sie vielleicht nicht doch besser umdrehen?

Und wieder nach Hause gehen ...

Noch nicht.

Ich *habe* keine Angst.

Weiterlaufen, Deana ...

Und immer nach vorne schauen.

Sich nach links und rechts umzuschauen und im Laufen den Ausblick zu genießen wäre jedenfalls ganz schön dämlich.

Allerdings.

Gerade so, als würde man förmlich um Ärger betteln.

Außerdem würde es ihr noch erst recht Angst einjagen, weil sie sich dann Gedanken machte, was oder wer sich hier draußen noch herumtreiben könnte.

Warum sollte ich mir Sorgen machen? Immerhin habe ich ein Messer.

Dass ich nicht lache.

Moms Gemüsemesser.

Was ist, wenn irgend so ein Karate Kid auftaucht und dir einfach das Messer aus der Hand kickt?

Was dann?

Dann fällt er dich an und vergewaltigt dich, du dusselige Kuh – wenn nicht noch schlimmer.

Vielleicht bringt er dich auch noch um.

Vergewaltigt *und* ermordet.

՚ Du bist total bescheuert, Deana West. Was willst du überhaupt hier draußen?

Mom würde durchdrehen, wenn sie das wüsste.

Falls sie es wüsste.

Doch sie wird es nie erfahren.

In zehn Minuten bin ich wieder zu Hause. Fünf Minuten später liege ich brav im Bett, ohne dass irgendwer auch nur das Geringste davon mitbekommt.

»Hey.«

Ein Ruf, der durch die Nacht hallte. Und zwar laut.

Keuchend tauchte Deana in den Schatten eines Redwoodbaums ein, der sich vor einer Einfahrt erhob.

Sie hielt das Messer fest in der Hand, beugte sich leicht vor und spannte die Muskeln.

»Hey. Pass auf, wo du hinläufst.«

Ein Schäferhund kam aus dem Nichts auf sie zugeschossen, sprang an ihr hoch und riss sie zu Boden.

Ihr blieb mit einem Schlag die Luft weg, und alle ihre Kräfte schwanden.

Sie rollte sich zusammen und hielt die Arme schützend vor das Gesicht. Auf ihnen lastete das Gewicht des Hunds, der sie mit den Vorderpfoten auf den Boden drückte.

Sie rührte sich nicht.

Ganz stillhalten, und das Vieh wird dich nicht zerfleischen.

Hoffe ich zumindest.

Bei Hunden weiß man ja nie …

Sie drehte sich ein wenig zur Seite, und das Messer schlitterte glitzernd durch die Dunkelheit.

Moms Gemüsemesser.

Wie lächerlich.

»Hierher, Sabre. Bei Fuß!«

Deana linste zwischen ihren Fingern hindurch. Die Stimme klang nicht, als würde sie zu einem Vergewaltiger gehören.

Oder einem Mörder.

Sie klang bestimmt. Normal. Irgendwie jugendlich.

Der Hund leckte sich mit der Zunge über eine Formation bemerkenswert spitzer Zähne und zog sich zurück. Er richtete den Blick auf seinen Herrn, als ob er auf dessen nächsten Befehl wartete.

Deana errötete in der Dunkelheit.

Es ist nur ein Hund, verdammt noch mal. Nichts weiter als ein blöder Köter.

Der Köter inspizierte nun schnuppernd ihre angewinkelten Beine und verpasste ihnen mit seiner großen Schlabberschnauze eine Dampfstrahlreinigung.

Würg. Was für ein *Vieh*!

Deana rappelte sich auf die Knie, stand auf und beugte sich dann schnell wieder hinunter, um das Messer aufzuheben.

In der Dunkelheit blinkte das Messer so hell, dass es fast peinlich war.

»Was ist das?« Der Typ packte ihre Hand und drehte sie nach hinten. Ihr Griff lockerte sich, und das Messer landete scheppernd auf dem Gehweg.

Wieder verdrehte er ihr Handgelenk, und sie stöhnte vor Schmerz lauf auf.

»Was soll das?«, herrschte er sie an.

Sie gewann das Gleichgewicht zurück und holte mit dem Bein zu einem Tritt in seine Eier aus.

Er tänzelte gerade noch rechtzeitig zurück.

Entschuldigend hob er die Hände und lachte. »Hey, ich bin einer von den Guten. Ich komme in friedlicher Absicht!«

»Und was zum Teufel soll der Scheiß mit dem Hund? Ihn einfach so Leute anspringen zu lassen. Das Vieh kann glatt jemanden umbringen!«

Sie warf dem Hund einen scharfen Blick zu. Er war an die kurze Leine gelegt und saß friedlich zwischen den Beinen seines Herrn. Zwischen seinem beängstigend wirkenden Kiefer hing die Zunge heraus, während sein heißer Atem dunstig durch die Nachtluft waberte.

»Entschuldigung. Mein Name ist Warren Hastings. Und das ist Sabre, mein treuer Begleiter.« Warren streckte eine Hand aus. »Du siehst aus, als hättest du dich mächtig erschreckt.«

Deana ignorierte seine Hand.

»Machst du Witze? Das Vieh ist ein Monster.« Sie kämpfte noch immer mit Tränen der Erleichterung.

»Sabre ist kein Monster. Der ist ein ganz braver Kerl. Und unter der rauen Schale ist er brav wie ein Lamm. Stimmt's, Kleiner?«

»Schönes Lamm. Mich hat er jedenfalls fast zu Tode erschreckt.«

Warren lächelte.

»Du hast dein Messer fallen lassen. Schleppst du immer ein Messer mit dir rum? Und ist das eine Angewohnheit von dir, nachts durch die Gegend zu rennen?«

»Als Mädchen muss man auf sich aufpassen. Man weiß ja nie, wem man über den Weg läuft. Und was das andere angeht – ja, ich jogge gern in der Nacht. Hast du damit ein Problem?«

»Nee. Aber warum nicht tagsüber? Ist doch eigentlich sicherer – wird jedenfalls allgemein behauptet.«

»Was geht dich das an? Was machst *du* überhaupt hier draußen, wenn ich mal fragen darf?«

Er lachte. Es war ein warmes, gewinnendes Lachen. »Vielleicht sollte ich dir eine Tasse Kakao anbieten. Als Entschädigung für das Benehmen meines schrecklichen Schoßhunds.«

»Danke, aber ich bin bedient.«

»Ich mache einen höllisch guten Kakao, wenn ich will.«

Warren neigte den Kopf zur Seite. Er hatte auch ein sehr gewinnendes Lächeln. Deana merkte, wie ihre Feindseligkeit ihm gegenüber schwand, und lächelte zurück.

Reiß dich zusammen. Der Kerl braucht nicht zu denken, dass du leicht zu haben bist.

»Woher weiß ich, dass ...«

»Dass ich kein Vergewaltiger bin? Oder ein Serienmörder? Ist das dein Problem?«

»So in etwa.«

»Schau mal. Das ist mein Haus. Das da drüben mit den zwei Redwoodbäumen davor. Ich bin erst vor zwei Wochen eingezogen. Ich mache dir einen Vorschlag. Ich mache uns jedem einen heißen Kakao, und du erzählst mir ein bisschen was über die Nachbarschaft. Vielleicht lege ich noch ein paar Kekse drauf ... Wie wär's?« Wieder lächelte er, und in seinem Gesicht leuchtete eine Reihe gepflegter weißer Zähne auf.

»*Dein* Haus? Du wohnst allein da drin?«

»Nicht allein. Zusammen mit meiner Schwester. Sie heißt Sheena. Du würdest sie mögen.«

»Ich muss wieder los. Meine Mom mach sich sonst Sorgen ...«

»Weiß deine Mom, dass du nicht zu Hause bist?«

Netter Versuch, Warren. Du weißt schon, wo du den Hebel ansetzen musst. »Klar weiß sie das. Sie hat nichts dagegen, wenn ich nachts joggen gehe.«

»Mit einem Messer in der Hand?«

»Lass mich einfach vorbei. Ich muss nach Hause.«

»Wie du willst. Du kannst ja trotzdem mal vorbeikommen und den Kakao probieren. Ist der beste an der Westküste. Ich hab letztes Jahr sogar einen Preis für das beste Schokoladengetränk bekommen.«

»Gute Nacht, Warren.«

»Soll ich dich vielleicht begleiten? Sabre wird uns vor eventuellen Vergewaltigern beschützen.«

Reite nicht dauernd auf diesem Wort herum. Sonst bekomme ich noch Panik.

»Nein, danke. Ich hab's nicht weit. Nur einen Block.«

»Wie du willst.«

»Genau. Gute Nacht.«

»Gute Nacht, du namenlose Dame in Schwarz. Vielleicht treffen wir uns mal wieder.«

Deana drehte sich um und rannte rasch den Berg hinunter. Ihre durch die Socken gedämpften Schuhe machten kaum ein Geräusch auf dem Gehweg. Schwer atmend erreichte sie die Einfahrt zu ihrem Haus.

Leichten Schrittes rannte sie die Auffahrt hinunter, lehnte sich auf der Veranda erst mal gegen den Türrahmen und tastete nach dem Schlüssel. Er klemmte noch immer zwischen ihren Brüsten.

Sie zog an der Kette, streifte sie über den Kopf und spürte ihre Haare.

Scheiße. Ich habe meine Mütze auf dem Gehweg liegen lassen. Nachdem der treue Sabre mich angesprungen hat.

Vorsichtig schob sie den Schlüssel ins Türschloss.

Sie zuckte zusammen in der Erwartung, dass das Schloss wie so oft ein lautes metallisches Schabegeräusch machen würde.

Doch heute Nacht blieb es ruhig.

Gott sei Dank.

Jetzt Mom über den Weg zu laufen wäre nicht so klasse.

Deana schlich sich in ihr Schlafzimmer.

Sie machte die Tür zu, lehnte sich dagegen und stieß einen tiefen Seufzer der Erleichterung aus.

Ihre Knie schlotterten, und ihr Herz pochte wie wild.

Das lag wohl an der Aufregung über ihre nächtliche Begegnung, vermutete sie. Die Anstrengung vom Laufen konnte es nicht sein, dazu war sie zu gut im Training.

Warren.

Ein kurzes Lächeln huschte über ihr Gesicht.

Sieht so aus, als hätte ich einen neuen Freund gefunden.

Allans Bild tauchte vor ihr auf.

Ich bin rausgegangen, um Nelson zu erledigen, Allan. Um deinen Mörder umzubringen. Leider ist mir heute Nacht was dazwischengekommen, aber wir werden ihn trotzdem bald erwischen.

Sie beschwor eine Unzahl von Bildern und Gedanken an Allan herauf, bis er plötzlich selbst im Raum zu sein schien.

Sie neigte den Kopf und schnüffelte. Mit einem Mal glaubte sie, seinen Duft zu riechen. Zunächst nur in ihrer unmittelbaren Nähe, dann im ganzen Raum.

Allan ist hier!

Seine Hände umschlossen ihre Brüste. Seine Daumen streichelten ihre Brustwarzen.

Zitternd vor Erregung, erinnerte sie sich daran, wie gern er das immer getan hatte. Wie sehr er es mochte, wie sich ihre Haut anfühlte – warm, seidig, *ultra-sexy*, wie er sich auszudrücken pflegte.

Deana stand lange Zeit da und starrte auf das Fenster, die sanft hin und her wogenden Gardinen und die zuckenden Schatten des Baums vor dem Haus.

Sie dachte an Allan.

Langsam zog sie sich aus und legte ihre Trainingssachen wieder in die Kommode.

Sie warf sich auf ihr Bett und starrte die Zimmerdecke an. Heiße, salzige Tränen liefen ihr über die Wangen.

Allan würde immer jemand ganz Besonderes für sie bleiben.

Sie würde ihn nie vergessen.

Wie sollte sie das je fertigbringen?

»Selbst wenn ich alt bin«, flüsterte sie, »werde ich *immer* an dich denken, Allan, und die Erinnerungen an die schönen Zeiten und Momente hüten, die wir zusammen hatten.«

Genau. Die schönen Momente.

Vor dieser Horrornacht, durch die alles zunichtegemacht wurde.

Bevor Nelson ...

Nein. Sie würde Allan nie im Leben vergessen. Niemals.

Trotzdem war das heute Nacht ein ziemliches Abenteuer gewesen.

Dieser Warren war schon ein beeindruckender Typ.

Ich wette, er macht tatsächlich einen echt guten Kakao.

Sie lächelte. Er hatte eine angenehme Stimme. Warm und freundlich. Und schöne Zähne. Ansonsten war bei der Dunkelheit ja nicht viel zu erkennen gewesen.

Vielleicht demnächst irgendwann ...

Allerdings ohne den Köter.

Deana seufzte.

Nelson hab ich immer noch nicht kaltgemacht.

Scheiß auf Nelson. Den hacke ich ein andermal in Stücke. Mit Moms Gemüsemesser ...

O nein!

Das lag immer noch auf dem Gehweg. Zusammen mit ihrer Mütze.

24

O Gott. Auch das noch. Ich muss raus, das Messer holen. Doch jetzt geht das nicht. Warren schläft sicher schon, und dann ist da noch sein Hund. Ich kann nicht einfach ins Haus schleichen und nach dem Messer suchen, wenn Sabre da ist.

Vielleicht liegt es noch auf dem Gehweg. Vielleicht hat es jemand ins Gebüsch gekickt.

Auf keinen Fall. Eine innere Stimme sagte ihr, dass das Messer in Warrens Haus lag. Deana starrte auf die Vorhänge, die sich in der sanften Brise blähten. Sie schnüffelte erneut und hatte wieder das Gefühl, Allans Duft riechen zu können.

Aufhören!

Sofort!

Sie schloss die Augen, ließ die Schultern kreisen und entspannte sämtliche Muskeln vom Kopf bis zu den Zehenspitzen. Sie atmete tief ein und aus und ein und aus ...

Doch ihre Entspannungstechnik funktionierte heute Nacht nicht. Sie bekam den Gedanken an das Messer nicht aus ihrem Kopf.

Mom wird ihr Messer vermissen. Sie benutzt es fast jeden Tag.

Sie wird denken, dass jemand es gestohlen hat.

Jedenfalls wird sie *nicht* glauben, dass sie es verlegt hat ...

Ich hoffe nur, dass Warren es gefunden hat.

Vermutlich hatte er es mit ins Haus genommen, um es ihr später zurückzugeben.

Das Messer und die Mütze.

Na ja, die Mütze ist nicht so wichtig.

Ich Trottel. Er weiß ja gar nicht, wo ich wohne.

Ich hab ihm ja keine Gelegenheit gegeben, danach zu fragen.

Ich wollte es ihm aber auch nicht unbedingt auf die Nase binden. Immerhin hätte er ja doch ein Vergewaltiger sein können.

Nee.

Nicht mit einem Hund von der Größe. Vergewaltiger treiben sich allein in der Gegend herum, auf der Jagd nach Mädchen.

Mit so einem Hund würde der Vergewaltiger nie auch nur in die Nähe eines Opfers kommen. Entweder würden sie sich zu Tode erschrecken oder sich schnellstens aus dem Staub machen.

Es gab nur eine Lösung. Warten, bis Mom ins Bett geht, und sich dann rausschleichen.

Schon wieder.

Wenn ich Glück habe, erwische ich Warren, wenn er den Hund ausführt.

Dann frage ich ihn einfach, ob er das Messer gesehen und es vielleicht aufgehoben hat. Und wenn ja, ob ich es bitte zurückhaben darf.

Oder mach dir die Sache einfacher und kauf ihr ein neues Messer.

Das geht nicht. Mom würde den Unterschied sofort bemerken.

Und sich wundern, warum sie auf einmal ein neues Messer hat.

Puuuhhhh ...

Ganz schön vertrackt, die ganze Angelegenheit.

Es gibt nur eine Lösung ...

Ich muss noch mal raus und diesen Warren finden.

Mal von seinem Kakao probieren.

Je nachdem. Egal. Auf jeden Fall muss ich das Messer wieder zurückbekommen.

25

Nelson schlotterte am ganzen Leib.

Es war dunkel und wurde zusehends kälter.

Geblendet von grellem Scheinwerferlicht, konnte er kaum ausmachen, wo er hinlief.

Seine piratenmäßige Augenklappe hatte er schon längst verloren; das zusammengenähte Augenlid sah aus, als sei es in den Schädel eingesaugt worden, während in seinem guten Auge heiße Tränen aufstiegen.

Er war am Ende. Ein stumpfer Schmerz pochte durch seinen Schädel. Die Tränen ließen alles verschwommen und trüb erscheinen. Er hob eine Hand, um sie wegzuwischen.

Herrgott, diese Kopfschmerzen ... das ist ja höllisch.

Seine Mütze hatte er verloren, und seine Kochjacke war von seinem letzten Sturz völlig verschmiert.

Er hielt das Fleischerbeil umklammert und trug es mit der Klinge nach oben wie ein Gewehr auf der Schulter. Das Beil zu spüren vermittelte ihm ein warmes Gefühl der Sicherheit.

»Wenn einer mir krumm kommt, kriegt er das Ding zu spüren«, murmelte er vor sich hin. »Da könnt ihr Gift drauf nehmen, ihr verfickten Schweine da draußen; ich hack euch in Stücke. Ich mach Gulasch aus euch.«

Nelson stolperte vom Gehweg, genau vor einen alten Ford Lastwagen. Der Fahrer stieg in die Eisen, der Lastwagen kam mit quietschenden Reifen zum Stehen. Gleich darauf knirschten Zahnräder, und der Wagen schwang so knapp um Nelson herum, dass es ihn beinahe von den Beinen gerissen hätte.

Durch trüben Nebel sah er für einen Augenblick das wutverzerrte Gesicht des Fahrers, der ihm offenbar wüste Beschimpfungen entgegenschleuderte. Dann senkte sich das Fenster auf der Beifahrerseite, und ein Mann reckte seine fleischige Faust heraus.

»Hast du noch alle Tassen im Schrank, du Penner? Bist du lebensmüde? Da kann ich dir gern helfen. Wäre besser fürs Allgemeinwohl.«

Der Fahrer schob sein breites Gesicht durch das Fenster. Ein Klumpen Schleim schoss durch die Luft und heftete sich an Nelsons Kochjacke.

Laute Windstöße und das Hupen vorbeifahrender Autos erfüllten die Luft.

Schluchzend schleppte sich Nelson zurück zum Gehweg. Das Fleischerbeil glitt ihm aus der Hand und landete scheppernd auf dem Boden. Nelson krabbelte auf Knien herum und tastete kreisend mit den Händen den steinigen Fußweg ab. Als er die Klinge unter seinen Fingern spürte, stieß er einen Schrei der Erleichterung aus und tastete sich dann weiter vor, bis er das Heft in der Hand hielt.

Den Blick zum Himmel gerichtet, schaukelte er hin und her und wiegte das Fleischerbeil an seiner Brust.

»Danke, Gott«, sagte er unter Schluchzen. »Ich hab mein Beil wiedergefunden. Das Einzige, was noch übrig ist von Nelsons *unfassbarer Karriere* ... Sein geliebtes altes Fleischerbeil ...«

Weinend wie ein Kleinkind wiegte er sich eine Weile hin und her und wischte sich dann mit dem Ärmel seiner Kochjacke über das Auge.

Das is schon viel besser.

Sein gutes Auge hatte wieder klare Sicht.

»Danke, danke dir ...« Er nickte. Der Herr war auf seiner Seite, das wusste er.

Triumphierend hielt er das Fleischerbeil in die Höhe, dass seine Klinge im Schein der Laternen funkelte.

Mit einem Mal ertönte hinter ihm eine Sirene.

Er schnellte herum.

Die Bullen!

Er verdrückte sich in den Schatten und verschmolz mit der Umgebung.

Bullenschweine!

Auf der Jagd nach ihm.

Die Schatten um ihn lichteten sich zu einer Böschung hin. Nelson richtete sich mühsam auf, setzte einen Fuß tastend über den Rand und zog den anderen nach. Kurz darauf schlitterte und rutschte er einen mit stoppeligen Grasbüscheln bewachsenen Abhang hinunter. Das Fleischerbeil fest umklammert, streckte er die Arme aus und versuchte, sich an irgendwelchem Gestrüpp festzuhalten, um nicht kopfüber in die Dunkelheit hinabzustürzen.

Plötzlich blieb er mit dem Fuß in einem Gewirr aus Wurzeln und Büschen hängen. Er stieß einen Schrei aus, machte einen Satz nach vorn, rutschte erneut aus und landete auf dem Hintern. Immer weiter rutschte er den Abhang hinunter und geriet in Panik. Verzweifelt versuchte er, irgendwo Halt zu finden, doch vergeblich.

Er stürzte weiter ins Bodenlose, ohne den Griff um sein Beil zu lockern.

»Yo ... Was haben wir denn hier?«

Nelson bekam mit seiner freien Hand einen Strauch zu fassen und grub seine Absätze in den Boden. Ruckelnd verlangsamte sich sein Sturz, bis er schließlich ganz zum Stehen kam. Nelson verhielt sich ganz still. Sein Puls war eine Achterbahn. Er verstärkte den Griff um das Beil.

Wer auch immer sich hier herumtreibt, dachte er, wird vermutlich denken, ich bin ein besoffener Penner. Oder ein Drogenheini ... Wenn ich Glück habe, lassen sie mich in Ruhe. Wenn nicht ...

Ein kehliges Lachen hallte rumpelnd durch die Dunkelheit.

Eine Hand schloss sich um seinen Knöchel und zerrte ihn weiter, *viel* weiter den Abhang hinunter, zu einer noch tiefer gelegenen Stelle, wo es noch finsterer war.

Der Geruch war unerträglich. Faulig und ranzig. Wie verdorbenes Fleisch.

Er scharrte mit den Füßen und versuchte verzweifelt, Grasbüschel oder Gestrüpp zu fassen zu bekommen, um sich daran festzuklammern und zu verhindern, dass er weiter in die Tiefe gezerrt wurde ...

Die Hand zerrte mit vermehrter Kraft.

Jemand kicherte.

»Wassn los, Kumpel? Keine Lust, uns hier unten Gesellschaft zu leistn? Du bist ja mal 'ne Spaßbremse. Dabei haben *wir* uns schon so auf dich gefreut.« Die Stimme wurde ein wenig lauter. »So isses doch, Jungs? Oder? Frisches Blut bringt Leben in die Bude ...«

Nelson schluchzte. Sein Herz fing wieder an, Kapriolen zu veranstalten; dieses Mal war es ein Gefühl, als würde in seiner Brust ein fetter Felsbrocken hin und her schießen.

»Bitte ... lasst mich ... GEHEN!«

Ein kurzes Rucken, und er wurde weitergeschleift.

Strauchwerk zerkratzte ihm das Gesicht und hinterließ brennende, abgeschürfte Stellen auf seiner Haut.

Er zappelte wie verrückt und warf sich von einer Seite auf die andere, verzweifelt bemüht, sich dem eisernen Griff zu entwinden.

Die Hand hielt ihn fest umklammert.

Sie zerrte ihn über einen zunehmend rauen Untergrund. Müll – scharfkantige Konservendosen, Glas, scharfe Gegenstände – zerschnitten und zerkratzten ihm die Haut, während er zuckend und zappelnd weitergeschleift wurde und dabei immer sein Fleischerbeil umklammert hielt.

Das darf ich auf keinen Fall loslassen ... Ich werde es noch brauchen, um mir meinen Weg freizuhacken ...

Plötzlich ließ die Hand ihn los. Nelson kam frei und rollte seitlich davon, rollte und rollte ... und landete in einem stinkenden Graben mit dickflüssigem, kaltem und schleimigem Wasser.

Ein beißender Gestank stieg ihm in die Nase.

Öl und ...

Altöl, wie es schien ... und noch etwas?

Mühsam kletterte er aus dem Graben. Seine Schuhe waren voller Schleim, und seine Hosenbeine klebten ihm an den Waden.

Er hörte unregelmäßige, keuchende Atemstöße hinter sich, und Füße, die beharrlich durch das Unterholz stapften. Dazu Dosen und anderer Kram, der aus dem Weg gekickt wurde.

Weitere Atemgeräusche, noch mehr Keuchen ... Sie kamen näher, wer sie auch sein mochten. Hände krallten sich in den Stoff seiner Kochjacke, säuerlicher Atem waberte warm in seinem Nacken.

»Verpiss dich, du verfickter Drecksack, er gehört mir – aaaarrrrgh ...«

Die jammernde Stimme brach jäh ab; dafür waren nun knurrende Geräusche von *anderen* zu hören, die klangen wie ein Rudel ausgehungerter Wildhunde.

Gott im Himmel! Wie viele sind das denn noch?

Die Trolle blieben einer nach dem anderen stehen. Sie flüsterten und kicherten.

Vermutlich horchen sie, wo ich bin.

»Hierher!«

Die Stimme kam ganz aus der Nähe. Dicht hinter ihm.

In Todesangst hielt Nelson die Luft an und presste sich das Fleischbeil an die Brust.

Ich krieg keine Luft – großer Gott ... Ich kann nicht atmen ...

Sein Herz zappelte und flatterte wie ein verwundeter Vogel.

Ein Herzanfall ... verdammte Scheiße!

Kalte Schweißperlen sammelten sich auf seiner Stirn, rollten daran herunter und sickerten durch seine Augenbrauen.

Sie brannten und juckten und tropften in sein gutes Auge, als würde jemand Salz hineinstreuen.

»Hey, lass das, du verdammter Perversling!«

Die Stimme einer Frau. Scharf. Drängend. Und verängstigt. Sehr verängstigt.

Darauf eine Männerstimme. Barsch und drohend.

»Du verdammte Nutte tust, was ich dir sage. Ich hab dich gut bezahlt, oder? Im *Voraus.* Jetzt machst du, was ich sage oder ...«

»Oder was ...?«

Klatsch. Ein kurzes Knacken und dann ein durchdringender Schrei, der Nelson an Schweine im Schlachthaus erinnerte, wenn ihnen der Betäubungsbolzen in den Arsch gejagt wurde.

Seine Atmung beruhigte sich wieder. Reglos und still verharrte er in der trüben Dunkelheit. Seine Knie schlotterten, und sein ganzer Körper zitterte wie Espenlaub.

Was zum Teufel ist da los?

»Ich hab dich, Süße. Und jetzt komm zu Papi. Sei ein braves Mädchen.«

Nelson erkannte die Stimme – tief, kehlig, *schleimig-röchelnd*. Sie gehörte zu der Hand, die ihn hier runtergezerrt hatte. Ihr Besitzer atmete schwer.

Vor Lust und Begierde.

Die Frau schrie erneut.

Nelson hörte Geräusche von einem Handgemenge, von Körpern, die miteinander rangen, grunzten und keuchten. Erstickte Schreie und dann ...

»Nein, nein, *BITTE, bitte ... HILFE ... hilf mir doch jemand!*«

Es folgte weiteres Grunzen und dann hastig scharrende Geräusche.

Heftiges Keuchen, erst schlurfende und dann eilige Schritte, die sich in die verdammte Dunkelheit entfernten ... die Grasböschung hinauf, wie es sich anhörte.

Nelson versuchte sich vorzustellen, wie der Kerl verzweifelt die Arme ausstreckte und versuchte, Halt zu finden, und dann doch wieder abglitt und hinabrutschte in diesen stinkenden Höllenpfuhl.

Die Schluchzer der Frau wurden leiser und wandelten sich zu einem stoßweisen Wimmern.

Nelson krümmte sich zusammen. Ihm drehte sich der Magen um, und er musste würgen, als er das leise Gurgeln und *Blubbern* hörte, das nun zu ihm herüberdrang.

Es folgte weiteres Grunzen und – schlürfende Laute. Dann ekelhafte *nasse* Geräusche, Knurren und ein tiefes Brummen, wie von Tieren im Zoo bei der Fütterung.

Weiteres Schlürfen.

Kotze schoss aus Nelsons Mund. Keuchend rang er nach Atem, presste sich eine Hand vor den Mund und rannte los.

Taumelnd lief er, schlug Haken und machte wüste Luftsprünge. Er bekam keine Luft mehr, ihm war kotzübel, und sein Herz raste wie verrückt.

Ich muss hier weg, bevor sie …

Tränen strömten ihm übers Gesicht in den geöffneten Mund. Sein Gesicht glänzte vor Tränen, Schweiß und Rotz.

Er schleppte sich weiter. Stolperte über weitere Unebenheiten, Hindernisse und abgestorbene Baumstümpfe, dann eine weitere Steigung hinauf, bis …

Gott sei Dank!

Er hievte sich auf den Gehweg. Er keuchte schwer, seine Lunge brannte, sein Körper schien vor Schmerzen zu explodieren – aber *halleluja*, er hatte die Straße erreicht!

Er blickte über die Schulter und sah die Telefonzelle, die er vorher benutzt hatte. Er rannte darauf zu.

Seine Beine waren wacklig wie Pudding. Er ruderte mit den Armen, seine Lunge pfiff und zischte bei jedem Atemzug.

Ahhh! NEIN!

Er blieb wie angewurzelt stehen und brach in ein leises, verzweifeltes Schluchzen aus.

»Mein Beil …

Ich hab's liegen lassen. Dort unten …«

Eine wulstige Hand krallte sich in seine Kehle. Nelson würgte.

Er rutschte zur Seite, wirbelte herum und schaffte es, sich aus dem Griff zu befreien. Dann machte er einen Satz vorwärts, drehte sich um und schaffte es, einen kurzen Blick auf seinen Angreifer zu werfen.

Gott im Himmel!

Der Kerl war ein Riese. Mit einem mächtigen Bart und eingehüllt in dreckige Lumpen, die um ihn herumflatterten.

Er rauschte mit gesenktem Kopf auf ihn zu und war nur noch Zentimeter von ihm entfernt.

Das Scheinwerferlicht der entgegenkommenden Autos blendete Nelson. Er verzog das Gesicht, hob den Arm vor die Augen und keuchte schwer.

Panik erfasste ihn, seine Lunge machte nicht mehr mit.

Plötzlich stand der Troll mit ausgestreckten Armen vor ihm.

»Nein! Du wirst jetzt nicht weglaufen, Süßer ... Die Party hat gerade erst angefangen.«

Kräftige schmutzige Hände packten Nelson am Revers seiner Kochjacke, zerrten ihn nach oben und verdrehten den Kragen unterhalb seines Kinns.

Nelsons Kopf wurde nach hinten und dann zur Seite geschleudert.

Er spürte, wie seine Füße vom Boden abhoben, und sah sich einem Paar blutunterlaufener Augen gegenüber, umrahmt von schmutzigen Dreadlocks und einem zottigen, dreck- und fettstarrenden Bart.

Ein Hippie aus der Hölle – völlig durchgeknallt.

Tollwütig.

Mit einem animalischen Hunger nach Fleisch.

Seinem Fleisch.

Oder wen auch immer er in die Finger bekam.

Der Irre verzog das Gesicht zu einem anzüglichen Grinsen, hinter seinen Lippen kamen dunkle, abgebrochene Stümpfe zum Vorschein. Blutige Klumpen und Schleimfäden zuckten in seinem Bart.

Unsagbare Gerüche umwaberten Nelsons Gesicht. Sein weit aufgerissenes gutes Auge zuckte hin und her wie bei einem verängstigten Reh. Aus seiner ausgepumpten Lunge drang ein letztes Zischen.

Uhhhh ...

Der Troll schüttelte ihn noch mal durch und ließ Nelson mit dem Kopf gegen die Leitplanke krachen.

26

Deana lag unter der Bettdecke. Sie trug schwarze Sportsachen und ihre Turnschuhe mit den schwarzen Socken drüber.

Bereit zu einem weiteren Mitternachtslauf.

Um hoffentlich Warren irgendwo zu treffen, das Messer zurückzubekommen und es wieder an seinen angestammten Platz zu legen.

Aber Mom war noch nicht mal im Bett.

Sie war in der Küche, wischte die Essensreste von den Tellern, ließ Wasser laufen und spülte ab. Deana hörte das leise Klicken einer Schranktür.

Mom, die nicht wollte, dass Deana aufwachte.

Die ihre Hausarbeit erledigte und sich obendrein bemühte, keinen Lärm zu machen.

Und das meinetwegen.

Ich hoffe nur, sie kommt nicht auf die Idee, zu Tür hereinzuschauen, um zu sehen, ob ich auch wirklich schlafe.

Nur gut, dass ich meine Mütze noch nicht aufhabe.

Mom war mittlerweile im Badezimmer und summte leise vor sich hin.

Sie denkt wohl an Mace?

Garantiert.

Endlich ging irgendwann Moms Schlafzimmertür zu.

Und wieder auf.

Mom will, dass ich weiß, dass sie da ist, für den Fall, dass ich mitten in der Nacht aufwache.

Deana lächelte.

Mom dachte einfach an alles.

Was Warren wohl jetzt gerade macht?

Wahrscheinlich macht er sich für seinen nächtlichen Spaziergang fertig, zusammen mit seinem treuen vierbeinigen Freund.

Vielleicht sollte ich eine Dose Pfeffer mitnehmen, um ihn dem Köter in die Schnauze zu schütten, falls er mich anfällt.

Genau.

Damit würdest du Warren *total* beeindrucken.

Er würde mich hassen.

Na gut. Lassen wir das mit dem Pfeffer. *Muss ich eben drauf vertrauen, dass Warren Sabre schon wegzerren wird, falls er mir plötzlich an die Gurgel springen sollte oder so ...*

Deana drehte den Kopf zur Uhr auf ihrem Nachttisch.

00:12.

Schon wieder morgen.

Sie hielt den Atem an und lag ganz ruhig da.

Aus Moms Zimmer kam kein Geräusch.

Okay. Dann mal los.

Sie schwang sich aus dem Bett, drehte ihre Haare zu einem Knoten und streifte eine Pudelmütze über, auf der mit weißem Garn die Buchstaben NY aufgestickt waren. Deana musste lächeln: Wenn sie diese Mütze trug, fühlte sie sich immer wie ein Gettokid.

Doch als sie an sich hinunterschaute und die in dicke Frotteesocken eingepackten Turnschuhe sah, kam sie zu dem Ergebnis, dass sie mehr einem Yeti ähnelte.

Das Einzige, was sie jetzt noch brauchte, war eine Waffe.

Für den Fall, dass sich Nelson draußen herumtrieb.

Vielleicht war Pfeffer gar keine so schlechte Idee.

Nee.

Nelson war letzte Nacht nicht da gewesen, also würde er wahrscheinlich auch heute Nacht nicht auftauchen.

Mom glaubt, er hat den Löffel abgegeben. Vielleicht treibt sein Körper ja gerade in diesem Moment irgendwo da draußen in der Bay im kalten, dunklen Wasser und wird von Fischen aufgeknabbert. Vielleicht sind sogar Haie am Start, die ihm mit ihren scharfen Zähnen die Gliedmaßen vom Leib reißen und sich durch seine Gedärme fräsen.

Der Gedanke ließ sie schaudern.

Das ist *echt* ekelhaft.

Nelson war ein durchgeknallter Typ, aber so einen Tod hatte er nicht verdient.

Deana schlich sich auf den Flur.

Sie blieb eine kurze Weile stehen und wartete.

Ich wette, Mom schläft mittlerweile.

Und träumt von Mace.

Genau. Ich kann's mir richtig gut vorstellen.

Mace und Mom. Wie Bogart und Bergmann in *Casablanca* – einander über den Trubel einer vollen Bar hinweg tief in die Augen blickend ...

Play it again, Sam.

Wüäärrg!

Ekelhaft.

Sie tastete nach ihrem Haustürschlüssel, der unter ihrem Sweatshirt steckte.

Sicher an Ort und Stelle.

Sehr gut.

Die Nacht zusammengekauert auf der Veranda zuzubringen wäre nicht so toll. Und dann am Morgen von Mom begrüßt zu werden: »Holla, guten Morgen. Ist dir dein Bett nicht bequem genug?« Darauf konnte sie wirklich verzichten.

Doch nun los zu einer neuen Ausgabe von Deanas Mitternachtsläufen.

»Erst mal Warrens Haus finden«, murmelte sie. »Wenn ich mich recht erinnere, ist es gerade mal einen Block weit den Hügel aufwärts. Gut, dass ich so fit bin. Die ganze Joggerei und die Tennismatches mit Mom halten einen in Form.«

Am Ende der Zufahrt zum Haus blickte sie in beide Richtungen. Sie spürte ein Kribbeln der Erregung in sich. Der Gedanke daran, allein durch die Dunkelheit zu laufen, jagte ihr Schauder über den ganzen Körper.

Mann, das ist schon gruselig.

Alle schlafen tief und fest, nur ich nicht. Ich bin als Einzige wach und bereit zu allem.

Fast allem.

Nirgendwo war eine Menschenseele zu sehen.

Erneut ließ sie den Blick über die Straße schweifen, doch diesmal verflüchtigte sich ihre Begeisterung.

Del Mar. Schwach erleuchtet von ein paar Straßenlaternen, mit langen Abschnitten, die in völliger Dunkelheit lagen. Die Bäume waren mächtige Schatten, die Häuser finstere, respekteinflößende Gebäude.

Plötzlich hatte sie große Angst.

»*Nightmare on Del Mar*«, murmelte sie. »Das wäre ein super Film. Vielleicht sollte ich irgendwann mal ein Drehbuch mit dem Titel schreiben.«

Sie summte ein wenig vor sich hin und fing an mit ihren Aufwärmübungen. Schultern zurück, Knie eins nach dem anderen anziehen, hoch und runter, hoch und runter, hoch und runter …

Normalerweise half ihr diese Übung, sich auf den Lauf zu konzentrieren, der vor ihr lag.

Und Gott sei Dank funktionierte es auch jetzt wieder.

Sie fühlte sich locker und entspannt und machte sich daran, die Steigung zu Warrens Haus hinaufzulaufen.

Ein Schatten trat vor ihr auf die Straße.

Deana musste schlucken. Sie blieb stehen und tänzelte dann zurück in das Dunkel am Straßenrand.

Der Schatten kam ihr entgegen.

Genau auf sie zu.

Deana hielt den Atem an. Sie bewegte sich zur Seite. Rückwärts. In alle möglichen Richtungen außer vorwärts.

Doch egal, wohin sie auswich, die Gestalt versperrte ihr den Weg.

Sie torkelte, schlug Haken, tanzte vor ihr und ließ sie nicht vorbei.

Deana kämpfte gegen die Panik an, die in ihr aufstieg. Sie spürte ihren Herzschlag bis in die Kehle.

Und dann stand dieser eingeschrumpelte Totenkopf schwankend vor ihr. Seine Augen funkelten sie aus tiefen dunklen Höhlen an. Sein faltiger Mund formte ein schwarzes »O«. Haarbüschel standen in alle Richtungen ab, die im Schein der dahinter gelegenen Straßenlaterne aussahen wie eine silberne Aureole.

Sieht aus, als wäre es aus irgendeiner Gruft geklettert ...

Nee. Wir sind hier nicht bei der Nacht der lebenden Toten.

Das Ding hier ist aus Fleisch und Blut.

Eine gebeugte, dürre alte Frau!

Die Alte stieß ein Grunzen aus und baute sich vor Deana auf. Sie hielt ein schmutziges Bündel in ihren Armen. Das Bündel zuckte und zappelte, und dann sprang ein kleiner Hund heraus. Er rannte über die Straße und verschwand in einer von Bäumen gesäumten Einfahrt.

»*Scheiße!*«, kreischte die Alte. »Sieh nur, was du angerichtet hast! Harry! Harry! Komm zu Mami ... Haaaarrrryyyy!«

Ein kleiner weißer Kopf mit spitzen Ohren tauchte am Ende der Einfahrt auf.

Harry.

Gott sei Dank.

Erstaunt über sich selbst rief nun auch Deana: »Komm her, Harry ... Komm her ... braver Hund!«

Der kleine Kopf schoss in die entgegengesetzte Richtung und verschwand wieder in den Schatten.

»Verdammte Scheiße!« Die Alte machte ein paar Schritte vorwärts. Ihr faltiges Gesicht war wutverzerrt, und sie starrte Deana finster an. Dann ließ sie ihre knochige Klauenhand in die Höhe schnellen und schlug Deana mit voller Kraft ins Gesicht.

»Auutsch – du Schlampe!«

Deanas Kopf schnellte seitwärts und nach oben. Das Klatschen rasselte in ihren Ohren. Sie taumelte rückwärts und hielt sich die Hand an die Wange.

Verdammt!

Die Alte hatte sie genau an der Stelle getroffen, wo Nelson ihr vor drei Tagen einen Schlag verpasst hatte. Ein stechender Schmerz schoss ihr durch den Kiefer.

»Verdammte Dreckschlampe«, fluchte sie durch ihre zusammengebissenen Zähne.

Soll sie ihren Scheißköter doch allein finden.

Außerdem, Harry. Was war das für ein bescheuerter Name für einen Hund?

Immer noch eine Hand an der lädierten Wange, schob sie sich rasch mit gesenktem Kopf an der alten Frau vorbei. Nach ein paar Schritten spurtete sie los und krachte kurz darauf mit jemand anderem zusammen, der ihr entgegenkam.

Benommen von dem Zusammenprall, schüttelte Deana den Kopf. Sie hörte aufgeregtes Kläffen und dann lautes, sonores Gebell, das durch die Straße hallte.

Sabre.

Gott sei Dank.

Nie hätte sie gedacht, dass sie jemals so froh sein würde, einen bellenden Hund zu hören.

»Was zum …« Warren hielt sie fest im Arm. »Oh, die Mitternachtsjoggerin, wenn ich mich nicht irre. Was treibt dich wieder mal nach draußen?«

»Warren. O Mann, bin ich froh, dich zu sehen …« Deana lachte bitter. »Mein Gott. Was für ein Albtraum. Es ist nicht zu fassen.«

Für einen Moment schwiegen beide und horchten auf die Stimme der alten Schachtel, die immer noch rief: »Haaarrryyy! Komm zu Mami, mein Kleiner …!«

Deana schaute Warren an. Ihre Blicke trafen sich, und sie mussten beide lächeln. Es war ein schöner, freundschaftlicher Moment … der unterbrochen wurde, als Deana einen Schmerzensschrei ausstieß und sich an die Wange fasste.

Warren runzelte die Stirn. »Ist mit dir alles in Ordnung?«, fragte er. »Soll ich dich in eine Notaufnahme fahren? Es gibt hier eine, die ist nur zwei Meilen weit weg.«

Deana schüttelte den Kopf.

»Nein? Auch gut. Dann setz dich wenigstens hier auf die Mauer. Du bist ja ganz außer Atem.« Er führte sie zu einer niedrigen Backsteinmauer.

Vorsichtig setzte sie sich hin und lehnte sich gegen die Büsche.

»Mann, bin ich froh, dich zu sehen. Und den Waldi. Das gerade war echt heftig – der reinste Albtraum, das kannst du mir glauben.«

Eine große feuchte Nase beschnupperte laut schnüffelnd Deanas Knie. Sie lächelte. Warren schob den Hund zur Seite und sagte: »Sabre, Platz. Sitz!«

Sabre setzte sich.

Warren ließ sich neben Deana auf der Mauer nieder, legte einen Arm um sie und zog sie an sich. Nun, da sie sich sicher und geborgen fühlte, stieß Deana einen Seufzer aus und schmiegte sich an ihn.

Sabre saß mit leuchtenden Augen da und beobachtete die beiden. Graue Dunstschwaden stiegen bei jedem Atemzug aus seinem Maul auf.

»Wie wäre es mit einem Kakao?«, fragte Warren schließlich.

»Klingt ganz hervorragend.«

»Sicher? Und wenn ich ein irrer Vergewaltiger bin?«

Sie neigte sich zurück und sah ihn an. »Das Risiko muss ich wohl eingehen.«

»Prima. Schön zu wissen, dass du mir vertraust.«

»Das habe ich nicht gesagt. Ich habe nur gemeint, dass ich das Risiko eingehe. Eigentlich glaube ich nicht, dass du einer bist. Und selbst wenn, würde ich mir schon zu helfen wissen.«

»Wird wohl so sein. Du siehst ganz aus wie jemand, der im Notfall auf sich selbst aufpassen kann.«

Macht er Witze oder was?

Vielleicht ja nicht.

Außerdem ist es eine gute Möglichkeit, ihn nach Moms Messer zu fragen ...

Und seinen Kakao zu probieren.

»Mir nach«, sagte er.

Deana trottete ihn hinterher die Einfahrt entlang. Sie lächelte. Es war *seine* Mauer gewesen, auf der sie gesessen hatte. Und genau, wie er gesagt hatte, standen zwei Redwood-bäume vor dem Haus.

Sabre lief neben Warren her.

Ohne zu wissen, warum, schaute sich Deana noch ein-mal um und blickte durch die Lücke zwischen den beiden Bäumen zur Straße.

Ein Auto rollte an der Einfahrt vorbei.

Deana stockte der Atem.

Es war lang und schwarz und hatte Heckflossen. Das Licht war ausgeschaltet.

Der Schein einer Straßenlaterne fiel auf die Fenster des Wagens. Auch sie waren schwarz.

Deana schauderte.

Es fährt ganz langsam ... wie ein Leichenwagen.

Der Wagen verschwand aus ihrem Blickfeld, und sie be-eilte sich, um zu Warren aufzuschließen.

Warren stand auf der Treppe, zog einen Schlüssel heraus und steckte ihn in das Türschloss.

Die Tür öffnete sich. Dahinter lag ein dunkler Flur.

27

Da sind wir also, dachte Deana. *Dann mal rein in die Höhle des Löwen.*

Die Luft im Flur war erfüllt von einem warmen Duft. Es roch leicht nach Essen

Riecht nach Rinderbraten – vermutlich das Abendessen, dachte Deana.

Warren nahm ihren Arm und führte sie zu einem Alkoven am Ende des Flurs. Er schaltete das Licht ein. Vor ihnen lag ein kleiner Raum mit Frühstückstresen und einer Küche.

Er deutete auf einen Stuhl aus Kiefernholz. Sie setzte sich und rutschte unter lautem Schaben damit über den gefliesten Boden zum Tisch. Sie überlegte, ob wohl noch jemand im Haus war, den sie gerade aufgeschreckt hatte.

Warren setzte sich auf einen der Hocker am Tresen. Fragend sah er sie an und machte dann den ersten Schritt.

»Lass mich raten. Du bist wegen des Messers gekommen, stimmt's? Das ist hier. Genau wie deine Mütze. Aber anscheinend hattest du ja noch eine. Du musst einen ziemlichen Kleiderschrank haben, wenn du immer alles Mögliche liegen lässt, wenn du ausgehst ...«

»Okay, ich geb's zu. Ich *bin* wegen dem Messer hergekommen. Es gehört meiner Mom, und sie wird ausrasten, wenn sie merkt, dass es weg ist.«

»Sieht aus wie ein Gemüsemesser, wenn du mich fragst.«

»Na und? Wenn man nachts joggen geht, ist einem *jede* Sorte Messer recht.«

»Schon klar«, erwiderte er ernst. »Aber vielleicht ist genau das keine so gute Idee. Mitten in der Nacht zu joggen, meine ich. Besonders für ein junges Mädchen.«

»Ich bin achtzehn. Ich kann auf mich aufpassen.«

»Achtzehn?« Er wirkte beeindruckt. »Echt? Ungelogen?«

»Weißt du was? Gib mir bitte einfach das Messer, und ich mache mich wieder auf den Weg.«

»Das Messer und die Mütze. Und außerdem schuldest du mir was, finde ich.«

Oh-oh. Da hab wir's.

Ich schulde ihm was.

Geschieht mir recht. Dafür, dass ich so dämlich bin und wie eine komplette Idiotin in seine Falle laufe.

»Ach ja? Danke vielmals, ich verzichte.«

»Ich meinte damit, dass du meine Einladung auf einen Kakao annimmst. Nichts weiter.«

Warren wirkte ein wenig beleidigt, dass sie in seine Worte mehr hineininterpretiert hatte.

»Okay«, lenkte sie vorsichtig ein. »Aber ich kann mich nicht lange aufhalten. Kann sein, dass man mich irgendwann vermisst.« Und um dem Ganzen mehr Gewicht zu verleihen, fügte sie hinzu: »Mom ist ziemlich dicke mit einem Typen vom Polizeirevier in Mill Valley.«

»Tatsächlich? In dem Fall trinken wir ratzfatz eine Tasse von meinem Spezialkakao, und danach machst du dich schleunigst auf den Weg. Ich kann dich begleiten, wenn du willst. Für den Fall, dass du wieder Besuch von Harry und der alten Dame bekommst.«

»Wie du willst.« Deana war beeindruckt von seiner unbeschwerten, lockeren Art. Vom Aussehen her machte er jedenfalls keinen gefährlichen Eindruck. Sie warf einen Blick auf Sabre, der mit dem Kopf auf seinen Pfoten unter der Spüle lag, sie mit seinen glänzenden Augen fixierte und jede ihrer Bewegungen verfolgte.

Schon gut, so einen im Haus zu haben, dachte Deana.

Der Kakao war wirklich umwerfend. Sie hatte noch nie so eine gute heiße Schokolade getrunken.

»Was ist das für ein Rezept?«, fragte sie.

»Mein Geheimnis«, erwiderte er und lächelte.

»Schmeckt jedenfalls toll, das muss ich schon zugeben.«

Er lächelte sie selbstzufrieden an und machte ein Gesicht, als hielte er sich für den tollsten Typen der Welt.

Dann zwinkerte er ihr zu.

»Ich hab dir doch erzählt, dass ich sogar schon Preise dafür bekommen habe. Aber was ist mit dir? Was machst du? Gehst du noch zur Highschool?«

»Im Herbst gehe ich nach Berkeley.«

»Hmmm ... das habe ich schon eine Weile hinter mir. Obwohl ich zugeben muss, dass ich gern daran zurückdenke.«

»Oh.« Sie schaute ihn an. Er sah nicht aus wie jemand, der seine Studentenzeit schon lange hinter sich hatte.

»Und was machst du?«

»Ich habe einen Buchladen. In San Anselmo. Ich bin spezialisiert auf seltene und vergriffene Bücher. Falls du mal eins suchst – egal, was –, ich treibe es auf ... Eureka.«

»Hä?«

»Eureka Buchhandlung. Eureka haben die Goldsucher immer gerufen, wenn sie auf Gold gestoßen sind. Während des Goldrauschs in Kalifornien 1849. Deswegen auch die Forty-Niners. «

»Ach so, klar. Schon kapiert.«

»Schick, oder?« In seinen Ausführungen schwang eine geradezu kindliche Begeisterung mit.

»Goldig«, erwiderte sie. »Obwohl du eigentlich ein bisschen jung aussiehst für jemanden, der sich mit alten Büchern abgibt.«

»Ich bin zweiundzwanzig, wenn dir das weiterhilft.« Er lächelte über beide Ohren.

»Echt?«

»Ja. Wirklich. Steinalt, oder? Und was den Buchladen angeht – meine Eltern haben mir etwas Geld hinterlassen, als sie gestorben sind, und weil ich schon immer eine Vorliebe für Bücher hatte, habe ich beschlossen, sie zu meinem Lebensinhalt zu machen. Und so habe ich mir dann einen Buchladen gekauft.«

»Du hast erzählt, dass du eine Schwester hast?«

»Ja. Sheena. Sie ist im Moment nicht da, kommt aber gegen halb sechs zurück. Meistens zwitschern schon die Vögel, wenn sie nach Hause kommt.«

»Wohl nachtaktiv, deine Schwester?«

»Hmm, könnte man so sagen. Sie arbeitet in einem Club. In San José. So eine Art Aufpasserin, falls es Ärger gibt.«

»Echt? Dann muss sie aber ziemlich fit sein?«

»Allerdings. Sie hat mal ein College-Basketball-Team trainiert, dann aber damit aufgehört. Ist zu sehr in harte Arbeit ausgeartet, meinte sie.«

»Muss ja ein kerniges Mädchen sein.«

»Allerdings.«

»Jünger als du?«

»Nein. Ein bisschen älter.«

Deana wurde ein wenig unruhig. Sie dachte an das Auto, das sie zuvor gesehen hatte.

Den schwarzen Leichenwagen.

Ein Frösteln überlief sie.

Okay, all der persönliche Kram hier war ja ganz interessant, aber sie musste sich allmählich wieder auf den Heimweg machen. Wäre da nicht dieses beschissene schwarze Auto, das ihr Sorgen machte, *und* Moms Messer, das wieder an seinen Platz musste, hätte sie liebend gern die ganze Nacht hier zugebracht und über alles Mögliche geplaudert, was ihnen durch den Kopf ging.

Vielleicht sogar *noch* persönlichere Dinge.

Sie hatte das Gefühl, dass Warren ein guter Zuhörer war. Vielleicht sollte sie *doch* noch ein wenig bleiben ...

Wobei es allerdings passieren könnte, dass Sheena meine Anwesenheit überhaupt nicht passt und sie mich rausschmeißt.

Falls ich bis um halb sechs bleiben würde, was ich nicht tun werde.

»Ich muss los.«

»Klar«, sagte Warren. Er erhob sich und zog eine Schublade unter der Spüle auf.

»Hier ist dein Messer.« Er reichte es ihr mit dem Griff voran. »Ach ja, und deine Mütze. Sabre hat sie gefunden und hergebracht. Ich würde sie allerdings erst mal waschen.«

Er kramte in einer weiteren Schublade herum, brachte die Mütze zum Vorschein und reichte sie Deana.

Deana schnüffelte daran, rümpfte die Nase und lächelte.

»Das riecht wie eine gute Idee«, sagte sie.

»Ich bringe dich nach Hause.«

»Ach, das ist schon in Ordnung. Wirklich ...«

»Ich möchte dich aber gern nach Hause begleiten«, unterbrach er sie. »Ich würde mir sonst Sorgen machen, dass du einem echten Vergewaltiger über den Weg läufst, oder, noch schlimmer, der alten Schreckschraube.«

»Okay. Wenn du mit meinem Tempo mitkommst. Ich laufe regelmäßig.«

»Nur zu, Mac Duff.«

Warren hielt ihr die Küchentür auf und zog sie zu, bevor der Hund passieren konnte.

»Sabre, Platz.«

»Ich glaube nicht, dass wir seine Dienste heute Nacht noch mal brauchen«, sagte er und fügte augenzwinkernd hinzu: »Und falls es Ärger gibt, werden wir einfach selbst damit fertig. Okay?«

»Klar. Los geht's.«

Sabre kauerte schmollend auf seinem Stammplatz unter der Spüle und sah sie anklagend an. Er rutschte auf seinem Hintern herum – ganz offensichtlich wäre er zu gern mitgekommen.

Als sie im Freien waren, nahm Warren ihre Hand. Im Gleichschritt gingen sie die dunkle Einfahrt entlang, bis sie zum Tor gelangten.

Nichts zu sehen von dem schwarzen Auto.

Gott sei Dank.

Auf der Del Mar atmete Deana tief durch. Die warme Nachtluft füllte ihre Lunge. Die Dunkelheit wirkte mit einem Mal irgendwie freundlicher, die Schatten weniger bedrohlich als zuvor.

Vielleicht war es ja die Wirkung der Unterhaltung mit Warren *und* dem leckeren Kakao.

Dass das schwarze Auto verschwunden war, trug allerdings eine Menge dazu bei.

*Schwachsinn. Das Ganze war vermutlich nur halb so fins-
ter, wie du dir das vorstellst. Wahrscheinlich nur so 'n Typ, der
die Gegend checkt. Nicht wirklich gefährlich.*

Sie hoffte allerdings, dass sie der alten Schreckschraube
und ihrem Schoßhündchen wirklich nicht über den Weg
liefen.

In dem Fall wäre es natürlich schön, wenn Sabre dabei
wäre. Der würde Harry vielleicht einfach auffressen, nur um
mir eine Freude zu machen ...

Es war ein angenehmes Gefühl, zusammen mit Warren
bergab zu laufen. Ihre Schritte hallten im Gleichtakt über
den Gehweg.

Oder zumindest Warrens Schritte hallten. Dank der dicken Wollsocken waren Deanas gedämpft und leise.

Doch er hatte nicht gelogen, als er gesagt hatte, dass er
selbst auch joggte. Und zwar nicht zu knapp, wie Deana feststellen musste, die Mühe hatte, mit ihm Schritt zu halten.

*Von der alten Schreckschraube und dem treuen Harry weit
und breit nichts zu sehen.*

Vermutlich liegen sie im Bett und schlummern fest.

Sie liefen bis zur Einfahrt von Deanas Zuhause. Keuchend trabte sie aus und blieb stehen. Warren ebenfalls.

Als sie wieder zu Atem gekommen waren, sagte Warren:
»Nun, meine Lady in Black – da sind wir. Sicher an der Tür
abgeliefert. Vielleicht hast du ja Lust, mal zusammen eine
Runde zu laufen? Oder vielleicht könnten wir auch etwas
Formelleres machen? Wie ins Kino gehen. Oder in ein Re-
staurant ...«

Schwach.

Ins Kino oder in ein Restaurant ...

Trotzdem, dachte Deana, die eine merkwürdige Erregung
in sich aufsteigen spürte, mir wäre beides recht.

Sie musste an Allan denken und bekam sofort ein schlechtes Gewissen.

»Ja?«

»Sicher«, erwiderte sie nonchalant. »Ich melde mich bei dir. Vielleicht laufen wir uns beim Joggen über den Weg, und dann können wir was ausmachen.«

Sie hob die Hand und salutierte zum Abschied. Warren blieb noch kurz stehen und schaute ihr nach, als sie die Einfahrt entlanglief.

Dann drehte er sich um und machte sich auf den Rückweg. Es dauerte nicht lange, bis er in Laufschritt verfiel. Er nahm rasch Tempo auf, seine Beine pumpten, und seine Muskeln ächzten unter der Anstrengung, nicht langsamer zu werden.

Zwischen seinen heftigen, genau kalkulierten Atemstößen trat immer wieder ein amüsiertes Lächeln auf sein Gesicht.

28

Sheena verließ den Club früher als sonst.

Pacey war davon zwar nicht allzu begeistert gewesen, doch als sie ihm erklärte: »Entweder ich gehe jetzt und komme morgen wieder, oder ich gehe und komme morgen nicht wieder«, hatte er nur mit den Achseln gezuckt und gemeint: »Probleme in der Familie? Klar. So was kommt von Zeit zu Zeit vor. Kenne ich nur zu gut, das kannst du mir glauben. In dem Fall ist das in Ordnung. Geh ruhig, Sheena. Aber lass es nicht zur Angewohnheit werden. Ich kann's mir nicht leisten, auf dich zu verzichten.«

Womit er verdammt recht hatte. Die anderen Jungs, die an der Tür von Pacey's Place arbeiteten, hatten es einfach nicht so drauf wie sie. Sheena war stolz auf ihre körperliche Verfassung. Sie war eins fünfundsiebzig groß, muskulös und topfit – das Resultat endloser Stunden im Fitnessstudio. Sie lächelte in sich hinein. Und ihre Karatekünste waren ebenfalls ziemlich beeindruckend.

Heute Abend jedoch hatte Sheena eine ihrer »Vorahnungen« gehabt.

Das kam nicht häufig vor, doch wenn sie sich einstellten, dann war es besser, sie nicht zu ignorieren. Sie hatte diese Vorahnungen schon, solange sie denken konnte, doch so stark wie heute Abend hatte sie es noch nie empfunden.

Sie war beunruhigt wegen Warren.

Als sie mit ihrem Chrysler auf die Del Mar einschwenkte, nahm ihre Nervosität noch zu. Sie sah einen tiefergelegten schwarzen Wagen weiter vorn die Straße entlangrollen, so als ob der Fahrer nach irgendetwas Ausschau hielt. Sie ging aufs Gas, ließ den Motor kurz aufheulen und verringerte dann den Druck aufs Gaspedal ein wenig. Die Straße war wie eine verdammte Leichenhalle. So ruhig und verlassen. Aber was sollte es? Warren gefiel es hier, und es war außerdem nicht weit bis zu seinem Buchladen ...

Sheena fuhr gemächlich den Hügel hinauf und sah dann die beiden Redwoods. Endlich zu Hause.

Zu Hause? Irgendwie empfand sie es nicht so.

Der Wagen vor ihr schlich weiterhin mit dreißig, vierzig Stundenkilometern dahin, und leicht genervt verlangsamte sie ihr Tempo und hing wieder ihren Gedanken nach.

Das scheint wohl das Päckchen zu sein, das ich mit mir herumschleppen muss – nie irgendwo zur Ruhe kommen und immer weiterziehen müssen. Sie lächelte resigniert. Es geht doch nichts über zu Hause, heißt es immer. Ich frage mich nur, was meinen die damit.

»Heute hier, morgen da.«

Sie packte ein Kaugummi aus und schob ihn sich in den Mund. Die Finger ihrer freien Hand trommelten unruhig auf dem Lenkrad.

Plötzlich gab die schwarze Karre Gas und zog davon.

Fast da.

Sheena atmete schneller.

Sie fühlte sich wie im Alarmzustand, so als ob sie auf eine Zielscheibe zusteuerte. Wachsam registrierte sie alles um sich herum und versuchte, die Zeichen zu deuten.

Das ist es.

Ihre Augen suchten die Dunkelheit vor ihr ab. Einer plötzlichen Eingebung folgend, fuhr sie an der Einfahrt zu ihrem Haus vorbei und stoppte ein paar Meter weiter an einer dunklen, im Schatten liegenden Stelle am Straßenrand. All ihre Sinne schienen angespannt und überempfindlich. Und dann war da noch eine Stimme in ihrem Hirn, die ihr sagte, dass sie dringend mal wieder trainieren musste. Und zwar so hart und gnadenlos, dass sie sich auf nichts anderes mehr konzentrieren konnte als auf den Schmerz in ihrer Lunge und ihren Muskeln.

Es war ein merkwürdiges Gefühl, das ihr aber dennoch vertraut war. Es trat immer auf, wenn sie eine ihrer »Vorahnungen« hatte.

Genau. Ich muss mich mal wieder im Kraftraum richtig austoben.

Aber erst später.

Und danach schlafen.

Jedes Mal die gleiche Routine.

Sie hörte Stimmen und sah in den Rückspiegel.

Es war Warren mit irgendeinem Mädchen. Ihr Gesicht ragte weiß wie ein Geist aus ihren schwarzen Kleidern heraus.

Die beiden trabten zur Einfahrt hinaus und lachten leise. Dann schauten sie sich an. Offenbar amüsierten sie sich über einen Witz.

Sheena zog eine Augenbraue in die Höhe.

Nicht schlecht, Bruderherz.

Aber war dein Credo nicht immer »ein Mann und sein Hund«?

Die beiden Jogger schwenkten nach links und liefen die Del Mar hinunter.

Schweißperlen glänzten auf Sheenas Stirn.

Ihre Finger hielten das Lenkrad umklammert.

Irgendwas stimmt nicht.

29

Deana ging in die Küche, um sich einen Kaffee zu holen. Es war acht Uhr morgens, gerade mal sechs Stunden, nachdem sie Warrens Haus verlassen hatte. Was sie jetzt brauchte, war eine Tasse heißen Kaffee, um sich dann vielleicht, aber nur vielleicht, wieder eine Runde ins Bett zu legen ...

Im Spülbecken standen Blumen.

»Wow, Mom. Wer hat denn die geschickt? Sag nichts, lass mich raten: Dein neuer Freund, tada: Detective Mace Harrison.«

»Treffer – absolut richtig geraten, Liebes«, sagte Leigh, ohne auf Deanas letzte Bemerkung einzugehen. »Die sind von Mace. Sind sie nicht wundervoll?«

Deana betrachtete das Blumengebinde. Exotische pinkfarbene Orchideen gemischt mit weißen Freesien. Immer noch eingepackt in Zellophan mit einer rosafarbenen Schleife aus Seide.

Da hatte sich aber jemand schwer ins Zeug gelegt.

Verwirrt schaute sie zu Leigh hinüber.

»Ich hatte keine Ahnung, dass sich die Sache zwischen euch schon so weit entwickelt hat. Und das auch noch so schnell.«

Leigh lächelte verträumt. »Ist aber in der Tat so, Liebes. Mace und ich verstehen uns *sehr* gut. Er ist *so* nett und so aufmerksam. Es ist eine Ewigkeit her, seit mir jemand so einen Blumenstrauß geschenkt hat.«

Leigh verschwand in der Abstellkammer und suchte nach einer Vase, die groß genug war für den Strauß. Ein paar Augenblicke später tauchte sie mit einer hohen, eleganten blau-weißen Vase mit chinesischen Schriftzeichen und Malereien auf. Sie entfernte das Zellophan und die Schleife und arrangierte die Blumen in der Vase. Dazu summte sie eine Melodie vor sich hin.

Deana konnte sich nicht erinnern, Leigh je so glücklich gesehen zu haben – ihre Augen strahlten, und ihre Wangen waren gerötet wie bei einem verliebten Teenager.

Bei Deana schrillten die Alarmglocken.

Mom hat es schwer erwischt.

Schlimmer noch, sie hatte das Gefühl, das Mom und Mace sich mehr als nur »sehr gut verstanden«.

Leigh machte einen Schritt zurück, um ihr Arrangement zu bewundern, und bemerkte Deanas besorgte Miene.

»Deana, Liebes. Lächele doch mal, bitte. Freu dich doch mit mir.«

»Klar doch, Mom. Ich finde das toll für dich. Echt.«

Irgendetwas schnürte ihr die Kehle zu. Deana wandte sich ab, ging in ihr Schlafzimmer und zog die Tür hinter sich zu.

Dann war Mace also letzte Nacht hier gewesen.

Herrgott. Was für ein Arsch. Einfach so Blumen anzuschleppen und dann vermutlich auch noch über Nacht zu bleiben.

Plötzlich kam ihr ein Gedanke.

Wenn er über Nacht hier war, kann es sein, dass er mich heute Morgen gehört hat, als ich nach Hause gekommen bin?

Da kannst du Gift drauf nehmen.

Mace ist Polizist. Ein Profi. Und wie heißt es so schön: Cops, die an einem Fall dran sind, schlafen nie. Oder so ähnlich.

Und dem nach zu urteilen, was Mattie über ihn erzählt hatte, war Mace mit seinem Beruf verheiratet.

Vielleicht hat er mich gehört, aber Mom nichts davon erzählt. Damit er mich irgendwann später damit erpressen kann ...

Ich sollte Mom von der Geschichte mit Warren erzählen. Bevor Mace es tut ...

Sie würde sich tierisch aufregen und sich Sorgen machen, wenn ich ihr erzähle, dass ich um Mitternacht laufen gehe.

Sie würde sich ganz verrückt machen vor Sorge ...

Mein Gott. Das wäre das Letzte, was sie jetzt gebrauchen konnte. Zumal Nelson immer noch nicht gefasst wurde.

Und vor allem, nachdem ich ihr versprochen habe, nicht aus dem Haus zu gehen, ohne ihr Bescheid zu sagen.

Aber ich *muss* ihr einfach von Warren erzählen.

Bevor Mace es tut.

Wenn das passiert, wird sie mir nie verzeihen.

All diese widersprüchlichen Gedanken schossen Deana durch den Kopf, als sie wieder in die Küche zurückkehrte.

Leigh war immer noch mit den Blumen beschäftigt.

Deana räusperte sich. »Mom, es gibt da etwas, das ich dir erzählen muss. Und es wird dir nicht gefallen ...«

»Oh? Was ist es denn, Liebes?«

Mom sieht glücklich aus. Sie strahlt richtig.

Ich kann ihr das alles doch nicht verderben.

»Mom«, fing sie an, und mit einem Mal fing sie an, sich selbst zu hassen, denn sie wusste, dass sie zu feige sein würde, um mit der Wahrheit herauszurücken. »Ich freue mich so für dich. Wenn es das ist, was du willst, dann hoffe ich, dass es mit dir und Mace auch klappt.«

Herrgott.

Was bin ich für eine verlogene Kuh.

Sich so berechnend auf eine derart miese Tour aus einer verzwickten Situation herauszuwinden.

Ich *könnte* sagen, dass ich Warren zufällig über den Weg gelaufen bin. Das würde sie vielleicht eine Weile von Mace ablenken.

Sie malte sich aus, wie ihre Mutter reagieren würde, wenn sie ihr von Warren erzählte.

»Und wo hast du ihn getroffen, Liebes? Wir hatten uns doch darauf geeinigt, dass du im Haus bleibst und nicht vor die Tür gehst, außer ich bin dabei ... Ja, ich weiß, dass das nervt, Deana ... Oh. Du hast ihn getroffen, als du Laufen warst ...«

Unheilschwangere Stille.

Dann: »MITTEN IN DER NACHT?«

Genau.

Kannst du dir das vorstellen?

Finito. Das war's dann mit den mitternächtlichen Exkursionen.

Haustürschlüssel abgeben. Ans Bett gekettet – bis Mace irgendwann Nelson schnappt.

Toll. Ganz großartig.

Und bis Mace Nelson schnappt, kann es dauern – eine halbe Ewigkeit, schließlich hat er so lange einen Vorwand, um mit Mom abzuhängen. *Falls* Nelson überhaupt noch zu schnappen ist, denn es könnte ja sein, dass er gar nicht mehr unter uns weilt.

»Mom, war Mace letzte Nacht hier?«

»Das habe ich dir doch gesagt, Liebes.«

»Ja. Dass er vorbeigekommen ist, weiß ich. Aber wann ist er *gegangen*? Hat er hier übernachtet?«

Leigh errötete.

Deana zuckte zusammen. Sie hasste es, ihre Mutter so in Verlegenheit zu bringen.

»Okay, Deana. Die Antwort ist ja. Er hat mich angerufen, nachdem du ins Bett gegangen bist. Und wir haben geredet und geredet … und am Ende habe ich, weil es so viel zu besprechen gab, einfach gefragt, ob er nicht vorbeikommen will.«

»*Mom!*«

Deana hatte also richtig gelegen mit ihrem Verdacht.

Mace war *tatsächlich* im Haus gewesen, als sie von ihrem Treffen mit Warren zurückgekommen war.

Gut möglich, dass sie beide noch wach waren, als ich nach Hause kam. In den frühen Morgenstunden.

Halb drei, um genau zu sein.

Heilige Scheiße!

Es kann also sein, dass Mace gehört hat, wie ich mich reingeschlichen habe!

Und Mom nicht?

Falls sie es gehört hätte, wäre das das Erste gewesen, worauf sie mich heute Morgen angesprochen hätte.

»Wo hat er die Blumen denn aufgetrieben?«, fragte Deana, um Zeit zu schinden, denn sie hatte keine Ahnung, was sie als Nächstes sagen sollte. »So spät in der Nacht?«

»Er hat den alten Fess Winters aus dem Bett geklingelt – den Floristen auf der Main Street – und ihm gesagt, er soll ihm einen dicken Strauß mit den teuersten Blumen zusammenstellen, die er im Laden hat. Und da sind sie. Ist das nicht irre romantisch von Mace?«

Total. Ein ziemlich impulsiver Bursche.

Ich wette, der alte Winters war der gleichen Ansicht.

Gute Masche, Mace.

Kein Wunder, dass Mom heute Morgen so einen verträumten Eindruck macht.

Orchideen für die Dame.

Ich glaube, ich muss gleich kotzen.

30

Kaum dass Leigh sich auf den Weg ins Restaurant gemacht hatte, kramte Deana das Telefonbuch hervor und suchte nach der Nummer von Warren.

Ohne Erfolg. Die Suche nach der Buchhandlung Eureka brachte ebenfalls keinen Treffer.

Ich hätte ihn nach seiner Karte fragen sollen.

Das hätte die Angelegenheit erheblich vereinfacht.

Hab ich aber nicht.

Hat aber auch was Gutes, wenn man genauer drüber nachdenkt. Einfach so einen Kerl anzurufen, den man gar nicht richtig kennt, und ihm zu erzählen, dass der Detective aus Mill Valley letzte Nacht bei Mom übernachtet hat. Derjenige, von dem ich dir erzählt habe. Weiß du noch? Ja. Genau der.

Und er würde sagen: »Ach ja? Und was hab ich damit zu tun? Auch Mütter haben ein Recht auf Privatleben. Oder?«

Deana legte das Telefonbuch wieder an seinen Platz.

Ziellos streifte sie durch das Wohnzimmer und starrte durch die Fensterfront auf das Panorama, das sich vor ihr ausbreitete.

Der Tag erschien ihr wie ein leerer, verregneter Himmel.

Was soll ich machen?

Ein Buch lesen?

Was für ein Buch?

Wie wär's, wenn ich bei Eureka anrufe und – sagen wir mal – *Schnappt Shorty* von Elmore Leonard bestelle?

Die bizarren Abenteuer von Chili Palmer, einem abgehalfterten Kredithai aus Miami, Miss äh ... wie war noch mal Ihr Name?

Genau das. Bitte schicken Sie es mir per Kurier nach Hause.

Ach ja, und danke für Ihre Mühe, Mr. Hastings.

Fernsehen wäre vielleicht eine Alternative.

Gähn.

Oder ein Video?

Reservoir Dogs geht eigentlich immer.

Habe ich aber schon gesehen, und zwar zwei Mal.

Klar, es war ein guter Film, aber irgendwie waren langweilige Diamantendiebstähle und Harvey Keitel nicht das, worauf Deana im Augenblick Lust hatte.

Wie wär's mit ...

Sie rannte in den Flur, schnappte sich das Telefonbuch und schaute unter dem Namen »Hastings« nach.

Dusselchen!

Warren hatte vor zwei Tagen gemeint, dass er gerade erst hergezogen war. Da konnte er noch gar nicht im Telefonbuch stehen.

Sein Haus war drei Blocks entfernt. Das hieß, dass die Hausnummer irgendwas mit dreihundertsechzig sein musste und vermutlich noch der vorherige Bewohner im Telefonbuch stand.

So kam sie nie an seine Nummer.

Scheiße.

Vielleicht konnte sie sich ja damit beschäftigen, darüber nachzudenken, wie Mace ihre Mutter anrief und ihr erzählte, dass Deana letzte Nacht draußen gewesen war ...

Leigh, Schatz, weißt du eigentlich, dass deine Tochter sich gestern Nacht auf der Del Mar herumgetrieben hat – zusammen mit einem Kerl?

Ah, das würde ihm tierisches Vergnügen bereiten ...

Deana ging in ihr Zimmer. Sie musste an Warrens Küche denken. Wie gemütlich und freundlich sie gewirkt hatte. Und der Geruch nach Braten ...

Und Sabre, der unter dem Spülbecken lag und finstere Gedanken hegte.

Was für ein Hund.

Gefährlich.

Wenigstens hat er meine Mütze gerettet.

Ach ja, meine *Mütze.*

Sie hatte sie zusammen mit ihren schwarzen Trainingssachen in den Wäschekorb geworfen. Die zu waschen konnte nicht schaden. Nach all der Aufregung.

Vermutlich stanken sie wie die Hölle.

Jetzt weiß ich auch, was ich mache, solange Mom weg ist, dachte sie. Ich wasche meine schwarzen Sachen, stecke sie in den Trockner und packe sie weg, bevor sie wiederkommt und sie sieht.

Deana öffnete den Wäschekorb und zog ihre Trainingssachen heraus.

Ihre Strickmütze fiel auf den Boden.

Mit Warrens Visitenkarte.

Darauf stand die Adresse seines Buchladens *und* auf der Rückseite eine weitere handgeschriebene Nummer. Seine Privatnummer!

»Heureka!«

Er musste die Karte in ihre Mütze gesteckt haben, bevor er sie ihr zurückgegeben hatte. In der Zeit, als er in dem Schrank unter der Spüle herumgekramt hatte.

Schlaues Kerlchen.

Doch was jetzt?

Ruf die Nummer an, Dumpfbacke. Selbst wenn er nicht zu Hause ist. Seine Schwester ist bestimmt da ...

Sie spürte ein erregtes Kribbeln zwischen den Beinen.

Vielleicht würde das hier doch kein so langweiliger Tag werden.

Mach schon, Deana. Trau dich.

Sie setzte sich aufs Bett, nahm sich das Telefon und wählte die Nummer.

Drrrinnng ... drrrinnngg.

»Hallo, hier bei Hastings ...«

Eine Frauenstimme. Tief, kurz angebunden, geschäfts-mäßig.

Für jemanden, der erst morgens um halb sechs nach Hause kam, ziemlich beeindruckend. Offensichtlich eine Frau, die hart im Nehmen war.

»Äh ... kann ich mit Warren sprechen, bitte?«

»Wer spricht denn da?« Es klang nicht wie eine Frage, sondern eher wie ein Verhör.

»Eine Bekannte. Sagen Sie einfach, die Mitternachtsjog-gerin. Er weiß dann Bescheid.«

Am anderen Ende schnappte Sheena nach Luft. Ein Schauer lief ihr den Rücken herunter.

Sie waren wieder da.

Ihre Vorahnungen.

Deana hörte, wie das Telefon auf eine harte Oberfläche geknallt wurde. Dann folgte Stille, und schließlich hörte sie irgendwo im Hintergrund: »Hey, Bruderherz. Da ist ein Mädel am Telefon, die sagt, sie wäre die Mitternachtsjoggerin.«

Deana errötete.

Mein Gott.

Das klingt, als hätte ich nicht alle Tassen im Schrank.

Mich am Telefon mit einem Codenamen zu melden.

Stille.

Weitere Gesprächsfetzen im Hintergrund, noch weniger verständlich. Irgendwie weiter weg.

Dann Warrens Stimme – leicht außer Atem.

»Hey. Du hast mich gerade noch erwischt ... Was verschafft mir das Vergnügen? So kurz nach unserer letzten Begegnung.«

Deana konnte ihn förmlich lächeln hören.

Sie kam sich dämlich vor, weil sie auch nicht genau wusste, warum sie ihn eigentlich angerufen hatte.

Dabei wusste sie es ganz genau.

Sie hatte einfach so angerufen, oder?

Nein, ganz so war's nicht.

Sie hatte Warren angerufen, weil sie mit jemandem über Mace reden wollte.

Wobei, wenn sie es genau überlegte – was *konnte* sie eigentlich über Mace erzählen, ohne sich ihrer Mutter gegenüber wie eine Verräterin zu verhalten?

»Hallo? Bist du noch dran?«

»Klar ... Hi, Warren«, druckste sie. »Tut mir leid, wenn ich dich störe. Falls ich dich nerve, sag's ruhig.«

»Nein. Keinesfalls. Was ist denn los, Mitternachtslady? Ach ja – wie heißt du eigentlich? Ich will nicht dauernd so Shakespeare-mäßig rüberkommen. Damit kann man jeder Freundschaft schon im Ansatz den Garaus machen.«

»Deana. Deana West.«

»Deana. Hmm. Hübscher Name. Also ... Deana. Wie kann ich dir helfen?«

Er klang ruhig, aufrichtig interessiert und verständnisvoll.

Deana schniefte. Sie spürte, wie ihr die Tränen kamen.

»Soll ich einfach mal vorbeikommen? Und dich ein bisschen aufmuntern?«

»Das wäre ganz toll, Warren. Aber nur, wenn du Zeit hast. Was ist denn mit deinem Buchladen? Solltest du nicht eigentlich dort sein?«

»Da brennt nichts an. Ich brauche nur meine Mitarbeiterin anzurufen, dass sie den Laden aufmachen soll. Sie hat einen Schlüssel.«

Sie?

Mit einem Mal fühlte sich Deana zu müde und erschöpft, um zu reden oder auch nur nachzudenken. Die Ereignisse der letzten Tage und erst recht die Tatsache, dass Mace letzte Nacht im Haus gewesen war, waren in diesem Augenblick schon mehr als genug.

»Das wäre echt nett«, sagte sie leise.

»Ich bin in fünf Minuten da.«

»Ach, Warren?«

»Ja?«

»Kannst du Sabre bitte nicht mitbringen, wenn es geht?«

Sie stellte ihn sich vor, wie er sie anlächelte.

»Würde mir nicht im Traum einfallen.«

31

»Nelson ist also tot?«

Leighs Finger umklammerten den Telefonhörer. Sie war schockiert und fühlte sich gleichzeitig erleichtert. Sie merkte, dass ihre Stimme zitterte.

Was Mace ihr zu berichten hatte, waren zwar gute, aber nicht wirklich erfreuliche Neuigkeiten. Daher wählte er seine Worte vorsichtig.

»Wir haben eine Leiche, Leigh. Doch sie ist nicht offiziell identifiziert. Hat Nelson irgendwelche Verwandten?«

»Nicht dass ich wüsste. Seine Eltern sind bei einem Brand ums Leben gekommen, als er zehn Jahre alt war oder so. Er hat nie davon gesprochen, dass er Geschwister hätte – soweit ich mich erinnere. Irgendwie kam er mir immer vor wie jemand, der niemanden hat, ein Einzelgänger.«

»Leigh, wir brauchen jemanden, der ihn identifiziert. Fühlst du dich dazu in der Lage?«

O Gott, dachte sie. *Ich bin nicht sicher … das muss ich mir erst noch mal durch den Kopf gehen lassen.*

Also drückte sie sich um eine Antwort und fragte ihrerseits: »Wo habt ihr ihn gefunden?«

»Ein paar Kids haben ihn draußen bei den Headlands gefunden. Er war an den Strand gespült worden. Sie dachten erst, es wäre nur ein Haufen Lumpen, bis sich dann herausgestellt hat, dass es eine Leiche war. Sie hat schätzungsweise fünf oder sechs Tage im Wasser gelegen, so wie es aussieht.«

Fünf oder sechs Tage. Was ist nach so langer Zeit noch übrig,
das man identifizieren könnte?

»Okay.« Leigh atmete tief durch. Wenn es jemanden gab,
auf dessen Anblick sie nicht scharf war, dann war es Nelson. Und erst recht nicht auf seinen Anblick als Wasserlei-
che. »Wenn's sein muss, mache ich es eben.«

»Das wäre uns eine große Hilfe, Leigh. Aber ich muss
dich warnen. Er ist kein schöner Anblick.«

Das glaube ich gern.

»Dann komme ich in, sagen wir, zwanzig Minuten vorbei und hole dich ab. In Ordnung?«

»Klar.«

Leigh ging in Deanas Zimmer. Sie lag auf dem Bett, war aber
wach. Leigh setzte sich auf die Bettkante, strich Deana
über den Kopf und sagte: »Nelson ist nicht mehr. Er wird
uns nicht mehr belästigen.«

»Er ist tot?«

»Genau. Man hat ihn am Strand in den Headlands gefunden. Er muss wohl von der Brücke gesprungen sein.«

»Mein Gott.«

»Ich muss hin, um ihn zu identifizieren. Mace kommt
gleich vorbei und holt mich ab. Du kommst in der Zwischenzeit klar?«

»Sicher. Ich beneide dich allerdings kein bisschen. Eine
Leiche identifizieren – noch dazu eine, die tagelang im Wasser gelegen hat.«

»Jemand muss es machen, Schatz. Es gibt sonst niemanden, der ihn kannte ... Na ja, vielleicht die Kollegen aus dem
Bayview. Aber letztendlich bin ich seine Arbeitgeberin, und
deshalb sollte ich es auch erledigen.«

»Klar, da hast du recht. Ach ja, Mom ...«

»Ja?«

»Es ist zwar schrecklich, aber irgendwie hat jetzt doch alles ein gutes Ende, oder?«

»Sicher, Liebes. Gott sei Dank ist jetzt alles vorbei.«

32

Leigh schaute auf die Lichter, die sich bis zur San Francisco Bay ausbreiteten und wie Sterne in der Dunkelheit funkelten.

Sie lächelte und sagte dann leise: »Was für eine wundervolle Aussicht. Weißt du was, Mace? Manchmal denke ich, dass ich echt Glück gehabt habe.«

Mace lächelte. »Das kannst du laut sagen. Ein tolles Haus, ein Spitzenrestaurant. Du siehst super aus, hast Klasse und Stil, ein Kind, das nicht auf den Kopf gefallen ist – und mich.«

Er saß ihr gegenüber im Whirlpool und machte mit dem Zeigefinger kleine Strudel, um den Schaum über ihrer linken Brust aufzulockern. Fasziniert beobachtete er, wie ihre Brustwarze zwischen den Blasen sichtbar wurde.

Mit der anderen Hand streichelte er ihren Oberschenkel.

Sie hob den Kopf und atmete tief durch. Die warme Nachtluft schmiegte sich wie Balsam an ihre nasse Haut.

Sie schaute ihm in die Augen und lächelte.

Der Gedanke an ein gemeinsames Bad im Whirlpool war ihr schon den ganzen Tag über durch den Kopf gegangen.

Nun ja, wenigstens seit Mittag.

Nachdem sie am Morgen Nelson identifiziert hatte, war ein Bad im Whirlpool so ungefähr das Letzte, worauf sie gekommen wäre – ganz zu schweigen davon, sich mit Mace zu amüsieren.

Im weiteren Verlauf des Tages hatte sich das allerdings geändert.

Warum eigentlich *nicht* im Whirlpool ausspannen?

Zusammen mit Mace ...

Auf diese Art ließen sich wenigstens die Gedanken an Nelson vertreiben. Beziehungsweise an das, was von ihm noch übrig war, korrigierte sie sich.

Auf dem Weg zum Leichenschauhaus hatte Mace ihr noch einmal eingeschärft, vernünftig an die Sache heranzugehen. »Was da liegt, ist eine Leiche«, hatte er gesagt, »kein menschliches Wesen. Und alles, was du zu tun hast, ist irgendeine Kleinigkeit zu identifizieren – einen Siegelring, ein Kleidungsstück oder irgendwelche körperlichen Merkmale, die du eindeutig Nelson zuordnen kannst.«

Ein Blick auf das graue, aufgequollene und abgenagte Gesicht mit seinen leeren Höhlen anstelle von Augen und die Hände, von denen gerade noch die Knochen übrig waren, hatte genügt, damit ihr speiübel wurde und die Beine unter ihr nachgaben. Mace hatte sie gerade noch rechtzeitig aufgefangen und gestützt. Dankbar lehnte sie sich an ihn.

Sie kämpfte gegen den Brechreiz an und zwang sich, einen weiteren Blick auf die mit einem Tuch abgedeckte Leiche zu werfen, deren sehnige Arme, oder was diverse hungrige Mäuler davon übrig gelassen hatten, seitlich auf dem Abdecktuch lagen.

Sie sah einen goldenen Ring – Nelson trug immer einen am Zeigefinger seiner rechten Hand.

Dieser Ring hier hing lose an einem dünnen grauen Stummel, der irgendwann einmal der rechte Zeigefinger der Leiche *gewesen* war. Leigh war wie betäubt. Sie nickte einmal kurz. Soweit sie es beurteilen konnte, handelte es sich bei dem Leichnam um Nelson.

Mace fuhr sie nach Hause und schenkte ihr einen Brandy ein. Er stand neben ihr, während sie ihn herunterkippte.

Überraschenderweise fühlte sich Leigh nicht halb so schlecht, wie sie erwartet hatte. Immerhin bedeutete der Anblick von Nelsons Überresten, dass sie und Deana in Zukunft keine Gedanken mehr auf ihn und seine kranken Spielchen verschwenden mussten. Mace, der Leigh in dieser Situation ungern allein lassen wollte, fragte: »Bist du sicher, dass du zurechtkommst?«

»Ja. Mach dir keine Sorgen«, antwortete sie mit einem tapferen Lächeln, doch dann bemerkte sie seinen besorgten Blick und fügte hinzu: »Wirklich, Mace. Ich komme schon klar.«

»Ruh dich erst mal aus. Ich komme später noch mal vorbei und sehe, wie's dir geht.«

Und er stand zu seinen Worten – und nicht nur das. Kurz nach dem Abendessen kam er vorbei und brachte sogar eine Flasche Dom Perignon mit.

Deana verzog schmollend das Gesicht, als sie ihn sah, und stapfte in ihr Zimmer.

Scheiße.

Scheiß auf Mace.

Es wäre so schön gewesen, wenigstens *einen* Abend mal mit Mom allein zu verbringen.

Sie schaltete den Fernseher ein und zappte sich durch die Programme, bis sie schließlich bei einer Wiederholung von *Freitag, der 13.* hängen blieb.

Den hatte sie zwar schon mal gesehen.

Aber heute Abend – ganz besonders heute Abend – schien ihr das genau der richtige Film zu sein.

33

Leigh hatte das Bad im Whirlpool als entspannte Angelegenheit für sich und Mace geplant. Erst mal ohne Hintergedanken, aber *falls* sich daraus noch mehr ergeben sollte, hätte sie nichts dagegen.

Egal, was passierte – es würde toll werden.

Aber dann lief es doch nicht ganz so, wie sie es geplant hatte. Was einerseits daran lag, dass Mace immer noch sein weißes T-Shirt anhatte. *Und* seine Boxershorts.

Sie ermahnte sich, dass *sie* es gewesen war, die ihn in den Whirlpool gezerrt hatte. Mit all seinen Kleidern. Und er hatte merkwürdigerweise keine große Eile an den Tag gelegt, um sie loszuwerden.

Mit Ausnahme seiner Jeans. Die hatte er unter Wasser aufgefummelt und mühsam abgestreift und sie anschließend auf das Deck geworfen.

Leigh grinste.

Was für ein Glück, dass er seine Lederjacke und das Holster mit seiner Pistole im Wohnzimmer gelassen hat.

Sie drehte die Sprudeldüsen auf.

Mace war mittlerweile in Stimmung.

Doch merkwürdigerweise war ihre Begeisterung auf einmal verflogen.

Was ist nur mit mir los?

Warum kann ich mich nicht entspannen und auch einfach nur Spaß haben?

Gib's zu, Leigh. Dir spukt immer noch Nelson im Kopf herum.

Er mochte zwar tot sein, aber sie konnte das Gefühl nicht abschütteln, in gewisser Weise mitschuldig an seinem Tod zu sein.

Sie schauderte.

Es war einfach zu schrecklich gewesen, am Morgen seine Leiche zu identifizieren ...

Doch Gott sei Dank war das nun alles vorbei.

Mace bemerkte Leighs abwesenden Gesichtsausdruck und runzelte die Stirn. Herrgott noch mal, dachte er voller Ungeduld, denkt sie *immer noch* an diesen Nelson?

Oder ging ihr irgendetwas anderes durch den Kopf?

Mace seinerseits ging ebenfalls etwas durch den Kopf, und das hatte nicht das Geringste mit Nelson zu tun.

»Leigh. Du weißt, was ich für dich empfinde ...«

»Bitte nicht jetzt, Mace. Lass uns einfach den Moment genießen und den ernsten Kram für später aufheben, ja? Es war ein anstrengender Tag, mit allen möglichen Emotionen und jeder Menge Druck und Stress für uns beide. Lass uns einfach nur entspannen ...«

Sie glitt tiefer ins sprudelnde Wasser, bis nur noch ihre Schultern sichtbar waren. Sie spürte, wie Mace die Beine bewegte und ihre Schenkel berührte.

Dampf stieg rings um sie herum auf und hüllte sie ein. Leigh wurden die Augenlider schwer, und sie musste dagegen ankämpfen einzuschlafen. Unter der Massage durch die sprudelnden Luftblasen wurden auch ihre Glieder immer schwerer.

Dann fielen ihr die Augen zu.

Mace glitt ebenfalls tiefer ins Wasser. Er schlang seine Beine um die von Leigh und streckte unter Wasser die Hand aus ...

Sie zuckte zusammen, wurde stocksteif und presste die Beine zusammen. Das Wasser schwappte ihr ums Kinn herum und in den Mund. Sie verschluckte sich. Für einen kurzen Moment verschwand sie unter der Wasseroberfläche, dann tauchte sie ruckartig wieder auf, schüttelte den Kopf und strich sich mit den Fingern durch die Haare. Sie hangelte sich wieder auf den Sitz. Ihre blasse Haut schimmerte in der Dunkelheit.

»Mace«, blaffte sie, »hör auf mit dem Quatsch!«

»Psst!« Mace hielt sich den Zeigefinger an die Lippen. »Willst du, dass Deana aufwacht? Auf einmal kommt sie noch auf die Idee, uns Gesellschaft zu leisten.«

»MACE!«

Immer noch gereizt, richtete sich Leigh auf. Das schäumende Wasser sprudelte und wirbelte um sie herum. Sie bekam eine Gänsehaut von der kühlen Nachtluft. Zitternd schlang sie ihre Arme um ihre Brust.

Mace lehnte sich zurück und bewunderte ihren glänzenden Leib, der in der Dunkelheit schimmerte. Er stieß einen leisen Pfiff aus. Sie sah aus wie die schaumgeborene Venus von Botticelli.

»Hmm. Ms. West. Wissen Sie eigentlich, dass sie einen wahrhaft umwerfenden Körper haben? Bleib genau so ... ich hole meine Kamera.«

Leigh musste lachen, und Mace stieg aus dem Whirlpool. Das Wasser troff an seinem Körper herunter.

»Beeil dich«, sagte sie gepresst. Sie empfand eine gewisse Ungeduld, brachte es aber dennoch fertig, gleichzeitig zu lächeln und zu zittern.

»Du kannst es wohl nicht erwarten, oder?«

Er streckte seine Arme aus, und sie stieg aus dem Whirlpool. Sie zögerte einen Moment und kuschelte sich dann doch an ihn. Eng umschlungen standen sie eine kurze Weile da und zitterten gemeinsam in der Nachtluft.

Er schmiegte das Gesicht an ihre nassen Haare und murmelte: »Vergiss die Fotos, Baby. Das kann warten. Ich finde, wir sollten erst mal was trinken.«

Sie drückte sich an ihn und spürte, wie sein Schwanz härter wurde und sich gegen ihre Scham drückte. Sie stellte sich auf die Zehenspitzen und drückte ihre geöffneten Lippen auf seinen Mund.

Ihre Hand glitt in seine nassen Shorts, tastete nach seinem Schaft und umschloss ihn mit den Fingern. Sie rieb daran und spürte, wie er bei jeder Bewegung härter und größer wurde. Allmählich wandelte sich ihre Stimmung. Das brennende Verlangen in ihr kehrte zurück.

Sie ergriff seinen steifen Schwanz mit beiden Händen und zog ihn zu sich hin, zwischen ihre Beine.

Keuchend vor Verlangen, schlang sie ihre Schenkel um ihn. Ihre Scham pochte schmerzhaft vor Begierde.

»Ich will dich in mir, Mace. In mir drin. *Jetzt.* Um Gottes willen. *Mace* ...«

»Nein«, sagte er und packte sie bei den Haaren. Er bog ihren Kopf zurück, damit sie ihm ins Gesicht sah. »Nein, mein Engel. Erst mal runter auf die Knie.«

Sie wich zurück und ließ seinen Schwanz los.

Enttäuschung machte sich in ihr breit.

Er lächelte sie an und schaute runter auf seinen Schwanz. Dann drückte er sie zu Boden, bis sie vor ihm kniete. »Erst mal eine Runde blasen, Schatz«, sagte er heiser. »Um die Sache in Schwung zu bringen.«

Die Enttäuschung versetzte ihr einen Stich ins Herz.

Sie *wollte* ihn.

In sich drin.

Aber nicht so.

Sie wollte, dass er *tief* in sie hineinstieß – so wie gestern Nacht.

Voller Ungeduld und Enttäuschung packte sie seinen Schaft mit beiden Händen. Er zuckte in ihrem Griff.

O Gott – sie war echt *verzweifelt.*

Sie *brauchte* ihn.

Aber wenn das hier dazu notwendig war, dachte sie, dann muss es eben sein.

Sie nahm ihn in den Mund, saugte, lutschte und ließ ihre Zunge über die Wölbungen und Vertiefungen gleiten, spürte die gespannte seidige Haut.

Und musste plötzlich würgen, als er seinen Schwanz immer tiefer in sie hineinstieß und ihren Kopf dabei an sich drückte.

Schließlich riss sie sich würgend und keuchend von ihm los. Sie schaute zu ihm hinauf, die Augen glänzend und weit aufgerissen vor Schreck.

»Mace«, flüsterte sie mit belegter Stimme. »Das war zu viel. Ich wäre fast erstickt an deinem Schwanz.«

»Du stehst doch drauf, Leigh. Gib's doch zu, dass du darauf stehst.«

»Nein, Mace. Das war echt zu viel. Bitte halt mich einfach nur fest, bitte ...« Sie wandte sich ab. Ihre Lippen zitterten. Heiße Tränen liefen ihr über das Gesicht, während ihr Mund immer noch erfüllt war von seinem bittersüßen Geschmack.

Sie verzehrte sich nach ihm, *wollte ihn* in sich. Sie war bereit, alles Mögliche dafür zu tun, aber beim besten Willen ... das gerade eben war nicht unbedingt die feinfühligste Art.

Sie verkniff sich ein Schluchzen. Wie *konnte* er sie nur so behandeln? Nach all dem, was sie heute durchgemacht hatte ...

Zitternd rappelte sie sich auf und schlang die Arme um ihren Körper. Leicht schwankend stand sie da und hielt sich selbst fest.

Herrgott. Was für eine Enttäuschung. Die ganze Anspannung. Das alles war zu viel.

Ihr war kalt. Sie fühlte sich erschöpft und ausgelaugt.

Ein Lächeln zeichnete sich auf Maces Lippen ab. Er zog die Augenbrauen in die Höhe und streckte die Arme aus. »Komm zu Mace. Ja. Alles schon wieder gut. Nimm's nicht so schwer. Aber erzähl mir nicht, dass du's ab und zu nicht gern ein bisschen auf die harte Tour magst, oder? Ich hatte irgendwie den Eindruck, dass du drauf stehst, hart rangenommen zu werden – aber anscheinend lag ich da falsch. Das tut mir leid, Leigh.«

Seine Augen schimmerten in der Dunkelheit, und sein Lächeln, das noch einen Moment zuvor spöttisch gewirkt hatte, bekam nun einen verständnisvollen, besorgten Ausdruck.

Sie ließ die Arme sinken und entspannte sich, machte einen Schritt auf ihn zu und schmiegte sich an seinen warmen, muskulösen Körper.

»Weißt du was, Schatz?«, murmelte er. »Wir machen jetzt erst mal den Champagner auf, den ich mitgebracht habe, und wenn wir dann ein oder zwei Gläser getrunken haben, sieht alles wieder ganz anders aus, und wir fangen noch mal von vorne an.«

»Genau.« Sie lächelte zu ihm hinauf. Sie gingen durch die Verandatür in das im Dunkeln liegende Wohnzimmer.

Vielleicht spinne ich ja auch ein bisschen, dachte sie. So einen Aufstand wegen nichts zu veranstalten.

Dennoch – irgendwie bin ich heute Abend nun mal ziemlich *empfindlich und verletzlich*.

»Ich hole uns ein paar Handtücher«, sagte sie leise.

Sie löste sich von ihm, knipste die Lampe auf dem Couchtisch an und ging ins Badezimmer.

Die Hände in die Hüften gestützt, stand Mace breitbeinig da und schaute ihr hinterher. So wie ihre Pobacken wippten, während sie mit ihren langen, wohlgeformten Beinen schwungvoll voranging, sah sie aus wie ein Model auf dem Laufsteg.

Teufel noch mal, dachte er, die meisten Filmstars sahen blass aus verglichen mit ihr.

Sie hatte Stil und Klasse. Und das mochte er an Frauen.

Als sie wieder ins Wohnzimmer zurückkehrte, trug sie einen flauschigen Bademantel mit einem Gürtel, der um die Taille geschlungen war. Mace war fasziniert davon, wie jung und verletzlich sie aussah.

Zu jung, um eine achtzehnjährige Tochter zu haben ...

Sie hatte ein paar Handtücher unter den Arm geklemmt, warf eines davon Mace zu und sagte: »Hier. Wir wollen ja nicht, dass du dir den Tod holst. Zieh deine nassen Sachen aus, ich stecke sie in den Trockner.«

Er fing das Handtuch auf und schlang es sich um die Hüften.

Leigh nahm das zweite Handtuch und rubbelte sich die Haare trocken.

Er schaute ihr mit halb geschlossenen Augen zu, während er ins Badezimmer ging. »*Sehr sexy*«, murmelte er.

Sie hielt einen Moment inne und schüttelte den Kopf. Ihr golden glänzendes Haar schimmerte wie eine Aureole, doch ihre Beine zitterten leicht. Sie fühlte sich noch immer etwas unbehaglich wegen ihres Gefühlsausbruchs vor ein paar Minuten.

Jetzt entspann dich erst mal, sagte sie sich.

Sie ging in die Küche und kam einige Augenblicke später mit der Flasche Champagner in einem Kübel voller Eiswürfel zurück, die leise klingelten, als sie ihn auf den Couchtisch stellte.

Sein nasses T-Shirt und seine Shorts in der Hand, trat Mace aus dem Badezimmer. Er trug einen weißen Frotteebademantel, den Leighs Vater bei den seltenen Gelegenheiten benutzte, wenn er und ihre Mutter hier übernachteten.

Im Kontrast zu dem Weiß des Bademantels wirkte seine Sonnenbräune noch intensiver. Leigh konnte nicht anders, als ihn bewundernd anzublicken, und ein Zucken der Erregung erfasste sie. Sie schauten sich lange in die Augen. Dann senkte sie lächelnd den Blick, nahm seine nassen Sachen und ging in die Küche.

Dort steckte sie alles in den Wäschetrockner und versuchte sich einzureden, dass es vielleicht doch noch ein schöner Abend werden könnte.

34

»Hiermit ist die Orgie eröffnet!«

Als Mace die Champagnerflasche ergriff, zuckte Leigh leicht zusammen. Er bemerkte ihren Gesichtsausdruck, lächelte ihr verschlagen zu, riss die Folie vom Flaschenhals und zwirbelte den Draht auf.

Es gab einen lauten Knall, und der Korken flog in hohem Bogen durch die Luft.

Kichernd krochen sie auf Händen und Knien auf dem Boden herum, um ihn zu suchen. Von der Anspannung zwischen ihnen war nichts mehr zu spüren.

»Hier drüben«, rief er. »Unter dem Fernsehtisch.«

Er verharrte einen Moment und betrachtete die Fotos, die links und rechts des Fernsehers aufgestellt waren. Familienfotos. Auf Film gebannte Erinnerungen, auf denen Leigh und Deana zu sehen waren, wie sie Arm in Arm in die Kamera schauten. Dann zwei ältere Leute – vermutlich Leighs Eltern.

Und ein Foto von Deana allein, in einem weißen Bikini am Strand.

»Ich will ihn aufheben«, sagte Leigh. »Klingt vielleicht altmodisch, aber ich finde es irgendwie romantisch, die Korken von Champagnerflaschen aufzuheben – und den Namen oder das Datum draufzuschreiben. Die Gäste im Restaurant machen das andauernd ...«

»Typisch Frau!«

Lachend warf er ihr den Korken zu.

»Das liebe ich so an dir, Leigh West. Du bist durch und durch Frau. Ich könnte wetten, dass hinter der coolen Fassade eine sanfte, sinnliche Verführerin steckt, die nur darauf wartet, dass sie endlich loslassen kann.«

Er goss den Schampus in zwei Champagnerflöten, die neben dem Kühler standen, wartete, bis der Schaum sich ein wenig gesetzt hatte, und schenkte dann noch mal nach.

»Auf ... auf was, eigentlich?« Er zwinkerte ihr zu, zog die Augenbrauen in die Höhe und schaute Leigh fragend an.

»Auf die Zukunft, Mace. Auf eine Zukunft ohne Nelson.«

»Auf uns, Leigh.« Er schaute ihr in die Augen. Sein Blick war so intensiv, dass Leigh ein wenig zusammenzuckte.

Entspann dich, Leigh, sagte sie sich. *Jetzt ist Partyzeit. Lass dich mit dem Strom treiben. Mach einfach mit.*

Sie lächelte ihm entgegen. »Auf uns«, sagte sie und stieß mit ihm an.

»Mace ...«

»Hmm?«

»Was da eben passiert ist – es tut mir leid.«

»*Dir* tut es leid? Es war mein Fehler. Ich hätte dir nicht so einen Druck machen sollen. Manchmal geht es mit uns Männern eben durch. Bitte entschuldige. Aber reden wir nicht mehr davon. Ich hoffe nur, ich habe uns dadurch nicht den Abend verdorben.«

»Nein. Natürlich nicht.« Leigh lächelte ihn zögerlich an und wünschte, es wäre wirklich so.

Ich habe schon zu lange keinen Mann mehr gehabt, dachte sie. *Ich hatte fast schon vergessen, wie es ist.*

Ihre Gedanken schweiften zurück in die Vergangenheit.

Zu Charlie, mit dem sie ihren ersten Oralsex gehabt hatte. Sie verglich die Machonummer von Mace mit Charlies zärtlicher, jungenhafter Leidenschaft.

So lange war das jetzt schon her.

Herrgott. Achtzehn Jahre. Und sie erinnerte sich noch immer daran, denn ihre Gesichtsmuskulatur hatte noch Tage später geschmerzt.

Davor hatte es noch Larry Bills gegeben – der erste Kerl, mit dem sie je im Bett war.

Würg.

Sie zuckte innerlich zusammen, so peinlich war ihr die Erinnerung.

Nach Larry kam Tad Bronski, und danach dann Jake Hartmann, den sie von der Highschool kannte. Nette Jungs, alle beide. Beide hatten sie mit Respekt behandelt, und Jake war es wirklich ernst gewesen, was die Beziehung zu Leigh anging. Doch dann war er mit seinen Eltern nach Kanada umgezogen, weil sein Vater den Job wechselte.

Ihre Gedanken schweiften wieder zu Charlie. Er war ein ziemlich heißer Liebhaber gewesen – *jedenfalls bei den zwei Gelegenheiten ...*

Als er endlich seine verdammte Schüchternheit abgelegt hatte – und die Angst vor seiner Mutter.

Irgendwie war er unschuldig gewesen. In gewisser Weise ein Opfer.

Das kannst du laut sagen. Wie ein Lamm auf dem Weg zur Schlachtbank ...

Und dennoch war ihr gleich vom ersten Moment an aufgefallen, dass Charlie irgendwie *anders* war.

Er hatte irgendetwas an sich, das sie nicht einordnen konnte.

Einen *finsteren, düsteren* Touch.

Und außerdem war da noch diese Hexe von einer Mutter. *Edith Payne.*

Leigh schauderte. Sie hatte keine Lust, über all das noch mal nachzudenken.

Wenn man es genau nahm, hatten all ihre Freunde ihre guten Momente gehabt. Alle bis auf Larry Bills, aber der war nur ein einmaliger Ausrutscher und zählte nicht. Mann, dieser Bursche war ein totaler Griff ins Klo gewesen ...

Und dann war da noch Ben.

Ben war ein wahrer Schmusekater. So aufmerksam und fürsorglich; nie im Leben hätte er irgendetwas getan, das sie hätte verletzen können.

Und jetzt war Mace da.

Sie lächelte in sich hinein.

Mace war ein ganzer Mann, und sie musste zugeben, dass es genau das war, was sie an ihm reizte.

Sein strammer, muskulöser Körper. Seine Ausstrahlung und seine selbstbewusste, kontrollierte Art.

Er hatte immer alles unter Kontrolle.

Ich Tarzan, du Jane.

Genau so war Mace.

In der Sache mit Nelson war er für sie ein wahrer Fels in der Brandung gewesen.

Freundlich und einfühlsam. Mit Sex hatte das Ganze am Anfang nicht das Geringste zu tun gehabt – es gab keinerlei Avancen oder Zweideutigkeiten. Er hatte ihr durch seine bloße Anwesenheit ein Gefühl der Sicherheit vermittelt – wofür sie ihm gar nicht dankbar genug sein konnte.

Und wenn man es genau betrachtete, hatte sie auch nicht gerade versucht, ihn sich vom Leib zu halten. Im Gegenteil – sie hatte ihn sogar ermutigt.

344

Sie war es gewesen, die ihn vor ein paar Tagen mitten in der Nacht angerufen und ihn praktisch angebettelt hatte, ihr in den langen, dunklen Stunden Gesellschaft zu leisten.

Da war es kein Wunder gewesen, dass sie zusammen im Bett gelandet waren.

Sie, die dauernd mit den Tränen kämpfte – und er, der ihr eine ganz besondere Art Trost spendete ...

Was also war heute Abend schiefgelaufen?

Was war da passiert?

Mace ergriff ihre Hand.

»Hey«, sagte er lachend. »Jetzt aber bitte keinen Trübsal blasen. Ich habe extra Champagner mitgebracht, in der Hoffnung, ein bisschen Freude in dein Leben zu bringen.«

Er schwenkte sein Glas und ließ den Rest des Champagners darin kreisen. Er wusste, dass irgendetwas sie immer noch beschäftigte. »Leigh. Du bedeutest mir eine Menge. Das weißt du, oder?«

»Den Eindruck habe ich auch irgendwie gewonnen, Mace. Du verbringst mehr Zeit hier als in deiner eigenen Wohnung.«

»Hast du daran etwas auszusetzen?«

»Um Gottes willen, nein, Mace. Das weißt du doch. Und du bedeutest mir auch eine Menge. Von Tag zu Tag mehr. Ich – wir – wären verloren gewesen ohne deine Hilfe, deine Ratschläge und die Art, wie du dich um uns gekümmert hast. Es tut echt gut zu wissen, dass du für uns da bist.«

»Ist das alles? Ich hatte gehofft, da wäre noch mehr ...«

Ihr Bademantel rutschte an einer Schulter herunter. Leighs Lippen öffneten sich ein wenig, während sie ihn leicht verwirrt anlächelte. »Natürlich ist das nicht alles, Mace.

Sicher ist da viel mehr. Und das weißt du auch. Es ist nur so, dass heute Abend ...«

Plötzlich kauerte er vor ihr und schaute sie mit betroffener Miene an. »Ich hatte gehofft, dass das so ist, Leigh.«

Er ging auf die Knie und legte den Kopf in ihren Schoß. Sie spürte die Wärme, die er verströmte, und streichelte ihm über die Haare, die noch immer feucht und zerwühlt waren von dem Bad im Whirlpool.

Eine Weile saßen sie so da – ohne zu reden, einfach nur zufrieden damit, dem anderen nah zu sein.

Dann setzte er sich wieder neben sie auf das Sofa, und sie lehnte sich an ihn. Sie fühlte sich entspannt und ein wenig schläfrig.

»Es wird Zeit«, flüsterte er. Sein warmer Atem strich über ihren Nacken.

»Du willst gehen? Jetzt schon?«

»Ja. Ins Bett. Mit dir zusammen. Und mit dir schlafen, bis die Sonne aufgeht. Wenn nicht länger. Ich liebe dich, Leigh West. Und heute Nacht werde ich dir zeigen, wie sehr ...«

Mace ging kurz vor sechs am nächsten Morgen. Schlaftrunken lag sie im Bett und klammerte sich an ihn, weil sie ihn einfach nicht loslassen wollte.

»Ich muss los, Leigh. Es gibt Sachen zu erledigen.«

Er küsste sie auf ihren warmen, geöffneten Mund. Ihre Lippen schmeckten süß wie Honig, und in ihm stieg das Verlangen nach mehr auf.

Er beugte sich über sie, küsste ihren Hals, streichelte ihre Schultern. Seine Hand glitt hinab auf ihre Brüste. Er spürte, wie ihre Brustwarzen hart wurden. Mit dem Zeigefinger beschrieb er kleine Kreise um sie herum und kniff sie sanft. Leigh wand sie ein wenig und kuschelte sich seufzend in seine Arme.

Schließlich flüsterte er: »Ich melde mich nachher bei dir, Leigh. Bis dann.«

Leise schlich er aus dem Haus, um Deana nicht zu wecken.

Er griff in seine Hosentasche und fischte eine Handvoll Sonnenblumenkerne heraus. Er steckte sie sich in den Mund und kaute eine Weile auf den Schalen herum.

Seine Lippen verzogen sich zu einem trägen Lächeln.

Er dachte daran, wie Deana um halb drei ins Haus geschlichen war.

Während er vor sich hin kaute, machte sich ein Grinsen auf seinem Gesicht breit.

Mit einem Mal war es ihm scheißegal, ob er Deana weckte oder nicht. Er hoffte es sogar. Ihm gefiel die Vorstellung, wie sie im Bett lag und lauschte ...

Und hörte, wie er aus dem Bett ihrer Mutter stieg.

35

Das Telefon klingelte, als Leigh sich gerade auf den Weg ins Restaurant machen wollte. Es war Mattie.

»Hallo Mats. Was gibt's?«

»Ich bin auf dem Weg zu Ihnen. In ungefähr fünf Minuten bin ich da. Passt das?«

»Klar. Bis gleich.«

Was wollte Mattie so früh am Morgen? Sicher, sie ist so was wie unser persönlicher Leibwächter – aber hat sie noch nicht gehört, dass Nelson tot ist?

Mattie hatte sich seltsam zögerlich angehört. Irgendwie besorgt. Leigh runzelte die Stirn. Was zum Teufel war jetzt schon wieder los?

Hatte es eventuell etwas mit *ihr* zu tun?

Vielleicht brauchte Mattie eine Schulter zum Ausweinen. Es sollte nicht lange dauern, bis Leigh es herausfand.

»Kaffee?«

»Klar. Ohne Firlefanz. Je schwärzer, desto besser.«

Leigh stellte zwei Kaffeebecher auf den Küchentisch. In der Küche war es weniger formell als im Wohnzimmer. Wenn Mattie irgendetwas auf dem Herzen hatte, wäre dies vermutlich der geeignetere Ort, um darüber zu reden, weil hier eine persönlichere Atmosphäre herrschte.

Leigh schenkte den Kaffee ein, reichte Mattie ihren Becher und setzte sich ihr gegenüber an den Tisch. Sie goss

Milch in ihren eigenen Kaffee und wartete, während Mattie in ihrem Kaffee herumrührte, den Wirbel in der Tasse beobachtete und anscheinend überlegte, weshalb sie hergekommen war.

»Ich halte Sie nicht von irgendwas ab, oder?«, fragte sie schließlich und schaute von ihrer Tasse hoch.

Leigh lächelte ihr zu. »Kein bisschen. Die Mannschaft im Bayview ist komplett am Start und hoffentlich fleißig.«

Mattie sagte: »Ich hab von Nelson gehört. Sie haben ihn also identifiziert?«

Leigh stieß einen Seufzer aus und nickte. »Ja. Die ganze Prozedur. War keine besonders angenehme Erfahrung, muss ich allerdings sagen.«

»Kann ich mir vorstellen. Ich hab auch schon Leichen gesehen, die tagelang im Wasser gelegen hatten. Insofern war es ein Glück, dass Sie Nelson überhaupt *erkannt* haben. Manchmal lassen die Fische nicht mehr allzu viel übrig.«

Leigh schüttelte es. »Bitte, Mattie. Das Ganze war schon schlimm genug.«

»Hat Mace Ihnen von Nelson erzählt?«

»Ja. Er hat sich wirklich toll um uns gekümmert.«

»Kann ich mir vorstellen.«

Leigh blieb Matties zynischer Ton nicht verborgen.

»Was soll das heißen?«

»Das soll heißen, dass Mace sich manchmal *sehr* viel Mühe gibt.«

Leigh ignorierte die Art, wie Mattie das sagte.

»Haben Sie was auf dem Herzen, Mattie? Wenn ja, spucken Sie's aus. Ich bin ganz Ohr.«

Mattie zögerte einen Moment und sagte dann: »Leigh, an besten erzähle ich Ihnen mal eine Geschichte.«

»Nur zu.«

Mattie verfiel wieder in Schweigen und überlegte, wo sie anfangen sollte. »Als ich vor fünf Jahren bei der Polizei in Mill Valley angefangen habe, war ich ein junges Mädchen, das ein paar unschöne Sachen erlebt hatte. Jung und naiv, wenn man so will. Ich kam aus einem Hinterwäldlerkaff in der Nähe von Lodgepole in Sequoia County. Ich hatte mich da mit einem Typen eingelassen, der fiese Sachen mit Mädels anstellte, um sie gefügig zu machen und sich an ihnen auszutoben.«

Sie stieß ein kurzes zynisches Lachen aus, dann warf sie Leigh einen bedeutungsschweren Blick zu und sagte: »Sie wissen, was ich meine, oder? Möglicherweise *wollen Sie* gar nicht wissen, was ich meine, aber selbst wenn es so wäre, würde ich nicht ins Detail gehen. Nur so viel: Nach dem, was damals in diesem Hinterwäldlerkaff passiert ist, wollte ich nur noch eins: von dort verschwinden und mit den ganzen Perverslingen, Vergewaltigern und *Irren*, die sich in diesem großen, wunderbaren Land in irgendwelchen Winkeln herumtreiben, ordentlich aufräumen und sie in die Hölle befördern. Oder zumindest dafür sorgen, dass sie bekommen, was sie verdienen – im Rahmen der Gesetze, versteht sich. Also habe ich beim Polizeirevier in Mill Valley angefangen. Die Schießausbildung mit Glanz und Gloria absolviert, Kampfsport betrieben. Ich wurde einer von den Jungs – wie sie sagten.

Dann bin ich Mace begegnet. Habe mit ihm zusammengearbeitet. Er schien ganz in Ordnung zu sein. Hat auf mich aufgepasst, irgendwie meinen Glauben an die menschliche Rasse wiederhergestellt. Mit ein paar Ecken und Kanten abgeschliffen.« Sie verzog die Lippen zu einem freudlosen Grinsen. »Ich war damals ziemlich am Ende und übel drauf …«

Leigh runzelte die Stirn. »Mattie. Das tut mir leid. Wirklich. Sie müssen Schreckliches durchgemacht haben. Aber was hat das alles ...«

»Mit Mace zu tun?«

»Genau.«

»Nun ja. Dann werde ich es Ihnen erzählen, Leigh. Ich habe Mace ziemlich gut kennengelernt. Schließlich war ich ja sein Partner. Er war mein Alter Ego. Mein *Schatten*. Wir mussten nicht mal was sagen, um zu wissen, was der andere denkt.« Mit einem Mal besorgt, dass ihre Worte zu heftig klangen, hob sie den Blick und schaute Leigh an. Sie schraubte ihre Lautstärke zurück und wandte den Blick von ihr ab. »Wir verstanden uns blind.«

Leigh nippte lustlos an ihrem Kaffee. Weswegen war Mattie hergekommen? Was wollte sie ihr sagen?

Irgendetwas, das mit Mace zu tun hatte?

Falls ja, dann hatte sie das Gefühl, dass sie nicht scharf darauf war, es zu hören.

»Ich weiß, dass Sie und Mace eine Menge Zeit miteinander verbringen. Ich mache Ihnen deswegen keinen Vorwurf. Und ihm auch nicht. Sie sind eine wundervolle Frau, Leigh. Sie haben Geld, ein tolles Haus, ein Spitzenrestaurant und eine Tochter, auf die Sie wirklich stolz sein können ...«

»Und?«

»Sie kennen Mace nicht so gut wie ich.«

»Jetzt hören Sie auf, um den heißen Brei herumzureden, Mattie. Kommen Sie endlich zur Sache!«

»Okay, Leigh. Was ich Ihnen sagen wollte, ist, dass dieser Typ damals in Yellow Bend nicht der Einzige war, der drauf steht, wenn Frauen schreien.«

Mattie trank ihren Kaffee aus. Kurz nach ihrer Schluss-bemerkung machte sie sich wieder auf den Weg und über-ließ es Leigh, sich einen Reim auf ihre Unterhaltung zu ma-chen.

Mattie hat die Karten auf den Tisch gelegt, dachte Leigh. Und ich kann mir jetzt den Kopf darüber zerbrechen. Und zwar nicht zu knapp. Herrgott. Was sie gesagt hatte, war wie ein Puzzle, dessen Teile sich nun zusammenfügten.

Sorgfältig ließ sie noch einmal Matties Worte und ihre rätselhaften Anspielungen Revue passieren, und sie kam nicht umhin zuzugeben, dass es reichlich schmerzhaft war. Es tat weh wie die Hölle. Herrgott – Mattie konnte doch nicht gemeint haben, dass Mace ein *geisteskranker Pervers-ling* war? Oder doch?

Schaudernd schob sie den Gedanken von sich.

Sicher – Mace hatte eine Macho-Ader.

Die hatten die meisten Männer, versuchte sie sich zu be-ruhigen.

Aber er ist doch kein *Sadist*, wie Mattie angedeutet hatte. Mace war freundlich, zivilisiert und ... normal.

»Oder nicht?«

Sicher war er das. Denk doch mal nach: Er hat dir Blu-men mitgebracht und Champagner. Er war immer da, um uns vor Nelson zu beschützen.

Aber, so musste sie sich eingestehen, *ich* war diejenige, die die Initiative ergriffen hat.

Er hat sich zurückgehalten.

Ich war diejenige, die ihn verführt hat, und nicht umge-kehrt ...

Leigh überlegte. Sie hielt die Luft an und konnte eine Weile an nichts anderes denken als an das, was letzte Nacht passiert war.

Erst mal eine Runde blasen, Schatz. Um die Sache in Schwung zu bringen …

Ein kalter Schauer lief ihr über den ganzen Körper.

Es gibt eine Menge Typen, die sich gern einen blasen lassen, überlegte sie sich.

Irgendwie gehört es zum Vorspiel dazu.

Aber sie hatte so *hysterisch* darauf reagiert. Wie ein dämliches Mädel, dass bei der ersten Gelegenheit gleich »Vergewaltigung« kreischte.

Andererseits – wenn das, was Mattie angedeutet hatte, wirklich die Wahrheit war, dann wäre diese bescheuerte Episode nur ein Vorgeschmack auf das, was noch kommen würde …

36

»Hallo Mom. Habe ich da gerade Stimmen gehört?«

»Ja, Schatz. Mattie ist kurz vorbeigekommen, um zu sehen, wie es uns geht. Einfach so.« Sie lächelte Deana fröhlich an. »Magst du einen Kaffee? Er ist noch heiß. Oder zumindest, sobald ich ihn noch mal ein bisschen aufgewärmt habe.«

Leigh schaltete die Heizplatte der Kaffeemaschine an. Sie musste wieder an Mattie denken. Was war mit ihr los? War sie selbst scharf auf Mace?

So, wie sie sich angehört hatte, bekam man fast den Eindruck, dass sie ihn hasste.

Es ist nur ein schmaler Grat zwischen Liebe und Hass – so heißt es doch immer.

Kann es sein, dass sie einfach nur eifersüchtig ist?

»Hey Mom. Der Kaffee ist heiß. Kannst du mir eine Tasse einschenken, während ich mich anziehe?«

»Woran ist dein letzter Kaffee verendet, junge Dame?«

»Das Übliche. Flüssigkeitsmangel.« Deana ging lächelnd aus der Küche. Mom war einfach die Beste. Immer so cool und gleichzeitig so nett.

Sie bekam ein schlechtes Gewissen.

Sie hatte nicht gern Geheimnisse vor ihrer Mutter. Das war so, wie einen Freund zu belügen.

Sie streifte eine Jeans und ein gelbes T-Shirt über und fasste währenddessen den Entschluss, dass nun ein geeigneter Moment war, ihre Mutter mit Warren bekannt zu machen.

Sie würde ihn mögen. Er war so vernünftig und erwachsen. Und er hatte sein eigenes Unternehmen. *Das* sollte sie eigentlich beeindrucken.

Deana kehrte in die Küche zurück. Ihr Pferdeschwanz wippte munter hin und her. Mom stand am Spülbecken und wusch die beiden benutzten Kaffeebecher aus. Deana nahm ihren vom Tisch.

Eine duftende Dampfwolke umwehte ihre Nase.

Sie fühlte sich gleich besser.

Ich muss Mom von Warren erzählen.

Wie gehe ich das am besten an?

Na wie schon? Erzähl ihr einfach, wie es ist.

Mach es einfach, Deana.

»Mom.«

»Ja, Liebes?«

»Es gibt da jemanden, den ich dir vorstellen möchte. Er heißt Warren Hastings. Wohnt zusammen mit seiner Schwester auf der Del Mar. Ach ja, und seinem Hund, Sabre.«

Leigh richtete sich ruckartig auf. Sie drehte sich zu Deana um. *Deanna hat in dieser kurzen Zeit einen Typen kennengelernt?* »Und wie hast du diesen ... Warren kennengelernt, Schatz?«

Deana verzog ein wenig das Gesicht. Der nächste Teil würde nicht *ganz* so einfach werden. »Er hat einen Buchladen, Mom. In San Anselmo.«

San Anselmo, natürlich. Wo Allan und ich angeblich im Kino waren an dem einen Abend.

»Ich habe vor einiger Zeit mal da angerufen und ein Buch bestellt ...«

Sie krümmte sich innerlich.

Noch mehr Lügen. Mein Gott. Ich kann nicht glauben, dass ich das wirklich fertigbringe. Was ist aus mir geworden? Die Originalversion der Albtraumtochter aus der Hölle?

»Ach. Wie romantisch, Schatz. Warum hast du mir nichts davon erzählt? Und ist er *nett*, dieser Warren?«

»Ja. Er ist total nett, Mom. Du wirst ihn mögen.«

»Na fein. Wann kann ich Warren denn endlich kennenlernen?«

»Ich rufe ihn heute an. Wir können bestimmt irgendwas arrangieren.«

»Wie wär's mit Abendessen? Du brauchst nur Bescheid zu sagen. Ich lasse was aus dem Restaurant kommen.«

Leighs Gedanken schweiften zurück zu dem Abend, als Deana Allan mit zum Essen gebracht hatte und er ihre Eltern kennengelernt hatte – war das wirklich erst zehn Tage her?

Mein Gott.

Was in zehn Tagen alles passieren kann!

Das ganze Leben steht auf einmal Kopf; ein toter Junge, die eigene Tochter am Boden zerstört.

Wobei sie den Eindruck macht, als würde sie allmählich darüber hinwegkommen ...

Und dann noch Nelson ... Gott sei Dank hatten ihre Eltern das nicht mitbekommen, weil sie unterwegs waren.

Sie schämte sich zwar für den Gedanken, aber eigentlich war es ein Glücksfall, dass Mom und Dad so auf die Schnelle nach Colorado ans Krankenbett von Tante Abby aufgebrochen waren. Und wenn es nicht so schrecklich fies gegenüber Tante Abby gewesen wäre, hätte sie sich beinahe gewünscht, dass Mom und Dan noch eine Weile länger blieben ...

Deana lächelte Leigh an.

»Ganz gut, dass Oma und Opa in Boulder sind und nicht hier. Das hätte alles noch zehnmal schlimmer gemacht. Opa hätte herumgebrüllt und Oma am laufenden Band geheult und rumgemacht ... Dafür ist der Grillabend allerdings ausgefallen.«

»Sagen Sie mal, junge Frau. Können Sie Gedanken lesen? Ich habe gerade exakt das Gleiche gedacht. Abgesehen von dem Grillabend. Aber Oma und Opa *mussten* unbedingt zu Tante Abby fahren. Sie war ernsthaft krank.«

Ihre Blicke trafen sich, und Leigh lächelte. »Aber du hast recht, Liebes. Mit Mom und Dad in der Nähe wäre alles viel schlimmer gewesen!«

»Wirst du ihnen von der Sache mit Allan und Nelson und dem ganzen Rest erzählen?«

»Hmhm. Aber damit warte ich noch ein bisschen. Warten wir erst mal ab, wie sich alles entwickelt.«

37

Es war dunkel auf der Del Mar heute Nacht. Stockfinster.

Ein leichter Wind rauschte durch das Laub der Bäume.

Schnell vorbeiziehende Wolken verdeckten den Mond und die Sterne.

Abgesehen von dem Rascheln der Blätter war kein Laut zu hören.

Es herrschte Totenstille.

Nur Deanas keuchender Atem erfüllte die Stille, während sie in Richtung von Warrens Haus lief.

Sie hatte ihn nicht angerufen, wie sie ihrer Mutter erzählt hatte, sondern sich dazu entschlossen, sich wieder bei Nacht aus dem Haus zu schleichen, in der Hoffnung, ihn bei seinem Spaziergang mit Sabre abzupassen.

Die Mitternachtsjoggerin zieht wieder ihre Bahn.

Vor lauter Aufregung hatte sie eine Gänsehaut, und die Haare in ihrem Nacken stellten sich auf.

Es war unheimlich hier draußen auf der Straße, mitten in der Nacht.

Aber so unheimlich es auch sein mochte, allein durch die Nacht zu laufen – es bereitete gleichzeitig einen Nervenkitzel, den sie jede Sekunde mehr genoss.

Außerdem, jetzt wo Nelson von der Bildfläche verschwunden war, gab es nicht mehr allzu viel, vor dem sie sich hätte fürchten müssen.

Außer vielleicht die alte Schreckschraube und ihr Hund.

Und ein oder zwei Vergewaltiger.

Und das schwarze Auto.

Genau, nicht zu vergessen, das schwarze Auto ...

Andererseits war sie eine gute Läuferin. Und schnell obendrein.

Sie konnte sich irgendwo im Schatten verstecken, durch enge Gassen verschwinden oder jemanden, der wie ein potenzieller Angreifer wirkte, einfach umrennen.

Mom hatte immer noch keine Ahnung von Deanas mitternächtlichen Joggingausflügen.

Im Gegensatz zu Warren.

Und Mace.

Scheiß auf Mace.

Aus irgendeinem Grund glaubte sie nicht, dass Mace sie verpfeifen würde.

Er würde es für sich behalten.

Es war ihr kleines Geheimnis.

Deana schauderte. Sie *hasste* es, vor Mom Geheimnisse zu haben. Und der Gedanke, mit Mace in irgendeiner Weise gemeinsame Sache zu machen, war ihr so widerwärtig, dass es ihr kalt den Rücken herunterlief.

Aber wie dem auch sein mochte, sie hatte mittlerweile schon zu viele mitternächtliche Ausflüge hinter sich, um jetzt damit anzufangen, ihrer Mutter irgendwelche Erklärungen zu liefern.

Abgesehen davon verschafft mir das echt einen Kick ...

Kann's sein, dass ich *süchtig* danach bin, bei Nacht zu joggen?

Kann man süchtig danach werden? Gibt es das?

Möglich ist wohl alles ...

Nur noch ein kleines Stück. Da vorne sind schon die beiden Redwoods. Ihre Äste reichen bis zur Straße.

Wo ist Warren?

Noch nicht da.

Deana spürte einen Stich der Enttäuschung. Die Vorstellung, sich wieder auf diese Art zu treffen, war ihr gar zu romantisch erschienen.

Seine freudige Überraschung darüber, dass sie ihm schon wieder über den Weg lief …

Sie hatte vorgehabt, ihn zum Abendessen einzuladen, sobald sie ihn sah. Und sie spürte ein Kribbeln der Erregung bei der Aussicht, dass er bei ihr zu Hause vorbeikam. Zum zweiten Mal.

Dieses Mal würde er echt beeindruckt sein.

Was Dinner-Partys angeht, hat Mom es nämlich wirklich drauf.

Sie hatte Stil, Klasse und Charme und würde wie immer blendend aussehen, angeregt mit Warren plaudern und ihn mit ihrem Charme – immer genau richtig dosiert, wohlgemerkt – und ihrer Intelligenz beeindrucken.

Mit Büchern kennt sie sich ja aus.

Deana lief weiter. In Gedanken stand sie vor ihrem Schrank, ging alle ihre Kleider durch und überlegte, was sie an dem betreffenden Abend anziehen würde.

Ganz schön schwere Entscheidung.

Vielleicht ihr neues schwarzes Kleid mit dem tiefen eckigen Ausschnitt. Darin kamen ihr Busen und ihre schlanke Taille ganz hervorragend zur Geltung.

Nun, *das* vielleicht lieber doch noch nicht. Nicht dass er noch Angst bekommt.

Außerdem ist schwarz viel zu formell. Zumal wir *nach dem Essen* noch irgendwo hingehen.

Sei dir da mal nicht so sicher, Deana.

Mom würde Verdacht schöpfen. Ein neuer Freund *und* sich dann gleich gemeinsam aus dem Staub machen.

So wie mit Allan. An dem Abend, als Oma und Opa zum Essen da waren ...

Allan.

Deana West, du bist echt scheiße.

Allan ist gerade mal zehn, elf Tage tot, und du bist schon wieder auf dem Weg zu einem Rendezvous um Mitternacht. Was denkst du dir eigentlich dabei? Dich mit einem Kerl zu treffen, den du gerade dreimal gesehen hast ... Ach ja, und nicht zu vergessen das eine Mal, als er dich zu Hause besucht hat ...

Und Mom hat von alldem keine Ahnung. Sie würde völlig ausrasten, wenn sie erfährt, dass Warren schon mal hier war, ohne dass sie davon wusste. Nicht dass *irgendwas* passiert wäre. Außerdem sind wir gar nicht dazu gekommen, uns über Mace zu unterhalten, wie ich eigentlich vorhatte. Stattdessen haben wir über Bücher geredet. Warren hat mir von seinem Laden erzählt und versprochen, mir ein Exemplar von *Schnappt Shorty* von Elmore Leonard zu besorgen.

Und jetzt trieft dir der Sabber aus dem Mund bei dem Gedanken daran, mit Warren auszugehen – *nachdem* deine Mutter für ihre geliebte Tochter ein tolles Abendessen veranstaltet hat.

Die geliebte Tochter, die ihrer Mutter dreist ins Gesicht lügt.

Was bin ich nur für ein Miststück ... Aber sobald ich Mom mit Warren bekannt gemacht habe, ist Schluss mit den Lügen. Versprochen.

38

Herrgott, hier wird es ja noch dunkler.

Deana machte schneller.

Der Wind hatte aufgefrischt. Die Bäume wankten unter seiner Wucht, und das Rascheln der Blätter erfüllte die Nacht.

Deana zitterte am ganzen Leib, doch sie behielt ihr Tempo bei.

Es war eine Nacht, in der *alles* passieren konnte.

Sie lief weiter. Ihre Gedanken drehten sich nur um Warren. Sie stellte sich sein Gesicht vor, wenn sie ihn zu dem Abendessen einlud, und hoffte inständig, dass er zusagen würde – immerhin hatte er ja schon mal erwähnt, dass er gern mit ihr ausgehen würde.

Essen gehen oder ins Kino – das hatte er vorgeschlagen.

Wie wir uns erinnern, oder?

Stimmt! Wie konnte ich das vergessen?

Damals hatte sie den Vorschlag zum Totlachen gefunden.

Aber gib's zu, Deana. Insgeheim hast du die Vorstellung, mit Warren auszugehen, toll gefunden.

Klar. Er ist ja auch irgendwie sexy. Und mit ihm auszugehen könnte echt Spaß machen. Und dann hat Mom die Sache mit dem Abendessen vorgeschlagen ...

Und jetzt rannte sie die Del Mar entlang und riskierte weiß Gott was ...

Ihr Herz pochte wie wild. Sie musste wieder an den Leichenwagen denken und was für ein unheimlicher Anblick es gewesen war, als er mit seinen schwarz glänzenden Scheiben an Warrens Haus vorbeigerollt war.

Sie rang sich ein finsteres Lächeln ab.

Vermutlich nur so ein Spinner, der in der Gegend herumkurvt ...

Sie lief weiter, und dann hörte sie mit einem Mal ein schwaches Wimmern, das beinahe übertönt wurde vom Geheul des auffrischenden Winds. Es klang wie ein kleines Tier, das sich verirrt hatte oder so.

Eine Hand umklammerte ihren Knöchel.

Deana schnürte es die Kehle zu.

Sie keuchte.

Ihre Knie gaben nach, und sie stürzte – auf einen weichen Sack oder so etwas.

Die Hand löste ihren Griff.

»Wer ... was zum Teufel ...!«

Scheiße. Sie war anscheinend auf einem Sack mit Hausmüll gelandet oder so.

»Wie kann man nur so dämlich sein, seinen Müll auf den Gehweg zu stellen?«, murmelte sie.

»Geh von mir runter ...«

Deana zuckte vor Schreck zusammen, als sie die leise wimmernde Stimme hörte.

Sie rappelte sich auf.

»Mein *Gott*! Sie sind das!«

Die alte Schreckschraube.

Sie lag zusammengekrümmt auf dem Gehweg und hielt Harry fest, der in eine Decke eingewickelt war.

Die Decke schlug auf, und Harry rollte heraus. Er streckte die Beine in die Luft, seine Augen zuckten in alle Richtungen, und aus seiner geöffneten Schnauze hing seine kleine rote Zunge heraus und schlug zitternd gegen die nadelspitzen kleinen Zähne.

Er sah nicht gut aus, der kleine Harry.

»Helfen Sie uns, bitte!«, flehte die alte Schachtel. »Ich hatte schon wieder einen meiner beschissenen Anfälle.«

Die Alte schüttelte den Kopf, und ihre schütteren Haare flatterten im Wind. Sie wirkte ein bisschen konfus.

»Ich hätte nicht mitten in der Nacht auf die Straße gehen sollen«, murmelte sie.

»Kommen Sie. Ich helfe Ihnen«, sagte Deana. »Stützen Sie sich auf meinen Arm, und ich bringe Sie nach Hause. Wo wohnen Sie denn?«

»Da hinten, meine Liebe.« Die Alte deutete auf den steilen Hügel hinter sich.

»Na gut. Dann halten Sie sich mal fest.« Deana half der alten Schreckschraube auf die Beine. »Was ist mit Harry los? Der sieht auch nicht besonders gut aus. Soll ich den nicht auch lieber nehmen?«

»Aber nicht fallen lassen, ja?«

»Natürlich nicht.«

Die Alte klammerte sich an Deanas Arm fest. Deana hielt Harry eingewickelt in seine Decke. Sie stemmten sich gegen den Wind und gingen, tief nach unten gebeugt, ein Stück weit den Hügel hinauf. Sie kamen an ein vornehm wirkendes Eisentor, und die Alte blieb stehen.

Deana starrte zwischen den Gitterstäben hindurch.

Die Auffahrt dahinter lag in völliger Dunkelheit.

Ein kalter Schauder lief über Deanas Rücken.

Was mochte am Ende dieses Wegs liegen ...

Die Alte schob den Riegel zur Seite, und Deana half ihr hinein. Die Alte versetzte dem Tor einen Tritt, und es fiel scheppernd ins Schloss.

Deana merkte erstaunt auf.

Das war ein ziemlich energischer Tritt gewesen. Anscheinend hatte die alte Schachtel sich in der Zwischenzeit ganz gut erholt.

Doch sie hielt noch immer Deanas Arm umklammert und humpelte die Einfahrt entlang. Deana hielt weiterhin Harry im Arm, der in seiner Decke herumstrampelte und laut keuchte.

Deanas Herz pochte wie verrückt, das Blut rauschte in ihren Ohren.

Ich hoffe nur, dass er nicht in meinen Armen stirbt. Ich muss echt bald weiter – ich will Warren nicht verpassen ...

Sie blieben vor einer riesigen Tür stehen, die zu beiden Seiten von moosbewachsenen Säulen eingerahmt war.

»Meine Güte«, sagte Deana atemlos. »Was für ein Haus!«

Grabesstill und dunkel ragte das Haus hoch in den Nachthimmel. Es wirkte wie aus einem Horrorfilm. Deana rechnete schon fast damit, dass Lurch aus der *Addams Family* die Tür aufmachen würde und dahinter im Flur Gomez zum Vorschein kam, der grinsend auf seiner Zigarre herumkaute und sich die Hände rieb.

Sie kniff die Augen zusammen und versuchte das verwitterte Holzschild über der Tür zu lesen.

Mühevoll entzifferte sie die Worte: »Flora Dawes Sanatorium für in Not geratene Mitbürger.«

Deana verzog das Gesicht.

Mann, das ist echt unheimlich. Zeit, sich wieder auf den Weg zu machen.

Ihr Herz schlug schneller.

Ich muss Warren noch erwischen, bevor es zu spät ist.

Sie wünschte sich verzweifelt, er und Sabre wären hier.

Neben ihr schnappte die alte Schachtel lauthals nach Luft und fasste sich an die Brust.

Deana war der Verzweiflung nah.

»Ich kann Sie noch kurz reinbringen«, sagte sie schnell, »und muss dann gleich weiter nach Hause. Ich habe Mom versprochen, dass ich um halb elf wieder zurück bin ...«

Mit einem lauten Ächzen schwang die Tür auf. Die Hand der Alten krallte sich um Deanas Arm. Sie wurde vorwärts in den dunklen Hausflur gezerrt.

Ein fahler Lichtschein durchschnitt den Raum, dann fiel die Tür ins Schloss, und alles lag wieder in Dunkelheit. Das Knallen der Tür hallte gespenstisch durch das ganze Haus. Deana blieb das Herz stehen. Panik flammte in ihr auf, und ein abgestandener Modergeruch stieg ihr in die Nase. Sie erinnerte sich an einen Secondhandladen in Sausalito, da hatte es so ähnlich gerochen – eine Mischung aus alten Kleidern, Essens- und Körpergerüchen, modrigen Büchern und anderem Ramsch.

Als sich ihre Augen an die Dunkelheit gewöhnt hatten, bemerkte Deana Dutzende leuchtender Augen, die sie anstarrten. Sie sahen aus wie eine Armee von Zwergen, die sich zu ihrem Empfang in der Vorhalle eingefunden hatten. Die Zwerge waren neugierig und ungeduldig und reckten die Hälse, um sie besser mustern zu können.

Großer Gott im Himmel!

Sie klammerte sich an Harry fest und schaute genauer hin. *Das sind keine Zwerge ... das sind kleine alte Frauen!*

Und wie in einem Zombiefilm machte eine weißhaarige alte Schabracke einen Schritt nach vorne und streckte ihre knochige, von blauen Venen überzogene Hand nach Deana aus ...

Deana zuckte zurück und landete in den Armen der alten Schachtel.

Nichts mehr zu merken von »ihren beschissenen Anfällen«.

Die Arme der alten Schachtel hielten sie umklammert, als wären sie aus Stahl.

Harry japste und sprang aus seiner Decke heraus. Er rannte in die Dunkelheit.

Von Panik erfasst, drehte und wand sich Deana, doch die alte Schachtel leistete heftigen Widerstand.

»Nein, das wirst du nicht!« Ihre Stimme war schrill und laut. Und sie hatte einen ungesunden Beiklang.

Deanas Nackenhaare stellten sich auf.

Gänsehaut breitete sich auf ihrem ganzen Körper aus.

Mein Gott. Diese Frau hat sie nicht mehr alle. Die ist geisteskrank! Irre!

Herrgott! Wie konnte ich nur hier reingeraten? Ich hätte sie da draußen verenden lassen sollen ... Da tut man einmal was Gutes, und was hat man davon?

Ein schrecklicher Gedanke durchzuckte ihr Gehirn.

Niemand weiß, dass ich hier bin.

Ich sitze hier in der Falle mit all diesen ... Irren!

»Sag mal was, Mädel!«, blaffte eine alte Vettel mit weißem Haar und einer Augenklappe.

Deana wich zurück, aber die alte Schreckschraube schob sie vorwärts.

»Was Bess'res war nich' aufzutreiben«, verkündete sie den Alten. »Heute Nacht war kaum Jungvolk auf der Del Mar unterwegs.«

»Was hälsdu vom Präsident?«, rief eine zittrige Stimme aus dem Hintergrund. »Glaubsdu, er is den Schuften, die wo Schulen in die Luft sprengen, auf den Fersen?«

Eine kehlige Stimme rief: »Wieheissdu, Schätzjen?«

»Jetzt mach mal halblang, Clarabel«, sagte eine weitere Stimme. »Seht ihr nich, dass die Kleine Angst hat? Ich schlage vor, wir bringen sie nach hinten und geben ihr 'ne Tasse Kaffee und ein Stück Kuchen, und ...«

Leises Gemurmel erfüllte den Flur – gelegentlich durchsetzt von zischendem Geflüster. Plötzlich ertönte ein kreischendes Lachen.

Die Alten starrten Deana an und warteten darauf, dass sie etwas sagte. Sie wirkten wie abgemagerte, graue Geier. Ruhelos. Gierig. Hungrig. Als hätten sie seit langer Zeit kein Frischfleisch mehr zu Gesicht bekommen.

Deana erstarrte bei dem Gedanken.

Das ist ein ganzes Rudel – die werden mich in Stücke reißen. O mein Gott!

Sie kniff die Augen zusammen und knirschte mit den Zähnen.

Dann sollen sie's doch versuchen!

Die Alten rückten näher an sie heran.

Die Weißhaarige krächzte ihr spöttisch zu: »Was is' los, Schätzchen? Gefällt's dir nicht bei uns? Du willst doch nicht schon wieder los, oder?«

Deana sah rot. Sie schrie: »Darauf kannst du Gift nehmen, du verfickte alte Hexe. Ich gehe ...«

Sie wirbelte herum, aber die alte Schachtel packte sie am Arm. »Was sind das denn für Manieren, junges Ding«, knurrte sie. »Wo bleibt da der Respekt vor dem Alter?«

Deana riss sich los. Sie schaute die alte Schachtel mit funkelnden Augen an.

Was hat die alte Schabracke bloß gegen mich? Ich hab doch mein Pfadfinderding abgezogen und ihr aus der Patsche geholfen.

Ich hätte sie auch da liegen und verrecken lassen können.
Hätte ich es nur getan ...
Mann, dieser Laden hier ist echt beschissen ...
Wenn die Alte gedacht hat, sie kann mich als Pausenclown
für ihre Rasselbande hier herschleppen, dann muss ich sie jetzt
leider enttäuschen. Ende der Durchsage, Leutchen. Ich ver-
pisse mich, bevor ich bei lebendigem Leib aufgefressen werde!

Eine knochige alte Vettel in einem langen Baumwollkittel
kam auf sie zugehumpelt. Sie reckte einen knotigen Finger
in die Höhe und tippte Deana an den Arm. »Nicht gehen,
Liebes«, sagte sie. »Red mit uns. Wir tun dir nichts. Versprochen. Wir woll'n nur mal wieder junges Blut unter uns
haben. Wir kriegen hier ja so gut wie nie junge Leute zu
sehen ... sag mal, was gibt's denn für Filme in letzter Zeit?«

Die Augen der alten Frau blickten sie flehend an. Dann
lächelte sie, und ihr Gesicht verzog sich zu einem Strudel
aus Falten.

Deana schnappte nach Luft.

Mein Gott, ich muss hier raus!

Sie drehte sich um und stürmte zur Tür, aber die Finger
der alten Schachtel schlossen sich wie ein Schraubstock
um ihren Arm.

Sie hatte *unglaubliche* Kraft.

Eine Alte, die sich bisher im Hintergrund gehalten hatte,
bahnte sich unter Ellbogeneinsatz ihren Weg nach vorn.
Sie strich Deana mit der Hand über den Arm und zupfte
dann an dem Ärmel ihres Pullovers herum.

»'n schönen Pulli hast du da, Mädel. Hey Martha, komm
ma' her und sieh dir den Pullover an. Is' zwar nicht von
Neiman Marcus, aber immer noch besser als das, womit
du rumläufs'!«

Martha kam herbeigetrottet. Ihr Kopf wackelte bei jedem Schritt. »Meine Güte«, sagte sie mit zitternder Stimme. »Da hast du mal recht, Betty-Lou. Ich glaub, den nehm ich. Is' genau meine Farbe.«

Betty-Lou kreischte vor Lachen. »Schwarz? Wills' ihn wohl zu deiner Beeredigung anziehen, Martha?«

Deana schnappte nach Luft. Die teilen schon meinen Pullover unter sich auf?

Dreckspack.

Und einen Moment lang haben sie mir sogar leidgetan!

Betty-Lou zerrte an ihrem Ärmel und zog ihn herunter, sodass Deanas Schulter entblößt wurde.

Die alte Schachtel klammerte sich weiter an ihren anderen Arm.

Pfiffe ertönten. Gejohle und Gelächter hallten durch den Raum. Hände zerrten an dem lose herunterhängenden Ärmel, und plötzlich kam Deanas linker Busen zum Vorschein.

Von Panik erfüllt, versuchte Deana, sich dem eisernen Griff der alten Schachtel zu entwinden. »Lasst mich LOS!«, schrie sie. »Hilfe!«

»Wassnlos mit dir, Süße. Gefällt's dir nich' bei uns?«

So einen Spaß wie heute hatten die alten Vetteln schon seit Jahren nicht mehr gehabt. Betty-Lou konnte sich gar nicht mehr einkriegen vor höhnischem Gelächter.

»Martha, weißdu noch damals in Vegas? Die Nacht, als es im Sands den Stromausfall gab?«

Schließlich schaffte es Deana, sich loszureißen. Sie trat und schubste in alle Richtungen, verpasste der alten Schachtel einen Stoß und rannte zur Tür.

Mit einem Keuchen der Erleichterung riss sie die Tür auf und sprintete in die Nacht hinaus.

»Das ist nicht sehr freundlich von dir«, krächzte die alte Schachtel ihr hinterher. »Die Mädels wollen sich doch nur'n bisschen unterhalten, nichts weiter. Hier wird's halt manchmal ein bisschen einsam ...«

»Hey, magst du Tyrone Power?«, schrie die Alte mit der heiseren Stimme, doch sie wurde vom Wind übertönt. Deana hörte nur noch die Worte: »Der ist mein Lieblingsschauspieler. Hast du *Im Zeichen des Zorro* gesehen? Ich hab dich was gefragt?«

»Großer Gott«, murmelte Deana im Laufen. »Was für ein *Irrenhaus*. Die wollten mich lebendig verspeisen oder totlabern – aber dazu müssen sie mich erst mal kriegen!«

Sie hörte, wie sie hinter ihr aus dem Haus strömten. Ihre Stimmen klangen aufgeregt und hektisch, als seien sie vollkommen verwirrt. Sie schnatterten aufeinander ein und verstummten plötzlich, als ihnen die kalte Nachtluft entgegenwehte.

Ohne anzuhalten, rannte Deana weiter, bis sie das Tor erreichte. Hier blieb sie kurz stehen und verschnaufte erst einmal.

Wow. Geschafft. Und jetzt nichts wie raus hier.

Elende Mistkröte.

Mich hier einfach so reinzulocken.

Als Pausenclown für die Vereinigung der alten Vetteln?

Nicht mit mir!

Die Alte hat nicht alle Tassen im Schrank. Soll sie doch verrecken!

Deana rannte weiter die Steigung hinauf, auf Warrens Haus zu.

39

Sie hörte ein tiefes Knurren und bremste schlitternd ab.

Ihr Herz pochte.

Sabre.

Und Warren, der Sabres Leine festhielt und jetzt von ihm mitgezerrt wurde, als der Hund auf Deana zugerannt kam, um sie zu begrüßen.

»Wen haben wir denn da? Unsere Mitternachtsjoggerin! Schön, dich zu treffen, Deana.«

»Ich freue mich auch. Und du, Sabre? Wie geht's denn, mein Großer?« Sie streichelte Sabre über die Stirn. Ganz aufgeregt machte er einen Satz nach hinten, schoss dann wieder vorwärts und vergrub seine feuchte Nase in ihrer Hand.

»Sieht ganz so aus, als wäre er mächtig froh, dich zu sehen.«

»Allerdings.«

Warren machte einen verwunderten Eindruck.

Er betrachtete ihren zerrissenen Pullover und ihren BH, dessen linke Hälfte im Schein der Straßenlampe weiß schimmerte.

Deana wirkte völlig verstört.

Er zog seine Windjacke aus und legte sie ihr um die Schultern.

»Was ist denn passiert?«

Deana stieß ein heiseres Lachen aus. »*Was passiert ist? Ich wäre beinahe als Festbraten geendet. Das ist passiert.*«

Warren runzelte die Stirn. Er war zwar neugierig, wollte aber keine weiteren Fragen stellen.

Immer noch leicht lachend, hielt sie sich an seinem Arm fest. »Erinnere mich daran, dass ich dir irgendwann die ganze Geschichte erzähle.«

Er legte den Arm um ihre Hüfte und geleitete sie zum Haus. Es war ein angenehmes Gefühl, seinen Arm zu spüren. Und seine Jacke. Sie fühlte sich warm und geborgen.

Geborgen und in Sicherheit.

Mit wachsam glänzenden Augen und aufgestellten Ohren trottete Sabre neben Warren her.

Er scheint sich echt zu freuen, mich zu sehen, dachte sie. Den hätte ich in dem durchgeknallten Altersheim von eben gut gebrauchen können.

Sie schob den Gedanken an die in Not geratenen Mitbürger beiseite und sagte leise: »Im Moment gibt's aber Wichtigeres – zum Beispiel, ob du dich wirklich freust, mich zu sehen?«

Er schaute sie fragend an und verzog das Gesicht zu einem breiten Lächeln. »Ja«, sagte er knapp. »Ich freue mich sogar sehr.«

»Ich bin nämlich gekommen, um zu fragen, ob du Lust hättest, irgendwann zum Abendessen mit mir und meiner Mom vorbeizukommen.« Dann fügte sie hinzu: »Mom würde dich gern kennenlernen.«

»Oh, so eine Art Aufnahmeprüfung. Glaubst du denn, dass ich bestehe?«

»Was ist los? Kriegst du mit einem Mal Schiss? *Du warst* es doch, der gesagt hat, er würde mich gern wiedersehen. Und ich habe gesagt, ich würde nachts mal vorbeikommen, und wir würden was arrangieren. War's nicht so?«

Er kratzte sich am Kopf. »Ja, ich glaube, ich erinnere mich an etwas in der Art ...«

»Also kommst du nun zu uns zum Abendessen oder nicht?«

»Liebend gern, Deana. Aber warum hast du mich nicht einfach angerufen? Das wäre einfacher gewesen, als in der Dunkelheit durch die Gegend zu laufen und sich ...«

Von der alten Schreckschraube und ihrer Horde wild gewordener Greisinnen in Fetzen reißen zu lassen? Da hast du nicht ganz unrecht.

»Weil ich eben gern laufe. Besonders nachts. Das habe ich mir in letzter Zeit so angewöhnt.«

»Und weiß deine Mom, dass du um diese Zeit unterwegs bist?«

»Red nicht um den heißen Brei herum, Warren. Aber wenn du es genau wissen willst: Sie hat keine Ahnung davon. Ich finde einfach, dass es ein gewisser *Kick* ist, wenn wir uns heimlich mitten in der Nacht treffen.«

»Hmmm«, sagte er und klimperte mit den Wimpern. »Ich finde, es ist Zeit für eine heiße Schokolade. Was meinst du?«

»Endlich fragst du«, sagte sie lächelnd.

40

Als sie in Warrens Küche saß und einen Becher mit seinem superleckeren Spezialkakao in Händen hielt, entspannte sich Deana wieder. Es war so angenehm, hier bei ihm zu Hause zu sein und in seiner leicht unaufgeräumten Küche zu sitzen.

Sabre hatte sich an seinen Stammplatz unter der Spüle zurückgezogen und beobachtete Deana, bis er sich irgendwann die Pfoten leckte und die Augen schloss. Doch seine Ohren waren weiterhin in Habachtstellung. Wie Wachsoldaten auf ihrem Aussichtsposten.

Deana lächelte.

Der gute Sabre. Er war schon ein Prachtjunge.

Doch gleich darauf verfinsterte sich ihre Miene ein wenig.

Wenn ich nur wüsste, was ich Warren erzählen soll.

Oder *wie viel*.

Beziehungsweise, was lieber nicht.

Und zwar nicht nur, was heute Nacht angeht.

Sie dachte an Mace.

Warren hat es nicht verdient, über die Lage der Dinge im Unklaren gelassen zu werden.

Welche Lage, welche Dinge?

Verdammt noch mal. Es gibt einfach so viel, das zu klären wäre.

Warum muss auch alles so *kompliziert* sein?

»Jemand zu Hause?« Warren schaute sie fragend an.

»Klar. Kannst du ein Geheimnis für dich behalten?«

»Raus damit.«

»Also gut. Zum einen hast du recht – Mom hat keine Ahnung, dass ich nicht zu Hause bin, und sie weiß auch nichts von den anderen Nächten. Sie würde sich die Haare raufen, *wenn* sie was davon mitbekäme.«

Das war ja schon mal ein Anfang.

»Ich verstehe. Erzähl weiter.«

»Mom und mir – uns ist etwas Schreckliches passiert. Das war vor etwa zehn Tagen. Das Ganze zu erklären wäre im Moment zu viel, aber so viel kann ich sagen – es war furchtbar. Es sind Menschen gestorben – aber keines natürlichen Todes. Es war entsetzlich, Warren.«

Er hielt seinen Becher mit Kakao umklammert und starrte auf die sahnige Flüssigkeit, um ihr Zeit zu geben, ihre Worte sorgfältig zu wählen.

»Mom macht sich ernsthaft Sorgen um meine Sicherheit. Und mir geht es umgekehrt genauso. Wir haben beide in großer Gefahr geschwebt.« Deana schwieg einen Moment und redete dann weiter – jetzt klang sie aber wesentlich besser gelaunt. »Letzten Endes ist alles irgendwie gut ausgegangen, aber ich will eben nicht, dass Mom sich Sorgen macht, wenn ich nachts aus dem Haus gehe. Sie hat schon genug durchgemacht. Ich hab ihr erzählt, ich hätte dich kennengelernt, als ich in deinem Laden angerufen habe, um ein Buch zu bestellen.«

Warren blickte erstaunt auf.

Deana lächelte. »*Schnappt Shorty* von Elmore Leonard. Du hast doch moderne Krimis in deinem Sortiment, oder?«

Er nickte, und sie fuhr fort: »Jedenfalls wäre ich dir dankbar, wenn du unsere nächtlichen Treffen ... für dich behalten würdest. Genauso wie deinen Besuch bei uns zu Hause.«

»Ich verstehe. Ich hatte mir schon gedacht, dass irgendwie mehr hinter allem steckt. Ich habe nämlich eine Nase für rätselhafte Angelegenheiten.« Er tippte sich an die Nase. »*Mord ist ihr Hobby* ist eine meiner Lieblingsserien. Also einverstanden.«

Er überlegte einen Moment, als würde er nach den richtigen Worten suchen. »Aber eins sage ich dir gleich. Ich mag keine ungelösten Rätsel. Und ich mag keine Geheimniskrämerei und Versteckspielchen – vor allem nicht zwischen Mutter und Tochter. Vielleicht verlieren wir erst mal keine weiteren Worte darüber, und du klärst die Angelegenheit mit deiner Mom in aller Ruhe. Wie wäre das?«

Deana nickte. Einen Augenblick lang war sie kurz davor, sich ihm anzuvertrauen.

Alles auf den Tisch zu packen

Ihm zu erzählen, was sie Mace gegenüber empfand.

Aber jetzt war nicht der Zeitpunkt, um auch noch über Mace zu reden.

Später vielleicht.

Schade.

Sie hatte sich wirklich gewünscht, sich mit Warren über dieses Thema unterhalten zu können.

Aber vielleicht später mal. *Viel* später.

Besser nicht gleich so schwere Geschütze auffahren, sonst machte er vielleicht noch einen Rückzieher.

»Dann«, sagte Warren und lächelte ihr aufmunternd zu, »bin ich also zum Abendessen eingeladen. Richtig?«

»Ganz genau.«

»Anzug und Krawatte?«

»Hm, nicht unbedingt. Eher schick und ungezwungen. Mom ist auch kein großer Fan von förmlicher Garderobe.«

»Ah.«

»Wie wär's mit übermorgen Abend? Hast du da schon was vor?«

»Hm, lass mich mal überlegen.« Warren ließ sich Zeit. Er summte ein wenig vor sich hin und ließ den Blick über die Decke schweifen, als wäre da etwas für übermorgen Abend eingetragen. Dann schaute er auf seine Armbanduhr. Es war null Uhr vierzehn.

»Wir sollten eins klären. Es ist mittlerweile schon morgen. Heißt das, dass wir morgen Abend verabredet sind, oder erst einen Tag später?«

Sie mussten beide laut loslachen. Deana fiel ein Stein vom Herzen. Es war ihr nicht leichtgefallen, über all das zu reden, was Mom und sie in den letzten Tagen durchgemacht hatten.

Endlich konnte sie mal kurz abschalten. Deana war froh darüber.

»Wir machen es folgendermaßen. Du fragst deine Mom, an welchem Tag es ihr am besten passt, und rufst mich dann an. Hier oder im Laden. Wenn wir nicht zu Hause sind, ist der Anrufbeantworter eingeschaltet.«

»Okay. Das mache ich.« Sie spürte eine wohlige Wärme in sich aufsteigen. Mit Warren war alles so unkompliziert.

»Gibt es irgendwas, das ich wissen sollte? Themen, die man besser vermeidet – aktuelle politische Fragen, das Wetter in Florida oder Ähnliches?« Er warf ihr ein warmes Lächeln zu, um dann gleich wieder ernst zu werden und hinzuzufügen: »Ich meine, angesichts der Tatsache, dass ihr beide eher Unerfreuliches hinter euch habt.«

Er blickte ihr tief in die Augen, so als wollte er ihr sagen, dass sie sich keine Sorgen machen soll. Alles würde glatt gehen, und er würde sich um sie kümmern.

»Nein. Du brauchst nur über Bücher zu reden. Oder Sport – Schwimmen und Tennis. Da kennt Mom sich aus. Und Filme – so Siebziger-Jahre-Kram. Ach so. Essen. Du musst ihr Komplimente für's Essen machen.«

»Deine Mom kocht gern?«

»Kann man so sagen. Ihr gehört das Bayview in Tiburon.«

41

Sheena betrachtete die Redwoods hinter dem Haus, doch sie nahm im Grunde gar nichts wahr, denn ihre Gedanken waren ganz woanders. Weit zurück in der Vergangenheit. Sie sah sich als Zehnjährige im Klassenzimmer, zu groß für ihr Alter und ungelenk. Und allein. Schreiben war nicht ihre Stärke, und nun saß sie da und mühte sich mit einem Aufsatz über das Leben eines bescheuerten Narwals ab. Sie blickte auf wüstes, mit Tintenklecksen gesprenkeltes Gekritzel ...

Als sie plötzlich hinter sich die eisige Stimme ihrer verfickten Lehrerin hörte, wie immer in diesem höhnischen Ton. »Sheena Hastings. Ich stelle fest, dass das Niveau deiner Leistungen immer mehr nachlässt. Melde dich nach dem Unterricht bei mir!«

Und dann schleuderte ihr Kopf nach hinten.

Es war Mary Jo, die an ihren langen schwarzen Zöpfen zerrte.

Sie erinnerte sich, wie ihr die Tränen in die Augen gestiegen waren. Wie *beschämt* sie sich gefühlt hatte ... Schreiben war noch nie ihre Stärke gewesen.

Herrgott. Sie hasste ihre Kindheit. Und am meisten die Schule. Welcher Volltrottel hatte mal gesagt, die Schulzeit sei die schönste Zeit des Lebens?

Wer immer der Arsch sein mochte, er sollte sich nach der nächsten Weisheit dieses Kalibers die Rübe wegpusten.

Doch all das war jetzt schon lange her. Die elende, beschissene Schulzeit; ihre elende, beschissene Kindheit. Das Einzige, was sie am Laufen gehalten hatte, war, die anderen im Sport allezumachen. Im Sport war sie damals die Nummer eins gewesen.

DIE BESTE.

Und heute immer noch.

Gewichte stemmen im Fitnessstudio, Judo, Karate, Kickboxen, eben das ganze Programm. Sie hatte es hinter sich – und dabei auch noch die meisten Männer schlecht aussehen lassen. Sie wusste, was »Schmerzgrenze« bedeutet, und auch, darüber hinauszugehen. Ihre Muskeln bis zum Maximum zu beanspruchen, bis fast zur Bewusstlosigkeit. Sie hatte es erlebt und immer wieder betrieben.

Und als sie irgendwann feststellte, dass ihr Körper an seine Grenzen kam, boten sich eine Vielzahl anderer Möglichkeiten, Schmerz zu empfinden.

O ja. *Andere* Methoden.

Sheenas Lippen verzogen sich zu einem triumphierenden Lächeln.

Anfangs gab es nur einen anderen Menschen, der sie wirklich verstand. Der wirklich wusste, wie sie tickte.

Kat Tod. Ihre Freundin.

Kat kannte sich mit Schmerzen aus, denn sie hatte selbst eine ordentliche Portion davon abbekommen. Beschissene Kindheit. Beschissene Ehe – Letztere geschlossen im Alter von dreizehn.

Beides *schmerzhafte* Erfahrungen.

Kat war letzten Oktober umgebracht worden. Oder hatte sich umbringen lassen. Die Erinnerung daran schmerzte Sheena noch immer. Die ganze Sache war aus dem Ruder gelaufen. Die Cops nannten es S&M. Auch gut. Sollten sie es halt so nennen. Sheena hingegen wusste, dass Kat nur ihrem eigenen Pfad zur Erlösung gefolgt war.

Erlösung?

Eher Selbstzerstörung.

Allerdings.

Sie hatte als ein mit blutigen Stricken verschnürtes Paket in einer verschissenen Seitengasse geendet ...

Herrgott. Was für ein Mädchen. Hatte sich mit wirklich üblen Leuten eingelassen. Sich verkauft. Und beim letzten Mal teuer dafür bezahlt ...

Sheena wandte sich vom Fenster ab. Sie machte sich Gedanken über ihr »zweites Gesicht«, ihre Gabe, Dinge vorauszuahnen. Sie empfand eine tiefe Hassliebe für sie.

Sie war ein Teil von ihr, gehörte zu ihr.

Egal, wie sie dazu stand – mit Respekt oder Verachtung –, diese Gabe war ein wichtiger Teil von Sheena Hastings. Ihre Kindheit mochte nicht besonders lustig gewesen sein, doch sie war sich immer bewusst, dass ihr spezielles Talent – und ihre sportlichen Leistungen – sie aus der Menge heraushoben.

Und daran klammerte sie sich in schlechten Zeiten.

Mom und Dad hatten indigniert reagiert, wann immer sie behauptete, sie »wüsste, was passiert, und zwar schon lange vorher«. Sie hatten sie ausgeschimpft und einen Priester aus der Gemeinde kommen lassen. Und sie ermutigt, Sport zu treiben.

Und am Ende kam dann der Psychiater.

Er hatte ihr Prozac verschrieben. Warum zum Teufel *Prozac*? Sie war glücklich, wie sie war. Der einzige Mensch, der sie verstand, war Warren. Sie trainierten zusammen.

Sie unterhielten sich. Sie war ein paar Jahre älter, aber die meiste Zeit war sie mit ihm zusammen.

Warren *verstand* sie, wie auch jetzt zum Beispiel. Er *wusste*, dass sie mit ihrer Arbeit in Pacey's Place glücklich war. Sie hing mit Leuten ihres Schlags herum. Problemfälle. Randfiguren. Spinner. Sie trafen sich und kamen miteinander klar. Ohne groß Fragen zu stellen.

Und jetzt gab es da diese »Mitternachtsjoggerin«. Wer oder was war das? Nun, jedenfalls war sie irgendwie mit Warren verbunden.

Und mit einem Mal überkam Sheena ein ungutes Gefühl. Sie wusste nicht, woher es kam, aber sie spürte, dass sie ihrem Instinkt trauen konnte.

42

Es war Donnerstag. Der Abend, an dem Deanas Mom und Warren sich kennenlernen würden.

Mom war noch nicht zu Hause.

Deana stand in ihrem Zimmer und zog sich bis auf die Unterwäsche aus.

»Ich hoffe, heute Abend geht alles glatt«, murmelte sie vor sich hin. »Aber eigentlich sollte es keine Probleme geben. Es sind beides nette Menschen, zivilisierte Leute mit Überblick. Die werden schon miteinander klarkommen.«

Sie warf einen Blick in den Wandspiegel. Musterte sich noch einmal von Kopf bis Fuß und übte schon mal für später Haltung und Blick.

Sie ging zum Bett, auf dem sie zwei Outfits zurechtgelegt hatte – die *endgültige* Endauswahl. Ein kastanienbrauner Baumwollhosenanzug und eine blaue Jersey-Bluse in Kombination mit einem kurzen Jeansrock.

Locker und ungezwungen hatte sie zu Warren gesagt.

Das schwarze Kleid kam überhaupt nicht infrage. Viel zu steif für einen schwülen Abend.

Es läuft auf die Bluse mit dem Jeansrock hinaus, entschied sie. Vor allem die Bluse wäre superpraktisch, falls ...

Falls was?

Falls Warren das Bedürfnis hatte, einen genaueren Blick auf den Inhalt zu werfen?

Sie schlang die Arme um sich.

Ich weiß, dass er mich mag.

Sie sah es an der Art, wie er sie manchmal betrachtete – wohlwollend, aber ohne eine Spur von Anmache. Vielleicht hatte er ja gespürt, dass ihr derzeit nicht unbedingt nach Sex zumute war. Und verstanden, dass es dafür noch zu früh war.

Ihre Beziehung zu Warren würde sich nach und nach entwickeln und intensiver werden. Und das Tempo würde sie vorgeben.

Deana drehte sich schwungvoll um und schaute sich erneut im Spiegel an. Sie stellte sich in Pose und bewunderte ihren Körper. Sie schob die Brüste nach oben, bis sich ihr Dekolleté wohlgeformt aus dem BH herauswölbte. Wieder stellte sie sich in Pose – stützte eine Hand in die Hüfte und zog den Bauch ein, um ihre schlanke Taille besser zur Geltung zu bringen.

Der knapp sitzende Slip spannte über ihren Hüftknochen. Sie war froh über ihr eisernes Bauchmuskeltraining. Es war zwar langweilig wie die Hölle, aber die Wirkung auf die Figur war einfach phänomenal.

»Nicht schlecht«, sagte sie zu ihrem Spiegelbild. »Warren wird Stielaugen kriegen, wenn er mich heute Abend sieht ...«

Dichtes schwarzes Haar, das ihre Schultern umspielte.

Ein strammer Busen, sorgfältig so drapiert, dass ihre Brustwarzen *beinahe* zu sehen waren ...

Was würde Warren wohl denken, wenn er jetzt hier sein könnte?

Sie stellte sich seine Augen vor; wie sein Blick über sie hinwegglitt, erfüllt von dem Verlangen, sie zu berühren, sie in die Arme zu nehmen – und sich dann *doch* zurückzu-

halten wegen der schlimmen Erlebnisse, die sie ihm gegenüber andeutungsweise erwähnt hatte.

Aber was wäre, wenn Warren vielleicht mehr ... von mir
sehen will? Möglich ist alles – vor allem, wenn ich ihm irgendwie signalisiere, dass es in Ordnung ist. Vielleicht sollte
ich noch mal eine Runde mit dem LadyShave einlegen. Nur
zur Sicherheit.

Sie betrachtete ihr Spiegelbild, drückte ihre Brüste zusammen und schob sie ein kleines bisschen höher, bis die
dunkelrosa Vorhöfe ihrer Brustwarzen zu sehen waren.

»Viel besser!«

Sie quoll förmlich aus ihrer Unterwäsche.

Vielleicht doch eine Idee zu viel ...

Sie warf ihrem Spiegelbild ein verführerisches Lächeln
zu, streichelte sich genüsslich über Busen, Taille und Hüfte.
Dann schob sie ihren Slip ein winziges Stück weiter nach
unten, wodurch ihr flacher Bauch noch besser zur Geltung
kam – ebenso wie ein paar schwarz gekräuselte Büschel
Schamhaare.

Sie stöhnte laut auf, denn sie hasste es, wenn der Wild-
wuchs aus dem Slip herausblitzte.

Sie stand da und dachte nach.

Was war das?

Da draußen hatte sich etwas bewegt. Im ganzen Haus
herrschte Stille – doch durch ihre geöffnete Zimmertür
war ein Schritt zu hören.

Ist da jemand?

Mom kann es nicht sein ...

Sie ist im Restaurant.

Im Haus ist niemand außer mir.

Warren?

Nee. Der hat keinen Schlüssel.

Und Nelson ist tot.

Oder?

Also wer sonst?

Sie stand da und atmete ganz leise. Ihr Herzschlag schnürte ihr die Kehle zu.

Mit verzerrtem Gesicht schaute sie in den Spiegel.

Eine vertraute Gestalt stand im Türrahmen und kam auf sie zu.

Ganz langsam.

Mace!

Seine Augen schimmerten dunkel und intensiv.

Und starrten sie an.

Sein Mund hing leicht schief und stand ein wenig offen. Deana sah kurz seine ebenmäßigen weißen Zähne.

Entsetzt wirbelte sie herum. Ihre Arme klammerten sich um ihre Brüste.

Mace.

Wie war er hereingekommen?

Er stand vor ihr.

Und streckte die Hände nach ihr aus.

43

»Bleib mir vom Leib, du Perversling. Du DRECKSCHWEIN!«
Entsetzt wich Deana zurück.

MACE!

Der Drecksack – was macht er hier?

Seine Arme sackten seitlich herunter, und er ließ die Schultern sinken. »Pssst, Deana«, flüsterte er. »Es tut mir leid. Ich wollte dich nicht erschrecken ...«

»Ach ja? Was glaubst du, was ich bin – ein Volltrottel oder was? Was machst du in meinem Zimmer? In meinem *Haus*, wenn man's genau nimmt?«

»Mach mal halblang, bitte. Ich habe mich doch entschuldigt. Was soll ich denn noch ...« Seine Augen hatten immer noch diesen dunklen, irren Glanz.

»Was du sonst noch machen sollst? Kann ich dir sagen: Aus meinem Zimmer verschwinden, und aus meinem LEBEN. Aus meinem und aus dem Leben meiner Mom.«

Sie schnappte sich ihren Bademantel, wickelte sich darin ein und knotete den Gürtel fest zusammen. »Du bist ein verdammter Perversling. Weißt du das?«

Mace wich zurück. Er hielt die Hände mit den Handflächen nach oben.

Er wirkte benommen, aber seine Augen hatten immer noch diesen wilden Blick, und sein Mund stand auch immer noch offen, als wäre er in Trance. Seine Augenbrauen und die Oberlippe glänzten vor Schweiß.

Mein Gott. Der Kerl sieht echt merkwürdig aus. Was ist mit ihm los?

Mit dem Reden scheint er auch Probleme zu haben.

Er musste ewig herumsuchen, bevor er die richtigen Worte fand. Ganz anders als der Mace, den sie bisher kennengelernt hatte.

Er schien völlig die Kontrolle über sich verloren zu haben. Gerade er, der sonst immer alles unter Kontrolle hatte – sich selbst, die Situation, seine Umgebung.

Es war schon sehr seltsam, wie er sich gerade aufführte.

»Ähh ... hör mal, Deana«, sagte er mit belegter Stimme. »Ich gehe schon wieder. Okay? Ich war gar nicht hier, okay? Es gibt keinen Grund, Leigh davon zu erzählen ... das erledige ich nachher schon selbst ...«

»Du *Arschloch*. Kommst hier rein, um mir hinterherzuspionieren, und erzählst mir dann, ich soll darüber kein Wort verlieren?«

»So ungefähr, Deana. Du hältst deine Klappe – ich halte meine.«

Mit einem Mal schien er von Sekunde zu Sekunde klarer zu werden.

Und zum Vorschein kam wieder der alte Mace.

Der, den sie abgrundtief hasste.

Deana hielt die Luft an und versuchte, sich zu beruhigen. Ihn in Rage zu bringen wäre keine gute Idee. So wie er gerade noch ausgesehen hatte, war er glatt in der Lage, sie anzufallen ...

Aber sie musste wissen, was er gemeint hatte. »Was meinst du damit, dass du auch die Klappe hältst?«

»Wir haben schließlich beide unsere kleinen Geheimnisse, meine Liebe. Oder? Zum Beispiel, dass du dich morgens um halb drei ins Haus zurückschleichst. Hast du deiner Mom davon erzählt? Na? Oder von deinen Besuchen in dem Haus mit den zwei Redwoods vor der Tür.«

Sie schnappte sich die Haarbürste von der Kommode, und er wich zurück.

»Okay, okay. Ich gehe ja schon. Entschuldige, dass ich hier so reingerauscht bin. Es ist nur, dass ...«

Er stockte und hatte plötzlich wieder diesen wirren Ausdruck.

»Es ist nur was?«, versuchte Deana ihm auf die Sprünge zu helfen.

Ich glaube nicht, dass ich mit ihm fertigwerde, so, wie er drauf ist. Oh, Mom, wo bist du, um Himmels willen?

Das hier war ein ganz anderer Mace.

Ein völlig verunsicherter Mace.

»Nichts. Gar nichts«, murmelte er.

Er sprach so leise, dass sie ihn kaum verstehen konnte. Es war, als redete er zu sich selbst.

Er drehte sich um und ging zur Tür.

Dann blieb er plötzlich stehen

Sie hörten beide das Gleiche. Das gedämpfte Geräusch eines Auspuffs. Ein Auto parkte direkt vor dem Haus.

Eine Tür schlug zu.

Mom.

Gott sei Dank.

Mace wandte sich um. Er legte den Zeigefinger auf die Lippen.

Er schaute sie an und sah wieder ganz normal aus. Ganz geschäftsmäßig. Energisch. Alles unter Kontrolle.

Der alte Mace.

Er führte den Finger quer über seine Kehle.

Deana stand wie angewurzelt da und sah ihm nach.

Was wäre, wenn Mom sie so sah – halb nackt, während Mace den Flur entlanghastete? Sie würde denken, dass da irgendwas im Busch war.

Scheiße! Und das muss ausgerechnet heute Abend passieren?

Wo Warren zum Essen kommen soll.

Der Abend, für den sie *gebetet* hatte, dass alles nach Plan verlief.

Was zum Teufel war nur mit Mace los?

Er hatte nicht so *ausgesehen*, als würde er sie gleich vergewaltigen. Er hatte sie nur mit diesem fürchterlich wirren Blick *angestarrt*.

Okay. Er wusste, dass ich mich frühmorgens ins Haus geschlichen habe. Aber woher wusste er, dass ich in dem Haus mit den zwei Redwoods davor gewesen bin?

Weiß er über Warren Bescheid?

Der Gedanke jagte ihr einen Schauer über den Rücken.

Wie viel *weiß* dieses Arschloch?

Sie hörte Stimmen.

Mom sagte: »Hallo Mace. Dich hatte ich gar nicht erwartet.«

»Nur ein Höflichkeitsbesuch, Leigh. Wollte nur mal nachschauen, wie es euch beiden geht.«

»Das ist ja eine nette Überraschung. So kurz nachdem ...« Moms Stimme wurde leiser und war nur noch ein Murmeln.

Es folgte Stille, dann weiteres Gemurmel ...

Küssen.

Wie konnte sie nur?

Natürlich – sie hatte keine Ahnung.

Wusste noch nichts von Maces Überraschungsbesuch bei ihrer geliebten Tochter.

Und ich kann es dir nicht *erzählen*, Mom.

Kann dich nicht vor ihm warnen.

Herrgott. Mom. Der Kerl ist echt übel drauf, aber ich kann's dir nicht erzählen. *Weil er mich erpresst!*

Deana hätte kotzen können. Mace brachte es fertig, sich ins Haus zu schleichen, ihr nachspionieren und einen Heidenschrecken einzujagen und sich dann seelenruhig an Mom ranzukuscheln, ohne sich das Geringste anmerken zu lassen.

Herrgott! Was für ein *Stück Scheiße!*

Deana war stocksauer. Und sie hatte Angst. Gerade eben hatte sie noch einen ganz anderen Mace erlebt, und der war kein schöner Anblick gewesen.

Ganz im Gegenteil, eher gruselig, so wie er mit offenem Mund vor ihr gestanden hatte.

Obwohl es nicht den Eindruck machte, als wollte er sie vergewaltigen. Eher so, als hätte er noch nie eine halb nackte Frau gesehen.

Was totaler Quatsch ist.

Da war sie sich sicher.

Mace hatte bestimmt *reihenweise* Frauen gehabt.

Typen wie er nahmen sich Frauen, benutzten sie und warfen sie wieder weg ...

Mein Gott. *Mom.*

Sie kommt hier rüber.

Deana zog sich den Morgenmantel glatt, strich sich das Haar über die Schultern und tat so, als wäre sie damit beschäftigt, den Hosenanzug wieder in den Schrank zu hängen.

»Hallo Liebes.«

Mom streckte den Kopf zur Tür herein.

»Hallo Mom. Ich überlege gerade, was ich heute Abend anziehe.«

»Kann ich mir vorstellen. Wie lange hat es denn gedauert? Den ganzen Nachmittag?«

»So ungefähr ...«

»Schön, dass Mace einfach so vorbeigeschaut hat, obwohl er eigentlich wusste, dass ich den ganzen Tag arbeite. Ich war die letzte Zeit kaum im Restaurant. Es war so viel liegen geblieben: Bestellungen, mich mit Carlo absprechen und so weiter. Carlo macht seinen Job gut. Nicht ganz so gut wie Nelson natürlich, aber ... ist mit dir alles in Ordnung, Schatz?«

»Sicher, Mom. Ich will nur heute Abend einen guten Eindruck machen, nichts weiter. Was hältst du von meiner *endgültigen* Wahl?«

Sie hielt die Wickelbluse aus Jersey und den Jeansrock in die Höhe.

»Du kannst anziehen, was du willst, und siehst immer toll aus. Und ich bin sicher, Warren wird das genauso sehen.« Sie sah auf ihre Armbanduhr. »Ich muss mich beeilen, Liebes. Ich lass dich allein ... Ich muss in die Dusche und mich ein bisschen auf Vordermann bringen.«

Leigh trat hinaus auf den Flur.

Alles wie immer, dachte Deana, während sie ihr hinterherschaute. Mom sieht einfach klasse aus.

Sie verharrte und wartete ab, ob ihre Mutter noch irgendwas wegen Mace sagen würde.

Beispielsweise: Wie ist er denn reingekommen?

Oder: Hast du ihn reingelassen, Schatz?

So spärlich angezogen?

Oder hat er etwa einen eigenen Schlüssel?

Mom würde ihm doch wohl kaum einen Hausschlüssel geben. So lange waren sie doch noch gar nicht zusammen.

Oder doch?

Mom und Mace waren noch keine zwei Wochen zusammen ... viel zu kurz, um ihm einen eigenen Schlüssel zu geben.

Aber sie scheint schon *schwer* auf ihn abzufahren.

Mom steckte den Kopf erneut zur Tür herein.

»Hat Mace schon lange hier gewartet, Schatz?«

Jetzt kommt's.

Die liebe Tochter treibt ihr dreckiges Spiel mit Mom. *Schon wieder.*

»Fünf oder zehn Minuten, mehr nicht.«

»Gut, dass du da warst und ihn reingelassen hast.«

»Ja.«

Volltreffer. Die Hunderttausend-Dollar-Frage im ersten Anlauf beantwortet.

Mace hat keinen Schlüssel.

Noch nicht.

»Falls ich in der Dusche bin, wenn Tony mit dem Essen und dem Wein vorbeikommt, kümmerst du dich bitte um ihn, ja?«

»Klar, Mom. Überlass das nur mir. Ist Mace schon wieder weg?«

»Ja. Die Pflicht ruft, meinte er. Ich hab ihn gefragt, ob er nicht bleiben möchte, aber er hat gesagt, er hat noch zu tun.«

Hat noch zu tun!

Aber klar doch.

Sie runzelte die Stirn.

Was war los mit Mace? Er fing an, sich merkwürdig zu benehmen. Ganz anders als sonst, und es kam eine Seite an ihm zum Vorschein, die sie und Mom bisher noch nicht zu sehen bekommen hatten.

Und die sie auch nicht mehr sehen wollte.

Aber anscheinend ist Mom ja nichts an ihm aufgefallen, und sie würde sich mit einem *Irren* garantiert nicht abgeben wollen.

Oder vielleicht doch.

Sie war mit Nelson klargekommen, und der Kerl war definitiv nicht ganz richtig im Kopf.

Aber dafür konnte er göttlich kochen. Und genau dafür war er da – um exzellente Mahlzeiten zuzubereiten. Mom konnte sich nicht wirklich über ihn beschweren.

Und als sie's dann getan hat, ging alles los ...

Was wäre gewesen, wenn sie sich nicht beschwert hätte?

O Gott. Das führt alles zu nichts.

Ich muss mich fertig machen.

Wenn ich so weitermache, ist Warren hier, bevor ich angezogen bin.

Sie lauschte auf ihre Mutter, die in der Dusche stand und vor sich hin summte.

Erfüllt von Glück.

Und keine Ahnung hatte, wie unheimlich Mace sein konnte.

Was würde passieren, wenn ich ihr erzähle, dass er sich in mein Zimmer geschlichen hat? Wie erzählt man seiner Mom, dass ihr Freund ein Spanner ist? Dass er drauf abfährt, ihre halb nackte Tochter anzuglotzen?

Wobei mir gerade einfällt – wie *ist* er überhaupt ins Haus gekommen?

Mom hat ihm keinen Schlüssel gegeben.

Also ist er wie reingekommen?

Durch eins der Fenster?

Und durch welches? Sämtliche Fenster waren einbruchsicher. Sie ließen sich nur einen kleinen Spalt öffnen und nicht weiter.

Er könnte einen Schlüssel gestohlen haben.

Den Ersatzschlüssel, den Mom immer unter dem Magnolienbusch neben der Eingangstreppe versteckte?

Als Polizist kannte er sich ja aus. Und er war *ein guter Polizist.*

Er hatte einen Abdruck von dem Schlüssel unter dem Busch gemacht und dann einen Nachschlüssel anfertigen lassen.

Einbrecher machten das andauernd.

Sie hatte davon gelesen.

Lektion eins: Legen Sie Ihren Hausschlüssel niemals unter den Magnolienstrauch neben der Haustür.

Wunderbar.

Mace läuft mit *unserem* Haustürschlüssel in der Tasche durch die Gegend.

Deana bekam einen trockenen Mund. Das Herz schlug ihr bis zum Hals.

Mace kann hier ein- und ausgehen, wie er gerade Lust hat!

Und mich zu Tode erschrecken, wie es ihm passt.

Wir sind in diesem Haus nicht mehr sicher.

Deana zog sich an, bürstete ihre Haare und legte Make-up auf. Sie ließ sich Zeit, aber sie war nicht mit dem Herzen dabei.

Das Einzige, woran sie denken konnte, war Mace.

Wie er wieder in ihr Zimmer schlich, während Mom unterwegs und sie allein zu Hause war.

44

Deana war gerade dabei, die Platzdeckchen auf dem Tisch zu verteilen, als es an der Tür klingelte.

Sie erstarrte.

Das ist bestimmt Warren – aber ganz sicher bin ich nicht. Oder vielleicht Mace?

Nee. Der hätte nicht den Nerv, so kurz nachdem er mir hinterhergestiegen ist, wieder hier aufzukreuzen. Oder?

Zuzutrauen wäre ihm so eine Sauerei durchaus.

Sie hörte, wie Mom zur Tür ging und sie öffnete.

Deana hörte sie reden. Ihre Stimme klang nett und freundlich.

Zwischendurch war immer wieder eine tiefe Stimme zu hören, die sich von Moms heller Stimme abhob. Wie es schien, war da draußen eine lebhafte Unterhaltung im Gange.

Und wer immer es auch sein mochte – er stand im Flur.

Sie erkannte Warrens Stimme und stieß einen Seufzer der Erleichterung aus. Sie rauschte durch das Wohnzimmer zum Hausflur.

»Hallo Warren. Ihr habt euch schon kennengelernt, wie ich sehe.«

Mom schüttelte Warren gerade die Hand. Ihre Wangen waren leicht gerötet, und sie lächelte freundlich, wie immer, wenn sie Gäste begrüßte. Das war das Schöne an Mom – sie schaffte es einfach, dass sich Leute bei ihr wie zu Hause fühlten.

»Hallo Deana. Deine Schwester hat mich schon herein-
gelassen.«

Er zwinkerte Deana zu.

Mom lachte. Sie errötete noch ein wenig mehr und ging
in die Küche.

Sie waren allein.

Warren betrachtete Deana. Er zwinkerte ihr wohlwollend zu und sagte: »Mann, du siehst echt umwerfend aus
heute Abend.« Er verfiel in ein verschwörerisches Flüstern. »Du solltest öfter Blau tragen. Steht dir viel besser als
Schwarz.«

Deana grinste. Sie legte einen Zeigefinger über die Lippen. »Wag es bloß nicht ...«

Warren lächelte und hielt sich die Hand auf die Brust.
»Keine Sorge ...«, formte er stumm mit den Lippen.

Deana führte ihn ins Wohnzimmer und nickte in Richtung Sofa. »Setz dich doch. Das Essen ist noch nicht ganz
fertig. Magst du in der Zwischenzeit etwas trinken?«

»Hm, ich nehme das Gleiche wie du.«

Warren schaute sich im Zimmer um.

Als wenn er noch nie hier gewesen wäre.

»Einen großartigen Ausblick habt ihr hier«, erklärte er
und nickte in Richtung der Glasfront.

»Ja. Das sagt jeder, der hier herkommt. Ist Weißwein in
Ordnung?«

»Völlig in Ordnung«, erwiderte er lächelnd.

Sie ging in die Küche und kam mit einem Tablett mit zwei
Gläsern Chablis zurück.

Er sieht echt gut aus, dachte sie, während er sein Glas
ergriff. Ein bisschen businessmäßig, aber trotzdem. Seine
dunklen Haare waren mit Gel zurückgekämmt, er trug einen
grauen Anzug und ein weißes Hemd, dazu eine Clubkrawatte.

Darunter ließ sich ein durchtrainierter, muskulöser Körper erahnen. Einen Moment lang spürte sie ein Zucken der Erregung zwischen ihren Beinen.

»Ihnen gehört also ein Buchladen, Warren?«, fragte Mom, als sie beim Essen zusammensaßen.

»Ja. Als Strafe für meine Sünden.« Mom schaute ihn fragend an, und Warren lachte. »Entschuldigen Sie, Ms. West. War nur ein Scherz. Ich mag meine Arbeit wirklich ...«

»Nennen Sie mich doch Leigh«, sagte Mom lächelnd. »Das macht das Leben einfacher.«

»Leigh. Schöner Name, wenn ich das sagen darf.«

Deana schaute ihn strahlend an.

Warren lächelte zurück und blinzelte ihr verstohlen zu.

Ich *weiß*, dass er nur versucht, freundlich zu sein. Mom hat nun mal so eine Wirkung auf Leute. Daran sollte ich mich mittlerweile gewöhnt haben.

Aber *dennoch* fühlte sie sich ein wenig gereizt und angespannt.

Das musste an Mace liegen, dachte sie. Dieses Arschloch!

Einfach so hier aufzutauchen und mich so zu erschrecken, dass ich mir fast in die Hose gemacht hätte.

Wenn ich eine angehabt hätte.

Trotzdem hat er mir einen ziemlichen Schrecken eingejagt.

Jedenfalls ein paar Augenblicke lang. Doch was sie nachhaltig beunruhigte, war die Art, wie er ausgesehen hatte.

Wie in Trance.

Verunsichert.

Als ob es ihm wirklich leidtat, dass er einfach so in ihr Zimmer gekommen war.

Sie warf einen verstohlenen Blick auf ihre Mutter. Sie machte einen ganz glücklichen Eindruck. Vielleicht hat sie Mace selbst noch nie so erlebt wie ich heute Nachmittag.

Vielleicht sollte ich die Sache auf sich beruhen lassen …

Doch sosehr sich Deana auch bemühte, das Ganze zu vergessen, es gelang ihr nicht. Dass Mace ihr so auf die Pelle gerückt war, verursachte ihr tiefes Unbehagen.

Warren und Mom unterhielten sich über Bücher. Mom erzählte, dass sie historische Romane mochte, und Biografien. Sie suchte schon eine Weile nach einer von Bob Dylan, und Warren meinte, er hätte von einer ganz hervorragenden Dylan-Biografie gehört und würde versuchen, sie aufzutreiben.

»Das Essen war ganz ausgezeichnet, Leigh«, sagte Warren und wischte sich den Mund mit der Serviette ab.

»Danke sehr, Warren. Es freut mich, dass es dir geschmeckt hat. Ente à l'Orange in dieser Variante ist eine Spezialität des Bayview. Die Gäste sind ganz begeistert davon.«

»Mom«, warf Deana ein, »wärst du sauer, wenn Warren und ich noch eine Runde durch die Gegend fahren?«

Leigh wurde ein wenig blass.

Deana bemerkte es und war kurz davor, ihre Meinung zu ändern.

Sie muss wieder an den Familienabend denken. Als Allan und ich losgefahren sind und sie mit Oma und Opa allein gelassen haben.

»Mom, wir sind in einer Stunde wieder zurück – oder, Warren?«

»Ähm. Klar. Natürlich. Würde Ihnen das was ausmachen, Leigh? Ich bin auch kein großer Freund davon, sich gleich nach dem Essen zu verabschieden. Aber vielleicht machen Sie beide mir ja das Vergnügen und kommen einmal bei mir zu Hause zum Essen vorbei«

Leigh lächelte Deana zu. »Liebend gern«, sagte sie, »das wäre ganz wunderbar. Oder, Liebes?«

»Klar, Mom.«

Als die beiden gegangen waren, räumte Leigh das Geschirr ab und stellte es ins Spülbecken. Abwaschen konnte sie später immer noch. Sie nahm den Chablis aus dem Kühlschrank und schenkte sich ein Glas ein.

Auf dem Weg zurück ins Wohnzimmer musste sie dauernd an Warren und Deana denken. Warren machte einen netten Eindruck. Sie mochte ihn. Er wirkte erwachsen und vernünftig; so jemand war vermutlich genau das, was Deana jetzt guttat.

Nach allem, was wir durchgemacht haben, wäre es ganz gut, wenn sie mal zur Ruhe kommen könnte ...

Sie schaltete den Fernseher ein.

Vielleicht sollte ich Mace anrufen ...

Andererseits sollte ich mir selbst ein bisschen Ruhe gönnen und einfach nur ausspannen.

Die Erinnerung an den Vorfall beim Whirlpool schwirrte ihr noch immer im Kopf herum wie ein nervendes Insekt.

Hinterher hat Mace aber alles wieder gutgemacht.

Er und sie passten einfach gut zueinander, da war sie sich ganz sicher.

Gedankenverloren starrte sie eine Weile auf den flimmernden Bildschirm, ohne wirklich hinzuschauen. Irgendwann kam sie wieder zu sich und sah David Letterman im Gespräch mit einem Schauspieler aus der Serie *Friends*.

Leigh verzog das Gesicht. Vermutlich war sie der einzige Mensch auf diesem Planten, der mit *Friends* nichts anfangen konnte.

Es muss doch noch was geben, das man anschauen kann.

Sie zappte sich durch die Programme und landete schließlich bei einem alten Film mit Steve McQueen. Lächelnd erinnerte sie sich daran, wie verliebt sie in Steve McQueen gewesen war, nachdem sie *Gesprengte Ketten* gesehen hatte.

Steve auf seinem Motorrad ... Ultra-sexy.

Sie nippte an ihrem Chablis und schaute den Film eine Weile weiter. Was hatte sie damals nur an Steve gefunden? Sie verstand es nicht mehr.

Ihr Blick schweifte über die gerahmten Fotos auf dem Fernsehtisch, und irgendwas stimmte da nicht ...

Eins der Fotos fehlte.

Das von Deana in ihrem ersten Bikini, auf dem sie mächtig stolz auf einem Felsbrocken posierte, während ihre dunklen Haare im Wind wehten und die Brandung hinter ihr schäumte.

Leigh konnte sich noch gut an den Tag am Strand von Point Reyes erinnern. Es war das erste Mal, dass ihr Deana wie eine Frau erschienen war ...

Außerdem war es der gleiche Tag, an dem ihr eine gewisse Ähnlichkeit zwischen Deana und Charlie aufgefallen war.

Irgendwas an ihrem Lächeln, das kleine Grübchen an ihrem Kinn. Die Art, wie sie dastand und eins war mit den Elementen.

Ein weiblicher Naturbursche – so hatte Leigh sie genannt.

Und jetzt war das Foto verschwunden.

Vielleicht hatte Deana es Warren als Andenken mitgegeben.

Ich werde sie später fragen.

Leigh war ein wenig verärgert.

Sie hatte dieses Foto von Deana immer gemocht, es war eines ihrer Lieblingsfotos.

45

Freitag, 16. Juli

Lisa Bonetti war achtzehn Jahre alt. Sie hatte lange dunkle Haare, war hochgewachsen und hatte eine sportliche Figur. Sie spielte Tennis, schwamm und war eine ausgezeichnete Bogenschützin.

Im Herbst sollte sie an der Universität Santa Cruz ein Studium beginnen und war, wie es so schön heißt, der ganze Stolz ihres Vaters.

Es war eine Minute nach drei Uhr nachmittags, und sie war auf dem Weg zu Kathy's Diner, wo sie sich mit ihrer Freundin Margy zum Kaffee und einer Portion Donuts verabredet hatte. Sie hatte das Mittagessen verpasst und freute sich schon auf die frisch gebackenen Apfeldonuts. Dass sie verfolgt wurde, fiel ihr gar nicht auf.

Das schwarze Auto war ein paarmal an ihr vorbeigerollt und parkte schließlich am Straßenrand knapp vor ihr, während sie den Gehweg entlanggehastet kam.

»Miss!«

Das schwarze Fenster glitt herunter, ein Ellbogen tauchte auf und dann das Gesicht eines Mannes. Er wirkte ernst und besorgt zugleich. Er schaute zu ihr hoch und nickte kurz. »Lisa Bonetti? Ich bin Detective Joe Napier vom Polizeirevier San José.« Der Mann zeigte ihr eine Polizeidienstmarke und steckte sie dann wieder in die Innentasche seiner Lederjacke.

Er lehnte sich zur Beifahrertür und öffnete sie.

»Miss Bonetti. Ihr Vater ist im Krankenhaus Cedar Heights. Er hatte einen Herzanfall, der beinahe tödlich ausgegangen wäre. Das Ganze ist um zwei Uhr passiert, als ich gerade meine Schicht beendet habe. Der Revierleiter hat mich gebeten, Sie aufzusammeln und zu ihm zu fahren.«

Das Mädchen wurde bleich. Sie runzelte die Stirn.

»Aber das muss ein Irrtum sein ... ich meine, als ich heute Morgen aus dem Haus ging, war mit ihm alles in bester Ordnung. Er hatte seine Tabletten genommen und ist noch mit mir die Einfahrt hinuntergegangen, um mir zum Abschied zuzuwinken ... Ich war für ein paar Stunden in der Bibliothek und habe ganz vergessen, ihn anzurufen und zu hören, wie es ihm geht ... Ähm, wer hat überhaupt auf dem Revier angerufen und gesagt, dass es ihm schlecht geht?«

Ihr Gesicht war mittlerweile aschfahl. Die Nachricht vom Herzanfall ihres Vaters war offensichtlich ein schwerer Schock für sie. Der Mann im schwarzen Auto lächelte und sagte dann mit sanfter Stimme: »Eine Dame namens Lydia Ashmont. Sie wohnt gleich nebenan, glaube ich. Sie hat uns angerufen und uns gebeten, seiner Tochter Lisa auszurichten, dass ihr Vater im Krankenhaus ist. Sie *sind* doch Lisa Bonetti? Und Ihr Vater ist Tony Bonetti?«

»Ja. Bringen Sie mich zu ihm. Und *bitte* beeilen Sie sich.«

Lisa stieg in den Wagen, beugte sich vor und stellte ihre Tasche auf dem Boden ab. Sie legte den Sicherheitsgurt an, lehnte sich zurück und wandte sich dem Mann am Steuer zu. »Wie lange wird das dauern?«

Der Mann lächelte. »Nicht lange, Ms. Bonetti. Nicht lange.«
Er drückte auf einen Knopf, und das Fenster sirrte leise
hoch.

Dann griff er in die Ablage auf seiner Seite des Wagens
und zog eine Injektionsspritze hervor.

Er drehte sich zu dem Mädchen um, schaute ihr lächelnd
in die Augen, stach ihr die Nadel in den Arm und drückte
den Kolben der Spritze bis zum Anschlag durch.

Das Mädchen schnappte kurz nach Luft und sackte dann
auf dem Sitz zusammen.

Jeder, der zufällig vorbeigekommen wäre, hätte geglaubt,
dass sie schlief.

Mit einer groben Handbewegung packte der Fahrer ihren
Kopf und schaute nach, ob sie auch tatsächlich bewusstlos
war. Er griff in seine Jackentasche und fischte eine Handvoll Sonnenblumenkerne heraus, die er sich in den Mund
steckte.

Dann warf er einen kurzen Blick in den Rückspiegel, löste
die Handbremse und fädelte sich in den Verkehr ein.

Während er auf den Sonnenblumenkernen herumkaute,
sah er auf die Uhr am Armaturenbrett.

Es war fünf nach drei.

Er verzog die Lippen zu einem Lächeln.

Das Ganze hatte gerade mal drei Minuten gedauert.

Lisa Bonettis Leiche wurde vier Monate später an einer abgelegenen Stelle der Marine Headlands gefunden, wohin
sich selten jemand verirrte. Die Identifizierung war äußerst
schwierig, da Vögel und andere Tiere in der Zwischenzeit
ganze Arbeit geleistet hatten. Doch eine Tatsache stand außer
Zweifel: Die Leiche war von der Kehle bis zum Schambein
aufgeschlitzt worden.

Weiches Gewebe war kaum noch vorhanden, jedoch fand sich im Schambereich ein Klumpen organisches Material, das in Verwesung begriffen war. Es handelte sich um die abgetrennte Zunge, das Herz und andere innere Organe des Opfers, die offenbar in die Vagina gestopft worden waren.

Tony Bonetti war am Boden zerstört, als er erfuhr, dass die Leiche seiner Tochter entdeckt worden war. Er kam nicht über ihr schreckliches Schicksal hinweg, und so nahm er sich eines Morgens seinen alten Dienstrevolver aus Armeezeiten, steckte ihn sich in den Mund und blies sich den Kopf weg.

46

»Wohin fahren wir? Schwebt dir was Bestimmtes vor?«

»Das überlasse ich ganz dir.«

»Okay. Dann halt dich fest. Mach die Augen zu und entspann dich.«

Deana ließ sich in den weich gepolsterten Sitz zurücksinken. Schönes Auto, dachte sie. Ein Porsche Zweisitzer, der angenehm würzig nach Leder roch.

Sie fühlte sich ein bisschen nervös und angespannt.

Es war das erste Mal, dass Warren und sie richtig allein waren, so dicht beieinander und nur für sich. Klar, sie war bei ihm zu Hause gewesen, hatte seinen superleckeren Kakao getrunken und sich mit seinem Hund angefreundet. Viel näher konnte man einem Typen als Mädchen nicht kommen, dachte sie und lächelte in sich hinein.

Sie warf einen verstohlenen Blick zur Seite und betrachtete Warrens Profil, das kurz vom Scheinwerferlicht eines vorbeifahrenden Wagens beleuchtet wurde. Gerade Nase, markantes Kinn. Sieht irgendwie sexy aus in seinem weißen Hemd, dachte sie. Das bringt seine Bräune noch besser zur Geltung.

Es war eine schwülwarme Nacht. Warren hatte sein Anzugjackett ausgezogen, die Krawatte gelockert und die Ärmel hochgekrempelt. Seine Unterarme waren muskulös und mit schwarzen Haaren bedeckt. Sie betrachtete seine Hände, die das Lenkrad locker umfassten, und stellte sich vor, wie sie sich wohl anfühlten, wenn sie über ihren nackten Körper strichen ...

Hör sofort auf damit!

Doch sosehr sie sich auch sträubte, der Gedanke ließ sie nicht mehr los. Vor ihrem geistigen Auge sah sie Warren, dessen Hände über ihre Schultern glitten, ihre Brüste umfassten und sanft ihre Brustwarzen drückten. Seine geöffneten Lippen, die sich auf ihre pressten ...

Ein Gedanke schoss ihr durch den Kopf. Sie verzog das Gesicht. Was wäre, wenn Warren zu dem Entschluss kam, dass er zu alt für sie war? Sie nett anlächelte und sagte: »Auf Wiedersehn, mein liebes achtzehnjähriges Ex-Schulmädchen. Such dir jemanden in deinem Alter ...«

Warren spürte ihren Blick und lächelte. Augenzwinkernd blickte er zu ihr herüber.

»Hab ich bestanden?«

»Bestanden?«

»Die Musterung. Du hast mich die letzten zwei Meilen dauernd angestarrt ...«

»Entschuldige. Ich hab nur gedacht, dass du ziemlich sexy aussiehst im Dunkeln. Wenn du so konzentriert schaust, dann wirkst du so intelligent und ... irgendwie erwachsen.«

»Ich hoffe, das soll nicht bedeuten, dass ich zu alt und klapprig bin für so ein junges Ding wie dich?«

»Im Gegenteil. Ich fühle mich *sicher* und geborgen in deiner Gegenwart. Das ging mir schon beim ersten Mal so, als du mich in dein Haus eingeladen hast. Du strahlst so eine – wie soll ich sagen ... *Reife* aus.«

»Olala. Das klingt nach starkem Tobak.«

Er fuhr langsamer, und sie schlichen eine steile, holprige Straße hinauf. Zum ersten Mal, seit sie losgefahren waren, schaute Deana aus dem Fenster.

Ihr stockte der Atem. Sie zitterte und stand kurz vor einer Panikattacke. Gänsehaut breitete sich auf ihrem ganzen Körper aus.

»Warren ...«

»Hm-hm?«

»Wo fahren wir hin?«

»Ich dachte, wir fahren vielleicht nach Stinson Beach. Machen einen Spaziergang im Mondschein ...«

Deana wurde kreidebleich.

»Warum, Deana. Was ist los?«

Sie kamen zu einer Lichtung.

Zu *der* Lichtung. Der Parkplatz der Freilichtbühne ...

Brummend kam der Porsche zum Stehen.

»Warren!«, flehte sie. »Wie kannst du mir *das* antun?«

»Was denn antun, Deana? Um Gottes willen, was meinst du denn?«

Er schaute sie voller Bestürzung an. Sie kauerte zitternd auf dem Sitz, die Knie ans Kinn gezogen und die Hände vor dem Gesicht.

»Mich hierher zu bringen, Warren. Woher wusstest du das? Warum hast du mich hierher gebracht?«

Tränen kullerten über ihre Wangen.

Und mit einem Mal kapierte er endlich.

Was auch immer Deana vor Kurzem passiert war, war hier passiert. Auf dieser Lichtung.

Sanft zog er sie an sich und tröstete sie, so wie man ein verängstigtes Kind tröstet, das gerade aus einem Albtraum aufgewacht ist. Sie zitterte und schluchzte gleichzeitig. Ihr Gesicht glänzte vor Tränen.

Er wartete, bis sie sich ein wenig beruhigt hatte.

»Bring mich nach Hause, Warren«, sagte sie leise. »*Bitte* bring mich weg von hier!«

»Sicher, Liebes. Aber bitte hör auf zu weinen. Du bist bei mir, ich passe auf dich auf.«

Deana schniefte, und Warren nahm ein Taschentuch aus dem Handschuhfach. Dankbar griff sie danach und tupfte sich das Gesicht ab. »Ich sehe garantiert aus wie ein Monster«, sagte sie und schluchzte erneut.

»Du siehst toll aus, Deana. Du siehst immer toll aus.«

»Danke, Warren«, sagte sie schniefend. Sie schwieg einen Moment und sagte dann: »Ich glaube, ich schulde dir eine Erklärung.«

»Nicht unbedingt. Aber ich kann es mir denken. Es hat damit zu tun, was deiner Mutter und dir passiert ist, oder?«

Sie nickte. Ihre Lippen zitterten noch immer.

»Du brauchst mir nichts zu erklären. Ich will nicht, dass du dich noch mehr aufregst. Es tut mir furchtbar leid, dass ich ausgerechnet diese Stelle ausgesucht habe.«

»Das ist ja nicht deine Schuld. *Ich* habe gesagt, du sollst was aussuchen. Ich habe nichts davon gesagt, dass du um die Gegend von Mount Tam einen großen Bogen machen sollst. Also mach dir keine Vorwürfe. Du konntest das nicht wissen. Aber können wir jetzt bitte nach Hause fahren?«

»Klar«, sagte er. Immer noch den besorgten Blick auf Deana gerichtet, drehte er den Zündschlüssel. »Bist du sicher, dass es dir gut geht?«

Deana nickte, kuschelte sich wieder in ihren Sitz und schaute in die Nacht hinaus. Sie dachte an Allan.

Wie er ausgestiegen war, um *ihr* die Tür aufzumachen. Und wie er nicht den Hauch einer Chance hatte zu entkommen.

Und dann der alte Pontiac angerast kam und ihn einfach von den Beinen gerissen hatte.

Allan, Allan ...

Wieder musste sie schluchzen, dass es sie am ganzen Körper schüttelte. Lebhafte Bilder tauchten vor ihr auf. Sie sah sich selbst, wie sie weglief und Allan zurückließ.

Ich hab nur an mich selbst gedacht.

Er war vielleicht noch am Leben ...

Vielleicht hätte ich ihn retten können.

Besser nicht mehr daran denken ...

Ihr stockte der Atem.

Da war etwas ...

Da war etwas, da hinten in den Büschen. Der Wagen rollte langsam daran vorbei. Warren steuerte ihn vorsichtig über den zerfurchten Untergrund, dennoch konnte Deana es sehen ... ein bleiches Gesicht mit schwarzen Löchern statt Augen. Nein, keine schwarzen Löcher. Was immer es sein mochte, hatte ein Auge. Und es hatte sie angeschaut, mit offen stehendem Mund ... seine knochigen Hände drückten die Zweige der Büsche zur Seite ...

Und dann war es in der Dunkelheit dahinter verschwunden.

Sie drehte sich um und starrte in die Finsternis, konnte aber nichts erkennen.

Sie zog eine Grimasse.

Das Gesicht hatte ausgesehen wie Nelson. Schmal, weiß, gespenstisch. Wie ein Zombie in der Dunkelheit.

Es kann nicht Nelson gewesen sein, sagte sie sich.

Nelson ist tot.

Mom hat die Leiche identifiziert.

Sie atmete ruhig durch. Ihr Verstand hatte ihr einen Streich gespielt. Hierherzukommen, war wirklich keine besonders gute Idee von Warren gewesen.

Sie schaute zu ihm hinüber, und er erwiderte ihren Blick und lächelte ihr sanft zu. »Wieder besser?«

»Alles wieder okay«, sagte sie leise.

Sie zitterte allerdings immer noch.

Und dachte an Nelson.

Der Kerl ist tot, rief sie sich in Erinnerung. Ich hoffe, ich kann heute Nacht schlafen. Ich hoffe, ich sehe diesen Burschen nicht schon wieder an meinem Fenster vorbeischleichen und sein Beil schwingen.

Quatsch, Deana.

Reiß dich zusammen.

Nelson ist tot.

Das Ganze ist zwei Wochen her. Wir sind jetzt sicher. Mom geht es auch gut. Sie hat Mace, und ich hab Warren, der sich um mich kümmert. Hoffe ich zumindest. Falls ich ihn mit der Vorstellung heute Abend nicht vergrault habe.

»Und da wir hier liegen«, flüsterte Allans Stimme in ihrem Kopf, *»unsere nackten Leiber schweißgebadet ineinander verschlungen ...«*

O mein Gott.

Allan ist tot. Tot und begraben. Bitte, lieber Gott, mach, dass das aufhört, ich will das nicht noch mal durchmachen ...

Sie schaute zu Warren hinüber, spürte die Schlaglöcher und Furchen, während der Wagen den Berg hinunterrauschte. Warren blickte sie an, lächelte und sagte: »Du hast jetzt mich, Deana. Ich passe auf dich auf.«

47

»Leigh, wie war das, als du schwanger warst? Die Anfangs-
tage, als du es gemerkt hast und ganz allein damit fertigwerden musstest ...«

Er schwieg – lange genug für Leigh, um aufzublicken und
ihn fragend anzuschauen.

»Red nur weiter«, sagte sie ruhig.

»Entschuldige, Leigh. Ich wollte dich nicht irritieren. Ich
interessiere mich eben für dich. Und ich will *alles* wissen,
was dir passiert ist. Klingt doch irgendwie verständlich,
oder?« Er neigte den Kopf und lächelte sie fragend an.

Leigh lächelte zurück. »Sicher, Mace. Aber ich habe dir
doch schon alles erzählt, was es über meine verkorkste Ju-
gend zu erzählen gibt. Ich war ein bisschen wild drauf und
bin schwanger geworden. Das war damals eine ernste Angelegenheit, die Leute haben das nicht so leicht genommen wie heute. Man hat mich woanders hingeschickt und –
nun ja, den Rest kennst du ja.« Leigh zuckte mit den Achseln
und lächelte. Damit war nach ihrer Ansicht alles gesagt.
»Wie wär's, wenn ich uns noch eine Flasche Wein aus dem
Kühlschrank hole?« Sie stand vom Sofa auf und ging in die
Küche.

Dort nahm sie ein paar frische Gläser aus dem Schrank
und stellte sie auf ein Tablett. Ein warmes Gefühl durchströmte sie. Sie war froh, dass sie ihre Meinung geändert

und Mace angerufen hatte, nachdem Warren und Deana nach dem Abendessen weggefahren waren.

Sie wollte sich entspannen, und das ging nun mal am besten in Gesellschaft von Mace.

Zehn Uhr.

Es würde noch eine Stunde dauern, bis Deana wieder zurückkam. Ich muss daran denken, sie nach dem Foto zu fragen. Aber nicht heute Nacht. Das kann bis morgen warten.

Bitte, Warren, bring sie heil und gesund wieder zurück, dachte sie, und ein Schauder lief ihr den Rücken herunter.

Bitte, lieber Gott, mach, dass ich sie nicht zum letzten Mal gesehen habe ...

Sie hob den Blick und sah Mace, der in der Tür stand.

»Hey«, sagte er und kam auf sie zu. »Lass mich die Flasche aufmachen.«

»Danke. Es ist schön, einen Mann im Haus zu haben. Der für einen Sachen aufmacht und ...«

»Ach ja? Und was noch, wenn ich fragen darf?«

»Nun ja, um Sachen aufzumachen und einfach in der Nähe zu sein.«

Sie nahmen den Wein mit ins Wohnzimmer.

Leigh blieb an der Fensterfront stehen und sagte: »Was meine Lebensgeschichte angeht – falls es dich wirklich so sehr interessiert –, da gibt es eigentlich nicht besonders viel zu erzählen. Ich habe mich schwängern lassen. Ich war nicht die Erste, der das passiert ist – und auch nicht die Letzte. Es gibt Tausende von Mädels, denen das passiert. Ich war nicht verliebt in den Typen, insofern stand nicht zur Debatte, ihn zu involvieren ... abgesehen davon, war er ohnehin tot.«

Mace stand schweigend da. Sie gingen beide zum Sofa, wo er ihr das Glas abnahm und es auf den Couchtisch stellte.

Er lehnte sich an sie, ihre Lippen berührten sich … Sie drückte sich an ihn und spürte seine Erektion, die sich durch seine Jeans drückte.

»Vielleicht sollten wir den Wein ins Schlafzimmer mitnehmen«, flüsterte er. »Ein bisschen entspannen, ein bisschen fernsehen und …« Er beugte sich zu ihr, sein Mund glitt auf ihren, seine Zunge schob sich zwischen ihre Lippen und drang weiter vor.

Er spürte, wie sie ein wenig zurückzuckte.

»Entschuldige, Leigh. Natürlich nur, wenn du das auch willst.«

»Mace, du *weißt*, dass ich das auch will. Ich mache mir nur ein bisschen Sorgen wegen Deana. Sie ist nach dem Essen noch ausgegangen. Mit Warren zusammen – ihrem neuen Freund. Sie sollten aber bald zurück sein. Sie sagte, sie bleibt nur ungefähr eine Stunde weg.«

Er rückte ein Stück von ihr ab und schaute sie forschend an. »Hey, ich finde, sie sollte dir nicht solche Sorgen machen. Oder? Soll ich vielleicht mal ein Wort mit ihr …«

»Nein, bitte nicht«, unterbrach ihn Leigh und lachte kurz. »Warren ist in Ordnung. Wirklich. Er ist erwachsen und sehr vernünftig. Deana ist bei ihm gut aufgehoben.«

»Trotzdem sollte sie so was nicht machen. Nicht so kurz nach der ganzen Sache mit Nelson.«

»Ach, Mace. Alles kommt wieder in Ordnung. Ehrlich. Ich kann es hier spüren.« Leigh legte ihre Hand aufs Herz. Der Morgenmantel aus Seide, den sie zuvor angezogen hatte, klaffte auf und gab den Blick auf die sanfte Wölbung ihrer Brust frei.

Mace grinste. »Wenn du so weitermachst, kann ich für meine Handlungen nicht garantieren!«

»Das ist mein Mace. Hmm. Immer Alles im Griff.«

Sie stand auf, ergriff seine Hand und zog ihn in Richtung Schlafzimmer.

»Äh, und der Wein?«

»Was für ein Wein?«, fragte sie und lächelte verschlagen. »Den können wir nachher immer noch genießen.«

Sie ging ihm voraus in das dunkle Schlafzimmer. Ihr Morgenmantel glitt von ihren Schultern und landete auf dem Boden.

Er hob ihn auf und warf ihn über das Bettgestell. »Komm her, du verrücktes Weibsstück. Komm zu Papa.« Er packte sie am Handgelenk und warf sie aufs Bett. Sie streckte den Arm aus, um die Nachttischlampe einzuschalten, doch seine Hand schloss sich um ihre.

»Nein«, murmelte er. »Wir brauchen kein Licht. Wir haben Hände. Zum Fühlen und Tasten. Was seehhr sexy sein soll, wie ich gehört habe ... und garantiert scharf machen soll.«

»Okay, okay. Aber jetzt gib's mir, Mace. Besorg's mir richtig.«

Er schaute zu ihr hinab. Ihr Gesicht war nur noch eine verschwommene blasse Silhouette mit einem flehenden Ausdruck.

»Höre ich da richtig? Ich soll's dir besorgen? Auf jede erdenkliche Art?«

»Klar. Warum nicht? Mach es einfach, Mace.« Mit zitternden Händen fingerte sie an seinen Jeans herum, fummelte den Reißverschluss auf und zog sie herunter. Sie griff ihm in den Schritt, glitt mit den Fingern durch seine drahtigen, gekräuselten Haare, wurde von einem kurzen Schauder geschüttelt und umfasste seinen Schaft. Seufzend stöhnte sie: »Mein Gott, Mace. Gib's mir.«

Ihr Atem war nur noch ein Keuchen.

Sie zog ihn an sich, voller Begierde.

Sie wollte ihn. Wollte, dass er sie nahm, wie immer er wollte ... Sie rutschte unter ihn, spürte sein Gewicht, als er sich rittlings auf sie hinabsinken ließ, sich vornüberbeugte und seine Haare nach vorn fielen. Ihre Blicke trafen sich, und sie sahen einander in der Dunkelheit lange in die Augen ... Sie umfasste seinen Penis mit beiden Händen. So nah bei ihrem Gesicht wirkte er riesig. Wie aufgebläht. Sie rammte ihn sich in den Mund. Hart und heftig.

Er wich zurück ... »Nein«, sagte er leise. »Nicht so. Wir machen es so, wie es *dir* gefällt.«

Sie gab nach, ließ sich ausgestreckt auf das Bett sinken, und er legte sich auf sie. Er bedeckte ihr Gesicht mit Küssen, ließ seine Zunge sanft über ihre Lippen gleiten, ihren Hals und ihre Brüste.

Er umfasste sie sanft mit beiden Händen und streichelte sie, bevor er den Kopf wieder senkte und mit der Zungenspitze ihre Brustwarzen bearbeitete, bis sie steif wurden. Sie wand sich unter ihm, presste ihren Unterleib gegen seine Erektion, spürte feuchte Wärme in sich aufsteigen ... Er drang tiefer und tiefer in sie ein, und sie hob das Becken und reckte sich ihm entgegen.

Stöhnend und keuchend schob sie ihn in sich, und er rammte im Gegenzug seinen Schwanz mit kräftigen, schmerzhaften Stößen tief in sie hinein. Es dauerte nicht lange, bis er zuckend zum Höhepunkt kam und sich eine heiße Flut in sie ergoss. Schließlich zog er sich zurück und glitt von ihr herunter. Schwer atmend ließ er sich auf das Bett sinken. Sein Körper glänzte vor Schweiß.

Leise keuchend lag sie da und starrte in die Dunkelheit. Nach einer Weile atmete sie wieder ruhiger. Ein Gefühl völliger Befriedigung und Zufriedenheit überkam sie. Sie war wunschlos glücklich.

Im Flur war ein klickendes Geräusch zu hören.

Sie erstarrten und hielten den Atem an.

Das leise Klappern von Absätzen auf den Bodenfliesen.

Deana.

Wieder zu Hause.

Leigh stieß einen Seufzer der Erleichterung aus.

Mace drehte den Kopf und lächelte in die Dunkelheit.

Leighs Gesicht war ein verschwommener weißer Fleck in der Finsternis.

Ein grauer Lichtschein drang zum Fenster herein und zuckte über das Bett. Die zitternden Schatten der Bäume vor dem Fenster wanderten umher und strichen über die Wände und die Zimmerdecke.

»Deana ist nach Hause gekommen«, flüsterte Leigh und tastete nach seiner Hand.

Er nahm und drückte sie. »Okay«, flüsterte er.

Sie drehte sich auf die Seite, bis sie ihm zugewandt war, und schmiegte sich mit ihrem schweißnassen Körper an seinen.

Hmmm, dachte sie lächelnd. Alles ist einfach *perfekt!* Ihre Augen wurden schwer. Sie fühlte sich ausgepumpt, glücklich und entspannt.

Mace küsste sie auf die Schulter, ließ den Kopf auf das Kissen sinken und betrachtete das Spiel der Schatten an der Zimmerdecke.

Es dauerte nicht lange, bis sich ihre Atemzüge zu einem stetigen, trägen Rhythmus verlangsamten und beide, die Hand des anderen immer noch locker umfasst, friedlich schliefen.

Mit einem Zucken erwachte Leigh. Der erste Gedanke, der ihr durch den Kopf ging, war die Erinnerung an den wunderbaren Sex, den sie gerade gehabt hatten. Und daran, dass Deana wieder zu Hause war. Vermutlich liegt sie in ihrem Bett und schläft, dachte sie und hob den Kopf, um auf den Wecker zu schauen.

02:55.

Mein Gott, ist das heiß hier. Eine Dusche wäre jetzt genau das Richtige. Sie war schweißgebadet, das Bettlaken klebte an ihr wie ein lebendiges Wesen. Sie zupfte es von ihrer Haut und spürte die Nachtluft über ihren Körper wehen. Vorsichtig, um Mace nicht zu wecken, schob sie das Laken weg, bis es als feuchtes, kühles Knäuel zwischen ihren Beinen lag.

Sie schaute an ihrem Körper hinunter, der bleich in der Dunkelheit schimmerte.

Mach es einfach, Leigh. Raff dich auf und geh unter die Dusche ...

Sie hielt den Atem an und schob das Laken mit den Füßen weiter nach unten. Dann drehte sie sich um und betrachtete Mace, der immer noch schlief. Sie dachte daran, wie er auf ihr lag und sein Sperma in sie ergoss, und spürte ein Zittern der Erregung zwischen ihren Beinen.

Ihr Unterleib fühlte sich ganz weich an. Und ein bisschen wund.

Sein warmes Sperma troff noch immer zwischen ihren Schenkeln heraus. Er ist ein echter Adonis, dachte sie verträumt – die blonden Haare, die dunklen Augen, muskulöse Arme, Sixpack. Allein die Tatsache, dass er hier neben ihr lag, weckte in ihr das Verlangen, gleich wieder von vorne anzufangen.

Ihr Blick wanderte an seinem Körper herunter, sie betrachtete seinen Brustkorb, wie er sich hob und senkte, während er schlief. Es war das erste Mal, dass sie einen genaueren Blick auf ihn warf, während er nackt war.

Aber irgendwas stimmte nicht.

Selbst im Halbdunkel konnte sie die dichte schwarze Behaarung erkennen, die seine Arme, seine Brust und seinen Bauch bedeckte und sich bis hinunter zu seinen Beinen zog. Sie betrachtete seinen Penis, der zusammengeschrumpft und blass in einem wahren Wald aus Schamhaaren lag, und sie ließ ihren Blick zu seinem Gesicht schweifen, das glatt rasiert war wie immer.

Ihr Magen krampfte sich ein wenig zusammen.

Das hier war ein *ganz anderer* Mace.

Die kühle Nachtluft auf seiner Haut ließ ihn zusammenzucken. Seine Muskeln spannten sich; er schlang sich die Arme um den Leib. Dann öffnete er die Augen und schaute an sich hinab.

Unverhüllt.

Nackt.

Mit einem Knurren sprang er auf.

»Was zum Teufel soll das?«, blaffte er sie an. Erschrocken über seinen Ton, zuckte sie zurück. Sein plötzlicher Zornausbruch jagte ihr Angst ein. Er riss den Mund auf und starrte sie mit bedrohlich funkelnden Augen an.

Plötzlich kniete er rittlings auf ihr.

Er holte mit der Faust aus und schlug ihr mit voller Wucht ins Gesicht.

So fest, dass sie ins Kissen gedrückt wurde. Es folgten weitere Fausthiebe auf ihren Hals, ihre Brüste, ihren Bauch ...

Sie hörte sich selbst japsen – leise, erstickte Laute, während er immer noch rittlings auf ihr saß und auf sie eindrosch. Leigh hielt sich die Hände vors Gesicht, um ihre Schreie zu ersticken. Dann rollte sie sich zusammen und drehte sich. Es gelang ihr, unter ihm hindurch aus dem Bett zu rutschen.

Zitternd und bebend vor Entsetzen, stand sie da und hielt die Arme um ihren Leib geschlungen.

Mace richtete sich auf. Schwer atmend starrte er sie an, und mit einem Mal löste sich seine Wut in Luft auf. Er sackte vornüber und schüttelte den Kopf.

»Leigh, es tut mir so leid«, murmelte er. »*Bitte*, glaub mir. Du hast mich aufgeweckt – und ich war gerade mittendrin in einem höllischen Albtraum. Leigh, du *musst* mir verzeihen.«

»Ein *Albtraum*?« Leigh wich zurück. Sie schnappte sich ihren Morgenmantel, der über dem Bettgestell hing. Der Seidenstoff klebte an ihrer feuchten Haut.

Matties Worte fielen ihr wieder ein: »*... dass dieser Typ damals in Yellow Bend nicht der Einzige war, der drauf steht, wenn Frauen schreien ...*«

»Es ist besser, wenn du jetzt gehst, Mace«, sagte sie leise und mit zitternder Stimme. »Ich denke, wir brauchen beide etwas Abstand. Und Zeit, um über das alles nachzudenken.«

Er schnappte sich das Laken und hielt es sich bis unter das Kinn, doch sie wandte sich ab. Sie wollte ihn nicht mehr anschauen, nicht mehr sehen, um erst gar keine Erinnerung an ihn in diesem Zustand aufkommen zu lassen – von Wut erfüllt und gewalttätig. Mit voller Wucht auf sie eindreschend.

Sie hörte, wie er seine Sachen zusammensuchte. Sie schaltete das Licht ein und ging ins Badezimmer. Sie hoffte inständig, dass Deana ihre Schreie nicht gehört und nicht mitbekommen hatte, wie er auf sie einprügelte.

Bitte, lieber Gott, mach, dass sie das nicht gehört hat.

48

»Mattie. Wir müssen reden.«

»Ach ja?«

»Allerdings. Es wird Zeit, dass du mit der Wahrheit raus-rückst.«

»Über unseren Freund Mace.«

»Ganz genau. Vielleicht gibt es noch mehr, das ich wis-sen sollte?«

Schweigen.

Dann sagte Mattie: »Ich bin gleich da.«

Mattie war nicht im Dienst, und die Aufmachung, in der sie bei Leigh auftauchte, traf Leigh völlig unvorbereitet. Sie trug eine rote Bluse, die in der Taille zusammengeknotet war, und eine abgeschnittene Jeans, die ihre langen, sonnengebräun-ten Beine hervorragend zur Geltung brachten. Sie sah aus, als käme sie gerade von der Highschool und wäre auf dem Weg zum Strand. Sie ging geradewegs in die Küche.

»Was ist los, Leigh? Gibt's ein Problem?«

Leigh ging ihr hinterher und machte sich an der Kaffee-maschine zu schaffen. Es war acht Uhr morgens, und sie hatte noch nichts gefrühstückt. Deana war noch im Bett.

»Allerdings, so könnte man es sagen. Setz dich doch da auf die Bank.« Sie deutete auf die Sitzbank am Küchentisch. »Letzte Woche hast du angedeutet, dass Mace auch ›eine andere Seite‹ hat. Kann es sein, dass damit eine dunkle Seite gemeint war? Eine eher grenzwertige Seite? Würde es dir was ausmachen, mir mehr davon zu erzählen?«

Mattie nahm die Tasse heißen schwarzen Kaffee, die Leigh vor ihr abstellte.

»Wo soll ich anfangen?« Sie redete langsam und lächelte leicht gequält. »Am besten von vorne, nehme ich an?« Mattie schaute hoch und sah Leigh ins Gesicht. »Heilige Scheiße! Wo hast du dir *das* denn eingefangen?« Sie deutete auf die Schwellung, die sich violett auf Leighs Wange abzeichnete.

Leigh tastete mit der Hand nach ihrem Gesicht. »Sieht es *so* schlimm aus?«, fragte sie unsicher.

»Schlimm genug«, erwiderte Mattie und schüttelte den Kopf.

Leigh lächelte verlegen. »Vielleicht sollte ich noch etwas Make-up drauftun. Auf jeden Fall, bevor Deana aufwacht. Ich habe keine große Lust, dass sie mich in diesem Zustand zu sehen bekommt. Sie kann Mace ohnehin nicht ausstehen.«

»Hör zu«, sagte Mattie schnell. »Was den Job angeht, ist Mace richtig gut. Man könnte beinahe sagen, zu gut. Wenn er hinter jemandem her ist, geht er raus und gibt nicht eher auf, bis er den Typen erwischt hat. Man kann sagen, er genießt überall im Revier großen Respekt. Aber unter der Oberfläche hat er etwas an sich, wo man denkt, das könnte auch in die falsche Richtung gehen. Ein Cop sieht rot – du weißt, was ich meine?«

Leigh lachte trocken. »Ich verstehe, was du meinst«, sagte sie. »Hast du Mace jemals erlebt, wenn er ausgerastet ist? Gewalttätig und mit einem irren Blick?«

Mattie nahm einen Schluck Kaffee und schaute Leigh in die Augen. »Ein paarmal. Einmal hat er einen Typen eingebuchtet. Der Typ hat rumgezetert, er will einen Anwalt. Unglücklicherweise ist er an Mace geraten, der gerade Feierabend machen wollte. Er ist einfach rein in die Arrestzelle und hat ihm eine reingesemmelt, dass der Kerl zu Boden gegangen ist. Und dann, als der Typ bewusstlos dalag, hat Mace auf einmal angefangen, wie bescheuert auf ihn einzutreten. Und er hat einfach nicht aufgehört. Ich musste ihn regelrecht wegreißen – was nicht einfach war. Und dann ist Mace auf mich los. Er hat mir beinahe den Kiefer gebrochen, sich dann aber irgendwann entschuldigt und gesagt, er hätte keine Ahnung, was mit ihm passiert ist.« Mattie zuckte mit den Schultern. »Beim nächsten Mal hat er einer Bedienung in einem Club eine verpasst. Ihr *hat* er den Kiefer gebrochen. Anschließend hat er mit seiner Dienstmarke rumgewedelt und dem Patron erklärt, das Mädchen hätte ihn belästigt. Sie wurde sofort gefeuert, und Mace kam ungeschoren aus der Sache raus. Ganz einfach.«

Leigh hörte schweigend zu und sagte dann: »Hmm ... sieht ganz so aus, als hätte der gute Mace einen ziemlichen Schaden. Zwei komplett verschiedene Persönlichkeiten. Er hat mich nie in seine Wohnung eingeladen, zum Beispiel. Ich hab mich oft gefragt, warum. Vielleicht hat er was zu verbergen? Weißt du was? Es würde mich mal schwer interessieren, wie der Bursche tickt.«

Mattie schwang ihre Lederumhängetasche herum und stellte sie auf ihren Schoß. Sie klappte sie auf, kramte darin herum und brachte einen Schlüssel zum Vorschein. Sie schwenkte ihn vor Leighs Gesicht herum und sagte: »Wie wär's, wenn wir beide mal eine kleine Expedition veranstalten?«

»Ist das sein Wohnungsschlüssel?«

»Allerdings. Und ich weiß zufällig, dass er unterwegs ist und mit einem Fall zu tun hat. Er ist vermutlich den ganzen Tag beschäftigt ...« Mattie schaute Leigh herausfordernd an.

»Warum nicht?«, fragte Leigh.

Maces Apartment war völlig dunkel.

Leigh musste sich zusammenreißen, um keine Gänsehaut zu bekommen. Was *hatte* Mace nur gegen Tageslicht? War er Graf Dracula, oder was?

Das Apartment war sehr ordentlich. *Zu* ordentlich für eine Junggesellenbude, dachte sie. Nirgendwo Zeitschriften, dafür jede Menge Taschenbücher, die säuberlich aufgereiht in billigen Holzregalen eingeordnet waren. Nicht die geringste Unordnung, keine Bierdosen oder Verpackungen von Essenslieferungen.

Nichts.

Sie verzog das Gesicht. Das hier war schon unnatürlich.

Die Wohnung wirkte wie ein Bestattungsinstitut. Vor allem mit den runtergelassenen Jalousien.

Sie schauderte. Irgendwas an dieser peniblen Ordnung kam ihr unheimlich vor.

Mattie schaute sich um. Leigh lächelte. Die gute Mats. Checkt den Laden genau aus. Einmal Bulle, immer Bulle … Ich wette, ihr entgeht nicht die geringste Kleinigkeit.

Sie behielt recht.

»Hier hat seit zwei Tagen niemand mehr übernachtet.«

»Woran siehst du das?« Leigh hatte ein schlechtes Gewissen. Natürlich hatte Mace schon eine Weile nicht mehr hier übernachtet. Weil er nämlich die Nächte bei ihr verbracht hatte. Jedenfalls die letzte.

»Der Kalender auf dem Schreibtisch ist am 15. Juli aufgeschlagen«, sagte Mattie. »Heute ist der 18.« Sie ging durch die kleine Küche und öffnete den Kühlschrank. »Die Milch ist abgelaufen.«

Leigh zog die Augenbrauen in die Höhe. »Sieht ganz so aus, als wäre Mace nicht der einzige gute Cop in der Gegend«, bemerkte sie trocken.

»Hey. Wie wär's damit?« Mattie hatte eine Schublade von Maces Computertisch aufgezogen und schwenkte einige Fotos.

Leigh merkte auf. Fotos, vor allem verloren gegangene Fotos, stießen bei ihr derzeit auf reges Interesse.

Sie betrachtete die Fotos, die Mattie aufgefächert in der Hand hielt. Das meiste waren künstlerische Aufnahmen – schön und sorgfältig ausgeleuchtete Fotos von Leuten, Plätzen, Wasser, Flüssen, dem Meer, von Felsen und eindrucksvollen Wolken. Die meisten in Schwarz-Weiß, manche aber auch in Farbe.

»Unser guter Mace hofft darauf, irgendwann mal den Durchbruch zu schaffen«, erklärte Mattie. »Irgendwann hat er sogar mal einen Preis gewonnen. Davon hat er mir erzählt. Der Smith-Griffon-Award für die beste Meerlandschaft oder so was.«

Mattie legte die Fotos wieder zurück in die Schublade und zog eine weitere auf. Sie brachte einen Stapel Briefe und Rechnungen zum Vorschein.

Leigh fühlte sich allmählich ein wenig unbehaglich.

Was wäre, wenn Mace jetzt hereinkäme?

In diesem Augenblick.

Sie stellte sich vor, wie sie Schritte auf dem Korridor hörte und einen Schlüssel, der knirschend ins Schloss geschoben wurde ...

Wie die Tür aufging.

»Mattie. Wir sollten uns aus dem Staub machen. Ich hab ein ungutes Gefühl bei der Sache.«

»*Du* hast ein ungutes Gefühl? Dann komm mal her und schau dir das hier an. Und dann erzähl mir noch mal, dass du ein ungutes Gefühl hast.«

Mattie klang ernst. Leigh sackte das Herz in die Hose.

Mattie ließ sich auf das Ledersofa sinken. Sie hielt ein großes Skizzenbuch in der Hand, das sie nun auf ihren Schoß legte und aufklappte. Leigh ging zu ihr hinüber. Als sie die Seiten sah, die Mattie nun durchblätterte, wurde sie bleich.

Nackte Körper.

Von Toten.

Aufgeschlitzt und in merkwürdigen, symmetrischen Positionen arrangiert. *In künstlerischer Absicht.*

Die Leichen von Mädchen. Verkrümmte Körper, die sich im Todeskampf wanden. Blutüberströmt, nackt ...

Seite um Seite Fotos dieser Art.

Die meisten schwarz-weiß. Das Blut tiefschwarz glänzend.

Ein paar waren allerdings in Farbe. Und noch erschreckender.

Aufnahmen von Gesichtern, die Todesqualen erleiden.

Flehende Gesichter mit weit aufgerissenen Mündern. Die den Mann mit dem Messer anflehten, aufzuhören. *BITTE ... AUFHÖREN ...*

Leigh würgte. Sie spürte Galle ihren Hals hinaufkriechen. Ihre Knie gaben nach, und sie brach auf dem Sofa zusammen.

»Wowww ...«, keuchte Mattie. »Wir müssen hier raus. Aber warte noch einen Moment, da ist noch was. Ein Brief ...«

Leigh schaute Mattie über die Schulter und sah, dass sie ein paar zerknitterte handgeschriebene Seiten in der Hand hielt.

Mattie las laut vor: »Ich, Edith Payne, erkläre hiermit ...«

Mein Gott – Charlies Mutter, bitte nicht ...

Leise ging die Tür auf.

49

»Meine Damen. Was für eine nette Überraschung«, sagte Mace. »Ihr wollt meine private Post lesen?« Er riss Mattie die zerknitterten Seiten aus der Hand und fuchtelte Leigh damit vor dem Gesicht herum. »Nur zu«, sagte er. »Schau's dir an. Süße. Klingelt da was?«

»Mace, es tut mir leid ...«

»Oh! Das braucht dir nicht leidzutun, Schatz. Macht mir nicht das Geringste aus, wenn du hier einbrichst und in meinen privaten Sachen rumschnüffelst.«

»Es ist nicht Leighs Schuld«, sagte Mattie ganz ruhig. »Ich hatte deinen Schlüssel, und es war *meine* Idee, hier mal vorbeizuschauen. Sie ist einfach nur so mitgekommen.«

»Nur *so* mitgekommen, ach?« Er zog einen Mundwinkel nach oben, doch er war nicht amüsiert. Seine Augen waren eiskalt und dunkel wie ein Loch ohne Boden. Was immer er auch empfinden mochte, ließ er sich nicht anmerken. Er hatte sich völlig unter Kontrolle.

Wie immer.

»Also, Leigh. Du hast dir gedacht, du schnüffelst mal ein bisschen herum, oder? Mach dir nichts draus, es ist sowieso Zeit, dass du Bescheid weißt. Dass du endlich die Rechnung bezahlst. Nach ... wie lange ist das jetzt her? Achtzehn, neunzehn Jahren?«

»Was meinst du damit, Mace? Achtzehn, neunzehn Jahre?«

Ihr Herz pochte wie wild. Sie wusste ganz genau, was er meinte. Aber was war er? Charlies Racheengel?

Mace entspannte sich ein wenig. Er tastete sich langsam an die Sache heran, im Plauderton sozusagen. »Lies das«, sagte er. »Und du wirst sehen, Schatz, wie sich alles auf einmal zusammenfügt. Eine kleine Erinnerung an diesen wunderbaren Sommer vor all den Jahren.«

Zögernd nahm Leigh den Brief, den Mace ihr hinhielt. In der Zwischenzeit behielt Mattie ihn ganz genau im Blick. Sie war angespannt und bereit zuzuschlagen, wenn es sein musste. Eine falsche Bewegung, und sie würde ihn auf die Bretter schicken. Sie wusste, dass sie das schaffen konnte, aber sie wusste auch, dass Mace in höchster Alarmbereitschaft war. Sie verhielt sich ganz ruhig und wartete ab.

»Mach schon, Schatz. Lies es. Und du Mattie, setz mal einen Kaffee auf. Das hier wird eine Weile dauern.«

Er setzte sich mit gespreizten Beinen auf einen Holzstuhl. Grinsend beobachtete er Leigh und genoss ihr Unbehagen.

»Hey, Baby. Wenn's dir nichts ausmacht, setz dich doch auf den Sessel. Dann kann ich dein süßes kleines Gesicht besser sehen, während du liest, was Deanas Oma zu erzählen hat!«

Mattie warf Leigh einen fragenden Blick zu. »Mit dir alles in Ordnung?«

Leigh nickte kurz.

Sie setzte sich auf die Sessellehne und betrachtete mit bebenden Lippen die vergilbten Seiten. Ma Payne hatte eine gute, leserliche Handschrift. Gestochen scharf. Charlie hatte damals erzählt, sie sei Lehrerin gewesen …

Leigh holte tief Luft. Ihre Augen überflogen die Seiten, eine nach der anderen. Sie konnte kaum glauben, was sie las.

»Ich, Edith Payne, erkläre hiermit die wahren Tatsachen meine drei Kinder und die schrecklichen Ereignisse betreffend, die sich nach ihrer Geburt zugetragen haben.

Am 15. Dezember im Jahr unseres Herrn 1963 brachte ich drei Babys zur Welt. Jess, Charlie und Tania. Ihr Vater war mein Ehemann Charlie Payne. Meine Güte, was waren es für prachtvolle Babys! Die schönsten drei Babys, die man sich vorstellen konnte. Ein Geschenk des Himmels an mich, so habe ich sie immer genannt.

Zuerst sollte ich aber erwähnen, dass ich nach Lake Wahconda gekommen war, um als Lehrerin zu arbeiten. Ich habe die Kinder aus der hiesigen Gegend unterrichtet. Hier habe ich auch Charlie Payne kennengelernt und geheiratet, einen Mann indianischer Abstammung mit geringen finanziellen Mitteln und von geringer Bildung. Ich versuchte, ihm das Schreiben beizubringen, doch es fiel ihm schwer, und so gab er seine Bemühungen bald auf. Er war ein Mann, der zufrieden war mit seinen traditionellen Sitten und Gewohnheiten.

Charlie machte kaum Worte, als die drei Babys zur Welt kamen, doch er wirkte schon von Anfang an beim Anblick unserer kleinen Tochter verängstigt. All unsere Babys hatten dichte schwarze Haare auf dem Kopf, aber Tania hatte noch mehr als die Jungs. Charlie erklärte, sie sei mit einem Fluch beladen, und erzählte murmelnd von einer alten Geschichte, wonach ein weibliches, mit schwarzen Haaren bedecktes Kind Unheil brachte. Wenn er zu viel getrunken hatte, erzählte er die alte Legende, dass eine Frau, die sich bei Vollmond mit einem Wolf paart, ein solches Kind zur Welt bringt.

Charlie Payne war ein einfacher Mann. Er stand zu seinem Glauben, und es gab nichts, das ich hätte sagen können, um seine Meinung zu ändern. Tania muss sterben, um uns alle vor Unheil zu bewahren, sagte er immer wieder. Und er war fest entschlossen, sie umzubringen. All mein Bitten und Flehen, unsere Tochter am Leben zu lassen, stießen bei ihm auf taube Ohren.

Ich wusste, dass es nicht lange dauern würde, bis er Tania töten würde, und so stahl ich Mary-Ann Bakers Baby, während sie am See war und Kleider wusch. Das Kind war gerade eine Woche alt. Ich zog ihm Tanias Sachen an und legte es in Tanias Wiege. Dann versteckte ich meine eigene Tochter im Wald. Charlie Payne nahm Mary-Anns Baby, hackte ihm den Kopf ab und versenkte es mit einem Gewicht im See.

Es war schrecklich, das mit ansehen zu müssen, und in meiner Verzweiflung erzählte ich ihm, dass er das falsche Baby getötet hatte. Dass dieses Kind gar nicht unseres gewesen war. Er wollte wissen, wo ich Tania versteckt hatte. Völlig aufgelöst erzählte ich ihm von dem Versteck im Wald. Er machte sich auf die Suche nach ihr, und ich rannte zum Schuppen, nahm die Axt und folgte ihm. In seinem betrunkenen Zustand stürzte er und fiel in die Büsche. Als ich ihn da liegen sah, hackte ich auf ihn ein. Er schrie um Gnade, aber ich hackte und hackte, bis er tot war.

Nach dem Verschwinden ihres Neugeborenen ertränkte sich Mary-Ann im See. Die Leute sagen noch immer, sie hören nachts ihren Geist jammern und klagen, während sie nach ihrem Kind sucht.

Unterrichten und Körbeflechten brachte nicht genügend Geld ein, um für meine Kinder sorgen zu können. Die Leute hier aus der Gegend sind selber alle bitterarm. Also gab ich zwei meiner Kleinen weg. Jess gab ich in die Obhut meiner

Freundin Ellie Burke und ihres Gatten Tom in Duluth. Ich glaubte, dass Ellie ihm ein gutes Zuhause bieten und sich um ihn kümmern würde, weil ihr eigene Kinder verwehrt geblieben waren. Meine Tochter gab ich in die Obhut von Durchreisenden. Sie schienen mir gute Menschen zu sein – aufrecht und ehrlich –, und sie versprachen, sich gut um sie zu kümmern.

Bei mir blieb mein Baby Charlie. Ich liebte ihn von ganzem Herzen und tat mein Bestes, ihn vor allem Übel und der Verkommenheit der Welt fernzuhalten.

Als mein Sohn Charlie beinahe erwachsen war, ließ er sich mit einer sündigen Hurenschlampe ein. Sie war ein Feriengast, nur darauf aus, einen unschuldigen Jungen in die Finger zu bekommen und zu verderben. Sie verführte und ermordete ihn und kam mit diesem schrecklichen Verbrechen davon. Unfall mit Todesfolge nannten sie es. Doch ich weiß es besser.

Ich bete, dass Gott diese Dirne eines Tages für ihre Untaten büßen lässt, die für IMMER als Schuld auf ihr lasten – und dass sie bezahlen muss, für all das, was sie meinem Charlie und mir angetan hat.

Diese Worte sind einzig und allein für meinen Sohn Jess Payne bestimmt. Tania ist verschwunden. Ich hoffe, sie ist glücklich, wo immer sie sein mag.

Möge Gott mir vergeben und ich selbst in Frieden ruhen. Gezeichnet: Edith May Payne«

50

Leigh war wie vor den Kopf geschlagen. Sie ließ die Seiten zu Boden flattern und hörte Charlies Stimme, wie er davon sprach, »es« würde am Grund des Sees liegen. Aber hatte er nicht von einem *Bruder* gesprochen? Vielleicht hatte er das einfach angenommen.

Wenn man ihm erzählt hatte, er sei ein Zwilling, dann würde er natürlich davon ausgegangen sein, dass »es« ein Bruder war. Und so, wie es aussah, hatte Mama Payne auch keinerlei Eile an den Tag gelegt, es ihm gegenüber richtigzustellen.

Aber wer war Jess? Wie passte *er* in die ganze Geschichte?

Mattie warf Leigh einen kurzen Blick, der besagte: *Wir müssen hier raus. Aber schnell.*

Einverstanden.

Aber erst müssen wir uns an Mace vorbeischummeln.

Machst du Witze?

»Wo bleibt der Kaffee, Mattie? Wir könnten so langsam mal einen Schluck gebrauchen.« Mace betrachtete Leighs Gesicht. Er registrierte ihren von Verwirrung und Schmerz verzerrten Gesichtsausdruck. Sah, wie die Vergangenheit lebendig wurde und ihre Finger in die empfindlichsten Stellen ihrer Psyche bohrte. Er genoss den Anblick.

Wird Zeit, dass sie die Wahrheit über ihre Schwiegereltern erfährt, dachte er sanft lächelnd. Dass sie die volle

Wahrheit über das Genmaterial präsentiert bekommt, das ihre Tochter geerbt hat.

Über das Payne-Blut, das in Deanas Adern fließt.

Seine Lippen kräuselten sich. Seine Augen begannen zu funkeln – schwarz wie Schlehen.

Leigh kapierte mit einem Mal, was los war. Die Wahrheit brach mit aller Macht über sie herein. Sie hob den Kopf und sah den Schweißfilm auf Maces Oberlippe.

Der Typ genießt das richtig, sagte sie sich. *Er genießt jeden Augenblick.*

Mit einem Mal wurde ihr klar: Jess war Mace.

Charlies Bruder. Deanas Onkel.

O mein Gott. Ich kann es nicht glauben. Bitte mach, dass das nicht wahr ist ...

Sie dachte an den Wahnsinn, der bei den Paynes in der Familie lag. Wie Edith Payne sie angeschrien hatte – die Augen wirr und schwarz glänzend. Wie es aussah, war auch Charlies Vater nicht richtig im Kopf. Immer am Saufen und in einem Paralleluniversum, und ein Mörder obendrein. Einer, der ein Baby umgebracht hatte – der ein Baby auf so schreckliche Weise zerstückelt hatte. *Und Mace.* Hart. Grausam. Der einen unkontrollierten Wutanfall gehabt hatte, als sie ihm letzte Nacht die Decke weggezogen und seine schwarze Körperbehaarung gesehen hatte.

Anscheinend färbte er sich die Haare auf dem Kopf, um blond zu erscheinen. Um sämtliche Hinweise auf sein ererbtes Haar zu verbergen, ja auszulöschen.

Und Deana.

O mein Gott. Meine geliebte Tochter. Ihr volles schwarzes Haar. Der Haarwuchs an ihrem Körper, über den sie sich immer beschwerte. Den hatte sie von ihrem Vater geerbt. Von den Paynes.

Sie stellte sich Deana vor – ihre eigene dunkelhaarige Tochter –, und augenblicklich vermischte sich das Bild mit einem Fantasiebild von Edith Paynes Tochter Tania. Doch dankenswerterweise hatte Deana keine manischen Züge oder merkwürdige Verhaltensweisen; nichts, was darauf hinwies, dass sie die schlimmen Anlagen der Paynes geerbt hatte.

Gott sei Dank hatte Deana auch genügend West-Gene in sich.

Ich war ein bisschen rebellisch damals, fiel ihr wieder ein, als sie an ihre Hippietage dachte, an die Demos, ihre mit Anti-alles-Ansteckern übersäten Klamotten ... Sie war sogar ein ziemlicher Rebell gewesen.

Im Gegensatz dazu hatte ihr Deana eigentlich *kaum* Ärger bereitet. Oder?

»Kaffee. Schwarz und in rauen Mengen!« Mattie trug ein Tablett mit drei dampfenden Kaffeebechern herein.

»Mann, danke, Mats«, sagte Mace grinsend. »Genau das, was wir jetzt brauchen. Eine Ladung von dem guten Koffein, die uns alle wieder auf Vordermann bringt. Was sagst du, Leigh-Schatzi?«

»Kaffee. Sicher«, antwortete Leigh zögerlich. Was für ein *Albtraum*. Sieht so aus, als wollte er uns nicht gehen lassen. Wie kommen wir hier nur in einem Stück raus ...?

»Im Kaffeekochen warst du schon immer gut«, sagte Mace. »Stimmt's oder hab ich recht, Mattie?«

»Okay, Mace. Spar dir den Quark. Was immer du und Leigh hier am Laufen habt, interessiert mich nicht. Ich gehe. Kommst du mit, Leigh?«

»Da liegst du leider falsch, Mattie. Du und Leigh, ihr geht nirgendwo hin.« Er griff hinter sich und tastete nach seinem Holster.

»Mace. Du machst einen großen Fehler.«

»Ach Mattie. Du weißt doch genau, dass du dich besser nicht mit dem guten alten Mace anlegst. Du *weißt*, wer hier der Chef ist.«

»Hör mit den Spielchen auf, Mace. Ich brauche nur einen Anruf zu machen, und der Laden hier wimmelt nur so von Polizei. Das weißt du selbst.«

»Ach ja, Mats. Das glaubst du?«

»Das weiß ich. Bleib einfach ganz cool und lass uns vorbei.«

»Ich hab dich auf frischer Tat bei einem Einbruch erwischt. Und dich ebenfalls, Leigh. Hätte ich gar nicht von dir gedacht, so ladylike, wie du sonst immer bist.«

Leigh stieß ein gequältes Lachen aus. »Mattie. Darf ich vorstellen? Mace. Deanas Onkel. Überrascht, oder?« Sie wollte Zeit gewinnen. Versuchen, ihn in Sicherheit zu wiegen und dann ... Ja, was? Sie hatte keine Ahnung.

Einfach mitmachen, geschmeidig bleiben und auf unsere Gelegenheit warten, nehme ich mal an ...

»Ich dachte mir schon, dass unser Freund hier Seiten hat, von denen man gar nichts ahnt«, sagte Mattie und schaute zu Leigh herüber. Dann wandte sie sich wieder an Mace. »Lass uns durch, Mace. Dir liegt doch was an deiner glanzvollen Karriere im Department, oder? Lass uns vorbei, und wir sagen niemand auch nur ein Wort.«

»Hmm. Nicht schlecht, Mattie. Ganz hervorragend sogar. Hab ich dir gut beigebracht, oder? In einer verzwickten Situation eine schlaue Bemerkung machen und dadurch die Machtverhältnisse umkehren. Haut dieses Mal leider nicht hin, Mattie-Baby. Du hast es hier mit dem Meister zu tun. Ich hab hier zwei Einbrecher auf frischer Tat vor mir. Das bringt Punkte.«

Leighs Verstand arbeitete auf Hochtouren. Sie war sich sicher, dass Mace vorhatte, zu Ende zu bringen, was sein Vater Charlie Payne nicht geschafft hatte.

Sie erinnerte sich daran, was Mace über Nelson gesagte hatte: »Könnte sein, dass er zurückkommt, um zu Ende zu bringen, was er angefangen hat.«

Charlie Payne senior. Er hat es nicht geschafft, seine schwarzhaarige Tochter zu töten, also will Mace das jetzt für ihn erledigen. Tania ist aber nirgendwo aufzutreiben. Wie wär's da mit Deana? Der schwarzhaarigen Tochter von Charlie junior.

O Gott. *Deana!*

Ich muss nach Hause. Muss sie in Sicherheit bringen. Sie woandershin verfrachten. Genau so, wie Ma Payne Tania weggegeben hat.

Nun, ja. Nicht *ganz* so.

Sprich weiter mit Mace, beschloss sie. Rede so lange auf ihn ein, bis er uns gehen lässt. Aber lass ihn nicht merken, dass du sein Spiel durchschaut hast.

Sie wandte sich an Mattie.

»Mattie, warum räumst du nicht das Kaffeegeschirr ab? Mace und ich müssen miteinander reden.«

Mattie warf Leigh einen kurzen Blick zu und verstand.

Genau, ich gehe in die Küche und räume die Tassen weg. Leigh redet derweil weiter mit Mace. Er steht mit dem Rücken zur Tür, und ich komme raus mit rauchenden Colts ...

»Na so was, Leigh. Ich dachte wir hätten uns gestern Nacht darauf geeinigt, dass es nichts mehr zu bereden gibt. Und zwar für immer. Da gibt's auch jetzt nicht viel zu sagen.« Er neigte den Kopf und schaute sie mit halb geschlossenen Augen an. Sein Blick wanderte über ihren Körper und zog sie dabei aus, während sie vor ihm stand. So wie er es schon viele Male getan hatte. Und *sie* hatte es immer so genossen.

Sie errötete leicht vor Ärger über die Vorhersehbarkeit dieser Reaktion. »Mace«, flüsterte sie, »es tut mir so leid, wie ich mich gestern Nacht aufgeführt habe ...« Sie machte einen Schritt vorwärts und schaute dabei ganz unschuldig und arglos. Sie musste Zeit gewinnen.

Sie lächelte ihn an, auf diese spezielle, intime Art.

Nur dass es jetzt nicht funktionierte.

Er war konzentriert und angespannt. Er lauschte aufmerksam, allerdings nicht Leighs Worten.

Er wirbelte herum, packte blitzschnell Matties Hand, in der sie die Waffe hielt, und bog sie nach oben. Die Pistole zielte an die Decke.

»Hallo! Ich hab dich, Mattie-Baby. Der gute alte Mace lässt sich nicht so einfach aufs Kreuz legen, das solltest du doch mittlerweile wissen!«

»Ach ja?« Matties linkes Bein schoss nach oben, um ihm einen Karatekick in die Eier zu verpassen.

Er ließ ihren Arm los, tänzelte rückwärts und antwortete mit einem seitlichen Handkantenschlag gegen Matties Hals. Sie japste, schaffte es aber, dem Schlag mit einer schnellen Drehung die Wucht zu nehmen. Allerdings ließ sie dabei ihre Pistole fallen. Leigh machte einen Satz vorwärts, schnappte sich die Waffe und schlug Mace damit gegen den Kopf.

Mattie fasste in ihre Gesäßtasche, fischte ein paar Handschellen heraus und ließ sie blitzschnell um seine Handgelenke schnappen. Dann nahm sie Leigh die Pistole ab und verpasste Mace mit dem Griff einen weiteren Schlag gegen den Schädel.

Mit einem kurzen »Uhhhh« kippte er in Richtung Tür und sackte bewusstlos zusammen.

Mattie packte Leigh am Arm, und sie rannten beide zur Tür. Sie hörten Mace stöhnen, drehten sich um und sahen, wie er den Kopf schüttelte. Sie warteten keine Sekunde länger, sondern rannten, so schnell sie konnten, den Flur entlang und hinaus auf die Straße.

Als sie im Auto saßen und in Richtung Del Mar rauschten, sagte Mattie: »Was genau ist da zwischen Mace und dir? Willst du mir das vielleicht erzählen?«

Leigh zögerte einen Moment und sagte dann: »Das ist eine lange Geschichte, Mattie.«

Herrgott, mein Leben ist eine ganze Aneinanderreihung von »langen Geschichten«.

Sie holte tief Luft. »Also gut. Als ich achtzehn war, habe ich die Ferien bei meiner Tante und meinem Onkel in Milwaukee verbracht. In Lake County ...« Sie erzählte ihre Geschichte in knappen, klaren Worten und endete mit Charlies Tod und damit, wie sie kurz darauf feststellte, dass sie schwanger war.

Eine ganze Weile herrschte Schweigen im Wagen, dann stieß Mattie einen leisen Pfiff aus.

»Wow«, sagte sie. »Das ist ja mal eine irre Geschichte.« Sie schwieg einen Moment. »Und deswegen hat Mace diese Macke mit den schwarzhaarigen Mädchen ...«

Sie schauten einander an und hatten augenblicklich den gleichen Gedanken.

»Mace ist also die ganze Zeit«, fuhr Mattie fort, »auf der Suche nach Tania. Und solange er sie nicht findet, müssen eben andere schwarzhaarige Mädchen dran glauben.«

Leigh traten wieder die grauenhaften Bilder aus Maces Skizzenbuch vor Augen. »Mattie, bitte«, flüsterte sie. »Daran will ich jetzt gar nicht denken.«

»Leigh. Wir müssen schnellstens zu Deana.«

»O Gott«, keuchte Leigh. Ihr stiegen die Tränen in die Augen. In ihrem Kopf ging es drunter und drüber, während sie die verschiedenen Szenarien durchspielte, was passieren würde, wenn Mace vor ihnen da wäre. Sie fühlte sich, als säße sie in der Falle – hilflos und ohnmächtig. Das hier war ein höllischer Albtraum.

Falls er es auf Deana abgesehen hatte.

Vielleicht war das ja gar nicht der Fall.

Vielleicht tauchte Tania ja plötzlich auf.

Darauf kannst du lange warten ...

Mattie schaltete einen Gang zurück und bog nach rechts in die Del Mar ein. Während sie die Steigung zu Leighs Haus hinauffuhr, überlegte sie, wie sie mit der ganzen Angelegenheit umgehen sollte. Sie hatten keine handfesten Beweise dafür, dass Mace in diverse Mordfälle verwickelt war. Und ohne die – das wusste sie – würde man ihr im Department niemals glauben. Er sammelt halt grauenvolle Fotos. Das könnte auch ein Skizzenbuch sein, das er irgendwo aufgesammelt hat.

Ob das sonderlich geschmackvoll war, spielte keine Rolle.

Mit Mace würde es jedenfalls Ärger geben, so viel war klar. Sie verzog das Gesicht. Sie hatte bildhaft vor Augen, wie Mace sagte: »Mann, danke Mattie. Da hast du mir ganz gut eine reingesemmelt. Ich werde mich bei Gelegenheit revanchieren.«

Einen Augenblick lang sah sie sich selbst zu seinen Füßen liegen und in einer Blutlache, die sich auf dem Teppich immer weiter ausbreitete, ihr Leben aushauchen ...

Zum Teufel. Nein. Dazu würde es nicht kommen.

Mace war kein Killer. Er hatte Probleme, sein Temperament in den Griff zu kriegen, und einen grenzwertigen Geschmack, was Fotos anging. Aber eigentlich waren sie doch Kumpels, oder? Sie würde ihm vorschlagen, erst mal Urlaub zu nehmen. In der Zeit würde sie eben seine Schichten übernehmen und ihm über kurz oder lang die Wahrheit aus der Nase ziehen. Herausbekommen, was er vorhatte ...

»Mattie.«

»Hm-hm?«

»Warum nennst du die Leute immer Charlie?«

Mattie prustete vor Lachen. »Warum ich Leute mit Charlie anrede? Das rührt bei dir an einen wunden Punkt, habe ich recht?«

»Das könnte man so sagen.«

»Nun ja, das ist folgendermaßen. Ich hab dir doch von diesem Kaff Yellow Bend erzählt. Wo ich herkomme, du weißt schon?«

Leigh nickte.

»Also, so weit ich zurückdenken kann, kam's mir damals immer so vor, als ob jeder – aber auch jeder – in diesem gottverdammten Kaff Charlie hieß. Wenn man also jemanden traf, den man nicht kannte, nannte man ihn einfach Charlie, weil man damit nicht so falsch liegen konnte.«

»Das klingt einleuchtend, *irgendwie*.«

»Du hast gedacht, ich wüsste Bescheid über *deinen* Charlie, richtig?«

»Wäre ja möglich, dass Mace dir davon erzählt hat!«

»Wie bitte?«, schnaubte Mattie. »Okay, Charlie. Da sind wir.« Sie lächelte sie strahlend an und bog in die Einfahrt von Leighs Grundstück ein. Der klapprige alte Ford kam rumpelnd vor der Treppe zum Stehen. Leigh stieg aus, machte die Wagentür hinter sich zu und lehnte sich noch einmal zum offenen Fenster hinein. Mattie fuhr gern mit offenen Fenstern. Vertreibt die üblen Gerüche, sagte sie immer.

»Vielen Dank, Mattie. Wie es aussieht, haben wir beide die Sache geregelt. Was Mace angeht, meine ich.«

»Sicher«, sagte Mattie grinsend. »Mach dir um Mace keine Sorgen. Mit dem werde ich fertig. Pass du gut auf deine Tochter auf.«

Leigh war sich nicht sicher, ob Mattie mit Mace fertigwerden würde. Immerhin hatte sich die Lage in der Zwischenzeit erheblich verschärft. Gut möglich, dass er jetzt richtig unangenehm wurde. Sie zögerte einen Moment und stellte dann doch die Frage, die ihr schon seit geraumer Zeit im Kopf herumschwirrte. »Mattie. Du und Mace, habt ihr jemals ...«

»Fehlanzeige«, sagte Mattie lächelnd. »War nicht *die* Sorte Beziehung. Ich hab's ein, zwei Mal versucht, aber er ist nicht drauf angesprungen. Damals dachte ich, nun ja, vielleicht ist er ja ›komisch‹ drauf, was das angeht. Also schwul. Du verstehst schon. Da lag ich aber falsch, wie sich jetzt rausgestellt hat. In dich hat er sich ja richtig verknallt.«

»Glaubst du wirklich?«

»Ich weiß es. Und jetzt muss ich los. Pass gut auf dich und Deana auf. Ich halte dich auf dem Laufenden.«

Es war später Nachmittag. Zeit für eine Dusche, entschied Leigh. Und dann kümmere ich mich um das Abendessen. Ich frage mich, was Deana wohl zum Lunch hatte.

Sie schob den Schlüssel ins Schloss. Die Tür schwang auf. »Deana«, rief sie.

Keine Antwort.

Leigh bekam leichtes Herzklopfen. Sie biss sich auf die Unterlippe.

Mach dir keine Sorgen, dachte sie.

Vielleicht ist Deana ja bei Warren.

51

Die Sonne schien zur Vorderseite des Hauses herein.

Der Flur war in lange Schatten getaucht, die wie riesige Finger über die Wände strichen.

Leigh hielt den Atem an. Sie hatte ein ungutes Gefühl im Magen.

Sie lauschte und hörte ein schwaches, flatterndes Geräusch ...

Vermutlich ein Vogel draußen vor dem Fenster.

Dann erklangen leise Trippelschritte hinter ihr.

Eine Hand packte sie an den Haaren und hielt ihr den Mund zu.

Sie konnte nicht mal HILFE schreien.

Wild zappelnd und strampelnd schaffte sie es, sich loszumachen, und schwang herum.

Ihr stockte der Atem, ihr Herz pochte wie wild, und die Farbe wich aus ihrem Gesicht. Ihre Beine zitterten.

Leigh stolperte rückwärts.

Das kann nicht sein.

Es war ...

Nelson.

52

»Ich sollte mich mal auf den Heimweg machen. Sonst macht Mom sich noch Sorgen. Ich hatte sie angerufen und gesagt, ich bin um zehn zurück.«

Warren sah auf die Uhr. Viertel nach zehn.

»Es wäre mir lieber, wenn du dich von mir heimfahren lässt«, sagte er.

»Prima. Danke.«

Sie traten hinaus in die Dunkelheit. Es war kühler als zuvor und bis auf das leichte Rauschen des Winds in den Bäumen völlig still. Deana musste an den Leichenwagen denken und erschauderte für einen Moment.

Als sie im Porsche saß, sagte sie: »Mom macht sich derzeit halt viele Gedanken um mich wegen all dem, was passiert ist ... Ich glaube einfach, ich sollte ihr Gesellschaft leisten.«

»Weißt du, das ist eine Sache, wegen der ich dich liebe, Deana. Du bist richtig nett zu deiner Mom.«

»Ach ja? Und was ist mit diesem poetischen Kram? Eine Haut wie Milch, Augen wie tiefe Teiche und so weiter.«

»Oh, wie wär's mit den Dark-Lady-Sonetten?«

»Hmm, Shakespeare. Ausgezeichnete Wahl, Warren Hastings. Wobei ich Wert auf die Feststellung lege, dass mein Ruf gänzlich makellos ist – verglichen mit der Dark Lady, meine ich.«

Sie spürte ein freudig-erregtes Kribbeln im Bauch. Es war das erste Mal, dass Warren das Wort Liebe in den Mund genommen hatte. Sie erinnerte sich daran, wie Allan es benutzt hatte, als sie sich über den Film *Freitag, der 13.* unterhalten hatten – in der Nacht, als er ums Leben kam. »Ich liebe es, wie du kreischst und dir die Hände vor die Augen hältst ... und zwischen den Fingern durchlinst«, hatte er gesagt.

Doch die Art, wie Warren das Wort ausgesprochen hatte – ruhig und aufrichtig –, verlieh ihm eine ganz neue, tiefere Bedeutung. So wie *er* sich anhörte, meinte er es ernst.

Sie warf ihm einen verstohlenen Blick zu, und ihre Aufregung steigerte sich noch. Sie traute sich kaum zu atmen. Er schob den Schlüssel ins Zündschloss und ließ den Motor an. Am Ende der Zufahrt bog er rechts ab und verlangsamte das Tempo, bis er schließlich ganz anhielt.

Er wandte sich zu ihr und sagte sanft und leise: »Weißt du, Deana? Ich mag dich. Ich mag dich sehr.«

Gleich küsst er mich, ich weiß es ...

Sie schnappte nach Luft und flüsterte: »Und ich mag dich, Warren. Du warst echt toll in diesen letzten zwei Wochen oder so.« Dann fügte sie hinzu: »Und Mom mag dich auch.«

Sie zuckte innerlich zusammen und verzog das Gesicht.

Und Mom mag dich auch!

Geht's noch *dämlicher*? Was Liebesgeflüster angeht, Deana West, hast du gerade in die unterste Schublade gegriffen. Sie lächelte verlegen.

»Wunderbar«, sagte er mit einem Augenzwinkern. »Als Mann ist man froh über die Zustimmung der Eltern.«

Deana wurde verlegen. »Warum musst du immer über alles Witze machen?«

»Das sind meine Nerven. Wenn es um ernste Dinge geht, flüchte ich mich immer in Humor, was nicht bedeutet, dass mir die Sache mit dir weniger ernst wäre – wenn du verstehst, was ich meine?«

»Sicher, Warren. Deswegen mag ich dich auch. Du bist so ...«

»Erwachsen?«

»Eigentlich ... genau das – aber jetzt machst du schon wieder Witze!«

Sie schauten sich in die Augen. Deana schnappte nach Luft. Ihr Herz pochte. Sie konnte seine Nähe spüren, streckte die Hand aus und kniff ihn sanft ins Knie. Er blickte ihr tief in die Augen und strich ihr mit der Fingerspitze über die Wange.

Sie zitterte und presste ihre kribbelnden Schenkel zusammen.

Er nahm seinen Finger weg, zog sie an sich und küsste sie sanft auf die Lippen.

Ihr Atem ging schneller, und sie lehnte sich an ihn. Drückte ihren Busen an seine Brust. Ihre Brustwarzen wurden hart. Ihr Herz raste. Es war, als wären sie beide ihr ganzes Leben lang auf der Suche nach dem anderen gewesen.

Sie drehte sich um und rutschte näher an ihn heran. Er strich ihr zärtlich mit der Hand über das Knie und glitt dann ihren schlanken, nackten Schenkel entlang und knetete ihn sanft.

Stöhnend tastete Deana nach unten und lächelte, als sie seinen steifen Schwanz unter ihrer Hand zucken spürte. Sie zögerte einen Augenblick, tastete sich dann weiter vor zu seinem Reißverschluss, zog ihn auf und griff hinein. Ihre Hand umschloss seinen erigierten Schwanz. Er fühlte sich hart und fest an. Sie strich mit den Fingern von der Wurzel bis zur Spitze und streichelte zärtlich seine Eichel. Sie war zart, warm und feucht. Ihre Lippen trafen sich erneut, er tastete mit seiner Zunge nach ihrer und saugte inbrünstig daran. Ohne seinen Schwanz loszulassen, stöhnte sie in seinen Mund und bewegte ihre Hand gleichmäßig hin und her.

O Mann, das ist so fantastisch, dachte sie. *Ich will, dass es nie aufhört. Niemals.*

Gut, dass ich meine Wickelbluse angezogen habe ... und den BH weggelassen.

Seine Hand glitt unter ihre Bluse. Sie fühlte sich warm an auf der Haut. Sanft massierte er beide Brüste, wog sie in seiner Hand und strich mit seinen Fingerspitzen über ihre Brustwarzen.

Sie presste ihre Lippen auf seine, keuchend, erfüllt von dem Verlangen nach ihm. Er machte sich los, ließ den Kopf zwischen ihre Brüste sinken und schälte sie aus der Bluse. Sie schob ihm eine ihrer Brustwarzen in den Mund. Gierig nuckelte er daran. Deana schloss die Augen.

Und riss sie im nächsten Moment wieder auf.

Völlig überraschend klopfte jemand auf Deanas Seite gegen die Windschutzscheibe.

Sie hörten ein hohes, albernes Lachen.

Deana richtete sich ruckartig auf und war mit einem Mal hellwach. Sie zerrte ihre Bluse über ihren Busen und löste sich von Warren.

Wer zum Teufel?

Die alte Schreckschraube ...

Mit einem Filzhut, der in kessem Winkel auf ihrem Kopf thronte, dazu eine dunkle Kostümjacke, aus deren Brusttasche ein labbriges Einstecktuch herausquoll. Ihre Finger steckten in abgetragenen weißen Handschuhen und reckten sich durch das offene Wagenfenster ins Innere.

Keuchend zuckte Deana zurück.

»Großer Gott!«, murmelte Warren und starrte ungläubig auf die Gestalt. »Was macht *die* denn hier?«

Die Alte kniff die Augen zusammen.

Sie sahen *anders* aus heute Nacht. Eingerahmt von dick aufgetragener, verschmierter Wimperntusche, erinnerten sie Deana an haarige schwarze Spinnen. »Mein Gott«, hauchte sie. »Der Tanz der Vampire in echt ...«

Sag endlich was.

Irgendwas.

Und was zum Beispiel?

Hallöchen. Wie geht's denn den alten Leutchen zu Hause?

Schließlich stammelte sie: »Wo ist Harry?«

Die Barthaare am Kinn der Alten wackelten hin und her.

»Harry ist tot. Ist einfach so abgenippelt, der kleine Kläffer. War nix zu machen für mich.«

»O Mann. Das tut mir leid. Sie vermissen ihn bestimmt.«

Mein *Gott*! Bin ich bescheuert? Sitze da und unterhalte mich mit dieser *Irren*? Ich sollte dafür sorgen, dass wir uns aus dem Staub machen und die Polizei rufen ...

Die alte Schreckschraube klimperte mit den Wimpern.

»Ich hab wohl einen ungünstigen Moment erwischt, Schätzchen?«

»Du *Arschloch*!«, platzte Deana heraus. »Ich sollte dich wegen Entführung anzeigen. Wo die Bullen schon mal dabei sind, können sie dich gleich noch dafür einlochen, wie du die alten Bräute behandelst, die du in deinem Laden einsperrst. Die haben mich fast gefressen – bei lebendigem Leib. Wie kommt's, dass die Behörden so was mitmachen? Du bist ein geisteskrankes perverses Stück Scheiße, das hinter Schloss und Riegel gehört!«

Die alte Schachtel reckte den Kopf vor, ihre Augen funkelten. Sie war jetzt auf Augenhöhe mit Deana. Ihr Hut rutschte zur Seite. Sie hatte einen wirren, furchterregenden Blick – so als würde sie gleich die Tür aufreißen und Deana in die Nacht hinauszerren.

Zurück zu ihrem widerlichen Haufen ...

Deana machte sich auf ihrem Sitz ganz klein.

Warren drückte auf den Fensterheber, und die Seitenscheibe sirrte nach oben.

Grinsend wie ein Zombie presste die alte Schachtel ihre knochige Nase gegen das Fenster. Warren drehte schnell den Zündschlüssel um und trat aufs Gas. Der Wagen schoss vorwärts. Als sie ein Stück weit gefahren waren, blickte Warren in den Rückspiegel. Die alte Schachtel war verschwunden.

»Harry hat also ins Gras gebissen.«

»So sieht's aus. Vermutlich das Schlaueste, was er machen konnte. Jedenfalls ist er da, wo er jetzt ist, besser aufgehoben als in dem Altersheim von dieser Irren.«

Warren warf Deana einen fragenden Blick zu. Er nahm an, dass dies alles mit den Ereignissen in jener Nacht zusammenhing, als Deana ihn zum Essen eingeladen hatte, doch er verzichtete darauf, genauer nachzufragen.

Sie lächelte ihn gequält an. »Mit diesem bescheuerten Hut sah sie aus wie dieser schwule englische Typ, Quentin Crisp. Mein Gott, was für ein *Brüller*!«

»Kann man wohl sagen.«

»Jaja, so ist sie nun mal, die alte Dame«, sagte sie leise. »Oder sollte ich vielleicht sagen: *der alte Herr*? So eine kranke Masche! Ich bin einfach nicht auf die Idee gekommen, dass er ein Transvestit sein könnte.« Sie erinnerte sich daran, mit welcher Kraft sich die sehnigen Arme der Alten um sie geschlungen hatten. Deana murmelte: »Was glaubst du, ist das ein Mann oder eine Frau?«

Warren lächelte schwach. »Wen interessiert's? Sieh nur zu, dass du ihr in Zukunft aus dem Weg gehst.«

»Einverstanden. Aber davon abgesehen ist sie in einem Moment reingeplatzt, als es gerade ziemlich kribbelnd wurde, oder?«

»Hmmm, ich erinnere mich, wir waren gerade dabei ...«

»Gerade wobei, Warren?«

»Wir waren gerade dabei, mit etwas anzufangen, das ich gern später noch zu Ende bringen würde. Oder wie siehst du das?«

»O ja«, sagte sie leise. »Ich auch.«

Dean verfiel für einen Moment in Schweigen. Dann stiegen ihr plötzlich Tränen in die Augen und kullerten ihre Wangen herunter.

Warren hielt den Wagen an.

»Was ist los, Deana? Hab ich irgendwas falsch gemacht?«

»Nein, gar nicht. Was wir gemacht haben, war ... einfach wundervoll. Es ist nur, andauernd ist irgendwas *passiert*. Eins nach dem anderen. Und speziell heute Nacht. Dieser alten Scheißhexe wieder über den Weg laufen zu müssen. Und dann ist da noch Mace ... Ich weiß nicht. Aber ich habe richtig Angst vor ihm. Und vor dem, was er mit Mom macht.« Beinahe hätte sie gesagt: »Und wie er in mein Zimmer gekommen ist ...« Doch dann überlegte sie es sich anders, um den Abend nicht dadurch zu verderben, dass sie auch noch eine Diskussion über Mace führten.

Warren zog sie an sich und küsste sie auf die Nasenspitze.

Deana schaute ihm in die Augen und sagte: »Weißt du was, Warren? Du bist echt in Ordnung.«

»Du auch«, erwiderte er. »Und vergiss nicht, was auch immer passiert, ich bin für dich da.«

Leigh nahm Deana an der Tür in Empfang.

»Was ist los, Mom? Du siehst aus, als wär dir ein Geist über den Weg gelaufen.«

»Genau das ist mir passiert, Liebes. Es war Nelson.«

Deana klappte die Kinnlade herunter. Sie blieb wie angewurzelt stehen.

O mein Gott! Nicht Nelson.

Was zum Teufel ist nur los?

53

»Er ist krank, Deana. Er wollte Geld ...«

»Wo ist er?«

»Er ist wieder weg. Ich hab Mattie angerufen – ich fühle mich hundeelend deswegen. Er war total am Ende, ein Bild des Jammers. Richtig krank.«

»Du hast Mattie angerufen? Nicht *Mace*?«

»Nein, Liebes. Nicht Mace.«

Irgendetwas in Leighs Ton machte Deana stutzig. Es lag eine gewisse Angespanntheit darin, die Deana nicht gefiel. Wenn es Ärger gibt mit Mace, dachte sie, sollte ich das wissen. »Ach Mom. Was Mace angeht ...« Weiter kam sie nicht.

»Wie geht's Warren?«, warf Leigh ein – ein bisschen hastig für Deanas Geschmack. Sie schluckte. Vielleicht war gerade nicht der richtige Moment, um sich über Mace zu unterhalten.

»Dem geht's gut.« Sie musste an die alte Schachtel und ihre Zombiehorde in der Twilight Zone denken. Auch das besser nicht erwähnen. Mom sieht nicht so aus, als würde sie noch weitere Horrormeldungen verkraften.

Sie geleitete Leigh ins Wohnzimmer. »Du siehst aus, als könntest du einen Drink gebrauchen«, sagte sie und ging zur Hausbar. Sie schenkte einen Schluck Cognac in ein Ballonglas. »Also dann«, wechselte sie schnell das Thema, »wie läuft's denn so im Büro?«

»Nun ... ich bin heute gar nicht hingegangen.«

»Nein?«

»Es kam etwas dazwischen.«

»Ach? Was denn?«

»Deana, nimm dir am besten auch einen Drink. Es gibt da etwas, das ich dir erzählen sollte.«

Drrrinnng ... Drrrinnng ...

Leigh sackte innerlich zusammen.

»Das Telefon, Mom«, erinnerte sie Deana. »Soll ich rangehen?«

»Nein, Liebes. Es ist wahrscheinlich für mich.«

In der Tat.

Es war Mattie.

»Leigh, wir haben Nelson. Es geht ihm überhaupt nicht gut. Vermutlich das Endstadium von irgendwas. Aber dort, wo er jetzt hinkommt, wird man sich um ihn kümmern. Mach dir seinetwegen keine Sorgen. Merkwürdigerweise scheint er immer noch sauer auf dich zu sein. Er hat geschworen, dass er dich kriegen wird, wenn er wieder rauskommt. Was natürlich nicht passieren wird ... Dass er rauskommt, meine ich.«

»Danke, Mattie«, sagte Leigh. Sie stieß ein gequältes Lachen aus. »Da fühle ich mich gleich viel besser ... wenn es nur so wäre.«

»Nelson geht nirgendwo hin, Leigh. Vertrau mir – da kannst du ganz sicher sein. Er ist schwer krank, und er ist hinter Gittern. Die Chancen, dass er dich oder Deana jemals wieder belästigt, sind gleich null.« Mattie zögerte einen Moment und fragte dann: »Ist mit dir alles in Ordnung? Das muss ein ziemlicher Schock gewesen sein ...«

»Das kann man allerdings sagen.« Kurzes Schweigen. »Und Mace?«

»Der ist weg, Leigh. Ausgeflogen. Hat die Biege gemacht.«

»O Gott ...«

»Haltet eure Türen verschlossen.« Matties Tonfall war ganz ruhig und sachlich, doch Leigh spürte die Ernsthaftigkeit dahinter, und ihr wurde ganz flau im Magen – besonders als Mattie gleich darauf fragte: »Hat er einen Hausschlüssel?«

Leigh stockte der Atem.

»Ja ... Nein. Ich weiß es nicht. Ich habe ihm nie einen gegeben, aber er weiß, wo der Ersatzschlüssel für den Notfall deponiert ist.«

Matties Schweigen sprach Bände.

»Ich sollte euch einen Aufpasser vorbeischicken«, sagte sie dann. »Ich werde jemanden auftreiben und ihn selbst zu euch bringen. Wenn ich also demnächst noch mal anrufe, brauchst du dir keine Sorgen zu machen.«

»Okay.« Leigh zitterte am ganzen Leib. Sie fasste sich an die Kehle. »Das wird ja alles immer schlimmer.«

»Allerdings. Jedenfalls so lange, bis wir Mace geschnappt haben. Und das wird nicht einfach werden. Der Typ ist schlüpfrig wie ein Aal.«

»Das kannst du laut sagen«, murmelte Leigh und fügte hinzu: »Okay, Mattie. Dann bis gleich.«

»War das Mattie?«

Leigh nickte. Die Arme um den Oberkörper geschlungen, stand sie an den Türrahmen gelehnt und ließ das Gespräch mit Mattie noch einmal Revue passieren. Deana betrachtete sie und runzelte die Stirn. »Mom, du siehst furchtbar aus.«

Leigh brachte irgendwie ein strahlendes Lächeln zustande. »Mann, vielen Dank, Liebes. Genau das war's, was ich jetzt hören wollte.«

»Nimm einen Schluck«, sagte Deana und reichte ihr das Glas mit dem Cognac. »Du siehst aus, als könntest du den brauchen.«

»Danke.« Leigh nahm einen kräftigen Schluck und krümmte sich. »Ich werd nie verstehen, wie Leute so was trinken können.«

»Mom. Du wolltest mir was erzählen. Was war das?« Leigh seufzte. Sie hatte keine große Lust, die ganze Geschichte noch mal zu wiederholen.

»Das Ganze ist eine lange Geschichte, Schatz.«

Schon wieder: *Hier ruht Leigh West. Ihr Leben war eine lange Geschichte ...*

Sie stöhnte noch mal und überwand dann ihren Widerwillen, die Ereignisse des Tages schon wieder zu rekapitulieren, aber Deana *musste* Bescheid wissen. Am besten brachte sie es gleich hinter sich ...

Sie ließ sich auf dem Sofa nieder, trank noch einen Schluck Cognac und schauderte erneut. Deana saß mit angezogenen Beinen, das Kinn auf den Knien, am anderen Ende des Sofas und schaute sie an. Ihr Glas stand unberührt auf dem Tisch.

Es herrschte peinliche Stille.

»Liebes«, begann Leigh ganz ruhig. »Du wolltest doch immer schon mehr über Charlie wissen, deinen Vater. Also, heute habe ich selbst zum ersten Mal die ganze Geschichte quasi aus erster Hand erfahren. Beziehungsweise aus der Feder von Edith Payne, Charlies Mutter.«

Deana starrte Leigh mit weit aufgerissenen Augen an. »Und?«

»Als ich so alt war wie du, war ich ein bisschen rebellisch. Mom und Dad haben mich damals für eine Weile zu Tante Jenny und Onkel Mike nach Milwaukee abgeschoben. Und da habe ich dann deinen Vater kennengelernt ...«

Ein blasses Lächeln auf den Lippen, streckte Leigh den Arm aus und ergriff Deanas Hand.

Und dann brach die Wahrheit aus ihr heraus. Die ganze Geschichte, schonungslos. Leigh hoffte inständig, dass Deana in der Lage sein würde, das alles zu verdauen. Sie behielt dauernd das Gesicht ihrer Tochter im Blick und fürchtete jeden Moment Abscheu, Verstörtheit oder gar Verachtung darin zu erkennen – immer in der Angst, dass zwischen ihnen beiden nichts jemals wieder so sein würde, wie es war.

Doch stattdessen wurde Leigh Zeuge, wie Deana, während sie angespannt zuhörte und stirnrunzelnd jedes Detail in sich aufsog, vor ihren Augen erwachsen wurde.

»Und du hast kein einziges Mal den Verdacht gehabt, dass Mace Charlies *Bruder* sein könnte?«

»Nie. Nie im Leben wäre ich auf so etwas gekommen. Bis ...«

»Bis was?«

»Bis ich Mace letzte Nacht nackt gesehen habe.« Es war ihr ein wenig peinlich, mit Deana über so etwas zu reden. Aber nachdem sie schon mal so weit gekommen waren, hatte sie das Gefühl, mit allem herausrücken zu müssen. »Man glaubt ja, er ist blond, oder? Stimmt aber nicht. Er hatte *schwarze* Haare. Überall am Körper. Er ist ein ganz anderer Mensch. Das Problem ist, dass man immer meint, sein dunkler Teint wäre Sonnenbräune. Das stimmt gar nicht, und mit den schwarzen Haaren überall ist mir das zum ersten Mal aufgefallen. Er ist einfach ein dunkler Typ ... von Natur aus, mit der Sonne hat das nichts zu tun.«

Sie schwieg einen Moment, denn sie wusste, dass Deana irgendwann die Verbindung herstellen würde.

Und in der Tat.

Schwarze Haare. Schwarze Körperbehaarung. Das kannte sie nur zu gut. Deana verzog angewidert das Gesicht. Ihr ging ein Licht auf, und es war keine schöne Erkenntnis.

»Und ich bin auch noch *verwandt* mit diesem Irren?«

Sanft sagte Leigh: »Genauso ist es, Deana. Er ist dein Onkel.«

»O mein Gott!«

Ein Klingeln an der Haustür zerriss die Stille im Raum.

Sie saßen da, und ihre Herzen pochten wie wild.

Leigh eilte zum Flur.

Mattie stand vor der Tür.

»Ich bin allein gekommen, Leigh. Ich dachte, ich erledige das lieber selbst, denn es gibt niemanden, der besser weiß als ich, wie Mace tickt.« Sie trat schnell in den Flur. »Wir haben eine Ringfahndung nach ihm ausgerufen«, erklärte sie, um gleich darauf zu verstummen und anschließend leise zu fragen: »Weiß Deana Bescheid?«

Leigh nickte.

»Und wie kommt sie damit klar?«

»Bis jetzt noch ganz gut, habe ich den Eindruck. Vermutlich ist sie sich über das ganze Ausmaß noch gar nicht im Klaren – und wenn das passiert, wird es aller Wahrscheinlichkeit noch mal kritisch. Aber im Augenblick geht es ihr einigermaßen okay. Es ist ja auch eine ganze Menge, die sie erst mal verdauen muss, Mattie.«

»Kann ich mir vorstellen. So was ist hart. Aber sie wird es schon wegstecken. Sie ist für ihr Alter sehr vernünftig. Da ist es am besten, wenn sie weiß, mit wem wir es zu tun haben und was eventuell passieren kann.«

»Der Gegner, den man kennt und so weiter und so fort.«

Mattie verzog das Gesicht. »So was in der Art«, sagte sie ruhig. Sie gingen beide ins Wohnzimmer.

»Hallo Mattie.«

»Hallo Deana.«

»Oh, Deana? Ausnahmsweise nicht *Charlie*?«

»Nein, Liebes. Mit den Charlies bin ich fertig. Schwirren zu viele davon in der Gegend herum.«

Leigh mischte sich ein. »Hey. Es war ein anstrengender Tag. Wie wär's, wenn wir uns noch einen genehmigen und dann ins Bett gehen?«

»Klingt gut. Das Problem ist nur, dass ich nicht glaube, dass ich viel schlafen werde.«

»Geht mir genauso«, sagte Deana.

Leigh ging zur Stereoanlage und legte Frank Sinatra auf. Der gute alte Frank mit seiner sexy Stimme. »My Way« war ihr Lieblingsstück. Genau das Richtige, um sich am Ende eines harten Tages zu entspannen.

Sie saßen da, plauderten und lachten. Versuchten, den Stress und die Ereignisse des Tages abzuschütteln und sich einfach nur zu entspannen. Doch unterhalb der Oberfläche kreisten die Gedanken von ihnen allen um Mace. Wo mochte er wohl sein?

Was machte er gerade?

Um sich von den Gedanken an Mace abzulenken, versuchte Deana stattdessen an Warren zu denken. Und daran, wie sie kurz davor gewesen waren, sich zu lieben.

Genau. Kurz davor.

Und dann drängte sich die alte Schachtel ins Bild. Zusammen mit ihrer Horde alter Weiber.

Nicht dran denken, redete sie sich ein, *die Alte ist abgehakt.*

Deanas Gedanken schweiften wieder zu Warren.

Sie wünschte sich, er wäre da, und nahm sich fest vor, ihm die Geschichte genauso zu erzählen, wie Mom sie ihr gerade erzählt hatte.

Doch dann schoss ihr ein furchtbarer Gedanke durch den Kopf.

Warren war möglicherweise selbst in Gefahr ... Mace weiß über ihn *Bescheid*. Und er weiß, wo Warren wohnt.

Gut möglich, dass er versuchen würde, ihn einzuschüchtern.

Oder ihm sogar etwas antun.

O Gott – das kann doch unmöglich passieren. Oder doch?

»Mom«, sagte Deana hastig. »Was ist mit Warren? Mace weiß über ihn Bescheid ... dass er mein Freund ist und so weiter.« Sie wandte sich an Mattie. »Glaubst du, er ist vielleicht in Gefahr?«

»Warren?«

»Ja, ich hab ihn vor Kurzem kennengelernt. Er ist echt nett. Hat einen Hund namens Sabre und eine Schwester namens Sheena. Sie ist Türsteherin in einem Club in San José.«

Mattie wurde hellhörig. Das machte die Situation mit einem Schlag wesentlich komplizierter.

»Vielleicht sollten wir diesen ... Warren besser warnen. Hast du seine Nummer?«

»Ja.«

»Dann ruf ihn an, Deana.«

»Okay.«

Deana ging zum Telefon im Flur und wählte Warrens Nummer.

Es klingelte zwei Mal.

»Hier bei Hastings. Wie kann ich ...«

»Warren?«

»Hallo Deana. Wie geht's?«

Ihr wurde warm ums Herz vor Erleichterung. Er klang so ruhig und *gelassen*.

»Warren. Entschuldige, dass ich dich so spät noch anrufe, aber es gibt, äh ... eventuell ein Problem. Moms Freund – entschuldige, Ex-Freund Mace, der Polizist vom Revier in Mill Valley?« Deana zog eine Grimasse und rollte mit den Augen. Komm schon, Warren, du *musst* dich dran erinnern ...

»Ja?«

»Nun ja, ich kann's im Moment nicht groß erklären, aber er wird gesucht und ist auf der Flucht. Er ist völlig durchgedreht. Und er weiß über dich Bescheid. Wir dachten, dass er vielleicht bei dir aufkreuzt.«

»Wirklich?«

Deana machte sich Sorgen. Sie wünschte sich, ihn nicht in diesen Schlamassel mit hineinzuziehen. Das hier war der schlimmste aller Fälle. Das konnte das Ende ihrer Beziehung mit Warren bedeuten, und dabei waren sie noch nicht einmal miteinander im Bett gewesen. Jedenfalls nicht richtig.

»Deana, ist mit dir und Leigh alles in Ordnung?«

Erleichtert atmete sie auf. Er hörte sich *zumindest* nicht an, als wollte er sich aus ihrem Leben verabschieden.

»Ja. Wir haben eine Polizeibeamtin da.« Sie drehte sich um, schaute durch die Tür zu Mattie herüber und lächelte ihr zu. »Sie passt auf uns auf.«

»Deana, ich komme rüber zu euch.«

»Bist du sicher? Was ist mit Sheena?«

»Die kommt nicht vor halb sechs.«

»Stimmt, das hattest du gesagt ...«

Sie legte die Hand über die Sprechmuschel und sagte zu Mattie: »Warren kommt her. Ist das okay?«

»Je mehr Leute, desto besser die Stimmung.«

»Geht klar, Warren«, sagte sie. »Aber sei vorsichtig. Fahr mit deinem Wagen bis vors Haus. Wir warten auf dich.«

»Prima. Ich bin dann in einer Viertelstunde da, okay?«

»Sicher. Ach, Warren?«

»Deana?«

»Was ist mit Sabre?«

»Den lasse ich hier. Falls Einbrecher vorbeikommen sollten. Damit sie sich's anders überlegen.«

Deana kicherte. »Klar. Dann kann Sabre Sheena bewachen. Oder vielleicht eher umgekehrt?«

Am anderen Ende lächelte Warren ein finsteres Lächeln. »Deana, wenn hier einer einbricht, ist die Frage, wer ihn zuerst erwischt – Sheena oder Sabre!«

54

Das Telefon schrillte.

Es klang lauter als sonst.

Mattie bedeutete Leigh und Deana, sitzen zu bleiben. »Ich gehe ran«, erklärte sie ruhig.

Aufmerksam lauschten die beiden, als Mattie den Hörer abnahm. »Ja, bitte?«, fragte sie. Das nächste Mal, als sie wieder etwas sagte, war sie weniger höflich.

Mattie hörte angespannt auf die Stimme am anderen Ende und wurde von Sekunde zu Sekunde wütender. »Aber ich bin hier bei einem Personenschutz im Einsatz. Sag dem Chef, er soll sich ...«

»Hier ist der Polizeichef, Blaylock«, polterte die Stimme am anderen Ende.

Mattie hielt sich den Hörer vom Ohr weg.

»Und ich befehle Ihnen hiermit, Ihren Arsch in Bewegung zu setzen und schnellstens hier anzutanzen. HABEN SIE DAS VERSTANDEN?«

»Aber diese Leute schweben in Lebensgef...«

»Zum Schutz dieser *Leute* können wir auch jemand anderen abstellen. Ich werde mich sofort darum kümmern. Er wird sich gleich auf den Weg machen. Wir haben hier eine Sache reinbekommen, bei der ich Sie und Ihre weiblichen Instinkte brauche. Hab ich mich klar genug ausgedrückt?«

»Okay, okay«, entgegnete Mattie resigniert. Wenn der Chef beschissene Laune hatte, war Widerstand zwecklos. »Ich mache mich sofort auf den Weg.« Sie legte auf. »Es tut mir leid, aber ihr müsst mich entschuldigen. Ich muss los. Der Chef dreht durch. Klingt, als wäre drüben gerade richtig die Kacke am Dampfen. Noch ein Mordfall, nehme ich an. Er schickt einen Kollegen her, und zwar schnellstens. Ich muss mich leider verabschieden. Die Türen und Fenster habe ich alle gecheckt, es kann aber nicht schaden, wenn ihr es noch mal macht. Macht niemandem die Tür auf. Oder das Fenster. Klar? Ich werde dem Kerl, der herkommt, ein Codewort geben. Irgendwelche Vorschläge?«

Deana schaute hoch. »Wie wär's mit ›Heureka‹?«

Mattie zuckte mit den Achseln. »Also Heureka. Ich rufe an, sobald zu Hause der dritte Weltkrieg vorbei ist.«

Mattie machte sich auf den Weg. Nachdem sie gegangen war, saßen Deana und Leigh herum und redeten kaum. Im Halbdunkel wirkte das Wohnzimmer mit einem Mal unheimlich. Schatten, die im Flackerlicht des Fernsehers zuckten, wurden zu potenziellen Eindringlingen. Und selbst ohne Ton war *Psycho* nicht unbedingt die beste Wahl für einen solchen Abend. Sie ließen ihn aber dennoch weiterlaufen, denn keine von ihnen brachte die Energie auf umzuschalten.

23:28

Weit und breit kein Warren.

Und kein Ersatzleibwächter.

Das Klingeln des Telefons riss sie aus ihren Gedanken.

Leigh schaute zu Deana herüber.

»Mattie hat gesagt, sie würde anrufen. Bestimmt ist sie es.« Leigh stand auf, reckte sich und verschwand im Flur.

Deana hörte, wie sie sagte: »Können Sie sich nicht darum kümmern, Tony?«

Leighs Finger krallten sich um den Telefonhörer. Sie war wie vor den Kopf geschlagen.

Ausgerechnet heute Nacht musste es im Bayview massiven Ärger geben.

»Ich bin Kellner, Ms. West, und nicht Türsteher«, erinnerte sie Tony.

»Dann ruf die Polizei.«

»Die kommen, so schnell sie können. Ich dachte nur, es ist besser, ich sage es Ihnen, damit Sie Bescheid wissen, bevor Sie hier ankommen.«

»Aber Tony, können Sie das nicht regeln?«, insistierte Leigh. Sie wischte sich mit der Hand über die Stirn. Mit einem Mal fühlte sie sich hundeelend.

»Diese Leute bestehen auf Ihrer Anwesenheit, Ms. West. Das haben sie ausdrücklich verlangt. Herrgott! Hier ist die Hölle los – Sie machen sich am besten schnell auf den Weg!«

Leigh seufzte. Sie hatte nicht die geringste Lust, Deana allein im Haus zurückzulassen. Aber so, wie es aussah, hatte sie keine andere Wahl.

»Liebes, im Restaurant ist eine Schlägerei ausgebrochen. Wie's aussieht, wird gerade der Laden völlig zerlegt. Die Polizei ist auf dem Weg, aber ich muss trotzdem hin. Ich lasse dich furchtbar ungern hier allein zurück, aber ...«

»Ich komme schon klar, Mom, mach dir keine Sorgen. Ich bleibe hier wie festgenagelt sitzen. Außerdem ist Warren auf dem Weg hierher. Und der Aufpasser von der Polizei.« Deana lächelte schwach. »Ich komme schon klar. Wirklich. Mensch, die Sache mit dem Restaurant tut mir leid.

Ausgerechnet heute Nacht muss so was passieren. Ich hoffe, es ist nicht *zu* übel.«

»Danke, Liebes. Ich wusste, dass ich auf deine Vernunft zählen kann. Ruf mich sofort an, sobald Warren auftaucht. Mach sonst niemandem die Tür auf. Außer dem Polizeibeamten natürlich. Und vergiss nicht das Codewort.«

»Keine Angst, Mom. Pass auf dich auf. Bis später.«

Leigh wurde von unguten Gefühlen geplagt, als sie den Wagen anließ. Sie hasste es, Deana allein zu lassen. Aber wenn im Bayview tatsächlich die Hölle los war ... wie konnte es nur passieren, dass der Laden auseinandergenommen wurde?

Wer machte so etwas?

Das Publikum des Bayview?

Die üblichen Gäste würden sich zu so etwas niemals hinreißen lassen ...

Am Ende der Zufahrt bog sie links ab. Bin ich froh, wenn das alles vorbei ist, dachte sie. Kann eigentlich noch mehr schiefgehen heute Nacht?

Gut, dass sie Deana gegenüber das Fotoalbum von Mace nicht erwähnt hatte. Sie hätte *solche* Angst bekommen ...

Deana kuschelte sich in ihren Sessel.

Sie dachte: Wo Warren nur bleibt? Er hatte doch gesagt, er wäre in einer Viertelstunde hier. Die ist schon lange vorbei ...

Sie nahm die Fernbedienung zur Hand. *Psycho* war keine gute Wahl, also zappte sie sich durch die Programme, bis sie bei einem billigen Science-Fiction-Film hängen blieb. Sie starrte auf den Bildschirm. Anscheinend spielte das Ganze in einem Raumschiff mit einer Crew von Außerirdischen in engen Raumanzügen.

Langweilig ...

Sie schaltete den Fernseher aus.

Eine unheimliche Stille breitete sich im Haus aus.

Die Schatten, die im Halbdunkel an den Wänden zitterten, ließen auch nicht gerade Wohlfühlstimmung aufkommen. Im Gegenteil.

Es machte fast den Eindruck, als wäre das Haus zum Leben erwacht. Die Bäume draußen raschelten und ächzten. Ihre Schatten wirkten wie Tiere auf dem Sprung.

Ein tiefes Rumpeln ließ sie aufschrecken. Puhhh! Das war nur der elende Wassertank. Wieder mal.

Sie sackte in den Sessel zurück und atmete erleichtert auf.

Aber was war das jetzt?

Ein schwaches Klicken ...

Deana bekam einen trockenen Mund.

Ihr Herz raste. Ihr Atem ging stoßweise.

Dann herrschte wieder Stille.

Es war gespenstisch.

Selbst das Rascheln der Blätter hatte aufgehört.

Sie entspannte sich ein wenig und schaltete den Fernseher wieder ein.

Psycho lief immer noch.

Mittlerweile war der Film an der Stelle angelangt, wo Norman Bates auf dem Dachboden mit seiner Mutter spricht.

Bald würde er zu Ende sein.

Und was dann?

Warren wollte doch schon lange da sein ...

Es wird jeden Moment an der Tür klingeln.

Vielleicht sollte ich ihn anrufen. Kann ja sein, dass irgendwas dazwischengekommen ist.

Sie hörte ein schwaches Rascheln, irgendwo hinter ihr bewegte sich etwas.

Ihre Muskeln krampften sich zusammen. Ihr Mund war ganz trocken.

»Hey, Süße. Wie wär's mit einer Tasse Kaffee für deinen Onkel Mace?«

Seine Stimme klang warm, sanft und vertraut.

Sie schnellte herum.

»Du«, keuchte sie.

»Wer denn sonst, Schätzchen?«

Mace lächelte, als sei er ein alter Freund. Er breitete die Arme aus, als wollte er sagen: »Hier bin ich.« Wie an dem Abend, als er plötzlich in ihrem Zimmer gestanden hatte. Der Abend, als Warren zum Essen eingeladen war.

Mace. Das Dreckschwein!

An jenem Abend war sie mit ihm fertiggeworden, doch sie war nicht sicher, ob sie das heute wieder schaffen konnte.

Angesichts all dessen, was sie nun wusste.

Was Mom ihr erzählt hatte.

Ihr schlotterten die Knie, ihr Atem war eher ein Hecheln, und sie zitterte am ganzen Leib, doch sie versuchte, nicht die Nerven zu verlieren, und setzte sich gerade in den Sessel.

»Kaffee? Sicher. Setz dich doch, Mace. Ich kümmere mich sofort drum.«

Sie stand auf und ging in Richtung Küche. Wenn ich schnell bin, kann ich vom Telefon in der Küche aus Mom anrufen. Oder die Polizei. Oder Mattie oder Warren. *Irgendjemand.*

Mace schaute ihr hinterher. Er kaute auf seinen Sonnenblumenkernen herum und lächelte träge.

Deana klapperte in der Küche herum. Sie machte den Kaffee, stellte ein paar Becher auf ein Tablett und behielt die ganze Zeit über das Telefon im Blick.

Mach es! Mach es jetzt!

Und wenn er hersieht?

Scheiß drauf!

Mach's einfach.

Sie griff zum Hörer.

Mausetot.

»Ach ja, Schätzchen.« Er stand hinter ihr, und seine Finger machten eine Schere nach. »Die kleinen süßen Drähte sind alle durchgeschnitten. Onkel Mace kann doch kein Risiko eingehen. Vor allem, wenn er's mit so einem schlauen Mädchen wie dir zu tun hat.«

Geschmeidig wie eine Katze schnellte er nach vorn, packte ihre Hand, drehte sie ihr auf den Rücken und bog sie nach vorn.

Es tat weh, aber Deana wollte sich auf keinen Fall irgendetwas anmerken lassen.

Er zog sie so dicht an sich heran, dass ihre Körper sich berührten.

Sie wand sich, als sie seinen modrigen Atem abbekam.

Diese Kerne stinken wie die Hölle ...

Er grinste.

Und klatschte ihr seine linke Hand über den Mund.

Er nahm sie nicht wieder weg.

Zappelnd rang sie nach Luft. Unter seiner Hand riss sie den Mund auf und versuchte zu sagen: »Warren wird jeden Moment hier sein.«

Doch es kam nur unverständliches Gemurmel dabei heraus.

»Ach wirklich. Na, das sind ja tolle Neuigkeiten«, entgegnete Mace mit einem hämischen Lachen.

Er schob sie ins Wohnzimmer und schleuderte sie mit dem Gesicht voran auf das Sofa. Dann rammte er ihr das

Knie ins Kreuz, packte sie an den Haaren und zerrte ihren Kopf nach hinten. Er band ihr einen schwarzen Seidenschal so fest um den Kopf, dass er ihr in die Augen schnitt und ins Nasenbein.

Er ließ ihr einen kleinen Schlitz zum Atmen.

Von Panik erfüllt, zappelte sie wie wild, während sie gleichzeitig nach Luft rang.

Er hielt einen Moment inne, stand auf und betrachtete sie, wie sie strampelte, unverständliches Gemurmel von sich gab und nach Luft schnappte. Dann zog er ein Knäuel Schnur aus seiner Tasche und wickelte sie um ihre Arme.

Sie trug immer noch ihre blaue Wickelbluse.

Diejenige, unter die Warren seine Hand geschoben hatte.

Der Knoten hatte sich gelockert, und der weiche Stoff glitt von ihren Schultern.

Er starrte sie einen Moment mit offenem Mund an und betrachtete die Wölbungen ihrer weichen runden Brüste. Er erhaschte einen kurzen Blick auf ihre dunklen Brustwarzen und spürte, wie seine Hose spannte und es darunter pochte.

Sie sah so ... süß und verwundbar aus. Angsterfüllt. Verletzlich.

Er lächelte verbissen.

Später, gelobte er sich.

Wir haben jede Menge Zeit ...

Sanft flüsterte er ihr zu: »Lass es einfach bleiben, Schätzchen. Du weißt doch, dass es keinen Zweck hat, sich mit Onkel Mace anzulegen.«

Deana lag still da. Sie fragte sich, was zum Teufel er wohl als Nächstes vorhatte. Sie horchte auf seine Bewegungen und versuchte, sich einen Reim darauf zu machen, was er gerade anstellte.

Eine Decke fiel über ihren Kopf. Sie wand sich, doch die Schnur schnitt in ihre Arme. Schweiß trat ihr aus allen Poren. Sie würgte unter dem kratzigen, rauen Stoff, in den er sie nun einwickelte.

Noch mehr Schnur, und dann hievte er sie auf seine Schulter.

Sie schaukelte auf und ab, spürte seinen Bizeps angespannt und hart an ihrem Bauch, spürte die Stöße in die Magengegend und gegen ihre Brüste, die ihr Übelkeit verursachten ... hörte das Klacken seiner Cowboystiefel auf den Fliesen im Flur ... spürte einen Luftzug an ihren Beinen und Füßen. Ihre Sandalen hatte sie in dem Handgemenge verloren.

Sie waren jetzt im Freien. Eine kühle Brise strich um sie herum.

Ein heftiger Stoß ging durch ihren Körper, als er sie schwungvoll von seiner Schulter hievte und senkrecht auf den Kiesboden krachen ließ.

»AUA! Scheiße!«

Scharfkantige Steine bohrten sich in ihre Fußsohlen.

Sie hörte das Klicken eines Kofferraums, der geöffnet wurde, spürte, wie sie hochgehoben und hineingeworfen wurde. *Hineingerammt* wurde. Er stopfte die Decke zurecht, und die scharfen Kanten einer Werkzeugkiste oder so was drückten sich in ihre Rippen.

Sie stöhnte laut auf vor Schmerz.

Der Deckel knallte zu und schnitt jede Luftversorgung ab. Deana merkte, wie sie raue, kratzende Fasern einatmete, die sich in ihrer Kehle verfingen. Sie bekam einen Hustenanfall.

Herrgott, ich werde gleich ersticken ...

Von Panik erfasst, spuckte sie hektisch aus und zwang sich dann zu schlucken.

Und gleich darauf noch einmal. Und dann noch mal.

Nach einiger Zeit hatte sie ihre Kehlkopfmuskulatur wieder unter Kontrolle.

55

»Deana! Deana! Leigh! Macht auf!«

Warren trommelte so heftig gegen die Tür, dass er dachte, er würde sich die Hand brechen.

»Herrgott! Wo *bist* du, Deana?«

Es ist, wie Sheena gesagt hat ... Sie sind verschwunden ...

Was hatte Deana gemeint, als sie gesagt hatte: »Moms Freund ist auf der Flucht ... er ist total durchgeknallt.« Und warum hatte sie extra hinzugefügt: »Und er weiß über dich Bescheid«?

Es klang, als wäre irgendwas Schlimmes im Gang ...

Nur was?

Und war es vielleicht schon passiert?

Möglich, dass beide bereits tot waren.

»O Gott. Nur das nicht ...«

Sheena war früher nach Hause gekommen. Nur ein paar Minuten später, und er wäre schon auf dem Weg zu Deana gewesen.

»Warren, es kann sein, dass ich bei Pacey's aufhöre«, hatte Sheena leise gesagt. »Er kommt nicht damit klar, wenn ich ihn dauernd hängen lasse.«

Sie schien in Gedanken versunken. Er kannte diesen Anblick nur zu gut.

Er bekam einen trockenen Mund.

»Sheena! Um Himmels willen, sag mir, was los ist. Was war so wichtig, dass du früher gegangen bist?«

Sie sagte, sie hätte Angst gehabt. Wieder eine ihrer *Vorahnungen* ...

Er sah die Schweißperlen auf ihrer Oberlippe. So angespannt hatte er sie noch nie erlebt.

»Es wird dir nicht gefallen, Warren, aber diese Freundin von dir schwebt in großer Gefahr. Ich spüre, dass sie in einem engen, kleinen Raum ist. Und dunkel ist es auch. Genau. Stockfinster ... und sie ...«

Sie verstummte. Sie wusste, was sie bei Warren damit auslöste.

Er wurde kreidebleich. »Um Gottes willen, Sheena. *Was* ist mit ihr los?«

»Ruf die Polizei an, Warren. Lass die das in die Hand nehmen. Das ist deren Sache. Ich will nicht, dass du umgebracht wirst wegen einem Mädchen, das du gerade erst ein paar Tage kennst.«

Aber Warren war schon zur Tür hinaus. Sie hörte, wie der Porsche losröhrte.

»Deana, wenn du da drin bist, mach auf. BITTE!«

Die Lichtkegel eines Scheinwerferpaars schwenkten über die Einfahrt. Warren blinzelte und hielt sich die Hand vor die Augen.

Leighs Wagen kam quietschend zum Stehen. Die Fahrertür schwang auf, und sie sprang heraus.

»Warren!«

»Leigh! Sie sind in Sicherheit ...«

»Ja! Aber was ist mit Deana?«

»Was meinen Sie damit?« Er hatte das Gefühl, als würde sein Herz stehen bleiben.

Er *war* zu spät gekommen. Er hatte es die ganze Zeit gewusst.

Es stand neben Leigh, während diese den Schlüssel ins Schloss fummelte. Die Tür ging auf. Sie stürmten ins Haus.

Der Flur lag im Dunkeln.

Sie liefen ins Wohnzimmer. Der flackernde Bildschirm des Fernsehers ließ gespenstische Schatten an den Wänden tanzen. Ein Talkmaster hielt einem lächelnden Studiogast ein Mikrofon vor die Nase.

»Deana! Deana! Schatz! Bist du da?«

Leigh hetzte durch sämtliche Zimmer. Sie rief die ganze Zeit nach Deana, doch ihre Zuversicht schwand von Sekunde zu Sekunde. Ihre Knie zitterten.

Mit hängenden Schultern kehrte sie ins Wohnzimmer zurück. Sie sah niedergeschlagen und verzweifelt aus, am Ende ihrer Kräfte.

O Gott, dachte Warren. *Sheena hatte recht. Ich hätte die Polizei rufen sollen.*

Leigh bemerkte seine Besorgnis. »Bist du *jetzt* erst gekommen?«, herrschte sie ihn an.

»Ja, Leigh. Es tut mir leid. Ich bin aufgehalten worden ...«

»Mein Gott! Warren! Du bist *aufgehalten* worden? Verstehst du's nicht? Mace hat alles so arrangiert, dass er sich Deana schnappen kann ...«

»Was ist passiert? Und wo waren Sie, Leigh?«

Leigh sackte schluchzend in sich zusammen. Es hatte im Bayview überhaupt keine Schlägerei gegeben. Als sie ankam, war alles ruhig und in bester Ordnung gewesen. Die Gäste hatten ihr Essen genossen, ihre Rechnungen bezahlt und sich verabschiedet. Nichts von wegen »Hier ist der Teufel los«, wie Tony gesagt hatte ... Überhaupt – Tony. Er hatte gar nicht angerufen. Es war jemand, der sie hereingelegt hatte. Und sie hätte ihren letzten Cent darauf wetten können, dass es Mace gewesen war.

Das Telefon klingelte.

Leigh sprang auf und griff nach dem Hörer. »Ja?«, fragte sie mit heiserer Stimme.

Es war Mattie.

»Gott sei Dank ist mit dir alles in Ordnung, Leigh. Es gab hier überhaupt keinen Notfall. Da muss sich jemand einen Scherz erlaubt haben. Der Chef ist früher gegangen. Er wollte nach Hause, weil seine Frau krank geworden ist. Von einem Notfall wusste hier keiner was. Frag mich nicht, warum ... Leigh? Ist mit dir und Deana alles in Ordnung?«

Leigh und Warren schauten sich an. Heiße, angsterfüllte Tränen stiegen ihr in die Augen.

»Mattie, Deana ist verschwunden. Sie ist nicht hier.«

Einen Moment lang herrschte Schweigen.

»Es war Mace. Wir beide wissen das, Leigh. Oder?« Sie wurde lauter. »Dieses verdammte Arschloch. Herrgott! Mace. Unser allseits beliebter Stimmenimitator. Das Dreckschwein hat uns alle reingelegt.«

56

Es war kurz vor Sonnenaufgang.

Mace sah auf seine Armbanduhr. »In einer halben Stunde wird's hell«, murmelte er.

Zeit, sich auf den Weg zu machen. Obwohl, eigentlich gibt es keinen Grund zur Hektik, sagte er sich. Zeit habe ich in rauen Mengen. Er stellte seine Reisetasche an der Türschwelle ab und schob den Schlüssel ins Schloss.

Er grinste. Dieser Ort war wie geschaffen für seine »sonstigen Aktivitäten«. Hier war seit Wochen keine Menschenseele aufgetaucht.

Die Luft war frisch und klar. Auf den Grasbüscheln des Waldwegs schimmerte der Tau. Mace ließ den Blick über die Landschaft schweifen. Auf der einen Seite gab es Berghänge mit dunklen, nahezu undurchdringlichen Kiefernwäldern. Die Hütte, die im felsigen Gelände versteckt lag, war nahezu unzugänglich. Er selbst hatte den Waldweg benutzt, um hierherzukommen, doch er rechnete nicht damit, dass es außer ihm noch viele gab, die dieses Wagnis auf sich nehmen würden. Auf den holprigen Wegen hier in der Gegend war es ein Leichtes, ein Auto zu Schrott zu fahren.

Er schaute nach rechts zu der breiten Nebelwand, hinter der sich die steile Schlucht auftat. Es dämmerte. In der Ferne hörte er das Rauschen des Wassers. Da unten lag der Fluss. Vor zwei Jahren hatte er hier mal eine Wildwasserfahrt im Schlauchboot mitgemacht, und bei der Gelegenheit hatte er die Hütte entdeckt ...

Weit vom Schuss. Einsam und verlassen. Wie geschaffen für ihn. Und als Polizist hatte er sorgfältig darauf geachtet, seine Spuren gründlich zu verwischen, sodass niemand etwas von seinen »sonstigen Aktivitäten« mitbekam. Er konnte von Glück sagen, dass er einen derart abgelegenen Platz gefunden hatte.

Er betrat die Hütte.

»Hallo Süße. Ich bin wieder zu Hause«, flötete er.

Stille.

Dann ein gedämpftes Schluchzen vom Bett her.

»Hallo Deana? Wie geht's uns denn, Schätzchen?«

Er setzte seinen Seesack ab und ging hinüber zu Deana. Vor sich hin summend, knotete er den Seidenschal auf und zog ihn von ihrem Gesicht. Dann löste er die Schnur von ihren Handgelenken.

Deana schnappte nach Luft und linste mit zusammengekniffenen Augen ins Dämmerlicht.

Sie sah ihn vor sich stehen.

Mit diesem merkwürdigen Grinsen im Gesicht.

»BITTE, MACE. BRING MICH NACH HAUSE!«, platzte es aus ihr heraus.

»Aber Süße. Warum denn? Du bist doch zu Hause.« Mace wirkte erstaunt, fast ein bisschen beleidigt, dass sie offensichtlich anderer Meinung war.

»Wo bin ich?«

Sie rieb sich die Handgelenke. Sie brannten an den Stellen, wo die Schnur ins Fleisch geschnitten hatte. Ihre Hände selbst waren taub und gefühllos.

»Du bist gut aufgehoben, wo niemand dich finden kann, Schätzchen.«

Deana schaute sich in der Hütte um. In einer Ecke des Raums stand ein Blecheimer. *Den hätte ich vor ein paar Stunden gut gebrauchen können,* dachte sie. Sie spürte den dunklen nassen Fleck zwischen ihren Beinen, der mittlerweile unangenehm kalt geworden war. Sie sah ein paar Pakete mit Wasser in Plastikflaschen, eine offene Pappschachtel und einen klapprigen Holzstuhl. Und die Reisetasche von Mace, die genau vor ihr stand.

Sie rutschte rückwärts, bis sie mit dem Rücken an die Wand stieß, und warf dabei einen Blick auf die dicke graue Matratze. Sie war übersät mit schmutzig-braunen Flecken.

Blut?

Eigentlich waren sogar mehr Flecken zu sehen als Matratzenstoff.

Sie schluckte vor Angst.

»Mace, was hat du mit mir vor?«, fragte sie und ärgerte sich im gleichen Augenblick darüber, dass ihre Stimme so zitterte.

»Weiß ich selbst noch nicht genau, Süße. Aber wenn ich dir einen Rat geben soll, zerbrich *du* dir nicht dein hübsches kleines Köpfchen.« Er ging zu der Pappschachtel, nahm ein in Zellophan eingewickeltes Sandwich heraus und reichte es ihr. »Hier. Du bist bestimmt hungrig. Ist schon eine Weile her, seit du das letzte Mal was gegessen hast, oder?«

Sie nahm das Sandwich, pellte die Folie ab und hob die obere Brotscheibe ab.

»Is' nich' giftig«, sagte er, während er sie, ein Grinsen auf dem Gesicht, eingehend betrachtete. »Nicht so gut wie im Bayview, aber was Besseres gibt's nicht.«

Er nahm eine Flasche Wasser, drehte den Verschluss auf und reichte sie ihr. »Hier«, sagte er. »Geht doch nichts über ein Salamisandwich und einen Schluck Wasser. Das bringt dich ruckzuck wieder auf Vordermann. Hm ... sieht gut aus«, sagte er mit Blick auf das Sandwich. »Du hast hoffentlich nichts dagegen, wenn ich mir auch eins nehme.«

Er schnappte sich ebenfalls ein Sandwich und eine Flasche Wasser und setzte sich rittlings auf den Holzstuhl ihr gegenüber. Er brach einen Klumpen Brot ab und stopfte ihn sich in den Mund. »Du fragst dich bestimmt, was du hier machst«, sagte er kauend. »Warum ich mich so intensiv um meine hübsche kleine Nichte kümmere?«

»Kann man so sagen«, erwiderte Deana langsam, ohne den Blick von seinem Gesicht abzuwenden. Wie hatte sie ihn jemals attraktiv finden können? Mit seiner Lederjacke, den gebleichten Haaren und den Krümeln, die ihm aus dem Mund fielen, sah er aus wie ein abgehalfterter Biker.

Abgehalfterter Biker trifft's nicht.

Mace ist ein Bulle. Ganz und gar. Vergiss das nicht, Deana. Ein durchgeknallter Bulle – außer Rand und Band ...

Ihr Herz pochte wie verrückt.

Mace kaute auf seinem Sandwich herum und lächelte sie an, als wüsste er etwas, das sie nicht wusste.

Deana gefiel dieser Blick nicht. Sie zitterte.

»Soll ich dir eine Geschichte erzählen?«

»Wenn es sein muss.«

»Ich muss dich ja bei Laune halten, Schätzchen. Wir wollen doch nicht, dass du Langeweile hast, oder?«

Sie verzog das Gesicht. Er musste lächeln. Die Kleine hatte Mumm. Das musste man ihr lassen.

»Ich werd dir eine Geschichte erzählen. Und dann mache ich ein paar Fotos von dir. Abgemacht?«

Er hielt ihr die Hand hin, und sie schlug zögernd ein.

Die Art, wie er das Wort »Fotos« aussprach, gefiel ihr zwar gar nicht, aber zumindest machte er nicht den Eindruck, als würde er sie gleich umbringen.

Er stand auf und schaute durch die schmutzige Fensterscheibe der Hütte nach draußen. »Ich nehme an, deine Mom hat dir von Edith Paynes Brief erzählt«, sagte er.

»Ja, klar ... davon hat sie mir erzählt.«

»Ich hab was Besseres für dich, Süße. Ich werd dir *meine* Version erzählen!«

Er drehte sich auf dem Absatz um und sah ihr in die Augen. Er sagte kein Wort, sondern starrte sie nur an, als sei sie eine Fremde, die er noch nie im Leben gesehen hatte – nur um dann wieder dieses schräge Lächeln aufzusetzen.

Sie wandte den Blick ab. Sie war nervös und fühlte sich unwohl in ihrer Haut. Warum zum Teufel setzte der Kerl sich nicht hin und rückte endlich mit seiner GESCHICHTE HERAUS?

Gerade so, als ob er ihre Gedanken gelesen hatte, schnappte er sich den Stuhl und setzte sich wieder rittlings darauf. Dann fing er an zu erzählen.

»Was glaubst du, wie man sich fühlt, wenn man weiß, dass die eigene Mutter deinen Pa umgebracht und dich dann abgeschoben hat? Und das zu Leuten, denen es scheißegal ist, ob du verreckst oder nicht?«

Seine Augen funkelten sie an. In ihnen loderte ein Hass, den sie sich nicht erklären konnte.

Sie sackte in sich zusammen und antwortete stockend: »Keine Ahnung, wie ich mich da genau fühlen würde ... aber ich denke, es wäre furchtbar ...«

»Oh, du hast keine Ahnung, wie du dich genau fühlen würdest.« Er schraubte seine Stimme ein paar Oktaven hoch und äffte ihre Worte nach.

Dann verzog er den Mund. »Nun, dann werde ich es dir mal sagen, Deana. Es ist ein Scheißgefühl. Ein totales Scheißgefühl. Man fängt an, jemanden zu hassen. So sehr, dass man sich wünscht, diesen Jemand leiden zu lassen – so sehr, wie man selbst gelitten hat. Jahrelang.«

Deana sagte kein Wort.

»Mein Pa hatte keine Chance. Er war krank. Und besoffen. Kein Wunder, wenn man mit jemandem wie Edith Payne verheiratet war. Mein Pa hat geglaubt, dass er das Richtige tat, und ich glaube er hatte recht ... Kein Mädchen sollte so sein wie meine Schwester Tania. Ganz dunkel und überall mit schwarzen Haaren überwuchert ...« Er sackte auf seinem Stuhl zusammen. Tiefe Furchen gruben sich in sein Gesicht. Er sah völlig erledigt aus.

Deana gab keinen Mucks von sich.

Vielleicht fängt er gleich an zu heulen. Dann kann ich ihm vielleicht irgendwas über den Kopf hauen und mich aus dem Staub machen ...

Sie schaute sich unauffällig um, doch sie sah nichts, das man als Waffe hätte benutzen können. Außer dem Stuhl ... und auf dem saß er.

»Ich habe überall nach meiner Schwester gesucht, aber ich hab es nicht geschafft, sie aufzuspüren. Trotzdem hab ich nie die Hoffnung aufgegeben. Sie ist irgendwo da draußen.« Seine Stimme wurde lauter. »Und bringt Kummer und Elend über andere Leute, nehme ich an. Jawohl! Ich WEISS, dass sie sich irgendwo da draußen herumtreibt. Irgendwo ...«

»Und was hast du vor, wenn du sie findest, Mace? Oder sollte ich sagen, Jess?«

Super gemacht, du Klugscheißerin! Bist du lebensmüde? Legst du's drauf an, dass er dich umbringt? Mach nur so weiter, dann kannst du sicher sein, dass er's tut ...

Er hob den Kopf und sah ihr in die Augen. Sein Blick war merkwürdig leer, und doch war da ein wildes, gefährliches Funkeln.

Deana schauderte.

Herrgott, jetzt dreht er meinetwegen wieder durch. Bin ich denn ganz bescheuert?

Er verzog den Mund zu einem Grinsen, in dem keine Spur von Belustigung lag.

»Na so was. Da haben wir wohl einen kleinen Spaßvogel? Nenn mich einfach Onkel Mace, Schätzchen. Das ist schon in Ordnung.«

»Entschuldige, Mace. Ich wollte dich nicht ärgern«, sagte sie kleinlaut.

»Du ärgerst mich kein bisschen. Ich bin doch nur dein netter, lieber Onkel.«

»Du bist Polizist geworden, weil du Tania finden wolltest? Was hast du denn vorher gemacht?«

Er grinste. »Schlaues Kind. Nun ja, ich hab mich in Frisco herumgetrieben – in Bars gearbeitet, in Fitnessstudios. Ich kenne sämtliche Muckibuden in der Bay Area. Dann noch ein bisschen geboxt, alles Mögliche gemacht. Dann ist Mom krank geworden. Sie war damals schon ziemlich alt. Ich bin zurück nach Wahconda, aber als ich ankam, war sie schon tot. Das Einzige, was sie mir vererbt hat, war die Hütte, in der ich auf die Welt gekommen bin – und diesen Brief ...«

Deana hatte beinahe Mitleid mit ihm. Er war ein total verkorkster Typ. Krank im Kopf. Gefährlich – klar. Aber irgendwie auch ein trauriger Fall.

Völlig unvermittelt sprang er von seinem Stuhl auf und sah aus dem Fenster. Seine Hände glitten an seine Hüften hinab, seine Jacke rutschte hoch, und sie sah für einen kurzen Augenblick das Holster seiner Pistole.

»Mace«, sagte sie ruhig und leise. »Warum lässt du mich nicht nach Hause gehen? Mich hier festzuhalten bringt dir doch auch nichts. Man wird nach mir suchen. Und mich finden und dann ...«

»Dich finden? Wie kommst du auf die Idee, dass dich irgendwer finden wird, Schätzchen?«

»Na ja, sie werden eine Suchaktion starten und mich irgendwann aufspüren.«

»Nie im Leben. *Niemand* hat gesehen, wie du verschwunden bist. Und *niemand* wird dich hier finden. Das ist der Grund, warum ich mir diese Hütte ausgesucht habe. Weil hier nie jemand herkommt. Außer mir.«

Mit einem Mal stand er genau vor ihr. Die Beine gespreizt, grinsend. Er strich über ihre Haare. Strich sie glatt, sodass sie über ihre Schultern fielen. Wieder und wieder.

Sie zuckte zusammen und traute sich nicht, sich zu bewegen.

Sein Hosenlatz war genau auf Augenhöhe, und sie sah, wie etwas in seiner Hose zuckte.

O Gott. Nein! Er wird mich vergewaltigen. Bitte, lieber Gott. NEIN!

Er packte ihren Kopf und drückte ihn an sich. Seine Erektion wurde noch größer. Sie spürte das Pochen seines Schafts in ihrem Gesicht.

Sie riss sich los und rutschte strampelnd über die Matratze von ihm weg. Sie landete auf ihren Knien und rappelte sich auf die Füße.

»Bitte lass mich gehen, Mace. Bevor wir beide etwas tun, dass wir später bedauern.« Ihr Blick wanderte zu dem Stuhl. Das Ding konnte sie mit einem Mal zertrümmern.

Ich könnte eines der Beine schnappen und als Prügel benutzen.

Ihn damit umbringen, wenn es sein muss.

Ach ja? Und wer soll dir dabei helfen?

Er sah sie spöttisch an. »Mach keine Dummheiten, Deana. Denk immer daran, dass ich dir deinen süßen kleinen Hals brechen kann, ohne dass ich mich auch nur anstrengen muss.«

Er vollführte einen Handkantenschlag, dass die Luft zischte.

Sie blinzelte und malte sich aus, wie seine Hand auf sie zugeschossen kam.

Vorsicht, Deana.

Vielleicht kannst du ihn im Schlaf überrumpeln.

Falls er irgendwann einschläft ...

Mit einem Mal hatte sie das Gefühl, er könnte ihre Gedanken lesen. Die Vorstellung ließ sie frösteln.

Doch er schaute nur verwirrt und unsicher aus der Wäsche, dann schüttelte er den Kopf und stieß einen sorgenvollen Seufzer aus.

»Ich glaube, ich muss dich verschwinden lassen, Deana. Weißt du das?«

»Mich *verschwinden* lassen? Was meinst du damit – mich verschwinden lassen?«

»Dich irgendwo hinbringen, wo dir nichts passieren kann. Wo du in Sicherheit bist. Komm zu Onkel Mace, meine Kleine.«

Er winkte ihr lächelnd zu. So wie man einem Kleinkind ein Bonbon hinhält.

Sie starrte ihn an und bewegte sich nicht vom Fleck.

»Komm schon, Süße. Du willst doch nicht, dass Onkel Mace böse wird, weil die kleine Deana ungezogen ist.« Seine Stimme klang wie ein merkwürdiger Singsang.

»Was hast du vor, Mace?«

»Etwas, das ich schon eine ganze Weile hätte tun sollen.« Er hob die Schnur vom Boden auf.

Deana beobachtete ihn, wie er mit langsamen Schritten auf sie zukam und dabei die Schnur auf seiner Hand aufwickelte.

Sie wich zurück, stieß gegen die Wand und stand, mit ausgebreiteten Armen gegen die Bretter gelehnt, da.

»Komm schon, Deana. Sei ein braves Mädchen.«

Fasziniert schaute sie zu, wie er die Schnur in den Fingern hielt und stramm zog. Sie hielt sich die Hand an die Kehle.

»Nein, Mace. Bitte nicht«, keuchte sie. »BITTE MACH DAS NICHT, MACE!«

Dann wurde ihr schwarz vor Augen, und sie stürzte in einen tiefen Strudel.

Sie hörte Schreie, die durch die tödliche Stille hallten ...

Fast beiläufig fragte sie sich, wer das wohl sein mochte, der da schrie.

Dann erstarben die Schreie, und sie hörte Schluchzer und ein leises Wimmern.

57

»Ganz ruhig bleiben, Kleines. Onkel Mace wird dir nichts tun. Jedenfalls noch nicht.« Er stand über sie gebeugt da und fummelte mit der Schnur herum. Er wickelte sie um ihre Beine – sorgfältig und stramm. Daraus, wie er dabei vorging, schloss Deana, dass er so etwas nicht zum ersten Mal machte.

Sie wand sich und versuchte, ihn zu treten, doch mehr als harmloses Gestrampel kam dabei nicht heraus.

Verdammte Scheiße, der Typ schnürt mich zusammen wie einen Sonntagsbraten!

Tränen der Verzweiflung liefen ihr die Wangen herunter.

Mace verzog den Mund zu einem schiefen Lächeln. »Aber, aber, meine Liebe. Keinen Ärger machen. Sonst passiert dir noch was.«

Er schlug ihr mit der flachen Hand ins Gesicht. Ihr Kopf schleuderte zur Seite und sackte dann nach vorn. Ihr Haar fiel auf ihre Schultern. Sie stieß einen leisen Schrei aus und schnappte nach Luft, um eine Flut von Flüchen über ihn niedergehen zu lassen.

Doch dann überlegte sie es sich anders und kniff die Lippen zusammen.

Ich sollte ihn nicht noch mehr reizen. Sonst bringt er mich noch um.

Er bringt dich *sowieso* um.

»Hey Süße«, flüsterte er. »Hat dir das gefallen?«

Keine Antwort.

Er bemerkte den Trotz in ihrem Blick und schlug ihr erneut ins Gesicht. Diesmal mit dem Handrücken.

Der gute Onkel Mace scheint sich prächtig zu amüsieren.

Nur nicht weich werden, Deana.

Er will dich kleinkriegen, deinen Widerstand brechen. Will, dass du um Gnade winselst. Da kann er lange warten. Lass diesen Drecksack auf keinen Fall merken, dass du Angst hast ...

Nachdenklich betrachtete er ihr Gesicht – sah die Tränen, die zusammengebissenen Kiefer. Und den Trotz, der immer noch in ihren Augen funkelte.

Wieder grinste er bis über beide Ohren.

»Das ist ein braves Mädchen. Onkel Mace mag es gar nicht, wenn Mädchen aufmüpfig werden ...«

Sie wackelte mit den Füßen.

Die Schnur schnitt ihr in die Waden und die Fußgelenke.

Sie verzog das Gesicht. Widerstand war nicht nur sinnlos, sondern auch noch überaus schmerzhaft.

Mace ist ein krankes Stück Scheiße, dachte sie voller Wut. *Aber jemanden zu fesseln, das hat er drauf.*

Voller Verzweiflung schaute sie an ihren Beinen hinab – sie waren bleich und aufgedunsen, und die Schnur schnitt ein Zickzackmuster in ihr Fleisch. »Guter Gott, Mace«, keuchte sie. »Das tut höllisch weh – bitte mach mich los. Oder willst du, dass mir die Beine absterben?«

Mit einem Mal wurde ihr schlagartig bewusst, wozu Mace in der Lage war. Welchen Schaden er anrichten ... welche *Schmerzen* er ihr bereiten konnte.

Sie fing am ganzen Leib an zu zittern.

»Na? Kriegst du's mit der Angst, Schätzchen?«

Sie kniff die Lippen zusammen und warf ihm einen verächtlichen Blick zu.

»Keine Antwort. Aha. Wie wär's mit noch 'ner Schelle?«

Wieder traf ein Schlag sie im Gesicht.

Härter als beim letzten Mal.

Ziemlich genau auf die Stelle, wo Nelson sie vor zwei Wochen mit der Faust getroffen hatte. Ein stechender Schmerz breitete sich in ihrem Gesicht aus.

»Oooaaahhh ...«, keuchte sie. Sie schüttelte den Kopf und spürte, wie ihr ein Schwall Blut in den Mund schoss. Ihre oberen Schneidezähne steckten in ihrer Unterlippe fest. Vorsichtig machte sie den Mund auf, und Blut troff ihr das Kinn herunter.

Noch so eine Nummer, und der Scheißkerl bricht dir den Hals.

Sie krümmte sich vor Schmerz zusammen und hielt sich die Hand ans Kinn. Ihre Lippen fühlten sich geschwollen und wabbelig an. Knurrend biss sie die Zähne zusammen und murmelte: »Leck mich am Arsch, du Wichser.«

Er zog die Augenbrauen in die Höhe.

»Tun wir mal so, als hätte ich das nicht gehört, Süße ...«

Sie starrte ihn an, aber er schien irgendwie entrückt – gerade so, als würden seine Gedanken um etwas ganz anderes kreisen. Und so war es auch.

Er neigte den Kopf zur Seite, schaute sie an und bewunderte seine Arbeit. Die geschwollenen Augen, den aufgedunsenen Mund, die aufgeplatzten Lippen, das Blut, das ihr Kinn hinunterlief ...

Er streckte die Hand aus, zog ihr die Bluse herunter und entblößte eine ihrer Schultern. Doch er war nicht ganz zufrieden. Also zog er die Bluse noch ein wenig weiter herunter, bis ihre Brust herausschaute.

Deana zuckte zusammen und erstarrte. Eine Gänsehaut breitete sich auf ihrem ganzen Körper aus.

Sanft ließ Mace seinen Finger über ihre Brust gleiten und umkreiste ihre harte, dunkle Brustwarze.

Deana krampfte sich der Magen zusammen. Atemlos rückte sie von ihm weg.

Er sah ihr herausfordernd in die Augen.

Noch eine Bewegung, und …

Sie sackte vornüber. Einen Moment lang spielte sie mit dem Gedanken, sich laut schreiend auf ihn zu stürzen, ihre Fingernägel in sein Gesicht zu krallen und ihm die Augen auszukratzen

Doch er machte einen Schritt rückwärts – wie ein Künstler, der sein Werk begutachtet.

Deana gab auf. Sie rührte sich nicht mehr.

Und jetzt noch ein letzter Touch.

Ihre langen schwarzen Haare.

Er streckte die Hände aus und ließ die langen glänzenden Strähnen zwischen seinen Fingern hindurchgleiten. Sie fühlten sich an wie Seide. Er genoss das Gefühl für eine Weile und drapierte sie dann über Deanas Schultern.

»Hmmm – ahh!« Er machte einen zufriedenen Eindruck. Leise vor sich hin summend, kramte er eine Weile in seiner Reisetasche herum. Er nahm die Nikon heraus und ein paar Rollen Film.

Polaroids sind heute nicht nötig. Das Licht ist okay.

Alles läuft hundertprozentig nach Plan.

Er war dabei, dem Schaffen des Mace Harrison ein weiteres Meisterwerk hinzuzufügen. Eine warme Woge der Befriedigung und freudigen Erwartung stieg in ihm auf. Er fühlte sich großartig.

Jetzt hob er den Blick in Richtung Himmel und verzog den Mund zu einem zynischen Lächeln.

»Das hier ist für dich, Daddy«, flüsterte er.

58

Mace verzog die Lippen zu einem angedeuteten Kuss.

»Lächeln, Schätzchen. Gleich kommt das Vögelchen«, sagte er und hielt die Kamera an sein Auge. Er machte einen Schritt rückwärts und justierte die Entfernung am Objektiv.

Er wollte Deana *ganz* im Bild haben. Zunächst, wie sie mit dem Rücken an der Bretterwand der Hütte lehnte. Der perfekte Hintergrund für ihren bleichen, geschundenen Körper. Und außerdem ließen sich daraus keinerlei Schlüsse ziehen, wo das Foto aufgenommen worden war.

Es war nichts zu sehen außer Deana und die beschissene Bretterwand.

Deana: mit Tränen, die ihr die Wangen herunterliefen, während ihr Kiefer schlaff herunterhing ... die aufgeplatzten Lippen geschwollen und aufgedunsen ... die dunklen Augen erfüllt von Angst, flehend ...

Er würde sie aus jedem Winkel ins Bild setzen. Von links ...

»Nicht bewegen, Schatz.«

Von vorne.

Und dann von rechts ...

»Und jetzt in Großaufnahme.«

Er zoomte heran und machte dann noch ein paar Porträts aus kurzer Distanz.

Mace ging völlig in seiner Arbeit auf. Eine Viertelstunde lang schoss er ein Foto nach dem anderen – nur unterbrochen von gelegentlichen Pausen, wenn er den Film wechseln musste.

Als er schließlich fertig war, packte er die Kamera wieder in seine Reisetasche.

Deana stieß einen Seufzer der Erleichterung aus. Sie glitt an der Wand herunter und sackte zu Boden. Er fühlte sich kalt und feucht an unter ihren Pobacken. Salzige Tränen stiegen ihr in die Augen, rannen ihr über die Wangen und brannten in ihren aufgeplatzten Lippen.

Sie behielt Mace die ganze Zeit im Blick und beobachtete ihn ängstlich – wie eine Maus in den Fängen einer Katze.

Mace strahlte über beide Ohren und ließ seine weißen Zähne aufblitzen.

»Wie wär's mit Frühstück?«, fragte er und zog den Reißverschluss der Sporttasche zu. »Ich hab einen Mordshunger!«

Er ging zu dem Karton mit Lebensmitteln und zog ein Sandwich heraus. »Hier«, sagte er, während er die Frischhaltefolie abpellte. »Nimm einen Bissen.«

Deana wurde von Zorn gepackt. »Such dir einen Therapeuten, Mace«, presste sie zwischen ihren aufgequollenen Lippen hervor. »Du glaubst, ich mache *alles*, was du willst? Fick dich, du Penner. Du bist einfach nur krank im Kopf, und das weißt du selbst. Irgendwann wird mich jemand finden, und dann wirst du für alles bezahlen, was du mir angetan hast.«

Mace zuckte mit den Achseln, setzte sich auf den Holzstuhl und biss ein Stück von dem Sandwich ab. Krümel fielen ihm aus dem Mund, während er grinsend auf seinem Essen herumkaute.

Er deutete mit dem Sandwich auf sie. »Wenn du nichts essen willst, lässt du's eben bleiben. Ich werd' dich deswegen nicht umbringen. Jedenfalls noch nicht. Vorher hab ich noch ein paar Sachen zu erledigen. Aber du wirst noch bereuen, dass du nicht zugegriffen hast, Schätzchen. Kann sein, dass es ein paar Tage dauert, bis ich mich entschließe ...«

Sie zitterte am ganzen Leib, bemühte sich aber, ihre Stimme unter Kontrolle zu halten und sich nicht anmerken zu lassen, wie sehr er sie verletzt hatte. Es fiel ihr nicht leicht. »Bevor du dich zu *was* entschließt?«

»Das wirst du schon sehen, Süße. Keine Angst!«

Als er das Sandwich aufgegessen hatte, beugte er sich vor und hob die Decke auf. Er faltete sie auseinander, warf sie Deana über den Kopf und zog sie ihr über die Schultern.

Deana prustete und schrie.

Schrie sich die Seele aus dem Leib, wand und krümmte sich.

Er zog sie an sich und hielt sie fest, bis sie sich beruhigt hatte. Amüsiert stieß er ein kurzes Lachen aus. »Spar dir die Mühe, Schätzchen. Es ist niemand in der Nähe, der dir zu Hilfe kommen könnte – und dein beschissener Freund schon gar nicht. Wie heißt er noch mal? Warren? Ah. Warren *Schwanzlutscher* Beatty?«

Mace war prächtiger Laune. Glucksend vor Lachen, als hätte er gerade den Witz des Jahrhunderts gemacht, hielt er Deana umklammert.

Dann riss er die Decke weg und packte den Kragen ihrer Bluse. Er drehte ihn um, bis sie kaum noch Luft bekam.

Er hatte aufgehört zu lachen. Stattdessen war dieser animalische Blick wieder zurückgekehrt. Er bleckte die Zähne, hob sie in die Höhe und drückte sie gegen die Wand. Dann verzog er den Mund zu einem fiesen Grinsen.

Er ließ sie los. Sie kippte nach vorn, und er wickelte blitzschnell die Decke um sie.

Rasch hielt er sie mit einer Hand fest und machte mit der anderen seinen Gürtel auf. Er zog ihn aus seiner Hose und ließ ihn knallen wie eine Peitsche. Dann schlang er ihn um ihren Oberkörper, bis sie die Arme nicht mehr bewegen konnte, und zog ihn zu.

Deana hatte aufgehört zu schreien – sie bekam kaum noch Luft.

Ich kann nicht gleichzeitig atmen und schreien.

Erst mal atmen.

Sie machte ein paar kurze, stoßweise Schnaufer.

Panik stieg in ihr auf. Ihr Kopf tat höllisch weh.

Schweiß trat ihr aus allen Poren.

Mein Gott. Er will mich tatsächlich umbringen!

Ich werde sterben, und niemand wird es je erfahren …

Er hievte sie wieder auf die Schultern und schob sie hin und her, bis er sie einigermaßen ausbalanciert hatte. Seine Schulter drückte sich in ihre Eingeweide. Ihr Kopf baumelte herunter, und das Blut pochte in ihrem Schädel.

Er machte ein paar Schritte vorwärts und verpasste ihr einen krachenden Schlag gegen den Kopf, als er zur Tür hinaustrat.

Sie spürte einen stechenden Schmerz, sah Sterne. In ihrem Kopf drehte sich alles, und sie hatte das Gefühl, gleich kotzen zu müssen …

Mace war jetzt im Freien. Heftig keuchend bahnte er sich einen Weg durch unebenes Gelände, das mit Büschen und Gestrüpp überwuchert war. Mit jedem schwankenden Schritt rammte sich seine Schulter in Deanas Bauch und drückte ihr die Eingeweide zusammen. Sie schnappte nach Luft und würgte. Lange würde sie das nicht mehr aushalten.

Die Sonne brannte durch die Wolldecke hindurch auf ihren Rücken. Immer heftiger machte sich ihre Übelkeit bemerkbar. Sie kämpfte mit aller Macht gegen den Brechreiz an, dann landete sie unsanft auf dem Boden. Unter ihrem Hintern spürte sie vertrocknete Grasbüschel und Steine. Sie kippte zur Seite, rollte einmal herum und blieb dann auf dem Rücken liegen.

Sie hörte, wie Mace in seinen Cowboystiefeln davonstapfte, und dann, wie eine Tür geöffnet wurde.

Mace kehrte zurück und hievte sie wieder auf seine Schulter.

Ein kalter Luftzug strich über ihre Beine. Dabei war es eben noch so heiß gewesen.

Und jetzt ... ist es auf einmal eiskalt ...

Wo bin ich? Wo bringt er mich hin?

Deana fing an zu weinen.

Sie wünschte sich, Warren wäre da.

Falls – wenn Warren mich findet, wird er Mace für alles büßen lassen. Er wird ihn zu Brei prügeln, in Stücke reißen und ihn erledigen. Und mich dann nach Hause bringen.

Ein schwaches Lächeln trat auf ihre Lippen. Sie malte sich aus, wie Warrens Hand zärtlich über ihre Schenkel strich, er seinen Mund auf ihren presste und stöhnte, während sich ihre Finger um seinen harten Schaft schlossen ...

Feuchter Modergeruch drang durch die Wolldecke und kroch ihr in die Nase. Es war kalt hier drin ... wo immer das auch sein mochte ... Feuchtkalt. Elend kalt.

Ein Platz, wo niemals ein Sonnenstrahl hinfällt.

O mein Gott!

Sie stürzte in die Tiefe. Prallte auf etwas, das unter ihrem Gewicht nachgab. Es fühlte sich weich an, federte aber nicht.

Wie eine Matratze auf einem Lehmboden.

Sie hört Mace atmen – ein stoßweises, grunzendes Keuchen. Sie spürte, wie er an dem Gürtel herumzerrte und -fummelte und schließlich die Schnalle löste. Dann wickelte er die Schnur von ihren Beinen ab und zog ihr die Decke vom Gesicht.

Herrgott, was für ein *Gestank* ... Eine ranzige Dreckschicht unter ihr, die Wände glänzend vor Feuchtigkeit ... Sie versuchte, etwas zu erkennen, aber es war so *dunkel.* Sie hatte keine Ahnung, wo sie war.

Ohhhh ... Ist das KALT hier drin!

Wie in einem Grab ...

Zitternd und wimmernd zog sie die Decke heran. Ein unerträgliches Brennen und Prickeln breitete sich in ihren Beinen aus, als das Blut wieder zurückströmte.

Tränen rannten ihr über das Gesicht.

»Lass mich gehen, Mace. BITTE«, sprudelte es aus ihr heraus. »Ich hab dir doch nichts getan. Ich hab doch auch die Klappe gehalten darüber, dass du bei mir im Zimmer aufgetaucht bist. Mom hat davon nicht die geringste Ahnung, und ich verspreche dir, wenn ich hier rauskomme, kannst du sicher sein, dass ich niemandem auch nur ein Wort davon erzähle.«

»Keine Sorge, Süße. Onkel Mace *weiß ganz* sicher, dass du niemandem was erzählen wirst.« Seine Stimme senkte sich ein wenig. Er sprach ruhig, leise und mit Bestimmtheit.

»Merk dir eins, Kleines. Du wirst niemandem was erzählen, weil – du – nirgendwo – hingehen wirst. Klar?«

Seine Augen funkelten in der Dunkelheit.

Deana sagte kein Wort.

Eine Gänsehaut kroch ihr den Rücken hinauf. Die dumpfen, pochenden Schmerzen am ganzen Körper, das stechende Kribbeln in ihren Beinen – all das war nichts im Vergleich zu der Furcht, die sie nun empfand.

Ihr Herz hämmerte in ihrer Brust.

Dieser gottverdammte durchgeknallte Irre! Er wird mich umbringen! Ich werde hier drin verrecken, und niemand wird mich je finden.

Bilder von Mace stiegen vor ihr auf, wie er sie aufschlitzte, seine Hände in ihren Schoß grub und darin herumwühlte – und sie schließlich auseinanderriss ... wie er böse grinsend an ihrem Fleisch herumnuckelte, sich die Lippen leckte und seine blutverschmierten Finger ...

Sie schlug die Hände vors Gesicht, dankbar und erleichtert, dass er sie – zumindest im Augenblick – in Ruhe ließ.

Sie hörte, wie er davonstampfte.

Sie brach in Tränen aus und schluchzte hemmungslos.

Dann linste sie zwischen ihren Fingern hindurch und sah einen kleinen Streifen Sonnenlicht, der zur Tür hereinfiel, als Mace den Raum verließ.

Die Tür knallte zu.

Staub und Dreck fielen prasselnd zu Boden.

Ein Schlüssel klapperte und wurde laut knirschend umgedreht.

59

Das Ding kam näher ...

Leise – wie ein Tier, das sich vorsichtig anschlich.

Sie hörte seinen heiseren Atem.

Roch seinen fauligen Atem.

Es hing über ihrem Bett.

Mit einem Mal kam aus dem Nichts ein Tuch heruntergeflattert und legte sich über ihr Gesicht.

Es klebte förmlich an ihr – wie eine zweite Haut.

Von einer Woge der Panik erfasst, schrie sie laut auf und riss an dem Tuch.

Und die ganze Zeit schaute das Ding zu.

Sie sah die riesigen, von Adern durchzogenen ausgebreiteten Flügel auf seinem Rücken. Dicke Strähnen aus verfilztem Haar. Kleine, stechende Augen. Spitze Zähne. Verkrümmte Krallenhände, die sich nach ihr ausstreckten.

Ihre Schreie verwandelten sich in ein hilfloses Wimmern, das langsam erstarb. Schweiß floss ihr in Strömen am ganzen Körper herunter. Sie versuchte zu schreien, brachte aber keinen Laut hervor. Sie versuchte es erneut, konzentrierte sich mit aller Kraft auf ihre Stimme. Ihre Kiefer schmerzten, ihre Kehle fühlte sich an wie Sandpapier, trocken und spröde.

Sie wand und drehte sich, doch die Hände packten sie am Hals – schlossen sich immer fester und fester um ihre Kehle ... bis sie hinabfiel und in eine tiefe Dunkelheit stürzte ...

Ruckartig schreckte Leigh aus dem Schlaf hoch. Mit einer Hand ihre Kehle umklammernd, zerrte sie sich die Decke von ihrem schweißgebadeten Leib und schaute sich nach dem gespenstischen Albtraumwesen um.

Die Vorhänge blähten sich träge in der kühlen Nachtluft.

Immer noch nicht überzeugt, dass sie allein im Zimmer war, starrte sie ängstlich in die Dunkelheit und erkannte vertraute Gegenstände – ihren Kleiderschrank, die Kommode, den Korbsessel, die Wäschetruhe. Die Bilder an der Wand.

Sie stieß einen Seufzer aus, ihr Atem beruhigte sich. Alles ist in Ordnung, sagte sie sich.

Und dann: *Nein. Ist es nicht.*

Erneut keuchend suchte sie mit den Augen sämtliche dunklen Winkel des Zimmers ab, in denen sich *irgendwas* verstecken konnte.

Sie schob die Decke mit den Füßen weg.

Ihr Nachthemd klebte ihr am Hals und schnürte ihr die Kehle ab. Das war seit ihrem letzten Albtraum nicht mehr passiert – als Edith Payne sie an Charlies Grab gepackt und angeschrien hatte ...

Charlies Beerdigung.

Und jetzt stand ihr vielleicht Deanas Beerdigung bevor ...

NEIN! NEIN! NEIN!

HÖR SOFORT DAMIT AUF! SOFORT!

Deana ist nichts passiert.

Ich weiß es. Ich weiß es. Ich würde es spüren, wenn sie to... Ich kann es nicht aussprechen. *ICH WERDE ES NICHT AUSSPRECHEN!*

Die Erkenntnis, dass Deana verschwunden war, brach erneut mit aller Gewalt über sie herein. Dies war die zweite Nacht, in der sie nur unter Medikamenteneinsatz in einen halbkomatösen Schlaf gefallen war, in den dann doch geisterhafte Albtraumkreaturen einfielen wie ein Rudel durchgedrehter Harpyien.

Leigh sackte innerlich zusammen. Mattie hatte gesagt, sie würde anrufen, sobald es Neuigkeiten gab ... sobald irgendein Hinweis, und sei er noch so unbedeutend, auftauchen würde. Doch bisher war nichts aufgetaucht.

Null.

Gar nichts.

Sie wusste, dass die Cops fieberhaft an dem Fall arbeiteten – zumal ihnen Mattie vermutlich ordentlich Dampf machte ... Doch es gab nicht die geringste Spur von Mace. Und auch nicht von Deana.

Leigh schwang die Beine aus dem Bett. Die kühle Nachtluft strich über ihre Haut und ließ sie frösteln. Sie zitterte, fühlte sich unendlich erschöpft – ungeduldig auf Neuigkeiten wartend. Mattie hatte darauf bestanden, dass sie zu Hause am nützlichsten war. Was ist, wenn Deana versucht anzurufen ... Du musst vor Ort sein ...

Also hatte Leigh gewartet. Doch Deana hatte nicht angerufen. Nur Warren, der sich immer wieder besorgt nach dem Stand der Dinge erkundigt hatte, und Mattie, die ihr Mut zugesprochen hatte.

Zwei Cops waren zu ihrem Schutz abkommandiert, die nun im Haus Wache schoben und immer wieder auf dem Revier anriefen, ob es etwas Neues gab.

Doch bisher war das nicht der Fall.

In ihrem Inneren fühlte sie, dass Mace hatte, was er wollte.

Deana.

Eine Ersatz-Tania.

Mein Gott, Deana. Mach ihn bloß nicht wütend.

Benutz deinen Verstand. Warte auf deine Gelegenheit.

Warte auf deine Gelegenheit?

Bei einem durchgeknallten Super-Cop? Einem Irren wie Mace?

Bitte, lieber Gott, hilf meinem kleinen Mädchen.

Leigh stand auf. Sie wankte, fasste sich mit der Hand an die Stirn und kippte nach hinten aufs Bett.

Sie streckte die Hand nach dem Wasserglas auf dem Nachttisch aus und sah das braune Döschen mit den Schlaftabletten. Sie wollte schon danach greifen, überlegte es sich dann aber doch anders.

Ich muss wach bleiben, falls Deana anruft.

Außerdem habe ich sowieso keine Lust zu schlafen, bei all diesen Albträumen ...

Sie zog einen Morgenmantel über und ging in den Flur. Die Fliesen unter ihren nackten Füßen fühlten sich eiskalt an. Sie stapfte ins Wohnzimmer. Draußen dämmerte es, das fahle graue Licht warf gespenstische Schatten auf den Teppich.

Sie schaute sich um und hielt die Luft an.

Irgendetwas stimmte hier nicht.

Es war ganz still.

Totenstill. Zu still.

Die beiden Cops, Halliwell und Bodine, machten vermutlich ein Nickerchen. Einer im Esszimmer und einer in der Küche. Dort hatte sie die beiden jedenfalls zuletzt gesehen.

Aber irgendwie war dies keine friedliche Stille von Leuten, die schliefen. Dies war mehr ein allgegenwärtiger tödlicher Hauch. Als würde die Welt den Atem anhalten. Und warten ... Doch worauf? Das Armageddon?

Sie schüttelte hektisch den Kopf und atmete einmal tief durch. *Fang nicht an zu spinnen,* sagte sie sich. Du bist völlig überdreht, weil du dich verrückt machst vor Sorgen um Deana.

Und Angst hast, dass ...

Irgendwas stimmt hier nicht.

Sie stieß einen langen, ohrenbetäubenden Schrei aus, der sie unweigerlich an Edith Payne denken ließ und an den Schrei, sie beim Anblick von Charlies zerschmettertem Körper ausgestoßen hatte. Wie ein verwundetes Tier hatte sie geklungen.

»O nein, o NEIN!« Leigh schluchzte wie ein verängstigtes Kind. Sie presste sich die Hände an die Brust, und ihre Beine gaben unter ihr nach. Sie knallte auf den Teppich und robbte zum Fernseher.

Dort griff sie nach den Fotos, die auf dem Boden ausgebreitet lagen.

Der Anblick ließ sie zittern vor Entsetzen.

DEANA! NEIN!

Ein Dutzend Schwarz-Weiß-Fotos.

Deana, das Gesicht mit Blutergüssen übersät, die Lippen aufgeplatzt und angeschwollen. Ihre Haare sorgfältig über die nackten Schultern drapiert ... und um ihre Brüste.

O Gott ... Deana!

Leigh griff nach einem der Fotos und presste es schluchzend an ihren Mund, während ihre Tränen dünne Linien und Flecken auf dem Fotopapier hinterließen. Dann verstummte sie und betrachtete die übrigen Fotos.

Langsam hob sie eins nach dem anderen auf, und bei dem Anblick dessen, was Mace angerichtet hatte, krampfte sich ihr Magen zusammen ...

O Gott.

Ich muss Mattie Bescheid sagen. Vielleicht ist irgendwo auf den Fotos ein versteckter Hinweis zu finden. *Irgendwas ...*

Mattie würde darauf stoßen.

Sie kannte Mace besser als jeder andere.

Die Fotos an die Brust gedrückt, rappelte Leigh sich auf.

Noch ein Foto. Eins, das ihr ganz vertraut war. Deana am Strand in Point Reyes. In ihrem neuen weißen Bikini. In die Kamera lachend.

Mace – dieses miese Dreckschwein.

Er hatte es die ganze Zeit gehabt.

Deana hatte es gar nicht Warren gegeben.

Dieser elende Satan! Wie konnte ich nur so bescheuert sein, so einen gottverfluchten Irren auch nur ins Haus zu lassen!

Schuldgefühle stiegen in ihr hoch.

Wenn sie nicht den Streit mit Nelson gehabt hätte.

Wenn sie sich nicht mit Mace eingelassen hätte.

Wenn sie damals nicht zu Tante Jenny gefahren wäre. Damit hatte es angefangen.

Jetzt reiß dich zusammen, Leigh. Werd endlich erwachsen. Das hier ist nicht deine Schuld.

Aber vielleicht hättest du auf Deana hören sollen. Sie konnte Mace von Anfang an nicht ausstehen.

Und jetzt wurde sie von ihm gefangen gehalten, und ihre grottendämliche Mutter ist nie auch nur auf die Idee gekommen, dass mit Mace irgendwas nicht ...

Leigh hastete zum Flur, um ihre Leibwächter zu wecken und ihnen zu sagen, dass Mace sich ins Haus geschlichen hatte.

Und eventuell noch immer im Haus war.

Das Blut gefror ihr in den Adern.

Es herrschte unheimliche Stille.

Tolle Leibwächter ... Schlafen, während ein Einbrecher im Haus herumschleicht. Wo sind die überhaupt? Die müssen mich doch gehört haben?

Leigh fand schnell heraus, warum die Cops keinen Mucks von sich gaben. Beide lagen in einer Blutlache – mit einer klaffenden Schnittwunde in der Kehle.

»Mattie. Mattie!«, schrie sie in den Telefonhörer, als könnte sie damit erreichen, dass sich Mattie meldete. Doch nichts passierte. Hektisch hinterließ sie eine Nachricht auf dem Anrufbeantworter: »Mattie, bitte komm her, so schnell du kannst. Hier ist etwas passiert. Etwas Schlimmes. Du musst herkommen. SOFORT!«

Dieser Tag fing ja ganz hervorragend an – ganz allein im Haus mit diesen furchtbaren Bildern von Deana ... und zwei Leichen, die ihr Gesellschaft leisteten.

Warren! Er wird wissen, was zu tun ist.

Sie ließ die Abzüge auf den Boden flattern und blätterte mit zitternden Fingern ihr Adressbuch durch.

Sie fand Warrens Nummer und wählte sie.

Ihre Knie fühlten sich an wie Gummi, und das Herz schlug ihr bis zum Hals, während sie darum betete, dass Warren endlich abhob.

»Bei Hastings«, sagte eine Frauenstimme.

Sheena.

»Hier ist Leigh West. Ich muss dringend mit Warren reden.«

»Sofort da, Schwester.« Sheenas Antwort kam wie aus er Pistole geschossen. Als hätte sie den Anruf erwartet.

Es folgte ein Moment der Stille.

»Leigh. Hier ist Warren. Was ist los?« Seine Stimme hob sich. »Deana?«

»Warren, bitte komm hier her. Jemand war im Haus. Ein Einbrecher. Es *muss* Mace gewesen sein. Und ... die beiden Polizisten ...«

»Ja?«

»Sie sind tot, Warren. Ermordet.«

»Herrgott!«, presste Warren mit heiserer Stimme heraus. »Ich komme rüber, Leigh. Hast du die Polizei verständigt?«

»Ich hab Mattie angerufen. Sie ist nicht zu Hause. Ich hab ihr eine Nachricht auf dem Anrufbeantworter hinterlassen.«

»Und beim Revier Mill Valley?«

»Nein. Das mache ich aber jetzt gleich.«

»Bleib, wo du bist, Leigh. Ich rufe die Polizei von hier aus an und bin dann in zwei Minuten da. Fass nichts an im Haus.«

»Warren, er hat Fotos dagelassen«, sagte Leigh schluchzend.

»Das *Dreckschwein*! Ich bin gleich da, Leigh.«

Sheena schaute Warren an. »Ich komme mit. Ich muss wissen, was los ist.«

»Du bleibst am besten hier. Kann sein, dass deine Anwesenheit bei Leigh zu Hause die Sache nur noch komplizierter macht.«

Leigh stieß einen tiefen Seufzer aus. Sie zitterte am ganzen Leib.

Sie schlang den Morgenmantel um sich, fummelte nach dem Gürtel und zog ihn fest. Gott sei Dank ist Warren da, dachte sie. Deana hatte recht. Er ist so vernünftig und besonnen ...

Sie starrte auf die Haustür, als könnte sie ihn dadurch herbeizaubern, damit er ihr sagte, dass alles wieder in Ordnung kam. Er würde Deana finden und wieder nach Hause bringen.

Sie schaute auf die am Boden zerstreuten Abzüge und bückte sich, um sie aufzuheben.

Eine Hand glitt um ihre Taille.

Leigh zuckte zusammen ...

... und wurde starr vor Schreck.

60

Die Hand griff fester zu.

Eine weitere Hand packte sie am Arm und riss sie hoch. Drehte sie herum.

Lippen pressten sich auf ihren Mund. Sanft ...

Mace.

»Hallo, meine Liebe«, flüsterte er. »Lange nicht gesehen. Wie geht's denn?«

»DU! Du Dreckskerl! Was tust du hier? Und wo ist Deana? Sag mir, wo du sie versteckt hast. SAG'S MIR!« Sie schüttelte seine Hände ab, packte ihn an seiner Motorradjacke und zerrte ihn zu sich heran. »Sag mir, was du mit meiner Tochter gemacht hast! Du wirst nie damit durchkommen. SAG MIR – WO IST SIE?«

»Hey. Immer mit der Ruhe. Und lass mich lieber los. Wo Deana *ist*, kann ich dir leider nicht sagen – aber sie ist gesund und munter.« Er dachte einen Moment nach, stieß einen langen Seufzer aus, schüttelte den Kopf und fügte grinsend hinzu: »Gesund und munter ist vielleicht ein bisschen übertrieben, aber es geht ihr ganz okay. Jedenfalls im Augenblick.«

»Wo ist sie, Mace? Sag mir einfach, wo sie ist.«

Er machte einen Schritt zurück und trat in den Schatten. Seine Augen funkelten im Halbdunkel, plötzlich hatte er ein Messer in der Hand.

Seine Augen zogen sich zusammen.

Das Messer auf Leigh gerichtet, flüsterte er: »Das geht nur mich was an – und unseren kleinen Freund Warren. Soll er sie doch finden.«

»Warren? Warum ausgerechnet Warren? Das gesamte Revier von Mill Valley ist auf der Such nach Deana ... und dazu noch Mattie ...« Sie schaute ihn zweifelnd an. Wo *ist* Mattie?, fragte sie sich.

Es war, als würde ihr das Herz stehen bleiben.

Sie *muss* doch in der Zwischenzeit den Anrufbeantworter abgehört haben.

»Ach ja? Wirklich?« Er zog die Augenbrauen in die Höhe und lächelte sie an, dass es ihr kalt den Rücken herunterlief. »Darauf würde ich mich an deiner Stelle nicht verlassen!«

Er drehte sich um und verschwand in der Küche.

Sie hörte, wie die Hintertür geöffnet wurde und dann zufiel.

Wie vor den Kopf geschlagen, stand sie da und überlegte, was Mace wohl gemeint hatte.

Darauf würde ich mich an deiner Stelle nicht verlassen.

Der Kerl hatte doch nicht etwa ...

61

Es klingelte an der Tür. Sie sprang auf. Ihr Magen krampfte sich zusammen.

Wer ...?

Sie blickte sich um und rechnete beinahe damit, dass Mace wieder auftauchte ...

»Leigh. Leigh! Ich bin's. Warren. Mach auf!«

Schluchzend vor Erleichterung, rannte sie zur Tür, löste die Sicherheitskette und machte auf.

Wankend und tränenüberströmt stand sie da. Zum zweiten Mal innerhalb einer halben Stunde gaben ihre Beine unter ihr nach.

Warren machte einen Satz nach vorne und packte sie an der Taille. Er knallte die Tür mit einem Fußtritt zu und führte Leigh ins Wohnzimmer, wo er sie auf die Couch setzte.

Es war fast taghell, aber immer noch nicht hell genug, um alles deutlich sehen zu können. Warren lächelte Leigh kurz zu und murmelte: »Ich mache mal ein bisschen Licht.« Er schaltete die Lampe beim Fernseher ein. Ihr warmer Schein erhellte den Teil des Zimmers, in dem sie sich gerade aufhielten.

Vorsichtig fragte er: »Geht es jetzt etwas besser?«

»Warren«, presste Leigh hervor. »Ich kann dir gar nicht sagen, wie froh ich bin, dich zu sehen. Hast du die Polizei alarmiert?«

»Ja. Sie sollten jeden Moment hier sein.«

»Ich wollte dich da nicht mit reinziehen.«

»Ich stecke aber schon in der Sache drin. Allein schon wegen Deana.« Und das ist ernster, als du denkst, dachte er finster. »Versuch, dir keine Sorgen zu machen – es dauert nicht mehr lange, bis wir sie finden und wieder nach Hause bringen.«

»Da bin ich mir nicht so sicher, Warren. Und ich weiß nicht, wie's dir geht, wenn du erst mal das hier gesehen hast ...« Leigh zuckte mit dem Kopf in Richtung der Fotos, die auf dem Couchtisch lagen. Erneut traten ihr Tränen in die Augen.

Warrens Gesicht verfinsterte sich, während er die Bilder betrachtete. Er wurde starr vor Entsetzen und Zorn. »Mein Gott!«, hauchte er. »DAS hat er hiergelassen? Diese DINGER? Der Kerl ist geisteskrank. Ein kranker, sadistischer Irrer! Wie kann er ihr nur *so was* antun und dann auch noch Fotos davon machen ... und sie hierher bringen ...« Seine Stimme versagte.

»Das brauchst du mir nicht zu sagen. Ich konnte nicht schlafen, bin dann hier reingegangen – und hab diese Fotos auf dem Boden gefunden. Plus noch eins, das er vorher geklaut hatte. Ich hab Mattie angerufen, aber sie war nicht zu Hause. Ich hab ihr allerdings eine Nachricht auf den Anrufbeantworter gesprochen. Dann habe ich die beiden Polizisten gefunden. O Gott, es war einfach furchtbar.«

»Du brauchst was zu trinken.« Warren ging zur Bar.

Sie hörten ein Pochen an der Tür.

»Polizei, Ms. West. Machen Sie bitte auf!«

Warren kam hinter der Bar hervor. »Du bleibst hier. Ich mache auf.«

Leigh nickte stumm.

Sie hörte, wie Warren die Tür aufmachte und sich vorstellte. Dann hörte sie Männerstimmen. Eine sagte: »Wo sind sie?«

Leigh stand vom Sofa auf. Sie nahm die Polizisten im Flur in Empfang.

»Sie ... sie sind ...« Sie räusperte sich. »Einer ist in der Küche – der andere im Esszimmer. Hier entlang, Officer. Wie heißen Sie eigentlich?«

»Ich bin Officer Craig, und das ist Officer Bronson, Ma'am.«

Sie zeigten ihre Dienstmarken vor und verschwanden in der Küche.

Warren betrachtete Leighs bleiches Gesicht, die dunklen Ringe unter ihren Augen, und überlegte, ob er ihren Arzt anrufen sollte.

»Bist du in Ordnung?«, fragte er leise, während er ihr ins Wohnzimmer folgte.

»Ich mache mir solche Sorgen. Und außerdem gibt es da noch etwas, das ich bisher noch nicht erwähnt habe. Mace war hier. Er war im Haus, als ich dich angerufen habe. Er hat angedeutet, dass Mattie irgendwas passiert sein könnte. Ich bete zu Gott, dass das nicht stimmt.«

Sie schaute Warren ängstlich an.

»Vielleicht hat er sie erwischt. Genauso wie die beiden Cops da drin.«

Warren biss die Zähne zusammen.

Das Telefon klingelte.

Leigh eilte in den Flur und nahm den Hörer ab.

Es war Mattie.

Leigh stieß einen Seufzer der Erleichterung aus.

»Ich hab deine Nachricht bekommen, Leigh. Was ist passiert? Es klang, als wär's was Ernstes.«

»Allerdings. Halliwell und Bodine sind ermordet worden. Mace hat sie überrascht. Die Polizei ist jetzt hier. Und Warren. Gibt es irgendwelche Neuigkeiten wegen Deana?«

Sie schloss die Augen. Bitte, lieber Gott. Mach, dass es etwas Neues gibt. *Gute* Nachrichten.

»Leider nicht. Ich komme zu dir rüber, sobald ich kann, und erzähle dir, was ich bis jetzt habe. Wir können dann alles abgleichen ...«

Leigh legte den Hörer auf. Sie hoffte, dass Mattie mit etwas Konstruktivem aufwarten würde – dass sie einen Plan hatte, oder eine Idee. Irgendwas, um Deana zu retten.

Als Mattie ankam, waren die Leichen schon abtransportiert. Stattdessen wimmelte es im ganzen Haus von weiteren Polizisten, die überall herumwuselten, Türen und Fenster untersuchten und Fingerabdrücke nahmen.

Matties Blick fiel auf die Fotos, die auf dem Couchtisch verstreut lagen.

»Dann erzähl mal«, sagte sie ruhig. »Was ist passiert?«

Leigh erzählte ihr die ganze Geschichte noch einmal, wie vorher den anderen Polizisten. Einschließlich der Tatsache, dass Mace schon im Haus gewesen war, als sie Mattie angerufen hatte.

Warren ließ Leigh erzählen und ging in die Küche, um Kaffee zu kochen. Ein paar Minuten später kam er mit einem Tablett mit drei dampfenden Kaffeebechern, Milch und Zucker zurück. Er stellte das Tablett vor den beiden ab.

»Das muss schrecklich für dich gewesen sein«, sagte Mattie.

Leigh schwieg einen Moment und sagte dann: »Mace hat angedeutet, dass dir etwas passiert wäre, Mattie.«

»Hat er das? Nun, da lag er jedenfalls falsch. Und was die Fotos angeht«, Mattie stieß einen tiefen Seufzer aus, »was soll ich da sagen – sieht aus, als würde Mace wieder seine alten Spielchen spielen.« Sie schüttelte den Kopf und kniff die Lippen zusammen, denn sie musste an das Fotoalbum in Maces Apartment denken. »Jedenfalls müssen wir dieses perverse Dreckschwein schnellstens finden. Allerschnellstens.«

Sie griff in ihre Umhängetasche, nahm einen zusammengefalteten Plastikbeutel und ein Paar Handschuhe heraus, zog sie über und strich sie an den Fingern glatt.

Sie wandte sich den Fotos zu und schob sie mit den Fingerspitzen auseinander. Eine ganze Weile sagte sie kein Wort. Eisige Kälte breitete sich in ihrem Körper aus. Das hier sah ernst aus. Sie hoffte, dass es nicht schon zu spät war.

Langsam stapelte sie die Fotos übereinander, schüttelte den Plastikbeutel auf und schob die Fotos hinein.

»Ich werde sie im Labor vorbeibringen, damit die einen genauen Blick drauf werfen. Möglicherweise sind außer den Fingerabdrücken von Mace auch noch andere Spuren zu finden – Fasern, DNA, Substanzen, die uns einen Hinweis auf die Umgebung geben können. Wir müssen ihn fassen, Leigh …«

»Als ob ich das nicht wüsste!« Leigh kämpfte dagegen an, laut loszuheulen. »Das ist meine Tochter da draußen. Klar werden wir ihn schnappen, irgendwann … aber ich kann nicht hier herumsitzen und warten! Mein Gott, Mattie!« Sie wurde lauter. »Ich muss irgendwas *tun*?«

»Was kannst du denn tun? Wir haben ausgebildetes Personal, das sich mit der Sache befasst. Wir kennen seine Familiengeschichte und wissen, was er vorhat. Er versucht, seine Schwester aufzuspüren, und solange er sie nicht fin-

det ... Herrgott, wir haben's hier mit einem Serienkil...«
Mattie verstummte. Sie hatte sich vergaloppiert und schaute
nun Leigh mit einem Ausdruck des Bedauerns an. »Es tut
mir leid – das hätte ich nicht sagen sollen. Aber egal. Wir
haben Ava Sorensson angeheuert. Vielleicht hat sie ja eine
Idee.«

»Ava Sorensson?«

»Genau. Kriminalpsychologin. Die Beste auf dem Gebiet.
Wenn es jemanden gibt, der Mace aufspüren kann, dann ist
sie es.«

»Nun ja. Wenn sie uns irgendwie helfen kann ...«, murmelte Leigh skeptisch und fügte dann hinzu: »Mattie, ich
glaube es ist Zeit, dass Warren die ganze Geschichte erfährt.«
Zögernd sah sie ihn an.

»Das könnte von Nutzen sein«, bemerkte Warren.

»Sicher«, sagte Mattie. »Schaden kann's nicht. Dann schieß
mal los, Leigh.«

Warren lehnte sich zurück und hörte zu.

62

Tief in Gedanken versunken, machte sich Warren auf den Heimweg und ließ Leigh mit Mattie und einem Team von Polizisten zurück. Er hoffte inständig, dass sie sich endlich in Bewegung setzten und eine Suchaktion starteten – oder was auch immer. Irgendwie mussten sie Deana endlich aufspüren.

Er betete, dass sie noch am Leben war.

Wenn er auch nur den Hauch einer Ahnung gehabt hätte, wo er suchen musste, hätte er sich selbst auf die Jagd nach diesem Dreckskerl Mace gemacht.

Warren saß am Esstisch über eine Karte der Westküste gebeugt und hoffte, dass eine göttliche Hand ihm einen Fingerzeig geben würde, wo Deana versteckt war, doch er wartete vergebens.

Missmutig ließ er seinen Finger von der Bay Area hinauf zum Mill Valley wandern, dann über San Rafael und wieder hinunter zu den Bergen von Santa Cruz. Er stieß einen ungeduldigen Seufzer aus. Er wusste, dass er auf diese Art nicht die geringste Chance hatte, Deana zu finden.

»Warren – ich weiß, wo dein Mädel ist. Zumindest glaube ich das.«

Er hob den Kopf und schaute Sheena scharf an.

Sie stand mit dem Rücken zum Fenster, sah bleich aus und wirkte verstört.

»Und?«, fragte er heiser. »Dann sag's mir. Jetzt sofort. Gut möglich, dass Deana genau in diesem Moment zusammengeschlagen wird, oder vergewaltigt – keine Ahnung, was der Kerl sonst noch mit ihr anstellt. Mein Gott! Sie ist in Gefahr. Wenn du irgendeine Ahnung hast, wo sie sein könnte, Sheena, dann sag's mir bitte – bevor es zu spät ist.«

»Es wird dir nicht gefallen, Bruderherz.« Sheena war so bleich, dass Warren sich fragte, was es wohl sein mochte, das sie »gesehen« hatte. Normalerweise konnte er mit ihren »Gefühlen« nicht besonders viel anfangen, aber im Augenblick war ihm jeder Hinweis willkommen. Und so, wie sie gerade aussah, hatte sie ja vielleicht – wenn auch nur vielleicht – irgendeinen Treffer gelandet.

»Sie ist an einem dunklen Ort ... vielleicht unter der Erde. Was auch immer, wo auch immer – es ist ein dunkler, abgeschlossener Raum. Und«, fügte sie ruhig hinzu und blickte ihm dabei in sein sorgenvolles Gesicht, dessen getriebener Ausdruck ihr gar nicht gefiel, »es bleibt ihr nicht mehr viel Zeit. Und sie weiß das.«

Warren sprang auf und rannte zum Fenster. Er packte sie an der Schulter.

»Kannst du mir sagen, wo dieser ... dunkle Raum ist? Siehst du irgendwas in der Nähe? Irgendeinen Anhaltspunkt? *Irgendwas?*«

Sie schüttelte ihn ab. Verfiel wieder in Schweigen, bevor sie weitersprach. »Ich empfange diese intensiven Gefühlsschwingungen – *Angst*. Es ist dunkel, und ich kann nichts sehen. Ich weiß nur, dass sie in Gefahr ist. Jemand hat vor, sie umzubringen. Aber erst nachdem er ... *Sachen* mit ihr angestellt hat.«

»Herrgott – noch irgendwas?«

»Sie ist in der Wildnis, Warren. Im übertragenen wie auch im wörtlichen Sinne. Verstehst du, was ich meine?«

»Herrgott, Schwester. Wir müssen Mattie davon erzählen!«

»Ist sie bei der Polizei?«

»Ja. Sie kennt diesen geisteskranken Perversling, der Deana diese Dinge antut. Deanas Mutter hat mir die ganze Geschichte erzählt. Es hört sich alles ziemlich unglaublich an, aber sie hängt zusammen mit Deanas Verschwinden.«

»Eine Geschichte also?« Sheena verzog das Gesicht. »Und dann auch noch ›ziemlich unglaublich‹. Dann erzähl mal …«

»Also Ma Payne hat ihre Kinder abgeschoben – alle außer Charlie, den hat sie behalten. Jess wurde zu Mace, und Mace will jetzt Deana umbringen, weil er seine Schwester Tania nicht finden kann. Und in der Zwischenzeit tobt er sich an irgendwelchen anderen schwarzhaarigen Mädchen aus – und im Augenblick an Deana. Jess alias Mace kann seiner Mom nicht verzeihen, dass sie seinen Pa umgebracht und ihn selbst einfach abgeschoben hat … Liege ich da richtig?«

»So ungefähr. Dieser Mace hat einen schweren Dachschaden. Der Typ ist total durchgeknallt. Er stellt unglaublich perverse Sachen mit Frauen an, und dann schlitzt er sie auf. Leigh hat erzählt, dass Mattie und sie ein Skizzenbuch mit Fotos und Zeitungsausschnitten von seinen Gräueltaten gefunden haben. Kann sein, dass er Deana just in diesem Moment Gott weiß was antut … in diesem Moment, verstehst du …« Er geriet ins Stocken. »Vielleicht kannst du ihn ja aufspüren, Sheena. Ich kann's jedenfalls nicht.«

Warren hetzte ruhelos hin und her und zermarterte sich das Hirn. Er würde sich selbst auf die Suche nach Deana machen, aber erst einmal musste er sich überlegen, wie er dabei vorgehen sollte.

Sabre saß an der Tür und verfolgte das Geschehen mit aufgestellten Ohren.

Sheena schaute Warren in die Augen. Sie wirkte ganz gelassen. Dann sagte sie: »Warren, ich kann nachempfinden, wie dieser Mace tickt.«

»Du kannst WAS? Was zum Teufel redest du da, Sheena? Du kannst nachempfinden, warum dieser perverse Dreckskerl solche Schweinereien veranstaltet?«

»Nein, das habe ich nicht gemeint. Was ich sagen wollte, war, dass ich *nachvollziehen kann*, warum dieser Mace seine Mutter so hasst, nachdem sie ihn abgeschoben hat. Immerhin ist mir genau das Gleiche passiert, wie du dich vielleicht erinnerst. Ich bin ebenfalls adoptiert worden. Vergiss das nicht.« Sie drehte sich um und blickte aus dem Fenster. Sie kochte innerlich vor Wut – Warren merkte es an der Art, wie sie ihre Schultern hielt und den Rücken durchdrückte.

Natürlich hatte er nicht vergessen, dass sie ein Adoptivkind war, genauso wie er selbst. Allerdings hatte es bisher nie einen Anlass gegeben, darüber zu diskutieren. Soweit es ihn betraf, war Sheena seine große Schwester. Und zwar schon, solange er sich erinnern konnte. Und sie waren beide von Mom und Dad stets gleich behandelt worden. So waren die beiden nun mal.

Sheena wandte sich um. Ihr Gesicht war ernst und besorgt. »Die *Gefühle* von diesem Kerl nachzuempfinden ist derzeit das Einzige, was sich mir aufdrängt. Es tut mir ja auch leid, glaub mir. Aber ich werde auch mit dieser Mattie reden, wenn du glaubst, dass es etwas bringt.«

63

Die Tür ging auf.

Deana zuckte zusammen und schreckte vor dem grellen Lichtschein zurück. Sie wankte, stolperte und fiel rückwärts auf die Matratze.

»*So* sehr freust du dich, mich wiederzusehen?«

»Mace. Ich brauche was zu trinken. Bitte, bitte gib mir was zu trinken.«

»Hey, das ist ja nett. Du glaubst gar nicht, wie ich mich freue, wenn mein kleines Mädchen ›Bitte, bitte‹ sagt.«

»Fick dich, Mace.«

»Aber, aber. Wer wird denn so ungezogen sein. Sag, dass es dir leidtut, Deana – oder muss ich dir erst den Hintern versohlen?« Er stellte seine Reisetasche ab und kam langsam auf sie zugeschlendert. Ein fahler grauer Lichtschein fiel durch das verschmierte Fenster auf die schmutzstarrende Matratze. Deana verkroch sich im Schatten, zog die Beine an und schlang die Arme um die Knie, sodass sie fest an ihre Brust gepresst waren.

Mace beugte sich zu ihr herunter und schaute sie lächelnd an. Seine Zähne wirkten wie ein weißes Band in seinem dunklen Gesicht.

»Ich hab deine Mom heute besucht.«

Sie riss die Augen auf. Ihr Atem ging schneller.

»Willst du wissen, wie's deiner Mom geht, Süße?«

Sie musste dagegen ankämpfen loszuheulen.

»Wie geht es meiner Mom, Mace?«

»Sie hat Angst. Deine Mom hat mächtig Angst.«

Ihr stiegen die Tränen in die Augen. Zu hören, wie er das Wort »Mom« aussprach, war unerträglich. Am liebsten hätte sie laut losgeheult.

Mom, o Mom ... Du musst herkommen und mich hier rausholen. Bitte!

Verzweiflung und Hoffnungslosigkeit brachen wie eine Woge über sie herein. Sie gab jeden Widerstand auf und fing an, hemmungslos zu schluchzen.

»Ach komm schon. Hier. Ich hab was für dich.«

Sie schaute ihn mit roten, verquollenen Augen an.

Er hielt ihr ein in Folie verpacktes Sandwich hin und fuchtelte damit vor ihrer Nase herum. »Komm schon. Iss was. Ich hab keine Lust, dass du mir jetzt abkratzt. Sei ein braves Mädchen und iss was.«

»Ich brauche was zu trinken. Mace. Gib mir was zu trinken.«

»Du kriegst was zu trinken, wenn du aufgegessen hast.«

Sie streckte die Hand aus, ergriff das Sandwich und pellte die Folie ein Stück weit ab. Sie biss ein Stück ab, musste aber sofort husten und würgen – ihr Mund war einfach zu trocken.

»Bleib so!« Er hob eine Hand. »Also das wäre doch ein Bild, das deine liebende Mom ganz bestimmt gern sehen würde – ihr kleines Mädchen, wie es brav sein Sandwich aufisst. Also bleib so, Süße. Nicht bewegen.« Er kramte in seiner Sporttasche herum und brachte die Nikon zum Vorschein.

Er hob die Kamera vors Gesicht.

Fingerte am Objektiv herum.

Stellte den Blitz ein.

Dann kniff er ein Auge zusammen und drückte ein paarmal auf den Auslöser.

Als er damit fertig war, richtete sich Mace auf und streckte sich. Er strahlte übers ganze Gesicht. »Du bist sehr fotogen, Süße. Das muss man dir lassen. Deine Mom wird sich sicher mächtig freuen, wenn sie diese Fotos sieht.«

»Macht dich das an, Mace? Glaubst du im Ernst, dass Mom vor deinen Augen zusammenbrechen wird? Da irrst du dich aber gewaltig, du Penner. Die ist hart im Nehmen, vergiss das nicht.«

»Hm-hm. Weißt du was? Da könntest du sogar recht haben. Aber lass dir eins gesagt sein: Du hast das Böse in dir. Das weißt du, oder? Und was macht man mit dem Bösen? Man merzt es aus.« Er ließ die Nikon in die Reisetasche fallen und zog den Reißverschluss zu.

Deana schauderte. Das trockene Brot blieb ihr im Hals stecken. Sie fing wieder an zu husten.

Vorsicht! Reiz ihn nicht noch mehr.

»Du hast das Böse in dir, Süße. In der Tat.« Sein Tonfall wurde mit einem Mal ganz ruhig, als führte er eine ungezwungene Unterhaltung. »Pa wollte dich tot sehen. Mom hat dich gerettet und ihn in Stücke gehackt. Sie hat ihn *umgebracht*, nur weil er tun wollte, was er für richtig hielt. Und danach ging's mit den Paynes nur noch bergab. Pa ermordet. Ich zu diesen gottesfürchtigen Leuten nach Duluth abgeschoben. Charlie tot, nachdem er im Bett war mit dieser Hurenschlampe. Und du ...« Anklagend sah er sie an. Sein Gesicht war eine finstere, wilde Grimasse. Speichel troff ihm aus dem Mundwinkel.

Voller Entsetzen und immer noch hustend, rutschte Deana in den hintersten Winkel der Matratze.

Wechsel das Thema. Lenk seine Aufmerksamkeit auf etwas anderes. Mach irgendwas, damit er mit diesem verfluchten Scheiß aufhört ... Ich werde sonst wahnsinnig.

»Mace. Kann ich ein bisschen Wasser haben, bitte? Ich *brauche* was zu trinken.« Sie hustete noch ein paarmal.

»Wasser? WASSER? Ich hab kein Wasser.« Mace schüttelte den Kopf, als würde er dadurch klarer. Als könnte er dadurch die Bilder von seiner Mutter, ihr Gesicht und ihre abergläubischen Ängste aus seinem Schädel vertreiben ... Diese dunkle, verzweifelte Wut.

Er würde den Mord an Pa rächen und seine Seele von Tania befreien.

Er schaute zu Deana hinüber. Sein Blick glitt über ihre langen schwarzen Haare, ihre weißen Schultern. Er erinnerte sich daran, wie sie ausgesehen hatte, als sie halb nackt in ihrem Zimmer gestanden hatte. Wie ihre Brüste aus dem zu knappen BH förmlich herausgequollen waren.

Tania ...

Die sich über ihn lustig machte.

Ihn auslachte.

Und ihn dann anschrie, dass er sich verpissen sollte.

Du DRECKSCHWEIN, hatte sie geschrien.

Ja. Tania muss sterben. Sie hat einen Fluch über die ganze Familie Payne gebracht. Pa hätte sie gleich nach der Geburt umbringen sollen ...

»Mace ... Was hast du jetzt vor?«

Eine dämliche Frage, aber sie musste ihn irgendwie dazu bringen weiterzureden. Seinen Verstand irgendwie bei der Stange halten und verhindern, dass seine Gedanken zu sehr abschweiften. Sie hatte doch diesen einen Film gesehen – wie hieß er noch mal? Sie konnte sich gerade nicht daran erinnern, aber es ging um eine junge Frau, die ununterbrochen

auf einen geistesgestörten Typen einredete, um zu verhindern, dass er sie in einen Abgrund stürzte. Sie redete und
redete, bis die Polizei kam und den Irren einkassierte.

Sie stellte sich vor, sie wäre diese junge Frau.

Und Mace hatte die Hände um ihre Kehle gelegt und war
drauf und dran, das Leben aus ihr herauszuquetschen ...
Und sie fing an zu reden und mit ihm zu diskutieren.
Stundenlang, wenn es sein musste. Und irgendwann würde
Mace die Waffen strecken und sich verpissen, und dann
würden Warren und Mattie und eine Horde Polizisten auftauchen und sie nach Hause bringen.

Schön wär's.

Das Blut gefror ihr in den Adern.

»Was ich machen werde?«, fragte Mace. Er klang überrascht. »Nun, ich werd mir diese Hurenschlampe krallen,
Süße. Nachdem ich meine Schwester Tania ein für alle Mal
erledigt habe.«

Er griff in die Reisetasche und holte ein Jagdmesser heraus. Dann zog er es aus der Scheide und hielt es in den
schwachen Lichtschein, der vom Fenster hereinfiel. Sanft
lächelnd wischte er die Klinge an seinem Hosenboden ab.

64

Sonntag, 14. August

Das Mädchen ein paar Meter vor ihm erregte seine Aufmerksamkeit.

Sie war ein echter Hingucker – groß, schlank, sportlicher Typ. Lange schwarze Haare, zu zwei seitlichen Zöpfen zusammengefasst, die munter wippend bis zu ihrem bonbonrosa Sweatshirt reichten. Sie schwang einen Tennisschläger in der Hand.

Sie hatte lange, wohlgeformte Beine und trug weiße Socken und Turnschuhe, in denen sie federnd den Gehweg entlangtänzelte. Sie schien es eilig zu haben.

Mace starrte auf ihre knapp sitzenden weißen Shorts, die unter ihrem Sweatshirt hervorschauten, und spürte, wie sein Schwanz hart wurde und seine Hose spannte.

»Also los«, murmelte er und lächelte ein wenig. »Das Mädchen ist ein Prachtstück. Eine richtige Ballerina. Und vermutlich spitz wie Nachbars Lumpi.«

Und nur drauf aus, das Leben anderer Leute zu ruinieren und die ganze Stadt mit ihrer Sündhaftigkeit zu infizieren ...

Sein Blick richtete sich wieder auf ihre Haare. Lang und schwarz und an den Enden leicht gewellt.

Das Mädchen war in Gedanken schon bei ihrem bevorstehenden Tennismatch. Sie bemerkte den schwarzen Oldsmobile Toronado gar nicht, der in gemächlichem Tempo an ihr vorbeizog – ebenso wenig wie den Fahrer mit seiner Spiegelbrille, der im dunklen Wageninneren auf dem Fahrersitz lümmelte und einen Arm lässig aus dem Fenster baumeln ließ.

Der Wagen hielt zwanzig Meter vor ihr an. Im Rückspiegel beobachtete der Fahrer, wie das Mädchen auf ihn zugeschlendert kam.

Als sie auf gleicher Höhe mit dem Wagen war, warf sie einen kurzen Blick durch das heruntergelassene Fenster auf der Beifahrerseite des Wagens. Sie sah den Mann am Steuer. Er trug eine schwarze Motorradlederjacke und eine von diesen abgefahrenen Armbanduhren, mit der man sich vermutlich auch an Bord der Enterprise beamen lassen konnte.

Er kaute auf irgendwas herum.

Ein paar Stunden später stand Mace in einem der drei Apartments, die er in der Bay Area gemietet hatte, und betrachtete sein Werk. Er neigte den Kopf von einer Seite auf die andere und überlegte beim Anblick seines jüngsten Mordopfers, ob es noch ein paar Details gab, die eventuell verbesserungswürdig waren.

Er grinste über das ganze Gesicht, und seine weißen Zähne funkelten im Schein der Nachttischlampe.

Eine verkommene Schlampe weniger, murmelte er vor sich hin.

Die Vorhänge in dem winzigen Raum, der in der Beschreibung des Maklerbüros euphemistisch als »Wohnzimmer« bezeichnet worden war, waren zugezogen – allerdings nicht nur, um die Strahlen der Mittagssonne auszusperren.

Mace zog das Messer aus dem Schlitz in der Kehle des Mädchens. Es machte ein schmatzendes Geräusch. Frisches Blut suppte heraus, strömte über ihre Schultern und Haare und bildete eine Pfütze auf dem Kopfkissen.

Sie stöhnte und zuckte ein wenig. Ihre Beine zappelten, wie von Krämpfen geschüttelt. Blasen stiegen aus der Schnittwunde auf, die aussah wie ein zweiter Mund. Ihre Finger zuckten kurz und lagen dann still da.

Ihre Augenlider flatterten und öffneten sich.

Die Augen waren glasig und starrten ihn an. Ihr Blick war leer.

Sie war tot.

Mace umfasste das Messer wie einen Dolch. Er hob den Arm in die Höhe und malte sich in Gedanken den langen, geraden Schnitt aus, der von der Kehle bis zum Schambein reichen würde.

Er senkte die Hand und schnitt in das feste weiße Fleisch. Die Klinge zitterte ein wenig, als sie auf das Brustbein stieß. Schließlich klappte der Torso auf wie eine Jacke, deren Reißverschluss geöffnet wurde.

Aus dem »Mund« schwappte weiteres Blut auf das Kissen ... bis ihr dunkles Haar in einem kleinen roten See zu treiben schien.

Mace hielt einen Moment inne und hieb dann noch ein paarmal auf sie ein. Schließlich schob er die Haut mit der Messerspitze zur Seite und klappte die Bauchhöhle auf. Zufrieden betrachtete er die dampfenden Eingeweide in ihrem Inneren.

Er konnte das »Böse« in ihr förmlich riechen.

Diesen warmen, fauligen, säuerlichen Geruch.

Er schnüffelte, sog den Geruch tief in sich ein und klappte dann grinsend die Haut wieder zu. Seine geübten Hände packten alles wieder dorthin, wo es hingehörte – glitten tätschelnd über ihre seitlich herunterhängenden Brüste, kneteten sie ein wenig durch und kniffen in ihre weichen Brustwarzen.

Enttäuscht verzog er das Gesicht.

Vor einer halben Stunde waren sie noch so hart und steif gewesen. So *geil.* Als ihr durchtrainierter, strammer Körper sich unter ihm gewunden hatte. Sie hatte es ihm nicht leicht gemacht, aber er hatte es trotzdem geschafft, sie durchzurammeln und ihre feuchte Möse vollzuspritzen.

Mann, wie sie gezappelt und geschrien hatte.

Ich hätte ihr eine doppelte Ladung verpassen sollen ...

Diesmal allerdings kein »liquid Ecstasy«.

Dieses Mal hatte er sich auf sein bewährtes Jagdmesser verlassen. »Jawoll«, murmelte er leicht keuchend bei der Erinnerung daran. »Was für ein erlesenes Vergnügen, diese weiche weiße Kehle aufzuschlitzen.«

Sie würde nie mehr den Mund aufreißen – dafür hatte er gesorgt.

Dafür hatte er ihr einen neuen Mund gebastelt. Einen, der immer offen stehen würde, ob es ihr passte oder nicht ...

Er war sehr zufrieden mit sich, ein harsches Lachen drang aus seinem Mund.

Ich hab gar nicht mitbekommen, wie sie hieß ...

Vermutlich irgend so was wie Debbie, Jennifer oder Susan.

Typische Mittelklasse-Göre.

Reicher Papa. Haus in den Pacific Heights. Im Sommer Tennis spielen und am Strand abhängen. Im Herbst an die Uni. Und dann irgendwann in Papas Firma in L. A. eine steile Karriere machen.

Oder so.

Das hatte sich jetzt allerdings erledigt.

Mit diesen schwarzen Haaren musste sie einfach »böse« sein ... das personifizierte Schlechte, das ihr Leben lang eine Spur der Verzweiflung nach sich ziehen würde.

Er hatte der Welt einen Gefallen getan.

Er hatte eine weitere Tania ausgemerzt.

Hasserfüllt verzog er das Gesicht und mahlte mit dem Kiefer. Er wandte sich ab, griff nach seiner Reisetasche und warf die fast leere Ampulle mit GHB und die Injektionsspritze hinein.

Dann nahm er die Nikon heraus und begann loszufotografieren. Zuerst Ganzkörperfotos, dann Aufnahmen von der Seite, und schließlich Großaufnahmen von dem klaffenden zweiten »Mund«. Ein ganz neues Kapitel für das Fotoalbum, dachte er.

Fast schon geeignet für einen medizinischen Ratgeber. *Kehlkopfschnitte leicht gemacht.*

Er stieß ein kurzes Lachen aus.

Seine blutverschmierten Finger hinterließen Flecken auf der Kamera und blutige Streifen auf seinem Gesicht.

Er zog das Messer aus ihrem Leib und ließ es in die Reisetasche fallen. Die Nikon folgte einen Moment später. Es klapperte ein wenig, als sie gegen seinen Ersatzrevolver prallte und auf weitere Ampullen mit GHB und mehrere Einwegspritzen stieß.

Dann ergriff er die Ecken des Bettlakens, zog sie über die Leiche und knotete sie diagonal zusammen. Eine schlanke, blutverschmierte Hand glitt aus der verbliebenen Öffnung heraus. Er stopfte sie wieder hinein.

Dann hievte er das Bündel vom Bett und überlegte sich, was er damit anstellen sollte. Er konnte es im Schrank verstauen oder warten, bis es dunkel wurde, und es in den Kofferraum packen, um es unter einer Brücke abzuladen oder irgendwo die Klippen runterzuwerfen.

Er machte es sich in einem Sessel bequem, nahm sich ein Bier und schaltete den Fernseher ein. Dann drehte er die Lautstärke runter und wartete, bis es dunkel wurde.

65

Sheena starrte in den Spiegel ihrer Kommode.

Sie sah bleich aus und zitterte am ganzen Leib vor Kälte.

Sie war gerade dabei gewesen, ihre Haare zu bürsten, doch plötzlich war ihr die Bürste mit dem Elfenbeingriff aus der Hand gefallen und lag nun in ihrem Schoß.

Langsam und bedächtig legte sie die Bürste auf das Kristalltablett vor ihr, auf dem diverse Kämme, Haarnadeln und Haarbänder verteilt lagen.

Ihr Blick wanderte zu der kleinen handgeschnitzten Holzpuppe, die schon ganz abgegriffen war und an dem Spiegel der Kommode lehnte.

Sie sah einen bunt angemalten Wagen. Eine Frau, die dem Mädchen auf der Kutschbank die Puppe hinaufreichte. Das Kind war vielleicht zwei oder drei Jahre alt. Ein Mann und eine Frau saßen links und rechts von ihm. Das Pferd stampfte und schnaubte ungeduldig und zerrte an seinem Zaumzeug.

Sheena schnüffelte. Sie roch den Atem des Pferds – dampfend, heiß. Es roch nach Gras. Sie spürte die Verwirrung und das Staunen des Kindes darüber, so hoch oben zu sitzen, dem Pferd zuzuschauen, wie es sich hin und her bewegte, während es sich die ganze Zeit wunderte, wer diese seltsamen Leute wohl sein mochten, die da links und rechts von ihr in Pelzklamotten saßen.

Die Frau mit dem hageren Gesicht und dem langen grauen Kleid trug eine Schürze, die um den Bauch zusammengebunden war. Sie sagte: »Hier, mein Kind. Vergiss die nicht. Sie wird dir Gesellschaft leisten in den langen Nächten, die noch vor dir liegen ...«

Sheena fing an zu zittern. Ihre Atmung war flach, Schweißperlen bildeten sich auf ihrer Stirn und ihrer Oberlippe. Sie spürte, wie sie unter den Achselhöhlen und dann am ganzen Körper in Schweiß ausbrach.

Sie hielt sich die Szene noch einmal vor Augen, rief sich jedes Detail erneut in Erinnerung und versuchte, sich einen Reim darauf zu machen, was das Ganze zu bedeuten hatte.

Und wusste mit einem Mal ganz genau ...

Dass *sie* das Kind war.

Dass es ihre Puppe war.

Dass die Frau mit dem hageren Gesicht *ihre* Mutter war. *Edith Payne.*

Doch dann drängte sich noch etwas in ihr Bewusstsein.

Eine andere Szene.

Der dunkle und kalte Ort, an dem Deana sich befand.

Eine vertraute Umgebung ... Abgelegen in der Wildnis. Hoch in den Bergen.

In der Nähe eines Trampelpfads.

Einer von vielen.

Wasser rauschte und toste irgendwo weiter unten.

Sie streckte die Hand aus und berührte das Mädchen auf der Matratze.

Verzweiflung, Schmerz und Verwirrung machten sich in ihr breit. Sie wusste, dass sie nicht mehr allzu lange durchhalten würde.

Ich werde sterben, und niemand wird es je mitbekommen.

Sheena sprang auf.

Sie stürmte ins Wohnzimmer.

»Warren!«, rief sie. »Schwing die Hufe. Wir nehmen den Chevy!«

Warren schaute sie an. Er war kreidebleich. »Du hast Deana gesehen? Wo ist sie?«

»Ich war da schon mal. Es ist nur ein paar Meilen weit weg von hier. In den Bergen. In der Gegend von Santa Cruz.«

66

»Kommst du mit?«

»Ich weiß nicht, Mattie. Was ist, wenn es irgendwelche Neuigkeiten über Deana gibt ... Muss ich wirklich dabei sein?«

»Scheißt der Bär in den Wald? Natürlich musst du dabei sein!«

Mattie fuhr mit Leigh ins Bayview.

Sie redeten kaum ein Wort. Ihre Gesichter waren angespannt, ihre Gedanken drehten sich um Deana und das bevorstehende Treffen mit Ava Sorensson.

Sie hofften inständig, dass sie mit ein paar Hinweisen aufwarten würde, die ihnen weiterhalfen. Irgendwas – egal, wie unbedeutend –, das ihnen als Anhaltspunkt dienen konnte.

Die Spurensicherung hatte das Apartment von Mace in Tiburon gründlich untersucht, doch außer seinen Fingerabdrücken und dem verdammten Fotoalbum hatten sie nichts zutage gefördert.

Er treibt sich immer noch da draußen herum.

Leigh schauderte es.

Und Deana ... misshandelt, missbraucht ... Weiß Gott, was in der Zwischenzeit noch alles mit ihr passiert ist.

Sie unterdrückte ein Schluchzen.

Bitte, lieber Gott, mach, dass sie noch am Leben ist.

Wie konnte das Leben nur so grausam sein.

Wie ein Schiffbrüchiger, der sich an ein Stück Treibholz klammert, klammerte sie sich an die Gewissheit, dass Deana so sportlich und gut in Form war. Sie war stark, außerdem geistesgegenwärtig, intelligent und gewitzt. Ein schwaches Lächeln trat auf Leighs Lippen. Die Beschreibung hätte ebenso auf sie selbst gepasst, als sie in Deanas Alter war.

Genau, redete sie sich ein. *Deana ist zäh. Aber ob sie gegen Mace ankommen würde?*

Leigh gab die Versuche auf, gegen die schrecklichen Szenarien anzukämpfen, die sich in ihrem Kopf abspielten. Sie fühlte sich erschlagen und am Ende ihrer Kräfte. Ihr Schädel pochte. Die letzte Nacht hatte sie kein Auge zugetan. Und nicht nur letzte Nacht – so kam es ihr jedenfalls vor. Nicht seit Deana verschwunden war.

Mattie rauschte auf den Parkplatz des Bayview. Der alte Ford kam ruckelnd zum Stehen. Sie stiegen aus und gingen zum Haupteingang auf der Main Street.

Ava Sorensson war bereits da. Sie saß an einem Tisch am Fenster mit Blick auf den Hafen. Ihr markantes, kantiges Profil zeichnete sich vor dem Hintergrund des Fensters deutlich ab. Sie hatte blonde Haare, die sie zurückgekämmt trug.

Ava war vierzig Jahre alt, hatte ein Jurastudium absolviert, danach einen Master in Kriminalpsychologie gemacht und eine gut gehende Praxis in Boston eröffnet. Sie trug einen schwarzen Nadelstreifenanzug und eine Brille mit schwarzem Rahmen. Ihre ganze Erscheinung ließ erahnen, dass es nicht mehr lange dauern würde, bis sie zur Staatsanwältin berufen werden würde.

Sie drehte sich um und sah, dass Leigh sie anschaute.

Sie nickte Mattie zu, erhob sich von ihrem Platz und streckte Leigh die Hand entgegen. »Ms. West, ich bin Ava Sorensson. Ich nehme an, Mattie hat Ihnen erklärt, warum ich hier bin?« Sie lächelte freundlich.

Leigh betrachtete unwillkürlich Avas rote Lippen und ihre strahlend weißen Zähne. Nicht nur, dass Ava Sorensson anscheinend die Beste ihres Fachs war, sie sah auch noch blendend aus.

»Bitte setzen Sie sich doch, Ms. Sorensson«, sagte Leigh ebenfalls lächelnd und ließ sich in einen der Korbstühle am Tisch sinken. »Nennen Sie mich doch bitte Leigh. Darf ich Ava zu Ihnen sagen?«

»Aber sicher.« Die Psychologin nahm wieder Platz.

Mattie schnappte sich eine Speisekarte. »Essen wir erst einmal«, sagte sie. »Und reden dann über das Geschäftliche.«

Mattie und Ava wählten den gebackenen Schwertfisch mit Salsa. Leigh war etwas flau im Magen. Sie verzichtete auf etwas zu essen und bestellte stattdessen eine Flasche Chardonnay. Sie bediente sich aus dem Korb mit gerösteten Brotscheiben, den Tony vor ihnen auf den Tisch gestellt hatte, und hoffte, dass man ihr ihre Anspannung nicht allzu sehr anmerkte.

Als sie beim Kaffee saßen, griff Ava in ihre Aktentasche und brachte einen Stapel Papiere zum Vorschein. »So«, sagte sie und schaute über den Rand ihrer Brille in die Runde – erst zu Leigh und dann zu Mattie. »Wir haben es hier mit einem durchgeknallten Cop auf Abwegen zu tun. Einem geistesgestörten Cop, der nicht nur die Seite gewechselt, sondern darüber hinaus eine sehr ungewöhnliche Biografie hat: einen abergläubischen Vater indianischer Herkunft – Alkoholiker und potenzieller Kindesmörder. So wie ich die Sache sehe, hat unser Mann, nachdem er als Kind von seiner Mutter an Fremde weggegeben wurde, dieser Mutter eben deswegen Rache geschworen, und darüber hinaus, weil sie seinen Vater ermordet hat. Außerdem ist er auf der Suche nach der Schwester, die sein Vater damals umbringen wollte.«

Ava nahm einen Schluck Kaffee, schaute zu Mattie herüber und sagte: »Also kurz gefasst: Wir haben es mit einem Serienkiller zu tun. Gibt es schon irgendwelche Hinweise, wo er sich eventuell aufhalten könnte?«

»Sie wollen damit sagen, Sie haben keinen Schimmer, wo er sein könnte?«, platzte Leigh heraus. Sie hatte darauf gehofft, dass diese »brillante« Kriminalistin mit irgendeinem genialen Hinweis aufwarten würde. Und jetzt fragt sie *uns*, wo Mace sein könnte?

Ein paar andere Gäste wurden aufmerksam auf die Unterhaltung und schauten herüber zu ihnen.

Leigh schraubte ihre Lautstärke herunter.

»*Sie* sind doch die Expertin«, presste sie heiser heraus. »Wir hatten gehofft, Sie könnten uns einen Fingerzeig in die richtige Richtung geben. Sie haben Maces Akte studiert. Also sagen *Sie* uns jetzt, wo er sich aller Wahrscheinlichkeit nach herumtreibt. Meine Tochter ist da draußen ... und er hat ihr Gott weiß was angetan – und tut es vielleicht immer noch.«

»Darüber bin ich mir im Klaren, Leigh.« In Avas Stimme klangen Mitgefühl und Verständnis mit. Es war nicht das erste Mal, dass sie mit dem Zorn und der Verzweiflung seitens betroffener Familienangehöriger konfrontiert war.

»Ich werde mein Bestes tun«, erklärte sie sanft. »Wobei ich sagen muss, dass mir ein solcher Fall auch noch nicht allzu oft begegnet ist ... aber nachdem ich die Vorgeschichte dieses Mannes studiert habe, bin ich auf etwas ziemlich ...

Interessantes gestoßen.« Sie schwieg einen Moment und fuhr dann fort: »Seine Verbrechen sind Symbol-basiert.«

Mattie zog die Augenbrauen in die Höhe.

»Lassen Sie mich das genauer erklären. Psychopathen neigen zur Identifikation mit einem aggressiven Vorbild – in seinem Fall Payne senior. Ich vermute stark, dass dieser, wäre er am Leben geblieben, sowohl gegenüber Mace als auch gegenüber seinen Geschwistern gewalttätig geworden wäre.«

»Und inwiefern bringt uns das weiter, Ava?«, fragte Leigh, schon wieder lauter werdend.

Mattie legte ihr beschwichtigend die Hand auf den Arm.

»Wie wir wissen«, fuhr Ava fort, »wurde Payne senior von seiner Frau Edith ermordet, und bei Jess alias Mace wurde ein Identifizierungsprozess mit *Mythos* seines Vaters in Gang gesetzt. Er sieht sich selbst an der Stelle seines Vaters. Schlüpft in seine Rolle. *Wird* zu Payne senior.

Gleichzeitig entwickelt er Hass auf seine Mutter, weil sie einerseits seinen Vater umgebracht und dazu ihn selbst zurückgewiesen hat, indem sie ihn zu der Familie in Duluth abgeschoben hat. Dazu kommt noch der Aberglaube, der sich um seine dunkelhaarige Schwester rankt, und das alles führt dazu, dass Mace Frauen als Unheil bringende, böse Wesen betrachtet, denen man nicht vertrauen kann und darf.«

Ava verstummte. Sie warf Leigh einen kurzen Blick zu, um festzustellen, wie sie reagierte. Leigh sah blass aus, wirkte aber gefasst. Also fuhr Ava fort: »Maces pathologischer Hass auf seine Mutter plus das Verlangen, den Tod seines Vaters zu rächen, richtet sich also nun auf seine ›böse, fluchbeladene‹ Schwester Tania. Da aber die echte Tania außer Reichweite ist, begeht er eine Reihe von Morden an dunkelhaarigen Frauen. Er geht dabei systematisch vor, und mit jedem Mord rächt er den Mord an seinem Vater und vollstreckt dessen Plan, seine Schwester zu töten ...« Ava schaute Leigh in die Augen. »Wir haben es hier mit einem gefährlichen Psychopathen zu tun, Leigh. Aber das wissen Sie bestimmt selbst. Der Kerl hat eine Mission. Wir müssen ihn unbedingt fassen.« Sie biss sich auf die Unterlippe. »Wie viele Psychopathen ist auch er ein intelligenter Mann. John Wayne Gacey, Ted Bundy und diverse andere haben sich als Polizisten verkleidet, um Zugang zu ihren Opfern zu gewinnen. Mace Harrison braucht sich dafür nicht zu verkleiden. Er *ist* – beziehungsweise, war – Polizist. Und zwar ein exzellenter Polizist, der überall Ansehen genoss.«

Mattie saß mit steinerner Miene da. »Kann man wohl sagen«, murmelte sie vor sich hin. »Dieses kranke Dreckschwein ist der gerissenste Mistkerl, der mir je untergekommen ist.«

Leigh wurde schwindlig. Sie fühlte sich am Ende ihrer Kräfte. »Bitte, Ava«, flüsterte sie. »Sagen Sie mir, wo Mace ist. Und wo er Deana versteckt hat!«

Sorensson legte ihre Hand auf Leighs Hand. Ihre war warm, die von Leigh eiskalt. Sie lächelte sanft und sagte: »Ich fürchte, ich kann Ihnen nicht sagen, wo sich Ihre Tochter befindet, Leigh. Aber ich glaube, ich weiß, wo Mace früher oder später auftauchen wird. Er wird zurückkehren zu seinen Wurzeln, zur Wiege des Unheils – dorthin, wo alles angefangen hat.«

»Sie meinen ... den See? Lake Wahconda?«

Ava nickte.

Leigh zitterte am ganzen Leib. Sie war kurz davor, in Tränen auszubrechen. Sie schaute zu Mattie herüber, dann schwenkte ihr Blick an Mattie vorbei zu zwei Leuten, die gerade das Restaurant betraten.

Eine junge Frau mit roten Haaren und ein großer Mann mit einem Bart.

Sie blinzelte und schluckte schwer.

Nach all den Jahren ...

Cherry Dornay und ihr Bruder Ben.

67

Deana hob den Kopf.

Ihr Gesicht war nur schemenhaft in der Dunkelheit zu erkennen. Ihr Magen krampfte sich zusammen, während sie auf die Tür starrte.

Sie hörte Geräusche, die lauter wurden.

Geräusche von splitterndem Holz, als ob jemand versuchte die Tür einzutreten.

O Gott! Wer ist das? Was ist da los?

Sie hielt sich den Kopf und biss sich auf die Unterlippe. Ihr Mund füllte sich mit Blut. Es fühlte sich warm an und schmeckte salzig, und sie spürte, wie es ihr am Kinn hinunterlief.

Dann flog die Tür auf, und grelles Licht flutete in den dunklen Raum.

Eine Silhouette tauchte in der Türöffnung auf.

»Deana? Deana!«

Die Stimme eines Mannes.

Sie war sich *beinahe* sicher, dass es Warren war – der gekommen war, um sie nach Hause zu bringen.

Und was ist, wenn er es nicht ist?

Sie verkroch sich im Schatten, die Augen auf den Mann gerichtet. Er ging langsam vorwärts und starrte in die Dunkelheit.

Es könnte auch Mace sein …

Er hat gesagt, dass er wiederkommen würde. Mit seinem

Messer. Um sie von ihren Sünden zu reinigen. Das »böse Blut« aus ihrem Körper entweichen zu lassen ...

Der Mann kam näher.

Sie krümmte sich zusammen. Sie konnte immer noch nicht erkennen, wer der Mann war.

Vielleicht bilde ich mir das alles auch nur ein – ich träume in letzter Zeit auch immer so verrückte Sachen.

Einen Moment lang dachte sie gar nichts.

Genau. Jetzt ist es passiert. Ich hab endgültig den Verstand verloren!

Ihre Hände schossen in die Höhe. Sie hielt sie sich vors Gesicht und spreizte die Finger ein wenig.

Schwer atmend linste sie zwischen ihnen hindurch.

Vielleicht bin ich auch schon in einer Irrenanstalt ...

Sie zuckte zurück und sah eine weitere Silhouette hinter dem Mann. Eine hochgewachsene Frau mit langen schwarzen Haaren, ganz in Schwarz gekleidet. Abgeschnittene schwarze Jeans und dazu ein Iron-Maiden-T-Shirt. Deanas Blick fiel auf die langen, muskulösen Beine der Frau.

»Deana! Ich bin's, Warren«, sagte der Mann sanft. Er stand genau vor ihr und schaute auf sie hinab. Dann ging er in die Knie, kauerte sich vor ihr hin und streckte seine Hand aus.

Deana schrie.

»Fass mich nicht an. *Bitte* fass mich nicht an ...«

Ihre Schreie verwandelten sich in ein schwaches Wimmern. Sie hielt sich die blutverschmierten Hände vor den Mund. Ihre Augen waren voller Verzweiflung. Flehend blickten sie ihn an.

»Warren? Bist du's *wirklich*?«

Sie kniff die Augen zusammen und schaute ihn noch einmal an.

»Solche Sachen macht man doch mit Verrückten, oder?«, fragte sie langsam. »Um sie noch weiter in den Wahnsinn zu treiben. Man macht ihnen Hoffnungen, und dann …«

Eine kalte, feuchte Nase schnüffelte an ihren Knien herum.

»Platz. Sabre. Sitz!«

Warren – *und Sabre.*

O Gott. Danke dir, Gott! Danke!

Warren sagte etwas. Seine Stimme war leise und drängend.

»Wir müssen hier raus, Deana. Und zwar schnell. Kannst du laufen?«

Sie schüttelte apathisch den Kopf.

»Nein? Dann trage ich dich …«

Er beugte sich vor, nahm sie in seine Arme und hob sie hoch.

Sie zuckte in seinen Armen zusammen – alles tat ihr weh. Sie konnte immer noch nicht glauben, dass Warren da war. Dass er sie gefunden hatte. Gerade in dem Moment, als sie die Hoffnung aufgegeben hatte.

Plötzlich war die hektische Stimme der Frau zu hören.

»Wir müssen uns beeilen. Ich höre ein Auto …«

»Mach schon mal die Tür auf, Sheena. Ich bin gleich da.«

Sabre lief mit Sheena zusammen voraus.

Auf den letzten Metern wurde Warren schneller. Er rannte über vertrocknete Grasbüschel und Gestrüpp. Die frische Bergluft schmerzte in seiner Lunge.

Sheena stand bei der geöffneten Wagentür neben dem Chevy und blickte Warren ungeduldig an. Der Wagen auf der anderen Seite des Bergkamms kam immer näher. Sie hörten das jaulende Geräusch des hochdrehenden Motors, Reifen, die auf dem sandigen Untergrund durchdrehten.

Sheena sprang auf den Fahrersitz und ließ den Motor an. Ungeduldig drehte sie sich um und sah, wie Warren

Deana auf den Rücksitz legte und eine Decke über ihr ausbreitete.

Dann stieg er in den Wagen und setzte sich auf den Beifahrersitz.

Sabre sprang heftig japsend in den Wagen und kauerte sich zu Warrens Füßen auf den Boden.

Warren schlug die Tür zu.

Sheena hielt das Lenkrad umklammert. Ihre Knöchel glänzten weiß. Sie trat aufs Gaspedal, wendete mit qualmenden Reifen und rauschte dann mit Vollgas über die mit Wurzeln und Steinen durchsetzte Piste.

Der schwarze Jeep Commando mühte sich den Abhang hinauf und kam genau auf sie zu.

Sie sahen Mace hinter der staubbedeckten Windschutzscheibe. Er bleckte die Zähne, stieß ein kurzes höhnisches Lachen aus. Sein Wagen nahm allmählich Fahrt auf.

Sheena steuerte mit unverminderter Geschwindigkeit genau auf ihn zu – als wollte sie einfach über den Jeep hinwegbrettern oder ihn seitlich rammen und von der schmalen Straße den Abhang hinunterstoßen. Mace zögerte einen Augenblick und trat dann ebenfalls aufs Gas.

Sheena rief: »Festhalten!«

Sie saß mit ausgestreckten Armen am Steuer und hielt weiter auf Mace zu.

Der Jeep schwenkte nach links, bremste und kam in einer dichten Staubwolke zum Stehen. Die Fahrertür schwang auf. Mace glitt aus dem Wagen und zerrte seinen Revolver aus dem Holster.

Er hetzte in gebückter Haltung über Gestrüpp und Felsbrocken, kniete sich mit einem Bein auf den Boden und hielt die Pistole mit beiden Händen in die Höhe. Er nahm Sheena ins Visier.

Fest entschlossen, sie zu erledigen, drückte er den Abzug durch …

Warren duckte sich. Sheena fuhr weiter und krachte in den abgestellten Jeep. Sie sahen, wie er ins Wanken geriet, umkippte und sich überschlagend in einer Lawine aus Staub und Felsbrocken den Abhang hinunterrauschte. Schüsse hallten durch die Luft, und Kugeln pfiffen haarscharf an ihnen vorbei.

Sheena steuerte den Chevy im Zickzackkurs außer Reichweite. Dann driftete sie, das Lenkrad fest im Griff, wieder auf den Waldweg und rauschte, eine Staubwolke hinter sich herziehend, den Berg hinunter.

Warren richtete sich in seinem Sitz auf.

Er sah in den Rückspiegel.

Von Mace war nichts zu sehen.

68

»Leigh, wir haben Deana.«

»Gott im Himmel, Warren! Ihr HABT sie?«

»Genau. Ist Mattie in der Nähe?«

»Allerdings.« Mattie nahm Leigh den Telefonhörer aus der Hand und brüllte hinein. »Ich sollte dir den Arsch versohlen, Warren Hastings. Warum zum Teufel hast du mir nicht *Bescheid* gesagt, bevor du dich auf den Weg gemacht hast? Du hättest die ganze Sache vermasseln können. Ist dir das klar? Deana hätte dabei draufgehen können ...«

»Entschuldige, aber dafür war keine Zeit. Wir mussten schnellstens aufbrechen. Und Deana ist ja am Leben, oder? Sie hat Schlimmes durchgemacht, aber soweit ich es beurteilen kann, sind ihre Verletzungen nur ... oberflächlich. Mit letzter Sicherheit kann ich das aber auch nicht sagen. Sie ist ein bisschen verwirrt. Ihr Kiefer sieht böse aus, und ihre Augen sind grün und blau. Aber sonst scheint sie in Ordnung zu sein.«

Deana lag, in Decken eingepackt, auf dem Sofa. Leigh saß neben ihr und streichelte ihre Hand.

»Wie hast du mich gefunden?«, fragte Deana an Warren gerichtet. Ihre Stimme war belegt und undeutlich. Sie war immer noch sehr schwach und zitterte am ganzen Leib – sie konnte immer noch nicht glauben, dass ihr Albtraum zu Ende war.

Warren zog die Augenbrauen in die Höhe und sah Sheena an, die schweigend an der Fensterfront stand und gedankenverloren auf die Landschaft starrte. »Du bist an der Reihe, Schwesterherz«, rief er grinsend.

Sie drehte sich nonchalant um, zuckte mit den Achseln und neigte den Kopf ein wenig. »Ja, richtig ...«, sagte sie und schaute zu Deana herüber. »Ich werde dir irgendwann die ganze Geschichte erzählen, aber im Moment belassen wir es dabei, dass ich von Zeit zu Zeit selbst in dieser Gegend herumstreife, wenn ich das Bedürfnis habe, in Ruhe über Sachen nachzudenken und in meinem Kopf Ordnung zu schaffen. Wenn du verstehst, was ich meine. Dann setze ich mich in den alten Chevy, fahre durch die Gegend und zelte draußen in der Wildnis.«

»Sicher, aber ... dieses Loch, in dem ich festsaß. Es war so gut versteckt, dass es bestimmt nicht leicht war, mich zu finden.«

»Oha, die junge Dame will es ganz genau wissen? Dann sagen wir einfach, dass in diesem Fall auch weibliche Intuition eine gewisse Rolle gespielt hat – und sie mich genau dahin geführt hat, wo du versteckt warst.«

Leigh unterbrach die Unterhaltung. »Ich bin jedenfalls froh, dass es so gekommen ist. Ich kann euch beiden gar nicht genug danken.« Sie verstummte und strich Deana über die Stirn, während sie Sheena voller Dankbarkeit anlächelte. Sie blickte zu Mattie herüber und sagte: »Und was machen wir jetzt, Mats? Uns an Avas Rat halten und nach Wisconsin fliegen? Wie sieht's mit Verstärkung aus?«

»Mach dir darüber keine Gedanken, Leigh. Das FBI, die örtliche Polizei und alles, was sonst noch einen Sheriffstern an der Jacke hat, fallen in diesem Moment in Lake

County ein wie ein Hornissenschwarm. Ich mache mich in ein paar Stunden auf den Weg.«

»Und ich komme mit dir mit«, sagte Leigh.

Mattie warf ihr einen zweifelnden Blick zu, der Warren nicht entging.

Leise sagte er: »Ich glaube, Sheena sollte ebenfalls mit-kommen.«

Einen Moment lang herrschte Stille. Mattie blickte ihn un-gläubig an.

»Ach ja? Und warum?«

»Abgesehen von der Tatsache, dass sie bei einem Kampf Mann gegen Mann ziemlich nützlich sein könnte« – er zwin-kerte Sheena zu – »hat sie auch ein persönliches Interesse an der Angelegenheit.«

Mattie kniff die Augen zusammen. »Was soll das heißen? Ein *persönliches Interesse*?«

»Ich bin Tania«, sagte Sheena. »Die Schwester von Mace.«

69

Der See sah fast so aus, wie Leigh ihn in Erinnerung hatte.

Die Luft war klar und frisch. Es gab kleine Buchten und sandige Ufer, die von Sonnenanbetern bevölkert waren. Sie sahen aus wie Fische, die man zum Trocknen ausgelegt hatte. Im Süden erhoben sich die dunklen Wipfel der Kiefern. Das Wasser schwappte sanft um die Piers. Motorboote tuckerten über den See, ein paar Kanus und Ruderboote zogen ihre Bahnen.

Das von Charlie war grün, erinnerte sich Leigh.

Wie könnte ich das je vergessen?

Feriengäste lümmelten auf den hübsch angemalten Schwimminseln herum. Leigh hörte sie rufen und lachen. Sie hob den Arm, um ihre Augen gegen das Sonnenlicht abzuschirmen, und sah genauer hin. Von da, wo sie stand, waren sie klein wie Ameisen.

Ein Motorboot zog einen Wasserskifahrer hinter sich her, der sich in die Kurve legte und einen Vorhang aus weißer Gischt aufsteigen ließ.

Leigh lächelte und erinnerte sich daran, wie es vor neunzehn Jahren gewesen war. Nach dem Unfall hatten Onkel Mike und Tante Jenny ihre Zelte abgebrochen. Nichts wie weg von Lake Wahconda. Sie hatten ihr Sommerhäuschen verkauft und von da an die Sommermonate in Colorado zugebracht.

Als sie Anfang der Achtziger in Pension gingen, zogen sie nach Florida.

Carsons Camp hatte den Besitzer gewechselt. Alles war modernisiert, und sogar der Name war neu – Lakeside Holiday Homes. Anstelle der alten Blockhäuser gab es nun elegante bungalowartige Blockhütten aus lackiertem Kiefernholz mit Veranden, Liegestühlen und fest installierten Grills vor dem Haus.

Zu ihrer Rechten sah Leigh die neuen Blockhütten, die im Sonnenlicht gelb leuchteten. Rauch stieg vor einer der Hütten auf, und der Geruch von frisch gegrillten Hamburgern hing in der Luft. Irgendwie hatte sich nichts grundsätzlich verändert, dachte sie.

Sie kniff die Augen zusammen und ließ den Blick über den See schweifen.

Ein grünes Ruderboot dümpelte auf dem Wasser.

Ihr Herz schlug schneller. Einen Moment lang empfand sie die gleiche Erregung wie damals vor neunzehn Jahren. Als sie Charlie zum ersten Mal gesehen hatte – mit nacktem Oberkörper, seinen merkwürdigen Hut auf dem Kopf mit der runden Krone, der breiten Krempe und den roten Federn.

Charlie.

Der in einigem Abstand zum Ufer wartete.

Schweigend.

Reglos.

Die Ruder auf der hinteren Sitzbank abgelegt, während er zuschaute, wie sie sich in ihrem weißen Bikini rekelte, auf den sie so stolz war.

Sie tastete nach ihrem Meeresdingens, das in ihrem Dekolleté steckte. Es erschien ihr absolut passend, dass sie es aus Anlass ihrer Rückkehr nach Wahconda angelegt hatte. Der Ort, an dem sie fest daran geglaubt hatte, dass es ein Glücksbringer war. Ungeachtet dessen, wie das Ganze geendet war, hatte sie es extra für diesen Trip herausgekramt, weil sie der Meinung war, es hätte eine zweite Chance verdient.

»Ich geb einen Groschen für deine Gedanken«, sagte Mattie lächelnd.

»Mir gehen einfach nur ein, zwei Sachen durch den Kopf«, erklärte Leigh mit einem wehmütigen Lächeln. »Du kennst das ja. Aber das ist Schnee von gestern. Wir sind nicht zum Vergnügen hier.«

Matties Antwort ließ nicht lange auf sich warten.

»Die alten Zeiten können einem schon an die Nieren gehen, stimmt's?«

»Erzähl mir nichts«, erwiderte Leigh mit einem gequälten Lächeln.

Mattie schaute hinaus zum gegenüberliegenden Ufer des Sees. »Diese Leute neulich im Bayview – die Rothaarige. War das deine Freundin Cherry Dornay?«

Leigh nickte.

»Hmm ... Schicke Haare. Und der Typ?«

»Ben. Cherrys Bruder. Er ist ein guter Freund aus den Tagen, als ich in San Diego gewohnt habe und mit Deana schwanger war. Er war ein sehr guter Freund damals.«

Sie seufzte und dachte an Ben.

Ihr edler Ritter, wie sie ihn damals genannt hatte.

Eine Gruppe Kinder kam vorbeigeschlendert. Sie trugen Badesachen und hatten Handtücher um den Hals geschlungen. Scherzend und lachend gingen sie zum Seeufer.

Leigh schaute ihnen nach, und ein Lächeln trat auf ihr Gesicht. »Ben war ein toller Kerl. Einfach unschlagbar. Und

ich hab mich einfach aus dem Staub gemacht. Vor achtzehn Jahren das erste Mal – und gestern im Bayview schon
wieder ...«

»Leigh, du bist im Augenblick mit ganz anderen Sachen
beschäftigt. Und ich bin mir sicher, dass Ben dafür Verständnis haben wird, dass du dich gestern nicht groß aufgehalten hast. Falls du je die Gelegenheit hast, es ihm zu
erklären, glaubst du, ihr könnt euch vielleicht doch irgendwann einmal zusammenraufen?«

»Schon möglich, aber dafür braucht es Zeit. Im Augenblick fühle ich mich noch nicht dazu in der Lage.«

Sie hatten zwei Apartments im Lakeside reserviert. Mitten
in der Saison war das nicht ganz einfach, doch sie hatten ein Einzel- und ein Doppelapartment ergattert. Sheena
und Mattie teilten sich das große, Leigh nahm das Einzel-
apartment.

Sie aßen Hamburger und Pommes Frites in dem hellen, luftigen Restaurant. Auf den Tischen lagen rot karierte
Tischdecken, an den Fenstern hingen rot karierte Vorhänge.
Normalerweise hätte man erwartet, dass der Laden um
diese Zeit rappelvoll wäre, doch außer einem jungen Pärchen, das, über eine Landkarte gebeugt, an einem der anderen Tische saß und Kaffee trank, war niemand zu sehen.

Sheena war unruhig. Sie stocherte nur in ihrem Essen
herum, ohne es wirklich anzurühren. Schließlich schob
sie ihren Teller beiseite und erklärte, sie müsse eine Runde
laufen gehen und wäre in einer halben Stunde zurück.

Mattie betrachtete Leighs Gesicht. Sie sah erschöpft und
blass aus. Die Anspannung der letzten Tage forderte allmählich ihren Tribut. Sie hoffte, dass Leigh fit genug sein
würde, wenn sie Mace Auge in Auge gegenüberstanden.

Falls es überhaupt zu einer Begegnung kam.

Ich hoffe es inständig. Könnte auch sein, dass wir völlig auf dem Holzweg sind.

Könnte sein, dass Sorensson sich geirrt hatte.

Möglicherweise trieb sich Mace immer noch auf der Del Mar herum.

Und beobachtet Warren.

Und Deana.

Deana hatte darum gebettelt, Leigh und die beiden anderen begleiten zu dürfen, doch der Arzt hatte sie für vierundzwanzig Stunden zur Beobachtung ins Krankenhaus eingewiesen. Danach sollte sie bei Warren bleiben und er auf sie aufpassen. Mattie hatte dafür gesorgt, dass rund um die Uhr ein Wachposten für die beiden abgestellt wurde.

Leigh hatte Deana versichert, dass sie in zwei Tagen wieder zurück sein würde. Sie war ungern weggefahren, doch sie hatte das Gefühl, dass sie vor Ort sein sollte, um Mattie zu helfen, Mace zu fassen.

Zum x-ten Mal beruhigte sie sich damit, dass Deana in guten Händen war.

Bis eine leise Stimme in ihrem Kopf zu flüstern anfing: *Ach ja? Was verstehst du denn unter sicher?*

Leigh krampfte sich der Magen zusammen. Ein Schauder überlief sie.

Mace ließ sich durch nichts abschrecken, das wusste sie.

Wenn er Deana oder Warren wirklich auf die Pelle rücken wollte, würde er es auch schaffen.

Scheiße, Leigh. Reiß dich zusammen – den beiden wird nichts passieren. Hier geht es jetzt nur um eins – Mattie zu helfen, Mace zu fassen.

Und zu dritt würden sie es schaffen, da war sie sich ganz sicher.

Sheena allein war schon eine halbe Armee, und Mattie war ebenfalls nicht zu unterschätzen.

Und Ava hat uns versichert, dass Mace hier sein würde.

Ava kann aber auch danebenliegen, flötete die Stimme in ihrem Kopf.

Auf keinen Fall, redete Leigh sich ein. Er *ist* hier draußen irgendwo. Zurück zu seinen Wurzeln, um seine Kindheit wieder zu durchleben. Und sich Gott weiß was dabei zu denken.

Sie rief sich Sorenssons blasses, angespanntes Gesicht in Erinnerung. »Sie können sicher sein, Leigh«, hatte sie gesagt. »Harrison ist auf dem Weg zu neuen Ufern. Mit der Westküste hat er abgeschlossen. Er ist in Lake Country.«

»Wir legen uns eine Runde schlafen, und dann planen wir unsere nächsten Schritte«, hatte Mattie erklärt, bevor Sheena aufgebrochen war. »Das hier ist eine verdeckte Operation – und dabei kommt es auf Teamwork an. Wenn dir also irgendwas einfällt, Leigh, dann lass es uns wissen. Plätze, an denen Mace sich möglicherweise aufhalten könnte, solche Sachen. Und du, Sheena, falls du irgendwelche ›Eingebungen‹ hast, immer nur heraus damit.«

Und dann gingen sie auseinander.

Leigh ging in ihren Bungalow. Sie hatte ein sehr ungutes Gefühl. Sie ließ das Wasser in der Dusche laufen und zog sich aus. Sobald sie unter dem warmen Strahl stand, sich einseifte und das Wasser an ihr herunterströmte, wurde sie etwas ruhiger. Zumindest für eine kurze Zeit fiel die Anspannung von ihr ab.

Sie trocknete sich ab und zog die einzigen Kleider an, die sie zum Wechseln mitgebracht hatte – ein weites marineblaues Sweatshirt und eine passende Hose.

Doch kaum dass sie auf dem Bett lag, kehrte ihre Unruhe wieder zurück.

Sie warf sich auf dem Bett hin und her und starrte an die Decke, während in ihrem Kopf hässliche Erinnerungen herumspukten, gemischt mit der Furcht vor der Begegnung mit Mace und den zunehmend ernster werdenden Sorgen um Deana.

Sie seufzte.

Solange ihr all dieser Kram im Kopf herumschwirrte, war an Schlaf nicht zu denken ...

70

Eine Hand glitt langsam um ihren Hals.

»Es kann alles wieder so sein wie früher, Leigh«, sagte er.

So sanft, dass sie ihm beinahe glaubte ...

So gern geglaubt hätte.

Seine Augen schauten funkelnd auf sie herab.

Sein Mund stand offen.

Ihr Herz pochte. Sie wich zurück, schlug die Hände vors Gesicht.

»Ich habe dich geliebt«, flüsterte er. »Es sind halt ein paar Sachen schiefgegangen, aber das ist doch nicht weiter schlimm ...«

Sie riss die Augen auf.

71

»MACE!«

»Hier bin ich, Süße. Und du hast den ganzen weiten Weg gemacht, um mir Hallo zu sagen? Da bin ich aber gerührt, Liebes. Ehrlich.«

Die Nachmittagssonne verschwand hinter den Baumwipfeln, doch es war immer noch drückend heiß. Die Blockhütte lag im Schatten. Durch das Fenster fielen scharf umrissene Lichtstrahlen herein und zerteilten das Halbdunkel im Raum.

Eine leichte Brise vom See blähte die Vorhänge auf.

Leigh schnappte nach Luft. Wie war er nur hereingekommen? Die Tür war abgeschlossen gewesen ... und die Fenster?

Scheiße!

Wie hatte sie nur so dämlich sein können.

Sie schaute Mace an.

Er sah ganz anders aus.

Er trug ein kariertes Hemd, Tarnhosen – ganz der Durchschnittsbürger im wohlverdienten Sommerurlaub, der ein bisschen angelt und sich ab und zu ein Bier gönnt. Natürlich – in der Aufmachung fiel er überhaupt nicht auf.

Seine Haare waren dunkler und länger, die blonden Surfersträhnen waren verschwunden.

Es war ein Fremder.

Ein gefährlicher, unberechenbarer Eindringling.

Ihr gefror das Blut in den Adern.

Er wankte ein wenig hin und her und hielt ein Jagdmesser locker in der einen Hand.

»Du hättest nicht herkommen sollen, Leigh. Deine Nase in Sachen stecken, die dich nichts angehen. Einen Mann dabei stören, der dem Ort seiner Geburt die Ehre erweisen will ...«

Seine Stimme war tonlos und unbeteiligt.

Langsam richtete Leigh sich im Bett auf und wich vor ihm zurück in Richtung Wand. Als sie mit dem Rücken gegen die Holztäfelung stieß, zuckte sie zusammen.

Sie wagte kaum zu atmen.

Schweiß rann ihr am ganzen Körper herunter.

Mace beugte sich vor und beschrieb mit dem Messer kleine Kreise vor ihren Augen. Seine Augen waren pechschwarze Höhlen, aus denen er sie anfunkelte und sie hypnotisierte.

Sie wandte den Blick ab.

Ich muss ihn dazu bringen, weiterzureden ...

»Du hast Deana schreckliche Sachen angetan, Mace. Warum hast du das gemacht?«

»Weil sie eine verdammte kleine Hurenschlampe war – deswegen. Sie hat es verdient zu sterben.« Er redete langsam, fast lallend. »Aber ich hab sie erledigt. Jawohl, das hab ich. Die kleine Schlampe wird niemandem mehr Kummer bereiten.«

»Deana ist noch am Leben, Mace.«

»Falsch, Leigh. Ich hab sie umgebracht. Sie musste sterben.«

»Er hat sie umgebracht! DAS DRECKSCHWEIN HAT SIE UMGEBRACHT ... O NEIN!«

Sie richtete sich ruckartig auf, ihr Herz raste.

Vorsichtig streckte sie die linke Hand nach dem Wasserglas auf dem Nachttisch aus, tastete mit dem Finger danach und gab ihm einen kleinen Stoß. Sie zuckte zusammen, als es auf den Boden fiel.

In der Stille des Zimmers klang es wie eine Bombenexplosion.

Mace verpasste ihr einen Schlag mit der Faust.

Ihr Kiefer krachte, und ihr Kopf wurde mit einem Knacken zur Seite geschleudert.

Sie stieß ein gutturales Grunzen aus und sackte auf das Kissen.

K. o.

Er hievte sie sich über die Schulter, ging an der Kochnische vorbei zur Eingangstür, schloss sie mit einer Hand auf, zog sie hinter sich zu und hastete zur Rückseite der Blockhütte.

72

Die Bungalows lagen hinter ihm.

Im Laufen drehte er den Kopf und warf einen Blick über die Schulter. Zwischen den Bäumen gerieten die Blockhütten zusehends außer Sicht.

Alles klar.

Im Stolperschritt hastete er weiter über abgebrochene Äste und Grasbüschel durch ein einsames Wäldchen.

Nach einer Weile wurde der Untergrund steinig.

So weit, so gut.

Er gelangte zum Rand des Wäldchens, und unvermittelt schien ihm die tief stehende Sonne ins Gesicht. Er blinzelte und schüttelte den Kopf, als wollte er dadurch den Lärm und das Chaos in seinem Schädel vertreiben.

Er stapfte weiter zu einem abgelegenen Seitenarm des Sees, an dessen Ufer ein Ruderboot lag. Er legte Leigh hinein und schob das Boot ins Wasser.

Knirschend rutschte es über den Sand und glitt dann glucksend in den See.

Leigh stöhnte.

Er beugte sich vor und schlug ihr mit der flachen Hand ins Gesicht. Sie machte die Augen auf, warf ihm einen trüben Blick zu und schloss die Augen wieder.

Immer noch hinüber. Auch gut.

Er stieg ins Boot, setzte sich, ließ die Riemen ins Wasser sinken und ruderte hinaus auf den See.

»Sheena, er hat Leigh. Ich hab ein Krachen in ihrer Hütte gehört und bin rüber, um nachzuschauen, aber da war sie schon weg. Es kann nur Mace gewesen sein. Siehst du irgendwas da draußen?«

Angestrengt lauschend, presste Sheena das Walkie-Talkie an ihr Ohr.

»Ich bin jetzt gleich am Ufer, Mattie. Bis jetzt kann ich noch nichts sehen ...« Ihre Stimme klang gehetzt und atemlos, sie rannte einen holprigen Weg hinunter.

Sie blieb stehen und ließ den Blick über den See schweifen. »Da ist ein Typ in einem Ruderboot. Dunkle Haare, kariertes Hemd ... rudert wie besessen ... schaut sich immer wieder nach hinten um.«

Sie holte Luft und fügte dann schnell hinzu: »Mattie. Es ist Mace. Er fährt in südlicher Richtung auf den Kiefernwald zu.«

»Bist du dir sicher?«

»Todsicher. Der Typ hat es verdammt eilig. Sag mal – hatte Charlie nicht irgendwo in der Gegend ein Versteck oder so was? Da, wo er auch umgekommen ist? Oh-oh! Da liegt was im Boot. Sieht aus wie ein Bündel Klamotten oder ...«

»Sheena, behalt das Boot im Auge. Ich werde mit meiner Dienstmarke rumwedeln und ein Boot auftreiben. Kanu, Ruderboot, Schlauchboot. Irgendwas.«

Sheena streifte ihre Laufschuhe ab und watete ins Wasser. Als es ihr bis zur Brust reichte, stieß sie sich ab und kraulte dem Boot hinterher.

74

Leigh öffnete langsam die Augen und versuchte, sich zu orientieren. Alles sah verschwommen aus. Ihre Augen schlossen sich wieder.

Vorsichtig betastete sie ihren Unterkiefer. Er war locker und beweglich – etwas zu beweglich für ihren Geschmack. Ein stechender Schmerz breitete sich schlagartig in ihrem Gesicht aus. Sie sah Sternchen vor ihren Augen tanzen, die ein Feuerwerk in ihrem Schädel veranstalteten.

Sie schlug die Augen auf und sah Mace vor sich.

»Na, Süße, erkennst du, wo du bist? Kommt dir bekannt vor, oder?«

Leigh erstarrte und wurde im nächsten Augenblick von einem Schüttelkrampf erfasst.

Sie lag auf einem Strohsack oder etwas Ähnlichem. Es war hart und klumpig.

Sie schloss die Augen. Blendete Mace aus. Sie schnupperte und versuchte den Geruch ihrer Umgebung einzuordnen. Feucht, modrig ...

Sie riss die Augen auf.

DAS WAR ES!

DAS HAUS!

IN DEM CHARLIE GESTORBEN WAR.

Der Albtraum begann von vorn.

Schreie hallten durch ihren Kopf – wie damals, vor all den Jahren.

Die Schreie von Edith Payne, als sie ihren Sohn Charlie entdeckte, der blutüberströmt und mit gebrochenen Gliedern am Boden lag. Sein Schädel zertrümmert ...

»Sie haben den Laden nie abgerissen«, sagte Mace, »sondern ihn einfach stehen und verrotten lassen. Man muss bei jedem Schritt aufpassen, sonst fällt man in ein grooofßes Loch.« Grinsend stand er am Rand eines solchen Lochs und wippte auf und ab, als wollte er die Festigkeit der Bodendielen prüfen.

Leigh erschauderte. Sie spürte, wie die Bretter zitterten und sich auf und ab bewegten, hörte, wie Putz abbröckelte und in die Tiefe stürzte.

Mace stieß ein spöttisches Lachen aus.

»Na, Schätzchen? Fällt dir alles wieder ein? Der Tag, an dem du meinen Bruder Charlie umgebracht hast?«

Wieder kam seine Faust auf sie zugeschossen. Ihr Kopf wurde auf den Strohsack geschleudert. Grinsend und kauend stand Mace vor ihr und lauschte auf ihr Stöhnen und Wimmern.

Dann beugte er sich plötzlich zu ihr herunter, packte den Kragen ihres Sweatshirts, drehte ihn herum und zerrte sie hoch, bis ihr Gesicht seins berührte.

Ihr Magen krampfte sich zusammen vor Angst und Schrecken.

Er packte fester zu.

75

»STOPP! Polizei! Ich hab dich im Visier, Mace!«

Mattie.

Genau hinter ihm.

Ihre Pistole mit beiden Händen umklammernd.

Sie rammte ihm den Lauf in den Rücken, er hob die Hände.

Vorsichtig, die Waffe immer noch in einer Hand, griff sie an ihren Gürtel und löste die Handschellen aus ihrer Halterung. Sie ließ sie aufschnappen und beugte sich vor, um sie Mace über das Handgelenk zu streifen.

Dann tauchte Sheena auf. Tropfnass.

»Lass gut sein, Schätzchen«, sagte sie zu Mattie, während sie Mace nicht aus den Augen ließ. »Er gehört mir.«

Um ihre nackten Füße bildeten sich kleine Pfützen. Finster blickte sie auf Maces Hinterkopf.

Mace atmete tief durch und spannte seine Muskeln an. Er ließ die Hände ein wenig sinken und machte sich innerlich bereit zum Kampf.

Sheena war bereit.

»Mace, du Wichser«, knurrte sie. »Oder sollte ich lieber Jess sagen?«

Mace erstarrte, dann ließ er die Schultern sinken. Seine Hände entspannten sich.

»Schwester Tania«, sagte er leise. »Endlich treffen wir uns mal.«

Er drehte sich um und starrte sie mit einem spöttischen Lächeln an. Eingehend betrachtete er ihre langen schwarzen Haare, die in glänzenden nassen Strähnen über ihre Schultern fielen, und ihre Haut, die olivfarben im Dämmerlicht glänzte.

Sie sah aus wie eine Kriegerin, die den Fluten des Meeres entstiegen war. Ganz in Schwarz. Sie trug ein Stirnband, mit dem sie aussah wie eine Indianerprinzessin, und dazu ein Guns-N'-Roses-T-Shirt, das ihr klatschnass am Leib klebte, sodass sich ihre Brustwarzen deutlich abzeichneten.

Mace betrachtete eingehend ihren Busen und ließ dann den Blick nach unten gleiten zu ihren knappen schwarzen Ledershorts, die gerade mal eine Handbreit unter ihrem T-Shirt hervorlugten.

»Genug gesehen, du Penner?«

Er antwortete nicht, sondern starrte sie weiterhin mit gierigen Augen an – die glänzenden, muskulösen Arme, ihre langen, strammen Beine, die leicht gespreizt waren, bereit zum Kampf.

Er verzog den Mund zu einem trägen Lächeln und schüttelte den Kopf, als wollte er sagen: »Na, das ist ja mal eine Überraschung.«

»Du bist also Tania«, knurrte er. »Nach all den Jahren sehen wir uns endlich ...«

Sie schaute ihm herausfordernd in die Augen. »Für dich ist hier Endstation, Mace«, sagte sie leise.

Ihre Hand glitt langsam hinter ihren Rücken. Sie schob sie unter ihr T-Shirt und tastete nach dem Messer im Holster am Bund ihrer Shorts.

»Ach komm schon, Schwesterherz. Ich bin doch dein Bruder. Wir sind doch eine Familie. Da tut man sich doch nicht weh?«

Unvermittelt schoss sein Arm in die Höhe – eine 9 mm Sig Sauer in der Hand. Sheena machte einen schnellen Schritt zur Seite, zog das Messer und schleuderte es in seine Richtung. Zitternd blieb es in seinem Bizeps stecken.

Eine kleine Blutfontäne schoss aus der Einstichstelle und verebbte dann zu einem pulsierenden Schwall, der seinen Arm heruntertroff.

Maces Miene verfinsterte sich. Instinktiv griff er nach dem Messer, doch es wackelte nur ein wenig und blieb in der Wunde stecken. Die Pistole fiel scheppernd zu Boden. Sheena machte einen Satz vorwärts, packte seinen Arm und riss ihn ruckartig nach unten.

Mace grunzte vor Schmerz. Sheena packte das Messer und riss es an sich.

»Jetzt bin ich dran, du Penner«, sagte sie lächelnd und wischte das Messer an seinem Hemd ab, bevor sie blitzschnell einen Schritt rückwärts machte. Sie ging in die Knie, wiegte sich hin und her und ließ das Messer vor ihm kreisen.

Mace witterte seine Chance. Er machte einen Satz vorwärts, wich dabei dem Messer aus und setzte zu einem seitlichen Tritt gegen ihren Kopf an. Doch der Kick ging ins Leere.

Er versuchte es mit einem Handkantenschlag auf ihre Kehle.

Erneut wich Sheena ihm leichtfüßig aus, blieb aber in der Hocke und hielt das Messer vor sich in der ausgestreckten Hand, während sie gleichzeitig das Gewicht von einem Bein aufs andere verlagerte.

Mace sah rot. Seine Augen traten aus den Höhlen. »Ich krieg dich, du Schlampe!«, blaffte er sie an.

Er holte zu einem weiteren Schlag aus, seine Hand zischte durch die Luft – und verfehlte sein Ziel erneut.

Den Finger am Abzug, balancierte Mattie am Rand des Lochs im Boden entlang und nahm Mace von der anderen Seite aus in die Zange, während Sheena mit dem Messer auf ihn losging. Irritiert blickte Mace von einer zur anderen, stolperte und verlor den Boden unter den Füßen.

Leigh keuchte. »O Gott!«

Das Loch. Das gleiche Loch, durch das Charlie in die Tiefe gestürzt war.

Sie sahen, wie Mace stürzte. Eine Wolke aus Staub und Splittern stieg auf, und seine Beine schwangen in der schwarzen Leere unterhalb von ihm hin und her. Verzweifelt suchten seine Hände Halt an den morschen Holzbalken.

Sie hörten ihn wimmern und keuchen. »Hilfe ... helft mir ... Hilfe«

Gebannt schauten sie zu, wie das Holz unter seinen Händen zerbröselte und auseinanderbrach. Dann stürzte er mit einem lauten Schrei in die Dunkelheit.

Es folgten ein weiterer, verzweifelter Schrei und dann ein dumpfes, schmatzendes Geräusch.

Staubwolken tanzten im Licht der untergehenden Sonne um das klaffende Loch herum.

Schweigend schauten sie einander an, dann fiel Matties Blick auf die Sig Sauer am Boden.

Sie hob sie auf.

»Hm«, sagte sie. »Hübsche Knarre.« Sie steckte sich die Pistole in den Gürtel.

»Mom!«

»Ja, Liebes. Wir sind wieder zurück.«

Leigh traute ihren Ohren nicht.

»Ähhhh … Wie war's in Boulder?«, fragte sie zögernd. »Und wie geht's Tante Abby?«

Deana und Mattie, die jede mit einer Tasse schwarzem Kaffee im Wohnzimmer saßen, hoben die Köpfe.

»Prima, Liebes. In Boulder ist es heiß, und Abby nimmt jetzt Betablocker. Aber ich kann dir sagen, ich bin *heilfroh*, wieder zu Hause zu sein!«

»Wie geht's Dad?«

Jack West meldete sich zu Wort. »Mir geht's prima – und wie geht's unserer Enkelin? Benimmt sie sich anständig?«

»Aber klar doch, Dad. Der geht's gut. Sie sitzt gleich neben mir. Willst du sie mal sprechen?«

Leigh schaute zu Deana herüber, wedelte mit dem Telefonhörer und formte mit den Lippen: »Es ist Opa. Willst du mal Hallo sagen?« Deana nickte, drehte sich kurz zu Mattie, verzog das Gesicht, ging dann zu Leigh herüber und ließ sich den Hörer geben.

»Hallo Opa. Wie geht's dir? Und geht's Tante Abby wieder besser?«

»Ja, allerdings. Aber wie deine Oma schon sagt, wir sind

froh, wieder zu Hause zu sein. Und was hat meine Lieblings-enkelin den Sommer über so gemacht?«

»Ähm … ach, einfach nur rumgelümmelt.«

»Einfach nur rumgelümmelt, aha? Sobald deine Oma und dein Opa ihre Sachen ausgepackt und geduscht haben, kommen wir vorbei, und dann können wir uns ausgiebig unterhalten. Also lauf nicht wieder weg, junge Dame! So wie letztes Mal bei meinem Geburtstagsessen.«

»Okay, Opa. Ich rühre mich nicht vom Fleck …«

Es klingelte an der Tür.

Mattie runzelte die Stirn. Deana und Leigh wechselten vielsagende Blicke. Leigh schluckte schwer. Wie sollte sie ihren Eltern erklären, was seit ihrer Abreise nach Boulder hier passiert war?

Mit einem resignierten Seufzer ging sie den Flur entlang und machte die Tür auf.

»Oh … Ihr seid's!« Ihre Stimme klang schlagartig unbeschwerter, als sie Warren, Sheena und Sabre auf dem Treppenabsatz stehen sah. Warren hielt zwei Bücher in der Hand.

»Das ist ja toll, dass *ihr* vorbeikommt!«, sagte sie erleichtert.

Warren trat ein, gefolgt von Sheena. Sabre trottete hinterher.

Im Wohnzimmer angekommen, sagte Warren zu Deana: »Ich hab die Bücher mitgebracht, nach denen ihr gefragt hattet. Elmore Leonard für dich und Dylan Thomas für Leigh. Vielleicht habt ihr ja jetzt Gelegenheit, sie zu lesen.«

Deana zwinkerte ihm zu. »Gutes Timing, Warren. Oma und Opa sind aus Boulder zurück und werden hier jeden Moment aufkreuzen.«

Sie kamen eine halbe Stunde später.

Deana verzog sich in die Küche, um Kaffee zu kochen.

Warren ging ihr hinterher.

Nach der allgemeinen Vorstellungsprozedur ließ sich Leighs Mutter auf dem Sofa nieder. Sie warf einen ängstlichen Blick in Richtung Mattie und Sheena – Mattie in ihrem MVPD-Sweatshirt, abgeschnittenen Jeans und einem Pistolenholster am Gürtel, und dazu die amazonenhafte Sheena mit ihrem langen glänzenden Haar in einem engen schwarzen T-Shirt und Ledershorts mit Nietengürtel.

Leigh blickte verstohlen auf das Gesicht ihrer Mutter und beobachtete, wie es zunehmend rot und fleckig wurde, während Mom zunächst die Frauen und dann Sabre anstarrte, der zwischen Sheenas nackten Beinen kauerte.

Eilig ging Leigh zur Bar, schenkte zwei großzügig bemessene Jack Daniels in Ballongläser und reichte sie ihren Eltern.

Eine Weile herrschte betretenes Schweigen.

Leighs ramponiertes Gesicht glühte, als sie ihrer Mutter in die Augen sah.

»Nun, junge Dame.« Ihr Vater stand da, das Glas in der einen Hand, während er mit der anderen den Nacken von Leighs Mutter massierte, und warf seiner Tochter einen bedeutungsschweren Blick zu. »Wie's aussieht, hast du uns einiges zu erklären …«

Herrgott im Himmel, dachte Leigh, geht das wieder los. Wahconda und Charlie – die unendliche Geschichte.

Nicht ganz.

Wahconda und Charlie, neunzehn Jahre später.

Der Kreis schließt sich …

Sie musste lächeln. Mit einem Mal fühlte sie sich alt und weise – mit einem irgendwie philosophischen Blick auf die Geschehnisse dieses Sommers.

Sie setzte sich im Schneidersitz ans andere Ende des Sofas, lächelte ihre Mutter an, atmete tief durch und sagte: »Erinnert ihr euch noch an Nelson? Den sagenhaften Schöpfer des Beef Willington ...?«

Mom nahm einen Schluck Whiskey und nickte bedächtig.

Deana stand mit Warren in der Küche und lächelte ihn verschmitzt an. »Da haben wir einen ganz schönen Schlamassel am Hals.« Sie schwieg einen Moment, neigte den Kopf zur Seite und sagte dann: »Und du Süßer, bist nur vorbeigekommen, um die Bücher abzuliefern?«

»Genau.«

»Das ist die schwächste Ausrede, die ich je gehört habe. Gib's zu, du hast es einfach nicht länger ausgehalten!«

Lächelnd schauten sie einander tief in die Augen.

»Mein Gott, Deana. Es ist eine Ewigkeit her.« Warren senkte seine Stimme. »Viel zu lange«, hauchte er. Dann streckte er die Arme aus. »Da waren noch ein paar unerledigte Sachen ... wie wär's, wenn dir die mal angehen?«

»Hmm. Nichts lieber als das ...«

Deana schmiegte sich an ihn und schlang die Arme um ihn. Ihre Lippen trafen sich – seine voller Verlangen und Ungeduld, ihre aufgeschwollen, grün und blau und so empfindlich, dass jede Berührung höllisch wehtat. Sie drückte sich ein wenig fester an ihn und spürte, wie sich etwas in seiner Hose regte und gegen ihren Bauch drückte. Sie fühlte ein brennendes Kribbeln zwischen ihren Beinen und stöhnte leise.

Allerdings, dachte sie. Es ist eine Ewigkeit her.

Viel zu lange ...

Sie zitterte, als er seine Hand unter ihre Bluse schob und sich zu ihrer nackten Brust vortastete. Er hielt sie umschlossen, drückte sie ein wenig und strich mit dem Daumen über ihre steife Brustwarze.

Sie stöhnte und wand sich vor Verlangen und tastete sich ihrerseits ein wenig vor. Sie zog ihm den Reißverschluss herunter, griff in seine Hose und schloss ihre Hand um seinen Schwanz, der sich warm und hart anfühlte ... Aneinandergepresst standen sie da und wiegten sich in einem langsamen, stetigen Rhythmus.

Dann riss sie sich unvermittelt los und flüsterte ihm zu: »Nachher, Warren. Nachher. Sobald Oma und Opa weg sind, können wir ...«

»Versprochen?«

»Hmmm«, seufzte sie erfüllt von einer Woge der Freude.

»Ich werde dich darauf festnageln«, sagte er und küsste sie auf die Nasenspitze.

Sie lächelte und drückte ihn noch fester an sich.

NACHBEMERKUNG
oder
WIE ALLES AUSGING

Von Deana Hastings

Jeder Mensch hat einen Traum. Oder zumindest fast jeder, den ich in Berkeley kannte, hatte einen Traum. Etwas, an dem man seine Hoffnungen festmachen konnte, wenn ihr versteht, was ich meine? Mein Traum war es, den großen amerikanischen Roman zu schreiben. Ja, ich weiß ... aber jetzt im Ernst, deswegen lese ich amerikanische Literatur. Und angesichts dessen, was wir im Sommer 1990 durchgemacht haben, dachte ich mir, dass ich genug Material habe, um nicht nur einen Roman zu schreiben. Und das mache ich dann auch.

Romane schreiben.

Aber ohne Warren hätte ich das nicht geschafft. Er hat mich immer ermutigt und unterstützt, nachdem wir beschlossen hatten, »zu Ende zu bringen, womit wir angefangen hatten«, bevor uns die alte Schreckschraube dazwischengekommen war.

Wir heirateten kurz nach meinem Abschluss, und unser erstes Projekt war ein gemeinsames Sachbuch mit dem Titel *Mythen und Legenden der Amerikanischen Ureinwohner*, das später – kaum zu glauben, aber wahr – eine immens erfolgreiche Fernsehserie wurde!

Seitdem hat Warren, der nach wie vor seine Buchhandlung weiter betreibt, zwei weitere Bücher geschrieben – keine leichte Kost allerdings: *Shakespeare und die Dark Lady*, das sich mit der These auseinandersetzt, nach der die Dark Lady eine illegitime Tochter von Heinrich VIII. gewesen ist.

Und als Nächstes *Das geheime Leben des Egdar Allan Poe*.

Dieses Buch war in England ein großer Erfolg. Es landete sogar auf Platz 3 der Sachbuch-Bestsellerliste der *Times*. Es gibt diverse Filmfirmen, die sehr interessiert sind, und wir hoffen natürlich inständig, dass etwas daraus wird. Vielleicht mit Johnny Depp in der Hauptrolle? Der ist nämlich mein Lieblingsschauspieler.

Unser zweites und bislang erfolgreichstes Projekt sind unsere *Drillinge* – richtig gelesen.

Ein bisschen unheimlich, oder?

Sie heißen Jack, Warren junior und Helen. Und – haltet euch fest – als Helen zur Welt kam, hatte sie dichtes schwarzes Haar. Die Krankenschwestern meinten, so etwas hätten sie noch nie gesehen!

Mein Gott. Aber darüber will ich jetzt gar nicht groß nachdenken. Für uns ist sie einfach nur unsere süße kleine Tochter.

Sechs Monate nach der furchtbaren Geschichte mit Mace traf Mom ihren alten Kumpel Ben Dronay wieder. Zwei Wochen später haben sie geheiratet, und zehn Monate danach kam Ben junior zur Welt.

Mom hat danach noch drei weitere Restaurants an der Küste eröffnet. Diese Frau hat eine Energie, da bleibt einem die Luft weg! Ben senior hat *seinen* Traum in die Tat umgesetzt (schließlich hat jeder einen, oder?) und ein erfolgreiches Computeranimationsstudio namens Megatron aufgemacht. Der Mann ist ein Genie!

Im Augenblick genießen sie das Leben in Beverly Hills und leben wie im Film glücklich bis ans Ende ihrer Tage. Mom und Ben sind das perfekte Paar, ich habe sie noch nie so zufrieden und glücklich erlebt – und ich freue mich mit ihr, sie hat es wirklich verdient!

Was Mattie und Sheena angeht – die beiden haben sich kurz nach der Geschichte mit Mace zusammengetan und haben jetzt eine gemeinsame Wohnung in San Diego. Mattie hat ihre eigene Sicherheitsfirma mit einem Team von festangestellten Bodyguards und einem ziemlich illustren Kundenstamm, zu dem Hollywoodstars, Regierungsbeamte und Staatsoberhäupter gehören.

Sheena hat ihren eigenen Club in West L. A. aufgemacht. Er heißt Movers & Shakers und ist ein rund um die Uhr geöffneter Treffpunkt für Schwule und ähnlich Gesinnte – darunter, natürlich inkognito, Stars und andere prominente Persönlichkeiten. Der Laden läuft ganz hervorragend, und als eine Reminiszenz an die alten Tage bei Pacey's steht Sheena häufig selbst an der Tür. Um am Ball zu bleiben, wie sie es nennt.

Sie und ich kommen prima miteinander aus – schließlich haben wir abgesehen davon, dass das Blut der Paynes in unseren Adern fließt, einiges gemeinsam. Sport zum Beispiel! Wann immer sie bei uns in Mill Valley vorbeischaut, gibt sie mir Unterricht im Kickboxen – und ich nehme sie mit zu meinen »Joggingrunden um Mitternacht«. Zusammen mit Warren natürlich. Er macht sich eben Sorgen, dass nachts irgendwelche komischen Gestalten unterwegs sein könnten. Typisch Mann!

Ach, und Sabre kommt auch immer mit – außer wenn ihm seine Hüften zu schaffen machen. Dann bleibt er zu

Hause und schiebt eine ruhige Kugel. Er hatte gerade seinen zehnten Geburtstag, und man hat mir gesagt, das ist ziemlich beachtlich für einen Deutschen Schäferhund.

Werkverzeichnis der von
Richard Laymon
im Wilhelm Heyne Verlag
erschienenen Titel ·

© Richard Laymon

Laymon über Laymon:

»Ich finde es faszinierend, dass fast jeder Leser ein anderes meiner Bücher als sein Lieblingsbuch nennt.

Was sind meine Lieblingsbücher?

Eigentlich alle. Wenn mir ein Buch nicht gefällt, schreibe ich es auch nicht zu Ende.

Außerdem versuche ich, jedem Buch etwas Besonderes zu verleihen: sei es eine ungewöhnliche Wendung, eine gut gelungene Figur, interessante Schauplätze oder Themen.

Es gefällt mir, ein altbekanntes Thema aufzugreifen und daraus etwas Neues zu machen. Der Pfahl *zum Beispiel ist die ungewöhnliche Version einer Vampirgeschichte,* Das Grab *gibt dem Zombiegenre eine neue Richtung, und* Der Ripper *ist eine sehr spezielle Interpretation des Jack-the-Ripper-Mythos.*

Was ich auch sehr interessant finde, ist die Tatsache, dass meine Fans nach der Lektüre eines meiner Bücher nicht aufhören können, bis sie alle gelesen haben. Das ist toll.«

Dieses und alle folgenden Zitate finden sich im Original neben weiteren Interviews und vielen interessanten Artikeln auf der offiziellen englischsprachigen Website Richard Laymon Kills!, die von Steve Gerlach betreut wird:

http://rlk.stevegerlach.com/

Rache   *(Come Out Tonight, 1999)*

Los Angeles. Eine heiße Sommernacht. Sherry und Duane haben etwas vergessen: Kondome. Also macht sich Duane auf, um im Laden um die Ecke welche zu kaufen. Sherry wartet. Und wartet. Schließlich geht sie selbst los. Doch sie kann Duane nirgends finden – stattdessen bietet ihr ein anderer Junge, Toby, seine Hilfe an. Dankbar steigt Sherry zu ihm ins Auto. Die schlechteste Entscheidung, die sie je getroffen hat – denn Toby ist alles andere als ein harmloser junger Mann ...

Die Insel   *(Island, 1991)*

Laymon über Laymon:

»Beim Schreiben dieses Romans habe ich eine ungewöhnliche Technik eingesetzt: Das Buch besteht ausschließlich aus den Tagebucheinträgen eines jungen Mannes. Wir sehen alles durch seine Augen, erfahren alles aus seiner Perspektive. Im Gegensatz zu den üblichen Romanen, die in der ersten Person geschrieben sind, spielt das Schreiben des Tagebuchs in der Geschichte eine große Rolle. Im Moment der Niederschrift kann der Erzähler unmöglich wissen, was als Nächstes passiert.

Es hat mir viel Spaß gemacht, mit dem Tagebuchformat zu experimentieren. Da haben sich ganz neue Möglichkeiten ergeben, die Geschichte zu erzählen, den Leser – und auch mich – zu überraschen.«

Das Spiel (*In the Dark*, 1994)

Eines Tages erhält die junge Bibliothekarin Jane Kerry einen geheimnisvollen Umschlag, der einen Fünfzigdollar-schein und die Aufforderung enthält, sich an einem omi-nösen »Spiel« zu beteiligen: Wenn sie jeweils um Mitter-nacht eine bestimmte Aufgabe löst, dann verdoppelt sich ihre Belohnung. Aus Neugierde beteiligt sie sich. Die ers-ten Aufgaben sind noch leicht, doch sie werden härter und härter – bis sie Jane an einen Punkt führen, von dem es kein Zurück mehr zu geben scheint: Das »Spiel« artet in reinsten Terror aus.

Laymon über Laymon:

»In Das Spiel *geht es um eine Schatzsuche. MOG, der Master of Games, hinterlässt seltsame Botschaften, die zu immer hö-heren Geldbeträgen führen, wenn man sie korrekt entschlüs-selt. MOG ist der große Unbekannte, der Schlimmes im Schilde führt. Früher oder später könnte man sogar denken, dass er nicht von dieser Welt ist.*

Er versucht, Gott zu spielen.

Was er auch schafft – durch eine Mischung aus Verspre-chungen und Drohungen.

In gewissem Sinn bin ich MOG, indem ich als Autor ein übles Spiel mit meinen Figuren treibe. Ich treibe sie in seltsame, ge-fährliche Abenteuer – und das nur, um mich und meine Leser zu amüsieren.«

Nacht (*After Midnight*, 1997)

Als Alice den Job als Babysitterin annimmt, ahnt sie nicht, dass ihr die schrecklichste Nacht ihres Lebens bevorsteht. Denn kaum ist sie allein im Haus, wird sie von einem geheimnisvollen Anrufer terrorisiert. Als der dann auch noch versucht, in das Haus einzudringen, weiß sie sich nicht anders zu helfen, als ihn mit einem alten Säbel niederzustrecken. Doch damit beginnen die Probleme erst: Denn der Eindringling ist überhaupt nicht der Anrufer – und er wird auch nicht die letzte Leiche in dieser Nacht bleiben ...

Das Treffen (*Blood Games*, 1992)

Laymon über Laymon:

»Das Treffen *bietet einige Besonderheiten, die ich nicht unerwähnt lassen will.*

Zunächst einmal habe ich versucht, die Atmosphäre einer kleinen geisteswissenschaftlichen Universität einzufangen – ganz besonders das Wohnheimleben.

Außerdem werden in Das Treffen *in Rückblenden viele der Abenteuer erzählt, die die Freundinnen vor ihrer verhängnisvollen Reise nach Vermont erlebt haben. Einmal helfen sie einem aufstrebenden Jungregisseur, eine Kurzgeschichte namens ›Speisesaal‹ zu verfilmen. Natürlich müssen sie den Autor anrufen und ihn um Erlaubnis fragen – mich. Wir führen eine nette kleine Unterhaltung.«

Der Keller

Die *Beast-House*-Trilogie in einem Band:

1. Im Keller (*The Cellar*, 1980)
2. Das Horrorhaus (*The Beast House*, 1986)
3. Mitternachtstour (*The Midnight Tour*, 1998)

Das alte Haus in der Nähe von San Francisco ist eine gruselige Touristenattraktion – denn nachts, so heißt es, soll dort eine blutrünstige Bestie ihr Unwesen treiben. Deshalb finden auch nach 16 Uhr keine Führungen mehr statt. Doch einige glauben nicht, dass die Bestie wirklich existiert. Sie halten das sogenannte Horrorhaus für einen gewaltigen Schwindel, den es mit allen Mitteln zu entlarven gilt. Ein katastrophaler Fehler ...

Laymon über Laymon:

»Für viele ist Der Keller *das beste meiner Bücher – wahrscheinlich, weil es das erste ist, das sie gelesen haben. Wie bei einem ersten Date ...«*

Die Show   (*The Travelling Vampire Show*, 2000)

Es ist der Sommer 1963, und die Show ist in der Stadt! Begeistert stehen der sechzehnjährige Dwight, sein Kumpel Rusty und die hübsche Slim vor dem Plakat, das eine »Große Vampirshow« ankündigt – angeblich mit einem echten Vampir. Pech nur, dass die Show erst um Mitternacht beginnt und Minderjährigen der Zutritt untersagt ist. Doch das spornt die drei Freunde erst recht an, hinter das Geheimnis der Show zu kommen. Ist alles nur Humbug – oder sind tatsächlich echte Vampire nach Grandville gekommen?

Ausgezeichnet mit dem Bram Stoker Award

Die Jagd   (*Endless Night*, 1993)

Laymon über Laymon:

»Als ich meinen Abschluss in Englisch an der Willamette University machte, musste ich vor verschiedenen Dozenten eine mündliche Prüfung ablegen.

Bei der mündlichen Prüfung fragte mich eine Professorin: ›Haben Sie vor, jemals experimentelle *Literatur zu schreiben?‹*

›Nein‹, antwortete ich.

Damals war experimentell *für mich gleichbedeutend mit ›bedeutungsschwer, verkopft, richtungslos und unverständlich‹.*

Genau die Art von Literatur, mit der ich nichts zu tun haben wollte.

In den vergangenen Jahren habe ich mir jedoch oft gewünscht, ich hätte eine andere Antwort gegeben.

In Die Jagd *erzählt eine der Hauptfiguren, der psychopathische Simon, einen Teil der Geschichte über eine Reihe von Tonbandaufzeichnungen. Dadurch war es mir möglich, die Handlung aus Simons Sicht darzustellen – zumindest das, was er uns auch erzählen will. Was er da von sich gibt, ist keinesfalls meine eigene Weltsicht.*

Beim Verfassen dieser Tonbandaufzeichnungen fielen mir einige große Unterschiede zwischen geschriebener und ge-

sprochener Sprache auf. Daher las ich alles laut vor und nahm ein paar große Änderungen in Bezug auf Rhythmus, Wortwahl und Ausdrucksweise vor, damit Simons Monologe auch wirklich gesprochen und nicht geschrieben klingen.

Ja, ich wünschte wirklich, ich könnte die Frage nochmals beantworten, die mir meine Dozentin an der Willamette vor so vielen Jahren gestellt hat.

›Haben Sie vor, experimentelle Literatur zu schreiben?‹, würde sie mich fragen.

Und ich würde antworten: ›Kommt darauf an, was Sie mit experimentell meinen.‹«

Der Regen (*One Rainy Night*, 1991)

Ein seltsamer schwarzer Regen fällt auf die Kleinstadt Bixby. Seine warmen Schauer versetzen jeden, der sie auf der Haut spürt, in ekstatische Verzückung. Doch der Regen weckt auch die pure Mordlust. Polizisten erschießen diejenigen, die sie beschützen sollen, harmlose Passanten fallen über ihre Mitmenschen her. Immer mehr Einwohner werden Opfer dieses unheimlichen Phänomens – erfüllt von Hass und Wut, ziehen sie aus, um diejenigen, die den schwarzen Tropfen entkommen sind, zu töten.

Der Ripper (*Savage*, 1993)

Whitechapel, November 1888. Zufällig erlebt der junge Trevor Bentley mit, wie Jack the Ripper einen grässlichen Mord begeht, und kommt selbst nur knapp mit dem Leben davon. Der erbarmungsloseste Serienkiller, den die Annalen der englischen Kriminalgeschichte verzeichnen, verlässt London und macht sich auf den Weg nach Amerika. Trevor, der dem Ripper das blutige Handwerk legen will, folgt ihm in die Neue Welt und erlebt viele Abenteuer, bevor sich ihre Wege erneut kreuzen.

Laymon über Laymon:

»Der Ripper *ist ebenso beliebt wie* Der Keller *oder* Der Pfahl. *Einmal traf ich eine junge Leserin aus Australien, die zu einer Signierstunde nach Disneyland gekommen war. Sie erzählte mir, wie gut ihr das Buch gefallen hat. Doch dann sagte sie: ›Wenn Sie Jesse umgebracht hätten, hätte ich Sie getötet.‹ Sie muss Jesse richtig gernhaben (ich auch).*«

Der Pfahl (*Stake*, 1990)

Larry Durban, Autor blutiger Horrorbücher, verirrt sich mit seiner Frau und einem befreundeten Pärchen in der Wüste Kaliforniens. Sie entdecken ein Hotel in einer Geisterstadt, in dessen Keller ein Sarg mit einer weiblichen mumifizierten Leiche versteckt ist. In der Brust der Toten steckt ein Holzpfahl. Larry beschließt nicht nur, eine Mischung aus Tatsachenbericht und Vampirroman über diesen Fund zu schreiben, sondern auch das Entfernen des Pfahls auf Video aufzunehmen. Doch während sich Larry noch romantischen Blutsaugerträumen hingibt, muss seine Tochter Lane feststellen, dass sich die wahren Ungeheuer hinter der Fassade ganz normaler Menschen verbergen.

Das Inferno (*Quake*, 1995)

Ein schweres Erdbeben sucht Los Angeles heim. Sobald die Erschütterungen vorbei sind, bricht das eigentliche Chaos in der zerstörten Stadt aus. Clint Banner wird in seinem Büro von dem Beben überrascht. Er will so schnell wie möglich zu seiner Familie, doch auf den Straßen herrscht Anarchie. Gemeinsam mit einer hysterischen Frau und der cleveren, erst dreizehn Jahre alten Em macht er sich auf eine Odyssee durch das von Plünderern heimgesuchte L. A. Und die Zeit drängt: Clints Frau Sheila ist unter den Trümmern ihres Hauses verschüttet und kann sich nicht aus eigener Kraft befreien. Was ihr Nachbar, der psychopathische Stanley, gnadenlos ausnutzt.

Das Grab (*Resurrection Dreams*, 1988)

Melvin war mit Abstand der schrägste Typ der Ellsworth Highschool. Nur Vicki hatte den Mut, sich für ihn einzusetzen. Doch dann wollte er es allen zeigen: Er stahl eine Leiche aus einem Grab und versuchte, sie vor aller Augen mit einer Autobatterie zum Leben zu erwecken – ein spektakulärer Fehlschlag. Diesen grässlichen Vorfall hat Vicki nie vergessen. Trotzdem entschließt sich die frischgebackene Ärztin dazu, in ihren Heimatort zurückzukehren – obwohl sie dort auch Melvin wiederbegegnen wird. Und der widmet sich immer noch seinen Experimenten ...

Finster *(Night in the Lonesome October,* 2001)

In diesem Semester bricht für den zwanzigjährigen Ed Logan eine Welt zusammen – seine Freundin Holly, die große Liebe seines Lebens, schreibt ihm einen verhängnisvollen Brief: Sie hat einen anderen kennengelernt und will die Beziehung beenden. Verzweifelt und krank vor Liebeskummer, beschließt Ed, sich mit einem nächtlichen Spaziergang abzulenken und sich dann mit ein paar Donuts und einer Tasse Kaffee zu trösten. Es ist eine dunkle, unheilvolle Oktobernacht, und Ed ist nicht allein – er trifft ein hübsches Mädchen, das ihm die Geheimnisse der Finsternis zeigen will. Doch die Nacht kann auch grausam und unbarmherzig sein, und sie steckt voller Gefahren.

Der Käfig *(Amara/To Wake the Dead,* 2002)

Im Haus des Sammlers Robert Callahan in Los Angeles befindet sich in einem versiegelten Sarg die Mumie der Pharaonenfrau Amara. Callahan entdeckte in jungen Jahren zufällig ihr Grab in Ägypten und musste schon damals feststellen, dass sie bei Nacht zum Leben erwacht und mordend umherzieht. Als Diebe die Mumie stehlen wollen, fällt der Sarg zu Boden, die magischen Siegel zerbrechen, und Amara ist erneut befreit. Zur selben Zeit wacht der junge Ed aus tiefer Bewusstlosigkeit auf und muss erkennen, dass er sich in einem grauenvollen Albtraum befindet: Er wurde in einem unterirdischen Raum in einen Käfig gesperrt und ist seinen Peinigern hilflos ausgeliefert ...

Der Wald (*Dark Mountain*, 1992)

Karen freut sich riesig auf den Campingausflug mit ihrem Freund Scott und seinen Kindern Julie und Bennie. Gemeinsam wollen sie eine Woche lang durch die kalifornischen Wälder und Hügel wandern. Zunächst scheint es auch ein friedlicher Ausflug zu sein.

Doch der abgeschiedene Wald, in dem sie campieren, ist der Wohnort der alten Einsiedlerin Ettie und ihres Sohns Merle. Ettie, die mit finsteren Mächten im Bunde steht, ist wild entschlossen, ihr Territorium um jeden Preis zu verteidigen. Dann gerät der einfältige, aber sehr gefährliche Merle außer Kontrolle, und für die Camper beginnt ein grauenvoller Albtraum.

Laymon über Laymon:

»Der Wald *wird auch oft als Lieblingsbuch genannt – offensichtlich von denjenigen Leuten, die gerne Campingausflüge machen.*«

Der Gast (*Body Rides*, 1996)

Da Neal ein eher ängstlicher Mensch ist, nimmt er auf nächtlichen Autofahrten durch L. A. immer eine Pistole mit – selbst wenn er nur zur Videothek fährt, um ein paar Filme zurückzubringen. Da hört er die Schreie einer Frau in Todesangst. Neal nimmt allen Mut zusammen und eilt zu ihrer Rettung. Tatsächlich gelingt es ihm, die entführte Elise Waters aus der Gewalt eines irren Serienkillers zu befreien und den Täter niederzuschießen.

Zum Dank schenkt ihm Elise ein goldenes Armband mit magischen Kräften: Wer es küsst, verlässt seinen Körper und kann in beliebige andere Personen eindringen.

Was für Neal zunächst eine reizvolle Sache zu sein scheint, verwandelt sich schnell in einen Albtraum: Auch Schmerzen spürt man wie seine eigenen, und wie es scheint, ist der psychopathische Killer nicht so tot, wie Neal geglaubt hat.

Das Loch (*Into the Fire*, 2005)

Nach einer höllischen Begegnung mit einem ehemaligen Mitschüler irrt die junge Pamela durch die kalifornische Wüste, bis sie von einem sehr seltsamen Busfahrer aufgelesen wird. Gleichzeitig nimmt der harmlose Student Norman zwei Anhalter mit, die sich schnell als eiskalte Psychopathen entpuppen. Alle treffen sich in einem winzigen Kaff in der Einöde, dessen Bewohner auf den ersten Blick ganz nett zu sein scheinen – aber manche Gäste auf der Durchreise wahrhaftig zum Fressen gern haben.

Die Gang (*Funland*, 1990)

Das Küstenstädtchen Boleta Bay birgt ein finsteres Geheimnis. Immer wieder verschwinden Menschen. Eine Gang Jugendlicher macht die herumlungernden Stadtstreicher dafür verantwortlich. Sie wollen ihnen eine Lektion erteilen – und gehen dabei bis zum Äußersten. In einer finsteren Nacht treibt die Gang ihre drastischen Säuberungsaktionen auf die Spitze. Doch im alten Vergnügungspark des Ortes erleben die Jäger eine Überraschung. In der Finsternis lauert etwas Unaussprechliches, Grauenhaftes auf sie, das nur eines kennt: Blutrausch.

Die Klinge   (*Cuts*, 1999)

Der psychopathische Albert mag Frauen. Doch die Frauen mögen Albert nicht. Unmenschlicher Hass treibt ihn dazu, alle Grenzen hinter sich zu lassen. Albert beginnt einen mörderischen Streifzug durch die USA – immer auf der Suche nach Opfern. In Kalifornien kreuzt sein Weg das Schicksal einer Gruppe junger Intellektueller. Auf einer Halloween-party treffen alle zusammen – das Blutbad beginnt ...

Der Geist   (*Darkness, Tell Us*, 1991)

Eine Gruppe von Studenten probiert auf einer Party ein altes Ouija-Brett aus. Tatsächlich können sie Kontakt mit einem Geist aus dem Jenseits aufnehmen, der ihnen verrät, dass in den unzugänglichen Bergen Kaliforniens ein Schatz versteckt sein soll. Für die jungen Leute beginnt eine Reise ins Grauen ...

Der Killer   (*Beware*, 1985)

Als die Journalistin Lacey eines Abends in einem kleinen Supermarkt einkaufen will, findet sie sich in einem Albtraum wieder. Schwer verletzt kann sie einem unheimlichen Killer entkommen, der die Ladenbesitzerin enthauptet hat. Doch dies ist erst der Anfang. Auf ihrer verzweifelten

Flucht vor dem Killer kommt Lacey einer Kultgemein-
schaft auf die Spur, die entsetzliche Rituale durchführt.
Um die Entfesselung unvorstellbaren Grauens zu verhindern, muss die junge Frau alle Grenzen hinter sich lassen.

Die Spur (*No Sanctuary*, 2001)

Die Nacht ist tiefschwarz und ruhig. Eine Frau streicht
durch die Straßen. Es ist die junge Gillian, die ein ausgefal-
lenes Hobby hat: Sie sucht nach Häusern, deren Besitzer
offensichtlich verreist sind, und richtet sich dort ein. Das
Problem ist, dass sie dieses Mal das Haus eines Serienkillers erwischt hat. Sie verschafft sich Zutritt zu dem An-
wesen ... und wird bereits erwartet.

Das Haus (*Allhallow's Eve*, 1985)

Halloween. In der amerikanischen Kleinstadt Ashburg gibt
es dieses Jahr eine große Party. Geladen wird ins Sherwood-
Haus. Ein ganz besonderes Haus. Vor vielen Jahren ist dort
eine Familie bestialisch ermordet worden. Seitdem wird es
gemieden. Doch trotz dieser finsteren Vorboten öffnen
sich am Abend die Tore. Das blutige Spiel beginnt ...

Jeff Menapace

Dieses Spiel muss gespielt werden

Band 1
978-3-453-67707-4

Band 2
978-3-453-67708-1
Erscheint im November 2016

Band 3
978-3-453-67709-8
Erscheint im April 2017

Leseproben unter **www.heyne-hardcore.de**